KAT MARTIN

Was die Nacht verheißt

Buch

Nur eines will die junge schöne Brianne: dem Dasein entfliehen, das sie als Schankmädchen in der Londoner Taverne ihres Vaters führen muss. Heimlich schlüpft sie an Bord eines großen Segelschoners, der Kurs auf Amerika nimmt. Auf offener See wird der blinde Passagier prompt entdeckt, was einen Wutausbruch des herrischen Kapitäns Marcus Delaine, Earl of Hawksmoor, heraufbeschwört. Auf der Stelle verdonnert er Brianne zu niedrigsten Arbeiten. Bald muss der vom Leben verbitterte Marcus allerdings erkennen, dass niemand dieser hinreißenden jungen Frau widerstehen kann – auch er nicht. Sein brennender Zorn verwandelt sich in glühende Leidenschaft. Für Brianne bedeutet das die Erfüllung ihres Lebens. Aber ein entsetzlicher Unfall droht ihn von ihrer Seite zu reißen. Mit unendlicher Geduld unterstützt sie den Mann, den sie immer lieben wird, der jedoch erst für sich selbst entdecken muss, wo seine wahre Heimat liegt. Und Brianne schafft es, seinem Leben eine überraschende Wendung zu geben …

Autorin

Nach ihrem Studium der Geschichte und der Anthropologie hat Kat Martin ihre Liebe zur Schriftstellerei entdeckt. Mit ihrem Mann Larry, der ebenfalls Schriftsteller ist, bereist sie all die Schauplätze ihrer Romane, um absolut authentisches Hintergrundmaterial zu sammeln. Diese historische Genauigkeit und ihr wunderbar romantischer Stil machten Kat Martin zur internationalen Bestsellerautorin.

Von Kat Martin ist bereits erschienen

Was dein Herz verspricht. Roman (35224)
Stachel der Erinnerung. Roman (35034)
Bei Tag und Nacht. Roman (35143)
Dunkler Engel. Roman (42976)
Geliebter Teufel. Roman (43794)
Heißer als die Sonne. Roman (42781)
In den Fängen der Leidenschaft. Roman (42699)
Teuflischer Verführer. Roman (43546)

KAT MARTIN

Was die Nacht verheißt

Roman

Aus dem Amerikanischen
von Sabine Ivanovas

BLANVALET

Die Originalausgabe erschien 1999 unter dem Titel
»Night Secrets«
bei St. Martin's Press, New York.

Umwelthinweis:
Alle bedruckten Materialien dieses Taschenbuches
sind chlorfrei und umweltschonend.

Blanvalet Taschenbücher erscheinen im Goldmann Verlag,
einem Unternehmen der Verlagsgruppe Random House GmbH.

Deutsche Erstveröffentlichung September 2001

Umschlaggestaltung: Design Team München
Umschlagillustration: Agt. Schlück
Satz: deutsch-türkischer fotosatz, Berlin
Druck: Elsnerdruck, Berlin
Verlagsnummer: 35523
Lektorat: Maria Dürig
Redaktion: Ilse Wagner
Herstellung: Heidrun Nawrot
Made in Germany
ISBN 3-442-35523-0
www.blanvalet-verlag.de

1 3 5 7 9 10 8 6 4 2

Meinem Mann Larry
zur Veröffentlichung seines ersten
großen Romans *Sounding Drum*.
Viel Glück, Liebling,
ich hoffe, es wird ein Bestseller!

1

März 1803

Die Nächte waren immer am schlimmsten. Brandy schaute durch die wellige Scheibe hinaus, die die Dunkelheit verzerrte, sah nur ihr müdes Spiegelbild und fragte sich, wie lange sie dies wohl noch ertragen würde.

So lange sie sich erinnern konnte, hatte Brianne Winters jeden Tag ihres neunzehnjährigen Lebens gearbeitet – vom ersten Morgengrauen, bis die Dunkelheit die Butzenscheiben des Wirtshauses zum Weißen Pferd mit einem schwarzen Vorhang verhüllte.

»Brandy, Mädchen, hör besser auf mit dem Tagträumen und geh wieder an die Arbeit. Dein Vater kommt jeden Augenblick zurück, und draußen sitzen Gäste mit leeren Krügen.« Ihre beste Freundin, Florence Moody, eine schlanke, dunkelhaarige Frau, die sechs Jahre älter war als Brandy, stand in der Küchentür, das schmale Gesicht beinah nicht zu erkennen vor Dampf. Sie hatten schon so lange zusammengearbeitet, dass ihr Flo mehr wie eine Mutter oder eine ältere Schwester vorkam als nur wie eine Freundin.

Brandy lächelte. »Entschuldige, ich hatte eigentlich gar nicht vorgehabt, so lange wegzubleiben. Der alte Salty Jackson ist wieder im Hafen. Er hat mir von seiner Fahrt herunter von Halifax erzählt. Sie scheinen in einen Sturm geraten zu sein, und einer der Masten ist gebrochen. Der Kahn wäre beinah gesunken.«

Flo wischte sich die Hände an der Schürze über ihrem Rock

ab. »Der alte Salty konnte immer schon gut erzählen. Mach dir keine Sorgen. Es kommt gerade neue Kundschaft. Die *Fairwind* ist angekommen, und die Mannschaft geht an Land. Mit denen haben wir heute Abend genug zu tun, wenn man bedenkt, dass sie fast zwei Monate auf See waren.«

Brandy seufzte und ging zurück in den rauchigen, schwach beleuchteten Schankraum. »Ich schwöre dir, dass Daltons Mannschaft die schlimmste von allen ist. Auf die freue ich mich wirklich nicht.« Das Wirtshaus war beinah hundert Jahre alt und besaß eine schwere Eichenbalkendecke und Fußböden aus Steinplatten. Zinnleuchter hingen an der Wand und warfen Kerzenlicht und Schatten auf das vom Rauch geschwärzte Holz. Obwohl ihr Vater das alte Haus liebte, hasste Brandy es. Es war mickrig, fand sie, roch nach schalem Bier, und die Wände waren kalt und feucht.

»Sie sind ein wilder Haufen«, sagte Flo, »das steht fest. Bis morgen früh haben wir blaue Flecken auf der Rückseite, vom Hintern bis zu den Knien.«

»Ich nicht. Ich habe die Nase gestrichen voll von diesen grapschenden Matrosen mit ihrem Gekneife. Der Erste, der mich anfasst, bekommt das Gewicht eines Bierkrugs mit Schwung an den Kopf.«

Flo lachte nur. »Das würde deinem Papa aber nicht besonders gefallen. Ist nicht gut fürs Geschäft. Er hat's gern, wenn wir die Matrosen bei Laune halten.«

Aber Brandy war es eigentlich egal, was ihrem Vater gefiel. Ihm lag ganz sicher nicht das Geringste an dem, was sie wollte oder nicht wollte. Das Einzige, an dem ihm lag, waren sein dummes Wirtshaus und noch mehr Geld.

»Ich bin Big Jake Winters«, pflegte er zu sagen, »Besitzer des Weißen Pferds, des besten Wirtshauses am Kai von Charleston.« Er war immer so stolz auf das Ding, ein Vermächtnis, das er für seinen Sohn aufbaute. Nur dass der große Jake nie einen Sohn gehabt hatte.

In Wahrheit war seine Frau bei der Geburt seines einzigen Erben gestorben, einer zarten Tochter, die genau das gleiche rotgoldene Haar wie Ellen Winters hatte. Sie hatte absolut nichts gemeinsam mit dem großen, starken Jungen, den Jake so verzweifelt gewollt hatte. Eine zweite Frau hatte ihm wieder ein Mädchen geboren, das sogar noch kleiner gewesen war als Brandy und so schwach, dass es nicht einmal den ersten kalten Winter überlebt hatte. Frances Winters war am Gelbfieber gestorben, als Brandy zehn Jahre alt war, und Big Jake hatte schließlich akzeptiert, dass es so Gottes Wille war.

Er musste sich der bitteren Wahrheit stellen, dass er nie einen Sohn haben würde. Er würde sich mit einer Tochter zufrieden geben müssen, aber Jakes Abneigung dagegen hing wie eine riesige dunkle Wolke jede Minute eines jeden Tages über Brandys Kopf.

»Du warst doch heute Morgen auf dem Markt, oder?«, fragte sie Flo. In einem einfachen braunen Rock, der ein bisschen zu viel Knöchel sehen ließ, einem geschnürten Oberteil und einer bauschigen weißen Bauernbluse, die so ausgeschnitten war, dass die obere Rundung ihrer Brüste zu sehen war – der Hauskleidung der Bedienungen im Weißen Pferd –, beugte sich Brandy über einen zerkratzten Holztisch, um die Reste von verschüttetem Bier aufzuwischen, da ein Krug umgefallen war, und ihr langer einzelner Zopf hing ihr über die Schulter.

»Ich bin erst eben zurückgekommen«, sagte Flo. »Wir hatten keine Eier mehr. Dazu habe ich noch ein Stück Schweineschulter für das Frühstück von deinem Papa mitgebracht.«

»Und, hast du irgendeinen interessanten Klatsch gehört?«

»Herrgott noch mal, das hätte ich beinah vergessen. Ich habe wirklich etwas gehört, das dich interessieren wird.«

»Hoffentlich was Angenehmes. Das würde mir zur Abwechslung mal gut tun.«

Flo trat hinter die breite Brettertheke, um den losen Spund

eines Fässchens zu befestigen, aus dem der Brandy tropfte. »Es heißt, dass die *Seehabicht* einlaufen soll. Müsste eigentlich jetzt schon angelegt haben. Cap Ogden unten am Leuchtturm hat sie heute Morgen ausgemacht, als sie auf dem Weg in den Hafen war.«

Brandys Herz begann unangenehm laut zu schlagen. Die *Seehabicht*. Das konnte doch nicht sein. Aber ihr Puls wurde trotzdem noch ein wenig schneller. »Ich dachte, Kapitän Delaine wäre auf dem Weg nach England. Ich hätte nicht erwartet, dass wir ihn in den nächsten paar Monaten noch einmal sehen würden.«

Flo zuckte die Schultern. Sie war eine schlanke Frau mit breiten Hüften und einem offenen, freundlichen Lächeln. »Davon weiß ich nichts. Aber Cap klang so, als wenn er ziemlich sicher wäre. Er täuscht sich eigentlich selten.«

Brandys Hand zitterte leicht. »Nein ... eigentlich täuscht er sich selten, da hast du Recht.« In Gedanken versunken ging sie weg, ganz auf das große Schiff *Seehabicht* mit seinen vielen Segeln und dem gut aussehenden Besitzer, Kapitän Marcus Delaine, konzentriert. Oder besser gesagt Kapitän Delaine, Lord Hawksmoor, den sein kürzlich ererbter Titel selbst ebenso überrascht hatte wie alle anderen.

Sie dachte an sein schlankes, dunkles, leicht arrogantes Profil und fand, dass das eigentlich ungerechtfertigt war. Er hatte immer eine besondere Ausstrahlung gehabt. Seine adlige Abstammung war in jeder Geste und jeder selbstbewussten Bewegung klar erkennbar. Er war zum Befehlshaber geboren, und das ließ jeder Zug seines dunklen, anziehenden Gesichts erkennen, von den hohen Wangenknochen bis zu der festen Form seiner wohlgeformten Lippen.

Er war groß und breitschultrig, mit schmalen Hüften und ohne eine Spur von überflüssigem Fett auf den Knochen. Er war fest und sehnig gebaut, sein Haar war kohlrabenschwarz und leicht gelockt und immer ein wenig zu lang, sodass es bis auf den Kragen seines perfekt geschneiderten marineblauen Rocks reichte. Marcus Delaine war ein besonderer Mann. Das wusste seine Mannschaft und ebenso Brandy Winters.

Und genau aus diesem Grund war sie, solange sie sich erinnern konnte, immer schon ein wenig in ihn verliebt gewesen.

»Jetzt solltest du aber besser loslegen, Mädchen«, schubste sie Flo in Richtung Bar. »Big Jake kommt die Treppe herunter.«

Brandy seufzte und nickte, setzte ein Lächeln auf und machte sich an die Arbeit. Der Nachmittag verging, und der Abend brach an. Der Schankraum war langsam voll geworden, hauptsächlich mit Matrosen von der *Fairwind*. Rauch hing in Schwaden über der breiten Brettertheke und brannte mit herbem Tabakgeruch in ihren Lungen. Raues Gelächter stieg zu den schweren, altersdunklen Balken auf.

Die Stunden vergingen quälend langsam, erfüllt von halbseidenen Scherzen und Brandys Bemühungen, den grapschenden Händen der Matrosen auszuweichen. Herr im Himmel, sie hasste diesen Ort. Wenn Gott ihr nur einen einzigen Wunsch gewähren würde, wäre es ihr Entkommen von diesen geistlosen Schuften und aus den endlosen Stunden der Langeweile im Wirtshaus Weißes Pferd.

Eines Tages, dachte sie sehnsüchtig. Eines Tages werde ich einen Weg finden, von hier fortzugehen.

Der Abend zog sich dahin. Sie bediente an einem Tisch mit britischen Seeleuten und hörte fasziniert einer Geschichte zu, die ein Matrose namens Broggs erzählte. Eine englische Truppe von Zwangsrekrutierern hatte ihn zum Dienst gezwungen, als er noch ein Junge gewesen war. Seltsamerweise war im Laufe der Jahre aus dem Jungen ein Mann geworden, der die Seefahrt und ihre vielen Abenteuer liebte. Brandy lauschte mit einem Anflug von Neid und wünschte sich, wie schon viele hundert Male davor, sie wäre als Junge geboren worden, der davonlaufen und zur See gehen konnte, um ein Leben voller

Abenteuer zu suchen, anstatt wie eine Gefangene an eine elende Zukunft im Wirtshaus Weißes Pferd gekettet zu sein.

Es wurde spät und war schon beinah Mitternacht, als Cole Proctor, der Erste Maat an Bord der *Fairwind*, mit ein paar seiner Männer durch die Tür in den Schankraum polterte. Brandy war schon seit Morgengrauen auf den Beinen. Die Füße taten ihr weh, ihre Augen brannten, und ein dumpfer Schmerz zog über ihren Rücken. Und jetzt war der große, bullige, dreiste Cole Proctor da. Brandy fragte sich, ob der Abend wohl noch schlimmer werden könnte.

Sie hoffte, er würde sich auf Flos Seite der Schänke setzen, verschwand unauffällig in der Küche und schaute vorsichtig durch einen Riss in der Tür hinaus.

»Was, zum Teufel, tust du da eigentlich?« Big Jake kam langsam herbei, seine dichten grauen Augenbrauen finster zusammengezogen. »Wir haben genug Helferinnen in der Küche. Geh wieder nach draußen, wo du gebraucht wirst, da warten Gäste. Los, zurück an die Arbeit, oder du kriegst eins hinten drauf.«

Sie wollte widersprechen, ihn bitten, dass sie ein Weilchen hier versteckt bleiben könnte, um Cole Proctor und seinen allzu freundlichen Händen auszuweichen, aber sie wusste, dass ihr das nicht helfen würde. Big Jake war ein strenger Mann, bei dem der Kunde immer König war. Seine Tochter war nur eine Frau. Ein wenig Gegrapsche tat ihr nicht weh und war gut fürs Geschäft. Manchmal fragte sich Brandy wirklich, wie weit ihr Vater wohl gehen würde, um sicherzustellen, dass sein Wirtshaus gut lief.

»Los jetzt, und zwar sofort.« Er packte sie so fest am Arm, dass sie zusammenzuckte, und zerrte sie zurück zur Tür.

»Ich gehe ja schon, Papa.« Ohne weiter darauf zu achten, rieb sie sich die schmerzende Stelle am Arm und ging zurück in die Schänke, machte sich direkt auf den Weg zu dem Tisch in der Ecke, den Cole Proctor sich ausgesucht hatte, absichtlich auf ihrer Seite des Schankraums.

»Guten Abend, Mr. Proctor.« Sie zwang sich zu lächeln und blieb gerade außerhalb seiner Reichweite stehen. »Was wünscht Ihr und Eure Männer heute Abend?«

»Na, seht einmal an, wen wir hier haben, Jungs.« Sein Blick wanderte über sie vom Kopf bis zu den Fußsohlen unter ihren festen braunen Schuhen. Er verweilte einen Augenblick an ihren Knöcheln und wanderte dann wieder aufwärts bis zu ihren Brüsten. »Was meint ihr dazu, Jungs? Ist die nicht das hübscheste Weib diesseits des Atlantiks?«

Sie wurde ein wenig rot und hob das Kinn. Komplimente von frauenhungrigen Matrosen waren ihr nicht neu, aber Proctors waren immer ein wenig dreister. Und keiner von ihnen sah sie mit so viel nackter Lust an, wie der massige Erste Maat es immer tat.

»Ich habe Euch gefragt, was Ihr haben möchtet.«

Er lachte lange und obszön. »Habt Ihr das gehört, Jungs? Die Dame hat uns gefragt, was wir gern haben möchten.« Eine fleischige Hand schoss vor und packte ihr Handgelenk. Sie versuchte, sich ihm zu entziehen, aber er war mehr als doppelt so groß wie sie, und sein Griff war eisern. Mit nur wenig Anstrengung zog er sie herunter auf seinen Schoß und legte einen fleischigen Arm um ihre Taille.

»Was wir gern haben würden, mein Täubchen, ist ein großes Stück von dir.«

»Lasst mich los – ich habe zu tun.« Brandy begann, sich zu wehren, aber er lachte nur in seiner gewohnt ordinären Art. Er fasste ihre beiden Hände mit einer seiner Pranken und rückte sie besser auf seinen Knien zurecht.

»Nein, wirklich, ich kann mir nichts vorstellen, was ich lieber hätte, als deine hübschen weißen Schenkel auseinander zu schieben und dann meinen großen, harten –«

»Das ist genug, Proctor.« Brandys Augen hoben sich zu der hoch gewachsenen, dunklen Gestalt mit der tiefen, strengen Stimme. »Lasst das Mädchen los.«

Ihre Wangen glühten. Sie fühlte sich beschämt und gedemütigt, und doch war sie noch nie so erleichtert gewesen, Marcus Delaine zu sehen.

»Das Mädchen hatte mich was gefragt, und ich habe nichts weiter getan, als darauf zu antworten. Ich rate Euch, Kapitän, Eure Segel einzuholen und Euch aus der Sache rauszuhalten.«

Brandy wand sich, konnte sich aber nicht befreien. Der Kapitän sah, wie sie sich wehrte, und die Hand an seiner Seite ballte sich zur Faust.

»Ich sagte, Ihr sollt sie loslassen. Und das sage ich nicht noch mal.«

Brandy biss sich auf die Lippen. Ihr Vater würde unglaublich wütend werden, wenn sie der Anlass einer Schlägerei im Wirtshaus wurde. Sie zwang sich, den Kapitän anzusehen, in der Hoffnung, sie sähe gefasster aus, als sie sich fühlte. »Ist schon gut, Kapitän Delaine. Mr. Proctor wollte mich nur necken. Oder … Cole?« Das sagte sie mit, wie sie hoffte, fröhlich klingender Stimme, die den Ärger überdecken sollte, der in ihrem Inneren aufbrodelte.

Der massige Erste Maat lächelte. »So ist es, Kapitän. Wir haben nur Scherze gemacht, sozusagen. Nichts, worüber Ihr Euch aufregen müsst.«

Seine Augen waren von einem so eindringlichen Mitternachtsblau, dass sie beinah schwarz wirkten, als sich sein Blick in ihren bohrte. »Ist das wahr, Miss Winters? Mr. Proctor macht nur Scherze?«

Sie hätte sich beinah an dem Wort verschluckt. »Ja.« Der Gedanke daran, dass Marcus Delaine wirklich glauben könnte, dass sie Spaß an dem Getatsche eines Mannes wie Cole Proctor haben könnte, drehte ihr den Magen um. Doch die Angst vor dem Zorn ihres Vaters war viel schlimmer.

Er richtete sich zu seiner ganzen beeindruckenden Größe auf. »Dann bitte ich Euch hiermit um Verzeihung.« Er machte eine leichte Verbeugung, aber sein Lächeln wirkte kantig und kühl. Er wollte sich abwenden, und sie hätte den Augenblick beinah mit nur ein wenig Beschämung überstanden. Sie hätte es vielleicht schaffen können, sich diskret Coles Tentakelgriff zu entziehen, wenn der fleischige Matrose sich nicht genau in diesem Augenblick entschieden hätte, sie in den Hintern zu kneifen.

Die Wut überkam sie wie ein Sturmwind, und alle ihre guten Vorsätze waren wie weggeblasen. Mit einem Aufschrei sprang Brandy auf, so schnell, dass der Matrose sie losließ. Sie schlug ihn heftig mitten ins Gesicht.

»Ihr seid der abscheulichste, ekelhafteste Kerl, der mir je begegnet ist. Wenn Ihr mich auch nur noch ein einziges Mal so anfasst, schwöre ich, dass ich eine Pistole finde und Euch erschießen werde!«

Sie wandte sich schwungvoll ab und traf hart auf Marcus Delaines breite Brust auf. Einer seiner Mundwinkel hob sich mit dem Anflug eines Lächelns. »Ich dachte, er macht nur Scherze.«

Brandy errötete und trat einen Schritt zurück. »Cole Proctor hat nicht die leiseste Ahnung, was Scherze sind. Ich wollte nur kein Aufsehen erregen.«

»Das war wohl kaum Eure Schuld.«

»Stimmt, aber mein Vater würde es so sehen.« Sie wollte noch etwas anderes sagen, ihm für seinen Versuch danken, für sie einzutreten, da hörte sie, wie Cole Proctor seinen Stuhl zurückschob, drehte sich um und sah ihn aufstehen.

Seine dicken Finger rieben eine gerötete Wange. »Du kleines Biest. Dir werde ich schon zeigen, was passiert, wenn du die Hand gegen Cole Proctor erhebst.« Er griff nach ihr, aber der Kapitän zog sie außer Reichweite und trat zwischen sie.

»Ihr seid selbst für die Ohrfeige verantwortlich, Proctor, und das wisst Ihr. Wenn Ihr also jemandem etwas zeigen wollt, wie wäre es, wenn Ihr mit mir anfangt?«

Große Zähne blitzten bei einem bösen Grinsen. »Also das

ist 'ne gute Idee. Erst kümmere ich mich um Euch, dann ziehe ich das Mädchen mit nach draußen zur Hintertür und sehe zu, was ich mit ihr mache.«

»Da könnte ihr Vater vielleicht was dagegen haben.«

Proctor schnaubte. »Big Jake ist die doch völlig egal. Ich wette, wenn er glauben würde, der Preis für sie wäre hoch genug, würde er sie nächteweise an den Meistbietenden vermieten.«

Brandys Gesicht wurde blass, und ein Muskel zuckte in der glatten Wange des Kapitäns. »Warum gehen wir nicht nach draußen? Dort könnten wir das Thema eingehender besprechen.«

Doch der massige Erste Maat hatte nicht die Absicht, die sichere Nähe seiner Leute aufzugeben. Stattdessen setzte er zu einem mächtigen Schlag an, dem Marcus Delaine elegant auswich, und versuchte noch einen zweiten Schlag, der selbst einen starken Mann in die Knie gezwungen hätte. Der Kapitän ging beide Male mühelos aus dem Weg, duckte sich auch rechtzeitig, als der Erste Maat einen Stuhl nach ihm warf, und landete schließlich einen kräftigen Hieb in Proctors Magen, sodass der zusammenklappte.

Nach einem zweiten sauberen Schlag gegen Proctors Kinnlade flog dieser an die Wand, und sein Kopf traf dröhnend auf den Brettern auf. Mit einem schmerzlichen Ächzen verdrehte er die Augen, und der Kampf war vorüber.

Unglücklicherweise war inzwischen jeder Mann von der *Fairwind* auf den Beinen und geneigt, den Kampf gegen die Männer der *Seehabicht* aufzunehmen, die hinter ihrem Kapitän das Lokal betreten hatten. Ein Fluch ertönte, ein zweiter folgte, und in der Schänke brach die Hölle los. Stühle flogen durch die Luft. Bierkrüge krachten an Köpfe. Brandy wich einem umgekippten Tisch aus und rief Flo eine Warnung zu, die gerade noch einem Zinnbecher ausweichen konnte und sich hinter der Bar in Sicherheit brachte.

Bis Big Jake den Kampf unter Kontrolle bringen konnte, sah

das Innere des Wirtshauses aus, als wäre ein Orkan darüber weggebraust. Obwohl seine Männer nur teilweise schuld daran waren, bot Kapitän Delaine an, für den Schaden zu bezahlen. Brandys Vater betrachtete den kleinen Lederbeutel, den der Kapitän auf die Bar legte.

»Ich nehm Euer Geld für den Schaden, aber meiner Tochter gerbe ich das Fell, weil sie so was angezettelt hat.« Er griff nach ihrem Handgelenk und begann, sie zur Treppe zu zerren. »Es ist höchste Zeit, dass sie mal lernt, sich nicht immer so anzustellen, als wenn sie was Besseres wäre.«

»Es war nicht meine Schuld«, warf Brandy ein und wehrte sich gegen seinen Griff. »Ich habe die Sache nicht angefangen, sondern Cole Proctor.«

»Eure Tochter hat Recht. Sie war das Opfer, nicht die Ursache. Es wäre ungerecht von Euch, sie für etwas büßen zu lassen, auf das sie keinen Einfluss hatte.«

Das Kinn von Big Jake wurde hart, und sein Griff schloss sich noch fester um ihr Handgelenk. »Sie macht ständig Ärger, genau wie ihre Mutter und jede andere Frau, die ich je gekannt habe. Ich hätte nie für den feinen Lehrer bezahlen sollen. Jetzt meint sie, sie wäre was Besseres als wir anderen, weil sie so was wie Bildung hat.«

»Das ist nicht wahr, ich –«

Seine Handfläche traf mit einem harten Schlag ihre Wange. »Du sollst lernen, wo dein Platz ist, Mädchen. Ich werde schon noch dafür sorgen.«

Die dunklen Augen des Kapitäns richteten sich auf ihr Gesicht, das brannte und begonnen hatte, rot zu werden. Das einzige Anzeichen für seinen Ärger war der Muskel, der in seiner Wange zuckte. Ganz langsam schob er den Beutel auf der Bar zu Jake Winters hinüber.

»Ich und meine Leute waren schuld. Wenn das Mädchen verantwortlich gemacht wird, macht das keinen guten Eindruck bei den Männern.« Er lächelte, aber seine Lippen waren warnend schmal. »Alle wissen, dass das Weiße Pferd die beste Schänke am Kai ist. Es wäre sicher eine Schande, wenn sich meine Leute hier nicht mehr wohl fühlen würden.«

Jake Winters hörte die Worte und auch die versteckte Drohung. Marcus Delaine war ein wohlhabender, mächtiger Mann. Er war ein Graf und der Besitzer der Hawksmoor Schifffahrtsgesellschaft. Jake würde also nicht nur die Mannschaft der *Seehabicht* als Kunden verlieren, sondern auch die von fünf weiteren Schiffen – und alle diejenigen, die sonst noch unter dem Einfluss des Kapitäns standen.

Brandys Vater gab sich große Mühe, seinen Ärger in den Griff zu bekommen, aber die rötliche Farbe seines Gesichts machte ihr klar, wie schwer ihm das fiel. »Vielleicht habt Ihr Recht, Kapitän. Vielleicht war ich zu voreilig.« Er warf Brandy einen drohenden Blick zu und stieß sie in Richtung auf die Treppe, die hinauf zu ihrem Zimmer führte. »Du kannst dem Kapitän dankbar sein, dass er dir die Schläge erspart, die du verdient hast. Wenn du das nächste Mal Ärger machst mit deiner überlegenen Art, schwöre ich, dass du nicht mehr so viel Glück haben wirst.«

Brandy nickte, und die Scham kämpfte gegen die Erleichterung an. Sie warf dem Kapitän ein dankbares, wackliges Lächeln zu und machte sich auf den Weg die Treppe hinauf, wobei ihr langer kupferfarbener Zopf auf ihrem Rücken hin und her schwang. Sie war kein Kind mehr, aber ihr Vater behandelte sie, als wäre es so, und Marcus sah dies wohl ebenso. Warum nur behandelten sie einzig und allein Männer wie Cole Proctor als die Frau, die sie inzwischen geworden war?

Und wie lange würde sie sich noch die Tyrannei ihres Vaters gefallen lassen, bevor sie sich entschloss, etwas dagegen zu unternehmen?

Brandy schwor, dass es nicht mehr lange sein würde. Ganz bestimmt nicht mehr lange.

Die Gelegenheit kam wesentlich schneller, als sie erwartet

hatte. Es war Schicksal, dachte sie, Gottes Antwort auf eines ihrer tausend Gebete. Es geschah am nächsten Morgen, als sie am Wirtshaus »Zu den Pinien« vorüberging, nur ein paar Häuser von ihrem entfernt. Sie war erst kurz auf der Straße, da sah sie Marcus Delaine aus der geschnitzten Tür treten und sich auf den Weg zum Anlegeplatz der *Seehabicht* machen.

Brandy sah die große Gestalt, die sich so selbstbewusst bewegte, und spürte denselben Anflug von Wärme, der sie immer durchströmte, wenn sie ihn sah. Sie ging schneller und holte ihn ein, als er über die Straße und den Kai entlangging.

»Guten Morgen, Kapitän.« Sie warf ihm ein strahlendes, sonniges Lächeln zu. »Ich sah Euch eben aus dem Wirtshaus kommen und wollte Euch nur noch einmal danken, weil Ihr Euch letzte Nacht in der Schänke so für mich eingesetzt habt.«

Er verlangsamte seine Schritte, sodass sie nicht zu rennen brauchte, um neben ihm hergehen zu können. »Ich versichere Euch, Miss Winters, es war mir ein Vergnügen. Proctor hatte schon seit längerer Zeit Prügel verdient.« Er lächelte ein wenig. Ihr fiel auf, dass sich ein schwacher blauer Fleck auf der Haut über seinen hohen Wangenknochen zeigte.

»Ich dachte, Ihr wäret auf dem Weg nach England, und hätte Euch nicht so bald wieder hier im Hafen erwartet.«

Die schwarzen Augenbrauen über seiner schmalen, geraden Nase zogen sich zusammen. »Wir hatten auf dem Rückweg von Virginia Schwierigkeiten mit dem Ruder. Ich muss es erst ersetzen lassen, bevor wir uns auf den Heimweg machen können.«

Er war so groß, dass sie den Hals recken musste, um zu ihm aufzusehen. Die Sonne glänzte auf seinem welligen schwarzen Haar. Brandy spürte ein seltsames Verlangen, mit den Fingern hindurchzustreichen. »Wenn ich mich richtig erinnere, hattet Ihr das letzte Mal hier im Hafen auch Schwierigkeiten mit dem Schiff.«

Eine Spur von Unbehagen machte seine Stimme rau. »In

letzter Zeit scheinen wir ziemliches Pech zu haben. Ich hoffe, dass sich das bald ändert. Inzwischen haben wir eine kurze Fahrt zu den Bahamas eingeplant, eine Ladung Mehl, die wir in Alexandria aufgenommen haben, dazu eine Portion Bauholz und andere Kleinigkeiten. Wir kommen wieder hierher zurück, um neue Ladung aufzunehmen, bevor wir uns auf den Heimweg machen.«

Ihr Puls wurde plötzlich schneller. »Wie lange werdet Ihr fort sein?«

»Wenn alles glatt geht, weniger als einen Monat. Es ist nicht weit zu den Inseln. Wir löschen nur die Ladung und kehren so schnell wie möglich zurück.«

Ihr Puls begann noch schneller zu schlagen, als eine Idee in ihrem Kopf Gestalt annahm. »Ihr fahrt also zu den Bahamas und dann sofort wieder hierher zurück?«

»Genau. Wir hatten zwar nicht vor, diese Fahrt zu machen, aber wir werden gut bezahlt, und bei den Rückschlägen der letzten Zeit können wir das gut gebrauchen.«

»Wann fahrt Ihr ab?«

»Sobald das Ruder repariert ist. Wenn alles gut geht, dürfte das etwa übermorgen sein.«

Sie hatten die Anlegestelle des Schiffs erreicht, und der Kapitän wandte sich ihr zu. »Falls ich Euch nicht noch einmal sehe, bevor die *Seehabicht* Segel setzt, wünsche ich Euch alles Gute, Miss Winters. Passt gut auf Euch auf.« Als er lächelte, wirkte das wie ein weißes Blitzen vor seiner gebräunten Haut. »Wenn Ihr Glück habt, verlässt die *Fairwind* Charleston ebenfalls bald.«

Brandy grinste und sah vor ihrem inneren Auge wieder die Faust des Kapitäns auf das Kinn des ersten Maats treffen. »Wenn ich Glück habe, ja.«

Er streckte die Hand aus, berührte ihre Wange und strich ihr sacht übers Haar. »Wie lange kennen wir uns schon, Miss Winters?«

»Gute zehn Jahre, würde ich sagen.« Sie erinnerte sich genau an den Augenblick, als sie ihm zum ersten Mal begegnet war, einem gut aussehenden jungen Leutnant in der Uniform der britischen Marine, der durch die Tür des Wirtshauses trat. Damals war sie kaum mehr als ein Kind gewesen, aber er hatte sie trotzdem fasziniert.

»Ihr werdet langsam erwachsen, Mädel. Bald werdet Ihr einen Ehemann brauchen und sicher auch ein eigenes Heim und eine Familie gründen wollen.«

Brandy schüttelte den Kopf. »Ich will keinen Ehemann – wenigstens noch nicht so bald. Ich will etwas von der Welt sehen, herumkommen. Ich will erst einmal mein eigenes Leben leben, bevor ich mich niederlasse.«

Der Kapitän sah sie mit einem Blick an, der vielleicht eine Spur von Mitleid zum Ausdruck brachte. Er hatte sie diese Worte bestimmt schon ein Dutzend Mal sagen hören. »Unabhängigkeit ist keine leichte Sache für eine Frau.«

»Ich werde es schon schaffen, wartet nur ab.«

Er schaute in den Hafen und zu dem hohen Schiff, dessen riesige Masten leise im Wind schwankten. Eine Möwe kreischte hoch über seinem Kopf. »Ihr seid ein nettes Mädchen, Brandy. Ihr verdient, zu bekommen, was immer Ihr Euch wünscht.«

In diesem Augenblick wusste Brandy ganz genau, was sie sich wünschte. Sie wollte mit Marcus Delaine zur See fahren. Sie wollte Abenteuer erleben, die Welt sehen. Und zum ersten Mal in ihrem Leben würde sie bekommen, was sie wollte.

Brandy lächelte. »Gute Fahrt, Kapitän.«

Er nickte nur und winkte, war mit den Gedanken schon beim Schiff und seinen Leuten. Brandy sah seinen breiten Rücken in jene Richtung verschwinden, dann machte sie kehrt und hastete zum Wirtshaus zurück. Sie hatte nur zwei Tage Zeit. Zwei Tage. Das war kaum genug Zeit, um Pläne für eine Reise zu machen, die vielleicht ihr ganzes Leben verändern würde. Schon der Gedanke daran faszinierte sie. Brandy grinste und lief schneller.

»Nun, Käpt'n, was denkt Ihr?«

Es war spät am Nachmittag. Marcus, der auf dem Kai neben dem Schiff stand, betrachtete das gebrochene Ruder, das von der *Seehabicht* abmontiert und ersetzt worden war.

»Ich weiß nicht. Wenn man sich die Bruchstelle im Holz ansieht, scheint sie irgendwie zu sauber. Es besteht eine gewisse Möglichkeit, dass es angesägt worden ist, aber sicher können wir nicht sein. Und diese Eindrücke ... als hätte jemand mit etwas Hartem dagegengeschlagen. Möglicherweise wollte jemand, dass das Ruder bricht. Wenn man das Holz schwächt, könnte man das beschleunigen.«

Hamish Bass, der Erste Maat an Bord der *Seehabicht* und seit langem Marcus' Freund, betrachtete das lange, glatt abgebrochene Stück Holz, das völlig nutzlos geworden war. »Jawoll, das könnte sein, Käpt'n.« Er kratzte sich an seinem zerzausten grauen Bart. »Andererseits, wenn man sich vorstellt, welchen Widerstand vom Wasser es aushalten muss, ist es schwer zu sagen. Könnte sein, dass es einfach nur so aussieht.«

Marcus fuhr sich mit der Hand durchs Haar. »Da hast du wahrscheinlich Recht. Trotzdem ist dies der dritte Schaden, den wir in den letzten zwei Monaten hatten, und das gefällt mir überhaupt nicht. Ich schätze, ich suche nach jeder noch so entfernten Möglichkeit, die eine Erklärung bieten könnte.«

»Es gibt kaum jemanden, der einen Grund haben könnte, so etwas zu tun.«

»Nein. Vielleicht einer aus der Mannschaft, der irgendwie verärgert ist und mir übel will.«

»Ihr habt eine treue Mannschaft, Käpt'n. Sie wissen, dass Ihr ein gerechter Mann seid und wesentlich nachgiebiger als die meisten anderen. Alle sind froh, eine Koje an Bord der *Seehabicht* zu haben, die meisten sind mehr als dankbar dafür.«

Er nickte, und es erfreute ihn, so etwas zu hören. »Die Reparatur hat uns einige Zeit gekostet, aber mit der Extraladung, die wir zu den Bahamas bringen, werden wir sogar einen Vorteil davon haben.«

Hamish grinste schief. »Na also. Jetzt sieht alles schon wieder besser aus.«

Marcus lächelte. »Vielleicht hast du Recht. Ich schätze, wir sind bis zur Flut bereit zum Auslaufen.«

»Aye, Käpt'n. Bis dahin ist sie klar.«

Marcus nickte noch einmal, und sie wandten sich um und gingen zurück zum Steg, der auf Deck führte. Die *Seehabicht* war ein dreimastiges Schiff mit vollen Segeln, das sehr schnell fuhr, das Flaggschiff der Flotte der Hawksmoor Schifffahrtsgesellschaft und das beste Schiff, auf dem Marcus je gesegelt war. Es gehörte ihm nun seit zwei Jahren, und er war stolz auf diesen Besitz, stolz auf den Erfolg, den er gehabt hatte und durch den es ihm möglich gewesen war, ein so schönes Schiff zu kaufen.

Als sie auf dem Oberdeck angekommen waren, klopfte er dem älteren Mann auf die Schulter. »Leg dich jetzt besser noch hin, Hamish. Du hast heute Nacht die Wache, und der Morgen kommt schneller, als du denkst.«

Der andere nickte und winkte, als er davontrottete. Marcus lehnte sich an die Reling und lächelte über seinen leicht o-beinigen, schwankenden Seemannsgang. Vielleicht hatte Hamish Recht, und sie hatten ihre Pechsträhne überwunden – Marcus hoffte es sehr. Er war im letzten Monat dreißig Jahre alt geworden. Seit sechs Jahren nun, seit er in einer Schlacht gegen die Franzosen in die Schulter geschossen worden war und die Marine verlassen hatte, war sein einziges Ziel gewesen, die Hawksmoor Schifffahrtsgesellschaft so aufzubauen, dass sie zu dem erfolgreichen Unternehmen wurde, das sie schließlich auch geworden war.

Vor einem Jahr war sein älterer Bruder Geoffrey ertrunken,

als eine Brücke einstürzte und seine Kutsche in den Fluss stürzte. Marcus hatte dadurch den Familientitel und eine Menge Geld geerbt, doch am Anfang war es ganz anders gewesen. Er hatte die Hawksmoor Schifffahrtsgesellschaft mit einem winzigen Erbe begonnen, das er von seiner Großmutter mütterlicherseits bekommen hatte. Er hatte damals sechzehn Stunden am Tag gearbeitet, um die Gesellschaft zum Erfolg zu bringen, und er war entschlossen, dass es so bleiben sollte.

Er starrte hinüber zum Kai, spürte das leichte Klatschen der Wellen an den Rumpf seines Schiffes, genoss das salzige Aroma der Luft, den Geruch nach nassem Hanfseil und Teer, das Gefühl der Feuchtigkeit auf der Haut. Er liebte sein Leben draußen auf See, dieses Leben, das er so entschlossen für sich erschaffen hatte. Er hatte den Ozean schon geliebt, als er noch ein Junge war und in Hawksmoor House lebte, hoch auf den Klippen von Cornwall über dem windgepeitschten Wasser.

Es war ein Leben, das er nie aufgeben würde, nicht für die Liebe und nicht für Geld, nicht einmal um seiner Verantwortung als Graf nachzukommen. Darum konnte sich sein jüngerer Bruder kümmern und auch zusehen, dass der nötige Erbe der Hawksmoors gezeugt wurde. Marcus würde niemals heiraten. Es gab keine Frau auf der Welt, der es möglich sein würde, die Verlockungen jener Geliebten zu übertreffen, die er über alles verehrte.

Marcus stellte sich die See als eine schöne Frau vor, die seine Seele ganz mit Beschlag belegt hatte, und lächelte.

2

»Was willst du machen?«

Brandy grinste. »Sage ich doch – ich segele zu den Bahamas. Wir legen mit der Flut morgen früh ab.«

Flo sank auf das schmale Bett in Brandys kleinem Dachzimmerchen über dem Wirtshaus. »Du bist wahnsinnig. Wenn du auch nur daran denkst wegzulaufen, wird dich dein Vater umbringen.«

»Ich laufe nicht weg. Ich mache eine Reise. Ich bin in weniger als dreißig Tagen zurück. Wenn mein Vater mich umbringen will, wird er bis dahin warten müssen.«

»Du lächelst. Ich kann mir nicht vorstellen, dass du dies wirklich lustig findest. Was denkst du, was Big Jake tun wird, wenn er herausfindet, was du gemacht hast?«

»Vielleicht wird er es nie herausfinden ... wenigstens nicht genau. Ich hinterlasse ihm eine Nachricht. Darin schreibe ich, dass ich gegangen bin, um Cousine Myra in Savannah zu besuchen. Er wird natürlich wütend sein, aber das ist mir egal. Bis ich wiederkomme, werde ich mir überlegt haben, was ich vorhabe, mit dem Rest meines Lebens anzufangen – und das wird nicht sein, mich im Wirtshaus zum Weißen Pferd krumm zu schuften. Ich werde mein Leben nicht wegschmeißen, nur damit mein Vater noch mehr Geld machen kann. Herr im Himmel, ich schwöre, dass das eine Art Krankheit ist. Er bekommt nie genug. Er ist nie zufrieden. Und was mich betrifft, habe ich davon jetzt die Nase voll.«

Brandy kam herüber zu ihrer Freundin. »Das Einzige, was mir hier fehlen wird, bist du, Flo.« Sie grinste. »Bist du sicher, dass du nicht mitkommen willst?«

Flo schniefte ablehnend und hob eine dunkle Augenbraue.

»Wenn ich mich dabei so anziehen muss, besteht nicht die geringste Chance, dass mich das in Versuchung führen könnte.«

Brandy schaute hinab auf die Kleidung eines Kabinenjungen, die sie dem alten Salty Johnson stibitzt hatte: ein paar raue, braune Kniehosen und ein handgewebtes Hemd mit weiten Ärmeln. »Und ich dachte, ich sehe eher hinreißend aus.«

»Hinreißend? Du siehst aus wie ein Gassenjunge. Wenn deine großen Katzenaugen nicht wären –«

»Ist mir egal, wie ich aussehe, solange ich nur an Bord des Schiffes komme.« Sie griff nach Flos Hand. »Ich wünschte, du würdest mitkommen, aber ich habe nie wirklich geglaubt, dass du es tun könntest. Ich bete nur, dass sie mich nicht schnappen, während ich versuche, mich an Bord zu schleichen, und dass mich keiner findet, bis wir weit genug draußen auf See sind, sodass der Kapitän mich nicht zurückbringen kann.«

Flo drückte ihre Hand. »Er wird mächtig wütend sein, denk daran. Unter seiner kühlen Fassade ist er sogar ein noch härterer Mann als dein Vater. Der Himmel weiß, was er tun wird.«

Brandy schauderte unwillkürlich. Marcus Delaine war immer nett zu ihr gewesen, doch er besaß auch eine rücksichtslose Seite, die sie mehr als nur einmal bemerkt hatte. Er war ein Mann, dem es nicht gefiel, wenn man ihn betrog. Und das genau war es natürlich, was sie tat, wenn sie sich unerlaubt an Bord seines Schiffes schlich und als blinder Passagier unter Deck versteckte.

Sie fragte sich, was er wohl auf See mit ihr machen würde, wenn sie plötzlich auf dem Deck seines Schiffes auftauchte. Sie freute sich nicht besonders auf diesen Augenblick, doch was immer auch die Folgen sein würden, sie würde sich nicht abhalten lassen.

»Ich muss dies einfach machen, Flo. Ich habe mein ganzes Leben auf eine solche Gelegenheit gewartet. Ich muss herausfinden, wie die Welt außerhalb des Wirtshauses aussieht. Ich muss feststellen, was ich wirklich mit meinem Leben anfangen will.«

»Warum kannst du dir nicht einfach einen Mann und Kinder wünschen wie jedes andere junge Mädchen?«

»Und du, warum kannst du es nicht?«, fragte Brandy.

»Denkst du etwa, ich will so etwas nicht?« Flo stand vom Bett auf. »Es gibt nichts auf dieser Welt, was ich mir mehr wünsche als einen Mann und mein eigenes Heim.«

»Davon hast du in all diesen Jahren nie etwas gesagt. Du hast nie irgendein Interesse an den Männern gezeigt, die ins Wirtshaus kommen. Ich dachte, du wärest an der Ehe nicht interessiert.«

»Oh, interessiert bin ich schon.« Flo wandte den Blick ab. »Unglücklicherweise ist der Mann, den ich will, schon verheiratet.«

»Was?«

»Genau das. Ich bin nicht besonders stolz darauf, darum habe ich nie davon gesprochen. Aber ich bin schon seit Jahren in William Brewster verliebt. Er ist der einzige Mann für mich, selbst wenn ich ihn nicht bekommen kann.«

»Aber du könntest doch bestimmt auch jemand anderen finden, jemanden, der –«

»Es *gibt* keinen anderen für mich. Auf keinen Fall. Manche Menschen lieben nur einmal. Für mich gibt es nur Willie. Du solltest besser zu Gott beten, dass, wenn du dich je verliebst, der Mann diese Liebe auch erwidert.«

Brandy sagte nichts mehr, aber Marcus Delaines gut aussehendes Gesicht erschien vor ihrem inneren Auge. Und dazu spürte sie ein seltsames Schaudern der Erwartung. Die Reise, die sie vorhatte, würde voller Gefahren sein. Marcus Delaine und die heftige Anziehung, die sie immer ihm gegenüber empfunden hatte, gehörten ganz sicher auch dazu.

»Ich muss gehen.« Sie griff nach der zerschlissenen Wolljacke, die auf dem Bett lag, und schob die Hände in die Ärmel. »Ich muss eine Möglichkeit finden, an Bord des Schiffes zu gehen, ohne dass mich jemand sieht. Die Mannschaft kommt erst gegen Mitternacht zurück. Bis dahin möchte ich schon in meinem Versteck sitzen.«

Flo beugte sich vor und umarmte sie. »Bist du ganz sicher, dass ich dir die Sache nicht ausreden kann?«

Brandy lächelte. »Was meinst du?«

»Ich glaube, dass du spinnst, aber das habe ich dir schon gesagt.«

»Wünsch mir Glück, Flo. Glück und ein großes Abenteuer.«

»Ich wünsche dir: Geh mit Gott, und gute Heimreise.«

Brandy drückte sie noch einmal an sich. »Danke, Flo. Wir sehen uns in dreißig Tagen. Wenn ich Glück habe, wird mein Vater dann so froh sein, mich wiederzuhaben, dass er auf jede Strafe verzichtet, die er sich bis dahin ausgedacht hat.«

»Geringe Chancen für Derartiges.« Flo ging mit ihr die Hintertreppe hinunter und stand dann da und winkte, als Brandy sich ihr kleines Kleiderbündel mit ein paar Tagesrationen Essen und Wasser über die Schulter warf, über die Straße ging und in Richtung Kai losmarschierte.

Brandy drehte sich noch einmal um und sah ihre Freundin im Wirtshaus verschwinden. Dann ging sie weiter, und ihre dicken Lederschuhe klapperten laut auf dem hölzernen Dock. Die meisten Männer der Mannschaft würden noch ein paar Stunden an Land sein. Sie nahm an, dass Kapitän Delaine schon an Bord war, wahrscheinlich auch Hamish Bass, der Erste Maat.

Ihr Plan war einfach. In den Kleidern eines Kabinenjungen, die Haare unter einer braunen Wollmütze versteckt, würde sie einfach im Dunkeln an Bord gehen, als wäre sie einer der mehr als vierzig Leute, die an Bord zurückkehrten. Sie würde unter Deck gehen, ohne dass man sie sah, und irgendwo ein sicheres Versteck finden.

Als sie den Laufsteg erreicht hatte, holte sie tief Luft, zog die Mütze in die Stirn und ging langsam den breiten Holzsteg hinauf, in der Hoffnung, dass ihr heftig pochendes Herz nicht tatsächlich so laut schlug, dass es jemand hören konnte. Ein Matrose stand an der Reling gegenüber auf dem Deck, hatte ihr aber den Rücken zugekehrt. Ein paar Männer spielten im Licht einer Laterne Karten. In der Ferne konnte sie einen Seemann auf einer Flöte leise trällern hören.

Brandy kümmerte sich nicht weiter um die anderen und

marschierte einfach auf den Eingang zum Unterdeck zu, der zum Laderaum in der Mitte des Schiffes führte.

Sie war nur einmal an Bord der *Seehabicht* gewesen, als Hamish Bass ihr eine Führung angeboten hatte. Sie war natürlich fasziniert gewesen, und selbst jetzt erinnerte sie sich noch genau an den Aufbau des Schiffes und an fast jeden Durchgang.

Sie fand sich leichter zurecht, als sie erwartet hatte, und da nur so wenige Männer an Bord waren, achtete niemand auf sie. Die Leitern waren steil, die Gänge düster. Im Laderaum war es feucht und kälter, als sie gedacht hatte, doch die hoch darin aufgestapelten Kisten, Fässchen und Hunderte von Mehlsäcken machten es ihr nicht allzu schwer, ein gutes Plätzchen zu finden. Sie baute sich eine kleine Höhle hinter ein paar Holzkisten, in die sie ringsum kleine Mehlsäcke stellte als Isolierung gegen die Kälte.

Der größte Teil der Ladung war gut gesichert und mit Seilen festgezurrt, damit sie sich nicht unter Deck bewegte. An jedem Ende des Laderaums hing nur eine Lampe, die ein wenig die bedrohliche Dunkelheit verdrängte.

Brandy schauderte und zog ihre fadenscheinige Jacke fester um sich. Eine Ratte huschte am Rumpf entlang und quietschte dabei. Sekunden später krabbelte ein Insekt über ihre Hand. Brandy unterdrückte einen Schrei.

Nichts, was die Sache wert ist, fällt einem je leicht, sagte sie sich. Sie war sicher versteckt und bereit, ihr großes Abenteuer zu beginnen. Dennoch hoffte sie, dass sie nicht allzu lange im Laderaum würde bleiben müssen.

Der Wind wurde heftiger, nachdem sie den Hafen verlassen hatten, und die See wurde rau. Marcus stand am Steuer, die Beine breit, um das Schwanken des Schiffes auszugleichen, und starrte zum Horizont. Flache graue Wolken hingen tief über einem Meer voller weißer Schaumkronen, und in der Ferne zuckten Blitze.

»Sieht aus, als könnte es einen üblen Sturm geben«, sagte Marcus zu Hamish.

»Aye, Käpt'n, gut möglich.«

»Schick einen der Männer nach unten, um die Ladung zu prüfen und nachzusehen, ob alle Seile wirklich festgezogen sind.«

»Aye, mache ich.« Hamish schlurfte in seinem rollenden Gang davon, sein langes graues Haar flatterte unter dem Rand einer Wollmütze. Er verschwand außer Sicht, und Marcus sah wieder aufs Meer hinaus.

Wie eine schöne Frau, dachte er wie schon öfter, ungezähmt, leidenschaftlich und eigenwillig. Seltsamerweise erschien bei diesem Gedanken ein anderes Bild vor seinem inneren Auge, ein süßes Lächeln auf einem Gesicht, das von dichtem rotgoldenem Haar umrahmt war, volle rote Lippen und bernsteinfarbene Augen, die an den Augenwinkeln leicht schräg gestellt waren.

Er schnaubte über seine Gedanken. Nein, das war keine Frau, kaum mehr als ein Mädchen. Sie hatte allerdings den Körper einer Frau, eine schlanke Taille und hohe, volle Brüste, ein Paar schmale Fesseln und dazu, stellte er sich vor, ein festes kleines Hinterteil. Aber Brianne Winters war noch jung, unschuldig und unglaublich naiv. Es überraschte ihn, dass er überhaupt an sie gedacht hatte, und nicht an die dunkelhaarige Frau, mit der er geschlafen hatte, als er im Hafen angekommen war, eine lustige Witwe, die geschickt seine männlichen Bedürfnisse befriedigt hatte.

Vielleicht war es Brandys spritziger Geist, denn den bewunderte er wirklich, und er stellte fest, dass er lächeln musste, als er an ihren Zusammenstoß mit dem ersten Maat der *Fairwind* dachte. Sie war ein feuriges kleines Wesen – aber noch keine Frau, rief er sich noch einmal in Erinnerung.

Trotzdem blieb ihr Bild weich in seinen Gedanken haften, als er wieder aufs Meer hinaussah.

Das Schiff schwankte zur Seite, hob sich auf eine Welle und tauchte dann wieder abwärts. Brandys Magen tauchte mit ihm abwärts, kippte und drehte sich um. Sie schaffte es kaum rechtzeitig, auf die Knie hochzukommen und über dem Eimer zu würgen, den sie sich organisiert hatte, als sie merkte, dass ihr schlecht wurde. Das war vor zwei Tagen gewesen – oder waren es schon drei? Fühlte sich eher nach zwanzig an. Sie konnte sich nicht an das letzte Mal erinnern, als sie etwas gegessen hatte, und doch würgte sie weiter über dem Eimer, als wäre wirklich noch irgendetwas in ihrem Magen geblieben.

Zitternd legte sie sich wieder auf ihre provisorische Matratze zurück und lehnte den Kopf an den Rumpf des Schiffes. Ihre Mütze war längst fort, ihr Zopf hing schlaff über ihrer Schulter. Sie war so schwach, dass sie kaum noch die Wasserflasche hochheben konnte, die sie mitgebracht hatte. Sie trank ein paar vorsichtige Schlückchen, spürte, wie das kalte Wasser in ihrem Magen ankam, und bedauerte sofort den Versuch.

Sie ächzte, als sie sich zu dem Eimer lehnte und noch einmal würgte. Undeutlich nahm sie im Hintergrund ein Geräusch wahr, das dann lauter wurde, aber ihr war zu elend, als dass sie diese Informationen hätte begreifen können.

»Jesus, Maria und Josef!« Der Mann riss sich die Mütze vom Kopf und kratzte sich sein lichter werdendes graubraunes Haar. »Ein blinder Passagier. Haben wir schon seit Jahren nicht mehr gehabt. Was, in Teufels Namen, tust du denn hier?«

Brandy stöhnte wieder, diesmal eher aus Ärger über sich selbst, weil sie nicht vorsichtiger gewesen war. Sie kannte den kleinen Mann, der da neben ihr stand, mit den langen Koteletten und dem dünnen mausgrauen Haar. Joshua Dobbs, einer der Männer der *Seehabicht,* die öfter in ihr Wirtshaus kamen.

Sie wandte den Kopf und sah zu ihm auf. »Wie viele … wie viele Tage sind wir schon auf See?«

Der Mann holte tief Luft. »Aber dich kenne ich doch! Du – Ihr seid Miss Brandy – vom Wirtshaus Weißes Pferd!«

»Wie viele Tage, Mr. Dobbs?«

Er kratzte sich den Kopf. »Drei Tage, Miss.«

Brandy stöhnte. Sie war sicher gewesen, dass es mindestens fünf hätten sein müssen.

»Käpt'n Delaine wird wirklich böse sein, wenn er herausfindet, was Ihr gemacht habt.«

Brandy streckte eine zittrige Hand aus und griff nach dem Arm des kleinen Mannes. »Ihr dürft es ihm nicht sagen, Mr. Dobbs. Bitte … Ihr dürft es ihm auf keinen Fall jetzt schon sagen. Ich will mitfahren zu den Inseln. Ich muss einfach mit.«

Joshua Dobbs schüttelte den Kopf. »Das kann ich nicht machen, Miss, da wäre der Käpt'n wirklich ärgerlich auf mich, wenn ich ihm nicht sage, dass Ihr hier unten seid.«

»Bitte, Mr. Dobbs, könnt Ihr nicht einfach so tun, als hättet Ihr mich nicht gesehen … nur noch für ein paar Tage?« Ihr Griff um seinen Arm wurde fester. »Ich kann Euch auch bezahlen. Ich habe ein wenig Geld gespart. Ich könnte –«

»Das Geld ist es nicht, Miss. Es ist nur, dass der Käpt'n –«

Da ließ sie ihn los, beugte sich wieder über den Eimer und würgte elendiglich vor Joshua Dobbs.

»Ihr seht nicht besonders gut aus.« Er ging einen Augenblick weg und kam dann mit einem Blechbecher voll Wasser zurück. Er befeuchtete sein Taschentuch und gab es ihr.

Brandy nahm es dankbar entgegen. »Vielen Dank.« Sie wusch sich mit einer zitternden Hand das Gesicht und lehnte sich auf ihre Matte zurück. »Nur noch einen Tag, Mr. Dobbs. Bitte … gebt mir nur noch einen Tag.« Das Schiff hob sich auf die nächste Welle, und Brandys Augen schlossen sich. Sie war so müde … so unerträglich müde.

Joshua Dobbs stand über ihr. Armes kleines Ding. So zart. So blass. Er erinnerte sich gut an sie. Brandy Winters hatte ihn oft im Wirtshaus bedient. Sie hatte immer ein Lächeln für ihn übrig, immer Zeit, einer seiner Geschichten zuzuhören. Er erinnerte sich daran, wie ihre Augen jedes Mal aufgeleuchtet hatten, wenn er von einem seiner Abenteuer erzählte. Sie hatten ein hübsches Braun, diese Augen, und glänzten so lebendig, dass sie beinah golden wirkten.

Sie hatte ihm immer Leid getan, so wie ihr Vater sie behandelte, als wäre sie nicht besser als eine Bedienstete. Josh erinnerte sich auch, dass er sie einmal geschlagen hatte, weil sie zu lange draußen geblieben war und einer seiner Geschichten zugehört hatte.

Armes kleines Ding. Was würde es schon ausmachen, wenn er ihr nur dies eine Mal half? Wem würde es schaden?

Josh sah sich um. Niemand war in der Nähe. Wenn er ihr ein wenig Brühe und Zwieback brachte, würde sie sich besser fühlen. Dann konnte sie auch dem Käpt'n entgegentreten, und wie sie schon gesagt hatte – vielleicht wäre es bis dahin zu spät, um sie zurück nach Hause zu bringen. Er fragte sich, ob sie wohl vor ihrem Vater davonlief. Falls es so war, konnte Josh es ihr nicht übel nehmen. Und er beschloss, ihr so lange zu helfen, wie er konnte.

Brandy brachte ein schwaches Lächeln auf für den Mann, der ihr durch einen weiteren elenden Tag geholfen hatte. Der Sturm war schlimmer geworden, doch dank seiner Hilfe fühlte sie sich etwas besser. Durch den Zwieback, den Josh gebracht hatte, hatte sich ihr Magen etwas beruhigt, allerdings wagte sie noch nicht, mehr als das zu essen.

Er winkte ihr zu, als er davonhuschte, blieb jedes Mal nur ein paar Minuten, weil er befürchtete, jemand könnte ihn sehen. Um ihm einen Gefallen zu tun, hatte sie versucht, auch ein wenig Brühe zu essen, doch die war gleich wieder hochgekommen. Bis morgen würde der Sturm sicher nachlassen, und sie würde wieder essen und ein wenig Kraft wiedergewinnen können. Sie lehnte sich an den Schiffsrumpf und kuschelte sich in die Decke, die Josh ihr gebracht hatte. Sie konnte sich nicht erinnern, ob es ihr je schon mal so kalt gewesen war.

Trotzdem hatte die Aussicht, hinauf auf Deck zu steigen und dem Kapitän entgegenzutreten, inzwischen kaum mehr Reiz, als hier unten zu hocken.

Das Schiff knirschte und ächzte. Es erhob sich auf eine Welle und sank in das Tal dahinter, und sie hörte das unerwartete Geräusch von splitterndem Holz. Ein heißer Schreck durchfuhr sie, und sie stützte sich gegen den Rumpf. Das Schiff neigte sich zur Seite, noch mehr Holz knackte und brach, und aus ihrem Schreck wurde eisige Angst. Eines der Seile, das nur ein paar Meter entfernt einen Stapel Kisten hielt, begann zu ächzen, und sie schaute auf und hielt den Atem an, als sie sah, wie die schweren Kisten zu rutschen begannen und das Seil so straff spannten, dass es vibrierte.

Herrgott, irgendetwas geschah mit dem Schiff, und was immer es auch sein mochte, gut war es nicht. So schwach und unstet sie sich auch fühlen mochte, raffte sich Brandy doch auf und schaute in die Dunkelheit, um das Problem zu entdecken und entscheiden zu können, was sie tun musste. Ihr Herz hämmerte mit schweren, warnenden Schlägen, trotzdem zwang sie sich, ruhig zu bleiben. Sie traute Marcus Delaine zu, dass er ein guter Kapitän war und das Schiff sicher führte. Sie hatte nichts zu befürchten, sagte sie sich, und doch schlug ihr Herz weiter heftig.

Sie fing gerade an zu wünschen, dass Joshua Dobbs zurückkäme, da kippte das Schiff wieder in ein Wellental, und sie hörte das klare Brechen von Holz. Herr im Himmel, es war die Halterung, die die Ladung hielt! Kisten und Kästen begannen sich zu bewegen und rutschten am Rumpf entlang auf sie zu. Brandy kreischte, als rings um sie her die Ladung zu stürzen begann.

Sie versuchte der schweren Kiste auszuweichen, die von dem Stapel über ihrem Kopf herunterrutschte, aber auf Grund ihrer Schwäche waren ihre Bewegungen nur langsam und ungeschickt. Die Kante der Kiste schwankte, kippte, schlug gegen den Schiffsrumpf und krachte seitlich gegen ihren Kopf. Josh Dobbs' beunruhigte Stimme, die sich ihr näherte, war das Letzte, was sie noch wahrnahm.

»Käpt'n! Käpt'n Delaine, Ihr müsst schnell kommen!«

Marcus hörte Josh Dobbs' Schrei, und Alarmglocken schlugen in seinem Inneren an. »Nimm das Steuerruder, Hamish. Irgendetwas stimmt nicht. Ich komme zurück, sobald ich herausgefunden habe, was los ist.« Er schlug den Kragen seines schweren Ölmantels hoch gegen den Wind und trat aus dem Schutz des Steuerhauses hinaus in den treibenden Regen.

»Was ist los, Dobbs?«, brüllte er über den Lärm des Sturms hinweg. »Was ist passiert?«

»Die Ladung bewegt sich, Käpt'n. Die Befestigung muss schadhaft gewesen sein. Hat angefangen zu brechen wie Streichhölzer, als die letzte große Welle das Schiff traf.«

Marcus wirbelte herum und begann Befehle zu rufen. »Mr. Butler!«

Der große, starke junge Matrose erschien aus dem salzigen Sprühregen wie ein Geist im Nebel. »Aye, Käpt'n.«

»Es gibt Probleme im Ladungsraum. Nehmt ein halbes Dutzend Männer und so viele Seile, wie Ihr tragen könnt. Folgt Mr. Dobbs und befestigt die Ladung so schnell wie möglich.«

»Aye, Sir.« Butler raunte davon und sammelte unterwegs Leute aus der Mannschaft ein. Lose Ladung konnte ein Schiff zum Kentern bringen, selbst wenn es von der Größe der *Seehabicht* war, und dann sank es in wenigen Minuten. Marcus ging hinüber zur Leiter, die in den Laderaum führte, und dann bemerkte er erst, dass Josh Dobbs immer noch hinter ihm herlief. Er sprang von einem Bein aufs andere, in dem Versuch, seine Aufmerksamkeit zu erringen.

»Was ist noch, Dobbs? Ich dachte, ich hätte gesagt, Ihr sollt mit Butler in den Laderaum gehen.«

»Da ist noch etwas, Käpt'n. Ein blinder Passagier. Sie ist unten im Laderaum, Sir. Eingeschlossen unter einem Stapel von Kisten, die umgefallen sind, als die Ladung in Bewegung geriet.«

Marcus blieb mitten im Schritt stehen. »Sie? Ein weiblicher blinder Passagier ist an Bord dieses Schiffes?«

Dobbs errötete bis zu den Wurzeln seines lichten braunen Haars. »Aye, Sir. Miss Brandy, Sir, vom Wirtshaus Weißes Pferd. Sie ist in Schwierigkeiten, Sir. Bitte – Ihr müsst schnell kommen.«

Marcus dachte, dass er sich wohl verhört haben müsste. Brianne Winters hätte mehr Verstand, als sich als blinder Passagier an Bord seines Schiffes zu verstecken. Trotzdem machte er sich auf den Weg und lief noch auf die Leiter zu. Das war doch nicht möglich. Ganz sicher nicht. Aber als er den Fuß der Leiter erreicht hatte und Josh an ihm vorüberhastete und ihn in eine dunkle Ecke des Laderaums führte, sah er, dass es stimmte.

Es gab keinen Zweifel, wem der kupferfarbene Zopf neben dem blassen weiblichen Gesicht gehörte, und die Angst ballte sich in seiner Brust zusammen.

»Miss Winters – könnt Ihr mich hören? Ich bin es, Kapitän Delaine.«

Ihre Augen öffneten sich einen Spalt weit, suchten und fanden sein Gesicht. »Kapitän …«

»Nicht bewegen, hört Ihr mich? Bleibt, wo Ihr seid, und rührt Euch nicht.« Als sie leicht mit dem Kopf nickte, wandte er sich Dobbs zu. »Besorgt mir irgendetwas, um diesen Kistenstapel zu stützen. Er hängt an einem Faden. Wenn er herunterkommt, könnte er sie umbringen.«

Dobbs' Gesicht wurde weiß wie ein Geist. Er nickte und wandte sich ab, zu den anderen Männern, die daran arbeiteten, die in Bewegung geratene Ladung zu sichern. Marcus sah auf zu den schweren Kisten, die in gefährlichem Winkel über Briannes Kopf zu schweben schienen, und seine Nerven waren zum Zerreißen gespannt. Kleiner Dummkopf. Was, zum

Teufel, hatte sie vor? Was immer es sein mochte, es war ein gefährliches Spiel.

Er streckte die Hand aus und strich ihr das Haar zurück. »Wo seid Ihr verletzt?«

Sie versuchte ein Lächeln, aber es geriet etwas schräg. »Mein Kopf tut weh. Meine Beine sind eingeklemmt, und ich kann nicht heraus, aber ansonsten, glaube ich, ist alles in Ordnung.«

Aber sie sah nicht so aus, als wenn sie in Ordnung wäre. Ihr Gesicht war bleich wie Glas, und ihre Lippen zitterten leicht. Er entdeckte den Eimer neben ihrem Lager, nahm den unangenehmen Geruch wahr, und ihm wurde klar, dass sie seekrank gewesen war – und dass Joshua Dobbs schon seit einiger Zeit gewusst haben musste, dass sie hier war.

Marcus fluchte leise, betrachtete noch einmal ihr bleiches Gesicht, gleichzeitig wütend und besorgt. Er wollte sie anschreien, sie schütteln, bis ihr rücksichtsloser kleiner Kopf zu Verstand kam. Doch hauptsächlich wollte er sie außer Gefahr wissen.

Dobbs kam mit ein paar der Männer angerannt und hatte einen kräftigen Holzpfahl und ein Stück Strick dabei. Sie benutzten das Seil, um die Kisten zu sichern und dann mit Hilfe des Pfahls die Kisten zu heben, die ihre Beine einklemmten.

»Wenn ich bis drei gezählt habe, sollt ihr die Kisten anheben und festhalten, sodass ich sie herausziehen kann.«

»Aye, Sir!« Brig Butler und die anderen Matrosen gingen sofort an die Ausführung des Befehls.

Marcus schob seine Hände unter Brandys Arme und fing an zu zählen. Bei drei warfen sich die Männer mit ihrem ganzen Gewicht gegen den Pfahl und begannen langsam, die schweren Kisten von ihren Beinen hochzuhebeln. Kaum war die Last hoch genug gehoben, zog Marcus sie heraus. Im selben Augenblick tauchte das Schiff in ein Wellental, und der Stapel über seinem Kopf wankte bedenklich.

Brandy kreischte und schloss die Augen, als er sie in seine

Arme hob und zur Seite zerrte, wenige Sekunden bevor der Stapel mit den schweren Kisten in den Schiffsrumpf krachte.

»Kleiner Dummkopf«, flüsterte er und entfernte sich von den anderen in Richtung auf die Leiter. Jetzt, wo sie in Sicherheit war und offensichtlich unverletzt, hätte er ihr am liebsten den Hals umgedreht. Er spürte, wie sie zitterte, doch das stachelte seinen Zorn weiter an. Sie waren vier Tage vom Hafen entfernt. Seit vier verdammten Tagen versteckte sie sich schon im Laderaum. Alles Mögliche hätte ihr zustoßen können. Nein, sie war tatsächlich beinah erschlagen worden! Herr im Himmel, hatte sie denn keine Spur von Verstand?

Bis sie bei seiner Kajüte ankamen, war sein Zorn derart gewachsen, dass er kaum sprechen konnte. Er ging direkt zu seiner Koje und legte sie härter als beabsichtigt darauf, zog seinen nassen Regenmantel aus und wandte sich zu ihr um. Sie trug Männerkleider, fiel ihm zum ersten Mal auf, Kniehosen, die eng an ihrem Hinterteil anlagen, und ein Hemd, das die Form ihrer hohen, vollen Brüste erkennen ließ.

»Kapitän, ich –«

»Nicht! Ich habe absolut keine Lust, mir jetzt eine dumme Erklärung anzuhören. Sagt mir nur, wo Ihr verletzt seid.«

Sie biss sich auf die Lippe. Er bemerkte, dass sie zitterte. »Nichts ist gebrochen. Mein Bein ist geprellt, und eine Kiste hat mich am Kopf getroffen.«

Er drehte ihr Kinn mit der Hand zur Seite, um das getrocknete Blut an ihrer Schläfe genauer zu betrachten. Er sah, dass sie auch eine kräftige Beule hatte, und fluchte tonlos.

»Ihr könnt von Glück sagen, dass Ihr nicht erschlagen worden seid. Habt Ihr eigentlich eine Ahnung, wie dumm und gefährlich das alles war? Was, zum Teufel, ist denn in Euch gefahren?« Sie machte den Mund auf, um zu antworten, aber er hinderte sie daran. »Egal. Ihr könnt es mir später erklären. Vielleicht ist dann meine Stimmung auch besser, wenn Ihr Glück habt.«

Er ging hinüber zu dem Teakholzsekretär, der in die Wand der Kapitänskajüte eingebaut war, goss Wasser aus einem Porzellankrug in eine Schüssel, tauchte ein Tuch hinein und wrang es aus. Dann kehrte er zum Bett zurück und reinigte sorgfältig die Platzwunde an ihrer Schläfe.

»Seht mich an.«

Sie schaute zu ihm auf, und er betrachtete ihre Augen. Ihre Pupillen schienen nicht erweitert. Sie blinzelte mehrmals, wirkte aber nicht desorientiert. »Wie gut könnt Ihr sehen? Erkennt Ihr mich klar oder irgendwie unscharf?«

»Ich sehe einwandfrei.«

»Hoffentlich ist nichts Ernstes geschehen, das kann man aber jetzt schwer sagen. Wahrscheinlich werdet Ihr noch eine Weile Kopfschmerzen haben, aber ich würde Euch lieber kein Schmerzmittel geben, bevor ich nicht weiß, ob nicht mehr verletzt ist. Und was Euer Bein betrifft, werdet Ihr Euch ausziehen müssen, damit ich es mir ansehen kann.«

»Was?«

»Ich sagte, Ihr müsst –« Er hielt inne und sah ihr ins Gesicht. »Verdammt, Ihr seid kaum mehr als ein Kind. Ich werde Euch nicht vergewaltigen. Auf einer so kurzen Fahrt haben wir keinen Schiffsarzt dabei. Ich will nicht mehr als Euer verletztes Bein versorgen.«

»Ich bin kein Kind«, sagte sie mit stur erhobenem Kinn. »Ich bin eine Frau. Und mein Bein ist in Ordnung – eine Prellung, weiter nichts.«

Der Ärger, den er zu bekämpfen versucht hatte, kam wieder hoch. »Ich habe hier die Befehlsgewalt, Miss Winters, nicht Ihr. Ich werde selbst entscheiden, ob es in Ordnung ist oder nicht.« Er faltete die Decke auseinander, die am Fußende seines Bettes lag, und warf sie ungefähr in ihre Richtung. »Und jetzt werdet Ihr so freundlich sein und diese Kniehosen ausziehen, sonst mache ich es für Euch.«

Ihr bleiches Gesicht wurde sogar noch bleicher, aber ihr

Kinn blieb erhoben. »Wie Ihr wünscht, Kapitän Delaine. Wenn Ihr bitte so freundlich sein würdet, Euch umzudrehen.«

Er fluchte lautlos, tat aber, was sie sagte, stand breitbeinig da, die Hände hinter dem Rücken gefaltet, und horchte, wie ihre Hosen mit leisem Rascheln zu Boden fielen. Sorgfältig darum bemüht, seine Gedanken neutral zu halten, zählte er langsam die Sekunden. Ein hartes Rumsen und ein leises Ächzen brachten ihn dazu, sich umzudrehen, und er konnte gerade noch rechtzeitig die Arme ausstrecken, um sie an einem Sturz zu hindern.

»Verdammt, Ihr seid schwach wie ein Kätzchen.« Er wickelte die Decke sorgfältig um sie, konnte aber nicht umhin, das Stück bloßen Schenkels zu bemerken, das aus der Öffnung in der Wolle schaute, eindeutig weiblich und ganz sicher nicht zu einem Kind gehörig. »Wie alt seid Ihr, Miss Winters?«

»Neunzehn.«

Neunzehn. Herrgott, sie war wirklich erwachsen geworden. »Alt genug, um mehr Verstand zu haben. Ihr hättet zulassen sollen, dass ich Euch helfe.« Er lehnte sie wieder zurück aufs Bett. »Wann habt Ihr zum letzten Mal gegessen?«

»Ich weiß – weiß es nicht mehr.«

»Verdammt noch mal.« Er ging zur Tür, rief nach seinem Kajütenjungen, Dickey Tabor, und der schlaksige Junge kam hastig von seiner kleinen Kajüte gleich nebenan herein.

»Ja, Käpt'n?«

»Hol der Dame etwas Brühe. Bring ihr dazu Brot, und wenn du schon dabei bist, bring mir auch gleich einen Becher Brandy mit. Ich habe plötzlich einen heftigen Drang danach.«

Dickeys Augen wurden rund beim Anblick der Frau auf der breiten Koje des Kapitäns. »Aye, Sir, sofort, Sir.« Er rannte davon zu der Leiter hinunter zur Kombüse, und Marcus wandte sich wieder Brandy Winters zu.

»Also gut, dann wollen wir uns das Bein mal ansehen.« Sie hob vorsichtig die Decke ein wenig, sodass ein schlanker Knöchel und ein kleiner, eleganter, sehr weiblicher Fuß zum Vorschein kamen. Es wurde ihm ganz tief in seinem Bauch warm, und Marcus räusperte sich. »Bringen wir's hinter uns, Miss Winters, ich habe nicht die ganze Nacht Zeit.«

Ihre bleichen Wangen wurden von Rosa überschwemmt. »Natürlich.« Sie hob die Decke, sodass eine wohlgeformte Wade zum Vorschein kam, und die Wärme in seinem Bauch rutschter tiefer, in seine Lenden.

Herr im Himmel, er wurde hart wegen ihr, hart wegen eines schmalen jungen Mädchens, über das er nie mehr als nur einen Augenblick nachgedacht hatte.

Aber das stimmte nicht ganz. Er hatte öfter an Brianne Winters gedacht in den vergangenen Jahren, hatte erst vor wenigen Tagen ihr Bild vor seinem inneren Auge gesehen, als sie aus dem Hafen gesegelt waren.

Und wie sie schon gesagt hatte, sie war kein Kind mehr. Und es war auch kein Kinderbein, das sich ihm hier darbot. Es war die hübsche kleine Wade einer Frau, ein Knie mit Grübchen und ein sehr weiblicher Schenkel. Sein Körper reagierte sogar noch mehr, und er war dankbar für den schweren wollenen Rock, der seine unwillkommene Erregung verbarg.

»Wo tut es weh? Ah ja, jetzt sehe ich es.« Die Kiste hatte sich schmerzlich hart an ihr Bein gequetscht und dabei die Haut geprellt, aber es blutete nicht. Sie zuckte zusammen, als er vorsichtig den Rand des dunklen Fleckens prüfte, aber es sah ganz so aus, als wenn nichts gebrochen wäre.

»Ich sagte Euch doch, dass ich in Ordnung bin.«

»Ja, stimmt, und es sieht ganz so aus, als hättet Ihr Recht damit. Ich kann mir allerdings vorstellen, dass das ziemlich wehtut.«

Sie wandte den Blick ab. »Etwas.«

Genau in diesem Augenblick kam Dickey Tabor zurück, zusammen mit Hamish Bass. Als sie das Zimmer betraten, legte Marcus diskret die Decke wieder über sie, denn es war ihm seltsam unbehaglich zumute bei dem Gedanken, dass ein anderer Mann Brandys Bein sehen könnte.

»Wie geht's ihr?«, fragte Hamish.

»Hässliche kleine Platzwunde am Kopf. Ein paar Prellungen. Aber nichts, das nicht bald heilen wird. Was ist mit der Ladung? Konntet ihr sie wieder festmachen, bevor es irgendwelche Schwierigkeiten gibt?«

»Die Ladung ist wieder festgezurrt, Käpt'n. Alles gut und sicher angebunden. Sollte uns eigentlich keine Schwierigkeiten mehr machen.«

»Es hätte im Prinzip von Anfang an kein Problem damit geben dürfen. Ich will wissen, wie es dazu kam.« Marcus nahm das Tablett entgegen, das Dickey ihm reichte, sah die Schüssel mit Brühe und die Schnitte dunkles Roggenbrot darauf. Dickey stellte den Becher mit dem Brandy auf den Tisch neben dem Bett, und seine Blicke huschten hinüber zu der Frau, die unter der Decke ausgestreckt lag.

»Werden wir sie zurückbringen müssen, Käpt'n?«, fragte der Junge, dem der Gedanke offensichtlich unangenehm war.

Marcus runzelte finster die Stirn. Der Ärger von vorher machte sich erneut bemerkbar. »Dafür haben wir jetzt keine Zeit mehr. Nicht, wenn wir rechtzeitig ankommen wollen.« Er bedachte das junge Mädchen, das sich auf die Unterlippe biss, mit einem harten Blick. »Ich nehme an, Euer Wunsch, die Insel zu sehen, hat sich nicht verringert, seit Ihr an Bord gekommen seid, Miss Winters – denn ich kann Euch versichern, dass ihr mit uns kommen werdet.«

Brandy sagte nichts, aber ihr leiser Seufzer der Erleichterung verschlimmerte seine Laune noch. »Das ist dann alles, meine Herren«, sagte er. »Ich habe noch mit Miss Winters zu diskutieren.«

Die Männer tauschten unbehagliche Blicke aus und sagten beide: »Aye, Käpt'n.«

Marcus wartete, bis sich die Tür hinter ihnen geschlossen

hatte, und wandte sich ihr dann mit einem Ruck zu. »Also gut, Brianne, ich glaube, es ist höchste Zeit, dass wir darüber reden, was genau Ihr eigentlich an Bord meines Schiffes tut. Ich habe keine Ahnung, was das für ein teuflisches Spiel war, das Euch auf den Gedanken brachte, Euch auf meinem Schiff zu verstecken, aber –«

»Es war kein Spiel.«

Er hob eine Augenbraue. »Ach nein? Dann wolltet Ihr vielleicht davonlaufen? Wenn man an Eure … Lebensumstände denkt, könnte man etwas Derartiges wenigstens verstehen.«

»Ich wollte nicht davonlaufen.«

Er biss die Zähne zusammen. »Was war dann also der Grund für Eure kleine Expedition, wenn ich fragen darf?«

Sie sah nach unten und zupfte an den Falten der Wolldecke, die ihre Beine bedeckten. Er konnte sehen, dass ihre Hände zitterten. »Es ist ein wenig schwer zu erklären.«

»Gebt mir eine Chance.«

Ihr Blick wanderte flüchtig hinüber zu der Schüssel mit der Brühe, aus der der Dampf aufstieg, und ihre Brust weitete sich, als sie das Aroma einsog. Spontan befeuchtete sie ihre Lippen.

Marcus runzelte die Stirn und warf dann die Arme hoch. »Herrgott noch einmal, esst etwas. Ihr müsst Eure Kräfte zurückgewinnen. Wir können uns unterhalten, wenn Ihr fertig seid.«

Er griff nach dem Becher mit Weinbrand neben dem Bett, trank einen mächtigen Schluck, setzte den Becher kräftig wieder ab, stürmte zur Tür und riss sie auf. »Nur eines müsst Ihr wissen, Miss Winters. Die *Seehabicht* ist kein Passagierschiff, und Ihr seid kein Gast an Bord. Sich hier zu verstecken war eine dumme, gefährliche Idee. Bis morgen werde ich mir überlegen, welche Strafe für ein solches Verhalten angemessen ist.«

Marcus schlug die Tür hinter sich zu, immer noch voller Wut. Er stieg die Leiter zum Deck hinauf und holte oben erst einmal tief und befreiend Luft. Was, zum Teufel, hatte sie nur dazu bewogen? Das Letzte, was er an Bord der *Seehabicht* gebrauchen konnte, war eine Frau – besonders eine, die so jung und hübsch war wie Brianne Winters. Marcus fluchte im Stillen und fragte sich, was, in aller Teufel Namen, er nur mit der Göre anfangen sollte.

Und warum sie auf die Idee gekommen war, sich gerade sein Schiff auszusuchen, um blinder Passagier zu sein.

3

Brandy, die auf dem Rand von des Kapitäns breitem Bett saß, schauderte, aber nicht der Kälte wegen. Herr im Himmel, sie hatte ja gewusst, dass er verärgert sein würde. Er war es gewöhnt zu befehlen, und hatte immer schon ein temperamentvolles Gemüt gehabt. Dennoch war er wütender, als sie sich vorgestellt hatte. Er hatte geschworen, sie irgendwie zu bestrafen. Sie hoffte nur, dass er nicht auf die Idee kam, sie zu schlagen!

Aber eigentlich war sie sich dessen nicht ganz sicher. Schließlich war es genau das, was ihr Vater tun würde. *Tun wird*, verbesserte sie sich. *Genau in dem Augenblick, in dem ich einen Fuß ins Wirtshaus setze.* Sie hatte gelernt, Big Jakes Grausamkeiten zu ertragen, war bereit, sie als Preis für ihr großes Abenteuer zu akzeptieren. Sie hatte nicht erwartet, dass sich Marcus Delaine genauso rücksichtslos verhalten würde, und eine Spur von Enttäuschung erfüllte sie.

Es macht nichts, sagte sie sich und setzte sich im Bett auf. *Du bekommst eine Chance, die Welt zu sehen, und was immer auch geschieht, es wird die Sache wert sein.* Aber sie schauderte noch einmal, als sie an den harten Ausdruck im Gesicht des Kapitäns dachte.

Ihr Blick richtete sich auf die dampfende Schüssel mit Brühe auf dem Tisch neben dem Bett, aber sie hatte keinen Hunger mehr. Die Unsicherheit lag wie ein harter Kringel in ihrem Bauch. Sie griff nach den Kniehosen, die sie zusammengefaltet und auf den Stuhl gelegt hatte, und zog sie an, obwohl sie zusammenzuckte, als sie die Prellungen an ihrem Bein berührte. Ihr Kopf pochte schmerzlich, aber wenigstens ihr Anfall von Seekrankheit schien endlich zu Ende zu sein.

Sie betrachtete noch einmal die Schüssel mit der Brühe. Es ging ihr gut genug, um zu essen, und wie der Kapitän schon gesagt hatte, sie brauchte ihre Kräfte. Sie war sich nicht sicher, wann er zurückkommen würde, und wollte lieber darauf vorbereitet sein. Also griff sie nach dem Löffel und probierte die Brühe, zwang sich, sie zu schlucken. Sie nahm noch einen Löffel, brach ein Stück von dem Schwarzbrot ab und schluckte es ohne weiteres hinunter. Offensichtlich war sie endlich seefest geworden, wie Josh Dobbs gesagt hätte.

Sie lächelte, als sie an den netten kleinen Mann dachte, der ihr bisher auf ihrer Reise geholfen hatte. Sie wusste, dass er riskiert hatte, den Zorn des Kapitäns auf sich zu lenken, und nahm sich vor, einen Weg zu finden, um sich erkenntlich zu zeigen. Sie trank einen Schluck von ihrer Brühe und erinnerte sich wieder an die gefährlichen Minuten im Laderaum und Marcus Delaines mutige Rettung. Sie hatte sich sicher gefühlt, als er sie in seine Kajüte trug, sicher und beschützt. Sie war ja immer schon ein wenig in ihn verliebt gewesen.

Es machte sie traurig, an die Strafe zu denken, die er ihr zukommen lassen und die das kleine bisschen Liebe für ihn verzehren würde.

Marcus kehrte erst gegen Mitternacht in seine Kajüte zurück. Der Sturm hatte endlich nachgelassen, aber die rutschende Ladung hatte den Steuerungsmechanismus eingeklemmt, und sie würden ihn erst reparieren müssen, bevor sie weitersegeln konnten.

Und aus irgendeinem Grund empfand er einen seltsamen Widerstand dagegen, unter Deck zu gehen. Diese Erkenntnis ärgerte ihn. Verdammt noch mal, das Mädchen brachte nichts als Ärger. Sie war immer schon eine Draufgängerin gewesen, selbst als sie noch klein war. Er würde sie irgendwie maßregeln müssen, und zwar höchstpersönlich.

Mit entschlossenen Schritten ging er die Leiter hinunter. Er klopfte kurz an und riss sofort die Tür auf, ohne zu warten, bis sie »herein« sagte. Er hatte erwartet, dass sie schlafen würde, aber das Essen war kaum berührt, und sie saß aufrecht in dem Sessel neben dem Bett. Ihr ganzer Körper wurde mit einem Ruck aufmerksam, als er die Tür öffnete.

Er runzelte die Stirn, als er sah, dass sie zitterte.

»Ihr habt nichts gegessen. Ist Euch immer noch elend zumute?«

»Nein, ich ... ich war nicht sehr hungrig.«

»Warum seid Ihr nicht im Bett? Ihr solltet Euch ausruhen – ich dachte, das hätte ich ganz klar gesagt. Ich habe Dickey Tabor doch geschickt, damit er Euch ausrichtet, dass Ihr die Nacht in meiner Kajüte verbringen werdet.«

»Hat er auch getan. Er sagte auch, Ihr würdet wahrscheinlich kurz vor Mitternacht herunterkommen.«

»Das tue ich hiermit.«

Sie stand von dem Sessel auf, wieder in ihre zu engen Männerhosen gekleidet. Es konnte keinen Menschen auf der Welt geben, der je so reizend in grober brauner Wolle ausgesehen hatte. Ihr dicker kupferfarbener Zopf hing ihr über die eine Schulter und lag auf einer runden Brust.

»Ich möchte mich entschuldigen, Kapitän Delaine. Nicht dafür, dass ich hier bin, aber dafür, dass ich Euch Unannehmlichkeiten bereitet habe, indem ich mich als blinder Passagier auf Eurem Schiff eingenistet habe. Mir ist klar, dass es nicht richtig war, das zu tun, aber es war eine Gelegenheit, die ich einfach nicht versäumen durfte. Und ich bin bereit, jede Bestrafung hinzunehmen, die Ihr für mein Verhalten angemessen findet.« Ihr Kinn war erhoben, aber ihre Hände zitterten. Sie hatte sie fest vor dem Bauch verschränkt, aber jeder kleine Knöchel war weiß vor Anspannung.

Sie hatte Angst, wurde ihm plötzlich klar, und versuchte verzweifelt, das nicht zu zeigen. Er hatte gedroht, sie bestrafen zu wollen. Und jetzt wurde ihm mit einem Schlag klar, dass das für Brianne Winters nur eines bedeuten konnte.

»Herr im Himmel, Ihr glaubt doch nicht etwa, dass ich Euch schlagen werde?«

Ihre Schultern strafften sich. »Wollt Ihr das denn nicht?«

Ihm war zutiefst elend zumute. »Natürlich nicht. So etwas hatte ich niemals vor. Jahrelang hat Euer Vater diese Art von Bestrafung mit wenig oder keinem Erfolg angewandt. Eure Anwesenheit hier beweist das zur Genüge.«

Etwas von der Spannung verschwand aus ihrer Haltung, aber sie stand immer noch steif da. »Was denn dann?«

Marcus starrte sie an, hin-und hergerissen zwischen Ärger und Mitleid. »Warum seid Ihr weggelaufen?«

»Ich sagte es Euch doch schon – ich bin nicht weggelaufen. Ich mache eine Reise. Ich fahre zu einem Ort, den ich noch nie gesehen habe, der neu und interessant für mich ist – zu einem Ort, der anders ist als das Wirtshaus Weißes Pferd.«

Darüber dachte er nach. Es fiel ihm schwer, keine Sympathie zu empfinden, aber dennoch ärgerte es ihn, dass sie ihn in ihr draufgängerisches Abenteuer einbezogen hatte. »Warum habt Ihr Euch ausgerechnet die *Seehabicht* ausgesucht? Es waren noch hundert andere Schiffe im Hafen. Warum habt Ihr zu meinem Unglück mich erwählt?«

Ihre Wangen wurden auffällig rosa neben dem Kupferton ihres Haars. »Weil die Fahrt der *Seehabicht* zu den Bahamas nur kurz ist. Und obwohl ich wusste, dass es gefährlich sein würde, als Frau allein zu reisen, hatte ich Vertrauen, dass ich bei Euch in Sicherheit sein würde.«

»Und doch habt Ihr geglaubt, dass ich Euch schlagen würde.«

Sie zuckte die Schultern und wandte den Blick ab. »Ich schätze, im Herzen hatte ich gehofft, dass Ihr es nicht tun würdet.«

Er spürte ein seltsames kleines Zupfen in sich. »Ihr hattet Vertrauen, dass Ihr bei mir in Sicherheit sein würdet, ist es nicht so?«

»Ja.«

»Und so wird es auch sein. Euch ist allerdings klar, Miss Winters, dass Euer guter Ruf dahin ist, und zwar seit Ihr Euch an Bord eines Schiffes versteckt habt, das eine Mannschaft von fünfzig Männern hat.«

»Ich arbeite in einem Wirtshaus, Kapitän. Ich habe keinen guten Ruf.«

Das war wahr, erschien aber nicht gerecht. »Also gut, da wir uns in dieser Beziehung also einig sind, werdet Ihr für den Rest der Reise hier wohnen. Dickey Tabor wird in eine Kajüte mit Hamish Bass ziehen, und Ihr werdet sein Quartier bekommen. Es ist mit dem meinen durch den Vorhang dort verbunden.« Er zeigte in eine Richtung. »Das ist der einzige Ort, wo ich sicher sein kann, dass Euch nichts zustößt.« Er wandte sich um und wollte gehen. »Eure Unterbringung wird wenig Luxus bieten, aber bis Ihr wieder in Charleston seid, werdet Ihr damit auskommen müssen.«

»Ich bin Euch dankbar für alles, Kapitän. Und was meine Überfahrt betrifft, ich habe etwas Geld gespart. Ich hatte gehofft –«

Er blieb stehen und drehte sich um. »Ich sagte Euch schon, Miss Winters, die *Seehabicht* ist kein Passagierschiff. Die Leute an Bord arbeiten für ihr Essen, und das werdet Ihr ebenfalls tun.«

Ihre Schultern wurden ein wenig gerader. »Arbeit macht mir nichts aus. Ich würde es vorziehen, etwas zu tun zu haben.«

»Das werdet Ihr in jedem Fall. Sobald es Euch wieder gut geht, werdet Ihr in der Kombüse mit unserem Schiffskoch Mr. Lamb arbeiten. Und wann immer Ihr nichts anderes zu tun habt, werdet Ihr hier bleiben.«

»Hier? Ihr meint hier in der Kajüte?«

»Genau das meine ich. Ihr werdet diesen Raum nicht verlassen, wenn nicht Mr. Bass oder Mr. Lamb bei Euch sind. Und Ihr werdet auch nicht allein hierher kommen.«

»Ihr wollt doch nicht sagen, dass ich nicht hinauf auf Deck gehen darf?«

»Genau das habe ich gesagt, und genau das habe ich gemeint.«

»Aber das ist doch lächerlich. Ich habe wirklich nicht den ganzen Aufwand getrieben, um hier drinnen sitzen zu bleiben.«

»Das werdet Ihr aber – falls Ihr Euch nicht der Willkür von fünfzig Männern aussetzen wollt, die nach einer Frau hungern.« Sie wurde ein wenig bleich. »Missversteht mich nicht, Miss Winters. Es sind gute Männer an Bord der *Seehabicht*, aber genau wie auf anderen Schiffen haben sie nicht gerade den besten Ruf. Und was eine Frau betrifft, kann man kaum voraussagen, was sie tun könnten.«

»Ich bin in einem Wirtshaus aufgewachsen, ich kann schon auf mich aufpassen.«

Marcus hob eine Augenbraue. »Ach ja? Und wie gut ist Euch das bisher auf dieser Fahrt gelungen?«

Sie wurde wieder rot, sagte aber nichts mehr, und er schwieg ebenfalls.

»Es wird spät«, erklärte er schließlich. »Ich schlage vor, Ihr zieht Euch in Eure Kajüte zurück und seht zu, dass Ihr etwas Schlaf bekommt. Die Männer erwarten ihr Essen früh. Ihr werdet also lange vor Sonnenaufgang geweckt werden. Wenn es Euch dann wieder besser geht, werdet Ihr mit Eurer Arbeit anfangen.«

»Ich bin sicher, dass es mir gut gehen wird.« Er sah, wie sie kehrtmachte und zum Vorhang ging, wobei sich ihr rundes kleines Hinterteil mit fraulicher Grazie unter der wollenen Hose bewegte. Hitze durchströmte ihn und breitete sich tief unten in seinen Lenden aus.

Herr im Himmel, sie würde sein Quartier teilen und in einer Koje schlafen, die nur ein paar Meter entfernt war. Seit Jahren hatte er sich eingeredet, dass sie zu jung war, ein Kind, das die Schule kaum verlassen hatte. Er hatte zugesehen, wie ihr schlanker Körper vom Mädchen zur Frau reifte, hatte versucht, nicht weiter auf die wachsende Anziehung zu achten, die er verspürte, doch in Wahrheit war diese jedes Mal nur noch stärker geworden, wenn er ihr begegnete. Mit ihrem feurigen Haar und den hohen, vollen Brüsten war Brianne Winters ganz sicher eine Versuchung.

Die Reise nach Bermuda mochte für Brandy vielleicht kurz wirken, aber Marcus befürchtete, dass sie ihm wie Jahre erscheinen würde.

Brandy kuschelte sich mit einem weichen Lächeln auf den Lippen in ihre kleine Koje. Marcus war verärgert gewesen – genauer gesagt, sehr wütend –, aber nicht grausam. Er war nicht wie ihr Vater, überhaupt nicht.

Ein süßes Gefühl von Wärme breitete sich in ihr aus wie immer, wenn sie an Marcus Delaine dachte. So ungewiss ihre Begegnung mit ihm auch gewesen sein mochte, sie konnte nicht umhin zu denken, wie gut er ausgesehen hatte in dem marineblauen Rock, der perfekt auf seinen breiten Schultern saß, und mit seinem dichten schwarzen Haar, das sich über dem Kragen lockte.

Schon wahr, sie hatte sich vor dem Kurs gefürchtet, den er vielleicht einschlagen würde, aber schließlich war er mehr als nur fair gewesen.

Außer was die Sache mit ihrem Aufenthalt in der Kajüte betraf.

Doch es würde später noch Zeit geben, dieses Thema zu besprechen. Im Augenblick war sie erst einmal nur glücklich, an Bord zu sein, sicher und warm und auf dem Weg zu ihrem Abenteuer. Sie zog die Kleider aus und das Nachthemd des Kajütenjungen an, das für sie bereitlag, zog die Wolldecke zurück und kletterte ins Bett. Obwohl ihr Kopf immer noch pochte, war es weniger der Schmerz als die Aufregung, die ihren Schlaf vertrieb. Morgen würde sie wirklich ihre Reise anfangen. Brandy konnte es kaum erwarten.

Marcus kniete neben Hamish Bass im Laderaum der *Seehabicht*. Er hob ein gebrochenes Stück von der hölzernen Halterung für die Ladung auf und drehte es im Licht der Walöllaterne um, die der Erste Maat hielt. Er betrachtete den Einschnitt im Holz, der von einem Messer oder einer Säge hätte stammen können, und die Eindrücke an der Seite, die aussahen, als wären sie die Folge von Schlägen mit einem Hammer.

»Dieses Stück hat jemand geschwächt, genau wie eine ganze Menge von den anderen. Wenn Dobbs nicht hier unten gewesen wäre, als die Ladung begann, sich zu bewegen, dann hätten wir jetzt vielleicht nicht nur eine blockierte Steuerung, sondern das Schiff wäre vielleicht sogar gekentert.«

Hamish Bass wirkte, als wäre ihm unbehaglich. »Wenn ich es nicht besser wüsste, würde ich denken, wir stehen unter einem Fluch.«

»Falls es so ist, dann ist es ein von Menschen verursachter Fluch. Es ist entweder einer aus der Mannschaft oder jemand von außerhalb, der einen von hier angestiftet hat, das zu tun. In jedem Fall müssen wir herausfinden, wer es ist.«

»Aye, Sir, das werden wir machen.«

»Und wir müssen dafür sorgen, dass das nicht noch einmal vorkommt.«

Hamish kratzte sich den schweren grauen Bart. »Das wird nicht leicht sein. Wir haben keinen Grund, irgendjemand Bestimmten zu verdächtigen. Niemand verhält sich seltsam. Abgesehen von dieser Sache ist weiter nichts Ungewöhnliches passiert. Hätte jeder gewesen sein können.«

Marcus strich mit einem langen dunklen Finger über das gebrochene Holz und sah sich noch einmal den eigenartigen Einschnitt an. »Verdammt, warum machen die das? Was versuchen sie damit zu beweisen?«

»Keine Ahnung, Käpt'n. Wenn wir das wüssten, kämen wir wahrscheinlich auch drauf, wer es gewesen ist.«

Da hatte Hamish Recht. Irgendjemand versuchte, der Hawksmoor Schifffahrtsgesellschaft Schwierigkeiten zu bereiten. Aber warum? Wer stand hinter diesen Angriffen? Und was wollte er damit bezwecken? Mein Gott, Marcus wünschte, er wüsste es.

»Ich will, dass die Wachen verdoppelt werden. Wenn irgendjemand etwas sieht, das nicht in Ordnung erscheint, soll er es mir oder dir melden.«

»Aye, Sir. Ich werde mich selbst darum kümmern.«

Marcus nickte. Er machte sich Sorgen, das stand fest. Nicht nur die Leben der fünfzig Männer seiner Mannschaft standen auf dem Spiel, sondern jetzt auch noch das einer Frau.

Brandy schlief, obwohl sie eigentlich nicht damit gerechnet hatte. Keiner weckte sie, wie sie erwartet hatte, und es war schon spät am Morgen, als ihre Augen sich mit einem Ruck öffneten und die Sonne durch das kleine Fenster hereinschien, das eines in einer Reihe von Fenstern am Heck des Schiffes war, direkt neben dem des Kapitäns. Sie fuhr mit einem Ruck hoch und stöhnte bei dem plötzlichen scharfen Schmerz, der durch ihren Kopf fuhr.

Sie schob die Beine über den Rand der schmalen Koje des Kajütenjungen und wartete einen Augenblick, bis der Schmerz nachzulassen begann. Langsam stand sie auf und ging hinüber zu dem Porzellankrug auf dem Tisch, dem einzigen Möbelstück im Raum außer der Koje und einem Nachttopf darunter.

Brandy goss Wasser in die Schüssel, wusch sich das Gesicht und war dankbar, als sie feststellte, dass, wenn sie sich nicht ruckartig bewegte, sie sich einigermaßen normal fühlte. Als sie ihre hastige Wäsche beendet hatte, zog sie ihre Kleider an und streckte den Kopf durch den schmalen Eingang mit dem Vorhang.

Kapitän Delaine war natürlich schon längst fort, und sie fühlte sich ein wenig schuldbewusst, weil sie nicht aufgestanden war und arbeitete so wie er. Entschlossen, ihn zu finden, oder wenigstens die Kombüse mit Mr. Lamb, zog sie die Tür auf und trat in den Gang hinaus.

Ein Licht an seinem Ende führte sie zur Leiter, die zum Deck hinaufreichte. Sie war schon beinah oben angekommen, als sie aufsah und ein Paar glänzender schwarzer Stiefel vor sich entdeckte. Sie umschlossen lange, muskulöse Beine in engen schwarzen Kniehosen. Schmale Hüften und eine ebenso schmale Taille verbreiterten sich nach oben zu Schultern so breit wie die Leiter. Marcus Delaine sah finster auf sie herab, die glatten schwarzen Augenbrauen streng zusammengezogen.

»Darf ich fragen, was Ihr hier draußen tut, Miss Winters?« Die Kälte in seiner Stimme war ebenso frostig wie ihr Name. »Ich glaube, ich hatte Euch doch gesagt, dass Ihr die Kajüte nicht verlassen dürft.«

»Ich … ich –« Sie machte einen Schritt rückwärts die Leiter wieder hinunter, dann noch einen. »Genau genommen war ich auf der Suche nach Euch. Ich bin bereit, mit der Arbeit anzufangen. Ich dachte, wenn ich entweder Euch oder die Kombüse finde, könnte ich mich gleich ans Werk machen.«

Er schaute noch einen Moment länger finster drein, während er diese Information verdaute. »Kommt her.« Sie holte tief Luft und begann, die Leiter hinaufzusteigen, bis sie oben ankam und direkt vor ihm stand. Dunkle Augen von einem tiefen Mitternachtsblau betrachteten sie von oben bis unten, und es kribbelte in ihrer Magengrube. »Seid Ihr sicher, dass Ihr Euch schon gut genug fühlt zum Arbeiten? Tut Euch der Kopf nicht mehr weh?«

»Nur ein wenig. Nicht genug, um mir Sorgen zu bereiten. Es tut mir Leid, dass ich verschlafen habe. Wenn mich jemand geweckt hätte –«

»Ihr habt geschlafen wie eine Tote. Offensichtlich war Euer Aufenthalt im Laderaum doch eine ziemliche Strapaze. Aber der Schlaf hat wohl geholfen. Ihr habt jetzt wieder Farbe in den Wangen.«

Sie lächelte warm. »Ich sagte Euch doch: Ich bin in Ordnung und bereit, meine Überfahrt zu verdienen.«

»Also gut. Ich bringe Euch in die Kombüse. Mr. Lamb wird Euch genaue Anweisungen geben.« Er ging ein paar Schritte neben ihr her, blieb dann stehen und machte kehrt, wieder ein Stirnrunzeln auf dem Gesicht. »Gehe ich recht in der Annahme, dass Ihr keine andere Kleidung mitgebracht habt? Diese Kniehosen sind wohl kaum angemessen für eine Frau.« Als sein Blick ihr Hinterteil traf, färbten sich ihre Wangen und ihr Hals brennend rot.

»Ich musste einen Weg finden, unbemerkt an Bord zu kommen. Da ich als Mann gekleidet war, hat mir niemand auch nur die geringste Beachtung geschenkt.«

Angesichts dieser Bemerkung machte Marcus ein eher ungläubiges Gesicht, als hielte er es für völlig unmöglich, dass sie jemand für einen Mann halten könnte. Er sagte aber nur: »Dann können wir wohl weiter nichts tun, zumindest nicht, bis wir die Inseln erreichen.«

»Ich habe allerdings schon ein paar andere Kleider mitgebracht. Die wollte ich holen, wenn ich erst wieder auf den Beinen bin. Wenn ich Mr. Dobbs bitten könnte, mir mein Bündel zu bringen, wo auch immer es während der chaotischen Ereignisse unter Deck gelandet sein mag, wäre ich sehr dankbar.«

Sein Gesichtsausdruck veränderte sich, wurde härter. »Ich werde dafür sorgen, dass man Euch Eure Sachen bringt, allerdings nicht Mr. Dobbs. Dank Eurer Dummheit wird Mr. Dobbs den Rest der Fahrt im Laderaum verbringen müssen.«

»Was?«

»Ganz recht. Ihr habt ihn gezwungen, meinem Befehl zuwiderzuhandeln, um Euch zu helfen. An Bord eines Schiffes ist das ein Vergehen, das die schlimmsten Folgen haben kann. So etwas darf nicht unbestraft bleiben. Dobbs weiß das, die Mannschaft weiß das, und jetzt wisst Ihr es auch.«

»Aber das ist ungerecht! Mr. Dobbs war nur nett zu mir. Ich habe ihn angefleht, mir zu helfen. Ich … ich habe ihn sozusagen hereingelegt. Wenn jemand die Schuld hat, dann ich.«

»Da werde ich Euch nicht widersprechen. Unglücklicherweise seid Ihr aber nicht Mitglied meiner Mannschaft, Dobbs allerdings schon. Er kannte die Strafe für sein Vergehen, als er sich entschloss, Eure Anwesenheit geheim zu halten. Das Ergebnis hätte sogar noch katastrophaler sein können.«

»Aber … aber …«

»Das Thema ist abgeschlossen, Miss Winters. Und jetzt, wenn Ihr wirklich, wie Ihr sagtet, völlig in Ordnung seid, wollen wir zur Kombüse gehen.«

Sie machte den Mund auf, um noch etwas zu sagen, aber der Kapitän war schon losgegangen, mit Schritten, die so lang waren, dass sie laufen musste, um ihn einzuholen. Als ihr das gelungen war, streckte sie die Hand aus und hielt ihn am Arm fest. »Der Laderaum dieses Schiffes ist feucht und kalt und wimmelt von Ungeziefer. Was Ihr da mit Mr. Dobbs macht, ist barbarisch.«

Ein Muskel zuckte in seiner Wange. »Barbarisch, ja? Ihr fandet es scheinbar nicht barbarisch, als Dobbs Euch fast eine Woche dort unten gelassen hat.«

»Das war etwas anderes, ich hatte ihn gebeten, Euch nichts zu sagen.«

»Ja, genau. Aber Dobbs hat sich nun mal entschieden, eher Eurem Wunsch zu folgen, anstatt meinen Befehlen zu gehorchen.«

»Das … das ist trotzdem ungerecht.«

Er wandte sich ihr zu, und sein blauschwarzer Blick durchbohrte sie. »Das Leben ist selten gerecht, Miss Winters. Doch in diesem Fall würde ich sagen, dass der Gerechtigkeit durchaus Genüge getan wird. Mr. Dobbs muss im Laderaum bleiben, weil er entgegen meinen Befehlen gehandelt hat. Und Ihr müsst in meiner Kajüte bleiben. In Zukunft wird vielleicht keiner von euch beiden noch mal denselben Fehler machen.«

Er ging wieder weiter, und obwohl sie innerlich kochte angesichts der Behandlung, die der arme Mr. Dobbs erfuhr, war es offensichtlich, dass sie nichts sagen konnte, um ihn umzustimmen.

Sie ging schweigend neben ihm her über das Deck zu der Tür des Deckaufbaus, der als Kombüse genutzt wurde, doch bis sie sie erreichten, drehte sich ein halbes Dutzend Matrosen nach ihnen um. Die Männer begannen zu flüstern. Sie konnte ihre Blicke auf sich spüren und ihr leises, anzügliches Lachen hören. Marcus' breite Schultern strafften sich. An der Tür zur Kombüse drehte er sich zu ihr um.

»Vielleicht ist das doch keine gute Idee, vielleicht solltet Ihr doch lieber einfach in meiner Kajüte bleiben.«

»Nein!« Das hätte sie beinah laut geschrien. »Ich – ich meine, bitte, Kapitän Delaine. Ich habe einen Rock und eine Bluse in meinem Bündel. Sobald ich es wiederhabe, kann ich etwas Angemesseneres anziehen.«

Er nickte steif. »Also gut. Vielleicht wird das seinen Zweck erfüllen.«

Sie betraten die Kombüse, die in einem kleinen Aufbau auf dem Hauptdeck untergebracht war. Sie wusste, dass das den Zweck hatte, das Schiff vor der Gefahr eines Feuers zu schützen. Marcus wandte sich dem Koch zu, einem rundlichen kleinen Mann mit einer knubbeligen roten Nase und dicken rosa Ohrläppchen. Brandy fand, dass er ein wenig wie ein Kobold aussah.

»Miss Winters, dies ist Mr. Lamb. Cyrus, Miss Winters wird während dieser Fahrt mit dir arbeiten und gern alles tun, was du ihr aufträgst.«

»Bitte … nennt mich Brandy.«

»Brandy?« Er sprach den Namen etwas herausfordernd aus. Sie hatte das Gefühl, als hätte sie ihn ein paarmal im Wirtshaus gesehen, war sich aber nicht sicher. »Was ist das denn für ein Name für ein Mädel?«

Sie lächelte in ein Gesicht, das warm und freundlich wirkte. »Mein richtiger Name ist Brianne. Offensichtlich war ich als Kind manchmal eine ziemliche Pest, und mein Vater gab mir ab und zu ein Schlückchen Brandy, damit ich besser einschlafen konnte. Wahrscheinlich hat er mir irgendwann geschmeckt, denn schließlich ist mein Name daraus geworden.«

Er hob eine Augenbraue. »Und habt Ihr immer noch 'ne Schwäche für das Teufelszeug?«

Sie grinste. »Ich gebe zu, dass ich den Geschmack immer noch ganz gern habe. Aber ich trinke selten, höchstens mal ein Gläschen Sherry, und ich kann Euch versichern, Mr. Lamb, dass ich keine Trinkerin bin.«

Er lachte mit einem glucksenden, fröhlichen Rollen in der Stimme. »Na gut. Wir werden sicher ganz gut miteinander auskommen.«

Marcus ging zur Tür. »Nachdem wir das Thema von Miss Winters' Trinkgewohnheiten auch besprochen haben, werde ich euch jetzt der Arbeit überlassen.«

»Aye, Käpt'n.« Der stämmige Mann blinzelte ihr zu und grinste. »Heute Abend gibt es weiße Bohnen mit Schinken. Das mögen alle gern. Vielleicht kann uns Miss Brandy etwas Brot dazu backen.«

»Ich glaube, das kann ich tun.« Sie lächelte, und der Mann

erwiderte das Lächeln. Als sie zur Tür schaute, fiel ihr auf, dass Marcus sie mit einem seltsamen Gesichtsausdruck betrachtete.

Doch dann runzelte er wieder die Stirn. »Ich erwarte, dass du sie sicher wieder zurück in meine Kajüte bringst, wenn ihr fertig seid.«

Cyrus Lambs Mund wurde etwas schmal. »Das werd ich tun, Käpt'n, keine Sorge. Ich bring Euch das Mädel heil und sicher zurück.«

Keiner der Männer sagte mehr etwas, und Brandy auch nicht. Aber sie fragte sich doch, was diese letzten Bemerkungen wohl zu bedeuten hatten.

Wie Marcus schon erwartet hatte, sprach sich die Neuigkeit rasend schnell im Schiff herum. Eine Frau war als blinder Passagier entdeckt worden, und jetzt schlief sie in der Kajüte des Kapitäns. Obwohl er nie eine Frau an Bord gebracht hatte und immer diskret gewesen war bei seinen Affären, schien keiner der Männer überrascht, dass er das Mädchen unter seine Fittiche genommen hatte.

Und sie gingen – Mann für Mann – davon aus, dass er als Belohnung für seinen Schutz ihre ganz spezielle Aufmerksamkeit bekam.

Er grummelte eine Bemerkung, von der er hoffte, dass niemand sie hören würde. Er würde sie glauben lassen, was sie wollten. Das würde helfen, sie in Sicherheit zu wissen, obwohl es in Wahrheit keine Möglichkeit gab, sie wirklich abzusichern, als sie in seiner Kajüte einzuschließen. Die *Seehabicht* war nur wenige Tage im Hafen gewesen, und die Männer hatten kaum Zeit gehabt, ihre geschlechtlichen Bedürfnisse zu befriedigen. Und ganz zweifellos war Brianne eine große Versuchung.

Viele von ihnen kannten sie aus dem Wirtshaus. Sie hatten sie gesehen, wenn sie sich vorbeugte, um Tische zu putzen, und ihre Hüften verführerisch wackelten. Sie hatte sie mit ihrem süßen weiblichen Lächeln bezaubert, während ihre Brüste köstlich die Vorderseite ihrer Bauernbluse spannten. Sie hatten damals genauso nach ihr gehungert, wie sie es auch jetzt taten.

In Wahrheit konnte ihnen Marcus das kaum übel nehmen. Er seufzte und schüttelte den Kopf. Leise vor sich hin schimpfend angesichts der schwierigen Karten, die ihm das Schicksal gegeben hatte, ging er über das Deck, um zu prüfen, wie weit die Arbeiten an der Steuerung inzwischen gediehen waren.

Brandy zog einen riesigen Metalllöffel durch die dicke Portion von Bohnen mit Schinken, die auf dem alten eisernen Herd kochte. Dampf stieg an allen Seiten um sie auf. Es war heiß und feucht in der Kombüse, obwohl die schmale Tür offen stand und eine leichte Brise hereinwehte. Der Schweiß rann ihr zwischen die Brüste, und obwohl das Schiff zurzeit keine Fahrt machte, war es schwer, mit dem Schwanken der Wellen unter dem Schiffsrumpf zu arbeiten.

Sie pustete sich eine Haarlocke aus der Stirn, nahm ein Handtuch und griff in den großen Eisenofen, um noch einen Brotlaib herauszuziehen. Es war schwierige Arbeit, für eine Mannschaft von der Anzahl der *Seehabicht* zu kochen, und hart wie kaum eine andere Arbeit, die sie bisher kannte. Aber sie würde sie schon schaffen – und zwar mit Vergnügen –, wenn sie dafür die Chance bekam, ein wenig von der Welt zu sehen.

Und Cyrus Lambs gute Laune erleichterte ihr die Arbeit. »Na und, Mädel, wie gefällt es Euch bisher auf der *Seehabicht*?«

Brandy lächelte. »Sie scheint wirklich ein prima Schiff zu sein, Mr. Lamb, obwohl ich den Kapitän sagen hörte, dass es irgendein Problem mit der Steuerung gibt. Ich nehme an, dass das auch der Grund ist, warum wir keine Segel mehr gesetzt haben. Glaubt Ihr, dass die Reparatur lange brauchen wird?«

Er wischte sich die Hände an dem Lumpen ab, der in die Tasche seiner braunen Lederschürze gestopft war. »Bestimmt nicht lange. Die Jungs werden sie in kürzester Zeit wieder flott und die Segel gesetzt haben.«

»Ich wünschte, ich könnte mehr von dem Schiff sehen, aber der Kapitän ist fest entschlossen, mich unter Verschluss zu halten. Vielleicht wird mit der Zeit –«

»Besser, Ihr tut, was der Kapitän sagt, Mädel, und bleibt den Männern fern. Ein hübsches kleines Ding wie Ihr würde die Wirkung haben, dass sie sich Euretwegen in die Haare bekommen wie Hunde wegen eines Knochens.«

Sie errötete ein wenig, und es beschämte sie, sich vorzustellen, dass das stimmen könnte, darum wechselte sie das Thema. »Gut ernährt werden sie auf jeden Fall.« Der Duft von Schinken, Bohnen und frisch gebackenem Brot erfüllte die Kombüse. »Und ich hatte immer geglaubt, dass Seeleute dreimal am Tag Schiffszwieback und Gepökeltes essen.«

»Nicht, solange Cyrus Lamb Schiffskoch ist. Natürlich kommt auf langen Fahrten irgendwann der Moment, wo alle auch mit Griesbrei mit Melasse zufrieden sind, wenn das frische Fleisch erst einmal weg ist. Doch auf dieser Fahrt sind Essen und Wasser kein Problem.«

Brandy überlegte. »Meint Ihr, dass es vielleicht auch genug Wasser für ein Bad gibt? Denn das könnte ich wirklich vertragen.«

»Tja, ich denke schon … wenn Ihr den Käpt'n ganz freundlich bittet.«

Ganz freundlich. Wenn sie an Joshua Dobbs dachte, der unten im feuchten, kalten Lagerraum gefangen saß, hätte sie ihm lieber einen Schlag über den Schädel gegeben. Sie zog noch einmal den großen Löffel durch den Kessel mit den Bohnen und klopfte ihn dann etwas fester an der Seite ab, als sie ursprünglich vorgehabt hatte, legte ihn weg und begann das Durcheinander in der Kombüse aufzuräumen.

Cyrus Lamb stellte einen großen, schmutzigen Topf auf die Spüle, goss kochendes Meerwasser und eine Portion scharfe

Laugenseife hinein und begann zu schrubben. »Ihr macht ja ein ziemlich finsteres Gesicht, Mädel. Gefällt Euch die Arbeit doch nicht?«

»Nein! Die Arbeit macht mir überhaupt nichts aus.« Sie lächelte.

»Warum schaut Ihr denn dann so finster drein?«

Sie stellte ein leeres Tablett auf einen schweren Holztisch. »Es ist wegen Joshua Dobbs. Der Kapitän hat ihn zur Strafe in den Laderaum gesperrt, und ich bin schuld daran. Er ist so ein netter Mann. Es ist einfach nicht gerecht.«

»Es ist mehr als gerecht, Mädel. Es ist eine eherne Regel, dass jeder gemeldet werden muss, der ohne Erlaubnis an Bord ist. Das wusste Josh, als er sich entschlossen hat, nichts zu sagen. Und der Käpt'n musste ihn bestrafen, damit er keine Schwierigkeiten mit dem Rest der Mannschaft bekommt. Josh kann von Glück sagen, dass er nur in den Lagerraum gesperrt und auf halbe Ration gesetzt ist und nicht eine viel schlimmere Strafe bekommen hat.«

Halbe Ration? Der arme Mr. Dobbs. Brandy sagte nichts weiter, aber ihre Laune blieb gereizt. Vielleicht hatte ja Marcus wirklich so handeln müssen, und sie konnte seine Lage auch irgendwie verstehen. Trotzdem war es ihre Schuld, und das konnte sie nicht einfach vergessen.

Sie arbeiteten den ganzen Tag, kochten und putzten, und fingen dann wieder von vorn an. Wenn beinah fünfzig Männer satt zu bekommen waren, nahm die Arbeit kein Ende. Der Kajütenjunge Dickey Tabor kam irgendwann, um das Essen aufzutragen, während Brandy außer Sicht in der Kombüse blieb, danach setzten sie drei sich auch hin und aßen. Dickey betrachtete sie misstrauisch, als hätte sie seinen Platz beim Kapitän, zusammen mit seinem Bett, mit Beschlag belegt. Sie versuchte, sich ein wenig mit ihm anzufreunden, aber er blieb mürrisch, und schließlich gab sie den Versuch auf.

Von Zeit zu Zeit erschienen Männer aus der Mannschaft in

der Kombüse, um das eine oder andere zu besorgen. Auch Hamish Bass kam mehrmals vorbei. Ein gut aussehender junger, blonder Matrose namens Brigham Butler erschien, weil er bei der Arbeit am Hochsegel oben in den Seilen eine Wunde am Arm abbekommen hatte. Cyrus versorgte die Wunde und schickte ihn wieder an die Arbeit, aber Brandy konnte nicht umhin, sein draufgängerisches Lächeln und den eindringlichen Blick zu bemerken, den er ihr zuwarf, bevor er wieder hinausging.

Ein hart wirkender glatzköpfiger Seemann namens Jillian Sharpe kam herein, ein Fass mit gesalzenem Hering auf der Schulter, das er aus dem Laderaum geholt hatte. Cyrus grummelte einen Dank und scheuchte den massigen Mann schnell wieder hinaus.

Und Löwenzahn erschien zum ersten Mal.

»Sie ist klug genug, nicht hierher zu kommen und um Futter zu betteln«, meinte Cyrus mit einem finsteren Blick und hob die bunt gefleckte Katze auf, die von Beruf die Schiffskatze war. »Sie soll Mäuse fangen und für ihr Essen arbeiten wie der Rest der Mannschaft.« Aber seine Hände waren sanft, als er sie zur Tür trug und aufs Deck hinaussetzte. Löwenzahn hob das Kinn und miaute missbilligend, dann strich sie davon.

Alles in allem war es ein aufregender, anstrengender Tag. Bis zum Einbruch der Nacht war Brandy erschöpft, aber sie war an harte Arbeit gewöhnt und würde sich auch an diese gewöhnen.

Und es gab etwas Wichtiges, das ihr noch zu tun blieb.

4

Es schien Stunden zu dauern, bis das Abendessen endlich vorüber war, die Teller und die Töpfe gespült und für den nächsten Tag vorbereitet. Bis Brandy endlich so weit war, dass sie die

Kombüse verlassen konnte, hatte sie ein Leinentuch mit Brot und Fleisch in ihrer Bluse versteckt und sich einen Plan ausgedacht, wie sie sicher in den Laderaum kommen könnte.

Es gab keine Möglichkeit, den armen Mr. Dobbs aus seinem Gefängnis zu befreien, aber sie konnte wenigstens dafür sorgen, dass er etwas Anständiges zu essen bekam.

Es war schon einige Zeit nach Einbruch der Dunkelheit, als sie schließlich aus dem Deckhaus trat, wo eine kräftige Brise wehte, die das Schiff im Wasser langsam hin und her schaukeln ließ. Wie der Kapitän befohlen hatte, brachte Cyrus Lamb sie zurück zu ihrer Kajüte.

»Ich denke, der Käpt'n wird auch bald herunterkommen.« Sein Blick rutschte zu den Fußbodenbrettern, und seine rosa Ohrläppchen wurden noch ein wenig dunkler. »Es gibt nicht viele Männer, die einem Mädchen mit Euren Reizen lange fern bleiben könnten. Wenn er erst hier ist, werdet Ihr in Sicherheit sein. Gute Nacht, Mädel.«

Brandy errötete auch, weil ihr klar wurde, wie es für den Koch und den Rest der Mannschaft aussehen musste, wenn sie die Kajüte des Kapitäns teilte. Marcus hatte sie gewarnt, aber eigentlich konnte sie an der Sache nichts ändern.

»Gute Nacht, Cyrus.« Sie machte die Tür hinter sich zu und lehnte sich dagegen. Der Kapitän würde herunterkommen, und zwar bald, aber nicht wegen ihrer Reize, sondern einfach nur, weil er dort schlief. Wenn Cyrus Lamb dachte, dass Marcus Delaine auch nur das leiseste Interesse an ihr hatte, dann irrte er sich gewaltig. Und diese Tatsache bedrückte sie eigenartigerweise.

Mit einem müden Seufzen wandte sie ihre Aufmerksamkeit der Gegenwart zu, einer Sache, die wesentlich wichtiger war als Marcus Delaines Geschmack, was Frauen betraf. Josh Dobbs war allein unten im Laderaum mit kaum genug zu essen, und sie war entschlossen, ihm zu helfen. Sie entdeckte ihr kleines Kleiderbündel, das man ihr hierher gebracht und auf die breite Koje des Kapitäns gelegt hatte, eilte hinüber und öffnete es.

Wie sie gehofft hatte, lag ihre Wollmütze zuoberst auf den Sachen, die sie mitgebracht hatte. Sie zerrte sie über ihren Kopf, um den Schimmer ihres Haars zu verbergen, hastete zurück zur Tür, drückte ein Ohr dagegen und horchte, wie Cyrus Lambs Schritte verklangen. Dann drückte sie die Klinke hinunter, trat hinaus und ging den Gang hinunter, wobei ihr allerdings die Ankündigung des Kochs von Marcus' baldigem Erscheinen noch in den Ohren klang.

Der Kapitän würde herunterkommen, und zwar bald, und bis dahin musste sie wieder in der Kajüte sein.

Brandy machte sich ans Werk, sorgsam bemüht, im Schatten zu bleiben und jedem Mitglied der Mannschaft aus dem Weg zu gehen. Die Gänge waren dunkel und nur von schweren Öllampen schwach erleuchtet. Ein leises Geräusch ertönte hinter ihr, und ein sachtes Schaudern rann ihr das Rückgrat hinunter. Sie hielt den Atem an, horchte aufmerksam, doch das Geräusch war verschwunden, und sie hörte nichts mehr.

Sie ging weiter den Gang entlang und betrachtete prüfend die Dunkelheit. Auf dem Weg die Leiter hinunter schüttelte sie ein unangenehmes Vorgefühl ab und hoffte, dass das Gefühl, beobachtet zu werden, nur in ihrer Einbildung existierte.

Brandy erwachte, einen Augenblick erschreckt durch die ungewohnte Umgebung, dann entspannte sie sich auf ihrem Kopfkissen. Nach einem aufregenden Anfang war die Mission des vergangenen Abends doch noch ein Erfolg gewesen. Sie hatte eine Weile gebraucht, um sich in den dunklen Gängen zurechtzufinden, doch schließlich hatte sie die Stelle unten im Laderaum gefunden, wo Joshua Dobbs eingesperrt war. Es war eine kleine, stickige Kammer, die nach Pech und Teer stank, und es gab nur einen Schlitz in der Tür, um Essen und Wasser hindurchzureichen.

Doch entgegen Dobbs' Protesten gelang es ihr, das Brot und das Fleisch hineinzuschieben, die sie mitgebracht hatte, und zur Kajüte des Kapitäns zurückzuhasten, nur wenige Sekunden, bevor er sie betrat.

Ohne Zeit zu haben, Hemd und Hosen auszuziehen, hatte sie sich unter die Decke gelegt und so getan, als würde sie schlafen, während sie seinen Bewegungen zuhörte, als er sich auszog und im Zimmer herumging. Einmal hatte sie gehört, wie er sich dem Durchgang näherte, und hielt den Atem an, doch er hob nur den Vorhang und sah nach, ob sie auch im Bett war, dann ließ er den Vorhang wieder fallen. Es schien Stunden zu dauern, bis er einschlief und sie sich in Sicherheit ausziehen, unter die Decke schlüpfen und endlich einschlafen konnte.

Sie war am nächsten Morgen müde, obwohl ihr Kopfweh endlich abgeklungen war, aber sie hatte das Gefühl, der Schlafmangel war die Sache wert gewesen. Wenigstens hatte Joshua Dobbs so eine anständige Mahlzeit bekommen, und ihr Gewissen hatte sich merklich beruhigt. Es ging ihr noch besser, als sie aus der schmalen Koje kletterte, um nachzusehen, was genau in der Kajüte nebenan vorging, da sie mitbekam, wie der Kapitän Dickey Tabor und einen aus der Mannschaft anwies, eine Wanne mit heißem Wasser in eine Ecke zu stellen.

Marcus lächelte angesichts ihres Gesichtsausdrucks. »Wir haben nach dem Sturm mehr als genug Regenwasser. Cyrus meinte, dass Ihr gern baden wollt. Es tut mir Leid, dass ich nicht früher daran gedacht habe. Hier ist das Wasser. Benutzt es, bevor es kalt wird.«

»Ja ... ja, das werde ich tun. Danke, Kapitän Delaine.«

Er wandte sich zum Gehen, und ihr Blick folgte seinen geschmeidigen Bewegungen, die ihm von Natur aus eigen zu sein schienen. Marcus war so groß, dass er sich ducken musste, um durch die Tür in den Gang hinauszutreten. Kaum waren er und die Männer fort, zog sie hastig die Kleider aus, warf die zerknitterten, schmutzigen Kniehosen und das verdreckte Hemd über eine Stuhllehne und näherte sich der Wanne. Ihr Bündel lag auf einem kleinen Tisch daneben. Brandy löste ihren Zopf und bürstete ihr zerzaustes Haar mit der rauen Bürste, die sie eingepackt hatte, dann stieg sie in die Wanne.

Mit einem genussvollen Seufzer ließ sie sich ins Wasser sinken und lehnte sich eine lange, zufriedene Weile nur an den warmen Rand der Kupferwanne. Dann griff sie nach der Seife, die Dickey Tabor für sie bereitgelegt hatte, und begann, sich das Haar zu waschen.

Ein Feuer brannte in dem kleinen eisernen Ofen in der Ecke der Kajüte. Nachdem sie ihr Bad beendet hatte, trocknete sie in seiner Nähe die langen, schweren Strähnen und zog sich dann eilig den einfachen braunen Rock und die weiße Baumwollbluse an, die sie in das Bündel gepackt hatte. Das andere Kleid, das beste, das sie hatte, ein hellgrünes Musselinkleid mit hoher Taille, hängte sie in ihrer kleinen Kajüte auf in der Hoffnung, dass die Seeluft den zerknitterten Stoff glätten würde, bevor das Schiff sein Ziel erreichte.

Es dauerte nicht lange, da ertönte ein kurzes Klopfen an der Tür – wohl Hamish Bass oder Cyrus Lamb, der gekommen war, um sie zur Kombüse hinaufzubegleiten. Als sie zur Tür ging, um sie zu öffnen, sah sie sich flüchtig in dem kleinen ovalen, silberfleckigen Spiegel an Dickey Tabors Wand. Frisch gewaschen war ihr Haar von einem strahlenden, glänzenden Kupferrot, lang und dicht und mit einem Stück braunem Samtband zurückgebunden. Ihre Bluse war sauber, und obwohl nicht tief ausgeschnitten, lag sie eng an ihrem vollen Busen an und lief schmal zur Taille hin aus.

Sie wirkte eindeutig fraulich, obwohl die Kleider einfach waren und sicher nicht neu. Unwillkürlich fragte sie sich, ob Marcus die Veränderung wohl bemerken und ob sie ihm gefallen würde.

Unglücklicherweise sah Brandy den Kapitän den ganzen Tag lang nicht. Hamish Bass brachte sie am Morgen zur Kombüse, und am Ende des Abends begleitete sie Cyrus Lamb wieder zurück zur Kajüte. Sie seufzte, als sie daran dachte, dass sie nach den langen Stunden harter Arbeit nicht mehr so frisch und proper aussah wie am Morgen, doch die frauliche Erscheinung war geblieben. Wenn Marcus sie nur so sehen würde.

Jeden Tag auf dem Weg zur Arbeit sah ihr der eine oder andere Matrose nach, aber ihre Beschützer ließen klar erkennen, dass sie tabu war, und sei es auch nur für eine kurze Unterhaltung. Sie hatte sich die Reise eigentlich nicht so vorgestellt, und sie runzelte öfter die Stirn wegen der vielen Stunden, die sie seit ihrer Abfahrt von Charleston in engen Räumen zugebracht hatte.

Wenigstens bekam sie auf ihrem nächtlichen Weg ein wenig frische Luft. Sie freute sich immer auf den Moment, wenn sie abends über das windige Deck wanderte und, solange sie konnte, hinaufschaute zu der silbrigen Mondsichel und über die schwarze, endlose See.

»Der Käpt'n kommt bald zu Euch«, sagte der kleine Kobold-Koch. »Gute Nacht, Mädel.«

»Gute Nacht, Cyrus.« Sie warf ihm ein letztes strahlendes Lächeln zu und versuchte, sich nicht anmerken lassen, wie ungeduldig sie darauf wartete, dass er fortging. Kaum fiel die Tür ins Schloss, rannte sie in ihre kleine Kajüte, schnappte sich die Wollmütze und zog sie sich über das glänzende Haar, damit die leuchtende Farbe im Dunkeln nicht zu sehen war. Ihr Herz pochte heftig wie jede Nacht, wenn sie ihr riskantes Abenteuer unternahm.

Brandy holte tief Luft, um sich zu beruhigen, prüfte mit einem Blick den Gang, ob auch niemand da war, trat aus der Kajüte und machte sich auf den Weg in den Laderaum.

Inzwischen kannte sie den Weg gut, und sie brauchte nicht lange, um den kleinen Raum zu erreichen, in dem Joshua Dobbs eingesperrt war. Er stand auf, als er sie kommen hörte, und schaute durch den Schlitz in der Tür.

»Ich habe es Euch doch schon einmal gesagt, Miss, Ihr solltet nicht herkommen. Der Käpt'n wird wütend auf uns beide sein, wenn er herausfindet, dass Ihr hier wart.«

»Der Kapitän wird es nicht herausfinden, und falls doch, könnt Ihr ja wohl kaum etwas dafür, dass ich Euch Essen durch die Tür geschoben habe.«

Das Licht einer Laterne auf dem rauen Plankenboden drang schwach durch die Öffnung, gerade genug, dass sie Josh grinsen sehen konnte, wobei sich tiefe Lachfalten an seinen Augenwinkeln ausbreiteten.

»Ich will nicht sagen, dass es mir nicht gut schmeckt. Der Schinken war verdammt gut, und das Stück Pökelfleisch von gestern auch. Und Ihr backt wirklich ein sehr leckeres Brot, Miss Winters.«

»Heute Abend habe ich gekochtes Huhn mitgebracht.« Erstaunt hatte sie festgestellt, dass die *Seehabicht* mit einem Schweinestall und einem Hühnerhaus auf Deck unterwegs war, was die Männer mit Fleisch, aber nicht mit Eiern versorgte, denn die Hennen hörten sofort auf zu legen, wenn sie bemerkten, dass sich der Boden unter ihnen bewegte. Trotzdem hatten sie normalerweise schon lange kein frisches Fleisch mehr, wenn sie einen Hafen erreichten. Glücklicherweise war diese Fahrt nur kurz und Fleisch noch in Hülle und Fülle vorhanden.

»Ich hoffe, Ihr habt mir auch noch etwas von dem guten Brot mitgebracht.«

Ihre Lippen hoben sich zu einem Lächeln. »Das habe ich allerdings.« Er nahm das kleine Tablett, das sie durch die schmale Öffnung schob, und gab ihr das vom vergangenen Abend zurück, das er unter seiner Strohmatratze versteckt hatte. »Wir sehen uns morgen wieder.« Sie winkte ihm noch einmal kurz zu, dann machte sie kehrt und ging auf die Leiter zu, die zurück zum Deck führte.

Wie gewöhnlich musste sie sich beeilen. Der kleine Gefängnisraum war im dritten Untergeschoss, und sie musste aufpassen, dass sie niemand sah. Sie beschleunigte ihre Schritte noch ein wenig mehr. Hoffentlich kam sie nicht in der Kajüte an, und Marcus war schon dort.

Sie hatte gerade den oberen Rand der Leiter zum nächsten Geschoss erreicht und ging auf die nächste zu, da hörte sie ein schwaches Geräusch hinter sich. Sie blieb stehen und horchte, ihr Herz schlug warnend schnell.

Sie sagte sich, dass es nichts zu befürchten gäbe, dass es nur die Ratten unter Deck waren, aber ein Schauder kroch ihr über den Rücken, und das Gefühl, beobachtet zu werden, kehrte mit voller Intensität zurück, traf ihre Sinne wie ein eindringlicher Geruch.

Sie sah sich um, versuchte mühsam, etwas im Dunkeln zu erkennen. Nichts. Aber ihre Schritte wurden noch eiliger und ein wenig unsicher, als sie auf die nächste Treppe zuging.

Jilly Sharpe drückte seine massige Gestalt an die feuchte, hölzerne Wand des Schiffsrumpfes. Er war ein großer Mann, breite Schultern, Stiernacken, mit schweren Muskeln am Oberkörper. Es war Jillys zweite Reise an Bord der *Seehabicht*. Vorher war er an Bord eines Handelsschiffes namens *Lied des Windes* gewesen, das aus Boston stammte. Er hatte Schwierigkeiten mit dem Kapitän gehabt, der ihn »streitsüchtig« und seine Haltung unerfreulich genannt hatte.

Jilly war es egal, was der verdammte Dummkopf gesagt hatte. Er war die Blödmänner an Bord der *Lied des Windes* sowieso leid gewesen und froh, dass er eine Möglichkeit zur Veränderung bekam. Natürlich hatte er auch hier schon eine Auseinandersetzung mit Delaine gehabt, weil er dem kleinen schnodderigen Kajütenjungen eine Portion Pökelfleisch geklaut hatte. Er hatte den kleinen Wurm gewarnt, er solle den Mund halten, doch der Junge hatte nichts darauf gegeben und war schreiend direkt zum Kapitän gerannt, der daraufhin eingeschritten war. Er hatte Jilly Extraarbeit zugeteilt – und eine

Warnung, dass, wenn er so etwas noch einmal versuchte, die Strafe viel schlimmer sein würde.

Seitdem hatte Jilly den Jungen in Ruhe gelassen. Aber er hatte nichts vergessen. Wenn ein Mann Jilly Sharpe einmal quer kam, vergaß Jilly das niemals. Dickey Tabors Stündchen würde schon noch schlagen. Doch im Augenblick hatte er etwas anderes, Wichtigeres zu tun. Das leichte Geräusch weiblicher Schritte ertönte aus den Schatten. Er blinzelte in die Dunkelheit des Ganges hinaus und lächelte.

Marcus stand im Steuerhaus neben seinem schnurrbärtigen Ersten Maat. »Das Steuer fühlt sich fest und ruhig an. Die Jungs haben es prima repariert.«

»Aye, das stimmt, Käpt'n. Sie werden sich freuen zu hören, dass Ihr das gesagt habt.«

Die Tür zum Steuerhaus war offen, und eine kühle nächtliche Brise drang herein. Marcus füllte seine Lungen mit dem Duft des Meeres, spürte, wie der weiche Dunst seine Haut befeuchtete. Die Takelung ratterte und knarrte, eine klingende Melodie in seinen Ohren. Nur die rhythmische Vorwärtsbewegung des Schiffes, das Schwanken und Schaukeln des Schiffsbauches unter den Segeln, fehlte, die letzten Darsteller in einer Oper des Meeres, die ihm in den vergangenen zehn Jahren immer Zufriedenheit gebracht hatte.

»Die Reparaturen sind fertig. Das Schiff scheint absolut klar und bereit zu sein. Zeit, dass wir wieder aufbrechen. Gib Befehl, den Treibanker zu lichten, Hamish.« Dieser Anker war ein großes Stück Segeltuch, das die Funktion hatte, die Lage des Schiffes im Wasser zu stabilisieren, während sie an der Steuerung gearbeitet hatten. »Lasst das Vorsegel hissen. Hebt die Spieren und bringt die Leesegel hoch. Wenn wir Glück haben, bekommen wir einen guten, steifen ablandigen Wind und können ein wenig der Zeit aufholen, die wir verloren haben.«

»Aye, Käpt'n.« Hamish grinste, und sein Mund wirkte wie eine große rosa Öffnung in seinem dichten grauen Bart. »Wird gut sein, wenn die *Seehabicht* wieder in Bewegung kommt und davongeht wie ein flinkes Bötchen.« Marcus nickte kurz, und Hamish begann, seine Befehle auszuführen.

»Wollt Ihr, dass ich jetzt das Steuerruder übernehme, Käpt'n?«

Marcus nickte noch einmal. »Es war ein langer Tag, Hamish. Ich freue mich auf eine ordentliche Mütze Schlaf.« Der Ausdruck seines Freundes schien zu sagen, dass er sich dessen nicht ganz so sicher wäre, angesichts des hübschen kleinen Dings, das in letzter Zeit seine Kajüte teilte. Marcus seufzte, als er daran dachte, und erinnerte sich auf dem Weg unter Deck gut daran, wie schwer es ihm in den letzten Tagen gefallen war einzuschlafen.

Er wünschte sich, dass er heute Nacht müde genug sein würde, sodass ihre Anwesenheit ihm nichts mehr ausmachte.

Das Schiff schauderte ein wenig, als die Segel hochgezogen wurden und die *Seehabicht* wieder auf Kurs ging. Marcus spürte das kaum. Er dachte an Brandy Winters und hoffte, sie würde sich an das gewohnte Muster halten und schon fest eingeschlafen sein. Als er seine Kajüte erreichte, machte er vorsichtig die Tür auf, sah sich um und atmete erleichtert auf. Das junge Mädchen hatte sich schon zurückgezogen, und dafür war er mehr als dankbar.

Er horchte einen Augenblick, hörte aber keine Bewegung in dem kleinen Raum neben dem seinen. Nur ein schneller Blick hinter den Vorhang, um zu bestätigen, dass sie sicher in ihrem Bett lag, und dann würde er sich schlafen legen können.

Marcus hob den Vorhang und starrte ins Dunkel. Seine Augen brauchten einen Moment, um sich daran zu gewöhnen und sein Gehirn davon zu überzeugen, dass das, was er jetzt sah, wirklich den Tatsachen entsprach. Die Koje war nicht gemacht. Der kleine Raum war leer. Sein Mund wurde schmal vor Zorn, und im selben Augenblick begann sein Herz vor Furcht zu rasen.

Brianne Winters war nicht in ihrer Kajüte, und auch nicht in der seinen. Marcus fluchte, seine Hände ballten sich vor Wut zu Fäusten. Wenn er sie diesmal fand, würde er sie vielleicht wirklich schlagen!

Brandy wehrte sich heftig, zerrte an den rauen, dicken Fingern, die auf ihren Mund gepresst waren. Eine breite Brust drückte sich an ihren Rücken, und ein dicker, muskulöser Unterarm lag wie ein Schraubstock um ihre Taille, sodass sie kaum atmen konnte. Sie trat nach hinten aus, und ihr brauner Lederschuh traf hart auf sein Schienbein, aber ihr Angreifer lachte nur.

»Du bist wirklich ein feuriges kleines Stück. Man kann ja schon hart werden bei dem Gedanken, wie sich das ganze Sträuben und Aufbäumen unter einem anfühlt.«

Sie wurde von einem neuen Schub Angst überrollt, und ein Wimmern ertönte aus ihrer Kehle. Das Geräusch erstarb hinter seiner Hand, und dafür war sie dankbar. Sie wollte nicht, dass er ihre Angst sah und wusste, welches Grauen in ihr wuchs. Instinktiv war ihr klar, dass das genau das war, was er genoss.

Ihre Augen rollten wild und suchten wie verrückt nach etwas oder jemandem in ihrer Umgebung, die ihr helfen könnten. Sie war ein Geschoss unter dem offenen Deck, tief genug im Laderaum, sodass es um sie her dunkel und feucht war, und Reihen von Kisten und Schachteln waren der ideale Ort für ihn, um sein Vorhaben auszuführen. Er hatte das wohl auch so geplant, denn er tauchte tiefer in die Schatten, zerrte sie rückwärts, hob sie mit einer Leichtigkeit hoch, die sie abstoßend fand.

Sie versuchte zu schreien, aber der Schrei wurde von einer dicken, schwieligen Hand erdrückt, und sie bemühte sich vergebens. Sie schwang eine Faust rückwärts, traf ihn hart an der Schläfe, dann zog sie die Nägel quer über sein Gesicht. Ein zischendes Geräusch kam von seinen Lippen, und er drehte sie heftig zu sich um und packte sie an der Kehle, bevor sie auch nur ein leises Quietschen von sich geben konnte.

»Dafür wirst du bezahlen, Mädchen. Und ich warne dich – noch so 'n fieser Trick und ich probier mein Messer an deinem Gesicht und schneide dich in kleine Stücke.« Er schüttelte sie. »Hast du verstanden, Mädchen?«

Sie nickte und schloss die Augen halb, um ihre Angst nicht zu zeigen. Im schwachen Licht der Walöllampe, die an der Wand hing, konnte sie endlich sein Gesicht erkennen. Sie hatte ihn in der Kombüse gesehen, als er Vorräte brachte. Sie erinnerte sich sogar an seinen Namen. Jillian Sharpe. Cyrus Lamb hatte ihn Jilly genannt.

»Du denkst, du hast mich erkannt. Tja, das macht weiter nichts. Du wirst Delaine nichts von dem sagen, was passiert ist. Du hast deine Beine für ihn breit gemacht. Und jetzt machst du sie für mich breit. Und wenn du nur ein Wort davon verlauten lässt, schneid ich dir dein kleines Herz raus.«

Mit diesen Worten zerrte er sie auf ein Lager aus hoch aufgestapelten Mehlsäcken und ließ sich schwer auf sie fallen. Er war ein massiger Mann mit vielen Muskeln an Brust und Schultern. Seine Hand war rau, als er damit über ihr Bein strich und ihre Röcke hochzuzerren begann. Er roch nach Schweiß und Tabak, und das Grauen überschwemmte sie in betäubenden Wellen.

Herr im Himmel, war denn niemand in der Nähe, der ihr hätte helfen können? Sie dachte an Marcus und betete mit aller Kraft, dass er seine Arbeit beenden, in seine Kajüte zurückkehren und bemerken würde, dass sie nicht da war. Doch selbst wenn er das tat, bis er schließlich bemerkte, wo sie war, würde es zu spät sein.

Der schwere Mann über ihr legte sich zwischen ihren Beinen zurecht. Er nahm ihre Handgelenke in eine breite Hand, zog ihr die Arme über den Kopf und drückte dann seinen faulig riechenden Mund auf den ihren, um jeden ihrer Versuche zu schreien zu unterdrücken. Brandy wehrte sich heftig, versuchte, sich der Hand zu entziehen, die forschend über ihre Brust wanderte und rau ihre Brustwarze rieb. Er arbeitete an den Knöpfen an seinem Hosenlatz, dann schob er eine Hand unter die Hüfte, die er bloßgelegt hatte, um sie an sich zu ziehen.

Tränen brannten in ihren Augen, aber sie versuchte unentwegt weiter, sich von ihm zu befreien, ihn zu beißen, sich loszureißen, denn sie wusste, dass er schon in wenigen Augenblicken seine Härte in sie stoßen würde. Sie hatte das Gefühl, als höre sie Geräusche, aber das war sicher nur ein Traum.

Danach schien alles gleichzeitig zu geschehen, und doch schien jeder Augenblick eine Ewigkeit zu dauern. Zwei Männer tauchten aus den Schatten auf, der eine, hell und blond, kam von unten die Leiter hoch, der andere, dunkel und hoch gewachsen, rannte von der Leiter vom Deck auf sie zu.

Der Blonde erreichte sie zuerst, es war der Matrose namens Brig Butler, dachte sie. Seine Hand legte sich auf Jilly Sharpes dicke Schulter. Er riss hart daran, zerrte den Mann weg, und der Kampf ging los.

»Du verdammter Schuft! Was für ein Tier bist du eigentlich?« Butler holte so kräftig mit der Faust aus, dass Jilly Sharpe an die Wand kippte. Doch er kam sofort wieder hoch und griff den anderen Seemann an, sodass dieser krachend gegen den Schiffsrumpf flog. Noch ein paar weitere Schläge wurden ausgetauscht. Noch mehr Männer erschienen, schrien und rannten hin und her, packten die beiden Matrosen und versuchten, sie auseinander zu reißen.

Dann knallte Marcus Delaines tiefe Stimme wie eine Peitsche durch die Dunkelheit. »Bleibt stehen, wo ihr seid! Alle miteinander!« Er ging die letzten paar Meter zu den Männern hinüber, und sein Blick traf sie nur ganz flüchtig. »Bringt sie hier weg. Sharpe hinunter zu Dobbs – mit dem werde ich mich morgen früh beschäftigen. Begleitet Mr. Butler in sein Quartier. Ich rede später mit ihm.«

Dann drehte er sich um und begann hinüberzugehen zu der Stelle, wo sie an die Wand gekauert saß, am ganzen Körper zitternd. Brandy hatte das Gefühl, als hätte sie noch nie einen solchen Ausdruck von kaum beherrschter Wut auf dem Gesicht eines Menschen gesehen. Er blieb nur wenige Zentimeter vor ihr stehen.

»Seid Ihr verletzt?« Die Worte klangen knapp und scharf vor Ärger.

»Nein, ich … nein …« Langsam stand sie auf, hielt sich aber vorsichtshalber noch am Schiffsrumpf fest, weil sie fürchtete, ihre zitternden Knie würden sie vielleicht nicht halten.

Der Kapitän sah sie sich flüchtig von oben bis unten an, um sich zu versichern, dass sie die Wahrheit sagte, und sah, dass sie ihre Kleidung wieder in Ordnung gebracht hatte, obwohl ihre Wollmütze heruntergerutscht war und das Band sich aus ihrem Haar gelöst hatte, sodass es in wirren, zerzausten Strähnen um ihre Schultern hing.

Ein Muskel zuckte in seiner Wange. Vor Ärger war seine Stimme tief und rau. »Ich glaube, ich hatte Euch doch gesagt, Ihr sollt meine Kajüte nicht verlassen.« Sie versuchte, nicht zusammenzuzucken, als er die Hand nach ihr ausstreckte und seine langen dunklen Finger sich in ihren Arm gruben. Er riss sie an seine Seite und drängte sie ruppig in Richtung Leiter.

Er sagte nichts, solange sie hinaufstiegen, auch nichts auf dem Weg über das Deck und im Gang zu seiner Kajüte. Selbst als sich die Tür mit einem festen Knacken hinter ihm schloss, versuchte er nicht, etwas zu sagen.

Ihr Herz schlug wie ein Rammbock. Es war offensichtlich, wie sehr er sich bemühte, seine Beherrschung zu wahren, und ein harter Klumpen ballte sich in ihrem Bauch zusammen.

Er holte tief Luft, atmete dann langsam aus. »Was habt Ihr unten im Laderaum gemacht?« Die eisige Kälte in seinen Worten schien sie regelrecht zu durchschneiden. Sie zitterte leicht, wünschte, sie könnte es ihm sagen, wusste, dass sie es nicht konnte.

»Ich ... ich bin Euch dankbar, Kapitän, dass Ihr mir zu Hilfe gekommen seid. Ihr und Mr. Butler. Wenn Ihr nur einen Augenblick später gekommen wäret –«

Er packte sie an den Schultern und zog sie näher zu sich heran. »Ich fragte, was Ihr unten im Laderaum gemacht habt. Ich verlange eine Antwort.«

Brandy versuchte, ihre Angst hinunterzuschlucken. »Ich – ich wollte nur ein wenig das Schiff erkunden, das ist alles. Ich war noch nicht so müde, dass ich hätte schlafen können, und ich – ich wollte noch etwas mehr vom Schiff sehen.«

Er schüttelte sie wenig sanft. »Ihr seid eine Lügnerin – und eine schlechte dazu. Ich will wissen, was Ihr da unten gemacht habt, was so wichtig war, dass Ihr bereit wart, meine Befehle zu missachten.« Sein Mund hob sich zu etwas, das nur entfernt einem Lächeln glich. »Vielleicht wolltet Ihr Euch mit Mr. Butler treffen? Eine kleine Liebesaffäre?«

»Nein!« Sie riss sich von ihm los. »Ich wollte nicht Butler treffen. Ich kenn ihn nicht einmal. Ich habe ihn nur einmal in der Kombüse gesehen, und dann erst wieder heute Abend, als er mir zu Hilfe kam. Und ich war ganz sicher nicht ... nicht dort unten, um mich mit ihm zu treffen.«

Das Feuer in seinen dunkelblauen Augen schien ein wenig nachzulassen, und er wandte sich ab, ging ein paarmal zwischen Tür und dem kleinen Ofen in der Ecke auf und ab. Dann blieb er vor ihr stehen, sein Blick wieder hart.

»Ganz sicher kanntet Ihr die Gefahr. Ich hatte Euch gewarnt, was die Männer betrifft. Ich glaubte, das hättet Ihr verstanden.«

»Ich war vorsichtig – wenigstens dachte ich das.«

Er hob seine Augenbraue. »Ihr kanntet die Gefahr, und doch habt Ihr das riskiert. Warum, frage ich mich. Was war so wichtig, dass Ihr –« Er unterbrach sich mitten im Satz, und seine Augen weiteten sich plötzlich erstaunt. »Herrgott noch mal, Ihr wart unten bei Dobbs!«

Brandy packte heftig seinen Arm. »Es war nicht seine Schuld. Bitte – Ihr dürft ihn nicht verantwortlich machen – er hat mich gebeten, nicht zu kommen. Ich habe nicht darauf gehört. Es ist meine Schuld, dass er dort ist. Ich musste eine Möglichkeit finden, ihm zu helfen.«

»Ihr habt ihm zu essen gebracht, nicht wahr? Und das war auch nicht das erste Mal, oder?«

»Es war nicht seine Schuld! Bitte – Ihr dürft ihn nicht noch einmal bestrafen für etwas, das ich getan habe!«

Marcus sah sie an, und einen Moment lang wurde sein harter Ausdruck weicher. »Dobbs ist nicht in Gefahr. Ich kann wohl kaum einen hungrigen Mann dafür verantwortlich machen, dass er versucht, seinen Bauch zu füllen.«

Eine Spur von Erleichterung sickerte durch Brandy. Das war auch in ihrem Gesicht zu erkennen, denn seine Züge wurden wieder hart.

»Nein … diesmal wird es nicht Dobbs sein, der wegen Eurer Dummheit leidet. Der Mann, der bezahlen wird, ist Jillian Sharpe. Das sind dann schon zwei Männer, die ich Euretwegen bestrafen muss. Ich hoffe, Ihr seid damit zufrieden, Miss Winters.«

Ihre Schultern wurden ein wenig gerader. »Ich lasse mir nicht die Schuld geben für Jilly Sharpes abstoßendes Verhalten. Der Mann verdient jede Strafe.«

»Ich bin froh, dass Ihr so denkt, denn ich werde dafür sorgen, dass Ihr dabei seid, wenn er ausgepeitscht wird.«

Das Blut schwand aus ihrem Gesicht. »Was?«

»Ich glaube, Ihr habt mich ganz klar verstanden. Die Strafe werden vier Dutzend Peitschenhiebe sein. Auszuführen morgen früh beim Morgengrauen.«

Brandy sagte nichts, aber sie schwankte etwas in Richtung auf den Stuhl, und ihre Finger schlossen sich um den oberen Rand. Sie dachte daran, wie Sharpe sie berührt hatte, was er hatte tun wollen, und plötzlich war sie froh, dass er leiden musste.

»Wenn das Auspeitschen vorüber ist«, fuhr Marcus fort, »werdet Ihr in meine Kajüte zurückkehren und dort bleiben, bis ich es für richtig halte, dass Ihr wieder herauskommt.«

Brandy richtete sich auf. »Ich bin sowieso schon viel zu viel hier drinnen. Was ist mit meiner Arbeit in der Kombüse? Ihr könnt doch nicht wirklich vorhaben, mich einzusperren, wenn dort so viel zu tun ist.«

»Doch, ganz genau das werde ich tun. Und Mr. Lamb wird das tun, wofür er bezahlt wird. Und Ihr werdet hier bleiben – Tag und Nacht. Und nicht nur zu Eurem eigenen Schutz, sondern wegen der Mannschaft.«

Brandy wollte widersprechen, schimpfen, ihm sagen, dass er nicht fair war. Es war ja schließlich nicht sie gewesen, die sich benommen hatte wie ein wildes Tier, sondern Jilly Sharpe. Doch die Worte blieben ungesagt, und sie biss sich auf die Unterlippe, um sie nicht herauszulassen. Wie hatte nur alles so schief gehen können? Josh Dobbs war im Laderaum eingesperrt. Marcus hatte befohlen, dass sie hier eingesperrt sein sollte. Sie dachte an Jilly Sharpe und an das, was beinah geschehen war, und eine Welle von Übelkeit überrollte sie.

»Inzwischen«, sagte jetzt der Kapitän, »schlage ich vor, Ihr versucht ein wenig zu schlafen. Das Morgengrauen ist zu früher Stunde, und ich glaube, wir haben beide genug Aufregung gehabt für einen Abend.«

Sie zwang sich zu nicken. Sie war plötzlich so müde, fast zu müde, um ihre Füße dazu zu bringen, dass sie am Vorhang vorbei und ins andere Zimmer gingen. Als sie das geschafft hatte, zog sie mit unsicheren Händen die Kleider aus und das Nachthemd an, ging ins Bett und zog sich die Decke hoch bis unters

Kinn. Sie hörte Marcus herumgehen und schließlich die Kajüte verlassen, doch selbst als er weg war, fiel es ihr nicht leicht einzuschlafen.

Es war weit nach Mitternacht, als Marcus an diesem Abend in sein Quartier zurückkehrte. Er war müde, erschöpft bis auf die Knochen, und doch konnte er nicht einschlafen, sondern warf sich in seiner Koje hin und her. Jedes Mal, wenn er die Augen schloss, sah er Brianne Winters vor sich, wie sie im Laderaum versuchte, sich ihres Angreifers zu erwehren.

Vor seinem inneren Auge sah er sie, wie sie in jenem Augenblick gewesen war, die Röcke bis zur Taille hochgeschoben, die hübschen Beine ausgebreitet und Jilly Sharpe dazwischen. Eine von Jilly Sharpes großen Händen hatte ihr bloßes Hinterteil umfasst und drückte sie an sich, während sein Mund ihre vollen, reifen Lippen bedeckte.

Wenn er Brianne Winters je als Kind gesehen hatte, war dieses Bild für immer zerstört. Wenn er jetzt an sie dachte, sah er sie so, wie sie im Laderaum gewesen war, die vollen Brüste, ihr Haar eine ungezähmte Wolke um ihr Gesicht.

Er versuchte zu schlafen, aber wenn er die Augen schloss, sah er sie auf dem Rücken liegend, ihr Haar wild um sie ausgebreitet. Doch es war nicht Jilly Sharpe zwischen ihren bleichen, wohlgeformten Beinen. Es war Marcus Delaine, der sie besitzen wollte, Marcus, der einen Kuss von ihren weichen, einladenden Lippen stahl.

Sie so mit Jilly Sharpe gesehen zu haben, hatte seine letzten Illusionen zerstört. In Wahrheit hatte er sich an die Fantasie geklammert, dass sie ein Kind war, um seine Lust nach ihr in Schranken zu halten.

Die Mannschaft glaubte, sie schlafe in seinem Bett. Wenn es nur so wäre, dachte er bitter. Ihr zuzusehen, wie sie in der Kombüse arbeitete, ihr Lachen zu hören, ihr Lächeln zu sehen – an ihren reifen kleinen Körper zu denken –, er sagte sich, dass sie nicht für ihn gedacht war, dass sie noch zu jung wäre und viel zu unschuldig.

Heute Abend war er gezwungen gewesen, die Wahrheit zu erkennen. Brianne Winters war eine Frau, kein Kind, und er begehrte sie – heftig. Vielleicht schon seit ziemlich langer Zeit. Genau genommen konnte er sich nicht erinnern, dass je eine Frau seine Gedanken so eingenommen hatte wie Brandy, seit er sie auf dem Kai in Charleston zurückgelassen hatte.

Vielleicht war es einfach das Wissen, dass er sie nicht haben konnte, dass sie unschuldig war und nicht eine erfahrene Frau wie die Witwe, die er besuchte, wenn sein Schiff in Charleston lag, oder die Geliebte, die er in London hatte. Was immer auch der Grund sein mochte, sie erschien immer wieder in seinen Gedanken und auch in seinen Träumen.

Und er spürte einen seltsamen Beschützerinstinkt für sie. Er war froh, dass Brig Butler Jilly Sharpe vor ihm erreicht hatte, denn sein Zorn war in diesem Augenblick so groß gewesen, dass der Mann vielleicht nicht überlebt hätte. Von dem Moment an, als er sie an Bord entdeckt hatte, war er entschlossen gewesen, sie vor seinen Männern in Sicherheit zu bringen.

Er sah hinüber zu ihrer kleinen Kammer mit dem Vorhang davor und fragte sich, wer sie vor ihm in Sicherheit bringen würde.

5

Während der langen Stunden der Nacht lag Brandy wach in ihrer Koje. Sie war so müde. Müder, als sie je gewesen war. In den verschwommenen Augenblicken, bevor ihre Augen schließlich zufielen, hörte sie das metallische Klingen der Schiffsglocke, die die Stunden zählte. Acht waren es. Vier Uhr morgens.

Es schien ihr, als hätte sie nur wenige Minuten geschlafen, als sie rau von der langfingerigen Hand eines Mannes geweckt wurde. Sie blinzelte mehrmals, sah das erste graue Licht des Morgens durch das winzige Fensterchen hereindringen und schaute matt auf zu Marcus Delaines hoch gewachsener Gestalt, die neben dem Bett stand.

Undeutlich bemerkte sie, dass er eine makellos gebügelte, frische Uniform trug, an der jeder Knopf schimmernd poliert war.

»Es ist Zeit«, sagte er rau. Er sah so gut aus wie immer, und doch wirkten seine Züge herb, als wäre die Kante seines Kinns in Stein gehauen. »Zieht Euch an. Mr. Bass wird Euch erwarten, um Euch an Deck zu begleiten.«

Sofort wurden ihre Gedanken klar. *Jilly Sharpe. Vier Dutzend Peitschenhiebe.* Herr im Himmel, wie hatte sie das vergessen können? Sie schob sich das vom Schlaf zerzauste Haar aus dem Gesicht und setzte sich in der Koje auf. »Bitte, kann ich nicht … kann ich nicht einfach hier bleiben? Ist es wirklich nötig, dass ich –«

»Ja.« Er machte kehrt und ging hinaus, die Schultern kantig, der Rücken gerade.

Als er sich bückte und unter dem Vorhang hindurch in seine Kajüte ging, schauderte Brandy, denn ihre Gedanken kehrten zum vergangenen Abend zurück. Sie erinnerte sich daran, wie Jilly Sharpes schweres Gewicht sie heruntergedrückt hatte, wie seine schwieligen Hände über ihre Haut gestrichen hatten, wie eklig sein Mund geschmeckt hatte, der sich so brutal auf den ihren gedrückt hatte.

Was für ein Recht hatte Jilly Sharpe gehabt, sich ihr so aufzudrängen? Was für ein Recht hatten Männer überhaupt zu so etwas?

Der Gedanke gab ihr Kraft. Sie war diejenige, die hatte leiden müssen. Sie würde dabei sein, um zuzusehen, wie er dafür bezahlte.

Hastig beendete sie ihr kurzes Morgenritual, bürstete ihr Haar und hielt es zurück mit den Schildpattkämmen, die ihr Marcus einmal zum Geburtstag geschenkt hatte. Sie zog das mintgrüne Musselinkleid an, das ihr bestes Kleid war. Flo hatte ihr dabei geholfen, es zu nähen, hatte sie ermutigt, die Rüsche unter der Brust und die zwei weiteren am unteren Saum anzunähen, und obwohl Brandy es immer ein wenig übertrieben gefunden hatte, hatte ihre Freundin ihr versichert, dass es genau richtig aussah.

Und sie fühlte sich wirklich gut darin. Wann immer sie es trug, fühlte sie sich hübsch. Das Kleid gab ihr Selbstvertrauen, und das genau war es, was sie jetzt brauchte.

Ohne sich weiter um ihre Unsicherheit und das unbehaglich heftige Klopfen ihres Herzens zu kümmern, duckte sie sich unter dem Vorhang hindurch und öffnete die Kajütentür. Wie Marcus versprochen hatte, stand Hamish Bass im Gang, den grauen Bart ordentlich geschnitten, die Uniform makellos, aber seine Züge wirkten erschöpft, und sein Gesichtsausdruck war ebenso finster wie der des Kapitäns.

»Seid Ihr bereit, Mädel?«

Sie richtete sich gerade auf. »Ich bin bereit.« Er bot ihr den Arm und sie nahm ihn, hielt sich fester, als sie vorgehabt hatte, und ließ ihn nur kurz los, um die schmale Leiter hinaufzusteigen.

Kapitän Delaine stand auf dem Vordeck über ihnen, die Beine breit, eine Hand hinter dem Rücken, die andere zur Faust geballt. Sein Mund war hart, und seine Augen waren dunkler, als sie sie je gesehen hatte. Sie sahen sie flüchtig an und kehrten dann zu den Männern zurück.

Da Hamish Bass sie in seine Richtung drängte, sahen sie jetzt auch andere Männer an, betrachteten sie auf ihrem Weg, fast fünfzig Augenpaare nebeneinander. Brandy gab sich Mühe, nicht auf sie zu achten, ihre Beine am Zittern zu hindern und ruhig über das Deck zu gehen.

Schließlich hatte sie den Kapitän erreicht und stand neben ihm, während Hamish Bass sich auf ihre andere Seite stellte. Marcus sagte kein Wort. Stattdessen starrte er zu der Leiter, die aus dem Laderaum heraufführte, nickte leicht mit dem Kopf, und drei weitere Seemänner kamen herauf, Jillian Sharpe zwischen ihnen.

Sie brachten ihn zum Mast, und er wurde bis zur Taille ausgezogen, sodass sein massiger Oberkörper nackt war. Das Licht spiegelte sich auf seinem Glatzkopf, und sein Mund war zu einer dünnen, geraden Linie zusammengepresst. Seine Augen schienen vor Hass zu glitzern. Als sie nach ihr suchten und sie neben dem Kapitän stehend fanden, waren sie von solcher Bosheit und so viel Abscheu erfüllt, dass sie schauderte und unfreiwillig einen Schritt rückwärts machte.

Marcus' Hand an ihrer Taille zog sie wieder zurück an ihren Platz, sanfter, als sie erwartet hatte. Er nickte noch einmal, und Sharpe wurde nach vorn an den Mast geschoben. Die Matrosen zogen ihm die Arme über den Kopf und banden sie an die dicke, runde Säule.

Mit einem höhnischen Grinsen und einem letzten hasserfüllten Blick wandte er den Blick ab und lehnte das Gesicht an den Mast.

»Mr. Hopkins, Ihr könnt anfangen, wann immer Ihr so weit seid.«

Brandy sah schweigend zu, und ihr Herz klopfte schmerzhaft heftig unter den Rippen. Ben Hopkins war der Zweite Maat an Bord der *Seehabicht*, ein Mann, den sie ein-oder zweimal im Weißen Pferd gesehen hatte und auch noch ein paarmal bei ihrer Arbeit in der Kombüse. Er war in den Dreißigern, Brite, und sein Gesicht war seit der Kindheit pockennarbig. Mit finsterer Miene schüttelte er das Bündel von langen, knotigen Lederstreifen aus, das an einem Ende einen Griff hatte.

Neunschwänzige Katze. Brandy kannte den Namen. Es war ein Gerät für eine Art von Strafe, die sie sich in ihren wildesten Albträumen nicht hätte vorstellen können, wenn sie nicht Seemannsgeschichten davon gehört hätte, die alle mit viel Respekt und Entsetzen erzählt wurden.

Sie spannte sich an, als der muskulöse Matrose die Peitsche zurückzog und sie ihr gefährliches Rutschen über das Deck und das gemeine Zischen in der Luft hörte. Sie klatschte auf Jilly Sharpes Rücken, und die ganze Mannschaft zuckte zusammen, als spürte auch sie den Schmerz.

Brandy spürte ihn auch, obwohl sie geglaubt hatte, das würde ihr nicht passieren. Jillian Sharpe verdiente jeden schmerzhaften Schlag mit der Peitsche, doch jedes Mal, wenn sie niederzischte und auf seinen Rücken klatschte, musste sie ihre ganze Kraft aufbringen, um sich nicht abzuwenden.

Mehr Schläge fielen, jeder laut gezählt. Sie schienen zusammenzufallen, und hässliche Striemen erschienen wie lange, dicke Finger. Und immer noch knallte die Peitsche nieder. Die Striemen verwandelten sich in dünne blutige Streifen, wo die braune Haut aufriss und das rohe Fleisch darunter zum Vorschein kam. Übelkeit überrollte Brandy, und ihr wurde schwindlig. Ihr Magen zog sich in einer Weise zusammen, dass sie sicher war, sie würde vor allen anderen jede Würde verlieren.

Immer noch zischte die Peitsche, noch mal und noch mal, bis sie nichts anderes mehr hören konnte als das Zischen des Leders und Jilly Sharpes durchdringende Schreie. Vier Dutzend Schläge. Sie erschienen ihr wie viertausend. Brandy erinnerte sich an Seemannsgeschichten von Männern, die genauso viel erhalten hatten. Diese Anzahl war manchmal ein Todesurteil, das wusste sie, ausgeführt in höchst grausamer Weise, wie sie jetzt sah. Zumindest würde Jilly Sharpe überleben. Aber er würde einen hohen Preis zu bezahlen haben.

Brandy hörte ihn wimmern, und ihr ganzer Körper zitterte. Schließlich wurde er bewusstlos, und sein Kopf sank nach vorn an den Mast. Doch die Peitsche schlug weiter zu. Sie konzentrierte sich darauf zu zählen, atmete mit Mühe ein und wieder aus, wünschte, es würde bald zu Ende gehen, versuchte, nicht jeden Schlag wie einen Peitschenhieb auf ihr Gewissen zu empfinden, der sie anklagte, der Grund für diese Strafe zu sein. Wenn sie nicht hinuntergangen wäre in den Laderaum ... wenn sie einfach Marcus' Befehlen gehorcht hätte ...

Die Peitschte knallte noch einmal, und Brandy schwankte. Sie starrte den an den Mast gebunden Matrosen durch eine Art Nebel an und bemerkte erst jetzt, dass sie lautlos weinte. Sie schwankte und spürte Marcus' Hand an der Taille. Er machte einen kleinen Schritt rückwärts und stellte sich hinter ihr auf, sodass sie sich an ihn lehnen konnte. Das gab ihr den Mut, den sie brauchte, und endlich hörte das schreckliche Zählen auf.

Als sie Sharpe vom Mast lösten, schauderte sie am ganzen Körper. Marcus, dessen Hand immer noch fest an ihrer Taille lag, legte ihre Hand auf den Ärmel seines marineblauen Rocks und führte sie zur Treppe, die vom Oberdeck nach unten führte. Für einen Moment wanderte ihr Blick hinüber zu den Männern, die ihre nassen Wangen und ihr blasses Gesicht bemerkten.

Diesmal sahen sie sie voller Mitleid an.

Brandy trat durch die Tür in die Kajüte des Kapitäns, und in dem Augenblick, als sie drinnen waren, nahm Marcus sie in die Arme. »Ist schon gut, Brianne, es ist alles vorbei.« Er drückte ihren Kopf mit der Handfläche an seine Schulter. »Es ist vorüber, und Ihr könnt alles hinter Euch lassen.«

Ein leises Wimmern ertönte aus ihrer Kehle. Ihre Hände drückten sich an seine Brust, und die Wolle seines Rocks fühlte sich rau an ihrer Wange an. »Marcus ... oh, mein Gott.« Ihre Augen fielen zu, und sie begann heftiger zu weinen, sodass ihr Körper bebte wie ein Blatt im Wind. »Es tut mir Leid. Es tut mir so Leid.«

»Schhh«, flüsterte er, und seine Hand strich über ihr Haar.

»Ihr hattet Recht gestern Abend – es war nicht Eure Schuld. Jilly Sharpe war schon böse und ungehorsam, seit er an Bord gekommen ist. Er hat sich benommen wie ein Tier. Er hat verdient, was er bekommen hat, und Schlimmeres.«

Seine Worte beruhigten sie wie ein lindernder Balsam, und ihr Herz fühlte sich plötzlich weniger schwer an. Marcus hielt sie ein wenig von sich entfernt, um sie genau zu betrachten, und sein Gesicht war voller Sorge. Sie spürte seine Finger an ihrem Kinn, wo sein Daumen sanft über ihre Haut strich.

Er hob ihr Kinn und wischte mit seinem Taschentuch die Tränen von ihren Wangen, sein Blick dunkel und prüfend, voller Mitgefühl und vielleicht auch einem kleinen Bedauern. Ein paar Augenblicke lang bewegten sie sich beide nicht. Brandy sah zu ihm auf, und ihr Herz schien zu stolpern und auszusetzen.

Marcus' Blick blieb fest. Unentschlossenheit und ein tieferes, dunkleres Gefühl huschten über sein Gesicht. Dann senkte er langsam, beinah widerstrebend den Kopf und legte seine Lippen federleicht auf die ihren. O Herr im Himmel. Eine weiche Hitze entstand in ihr, ein süßes, schmelzendes Gefühl, das sich in ihrem Magen breit machte und bewirkte, dass ihre Beine noch schwächer wurden.

Ihre Finger hielten sich an den Aufschlägen seines Rocks fest, und ihr Kopf sank nach hinten, als sie ein wenig auf ihn zuschwankte. Sie spürte seine Hitze, die Wolle seiner Jacke, den Schlag seines Herzens, und ohne es zu wollen, hob sie sich auf die Zehenspitzen, um ihren Mund noch fester auf den seinen zu drücken.

Einen Augenblick lang spannte sich sein Körper an, dann stöhnte er. Harte Arme legten sich um sie, und er presste sie an sich, vertiefte den Kuss. Er brachte ihre Lippen dazu, sich zu öffnen, und seine Zunge drang in ihren Mund, um sie besser zu kosten. Hitze überflutete sie in wilden, verlockenden Wellen, von denen ihr ein wenig schwindlig wurde. Heißer, süßer Genuss erfüllte ihre Sinne.

Sie stand zwischen seinen Beinen, umschlossen von den langen, harten Muskeln seiner Schenkel, und seine Brust fühlte sich hart an an ihren Brüsten. Sein Mund war fest, aber irgendwie fühlten sich seine Lippen weich an und passten ganz genau auf die ihren. Eine seiner Hände glitt in ihr Haar. Er schmeckte leicht nach Kaffee und roch nach salziger Seeluft.

Der Kuss nahm und nahm kein Ende, seine Lippen bewegten sich langsam erst in die eine, dann in die andere Richtung. Undeutlich wurde ihr klar, dass die steife Erhebung, die sich gegen sie drängte, die Härte seiner Erregung war, und doch hatte sie keine Angst. Anstatt sich zu fürchten, was der heiße Kuss bedeuten mochte, wünschte sie sich, er möchte immer weitergehen und nie zu einem Ende kommen.

Marcus war schließlich derjenige, der sich von ihr löste.

Schwer atmend trat er einen Schritt zurück und starrte auf sie hinab. Eine Ader pochte heftig an seinem Hals, und die Hitze des Begehrens flammte immer noch in seinen Augen. Er machte kehrt und ging weg von ihr, fuhr sich mit einer Hand durch das lockige schwarze Haar.

»Das hätte nicht passieren dürfen. Mein Gott, ich kann nicht glauben, dass es geschehen ist.« Sein Blick traf, von der anderen Seite des Zimmers, den ihren. »Es war ganz und gar meine Schuld. Es tut mir wirklich Leid.«

Sie hätte ihm am liebsten gesagt, wie froh sie war, dass es geschehen war, dass sie seit Jahren geträumt hatte, wie es wohl sein mochte, wenn Marcus Delaine sie küsste. Doch kein Traum kam der Wirklichkeit gleich, dieser unglaublichen Erfahrung, und ihr wäre viel lieber gewesen, wenn es wieder geschah.

»Eine Entschuldigung ist unnötig«, sagte sie, und ihre Stimme klang dünn und ein wenig gebrochen. Sie wünschte, dass daraus nicht zu erkennen war, wie erschüttert sie sich fühlte. »Ihr habt mich getröstet, als ich es brauchte, und dafür danke ich Euch.«

Er hob eine Augenbraue. »Trost?« Er lächelte dünn. »Das

war es also?« Er sah sie in seiner dunklen, prüfenden Weise an, sagte aber nichts mehr, sondern ging zur Kajütentür und öffnete sie. »Es tut mir Leid, dass Ihr das durchmachen musstet. Aber wie ich schon sagte, es ist vorüber und erledigt. Was Euren Aufenthalt hier betrifft, gibt es eine ganze Reihe von Büchern. Ich hoffe, dass Ihr Euch damit unterhalten könnt. Ihr dürft gern alles lesen, was Ihr auf dem Bücherregal findet.«

Jetzt begann also ihre Strafe. Der Kuss hatte daran nichts geändert. Sie zwang sich zu einem Lächeln und einem genauso überlegenen Verhalten wie er. »Danke.«

»Da Ihr noch keine Zeit zum Essen gehabt habt, werde ich Euch Dickey mit einem Tablett und Frühstück herunterschicken. Wenn Ihr noch irgendetwas anderes benötigt, braucht Ihr es nur zu sagen.«

Brandy nickte nur. Was sie brauchte, war eine kräftige Portion frische Seeluft, die sie aber offensichtlich nicht bekommen würde. »Was ... was wird mit Jilly Sharpe geschehen? Wird er es überstehen?«

Er nickte. »Hamish wird sich um ihn kümmern. Sein Rücken wird bald wieder heilen. Wir werden ihn auf den Spanischen Keys absetzen, einer Reihe von Inseln vor Andros, dem ersten Halt, den wir auf den Bahamas machen.«

Sie sah ihn zur Tür gehen, die er hinter sich zumachte, ohne sie noch eines weiteren Blickes zu würdigen. Sie dachte an den hitzigen Kuss und spürte ein scharfes, stechendes Bedauern. Wie konnte ein einziger Kuss für sie so verheerende Folgen haben und ihm nicht das Geringste ausmachen? Aber warum überraschte sie das eigentlich? Marcus Delaine hatte sie jahrelang nicht beachtet. Nur weil sie als blinder Passagier an Bord seines Schiffes gegangen war, bedeutete das nicht, dass sich irgendetwas geändert hatte.

Ein solcher Kuss bedeutete nichts für einen attraktiven, vitalen Mann wie Marcus, der beliebig viele Frauen haben konnte. Brandy ging hinüber und ließ sich aufs Bett fallen, verfluchte sich für die unerwünschten Empfindungen und wünschte, sie könnte so überlegen und uninteressiert sein wie er.

Denn sie wusste, dass sie bei Marcus Delaine nicht die leiseste Chance hatte.

Marcus stützte seine Hände auf die Reling, ließ den Wind durch sein Haar streichen und war dankbar für die kalte Luft, die den Hunger abkühlte, der immer noch sein Blut erhitzte. Verdammt, er hätte sie nicht küssen dürfen.

Vielleicht wäre es auch nicht geschehen, wenn er nicht den Morgen damit verbracht hätte, seine Gefühle so gut wie möglich im Zaum zu halten. Es war ihm unangenehm, seine Männer zu bestrafen, und Auspeitschen war ganz besonders widerwärtig. Selbst wenn ein Mann es so sehr verdiente wie Jilly Sharpe.

Er dachte wieder an die Szene zurück. Er hatte Brianne eine Lektion erteilen wollen. Sie sollte sehen, was aus einer so dummen Handlungsweise und ihrer Weigerung, seinen Befehlen zu gehorchen, erwuchs. Er hatte es getan, um ihre Sicherheit zu gewährleisten.

Er hatte nicht daran gedacht, wie sie wirken würde, wenn sie vor seiner Mannschaft stand, so stolz, so verletzlich – so verdammt mutig. Ihre stillen Tränen hatten ihm das Herz zerrissen. Sie hatte zitternd dagestanden, und er hatte gewusst, welchen Willen es erforderte, dass sie auf Deck blieb. Er hasste sich in diesem Augenblick, verfluchte sich für die Strafe, die er ihr auferlegt hatte.

Und dann hatte er sie geküsst. Verdammt, das hätte er nicht tun dürfen. Er hätte ihr die Tränen abtrocknen und gehen sollen, aber ihre hübschen bernsteinfarbenen Augen hatten ihn bezaubert, und ihre bleichen, zitternden Lippen waren einfach zu verführerisch gewesen. Und jetzt, wo er ihren warmen, süßen Geschmack kannte, würde er sie nie wieder vergessen können.

Verdammt noch mal. Er hatte sie vorher schon begehrt, aber jetzt begehrte er sie mehr denn je, und obwohl er zuließ, dass die Mannschaft glaubte, sie gehöre ihm, würde er sie nicht nehmen. Er fragte sich, ob Miss Brianne Winters *das* wohl als fair empfand.

Hamish Bass kam zu ihm. Marcus zwang sich, ihm seine Aufmerksamkeit zu widmen. »Wie geht es ihm?«

»Sie haben ihn unter Deck gebracht. Cyrus versorgt seinen Rücken. Sharpe ist stark wie ein Bulle. Er wird in ein paar Tagen wieder auf den Beinen sein.«

Marcus nickte. »Er ist ein übler Kerl. Wir setzen ihn auf den Spanischen Keys ab.«

»Ja, jetzt, wo das Mädchen an Bord ist, wäre das sicher das Beste.«

»Glaubst du, er ist der Mann, der hinter dem ganzen Ärger steckt, den wir haben?«

»Schwer zu sagen. Die Befestigung der Ladung hätte er schon beschädigen können – für genug Geld würde der Schuft sicher alles tun –, aber das erklärt die Schwierigkeiten nicht, die Eure anderen Schiffe haben.«

»Nein, tut es nicht. Bis zu dem Unfall mit dem Ruder und der Ladung hatte ich mir eingeredet, dass es einfach nur eine Reihe unglücklicher Zufälle war.« Die zerrissenen Segel an Bord der *Peregrine*, die sie eine Woche Verspätung gekostet hatten – und beinah dafür gesorgt hätten, dass sie den Transportvertrag für das Holz verloren; der beschädigte Anker an Bord der *Raven*. »Ich fange langsam an zu glauben, dass sie miteinander zu tun haben. Und wenn es so ist, dann muss der Mann, der dahinter steckt, ein Mann mit Autorität sein, jemand, der das Geld und die Macht hat, derartige ›Unfälle‹ zu arrangieren.«

Hamish kratzte sich den grauen Bart. »Es müsste ein Mann sein, der etwas dabei zu gewinnen hat.«

»Ganz genau.«

»Der Vertrag für die Holzladung wäre an Atlantic Limited oder vielleicht an die China Seas Company gegangen. Aber höchstwahrscheinlich an Palmer Reese.«

Ein Muskel zuckte in Marcus' Wange. *Palmer Reese.* Er wusste wenig von Atlantic Limited oder der China Seas Company, bis auf die Tatsache, dass ihre Eigentümer heftige Konkurrenten waren. Palmer Reese kannte er seit ihrer gemeinsamen Kindheit an der Küste in Cornwall. Palmer war drei Jahre älter als er und immer ein Angeber und Draufgänger gewesen. Seine Eltern waren Freunde seines Vaters gewesen, aber er und Palmer hatten sich nie verstanden.

»Reese Enterprises ist unser größter Konkurrent«, sagte er. »Wir haben sie in letzter Zeit aus mehreren großen Transportverträgen verdrängt. Trotzdem kann ich mir nicht einmal bei Palmer vorstellen, dass er so weit gehen würde.«

»Vielleicht, vielleicht auch nicht. Bei Leuten wie Palmer Reese weiß man so etwas nie.«

Marcus sagte nichts weiter, sondern starrte nur hinaus aufs Wasser. Alle drei Schifffahrtsgesellschaften waren verdächtig. Was für andere Feinde hatte er sich im Laufe der Jahre gemacht? Darüber dachte er bereits nach, seit er die beschädigte Halterung der Ladung gesehen hatte, doch war er einer Antwort nicht näher gekommen. Verdammt, er wünschte, er wüsste was zum Teufel eigentlich los war.

»Wie geht es dem Mädchen?«

»Sie war ziemlich mitgenommen. Aber jetzt geht's ihr wieder besser.«

»Das ist wirklich eine Frau mit Mut.«

Marcus lächelte finster. »So sieht es aus.«

»Ihr begehrt sie. Das sehe ich in Euren Augen, wenn Ihr sie anseht.« Hamish war der einzige Mann an Bord, der erraten hatte, dass sie nicht wirklich ein Bett teilten, obwohl Marcus nie davon gesprochen hatte.

Er zuckte die Schultern. »Ich streite nicht ab, dass das Mädchen eine wahre Versuchung ist. Aber sie ist auch jung und unschuldig. Brianne hat keine Zukunft mit mir, und es wäre nicht recht, sie zu nehmen und dann beiseite zu schieben wie Strandgut nach dem Sturm.«

Hamish kicherte und kratzte sich den wolligen Bart. »Es ist irgendwie nicht fair, Käpt'n. Die ganze elende Mannschaft wird hart bei dem Gedanken an das, was zwischen Euch dort in Eurer Kajüte vor sich geht, dabei habt Ihr das Mädchen in Wahrheit noch nicht einmal angerührt. Verdammt, das ist wirklich nicht fair.«

Marcus hätte beinah gelächelt. »Ich gebe zu, mein Freund, dass mir dieser Gedanke auch schon bei verschiedenen Gelegenheiten gekommen ist.«

Hamish lächelte. »Vielleicht werdet Ihr es Euch noch anders überlegen, bevor wir wieder heimfahren.«

Marcus dachte darüber nach. »In Brandys Sinne wollen wir hoffen, dass ich das nicht tue.« Aber das war ein anderer Gedanke, der ihm auch schon gekommen war.

Brandy rollte die Schultern und versuchte, ihren verspannten Nacken zu lösen. Sie streckte die Beine aus und stand aus dem Sessel auf, in dem sie die vergangenen drei Stunden gesessen und gelesen hatte.

Die ersten beiden Tage ihrer Klausur hier waren eigentlich gar nicht so schlecht gewesen. Sie hatte noch nie viel Zeit zum Lesen gehabt, und ganz sicher gab es in ihrer Umgebung nirgendwo solche Bücher wie die, die sie hier in Marcus' Kajüte gefunden hatte, Bücher von erstaunlicher Verschiedenheit: Gedichte von William Blake, Shakespeare, Wordsworth und Coleridge, Abenteuerromane wie Defoes *Robinson Crusoe* oder Radcliffes *Geheimnisse von Udolpho*, aber es gab auch politische Abhandlungen.

Der Lehrer, den ihr Vater ihr damals besorgt hatte, hatte strenge Auflagen gehabt: Brandy sollte die Grundlagen des

Lesens, des Scheibens und der Mathematik lernen, damit sie dem Wirtshaus bessere Dienste leisten konnte. Sie hatte auch ein wenig Latein gelernt, aber nur weil Mr. Munroe, ihr Lehrer, darauf bestanden hatte, dass das selbst für die grundlegendste Bildung nötig war.

Jetzt, wo sie mit dem Finger über den Rücken des goldbedruckten Lederbandes eines Romans von Horace Walpole, *Das Schloss von Otranto*, strich, dankte sie Gott, dass sie lesen konnte. Zum ersten Mal hatte sie erfahren, dass es zwischen den Seiten eines Buchs ganze Welten zu entdecken gab.

Brandy streckte sich noch einmal, rieb sich den Rücken und rollte die Schultern. So sehr sie sich der Stunden mit den Büchern des Kapitäns erfreut hatte, konnte sie doch nur eine beschränkte Zeit des Eingesperrtseins ertragen. Wenn Marcus heute Abend zurückkam, würde sie ihn bitten, ihre Strafe abzukürzen. Es würde noch viel besser sein zu lesen, wenn sie zwischendurch auch ein wenig Zeit auf Deck verbringen konnte.

Erst kurz vor Mitternacht erschien er schließlich. Sie hatte die Stunden in verschiedenen Büchern vergraben verbracht und hatte sich dabei wirklich gut amüsiert. Aber nichts konnte Wind und Sonne und den endlosen Blick auf den Ozean ersetzen, wenn die *Seehabicht* das Wasser durchschnitt. Nichts war zu vergleichen mit der Begeisterung, die sie empfand, ein so schönes Schiff unter vollen Segeln das Meer herausfordern zu sehen.

Als Marcus hereinkam, war sie bereit, ihm entgegenzutreten, vor ihm auf die Knie zu gehen, wenn es nötig sein sollte. Sie hörte ihn an der Tür und stand von ihrer schmalen Koje auf, um durch den Vorhang in seine Kajüte zu gehen.

Er drehte sich um, als sie hereinkam. »Ihr solltet doch schlafen. Stimmt etwas nicht?«

Sie nahm allen Mut zusammen. »Eigentlich ja. Mir ist klar, dass Ihr gute Gründe hattet, mir zu befehlen, in Eurer Kajüte zu bleiben, wenn man bedenkt, was mit Mr. Sharpe geschehen ist, aber ich habe mich gefragt … ich meine, gehofft … ich könnte Euch dazu überreden, mich jeden Tag ein wenig an Deck gehen zu lassen – wenigstens lange genug, um ein wenig frische Luft und einen Blick auf den Ozean zu bekommen.«

Marcus schüttelte den Kopf. »Ich weiß, wie Ihr darüber denkt. Und ich habe es mir noch nicht anders überlegt.«

»Bitte, Kapitän Delaine. Ich habe jetzt drei Tage mit Lesen verbracht. Das hat mir Spaß gemacht – mehr, als ich je erwartet hätte –, aber ich kann ja nicht für immer eingesperrt bleiben.«

Ein schwaches Lächeln umspielte seine Mundwinkel. »Wohl kaum für immer. In etwa einer Woche erreichen wir die Inseln. Sobald wir dort sind, dürft Ihr an Land gehen.«

»Etwa eine Woche? Bis dahin werde ich völlig durchdrehen.«

»Das tut mir Leid, denn so wird es sein. Geht ins Bett, Miss Winters. Wenn wir Glück haben, können wir vielleicht beide ein paar Stunden schlafen.«

Brandy beherrschte ihre Wut. Sie verfluchte im Stillen Marcus Delaine dafür, dass er so stur war, und sich selbst, weil sie dieses Abenteuer je angefangen hatte. Sie machte kehrt, marschierte aus dem Zimmer und brummelte etwas, wovon sie sich wünschte, sie hätte den Mut, es laut auszusprechen.

Sie erwachte früh am nächsten Morgen. Sicher, dass Marcus schon aufgestanden und fortgegangen war, zog sie sich schnell an, öffnete den Vorhang und blieb wie angewurzelt stehen.

Auf der anderen Seite der Kajüte stand Marcus vor der Porzellanschüssel auf seinem Toilettentisch, und dicker weißer Rasierschaum bedeckte wie ein Kissen die untere Hälfte seines Gesichts. Er war bis zur Taille nackt, seine engen schwarzen Kniehosen saßen tief auf seinen schmalen Hüften, und krauses schwarzes Haar lief pfeilförmig von seiner Brust abwärts, um schließlich im Bund seiner Hose zu verschwinden.

Brandy starrte ihn einfach nur an, sie konnte den Blick nicht mehr von seinem langen, muskulösen Oberkörper, seinen unglaublich breiten Schultern und dem Waschbrettmuster auf seinem Bauch abwenden. Sie hatte gewusst, dass er stark und gut gebaut war, aber sie hätte sich nie vorstellen können, wie schön gestaltet sein Körper wirklich war, wie schlank und fest und unglaublich männlich er ohne sein Hemd aussah.

Seine Hand zog das Rasiermesser langsam über sein Kinn. Ohne ihre Anwesenheit zu bemerken, betrachtete er sein Bild in dem kleinen, runden Spiegel, den Kopf leicht nach hinten geneigt, und zog die schimmernde Klinge über die langen, glatten Muskeln an seiner Kehle. Ihr wurde es plötzlich eng in der Kehle. Ihr Mund war trocken, und sie fuhr sich unbewusst mit der Zunge über die Lippen.

Wahrscheinlich machte sie irgendein Geräusch, denn sein Kopf wandte sich zu ihr um, und er runzelte die Stirn. »Ich dachte, Ihr schlaft noch.«

Sie versuchte, ihn nicht anzustarren, blinzelte und wandte den Blick ab. »Ich bin nicht besonders müde, was ja kein Wunder ist. Ich tue nichts außer Dasitzen und Lesen. Erstaunlich, dass ich überhaupt schlafen kann.«

Marcus lachte leise und wischte sich den restlichen Schaum vom Gesicht. Er hob das breite lederne Schleifband für das Rasiermesser, strich die Klinge darüber mehrmals vor und zurück, um sie zu reinigen und zu schärfen, und legte dann das Messer weg.

»Ich schätze, Ihr würdet lieber die nächsten sechzehn Stunden damit verbringen, mit Mr. Lamb oben in der Kombüse zu arbeiten.«

Sie grinste. »Ja, mein Gott. Wenn Ihr mir nur erlauben würdet, hinaufzugehen und –«

Marcus schüttelte den Kopf. »Ich habe befohlen, dass Ihr unter Deck bleibt, und das werdet Ihr tun.«

»Aber –«

»Das Thema ist abgeschlossen.« Er streckte die Hand aus,

griff sich sein Hemd und begann es sich über seinen harten braunen Oberkörper zu ziehen. »Ihr seid eigenwillig und rücksichtslos, und Ihr habt mehr als einmal meine Befehle missachtet. Diesmal werdet Ihr tun, was ich sage.«

Brandy seufzte und versuchte, nicht darauf zu achten, wie sich seine Muskeln unter der dunklen Haut spannten und bewegten. Marcus wandte sich von ihr ab, um das weiße Hemd mit den weiten Ärmeln in den Bund seiner Kniehosen zu stecken. Er hatte sich entschlossen. Es gab keine Möglichkeit, ihn umzustimmen. Sie drehte sich um, kehrte in ihren kleinen, engen Raum zurück und ließ den Vorhang hinter sich fallen, entmutigter, als sie je gewesen war, solange sie sich erinnern konnte.

An diesem Tag sah sie den Kapitän nicht noch einmal, und bis zum Ende des nächsten Tages – und das, obwohl Hamish Bass vorbeikam, um sich ein wenig mit ihr zu unterhalten und Whist mit ihr zu spielen – war sie so ruhelos, dass sie in der Kajüte auf und ab ging.

Bis Mitternacht war sie endgültig entschlossen. Marcus würde sie aus dem Zimmer lassen – egal, auf welche Art.

Marcus verließ das Steuerhaus und stieg die Leiter zu dem Gang hinab, der zu seiner Kajüte führte. Er hoffte, dass Brandy inzwischen schon schlief. Er wollte sie nicht sehen, ihm gefiel die heiße Welle der Lust nicht, die ihn immer überkam, wenn sie in der Nähe war.

Letzte Nacht hatte er es wirklich schwer gehabt einzuschlafen, und dann am folgenden Morgen … ja, am Morgen war er sofort hart geworden, als er sie in der Tür hatte stehen sehen, wo sie ihn mit jenem unschuldig sinnlichen, offensichtlich wohlwollenden Lächeln auf dem Gesicht betrachtet hatte.

Heute Abend würde es anders werden, sagte er sich. Sie hatte gesehen, wie sinnlos es war, ihn herauszufordern. Heute Abend würde sie bestimmt schon fest schlafen.

Aber natürlich schlief sie nicht, nicht Brianne.

Sie ging in der Kajüte vor dem kleinen Eisenofen auf und ab, ihre Hände bewegten sich ruhelos, und sie wandte sich ihm sofort zu, als er den Raum betrat. Sie sagte kein Wort, sondern blieb nur einfach stehen. Dann ging sie hinüber zum Toilettentisch in der Ecke. Sie nahm den ledernen Rasiergurt von dem Haken neben dem Spiegel, kam herübermarschiert und drückte ihn ihm in die Hände.

Marcus hob eine Augenbraue. »Was soll das bedeuten?«

»Strafe.« Sie machte kehrt, ging hinüber zu der Truhe am Fußende seiner Koje, stützte ihre Hände darauf und sah ihn über die Schulter an. »Also los. Schlagt mich. Ich möchte lieber grün und blau geschlagen werden als noch einen Tag in dieser Hölle eingesperrt sein, die Ihr Eure Kajüte nennt.«

Seine Lippen zuckten. »Ihr glaubt, dass Ihr hier seid als eine Art von Strafe?«

Sie antwortete ihm über die Schulter. »Natürlich. Warum sonst solltet ihr wollen, dass ich so leide?«

Er ging zu ihr hinüber, bewunderte die kesse Rundung ihres Hinterteils, die Art, wie die Falten ihres einfachen braunen Rockes die süßen Kurven umhüllten. Er dachte, dass Schläge so ziemlich das Letzte waren, was ihr zu verabreichen er Lust hatte.

»Ihr glaubt nicht, dass ich vielleicht einfach denke, Ihr könntet hier drinnen sicherer sein?«

Sie schüttelte den Kopf, und ihr Hinterteil wackelte verlockend. »Wenn Ihr mit mir auf Deck wäret, wäre ich genauso sicher wie hier drinnen.«

Aber ich nicht, dachte er. Aber sie hatte nicht ganz Unrecht, und es stimmte, dass er sie wirklich hatte bestrafen wollen – zumindest ein wenig. Er war verärgert wegen des Durcheinanders, das sie bewirkt hatte, indem sie als blinder Passagier auf sein Schiff kam, und zürnte auch sich selbst, weil er sie so sehr begehrte.

Er warf den Gurt aufs Bett. »Wenn Ihr mehr von Männern verstehen würdet, Miss Winters, dann wäre Euch klar, was für ein hübsches Bild Ihr abgebt in dieser Haltung – und dass Schläge kaum das sind, was einem Mann dabei in den Sinn kommt.«

Sie richtete sich auf, drehte sich um und sah zu ihm auf. Sie musste die Hitze in seinem Blick gesehen haben, denn eine warme Röte stieg in ihre Wangen.

Sie stand ganz gerade. »Sagt mir, dass Ihr mich hinauf auf Deck gehen lasst. Ich werde arbeiten – ich werde alles das bezahlen, was ich für meine Überfahrt gespart habe –, ich werde alles tun, was Ihr wollt. Nur sperrt mich nicht noch einen Tag hier unten ein.«

Sie hatte einen derart verzweifelten Gesichtsausdruck, dass er beinah gelächelt hätte. Stattdessen seufzte er nur ergeben. »Also gut, Brianne, Ihr habt es geschafft, dass ich mich schuldig fühle, und das ist gewiss nicht einfach. Ich werde dafür sorgen, dass Euch wenigstens einmal im Laufe des Tages jemand auf Deck begleitet und dann noch einmal nach dem Abendessen. Wird das ausreichen?« Sie lächelte so strahlend, dass ihm die Brust weit wurde.

»Das ist wunderbar, Kapitän. Ich werde Euch für immer dankbar sein. Ich verspreche Euch, dass es Euch nicht Leid tun wird.«

Doch es tat ihm jetzt schon Leid. Leid, dass sie hier in seiner Kajüte war und so frisch und hübsch und unberührt aussah. Leid, dass sein Ehrgefühl es nicht zuließ, dass er sie mit in sein Bett nahm.

»Es ist spät«, sagte er brummig, »höchste Zeit zum Schlafen.«

»Ja ... Und vielen Dank noch einmal, Kapitän Delaine. Ich freue mich schon auf morgen. Vielleicht könntet Ihr mir ein wenig vom Schiff zeigen.«

Marcus antwortete nicht. Er wusste, was er ihr gern zeigen

würde, doch das würde hier unten stattfinden und nicht oben auf Deck. Und da das nicht geschehen würde, würde er ihr überhaupt nichts zeigen. Er würde Hamish Bass schicken, sie über das Schiff zu begleiten, vielleicht auch den Zweiten Maat, Ben Hopkins.

Das Letzte, was er wollte, war, Zeit mit Brianne Winters zu verbringen. Er war ein Mann mit Gewissen, aber eben auch nur ein Mensch. Je mehr Zeit er mit ihr verbrachte, desto eher würde sie irgendwann doch in seinem Bett landen.

6

Brandy versuchte, ihre Enttäuschung zu verbergen, als am folgenden Morgen Benjamin Hopkins, der Zweite Maat an Bord der *Seehabicht*, an ihrer Tür erschien. Sie hatte so gehofft, dass Marcus kommen würde.

Doch im Herzen hatte sie gewusst, dass er nicht kommen würde. Er hatte Wichtigeres zu tun, als einen blinden Passagier auf Besichtigung über sein Schiff zu führen. An seiner Stelle trat Ben Hopkins unsicher von einem Bein aufs andere, seine wollene Mütze fest in den verwitterten, schwieligen Händen.

»Guten Morgen, Miss Brandy. Der Kapitän sagt, ich soll Euch das Schiff zeigen ... das heißt ... wenn Ihr das möchtet, wenn Ihr so weit seid.«

Brandy lächelte warm. »Ihr könnt sicher sein, Mr. Hopkins, dass ich absolut so weit bin.«

Da lächelte er ein wenig schüchtern, hatte es den Anschein, obwohl er schon über Dreißig war. »Also gut denn, es ist mir ganz sicher ein Vergnügen.«

Sie stiegen die Leitern zum Deck hinauf, und Brandy holte ganz tief Luft. »Ihr könnt Euch nicht vorstellen, Mr. Hopkins, wie gut es sich anfühlt, den frischen Seewind im Gesicht zu spüren und die frische Luft zu schmecken.«

Er kicherte leise. »Ich glaube doch. Ich war immer schon gern draußen. Deswegen habe ich mich zu einem Leben auf hoher See entschieden.«

Möven kreisten über ihnen, und die Takelung knarrte in der Brise. Das Schiff hob sich auf eine Welle und senkte sich dann in ein Wellental auf seinem Weg über das Wasser, sodass dünner Salznebel über das gescheuerte Deck trieb und Brandys Gesicht feucht wurde. Sie gingen los und drehten eine Runde übers Deck, bis sie wieder dort ankamen, wo sie begonnen hatten. Zum ersten Mal sah sie Marcus Delaine auf dem Oberdeck, und ihr Puls begann schon bei seinem Anblick schneller zu schlagen.

Er starrte hinaus aufs Meer, die dunkelblauen Augen irgendwo auf den Horizont gerichtet. Um dem Rollen der See zu widerstehen, stand er breitbeinig da, die Hände hinter dem Rücken verschränkt. Er schien so überlegen und allein, und doch war es ganz offensichtlich, dass ihm das Alleinsein gefiel.

Sie war sich nicht sicher, ob er ihre Anwesenheit bemerkt hatte, denn er ließ sich in keiner Weise anmerken, dass er sie zur Kenntnis nehmen wollte, doch als sie sich abwandte, hatte sie das Gefühl, als beobachte er sie und als folge ihr sein Blick auf ihrer zweiten Runde über das Deck.

Auf dem Rückweg blieben sie dicht unterhalb der Stelle stehen, wo er stand, um einer Gruppe von Matrosen zuzusehen, die die Taue teerten. Mr. Hopkins erklärte ihr, dass die meisten Dinge, die auf Deck verblieben, geteert wurden, um sie wetterbeständig zu machen. Der scharfe Geruch stieg ihr in die Nasenflügel, aber sie fand, so herb der Duft auch sein mochte, so war doch etwas seltsam Angenehmes daran.

Die Männer arbeiteten stetig und sangen ein Seemannslied, während ihre in Handschuhen steckenden Hände geschickt die zähe schwarze Masse auftrugen.

Ja, ich hört ihn wohl, den alten John,
Lass sie, Jimmy, lass sie.
Morgen kriegst du deinen Lohn,
Lass sie, Jimmy, lass sie.
Denn die See, die ging hoch, und rau war die Fahrt,
Und die Stürme war'n stark, und die Arbeit war hart,
Drum komm nur an Land und hol dir dein' Lohn,
Zeit, sie zu verlassen, sagt der alte John!

Brandy hörte eine Weile zu, erfreute sich an der Melodie und dem Rhythmus, und dann brachte Ben Hopkins sie hinüber zu der Stelle, wo Brig Butler und mehrere andere Matrosen Segel flickten.

»Morgen, Miss Winters.« Der gut aussehende blonde Matrose zog die Wollmütze von seinem Kopf. »Ihr seht mächtig hübsch aus heute.«

Das war das erste Mal, dass einer der Männer den Mut aufbrachte, ihr ein Kompliment zu machen, und überhaupt hatten sie sie bisher sehr wenig angesprochen. Offensichtlich hatte Brig Butler keine Angst, den Zorn des Kapitäns zu erregen, so wie die anderen. Als ihr wieder einfiel, wie furchtlos er ihr im Laderaum zu Hilfe gekommen war, dachte sie, dass er vielleicht überhaupt keine Angst vor irgendetwas hatte.

»Danke, Mr. Butler.«

Er grinste draufgängerisch, und ein Grübchen erschien in seiner Wange. »Brig«, sagte er. »Mr. Butler klingt viel zu alt.«

Brandy musste lächeln. »Also gut … Brig. Dann müsst Ihr mich aber –«

»Er wird Euch Miss Winters nennen«, sagte Marcus mit herber Autorität und trat neben sie. »Wann immer er überhaupt eine der seltenen Gelegenheiten bekommt, mit Euch zu sprechen.«

»Aber –«

»Ich glaube, es ist Zeit, dass Ihr unter Deck geht. Ich werde

Euch selbst hinunterbegleiten, denn ich habe noch einiges am Schreibtisch zu erledigen.«

Sie wollte ihm widersprechen, sagte aber schließlich doch nichts. Marcus hatte sein Wort gehalten und sie auf Deck gehen lassen. Sie wollte ihm keinen Grund geben, es sich anders zu überlegen. Sie nahm Marcus' Arm, und er führte sie hinunter, betrat hinter ihr die Kajüte und schloss die Tür.

»Es wäre vernünftiger, Miss Winters, wenn Ihr Euch nicht zu sehr mit Leuten aus der Mannschaft anfreundet. Brig Butler mag harmlos aussehen, aber in Wahrheit ist er ein lebenslustiger junger Draufgänger, der keinerlei Gewissensbisse haben würde, Euch Eure Unschuld zu nehmen.«

»Ich bin nicht an Mr. Butler interessiert, außer als Freund. Das habe ich Euch schon einmal gesagt.«

Etwas blitzte in seinen Augen auf, das heiß und eindringlich wirkte. Einen winzigen, kurzen Moment lang dachte sie, er könnte vielleicht eifersüchtig sein. Das war ein dummer Wunsch, und zweifellos hatte sie Unrecht damit. Und was immer es gewesen sein mochte, es verschwand nach Sekunden wieder hinter seiner kühlen Fassade. »Denkt nur an das, was ich Euch gesagt habe.«

Brandy achtete nicht weiter auf die unnötige Warnung. »Vielen Dank für die Erlaubnis, an Deck zu gehen. Es ist so ein schöner Tag heute. Ich habe mich sehr darüber gefreut.«

Marcus nickte nur. Er murmelte etwas, das sie nicht verstehen konnte, trat hinter seinen Schreibtisch, öffnete eine Schublade und machte sich an die Arbeit. Brandy setzte sich wieder mit dem Buch hin, in dem sie gerade las, einem der Schauerromane der Mrs. Radcliffe, und stellte fest, dass, wenn Marcus auch mit im Zimmer war, es ihr nichts ausmachte, hier eingesperrt zu sein.

Genau genommen machte es ihr sogar Spaß, dass sie beide zusammen dort waren, Marcus vertieft in seine Akten und sie ganz in der Nähe, zufrieden in einem Buch lesend. Sie dachte, dass es sich vielleicht so anfühlen würde, verheiratet zu sein, wenn sie je das Glück hatte, den Richtigen zu finden. Dieser seltsam unpassende Gedanke schien irgendwie aus dem Nichts erschienen zu sein.

Sie wollte nicht heiraten – die nächsten paar Jahre noch nicht. Sie wollte etwas von der Welt sehen, etwas unternehmen. Sie wollte etwas vom Leben erfahren, bevor sie ein sesshaftes Leben begann.

Trotzdem konnte sie nicht anders, als ab und zu zu Marcus hinüberzuschauen, und sie dachte immer wieder, wie gut es sich anfühlte, so mit ihm zusammen zu sein. Sie fragte sich, was Marcus wohl tun würde, wenn er wüsste, was sie dachte.

Marcus sah auf von den Papieren, an denen er arbeitete. Es fiel ihm schwer, sich zu konzentrieren, wenn Brianne auch im Zimmer war – nein, es war ihm beinah unmöglich, musste er zugeben. Er wünschte, er hätte sie wegschicken können, aber schließlich war sie auf seine eigene Anordnung hier.

Es ärgerte ihn immer noch ein wenig, daran zu denken, wie sie den jungen Butler angelächelt hatte. Himmel noch mal, hatte das Mädchen denn überhaupt keinen Verstand? Butler war ein guter Mann und ein verdammt tüchtiger Matrose. Aber er war auch ein Draufgänger und Schürzenjäger, der nicht die geringsten Skrupel hatte, was Frauen anging, besonders wenn er sie als die hübsche kleine Tussi des Kapitäns aus dem Wirtshaus betrachtete, die Meilen von dem Schutz ihres Vaters und ihres Heims entfernt war.

Marcus machte noch ein paar Einträge und sah dann wieder auf. Sie saß jetzt ruhig in einem Sessel in der Ecke, ohne zu zappeln wie sonst. Genau genommen schien sie in ihr Buch vertieft zu sein und mit ruhiger Zufriedenheit zu lesen. Er lächelte innerlich, denn der Anblick war ihm seltsam angenehm.

Dasselbe angenehme Gefühl hatte er schon vorher gehabt, als er sie bei ihrem Spaziergang über das Deck beobachtete. Sie war offensichtlich fasziniert von ihrer Umgebung, liebte die See, interessierte sich für die Mannschaft und war neugierig auf das Schiff.

Brianne Winters hatte etwas Besonderes an sich. Ein inneres Leuchten. Eine Lebenslust, die er bisher selten an Menschen beobachtet hatte. Sie schien davon regelrecht überzuströmen, strahlte so viel aus, dass es sich auch auf die anderen Menschen in ihrer Umgebung übertrug. Jilly Sharpe hatte es gesehen und sich bei seinem Versuch, es zu besitzen, vierzig Peitschenhiebe eingehandelt. Hamish Bass und Cyrus Lamb sahen es, und es gefiel ihnen. Die Männer der Besatzung spürten es und beneideten ihn um seine Stellung, denn sie glaubten, er wäre ihr Geliebter.

Marcus betrachtete sie, wie sie so friedlich in seiner Kajüte saß, und wünschte bei Gott, es wäre wahr.

Je mehr sie sich den Bahamas näherten, desto heftiger wurde Brandys Vorfreude. Marcus erzählte ihr ein wenig über ihr Ziel. Es waren beinah siebenhundert Inseln in der Gruppe, erklärte er ihr, doch nur wenige waren besiedelt. Die *Seehabicht* würde zuerst den Hafen von Black's Bay auf den Spanish Keys anlaufen, ein kleines, dünn besiedeltes Inselchen vor Andros, der größten der Inseln, die südwestlich von New Providence, ihrem endgültigen Zielhafen, lag.

Obwohl die Siedler auf den Keys hauptsächlich englischer Herkunft waren, hatten sie ihren Namen von den Spaniern bekommen, die auch eine Weile hier gelebt hatten. Nachdem ein Teil der Ladung abgeladen war, würde das Schiff ostwärts nach New Providence segeln, wo sie den Hafen von Nassau, der Hauptstadt der Kolonie, zum Ziel hatten.

Brandys Herz schlug ein wenig schneller, wenn sie sich vorstellte, dass sie jetzt wirklich bald den Fuß auf fremden Boden setzen würde. Sie war noch nie in England gewesen, obwohl Marcus natürlich Engländer war, ebenso wie Ben Hopkins und eine Menge anderer Matrosen an Bord der *Seehabicht*. Sie hatten ihr eine ganze Menge Geschichten erzählt, und sie dachte, dass sie gern mal dorthin gehen würde. Vielleicht würde sie ja in der britischen Kolonie eine Vorstellung davon bekommen, in was für einer Welt Marcus lebte, wenn er nicht zur See fuhr.

Sie hatten den Hafen vor sieben Tagen verlassen, das Schiff machte gute Fahrt, denn eine steife Brise füllte die Segel und half, die verlorene Zeit wettzumachen, da trat der erste Fall von Fieber in der Mannschaft auf.

Brandy saß und las, Löwenzahn auf ihrem Schoß, und Marcus machte Einträge ins Logbuch und arbeitete an seinen Papieren. Das Klopfen des Ersten Maats unterbrach die Stille des Nachmittags.

Mit dem Hut in der Hand trat Hamish Bass besorgt vor den Schreibtisch des Kapitäns, die buschigen grauen Augenbrauen fast ganz zusammengezogen. »Ich dachte zuerst nicht, dass irgendwas Besonderes dabei wäre. Ein Matrose namens Foley ist gestern Morgen als Erster krank geworden. Ich glaubte erst, er hätte einen verdorbenen Magen, einfache Verdauungsstörungen oder so was. Gestern Abend sind dann der alte Alf Crandall und Stumpy Jones auch krank geworden. Was drin war, haben sie rausge –« Unter seinem vollen Bart wurde sein Gesicht rot. »Verzeihung, Miss.«

Er räusperte sich und sah Marcus wieder an. »Keiner von ihnen hat auch nur das Geringste drinbehalten können, Käpt'n. Und ziemlich schlimme Kopfschmerzen haben sie auch. Aber das Schlimmste ist: Alle drei glühen vor Fieber. Das gefällt mir wirklich überhaupt nicht, Sir.«

Marcus, der am Schreibtisch saß, runzelte die Stirn. »Mir auch nicht.« Er warf einen Blick zu Brandy hinüber, hinderte den Ersten Maat aber nicht am Sprechen, wie sie zuerst erwartet hatte.

»Sie werden uns unter Quarantäne setzen«, sagte Hamish. »So sicher wie das Amen in der Kirche.«

Marcus nickte und schloss den schweren Ordner vor sich. »Vielleicht nicht in Spanish Keys, aber ganz sicher in New Providence.«

»Was denkt Ihr, was es ist?«, fragte Brandy und unterdrückte die aufkeimende Besorgnis.

Hamish kratzte sich am Bart. »Schwer zu sagen. Könnte geradeso gut sein, dass es gar keinen Grund zur Sorge gibt.«

»Aber es könnte auch sehr ernst sein«, sagte Brandy, und ihre Finger, die Löwenzahns Fell gestreichelt hatten, hielten inne. Die Katze hatte wahrscheinlich ihre Anspannung gespürt, denn sie sträubte ihr Fell und sprang mit einem leisen Fauchen von ihrem Schoß.

»Vor drei Jahren ist in Charleston einmal Typhus ausgebrochen«, sagte Brandy. »Mein Vater hat sich angesteckt und auch mehrere der Leute, die für uns arbeiten. Ich habe damals geholfen, sie zu versorgen. Vielleicht kann ich mir die drei Männer einmal ansehen, um festzustellen, ob es das ist.«

»Nein«, sagte Marcus, schob seinen Stuhl zurück und stand auf. »Was immer es ist, ich will nicht, dass Ihr dem ausgesetzt werdet.«

»Aber wenn ich sie mir nur ansehe –«

Marcus schüttelte den Kopf. »Ihr werdet nicht in die Nähe jener Männer gehen, bis wir sicher wissen, was sie haben.« Er ging um den Schreibtisch herum zu Hamish. »Verseuchtes Wasser ist oft der Grund, wie die Krankheiten an Bord kommen, aber seit dem Sturm trinken wir Regenwasser.«

»Vielleicht ist es auch irgendwas im Essen«, sagte Brandy.

»Das stimmt, aber wir essen von denselben Vorräten, seit wir den Hafen verlassen haben.«

Hamish nahm seine Pfeife in die andere Hand, griff in seine Hemdtasche, zog einen Tabaksbeutel hervor und begann, sie zu stopfen. »Wäre ja möglich, dass jemand etwas gemacht hat, um das hervorzurufen. Vielleicht irgendwas ins Essen oder ins Wasser getan.«

Marcus hob eine Augenbraue. »Du meinst, es könnte von dem Mann hervorgerufen worden sein, der auch für die Unfälle verantwortlich ist, die wir gehabt haben?«

Hamish zuckte die Schultern, als wenn ihm der Gedanke wirklich schon gekommen wäre.

»Unfälle?«, fragte Brandy. »Was meint Ihr damit? Ihr glaubt doch nicht wirklich, dass jemand absichtlich so etwas tun könnte?«

Marcus sah zu ihr hinüber. »Ihr erinnert Euch an das gebrochene Ruder, das uns gezwungen hat, wieder nach Charleston zurückzukehren?«

»Natürlich.«

»Und Ihr erinnert Euch ganz sicher auch noch daran, wie die Befestigung der Ladung sich gelöst hat, sodass die Kisten verrutscht sind. Dabei wurde die Steuerung beschädigt, und Ihr seid beinah umgekommen.«

»Aber ich dachte, das war –«

»Ein Unfall? Es könnte aber auch ein absichtlicher Versuch gewesen sein, das Schiff zu sabotieren.«

Ihre Augen weiteten sich überrascht. »Aber warum sollte irgendjemand so etwas tun wollen?«

»Des Geldes wegen vielleicht. Die Konkurrenz bei den Schiffstransportverträgen ist hart. Die Hawksmoor Schifffahrtsgesellschaft hat einen hervorragenden Ruf. Das bedeutet, dass wir mehr als nur unseren Anteil abbekommen.«

»Aber Euer Schiff zu beschädigen … absichtlich gesunde Männer krank zu machen –«

»Es gibt keinen Grund zu einer solchen Annahme. Die Männer haben sich vielleicht einfach nur mit irgendeiner Krankheit angesteckt. Das kommt gelegentlich vor. Das Wichtigste ist, sie zu isolieren, falls sich herausstellen sollte, dass die Krankheit tatsächlich ansteckend ist.«

»Und wer wird sie versorgen?«

»Dafür ist Mr. Lamb zuständig. Wenn wir keinen Arzt an

Bord haben, fällt die Verantwortung entweder an ihn oder an Hamish.«

Ihre Finger schlossen sich um die Kanten des Buches, in dem sie gelesen hatte. »Lasst mich helfen. Wie ich schon sagte, ich kenne mich etwas mit Krankenpflege aus. Abgesehen davon erfordert es nicht viel Geschick, Spucknäpfe zu leeren und Männern kalte Kompressen auf die Stirn zu legen.«

Marcus schüttelte den Kopf. »Das Krankenbett eines Matrosen ist wohl kaum der rechte Platz für ein unschuldiges junges Mädchen. Die *Seehabicht* kommt schon allein zurecht.«

Brandy wollte ihm widersprechen, überlegte es sich dann aber anders. Bisher waren nur drei Männer krank geworden. Vielleicht würde sich keiner mehr anstecken, und ihre Hilfe würde nicht gebraucht werden. Mein Gott, das hoffte sie wirklich. Auf der anderen Seite des Raums zog sich Marcus seine marineblaue Jacke an und machte sich auf den Weg zur Tür.

»Ich fürchte, Ihr müsst uns entschuldigen«, sagte er. »Hamish, ich möchte mir die drei Männer selbst ansehen.«

»Jawoll, Käpt'n.« Sie verließen die Kajüte, sodass sie allein zurückblieb – wieder einmal. Heilige Jungfrau, vielleicht hätte sie doch Einwände erheben sollen. Sie war stark und ohne weiteres fähig zu helfen – und wurde beinah verrückt vor Langeweile. Sie konnte diesen Männern helfen, wenn Marcus es nur zuließ.

Sie bekam drei Tage später die Gelegenheit. Sie hatten vor den winzigen Inselchen der Spanish Keys geankert, nicht zur Quarantäne, sondern weil Marcus darauf bestand. Die halbe Mannschaft hatte heftiges Fieber, die andere Hälfte war voller Angst, sich auch anzustecken, und sicher, dass es Cholera oder Typhus war und viele von ihnen dabei den Tod finden würden.

Entschlossen zu helfen, ging Brandy in der Kajüte auf und ab, während sie auf Marcus' Rückkehr wartete. Jetzt, wo so viele Männer krank waren, arbeitete er rund um die Uhr. Es war schon Mitternacht, als er die Kajüte betrat, und es schien so, dass er nicht vorhatte zu bleiben.

Er schloss die Tür und hob eine Augenbraue, als er sie sah. »Was macht Ihr denn noch hier? Ihr wollt es Euch wohl zur Gewohnheit machen, mich spät abends zu bedrängen – das finde ich ziemlich ärgerlich.«

Sie achtete nicht auf seinen finsteren Blick. »Hamish sagt, dass noch mehr von den Männern krank geworden sind. Ich will ihnen helfen – das sollt Ihr mir erlauben.«

Marcus schüttelte den Kopf. »Ich habe Euch schon einmal gesagt: Ich will nicht, dass Ihr auch krank werdet. Und das ist das Einzige, was geschehen wird, wenn Ihr hinuntergeht und Euch auch der Krankheit aussetzt.«

»Beim letzten Mal bin ich auch nicht krank geworden. Es gibt keinen Grund anzunehmen, dass es diesmal anders sein wird.«

»Und es gibt auch keinen Grund, anzunehmen, Ihr könntet Euch nicht anstecken. Wir haben bisher noch keinen einzigen Mann verloren, aber trotzdem wissen wir nicht, wie gefährlich diese Seuche wirklich ist.«

»Dann lasst mich helfen. Vielleicht können wir sie aufhalten, bevor sie sich noch weiter ausbreitet.«

Marcus fuhr sich mit einer Hand durch sein welliges schwarzes Haar. Die Geste war ganz offensichtlich von solcher Erschöpfung geprägt, dass es ihr das Herz brach. Sein Gesicht wirkte angespannt und etwas zu hager. Schwache violette Schatten lagen unter seinen Augen, und zum ersten Mal wirkte er unsicher.

»Hamish sagt, dass die Männer sich heftig übergeben müssen«, drängte ihn Brandy. »Das könnte die Kopfkrankheit sein, oder vielleicht auch ein anderes ansteckendes Fieber. Da wir keinen Arzt an Bord haben, könnte Mr. Lamb meine Hilfe sicher gebrauchen.«

Marcus schüttelte langsam den Kopf. »Die Mannschaftskabine ist wohl kaum ein geeigneter Ort für eine Dame.«

»Das ist doch jetzt wirklich nicht wichtig. Lasst mich hinuntergehen und schauen, ob ich erkennen kann, was es für eine Krankheit ist. Vielleicht kann ich irgendetwas tun.«

Seine Augen schlossen sich, und er seufzte tief. »Also gut. Morgen früh gehen wir als Erstes hinunter, und Ihr könnt Euch einen der Männer ansehen. Aber Ihr werdet nicht dort bleiben – egal, was sie haben.«

Brandy widersprach nicht. Sie hatte gelernt, dass bei Marcus selbst ein kleines Scharmützel, das sie gewann, ein schätzenswerter Sieg war.

Es war dunkel in der Mannschaftskajüte unten im Bug des Schiffes, obwohl oben auf Deck eine helle Morgensonne am Horizont aufstieg. Walöllampen hingen an hölzernen Haken und spuckten leise, die Decke hing tief und war bedrückend. Als sie am unteren Ende der Leiter angekommen waren, traf sie der eklige Geruch der Krankheit wie ein Schlag. Übelkeit machte sich in ihrem Magen breit und stieg ihr bitter in die Kehle.

Marcus' Blick richtete sich auf ihr Gesicht. »Genug jetzt«, sagte er. »Ihr seid bleich wie ein Geist. Wir gehen wieder hinauf aufs Deck.«

Brandy entzog sich ihm. »Das ist lächerlich. In ein, zwei Minuten habe ich mich erholt. Ich brauche nur einen Moment, um mich daran zu gewöhnen.«

Er knurrte leise und brummte etwas über sture Frauen. »Seid Ihr wirklich sicher, dass Ihr hier bleiben wollt?«

»Ich bin hergekommen, um zu sehen, ob ich nicht irgendwie helfen kann. Und das werde ich auch tun.«

Er biss die Zähne zusammen, legte eine Hand an ihre Taille und führte sie zu der Reihe mit Kojen, die dicht an dicht standen, auch übereinander, mit kaum einem halben Meter Raum zwischen den unteren und oberen Kojen. Sie atmete durch den Mund, holte tief Luft und schluckte die Übelkeit hinunter, die in ihrem Inneren wogte.

Sie blieb an der Koje des ersten Matrosen stehen, Stumpy Jones, ein Mann, den sie auf Deck gesehen hatte und dessen eines Bein etwas kürzer als das andere war. Mit seinen eingesunkenen Wangen und dem extrem bleichen Gesicht war er kaum zu erkennen. Seine Augen waren geschlossen, seine Haut feucht von Schweiß. Beinah bewusstlos vom Fieber, ächzte er leise und wälzte sich unruhig hin und her. Der Geruch von Urin und Erbrochenem war kaum auszuhalten.

Cyrus Lamb trat neben sie. Er sah genauso müde und erschöpft aus wie Marcus. »Dem Jungen geht's schlecht. Weigert sich zu essen, nicht mal ein wenig Brühe.«

»Was ist mit den anderen?«, fragte Brandy. »Haben sie auch den Appetit verloren?«

Er nickte. »Bei den Magenbeschwerden ist's ja auch kein Wunder, dass sie nichts essen wollen.«

»Richtig«, stimmte ihm Brandy zu, »aber es ist auch ein klares Symptom von Denguefieber.«

»Mag sein. Aber irgendwas sagt mir, dass es was anderes ist.«

»Was bringt Euch auf den Gedanken?«, fragte Marcus.

»Kann ich nicht sicher sagen. Aber wenn es Denguefieber oder so etwas wäre, würden inzwischen wahrscheinlich schon einige von ihnen gestorben sein.« Er seufzte, ein dünnes Geräusch im schwachen Licht des engen Raums. »Was immer es ist, Mädel, diese Männer sind mehr als nur 'n bisschen krank, und ich könnte Eure Hilfe gut gebrauchen.«

»Und ich bin mehr als willig, sie anzubieten.«

Marcus runzelte die Stirn, und sie dachte, er würde ablehnen. »Das gefällt mir nicht«, sagte er stattdessen, und sein Blick wanderte zu der endlosen Reihe von kranken Männern. »Wenn ich nicht solche Schwierigkeiten mit Helfern hätte –«

»Aber es ist nun mal so, und diese Männer brauchen dringend jemanden, der sich um sie kümmert.« Sie legte eine Hand auf seinen Arm. »Lasst mich helfen, Marcus.«

Er schaute hinunter auf die Stelle, die sie berührte, dann

wieder zu den bleichen, hohlen Gesichtern seiner Männer. »Ich scheine keine große Wahl zu haben.«

Brandy lächelte und wandte sich wieder Cyrus Lamb zu. »Wäre es vielleicht möglich, dass irgendjemand ein Fass Meerwasser herunterbringt? Wir könnten die Kleider der Männer nass machen und sehen, ob wir so nicht das Fieber senken können.«

»Was meint Ihr, Käpt'n?«

Marcus nickte leicht mit dem Kopf. »Ich werde mich selbst darum kümmern.«

Er ließ sie unter der Aufsicht von Cyrus zurück, ging zur Leiter, und Brandy machte sich an die Arbeit. Es war ein endloser, harter Tag, trotzdem war sie froh über die Gelegenheit, helfen zu dürfen. Als die Schiffsglocke viermal läutete und so anzeigte, dass es zwei Uhr morgens war, sagte sie gute Nacht zu Ben Hopkins, der erschienen war, um sie abzulösen, ging vorsichtig an dem schlafenden Cyrus Lamb vorüber und machte sich auf den Weg die Leiter hinauf. Auf halbem Weg musste sie allerdings Halt machen, denn Marcus' breite Gestalt kam auf sie zu.

Er blieb mitten auf der Leiter stehen und sah finster auf sie herab. »Was, zum Teufel, glaubt Ihr eigentlich, dass Ihr hier tut? Seid Ihr entschlossen, selbst krank zu werden? Ich sagte, dass Ihr helfen könnt. Ich wäre nie auf den Gedanken gekommen, dass Ihr die halbe verdammte Nacht hier unten bleibt. Wann hattet Ihr vor zu schlafen?«

Sie hob das Kinn. »Es war notwendig, dass ich hier helfe, und verschiedene Dinge mussten getan werden. Ich hatte genug Zeit der Ruhe in Eurer Kajüte hinter mir für eine ganze Weile im Voraus. Abgesehen davon bekommen die anderen hier auch nicht viel Schlaf – besonders Ihr selbst.«

»Ich bin der Kapitän. Ihr seid nur –«

»Ein blinder Passagier, der versucht, sich seine Fahrt zu verdienen.«

Ein Muskel zuckte in Marcus' Wange. »Was immer Ihr auch seid, Ihr braucht eine Weile Ruhe. Ihr werdet jetzt mit mir in meine Kajüte zurückkehren.«

Sie sagte nicht, was offensichtlich war, dass sie sowieso eben dorthin hatte gehen wollen. »Wie Ihr wünscht, Kapitän Delaine.«

Er ging neben ihr her über das Deck und hinter ihr die Leiter hinunter zu dem Gang, der zu seiner Kajüte führte. Und sobald er die Tür hinter sich geschlossen hatte, fasste er sie an den Armen und drehte sie zu sich um. »Und warum wolltet Ihr wieder ohne Begleitung herumlaufen? Ihr habt doch erlebt, was passieren kann. Ich dachte, Ihr hättet daraus etwas gelernt.«

Sie seufzte müde. Manchmal war Marcus' beherrschende Art einfach zu viel. »Falls Ihr es noch nicht bemerkt haben solltet, Kapitän, es gibt im Augenblick einen Mangel an Begleitern. Was auch nicht besonders viel ausmacht, da es auch einen Mangel an Männern gibt, die eine Bedrohung für mich darstellen könnten. Die meisten liegen unten in ihrer Kajüte und sind halb tot von Fieber.«

Er blinzelte, und seine Hände sanken herunter. Ein müder Seufzer kam von seinen Lippen. »Es tut mir Leid. Ich bin Euch wirklich sehr dankbar für Eure Hilfe. Und mir scheint, ich zeige diese Dankbarkeit nicht besonders gut.«

Unwillkürlich hob sie die Hand zu seiner Wange. Sie spürte seine dunklen Bartstoppeln. »Ihr seid müde und habt Sorgen. Wenn Ihr Euch die Zeit nehmt, Euch auch um mich Sorgen zu machen, dann bin ich es, die Euch dankbar ist.«

Sein Blick wanderte über ihr Gesicht. Er legte seine Hand über die ihre, und für einen Moment blitzte etwas in seinen Augen auf. Dann ließ er die Hand sinken, machte kehrt und ging hinüber zu seinem Schreibtisch. »Irgendwelche Anzeichen, dass das Fieber nachlässt?«

»Ich fürchte, noch keine.«

»Seid Ihr immer noch unsicher, was es für eine Krankheit ist?«

»Sie verhält sich nicht wie irgendeine von den Krankheiten, die wir kennen. Mr. Hopkins sagte, Ihr hättet in Charleston frisches Obst an Bord gebracht. Vielleicht waren irgendwelche Insekten darauf, die die Krankheit übertragen.«

»Mag sein. Aber wir haben sie vorher auch ohne jedes Problem gegessen. Ich kann mir nicht vorstellen, dass das der Grund ist.«

»Dann ist es vielleicht einfach eine Mageninfektion, etwas aus der Luft. Wenn es so ist, werden wir es nie mit Sicherheit erfahren.«

Er nickte und begann müde, seinen Rock aufzuknöpfen, der so verknittert und unordentlich wirkte, wie sie ihn bisher noch nie gesehen hatte. »Ich glaube nicht, dass das von Bedeutung ist. Wichtig scheint mir nur, dass die Männer sich erholen.«

Doch es blieb auch in den folgenden Tagen unsicher, ob das eintreten würde oder nicht. Bis jetzt hatte sich mehr als die Hälfte der Mannschaft angesteckt, obwohl bisher noch keiner von ihnen gestorben war. Das war das einzig gute Zeichen nach einer harten Schlacht, die kein Ende zu nehmen schien. Brandy kniete neben dem blonden Brig Butler, dem neuesten Opfer, der nach ihrer Hand griff.

»Wenn Ihr mich versorgt, wird es vielleicht nicht so schlimm werden, krank zu sein.«

Sie konnte fühlen, wie er zitterte, wusste, wie schrecklich er sich fühlen musste, zwang sich aber zu einem Lächeln. »Einige Männer haben es leichter als andere. Ihr seid ein kräftiger junger Mann –«

»Ah … das ist Euch also aufgefallen … das freut mich außerordentlich.«

Ihr Lächeln wurde breiter. »Ihr seid auch entschieden zu mutig, Mr. Butler, und absolut zu sehr von Euch selbst überzeugt.« Sie entzog ihm ihre Hand. »Jetzt versucht, ein wenig

Ruhe zu bekommen. Vielleicht wird dann das Fieber nachlassen.«

Er seufzte müde, und seine leuchtend blauen Augen schlossen sich. Sein welliges blondes Haar war dunkel von Schweiß und klebte an seiner Stirn. Dennoch sah er weiterhin gut aus. Attraktiv und charmant, und sie fühlte sich in keiner Weise von ihm angezogen, die eine einfache Freundlichkeit überstiegen hätte. Es gab keine Hitze, keines der turbulenten Gefühle, die sie schon empfand, wenn Marcus Delaine auch nur in ihre Richtung schaute.

Brandy wischte seine Stirn mit einem feuchten Tuch ab, und dann mit dem Unterarm ihre eigene. Sie war müde, völlig erschöpft. Und doch hätte sie unter den gegebenen Umständen nirgendwo anders lieber sein wollen als hier, um den Männern der *Seehabicht* zu helfen.

7

Marcus stand am Fuß der Leiter, die in die Mannschaftskajüte hinunterführte. Gegenüber, entlang den Reihen von Kojen, arbeitete Brianne Winters daran, seine Männer zu versorgen, kühlte eine fiebrige Stirn, hielt einem Mann den Kopf, der in einen Eimer das Wenige erbrach, das er hatte essen können.

Ihr einfacher Rock und die weiße Bluse waren zerknittert und voller Schweißflecken. Strähnen ihres leuchtend kupferfarbenen Haars hatten sich aus ihrem Zopf gelöst und hingen ihr wirr um das Gesicht. Sie schien das gar nicht zu bemerken. Stattdessen konzentrierte sie ihre Aufmerksamkeit auf jeden Mann, ganz so, als wenn er der Einzige im Raum wäre.

Marcus empfand eine Enge in der Brust, wenn er sie so sah. Wann immer sie die Hand eines Mannes ergriff oder einfach nur in seine Richtung lächelte, schien ihn das zu erfreuen, ihm neuen Lebenswillen zu geben. Bisher war noch keiner der Männer gestorben. Das tröstete ihn sehr und gab ihm die Hoffnung, dass die Krankheit, die seine Mannschaft befallen hatte, zumindest nicht tödlich war. In den vergangenen zwei Tagen waren auch keine neuen Fälle mehr aufgetreten. Vielleicht fingen die Männer langsam wirklich an, sich wieder zu erholen.

Er fragte sich noch einmal, ob jemand es irgendwie geschafft hatte, die Krankheit absichtlich hervorzurufen, aber sein logischer Verstand sagte ihm, dass dies wohl wirklich nichts anderes war als ein Risiko der Art des Lebens, das er gewählt hatte. Jahrelang hatte er Glück gehabt mit der Gesundheit seiner Mannschaft, und diesmal war ihm das Glück eben nicht hold gewesen.

Er ging hinüber zu der Frau, die ein Laken über einen schlafenden Matrosen zog. »Es ist höchste Zeit, dass Ihr ins Bett kommt. Ich bin hier, um Euch zu meiner Kajüte zu begleiten.« Als er das sagte, richteten sich ein Dutzend Augenpaare auf ihn. In den Tiefen dieser Blicke lag der Neid, und obwohl die Gesichter bleich, die Körper zu dünn und die Augen blutunterlaufen und erschöpft waren, lag auch eine Spur von Hunger darin.

Sie glaubten, er würde mit ihr ins Bett gehen und sie lieben, bis er seine Befriedigung gefunden hatte. Wenn das gestimmt hätte, hätte er vielleicht ein gewisses Schuldgefühl empfunden. Vielleicht auch bei anderen Gelegenheiten. Aber nicht heute Abend. Heute Abend würde er, wenn sie ihm gehörte, sich tief in sie versenken und nehmen, was er brauchte. Er würde sich den Trost ihres verführerischen kleinen Körpers erlauben.

Sie wandte sich von dem Mann ab, um den sie sich gekümmert hatte, und kam zu ihm herüber. Sie sah zu ihm auf und lächelte ihn erstaunlich strahlend an.

»Sie fangen endlich an, sich zu erholen. Mr. Foley ist als Erster krank geworden, und sein Fieber ist schon ganz verschwunden. Ein paar anderen geht es auch schon besser.« Ihr Lächeln wurde noch strahlender. »Ich glaube, sie werden es alle schaffen.«

Er spürte, wie ihn die Erleichterung durchrieselte, und erwiderte ihr Lächeln. »Und dann werdet Ihr dazu eine Menge beigetragen haben. Vielen Dank für Eure Hilfe, Brianne.«

»Ich bin froh, dass Ihr mir erlaubt habt zu helfen.«

»Das hätte ich nicht tun sollen, es war nicht Eure Aufgabe.«

Ihr Lächeln kippte ein wenig. »Ich habe auf diesem Schiff eigentlich nichts verloren. Das wissen wir beide. Wenn ich helfen konnte, kann das vielleicht ein wenig von dem Ärger wieder gutmachen, den ich hervorgerufen habe.«

Er betrachtete ihr Gesicht, sah die Erschöpfung, die ihre hübschen bernsteinfarbenen Augen matter wirken ließ, und dachte daran, wie viel sie in den vergangenen Tagen ausgehalten hatte. »Ich glaube, Ihr habt Eure Ehre vollständig wiederhergestellt.«

Ihre Lippen hoben sich wieder ein wenig mehr. »Das höre ich gern, Kapitän.«

Er bot ihr seinen Arm. »Gehen wir?«

Sie legte eine Hand auf den Ärmel seines Rocks, und er spürte die Wärme ihrer Finger. Als sie das Deck überquerten, ließ eine weiche Brise das lose Haar gegen ihre Wangen flattern. Ihre Röcke berührten seine Beine, und sein Körper reagierte.

Ein Bild erschien vor seinem inneren Auge: Brianne, die nackt dalag, die weichen Lippen geöffnet, um seinen Kuss zu erwidern, ihre weißen Beine um ihn geschlungen, während er in sie eindrang. Sein Schaft wurde hart, drängte unbehaglich gegen die Vorderseite seiner Kniehosen, und er verfluchte sich im Stillen als Narren.

Sie blieb an der Reling stehen, stützte ihre Hände darauf und sah hinaus aufs Wasser. »Die See ist so schön. Ich habe mich oft gefragt, wie es sich wohl anfühlen würde, hier draußen zu sein. Ich hätte mir diese ungeheure Größe und Schönheit nie vorstellen können. Manchmal, wenn ich daran denke, wünschte ich, ich müsste nicht schlafen, sondern könnte im Dunkeln hier heraufkommen und die ganze Nacht dasitzen und nur hinausschauen in die Weite.«

Er folgte ihrem Blick über das Wasser. »Die See hat viele Gesichter. Manchmal ist ihre Schönheit zärtlich – sie ist ruhig und glatt wie Glas. Manchmal ist sie eine Versucherin, eine wilde und gefährliche Verführerin, die darauf aus ist, einen Mann früh ins eisige Grab zu bringen. Aber immer ist sie faszinierend.«

»Ihr sprecht vom Meer, als wenn es eine Frau wäre.«

Er lächelte leicht. »Ich stelle mir die See so vor: eine schöne Frau, die ich schon liebe, seit ich ein Junge war. Die See ist die einzige Frau für mich.«

Etwas flackerte in ihrem Blick auf und verschwand wieder. »Was Ihr empfindet, ist jedes Mal in Eurem Gesicht zu erkennen, wenn Ihr hinausseht über das Wasser.«

»Die See ist mein Leben – das einzige Leben, das ich je wollte.«

Sie ließ ihren Blick zurückwandern zum Horizont, hinüber zu der Stelle, wo die fernen Inseln eine dunkle, schattenhafte Linie in der Dunkelheit ohne Ende bildeten. Er betrachtete das Spiel des Mondlichts auf ihrem Gesicht und dachte, wie unglaublich hübsch sie doch aussah mit ihren feinen und doch nicht zerbrechlichen Zügen und den vollen, sanft geschwungenen Lippen.

Als sie sich umwandte, um ihn anzusehen, blieb die Zeit stehen, und es schien keine andere Wahl zu geben, als sie zu küssen. Er musste diese weichen Lippen spüren, wie er schon tausendmal geträumt hatte, seit er sie zum ersten Mal gekostet hatte. Er näherte sich ihr und legte seinen Mund auf den ihren, spürte, wie sie einen Augenblick überrascht erstarrte und sich dann ihre Hände langsam zu seinen Schultern hoben, sanft um seinen Nacken schlangen und sie den Kuss erwiderte. Er spürte den schnellen Schlag ihres Herzens und die Wärme ihres kleinen Körpers, der sich an ihn drückte.

»Marcus …«

Als sie seinen Namen flüsterte, entrang sich ein Stöhnen seinen Lippen. Er hielt sie noch fester und vertiefte den Kuss, verlockte sie, die Lippen für ihn zu öffnen, nahm sie mit seiner Zunge, kostete das Feuer in der dunklen, süßen Höhlung ihres Mundes. Er war beinah schmerzhaft erregt, pulsierte vor Hitze und Verlangen. Er spürte, wie sie bebte, fühlte, wie voll ihre Brüste waren, wo sie sich an seine Brust drückten, bemerkte auch, dass ihre Brustwarzen sich zu harten kleinen Spitzen zusammenzogen.

Seine Hand hob sich, um eine Brust zu umfassen. Er streichelte die Spitze, und sie wurde noch fester. Ein kleines Wimmern ertönte aus Brandys Kehle, und der Klang war wie Zunder, der eine Flamme berührte. Das Blut pochte schwer in seinen Schläfen und pulsierte tief in seinen Lenden. Er streichelte eine Brust und wünschte, er könnte den Stoff abreißen, der das weiche, cremeweiße Fleisch umschloss; er spürte sie zittern und wünschte, sie wäre nackt und wände sich unter ihm.

»Marcus …« Ihre Finger glitten in das Haar an seinem Nacken. Ihre Zunge berührte die seine, und noch ein Speer von Hitze durchfuhr ihn. Er hätte sie am liebsten gleich hier genommen, hinuntergezerrt auf das Deck, ihre Röcke gehoben und sich in ihr begraben. Er wollte sie lieben, seine Erschöpfung vergessen und sich in sinnloser Lust verlieren.

Er küsste die Seite ihres Halses, kostete den kleinen, muschelförmigen Rand ihres Ohrs und küsste sie noch einmal, dann umfasste er ihr Hinterteil und drückte sie gegen seine Erregung. Sie zögerte nur einen winzigen Augenblick, dann schmolz sie unter seinen Händen, erwiderte den Kuss, und ihre festen Brustwarzen streiften seinen Rock über seiner Brust, so dass er noch härter wurde. Seine Finger kehrten zu ihrem vollen Busen zurück und hätten am liebsten den Stoff ihrer Bluse zerrissen, um sie streicheln zu können.

Ein Geräusch auf dem Deck hinter ihm drang an seine Ohren und schließlich bis hinein in seine verwirrten Sinne. Er musste die ganze Kraft seines Willens aufbringen, um seine Hand von der vollen Brust loszureißen, und seinen Mund vom süßen Feuer ihrer Lippen. Er richtete sich auf, entfernte sich von ihr und spürte, wie sie auf ihn zuschwankte, ebenso aus dem Gleichgewicht gekommen wie er.

»Langsam, Liebes.« Er betrachtete sie, wie sie in seiner Umarmung stand, dann schob er sie langsam von sich. »Es ist besser, wenn wir hinuntergehen. Ihr seid erschöpft, und dies ist weder der richtige Augenblick noch der richtige Ort. Ich entschuldige mich dafür, die Situation ausgenutzt zu haben.«

Sie öffnete den Mund, um etwas zu sagen, sah die beiden Matrosen in den Wanten, die er auch bemerkt hatte, errötete und nickte nur.

Marcus holte tief Luft und kämpfte das heiße Begehren nieder, das ihn immer noch durchflutete. Bis sie seine Kajüte erreicht hatten, war sein klarer Verstand zurückgekehrt. Sein Körper plagte ihn zwar noch, aber seine Gedanken funktionierten wieder, und er hatte sich unter Kontrolle.

Herr im Himmel! Was, in aller Welt, tat er denn nur? Brianne Winters war unschuldig. Selbst wenn sie ihn so sehr begehrte wie er sie, wäre es einfach nicht richtig, sie zu nehmen. Eine Heirat stand außer Frage und war ganz sicher nicht das, was er wollte. Seine Welt, seine Träume, alles drehte sich um sein Leben auf hoher See. Da war kein Platz für Brianne Winters oder irgendeine andere Frau.

Und er konnte sie nicht einfach nehmen und dann verlassen. Sie war ein süßes, naives junges Mädchen, das gerade erst zur Frau geworden war. Sie verdiente einen Ehemann und eine Familie, und wenn er ihr erst die Unschuld nahm, war die Wahrscheinlichkeit zu groß, dass sie dafür nie wieder eine Chance bekommen würde.

Und außerdem war da ja auch noch die Möglichkeit, dass sie schwanger wurde. Ein Kind brauchte einen Vater, jemanden, der für es da war und es durch sein Leben begleitete. Doch Marcus hatte nicht die Absicht, irgendwo anders zu sein als auf hoher See.

Wie er ihr schon gesagt hatte, die See war sein Leben, seine Liebe. Alles, was er je gewollt hatte.

Er wandte sich Brianne zu. »Es ist Zeit, dass Ihr ins Bett kommt«, sagte er ein wenig zu rau. »Ihr seid müde und braucht Schlaf.«

Verwirrung stand dunkel in ihren goldenen Augen. »Ihr seid ärgerlich. Es tut mir Leid, wenn ich etwas getan habe, das Euch nicht gefallen hat.«

»Was mir nicht gefallen hat?« Er ließ eine Hand durch die Luft sausen, und seine Stimmung wurde noch finsterer. »Herrgott noch einmal – hat Euch denn nie jemand gesagt, was geschieht, wenn eine Frau einen Mann so küsst, wie Ihr mich geküsst habt?«

Brandy befeuchtete sich die Lippen. »Ich dachte ... ich dachte, das gefällt Euch.«

»Mein Gott – natürlich hat mir das gefallen! Ich bin schließlich ein Mann, oder? Oder denkt Ihr vielleicht immer noch, dass, was immer Ihr tut, Ihr bei mir in Sicherheit seid? Ihr glaubt, Ihr könnt mich verlocken mit Eurem köstlichen kleinen Körper, mich küssen, mich jene hübschen Brüste streicheln lassen, und ich stehe brav da wie ein Narr und ziehe Euch nicht in mein Bett. Wenn es das ist, was Ihr glaubt, dann macht Ihr einen schweren Fehler. Ich warne Euch, Brianne, verhaltet Euch weiterhin mir gegenüber so aufreizend, wie Ihr es tut, und Ihr werdet Euch irgendwann flach auf dem Rücken unter mir wiederfinden. Und ich werde Euch nehmen – da gibt es keine Frage. Ich werde genau das tun, was der Rest der Mannschaft sowieso glaubt, dass ich schon getan habe.«

Brandy starrte ihn an, als hätte sie ihn noch nie gesehen, ihr Blick war voller Unglauben und vielleicht auch ein wenig Angst. Schuldgefühle überkamen ihn. Es war kaum ihre Schuld gewesen. Sie war eine unerfahrene Jungfrau, während er mit mehr Frauen im Bett gewesen war, als er sich erinnern wollte. Mein Gott, er hätte klüger sein sollen.

»Ich benehme mich nicht aufreizend«, sagte sie leise. Obwohl sie das Kinn hoch hielt, zitterte ihre Unterlippe ein wenig. »Und nicht ich habe Euch geküsst, sondern Ihr mich.«

Die Erinnerung kehrte zurück, und Marcus unterdrückte ein Ächzen. Sein Körper pulsierte immer noch vor Verlangen nach ihr. Seine Gedanken wirbelten um das Gefühl ihrer vollen Brüste in seiner Hand. »Geht ins Bett«, sagte er etwas sanfter. »Wir werden beide besser dran sein, wenn wir so tun, als wenn heute Abend nichts geschehen wäre.«

Ihr Blick traf auf den seinen, und jetzt wirkte er wie Stahl. »Das könnt Ihr tun, wenn Ihr wollt. Was mich betrifft, habe ich nicht den leisesten Wunsch, so zu tun, als wenn nichts geschehen wäre. Ich werde mich sogar gern daran erinnern.«

Mit straffen Schultern machte sie kehrt und ging aus dem Raum, betrat ihre kleine Kajüte und ließ den Vorhang hinter sich zufallen. Marcus atmete müde tief durch. Er war nicht fair zu ihr gewesen. Was auf Deck geschehen war, war nicht ihre Schuld, sondern seine. Er hatte sie so heftig begehrt, dass er einfach die Kontrolle verloren hatte. In Zukunft würde er vorsichtiger sein müssen.

Er dachte an den verlangenden Blick in Brandys goldenen Augen zurück, als er den Kuss abgebrochen hatte. Und so wahr ihm Gott helfen möge, es würde nicht leicht werden.

Brandy lag unter der Decke auf ihrer schmalen Koje und starrte hinauf zur schweren Balkendecke. Obwohl die Stunden sehr langsam vergingen, konnte sie Marcus nebenan herumgehen hören – er wanderte auf und ab, anstatt zu schlafen.

Sie war sich nicht sicher, warum. Vielleicht hatte ihn ihre Begegnung ebenso heiß und beunruhigt zurückgelassen wie sie, unruhig in einer Weise, die sie sich nie hätte vorstellen können. Sie versuchte, nicht daran zu denken, zu vergessen, wie es sich anfühlte, wenn sich seine dunkle Hand um ihre Brust legte, welche Hitzewelle sie überspülte, sodass ihr beinah schwindlig wurde, als seine Finger ihre Brustwarze gestreift hatten. Mein Gott, es war sündig, was sie ihm zu tun erlaubt hatte. Ihr Vater würde sagen, dass sie eine Schlampe wäre, eine Hure, genau wie ihre Mutter.

Vielleicht war sie das. Brandy wusste nur, dass sie gewollt hatte, dass Marcus sie berührte, dass sein Kuss ewig dauerte, dass sie seine Hände auf ihrem Körper spürte. Sie hatte ihn auch berühren wollen, hätte gern die harten Muskeln unter seinem Hemd gefühlt und genau die Form jeder Erhebung kennen gelernt. Marcus wollte so tun, als wenn nichts geschehen wäre. Brandy wollte sich daran erinnern.

Sie starrte hinauf zu den Brettern über ihrem Kopf und sah eine kleine Spinne, die aus einer Ritze im Holz kroch. Sie beobachtete ihren holprigen Weg, doch ihre Gedanken blieben bei Marcus und seiner Leidenschaft für die See, als wäre sie seine Geliebte, seine einzige wahre Liebe.

Die See war sein Leben, und Brandy konnte nie Teil davon sein. Das hatte sie von Anfang an gewusst, und verstand es auch irgendwie. Marcus liebte sie nicht, würde sie nie lieben, und doch begehrte er sie. Heute Abend hatte sie entdeckt, wie sehr.

Brandy kannte das Begehren kaum, doch das war es offensichtlich, was sie für Marcus Delaine empfand. Sie wollte, dass er der Mann sein sollte, der sie ganz zur Frau machte. Ob sie verheiratet waren, schien ihr unwichtig. Sie wollte keine Ehe. Sie wollte die Welt sehen, reisen, das Leben erfahren wie noch nie zuvor.

Und sie wollte die Leidenschaft kennen lernen. Marcus konnte ihr diese Leidenschaft zeigen, wenn er nur wollte.

Sie seufzte im Dunkeln, und schließlich überwältigte die Müdigkeit ihre heftigen Gefühle. Was sollte sie tun? Die Frage wanderte noch undeutlich durch ihre Gedanken, während sie langsam in Schlaf sank. Als sie ein paar Stunden später wieder erwachte, wusste sie immer noch keine Antwort.

Hamish Bass stand an der Reling neben Brandy Winters. Die meisten Männer hatten das Krankenlager verlassen und waren wieder an die Arbeit gegangen – zu einem guten Teil dank ihrer Hilfe –, und der Kapitän bestand wieder darauf, dass jemand bei ihr war, wann immer sie auf Deck ging.

Hamish sog an seiner Pfeife und sah zu, wie sie aufgeregt hinüberschaute zu der Insel, der sich das Schiff näherte. Sie war ein hübsches Mädel, das stand fest, mit weicher Stimme und lieben Augen, mit einem vollen kleinen Körper, der jedem Mann den Kopf hätte verdrehen können. Dem Kapitän hatte sie ihn sicher verdreht.

Hamish kannte Marcus Delaine, seit er mit seinem ersten Schiff in den Hafen von Boston eingelaufen war. Der Kapitän hatte immer genug Aufmerksamkeit von Frauen erhalten, aber Hamish hatte ihn nie so verliebt gesehen, und das, obwohl diese hier kaum mehr als ein kleines Mädchen war.

Nicht, dass sein Interesse besonders offensichtlich gewesen wäre. Marcus war ein Mann, der seine Empfindungen wenig zur Schau trug, wie es jeder Kapitän tun sollte. Niemandem außer Hamish waren jene langen, hitzigen Blicke unter gesenkten Lidern aufgefallen, der hungrige Blick in den dunklen Augen seines Freundes, wann immer er das Mädchen betrachtete.

Und da war natürlich noch das Mädel. Sie war hingerissen vom Kapitän. In ihren jüngeren Jahren war sie ihm gefolgt wie ein Hündchen, wann immer er im Hafen war, und hatte gebettelt, er möge ihr Geschichten erzählen. Jetzt, wo sie eine Frau war, hatte seine Anziehungskraft sich geändert, war mehr geworden, etwas, das sie selbst nicht mehr verstand.

Sie tat Hamish Leid. Selbst wenn der Kapitän sich entschließen würde, sie mit in sein Bett zu nehmen, gab es doch keine Zukunft für sie. Sie würde nur eine seiner Frauen in einem seiner Häfen werden, vielleicht sogar eine, die er lieber hatte als die anderen, aber sicher nicht mehr.

Selbst wenn er sich eines Tages entschließen sollte zu heiraten – was Hamish sehr bezweifelte –, würde es wohl kaum eine solche Frau sein, eine kleine Wirtshaustochter ohne jede Spur von adligem Blut. Marcus Delaine war ein Graf, ein mächtiger Adliger. Er würde eine Frau aus seiner eigenen Klasse heiraten.

Die Tatsachen waren also zweifellos hart. Und Hamish hatte begonnen, das Mädchen gern zu haben. Es gefiel ihm gar nicht, sich vorzustellen, dass sie verletzt werden könnte.

»Ihr seid ja mächtig nachdenklich, Miss Brandy. In den letzten Tagen wart Ihr viel ruhiger als sonst.«

Ihre Augen hoben sich ein wenig. »Ach, wirklich?«

»Jawoll, Mädel, allerdings.«

»Ich schätze, ich bin ein wenig müde, weiter nichts. Ich bin froh, dass es den Männern gut geht und die meisten wieder an der Arbeit sind. Und ich bin aufgeregt, weil wir morgen in den Hafen kommen.«

Er hob eine Augenbraue. »Tja, Mädel, ich will Euch ja nicht enttäuschen, aber in diesem Hafen werdet Ihr an Bord bleiben.«

Ihr Blick richtete sich mit einem Ruck auf sein Gesicht. »Was?«

»Jawoll, Befehl vom Käpt'n. Ihr müsst warten, bis wir in New Providence sind, bevor Ihr das Schiff verlassen dürft.«

»Aber das kann doch nicht wahr sein! Marcus – äh, ich meine Kapitän Delaine – hat mir versprochen, dass er mich selbst an Land bringen wird.« Sie wandte sich dem Steuerhaus zu und sah, dass er auf sie zukam. »Das stimmt doch, Kapitän, oder? Ihr werdet mich morgen an Land bringen, nicht wahr?«

Der Kapitän schüttelte den Kopf. »Ich fürchte nicht, Brianne. Ihr werdet nicht an Land gehen, bis wir Nassau erreichen, die Hauptstadt von New Providence.«

Ihre Wangen wurden rot vor Ärger. »Aber Ihr habt mir versprochen, mich an Land zu bringen. Ihr sagtet, ich hätte meine Schuld gesühnt. Genau das waren Eure Worte.«

Er lächelte nachgiebig. »An Bord zu bleiben ist keine Strafe. Die Stadt, in der wir Ladung löschen, ist nicht sicher für eine Frau. Sie ist kaum mehr als ein Dorf, ganz zu schweigen von der Tatsache, dass die meisten Einwohner Halsabschneider, Piraten und Diebe sind. Sie sind auf jeden Fall eine unangenehme Horde.«

»Warum halten wir dann hier?«

»Selbst Piraten müssen essen, und die Männer, die die Stadt führen, bezahlen gutes Geld für die Waren, die wir ihnen liefern.«

Brandy starrte hinaus übers Meer auf die Insel, die von Stunde zu Stunde größer wurde. »Spanish Keys ist ein Ort, an dem ich noch nie war, und ich möchte es sehr gern sehen. Ich wäre in Eurer Begleitung doch ganz bestimmt in Sicherheit.«

Der Kapitän hob mit den Fingerspitzen ihr Kinn. »Ich habe versprochen, Euch an Land zu bringen, und das werde ich auch tun. Sobald wir die Hauptstadt erreicht haben.«

»Aye«, sagte Hamish. »Nassau ist wirklich ein hübscher Ort, und wesentlich respektabler.« Aber ihr Mund war schmal geworden, und ihre Züge wirkten stur. Er lächelte um die Pfeife herum, die er zwischen den Zähnen hielt, und fragte sich, was sie wohl denken mochte und welche Schwierigkeiten dem Käpt'n damit wieder ins Haus stünden.

Tja, sie war schon ein wildes Mädel, das stand fest. Hamish wünschte, er wäre zwanzig Jahre jünger und sie würde ihm Schwierigkeiten bereiten.

Brandy ging in Marcus' Kajüte auf und ab. Nur ein kleiner Teil der Mannschaft war an Bord geblieben, die anderen waren an Land gegangen, und mit ihnen der Kapitän. Hamish Bass hatte die Verantwortung bekommen, zusammen mit Ben

Hopkins, und die beiden waren vermutlich auch ihre Aufpasser. Sie saßen unten in der Mannschaftskajüte und spielten Karten. Sie hatten ihr angeboten, dass sie mitspielen könnte, aber sie hatte abgelehnt. Sie war nicht in Stimmung zum Kartenspielen – sie wollte die Inseln sehen, wegen denen sie so weit gereist war.

Brandy kniete sich vor das kleine Feuer im Ofen und legte noch etwas Kohle nach. Es war nicht fair, dass Marcus sie zurückgelassen hatte. Seit Tagen hatte sie sich darauf gefreut, an Land gehen zu können. Jetzt, wo die meisten Männer verschwunden waren, hatte sie sich gefragt, was sie tun könnte, um ihre Lage zu verbessern.

Es war noch früh am Abend. Sie hatte immer noch ihre Männerkleider in einem Bündel unter dem Bett. Als Mann verkleidet, konnte sie sich wahrscheinlich ohne weiteres vom Schiff schleichen, sich kurz umsehen und wieder zurückkommen, bevor sie überhaupt jemand vermisste.

Andererseits, wenn irgendetwas schief ging, wenn sie in Schwierigkeiten geriet, würde Marcus außer sich geraten vor Wut – und hätte wieder Recht behalten.

Sie warf sich aufs Bett und starrte hinüber zu dem kleinen Fenster, doch dort sah sie nur die hereinbrechende Dunkelheit und überhaupt nichts von der Insel. Ihre Vernunft sagte ihr, sie solle nur tun, was der Kapitän gesagt hatte, und sicher an Bord des Schiffes bleiben. Ihre Abenteuerlust redete ihr ein, dass sie jetzt, wo sie schon so weit gekommen war, natürlich auch losgehen und sich umsehen sollte.

Brandy rollte sich auf den Bauch und boxte auf das Kopfkissen, während sie versuchte zu entscheiden, welcher Stimme sie folgen sollte. Minuten vergingen. Ein leises Kratzen ertönte an der Tür. Löwenzahn war draußen und wollte hereingelassen werden.

Brandy ging zur Tür, immer noch unsicher, was sie tun sollte.

Jilly Sharpe saß mit vier anderen Männern an einem Tisch hinten im Wirtshaus Krone. Es lag an einer schmalen Straße am Kai zwischen anderen windigen Gebäuden gegenüber vom kleinen Hafen der Stadt, dessen Einfahrt so schmal war, dass ein Schiff von der Größe der *Seehabicht* nicht einlaufen konnte. Sie hatte deswegen draußen vor dem Strand geankert.

Jilly war in einem der Ruderboote an Land gekommen, die die Mannschaft herübergebracht hatten. Der Kapitän hatte befohlen, ihn auf der Insel abzusetzen, damit er dort nach Arbeit auf einem anderen Schiff suchen konnte.

Jilly sah finster hinüber zur anderen Seite des rauchigen Schankraumes, wo die Mannschaft der *Seehabicht* saß, Karten spielte und Grog trank. Durch eine kleine Tür zum Nebenraum konnte er Kapitän Delaine an einem Tisch im Gespräch mit Garret Stone und Red Fontaine sitzen sehen, die Männer, die ihn beauftragt hatten, die Vorräte zu liefern, die das Schiff gebracht hatte.

Jilly sah sie an, und eine seiner Hände ballte sich zur Faust. Unter dem Hemd war sein Rücken voller dicker schwarzer Narben, die bei jeder Bewegung einrissen, juckten und brannten. Sie erinnerten ihn an das Auspeitschen und an seinen Hass auf Marcus Delaine.

Sie erinnerten ihn an das knackige kleine Luder, das er hatte besitzen wollen, das Mädchen des Kapitäns, das Mädchen, das er bekommen würde, noch bevor die Nacht vorüber war.

Jilly hätte beinah gelacht. Wenn der Kapitän glaubte, sie hätten die Angelegenheit geregelt und er würde einfach abziehen wie ein geschlagener Hund mit dem Schwanz zwischen den Beinen, dann erwartete ihn eine echte Überraschung. Marcus Delaine hatte den Fehler gemacht, ihn nach Spanish Keys zu bringen. Jilly hatte Freunde hier, Männer, die er von früher kannte.

Und selbst wenn es nicht so gewesen wäre, bei der Verlockung des Geldes, das der Kapitän in seiner Kajüte hatte, und dem Versprechen, dass sie ein hübsches Mädchen flach legen könnten, würden sie ihm auf jeden Fall folgen. Abenteuer dieser Art waren es, mit denen man Männer wie die aus der »Krone« verlocken konnte. Er beugte sich über den alten Holztisch und sprach den ungarischen Matrosen mit dem milchigen blauen Auge, das er aus einer Messerstecherei davongetragen hatte, an.

»Geh nach oben und sag Lola, dass Delaine hier ist. Der Käpt'n mag hübsche Mädchen. Sie kann ihn ablenken, bis wir vom Schiff zurückkommen.« Das würde sie sicher tun, wusste er, wenn sie auch ihren Anteil bekam. Lola tat nämlich nichts, wenn nicht für sie auch etwas dabei heraussprang.

Janos, der Matrose, nickte. Er grinste, schob seinen Stuhl zurück und machte sich auf den Weg die Treppe hinauf in den oberen Stock.

»Bist du sicher, dass es da Geld gibt?«, fragte einer der anderen Männer, Luis Estrada, ein Spanier, der hier auf der Insel eine Geliebte hatte.

»Es gibt Geld, und zwar 'ne Menge. Delaine ist 'n reicher Engländer aus London – ein elender Aristokrat. Er hat Geld, und zwar genug für uns alle. Und es muss in jedem Fall in seiner Kajüte sein. Wenn nicht, könnt ihr euch an dem Mädchen schadlos halten – sobald ich mit ihr fertig bin.«

Luis nickte, und die beiden anderen schienen es auch zufrieden. Sie lehnten sich in ihren Stühlen zurück, tranken aus ihren Krügen mit Rum und schauten wartend zur Treppe, wann wohl Lola Perez in den Schankraum herunterkommen würde. Das tat sie ein paar Minuten später, in roten Satinröcken, die weich um ihre Knöchel schwangen, und mit einem Ausschnitt, der so tief war, dass ihre Brüste beinah herausfielen.

Bei dem Anblick wurde Jilly unter dem Tisch hart, er ließ ihn an den Abend denken, den er vor sich hatte, an kleine rosa Brustwarzen und ein glattes, rundes Hinterteil, das genau in seine Handflächen passte.

Jilly wurde noch härter. *Es dauert nicht mehr lange, Kumpel*, tröstete er sich selbst. *Du wirst zu deinem Recht kommen, und zwar bald.* Während Delaine scharf darauf war, es mit Lola Perez zu machen, würde er es seinem kleinen Mädchen so besorgen, dass sie noch eine Woche lang wund sein würde.

Jilly lächelte erwartungsvoll und betrachtete den Schwung von Lolas Hüften, mit dem sie sich Marcus Delaine näherte. Mit einer Kopfbewegung bedeutete er den anderen, dass es Zeit war, und sie standen auf.

Es würde nicht lange dauern, um zum Schiff zu kommen. Und wenn sie erst mal dort waren, würde es Halsabschneidern wie Janos und Luis nicht schwerer fallen, die paar an Bord gebliebenen Männer zu überwinden, als eine Hand voll Fliegen zu klatschen. Sie würden das Geld des Kapitäns finden, das Mädchen auch noch mitnehmen und dann irgendwo auf den Inseln verschwinden.

Es gab Hunderte von Plätzen, die sich als Versteck eigneten. Delaine würde sie niemals finden, und keiner würde ihm helfen. Spanish Keys war solidarisch zu seinen Leuten.

8

Marcus sah die dunkelhaarige Frau aus dem Schankraum hereinkommen. Sie war hoch gewachsen und attraktiv, mit geradem schwarzem Haar, das ihr bis zu den Hüften hing, und glatter olivbrauner Haut. Sie war anmutig und exotisch und wirkte ebenso fehl am Platz hier in der »Krone« wie eine französische Hure im House of Lords.

Durch die Tür zum Schankraum konnte er beobachten, wie die Männer sie betrachteten, wobei jeder den Hals verdrehte, um sie noch besser zu sehen, die Blicke hitzig vor Begehren. Er wusste, dass sie die Eigentümerin des Wirtshauses war, obwohl er sich nicht recht vorstellen konnte, was eine solche Frau in Spanish Keys tat. Er war ihr auch noch nicht persönlich vorgestellt worden. Sah ganz so aus, als würde er sie heute kennen lernen.

Sie blieb neben dem Tisch stehen, dicht bei seinem Platz, und die drei Männer standen auf. Sie warf ihnen ein sinnliches Lächeln zu. »Guten Abend, Gentlemen.«

Red Fontaine, ein geborener Franzose, der sich als ausgewanderter Adliger ausgab, wandte sich ihm zu, um sie beide einander vorzustellen. Er leitete zusammen mit Garret Stone die Insel, ein Refugium für halbseidene Typen wie die hier im Wirtshaus.

»Kapitän, darf ich Euch Miss Lola Perez vorstellen, die Eigentümerin der ›Krone‹.«

Marcus neigte leicht den Kopf. »Guten Abend, Miss Perez.«

»Kapitän Delaine ist von der *Seehabicht*«, ergänzte Garret. »Er hat uns die Vorräte geliefert, auf die wir so dringend gewartet haben.«

Sie lächelte, diesmal noch breiter, und ihre vollen roten Lippen hatten einen schönen Schwung. »Guten Abend, Kapitän. Ich habe natürlich schon von Euch gehört und freue mich, endlich Eure Bekanntschaft zu machen.« Ihr Ausdruck war einwandfrei, distanziert, aber doch irgendwie sinnlich. Während des Wortwechsels wanderte der Blick ihrer schwarzen Augen an seiner hoch gewachsenen Gestalt auf und ab.

Er erwiderte das Lächeln. »Das Vergnügen ist ganz auf meiner Seite, Miss Perez.« Er warf den anderen einen Blick zu. »Meine Herren, ich glaube, wir haben unsere Geschäfte abgeschlossen. Vielleicht möchte uns Miss Perez gern Gesellschaft leisten.«

Garret Stone sagte: »Leider wollten Red und ich gerade gehen.« Er wandte sich der dunkelhaarigen Frau zu. »Aber ich bin sicher, dass Kapitän Delaine gern ein wenig weibliche Gesellschaft hat.«

Das stimmte allerdings, dachte er. Er war neugierig, mehr über Lola Perez zu erfahren, und – nach den qualvollen Nächten, die er mit Brianne Winters außer seiner Reichweite in seiner Kajüte verbracht hatte – er brauchte unbedingt eine Frau. Wenn das Interesse, das er in Lolas dunklen Augen sah, ernst gemeint war, würde sich der Abend vielleicht noch als unterhaltsam erweisen.

Die Männer verabschiedeten sich, und Lola nahm den Platz ihm gegenüber ein. Marcus starrte ihre vollen Lippen an, fragte sich, wie sie wohl schmecken und ob sie ihm Genuss bringen würden. Er stellte sich vor, wie dieser Mund sich anfühlen mochte, wenn er sich auf seine Haut drückte, und plötzlich tauchte aus dem Nichts eine Erinnerung an Brandys weiche Lippen auf, die sacht unter seinem Kuss zitterten.

Sein Blick wanderte zur Rundung von Lolas Brüsten, die schwer und verführerisch wirkten und erstaunlich weiß waren im Gegensatz zu ihren dunklen Haaren und Augen. Brandys waren fester, runder, dachte er und erinnerte sich daran, wie ihre harten kleinen Brustwarzen sich seiner Hand entgegengedrängt hatten, als er sie küsste.

Er dachte daran, wie es sein könnte, mit Lola Perez zu schlafen, und bei dem Gedanken durchfuhr ihn plötzlich und unerwartet ein heftiges Schuldgefühl.

Verdammt! Was, zum Teufel, tat er hier, indem er Lola Perez mit Brianne Winters verglich – und warum sollte er sich deswegen irgendwie schuldbewusst fühlen? Er schuldete Brianne keinerlei Treue. Er gehörte nicht ihr und sie nicht ihm. Also schuldete er dem Mädchen nicht das Geringste, verdammt!

Er lächelte die dunkle, sinnliche Schönheit an, die ihm gegenübersaß. »Ich weiß, dass es mich nichts angeht, und man hat Euch diese Frage sicher schon Dutzende Male gestellt, aber: Was macht eine Frau von Eurem offensichtlichen … Charme in einem Haus wie der ›Krone‹? Ich hätte erwartet, dass Ihr einen Ort wie London oder vielleicht Paris vorziehen würdet.«

Lola warf das Haar zurück und lachte mit voller, kehliger Stimme, sodass sein Körper sich anspannte. »Ich dachte, dass das offensichtlich ist, Kapitän – oder zieht Ihr es vor, wenn ich Euch Mylord nenne? Man sagte mir, Ihr wäret nicht nur Besitzer der *Seehabicht*, sondern auch ein Graf. Und erst seit einiger Zeit Inhaber des Titels Graf von Hawksmoor, wenn meine Quellen Recht haben.«

»Ihr seid gut informiert, Miss Perez.«

»Die Insel ist klein, da sprechen sich Neuigkeiten schnell herum.«

Er lächelte. »Ich glaube nicht, dass wir irgendwelcher Formalitäten bedürfen. Warum nennt Ihr mich nicht Marcus?«

Lola lächelte mit weichen Lippen. »Aber gern … Marcus. Und was Eure Frage betrifft, warum ich hier in Spanish Keys bin: Vor acht Jahren kam ich mit meinem Ehemann als Siedlerin hierher. Damals war ich ein junges Mädchen. Zehn Monate später starb Santiago an Lungenentzündung, und ich war allein. Ich war verzweifelt und wäre beinah verhungert. Also hatte ich keine andere Wahl, als hier zu arbeiten.«

»Auf diese Art einen Ehemann zu verlieren … das muss ja schrecklich für Euch gewesen sein.«

Sie zuckte die Schultern, als wenn ihr das nicht besonders viel bedeutete, obwohl es sicher sehr wesentlich für sie gewesen war.

»Eigentlich war es nicht so schlimm. Mit der Zeit habe ich genug Geld verdient, um mir das Wirtshaus zu kaufen. Seltsamerweise habe ich dabei herausgefunden, dass mir die Arbeit hier wirklich zusagt. Im Laufe der Jahre bin ich eine wohlhabende Frau geworden, müsst Ihr wissen. Also bin ich auf niemandes Wohlwollen mehr angewiesen. Hier bin ich wichtig. Ich suche mir die Männer aus, mit denen ich meine Zeit verbringe. Interessante Männer. Männer, die mich faszinieren. Nur sie teilen mein Bett.« Sie lächelte ihr langsames, katzengleiches Lächeln. »Ihr interessiert mich, Marcus.«

Er hob eine Augenbraue und lehnte sich in seinem Sessel zurück. »Ach wirklich?«

Ihr kühler Blick wanderte über seinen Körper und machte schließlich bei seinem Gesicht halt. »Ja, allerdings.«

Das Begehren pulsierte in seinem Innern. Sie war schön, und er begehrte sie. In Wahrheit brauchte er sie regelrecht. Er brauchte eine Frau, die seine Lust nach Brianne Winters stillen konnte, die selbst jetzt noch mit seinem Verlangen nach Lola konkurrierte.

»Darf ich Euch vielleicht zu einem Drink einladen?«, fragte er.

»Vielleicht darf ich Euch zu einem einladen, Mylord Kapitän – oben in meiner Wohnung. Da hätten wir es sicher beide bequemer.«

Marcus lächelte ihr wissendes Gesicht an, schob seinen Sessel zurück, ging zu ihr und half ihr beim Aufstehen. Als er seinen Arm durch ihren schob, durchdrang ihn ein seltsames Gefühl, dasselbe Schuldgefühl wie zuvor. Es verband sich mit einem eigenartigen Widerwillen. So sehr sein Körper auch einer Entspannung bedurfte, irgendetwas hielt ihn zurück. Er fand Lola Perez anziehend, und doch schien ihr irgendetwas zu fehlen.

Vielleicht war es die Leidenschaft, dachte er. Während Brianne wie Feuer war, war Lola Perez das Bild der kühlen Sinnlichkeit, eine Frau mit Erfahrung, die zweifellos geschickt im Bett war. Sie war auch berechnend und von sich selbst sehr überzeugt. Ihr Verlangen würde von eisiger Beherrschung geprägt sein.

Es kam ihm der Gedanke, dass er nicht wirklich Lola begehrte. Obwohl sein Körper auf ihr dunkle, verlockende Art reagierte, wollte er Brianne Winters in seinem Bett. Er wollte ihr Feuer spüren, ihre unschuldige, ungezähmte Hitze. Er wollte ihr Genuss bereiten und zusehen, wie sie zum Höhepunkt kam. Er wollte sie und nicht Lola Perez, und die Tatsache, dass es der Frau gelungen war, eine solche Macht über ihn zu gewinnen, ließ ihn ärgerlich die Zähne zusammenbeißen.

»Gehen wir?«, sagte er ein wenig angespannter, als er vorgehabt hatte, und bot ihr seinen Arm.

Lola sah ihn einen Moment lang an und lächelte dann wieder ihr Katzenlächeln. »Mit Vergnügen, Mylord.«

Ihre vollen Brüste drückten sich an seine Seite, und Hitze machte sich in seinen Lenden breit. Die Lust schlug ihre Klauen in seinen Bauch. Als Briannes Bild vor ihm auftauchte, wie sie ihn so voller süßer Hingabe geküsst hatte, kam ein leiser Fluch von seinen Lippen.

Zum Teufel mit ihr, dachte er. Heute Abend würde er Brianne Winters vergessen. Er würde Entspannung in den Armen der Lola Perez finden.

Brandy lag lang ausgestreckt auf Marcus' Koje, ein Buch auf die Brust gestützt, und Löwenzahn hatte sich an ihre Seite gekuschelt und schnurrte zufrieden, weil beständig eine Hand über ihren Kopf strich.

Sie las bis ans Ende des Kapitels und legte dann das Buch mit einem unzufriedenen Seufzer weg. Sie las gern. Es war ein Genuss, den sie nie erwartet hätte. Aber heute Abend wollte sie etwas erleben. Sie wollte mit Marcus in Spanish Keys sein. Sie wollte ein wenig Abenteuer.

Sie dachte noch mal an die Männerkleider in dem Bündel unterm Bett und hätte sie liebend gern angezogen. Natürlich gab es die Schwierigkeit, dass sie dann noch ein Ruderboot ins Wasser lassen und bis zum Ufer rudern musste. Das war keine kleine Aufgabe, aber sie dachte, dass sie das eigentlich hinkriegen müsste.

Brandy schlug mit einer Hand auf den Buchdeckel. Es war eine dumme Idee, so verführerisch sie auch sein mochte, und sie hatte sich entschlossen, sie aufzugeben. Marcus hatte gesagt, dass es gefährlich war. Und sie musste ihrem Übermut gewisse Grenzen setzen. Sie wollte nicht noch einmal seinen Zorn wecken.

Sie würde sich stattdessen mit einem Spaziergang auf Deck zufrieden geben, ein wenig durch das schwache Mondlicht wandern und den Anblick des silbrigen Wassers genießen. Wenigstens die Freiheit hatte sie, da die Männer fast alle unterwegs waren. Sie würde sich das gönnen, beschloss sie, und den Inselausflug verschieben, bis sie in New Providence waren, wo Marcus mit ihr einen Landausflug machen wollte.

»Also gut, Löwe, Zeit zum Aufbruch.« Sie schob die schwere, gefleckte Katze zur Seite und stand auf. »Benimm dich anständig, solange ich weg bin, dann bekommst du ein Schüsselchen Sahne extra.«

Sie ging in die Knie, um die Katze noch einmal am Kinn zu kraulen, und machte sich dann auf den Weg zur Tür.

Marcus kam mit Lola Perez am Arm im oberen Stockwerk an, wo sie über den Flur zu ihrer Wohnung gingen. Er hatte gerade die Tür geöffnet, als der junge Brig Butler und ein halbes Dutzend Männer von der *Seehabicht* in den Schankraum gerannt kamen und mit Lärm und Getöse seinen Namen riefen.

»Ich bin hier oben«, rief er hinunter und ging zurück zum Geländer. »Was, zum Teufel, ist denn los?«

»Es ist wegen Jilly Sharpe, Käpt'n. Ich sah ihn vor einer Weile hinausgehen, und irgendwas an seiner Art, sich zu bewegen, stimmte einfach nicht. Mit ein paar Männern bin ich ihm hinunter zum Kai gefolgt. Da lag ein Boot, Kapitän. Sharpe und vier andere Männer – sie rudern hinaus zur *Seehabicht*, Sir. Weiß der Himmel, was die da vorhaben.«

Eisige Kälte kroch Marcus' Rückgrat hinab. Er rannte die Treppe hinunter, ohne ein Wort des Abschieds zu Lola Perez.

»Kapitän?«, rief sie hinter ihm her, sodass er stehen blieb und sich umdrehte. »Kommt Ihr heute Abend wieder zurück?«

Er schüttelte den Kopf. »Nein, es tut mir Leid, Miss Perez.« Ein seltsames Gefühl ließ ihn erschaudern, und er brauchte einen Augenblick, um zu bemerken, dass es einfach Erleichterung war. »Vielleicht nächstes Mal, wenn ich im Hafen bin.« Dann rannte er weiter die Treppe hinunter und folgte Brig und den anderen hinaus in die Nacht.

»Wir sollten uns besser beeilen«, sagte Butler. »Der will ganz bestimmt zu Miss Winters, und ich glaube nicht, dass Hamish und Ben ihn allein aufhalten können.«

Sharpe und Brianne. Vor seinem inneren Auge sah er Brianne beim Versuch, Jilly Sharpe abzuwehren, genauso klar wie in der Nacht, in der es sich ereignet hatte, und etwas stieß schmerzlich von innen gegen seine Rippen. Wenn er je an seinen Gefühlen für sie gezweifelt hatte – jetzt tat er es nicht mehr. Sie rannten auf das Ruderboot zu, und sein Herz drohte seine Brust zu sprengen, während sich ein angstvoller Knoten in seiner Brust bildete.

Mein Gott, er hätte sie nicht allein lassen dürfen. Er hatte sich Sorgen gemacht, weil sie an einem solchen Ort an Land hatte gehen wollen. Er hätte bleiben und dafür sorgen sollen, dass sie in Sicherheit war.

»Wir werden Waffen brauchen«, sagte er auf dem Weg über den hölzernen Bürgersteig. »Ich habe nicht mehr als eine kleine Taschenpistole. Wir werden noch mehr brauchen, wenn wir es mit diesen Männern aufnehmen wollen.«

»Wir haben zusammen ein halbes Dutzend Pistolen«, sagte Brig. »Keiner von uns kommt unbewaffnet an einen solchen Ort.«

Marcus lächelte finster. »Bravo, Jungs.« Sie erreichten das Ruderboot, stiegen hastig ein und gingen an ihre Plätze an den Rudern.

»Mit voller Kraft, Jungs!« Marcus' Worte schallten über das Wasser, während die Männer kräftig in Richtung Schiff zu rudern begannen. »Brianne ist in Gefahr«, fuhr er fort. »Und ich habe nicht vor, Sharpe ihr noch einmal etwas zu Leide tun zu lassen!«

Mit diesen Worten beugte er sich vor, griff nach einem Paar Ruder und begann, mit seinen Männern zu rudern. Sie hatten finster entschlossen die Zähne zusammengebissen. Ihm kam der Gedanke, dass angesichts der Tatsache, wie Brandy ihnen geholfen hatte, sie vielleicht ebenso besorgt um ihre Sicherheit waren wie er. Sein Herz zog sich noch heftiger zusammen.

Wenn Jilly Sharpe sie auch nur anrührte, war der Mann so gut wie tot.

Brandy drückte ihren Rücken fest an die Wand von Marcus' Kajüte. Direkt neben der Tür standen Jilly Sharpe und noch ein anderer Mann und grinsten.

»Was denn, Mädchen, freust du dich nicht, mich zu sehen?« Er legte seinen glänzenden Glatzkopf schief. »Na komm schon, sieh mich doch nicht so an. Du hast doch nicht wirklich geglaubt, dass ich so leicht auf dich verzichten würde, oder? Und das nach all dem, was du gemacht hast.«

Sie streckte eine Hand aus, als wolle sie ihn abwehren. »Ihr solltet mir besser fern bleiben. Beim letzten Mal hat man Euch für Euer Verhalten ausgepeitscht. Wer weiß, was der Kapitän diesmal machen wird, wenn Ihr mich noch einmal anfasst.«

»Oh, ich habe allerdings vor, dich anzufassen. Und ich werde dich schon ordentlich zureiten, Mädel, da brauchst du dir keine Illusionen zu machen.« Er deutete zu Marcus' Schreibtisch und sagte zu dem anderen, einem dünnen Matrosen mit schwarzem Haar, der hinüberging: »Hol du das Geld, ich kümmer mich um das Mädchen.«

Brandy machte noch einen Schritt rückwärts und begann zu schreien, brüllte, so laut sie konnte, um Hilfe.

Jilly erreichte sie mit wenigen Schritten, stieß sie hart gegen die Wand und ohrfeigte sie kräftig. »Hör mit dem Gejaule auf, verstanden? Das wird dir nicht das Geringste nützen. Es is' keiner da, der dir helfen könnte. Bass und Ben Hopkins und die anderen drei Männer an Bord – um die haben wir uns schon gekümmert.«

»O Gott.«

Er grinste, sodass die Lücke zwischen seinen Vorderzähnen sichtbar wurde. Im Licht der Walöllampe glänzte seine Glatze wie ein Leuchtfeuer.

»O ja«, sagte er. »Ja, allerdings. Du hättest keinen Quatsch mit Jilly Sharpe machen sollen, Mädchen. Wer mit dem Stier spielt, muss das Horn in Kauf nehmen.« Er kicherte über seinen eigenen hässlichen Humor, und Brandy wurde richtig schlecht.

Sie sah hinter ihn in dem verzweifelten Versuch, einen Ausweg zu finden, und fuhr heftig zusammen, als sich seine Hand rau auf die Bluse um ihre eine Brust legte. Sie versuchte, sich loszureißen.

Jilly drückte sie wieder an die Wand. »Hast du's gefunden?«, rief er über die Schulter dem dünnen Schwarzhaarigen mit dem Schnurrbart zu, der Marcus' Schreibtisch durchsuchte. Der Mann riss die unterste Schublade auf, hob einen schweren Beutel mit Münzen heraus und grinste.

»Hier ist es, mein Freund, genau, wie du gesagt hast.«

»Ich hab's ja gewusst. Nicht schlecht für ein paar Minuten Arbeit.« Er fing wieder an zu lachen, und da riss Brandy sich los und stürzte zur Tür. Sharpe hatte sie sofort wieder eingeholt, stieß sie zu Boden und zog ihr die Arme schmerzhaft nach hinten.

»Du hattest schon immer Mumm, Mädel.«

Brandy wehrte sich gegen das Seil, das er aus der Tasche zog und um ihre Handgelenke band. Dann fesselte er noch ihre Knöchel und benutzte das Tuch, das um seinen massigen Hals geschlungen war, um sie zu knebeln. Dann riss er sie wieder hoch, bückte sich und warf sie sich über eine seiner breiten Schultern.

Vor lauter Angst und mit dem Knebel zwischen ihren Zähnen wurde ihr Mund ganz trocken. Ihre Lungen zogen sich zusammen, und einen Augenblick lang war es ihr fast unmöglich zu atmen. Als sie daran dachte, was Jilly Sharpe mit ihr vorhatte, hämmerte ihr Herz in wilder Panik gegen ihre Rippen.

Oh, Herr im Himmel – sie hatte ja ein Abenteuer haben wollen, aber sie hätte sich nie vorgestellt, dass es so enden würde! Sie schlug gegen seine massige Schulter, und das Blut strömte ihr in den Kopf. Brandy schloss die Augen und sandte ein inniges Gebet gen Himmel, eines für sich und das andere für die Männer der Mannschaft, mit denen Sharpe irgendetwas gemacht hatte.

Als sie das Deck erreichten, gesellten sich noch drei raue Gesellen zu ihnen – und von der Mannschaft der *Seehabicht* war absolut nichts zu sehen.

»Wie ich sehe, hast du das Weib«, sagte einer von ihnen. »Habt ihr auch das Geld?«

»Ja, haben wir«, sagte Sharpe. Eine seiner großen Hände drückten ihr Hinterteil, und sie fluchte gedämpft einen Fluch, den sie aus dem Weißen Pferd kannte – aber natürlich hörte er sie nicht. »Wir werden uns heute Abend gut amüsieren, Jungs, das verspreche ich Euch.«

Brandys Magen zog sich vor Angst zusammen. Der kalte Schweiß brach ihr auf der Stirn aus, und bei jedem seiner Schritte wurde sie ungemütlich geschüttelt.

Sie brauchten nicht lange, um die Steuerbordseite des Schiffes zu erreichen. Sie sah im Wasser unten das Ruderboot, mit dem sie hergekommen waren.

»Luis – du und Janos geht zuerst nach unten. Dann gebe ich euch das Mädchen runter.«

Einer der großen Matrosen nickte. Ihr fiel auf, dass er nur mit einem Auge sehen konnte. Er griff nach dem Seil, das hinunter zum Boot führte, und wollte gerade anfangen hinunterzuklettern, da ertönte eine laute Stimme, und er erstarrte, den einen Fuß in der Luft über der Reling.

»Bleibt stehen, wo Ihr seid!« Marcus stand vor seinen Männern, seine langen Beine gespreizt, und der Wind zerzauste sein lockiges schwarzes Haar. Das Geräusch vom Entsichern der Pistolen knackte laut in der Nachtluft. »Keiner bewegt sich, wenn er Wert auf sein Leben legt.«

Brandy schloss die Augen. Sie dachte, dass sie in ihrem ganzen Leben noch nie so froh gewesen war, jemanden zu sehen. Jilly Sharpe rückte sie auf seiner Schulter zurecht, setzte sie aber nicht ab.

»Wenn Ihr das Mädchen wollt, solltet Ihr besser die Pistolen weglegen – nicht wahr, Jungs?«

Die anderen vier Männer standen da wie erstarrt, die Hände in der Nähe ihrer Waffen, die in ihrem Hosenbund steckten, aber keiner von ihnen griff danach.

»Setzt das Mädchen ab, Sharpe«, befahl Marcus. »Sonst seid Ihr ein toter Mann.«

»So, das habt Ihr Euch ja ganz klug ausgedacht, Käpt'n, wie? Ihr kommt einfach herbeimarschiert und gebt Befehle, als wenn ich noch einer Eurer Lakaien wäre und brav tun werde, was Ihr sagt. Denkt Ihr wirklich, ich werde sie nach all dem, was Ihr mit mir gemacht habt, einfach abgeben?«

Brandy schaute um Sharpes Schulter herum und sah Marcus' Gesicht und die mörderische Entschlossenheit in seinen Zügen. »Ich sagte, setzt sie ab. Und das werde ich nicht noch einmal sagen.«

Brandy hielt den Atem an. Sie konnte die Anspannung in Jilly Sharpes massigem Körper spüren. Ganz langsam, Zentimeter um Zentimeter, bewegte er sich rückwärts zur Reling. Marcus streckte die Waffe vor, und sechs andere Männer aus der Mannschaft der *Seehabicht* richteten Pistolen auf die anderen Männer in Sharpes Begleitung.

Doch anstatt sich zu fürchten, grinste Jilly Sharpe nur. »Jetzt sag ich Euch, wie es ist, Käpt'n. Wenn Ihr auf mich schießt, geht das Mädchen über Bord. Gefesselt, wie sie ist, geht sie unter wie ein Stein. Sie wird garantiert zu Haifischfutter, und Ihr seid schuld daran.«

Ein eisiger Schauder durchlief sie. Herrgott im Himmel! Zum ersten Mal wurde ihr klar, dass Jilly Sharpe so nah an der Reling stand, dass sie über dem Wasser hing.

»Wenn Ihr das Mädel lebendig wollt, lasst uns hinunter in das Boot steigen und abfahren. Wir nehmen sie mit bis zum Strand – nur zu unserem Schutz – und lassen sie dann frei. Dann könnt Ihr kommen und sie holen, und keinem passiert etwas.«

Brandys Mund war so trocken, dass sie nicht schlucken konnte. Gegenüber, halb hinter Sharpes Schulter, sodass sie sich beinah den Kopf ausrenken musste, um ihn zu sehen, erkannte sie, wie Marcus erbleichte. Er würde doch sicher nicht zulassen, dass sie sie mitnahmen. Sharpe würde sie niemals wieder freilassen – er hatte die Absicht, sie zu bestrafen. Er log. Mein Gott, Marcus wusste doch wohl, dass er sein Wort nicht halten würde! Sie hätte ihn schrecklich gern warnen wollen, aber es war Wahnsinn, sich auch nur zu bewegen.

»Wie wäre es mit einem Handel, Sharpe? Setzt das Mädchen ab, dann lasse ich Euch und Eure Männer gehen. Wenn ich festgestellt habe, dass der Rest meiner Mannschaft unverletzt geblieben ist, könnt Ihr zurück zur Insel rudern, und keiner von uns wird Euch folgen.«

Sharpe starrte Marcus an. Trotzig streichelte er ihr Hinterteil, und sie versuchte, sich ihm zu entwinden, fluchte hinter ihrem Knebel.

»Ihr wollt, dass ich sie absetze, Käpt'n? Also gut – ich lasse sie los.« Seine Schulter machte einen Ruck, und sie hörte Marcus' zornigen Aufschrei. Dann fiel sie. Pistolenschüsse knallten. Ihr Herz wurde von Grauen erfasst. Sie versuchte, noch einmal tief Luft zu holen, bevor sie aufs Wasser auftraf, doch der Knebel hinderte sie daran.

Das kalte Wasser ließ sie zusammenfahren, schmerzte an ihren bloßen Armen, dem Gesicht, der Kehle, dann schloss es sich über ihrem Kopf. O heilige Jungfrau, gefesselt, wie sie war, würde sie ganz sicher ertrinken! Die Panik machte sie wild. Sie riss an ihren Fesseln, bemühte sich, Hände und Füße zu befreien, aber die Seile hielten. Ihre weiten Röcke legten sich um sie, zogen sie hinunter wie ein Anker.

Sie versuchte, sich nach oben zu bewegen, irgendwie die Oberfläche zu erreichen. Ihr langes Haar trieb wie ein schwerer kupferner Vorhang um sie herum und dann aufwärts, als sie weiter in die Tiefe sank. Ihre Lungen brannten. Sie versuchte, noch ein wenig länger den Atem anzuhalten, den Tod so lange wie möglich von sich zu weisen. Ihre Brust brannte. Mein Gott, sie musste atmen!

Sie versuchte, durch das trübe schwarze Wasser zu sehen, betete darum, dass sie jemand retten möge. Wo war Marcus? Versuchte er, sie zu erreichen?

Würde er sich an sie erinnern, wenn sie gestorben war?

Sie versuchte, sich sein Gesicht vorzustellen, aber das Bild wurde trübe und begann zu verblassen. Ihre Lungen fühlten sich an wie heiße Kohlen, die in ihrem Inneren brannten, und sie konnte den Drang zu atmen einfach nicht mehr unterdrücken. Ihre Brust hob sich. Wasser strömte ihr in den Mund.

Sie starb. Genau, wie Jilly Sharpe es gesagt hatte.

Marcus tauchte noch tiefer, zwang sich, über seine Grenzen hinauszugehen, wusste, dass er sein Leben aufs Spiel setzte, dass er womöglich in demselben dunklen Wasser sterben würde wie Brianne. Seine Lungen brannten von dem Verlangen nach Luft, und immer noch schwamm er abwärts in die schwarze Tiefe unter sich.

Er stieß sich mit den Füßen weiter hinab, zog sich mit der Kraft seiner Arme vorwärts und kämpfte sich ins kalte, dunkle Meer hinunter. Vor seinem inneren Auge konnte er sie sehen, dort, gerade außerhalb seiner Reichweite in der tintigen Schwärze. Sie war dort, er wusste es, wenn er sie nur finden könnte.

Seine Hände tasteten wild nach allen Seiten, durchsuchten das Wasser, in seinem Herzen wusste er, dass es schon zu spät war, wusste, dass sie fort war und er sie nicht mehr retten konnte. Die Luft in seinen Lungen brannte wie Feuer. Er musste dringend atmen. Er musste zur Oberfläche zurück. Und doch machte er noch eine letzte, rücksichtlose Anstrengung, stieß sich mit den Füßen weiter, seine Hand schob sich wild durchs Wasser, suchend, tastend, voll verzweifelter Hoffnung …

Da spürte er sie, die seidigen Fäden, von denen er wusste, dass sie ihr Haar waren, griff sich eine Faust voll davon und riss sie zu sich her. Dann stieß er sich mit den Beinen mit aller Kraft nach oben, gelangte weiter aufwärts, voller Entschlossenheit, die Oberfläche zu erreichen, mit einem Gebet an Gott, dass sie beide überleben würden.

Es schien so endlos weit. Zu weit. Er wusste, er würde es nie schaffen. Dann drang das schwache Licht einer Laterne, die jemand an den Rand des Schiffes gehängt hatte, in die trübe Finsternis vor. Das erneuerte seine Kraft, und dann war jemand neben ihm im Wasser, stieß Brianne weiter zur Oberfläche, schob sie beide auf das Licht zu.

Noch ein paar weitere Männer erschienen im Wasser. Hände zerrten sie hoch. Sein Kopf durchdrang die Oberfläche, und süße, kühle Luft drang in seine brennenden Lungen. Brig Butler trieb neben ihm und half, ihn hochzuhalten. Briannes leblose Gestalt wurde schon aus dem Wasser gezogen.

»Schafft Ihr es, Kapitän?«, fragte Brig.

Marcus sah, wie Briannes Körper über die Reling gehoben wurde, und es gelang ihm zu nicken. Mit der Hilfe von ein paar seiner Männer kletterte er die Strickleiter hinauf und schwang sich über die Reling.

Der Anblick, der ihn dort erwartete, war schlimm genug,

um sein Blut fast zu Eis erstarren zu lassen. Drei Männer von Schüssen getroffen und blutend – einer von ihnen aus der Mannschaft der *Seehabicht*. Jilly Sharpe war tot, und ein anderer lag im Sterben, wobei schaumiges Blut aus seinen Lungen drang.

Und Brianne Winters, endlich ihrer Fesseln entledigt, aber bewusstlos, ihr kleiner, lebloser Körper mit dem Kopf nach unten über einem auf die Seite gelegten Fass hängend. Zwei Männer arbeiteten an ihr, drückten auf ihre Schultern, rollten das Fass vor und zurück und kämpften verzweifelt darum, sie wieder ins Leben zurückzuholen.

Es war offensichtlich, dass sie nicht atmete.

Marcus' Herz pochte dumpf, als er zu ihr hinüberstolperte. Sein Inneres war schwer wie Blei, seine Brust schmerzte mit jedem Atemzug, und doch war er entschlossen.

Er hatte sie den Fängen des Todes gerade noch mal entrissen – er weigerte sich, sie jetzt sterben zu lassen.

Er trat hinter sie, und die anderen Männer gingen ihm aus dem Weg, die Augen niedergeschlagen, eine Spur von Tränen auf der Wange des einen.

Marcus achtete nicht weiter auf sie, überlegte sich nicht, was diese Tränen bedeuten mochten. Sie würde nicht sterben. Er würde es nicht zulassen. Er kniete sich hin und begann zu arbeiten, presste seine Hände auf ihren Rücken, rollte das Fass hin und her, versuchte, Luft in ihre Lungen zu zwingen. Sie wussten es einfach nicht besser. Manchmal funktionierte es. Meistens nicht.

»Brianne, kannst du mich hören?« Seine Worte klangen krächzend und rau. »Wage es bloß nicht zu sterben, hörst du? Ich bin der Kapitän dieses Schiffes, und das ist ein Befehl. Verdammt noch mal – atme!«

Er drückte mit seiner ganzen Kraft nieder, wünschte mit aller Energie, dass sie ihre Lungen mit Luft füllen sollte, aber ihr Körper blieb leblos und ohne Reaktion.

»Atme, verdammt noch mal!« Er drückte weiter, seine Eingeweide verknoteten sich voll elender Angst, während er sie auf dem Fass hin- und herrollte. »Du wirst leben, verflucht! Tu, was ich sage!« Er drückte noch einmal mit aller Kraft, und zum ersten Mal, seit er sie kannte, gehorchte ihm Brianne tatsächlich. Sie spuckte einen dicken Strahl Wasser aus und begann zu atmen. Marcus schloss die Augen, spürte ein seltsam scharfes Stechen und erlaubte der süßen Erleichterung, ihn warm zu durchströmen. Endlich atmete sie. Brianne würde leben.

Sobald sie aufgehört hatte zu husten und wieder ruhig atmete, drehte er sie auf dem Fass um, beugte sich vor und hob sie in seine Arme. Ihren Kopf an seine Schulter gelehnt, machte er sich auf den Weg in seine Kajüte.

Er hatte gerade die Leiter erreicht, da trat ihm Hamish in den Weg. »Wie geht es dem Mädel?«

»Halb ertrunken, aber sie wird es überstehen. Was ist mit den Männern?«

Hamish schüttelte den Kopf. »Die Schufte sind über die Seite heraufgeklettert und haben die Wächter einen nach dem anderen niedergeschlagen. Wir haben sie nicht einmal kommen hören.«

»Geht's dir gut?«

Er rieb sich den Hinterkopf. »Verdammte Beule von der Größe eines Eis, die ich hier hab. Tut teuflisch weh. Bei den Halsabschneidern kann ich froh sein, dass ich noch am Leben bin.«

»Was ist mit den anderen?«

»Ein paar Kratzer und blaue Flecken, ein paar üble Beulen, aber keine tödlich. Sie haben alle wirklich gut gekämpft, aber keiner war Jilly Sharpe und seiner Bande gewachsen.«

»Ihr habt euer Bestes getan. Einer von unseren Männern hat eine Kugel in die Schulter bekommen. Cyrus kümmert sich um ihn.«

»Was sollen wir mit Sharpes Männern machen?«

In Marcus' Wange zuckte ein Muskel. »Setzt sie alle an Land ab. Sobald ihr damit fertig seid, setzt die Segel und lasst uns sehen, dass wir wegkommen. Ich habe die Nase gestrichen voll von Spanish Keys.«

Hamish nickte, und seine grauen Augenbrauen waren zusammengezogen. »Ich hatte gehofft, dass Ihr das sagen würdet, Käpt'n.«

Marcus ging wieder in Richtung Leiter. Er spürte, wie Brandy sich bewegte, hielt sie noch etwas fester und trug sie hinunter und den Gang entlang. Ihr Kopf lag an seiner Schulter, und er dachte, wie klein sie sich anfühlte – und wie nah daran er gewesen war, sie zu verlieren.

Ein Bild von Jilly Sharpe erschien vor seinem inneren Auge, den Kopf zur Seite gesunken in einer langsam wachsenden Blutlache. Er bedauerte nicht einen Augenblick, dass er den Abzug gedrückt hatte.

Marcus öffnete die Tür zu seiner Kajüte und trat ein. Ein Stuhl war umgekippt, Papiere und Bücher auf dem ganzen Boden verstreut. Die Zeichen von Briannes Kampf waren deutlich zu sehen, und Marcus war erleichtert.

Er spürte wieder, wie sie sich regte und ihr Körper in seinen Armen zu zittern begann. Ihre Augenlider waren schwer, aber geöffnet, und sie sah zu ihm auf. Er stellte sie vorsichtig auf ihre Füße, lehnte sie an seine Seite und begann, ihr die aufgeweichten Kleider auszuziehen.

»Marcus?«

Er machte sich nicht die Mühe innezuhalten. Ihre Haut fühlte sich eiskalt an, und ihre Bewegungen waren steif und ruckartig. »Ich bin hier, Liebes. Wir werden dich wieder anwärmen und aus diesen nassen Sachen herausholen.« Er zog ihr die Schuhe und Strümpfe aus, öffnete die Haken am Bund ihres Rockes und dem einfachen weißen Unterrock und schob sie über ihre Hüften hinunter.

»Du hast mir das Leben gerettet«, sagte sie leise und richtete ihre Aufmerksamkeit auf sein Gesicht. »Ich wäre gestorben. Ich konnte dich nicht sehen, aber irgendwie wusste ich, dass du irgendwo im Wasser warst. Ich glaubte nicht, dass du mich erreichen würdest, aber du hast es doch geschafft.«

Er schlang seine Arme um sie und drückte sie fest an seine Brust. »Ich wollte dich nicht sterben lassen. Ich bin der Kapitän des Schiffes. Es war meine Pflicht, dich zu beschützen.« Er lächelte auf ihr noch feuchtes Haar hinunter. »Abgesehen davon hast du New Providence noch nicht gesehen.«

Brianne sah zu ihm auf, warf ihm ein weiches, dankbares Lächeln zu, und Marcus musste sich dazu zwingen, sie loszulassen. Er machte sich finster entschlossen wieder an die Arbeit, löste die Schleifen an ihrer Baumwollbluse und begann, sie ihr von den Schultern zu schieben. Brandy griff nach seinen Fingern, eine wortlose Frage.

»Es ist schon gut. Ich habe schon öfter nackte Frauen gesehen. Ich will dir nur helfen.«

Sie schwankte ein wenig und begann, nur noch mehr zu zittern. Sie wandte den Blick ab, ihre Wangen röteten sich leicht, dann nickte sie, und er schob die nasse Bluse von ihren Schultern. Es blieb ihr nichts als das Unterkleid. Marcus zog es ihr mit ruhigen Bewegungen aus, versuchte, ihre Brüste nicht anzustarren und nicht zu bemerken, wie voll und mit rosa Spitzen und wunderschön sie waren. Er kämpfte gegen die Verlockung ihrer feuchten Löckchen an, die wie Feuer leuchteten, wo sich ihre Schenkel trafen.

Er zwang sich, den Blick abzuwenden, und hob sie in seine Arme, zog die Decke zurück und legte sie darunter. Dann drehte er sich um, entfernte sich vom Bett und begann, seine eigenen nassen Kleider auszuziehen – alle außer seinen Stiefeln, die er im Wasser abgestreift hatte, als sie begannen, zu schwer zu werden.

»Marcus?«

Er blieb mit dem Rücken zu ihr, griff nach dem Morgenmantel und drehte sich dann zu ihr um. »Was ist, Liebes?«

»Ich habe mich gefragt, ob ...« Sie holte unsicher Luft und sah ihn dann wieder an. »Jedes Mal, wenn ich die Augen zumache, sehe ich ihn noch vor mir. Ich höre ihn lachen, während mich das Wasser hinunterzieht. Ich will nicht an ihn denken. Ich will mich nie wieder an ihn erinnern. Kannst du mich nicht in die Arme nehmen, Marcus? Bitte?«

Er wusste, dass er das nicht tun sollte. Er konnte sich selbst nicht trauen, was sie betraf. Aber sie sah so verloren und verletzlich aus und klang so angstvoll.

Und sie wäre beinah gestorben.

Marcus setzte sich an den Rand des Bettes und griff nach ihr, zog sie in seine Arme. Sie fühlte sich so klein an, wie sie sich an ihn kuschelte, so klein – und doch konnte er ihre weiblichen Rundungen spüren. Die Decke rutschte hinunter bis zu ihrer Taille. Das Gefühl ihres nackten Busens, der sich an seine Brust drückte, ließ seine Männlichkeit zusehends hart werden und sich erheben unter der weichen, glatten Seide seines marineblauen Morgenmantels.

Verdammt, wie sehr er sie begehrte. Jetzt, wo er wusste, wie knapp er daran gewesen war, sie ganz zu verlieren, begehrte er sie nur noch mehr. Er musste sich von ihr lösen, bevor es zu spät war.

Und doch konnte er sich einfach nicht entschließen zu gehen.

9

Brandy hing an Marcus' Hals. Er roch nach Meerwasser, sein schwarzes, lockiges Haar fühlte sich glatt und feucht an.

Wenn sie die Augen schloss, konnte sie sich erinnern, wie er halb nackt dagestanden hatte, den Rücken ihr zugewandt, und wie seine harten Muskeln sich unter seiner von der Sonne gebräunten Haut bewegten. Sie konnte sein festes, rundes Hinterteil sehen, als er seine nassen Kniehosen ausgezogen hatte.

Herr im Himmel, wie schön er war, so dunkel und stark, so unglaublich männlich. Selbst die Narben, die sie gesehen hatte, eine am Oberschenkel und eine quer über seiner Hüfte, konnten die Vollendung seines Körpers nicht beeinträchtigen.

Es hatte sie so danach verlangt, die Arme auszustrecken und ihn zu berühren, sich von ihm in den Armen halten zu lassen wie jetzt. Ihre Finger glitten über die blaue Seide seines Morgenmantels, strichen die Aufschläge glatt, spürten, wie sich seine Muskeln anspannten. Umrahmt von dem V-Ausschnitt, sah sie das dichte schwarze Haar auf seiner Brust. Selbst durch die Seide hindurch spürte sie es ein wenig an ihren Brustwarzen reiben.

Ein weiches Verlangen stieg in ihr auf, Hitze strömte durch ihre Glieder, sank tiefer, bis tief in ihren Bauch. Was würde er tun, wenn sie in den Morgenmantel griff und ihn berührte, dem Verlauf der harten Muskeln auf seiner Brust folgte? Was würde er tun, wenn sie den Kopf drehte und ihren Mund an den schnellen Puls drückte, der am Ansatz seines Halses schlug?

Seine Hände strichen sanft über ihren Rücken, eine tröstende Berührung, die sie beruhigen sollte. Sie bemerkte, dass die Decke heruntergerutscht war, sodass ihre Haut unter seinen Händen nackt war. Wo immer er sie berührte, bekam sie eine Gänsehaut. Ihr Herz raste, pochte einen wilden Trommelwirbel, und plötzlich fiel es ihr schwer zu atmen, beinah wie unter Wasser.

»Brianne?« Er hob ihr Kinn an, und sie schaute in jene durchdringenden tiefblauen Augen. »Wenn ich jetzt nicht gehe, werde ich es bald nicht mehr tun können.«

Sie befeuchtete ihre Lippen, spürte, wie sie bebten. »Bitte geh nicht. Ich möchte, dass du hier bei mir bleibst.«

Sein dunkler Blick durchbohrte sie. »Weißt du, was du da sagst? Weißt du, was geschehen wird, wenn ich bleibe?«

Sie schluckte, rang ihre Nervosität nieder. Sie wusste genau, was geschehen würde, wenn er blieb, und es war genau das, was sie wollte. »Ich weiß.«

Ein tiefes Geräusch drang aus seiner Kehle. Sein Mund drückte sich fest auf den ihren, nicht weich und süß, sondern heiß und erobernd, sodass seine Absichten ganz deutlich wurden. Es war ein tiefer, beinah wilder Kuss der heftigen Eroberung. Er atmete schwer, und sein Blick war brennend heiß, als er sich schließlich losriss.

»Bist du sicher, dass es dies ist, was du willst? Du kennst das Leben, das ich führe. Du weißt, dass aus einer solchen Beziehung nie etwas werden kann. Wir haben keine Zukunft – nichts als diese paar Tage gemeinsam.«

»Ich weiß. Und es ist mir egal. Liebe mich, Marcus. Zeig mir, wie es ist, eine Frau zu sein.«

Seine Arme schlossen sich fester um sie. Er küsste sie noch einmal, diesmal zärtlicher, kostete sie tief und eindringlich, strich mit seinen Lippen über die ihren, passte ihre beiden Münder genau übereinander. Mit großem Geschick lockten und streichelten sie seine Lippen, und seine Küsse wurden weich, suchend, wild verführerisch. Er nahm sie mit seiner Zunge, und sie fühlte sich, als fiele sie vom Rand eines Kais. Es war ihr wieder schwindlig, und ihr Herz pochte wild in ihren Ohren.

»Marcus …« Sie küsste ihn mit derselben heißen Dringlichkeit, ihre Zunge berührte die seine, zuerst zögerlich, dann mit mehr und mehr Zutrauen.

Marcus stöhnte, und die Decke glitt aus seinen Händen. Er zog den Morgenmantel aus, und die dunkelblaue Seide rutschte vom Bett, lag als vergessenes Häufchen auf dem Boden. Er küsste sie, umfasste ihre Brüste, zupfte die Brustwarzen mit den Fingern zu festen Knospen. Sein Daumen fühlte sich rau an auf den Spitzen, die zu pochen und in seiner Hand zu schwellen schienen. Er senkte den Kopf und nahm die schwere Fülle in den Mund.

Ein Geräusch entrang sich Brandys Kehle, ein weiches, eindringliches Wimmern. Sengende Hitze erfüllte sie. Ein glühendes Feuer durchdrang ihr Blut. Harte Hände streichelten ihren Körper, glitten über ihre Haut, über Brüste und Bauch, neckend und zärtlich, strichen über die Vertiefungen an ihrem Rückgrat und hinauf zur Rundung ihrer Hüften. Er legte sie sanft zurück, drückte sie hinab in die Federmatratze, und sie spürte seine Härte, seine heiße, feste Männlichkeit in ihrer ganzen pulsierenden Fülle, die größer war, als sie sich vorgestellt hatte.

Marcus küsste sie noch einmal, mit wilden, brennenden Küssen, die das Drängen in ihren Brustwarzen verstärkten und zwischen ihren Beinen ein Pochen und Glühen hervorriefen. Sein dunkler Kopf bewegte sich abwärts. Er leckte mit der Zunge über ihre Brustwarze, umrundete die Spitze und saugte dann die runde Fülle in den Mund. Brandy bog sich ihm entgegen angesichts der strömenden Hitze, die sie erfüllte, und des Genusses, der ihre Glieder schwer machte. Ihre Finger gruben sich in seine Schultern. Harte Muskeln spannten sich an, und sie drückte ihre Lippen auf seine heiße, dunkle Haut.

Er streichelte sie mit den Händen und den Lippen, seine Finger bewegten sich über ihren Körper abwärts, hielten einen Moment an ihrem Nabel inne, wanderten weiter abwärts. Sie tasteten sanft durch das Dreieck aus kupferfarbenen Löckchen darunter, schoben dann ihre Beine auseinander, glitten zwischen ihre feuchten Falten, und ein langer dunkler Finger schob sich in sie.

Brandy stöhnte, und ihr Körper hob sich seiner Hand entgegen.

Einen Moment lang hielt er inne. »Hab keine Angst, ich werde dir nicht wehtun.«

»Ich habe keine … Angst.«

Mit sanfter Zärtlichkeit streichelte er sie, erst ganz leicht, dann tiefer. Süßer, wilder Genuss durchströmte sie, sodass sie vor Verlangen schauderte. Er prüfte, wie feucht sie war, dehnte sie, bereitete sie vor, ihn aufzunehmen.

»Du bist bereit für mich«, flüsterte er und küsste die Seite ihres Halses. »Du zitterst am ganzen Körper. Du willst mich in dir aufnehmen.«

Sie wollte irgendetwas, was auch immer es sein mochte, um dieses süße Drängen zu befriedigen, das sie nicht recht verstehen konnte. »Ja … o Gott, ja, Marcus, bitte.«

Er hob sich in einer einzigen Bewegung über sie, sein Blick war dunkel und durchdringend. Die Flächen seines Gesichts wirkten im Mondlicht herb, das durch die Bullaugen über seinem Bett hereindrang. Seine Nasenflügel blähten sich, und ein Ausdruck von brennendem Begehren trat auf sein Gesicht.

»Du gehörst mir«, sagte er. »Du hast schon immer mir gehört.« Und dann nahm er sie, drang tief und hart in sie ein. Brandy schrie auf, als ein scharfer Schmerz sie durchdrang, und Marcus hielt inne.

Sie konnte spüren, wie er bebte, welche Spannung seinen langen, schlanken Körper erfüllte, während er sich bemühte, die Beherrschung zu wahren. Seine Hand legte sich an ihre Wange. »Es tut mir Leid. Ich habe versucht, langsam vorzugehen, aber ich … Geht es dir gut?«

Sie lächelte unsicher, ihr Körper war so seltsam gedehnt und erfüllt. Da war noch ein kleiner Schmerz, doch auch das Verlangen. »Ich glaube schon.«

Er begann, sich zu bewegen, erst langsam, prüfend, bis er sicher war, dass es ihr wirklich gut ging. Der Schmerz ließ nach, die Hitze kam zurück, schimmerte auf ihrer Haut, zog ihre Brustwarzen zusammen, und die Muskeln ihres Bauches spannten sich an. Jetzt wurde er schneller, drang fester und tiefer ein.

»Ich will dich«, sagte er und biss die Zähne zusammen. »Mein Gott, ich muss dich haben.«

Unwillkürlich öffnete sie ihre Beine weiter und nahm ihn noch tiefer in sich auf. Sie fühlte sich von ihm erfüllt. Mit den Händen umklammerte sie seine Schultern und drängte ihre Hüften den seinen entgegen, hob sich mit jedem seiner Stöße ein wenig hoch. Marcus stieß wieder und wieder in sie, und bei jedem seiner drängenden Stöße zog sich etwas in ihrem Innern zusammen.

Sie klammerte sich an einen Abgrund, hielt sich ganz fest und hatte Angst, sich fallen zu lassen, und doch wollte sie nichts lieber als das.

»Lass es zu«, lockte er sie sanft. »Gib dich deinen Gefühlen hin. Tu es für mich.«

Etwas Wildes riss sich in ihrem Inneren los, vibrierte für einen Moment lang und überrollte sie dann in tiefen, durchdringenden Wellen. Sie ertrank wieder, ging unter in Hitze und unglaublichem Genuss. Sie schrie auf, als die süße Flut sie überspülte, die eine erstaunliche Kraft hatte, wild und roh, anders als alles, was sie je gekannt hatte.

»Marcus!«, rief sie, doch er schien sie nicht zu hören. Sein Körper versteifte sich, seine Zähne schienen zusammengebissen, er hatte den Kopf in den Nacken geworfen, wo sein schwarzes Haar weiche Wellen bildete. Er stieß noch ein paarmal tief in sie und hielt dann inne, während er ebenfalls zum Höhepunkt kam.

Ein paar Sekunden vergingen, bevor er auf sie herabsank und seinen dunklen Kopf neben ihre Wange legte.

Sie lag unter ihm und fühlte sich matt und von süßer Zufriedenheit erfüllt, ihr Körper leicht wund, aber immer noch lustvoll kribbelnd. Jetzt war sie wirklich eine Frau, dachte sie, kein Mädchen mehr. Sie hatte sich Marcus Delaine hingegeben, voll und ganz. Und sie war froh darüber.

Die Wahrheit war, dass sie ihn liebte. Sie konnte sich nicht daran erinnern, ihn je nicht geliebt zu haben. Sie wusste, dass sie ihn immer lieben würde. Sie versuchte, nicht daran zu denken, wie ihr Leben sein würde, wenn er sie nach Hause gebracht hatte. Der Gedanke machte sie traurig, und in diesem Augenblick wollte sie nicht traurig sein.

Er hob sich von ihr zur Seite, drückte sie eng an sich und zog die Decke über sie beide. »Es tut mir Leid, wenn ich dir wehgetan habe. Aber beim ersten Mal geht es nicht anders.«

Sie kuschelte sich enger an seine Schulter. »Mir geht's gut. Danke, Marcus.«

Er hob eine glatte schwarze Augenbraue. »Wofür?«

»Dass du mich endlich zur Frau gemacht hast. Ich dachte, ich wäre früher schon eine gewesen, aber das war ein Irrtum. Ich war bis jetzt keine Frau, erst jetzt bin ich dazu geworden.«

Er hob seine Hand zu ihrem Gesicht und strich ihr das Haar zurück. Es lockte sich feucht um seine Finger. »Du bist eine Frau, Brianne. Zweifle nie daran. Ich kann dir versichern, dass ich es von heute an auch nie wieder tun werde.«

Eine neue Art von Genuss durchströmte sie süß und warm. Sie drückte ihre Wange an seine Schulter, spürte seine Hitze und unglaubliche Kraft. Ihre Augen richteten sich auf die Fülle lockigen schwarzen Haars auf seiner Brust. Sie strich mit einem Finger über die harten Erhebungen und Vertiefungen, umkreiste eine flache kupferbraune Brustwarze und spürte, wie ein leichter Schauder durch seine schlanke Gestalt ging.

»Jetzt, wo ich eine Frau bin«, sagte sie mit neu gewonnenem Selbstvertrauen, »glaube ich, dass ich gern mehr über die Männer erfahren möchte. Ich möchte dich sehen, Marcus, ganz.«

Wieder hob er eine Augenbraue. Dann lachte er leise, und es klang wie ein Grollen. Er zog die Decke zurück und ließ es zu, dass sie ihn genau untersuchte, die glatte Ebene unter seinen Rippen betrachtete, die Linie von schwarzem Haar, die abwärts zog und um die schwere Fülle seiner Männlichkeit wieder breiter wurde. Sie lag weich in einem Nest von feuchten schwarzen Locken, doch in dem Augenblick, als Brandy die Hand danach ausstreckte, begann sie sofort größer zu werden.

Brandy zog erschreckt ihre Hand zurück, und Marcus lachte noch einmal leise.

»Das Problem, eine Frau zu sein«, sagte er mit seiner vollen Stimme, »ist die Wirkung, die das auf einen Mann hat. Besonders auf diesen Mann.« Er zog sie unter sich, rollte sich auf sie und drückte sie in die weiche Matratze. Brandy schnappte nach Luft, als sein Penis in sie hineinglitt. »Du hast noch eine ganze Menge zu lernen, Süßes.« Er hauchte weiche Küsse neben ihren Mund. »Die Nacht ist noch jung. Wenn dir auch danach zumute ist, könnten wir vielleicht deine Ausbildung weiter fortsetzen.«

Die heißen Empfindungen setzten fast sofort ein, ein zartes kleines Pulsieren, das in ihrem Inneren pochte. »Ja ...«, hauchte sie, und begann dabei schon, sich ihm entgegenzuheben. »Ja, das könnten wir wirklich tun.« Sie legte ihre Arme um seinen Hals und küsste ihn. Wie Marcus schon gesagt hatte, die Nacht war noch jung. Es würden noch Stunden bis zum Morgen vergehen.

Morgen, dachte sie mit einem plötzlichen Schreck. Morgen würde sie die Konsequenzen für das tragen müssen, was sie getan hatte. Brandy schauderte bei dem Gedanken. Sie gab sich Marcus' Küssen hin und wünschte, der Morgen möge niemals kommen.

10

Palmer Reese arbeitete an den Rechnungsbüchern, die offen auf seinem breiten Mahagonischreibtisch lagen. Neben dem einen schweren, ledergebundenen Band stand ein teures kristallenes Tintenfass nebst passendem Sandstreuer und einem mit Silber beschlagenen Federhalter aus Schildpatt mit einer schneeweißen Straußenfeder darauf.

Eine waldgrüne lederne Löschunterlage schützte die polierte Oberfläche des Schreibtisches, und in einem kleinen ovalen Rahmen zeigte eine zarte Elfenbeinschnitzerei seinen wertvollsten Besitz, das Flaggschiff seiner Schifffahrtslinie, die *Fairwind*.

Bis auf diese Dinge war sein Schreibtisch leer und zu einem matten Glänzen poliert, auf dem jedes Stück genau an seinem Platz stand, wie überhaupt jeder Gegenstand in seinem makellos sauberen, sorgsam gepflegten Büro und Warenhaus auf dem Themse-Ufer gegenüber den Londoner Docks.

Palmer sah aus dem Fenster hinaus zu der Reihe von Schiffen, die unten am Kai lagen. Einen Moment lang sah er nur sein Spiegelbild, einen Mann mit welligem dunkelbraunem Haar und attraktivem Gesicht, ein gut gebauter Mann, obwohl er in den letzten paar Jahren bei all dem Geld, das er verdient, und den teuren Speisen und Getränken, die er sich geleistet hatte, ein wenig füllig geworden war.

Schließlich durchdrang sein Blick das Glas, und er sah die Schiffe deutlich. Die *Fairwind* war noch auf hoher See, aber die *Windsong* lag im Hafen, und ihre Laderäume wurden gerade für die nächste Fahrt gefüllt. Unglücklicherweise würden diese Laderäume, wenn sie schließlich losfuhr, längst nicht so voll sein, wie sie es sein sollten. Sie hatten den Vertrag mit »Savannah Trading« für den Transport von Baumwolle und Reis verloren, ein Vertrag, den er jahrelang gehabt hatte.

Ein Muskel zuckte in seiner Wange. Er brauchte diesen Vertrag – er hatte ihn verdient. Aber stattdessen war er an die Hawksmoor Schifffahrtsgesellschaft gegangen, und noch mehr von seinem Profit versickerte – und das alles wegen Marcus Delaine.

Palmer knurrte. Der Graf von Hawksmoor und sein verdammter adliger Stammbaum. Palmer kochte das Blut, wenn er nur daran dachte. Nur weil der Mann einen Titel und Reichtum geerbt hatte, war er nicht besser als jemand anderes oder verdiente den Transportvertrag, um den sich Palmer so bemüht hatte.

Die Tatsache, dass er beim Abwickeln des Vertrages ein paar Probleme gehabt hatte, hätte nicht von Bedeutung sein dürfen. Ein paar kleine Verspätungen, ein paar verlorene Fässer und Kisten. Jeder Transporteur hatte dann und wann ein paar kleine Schwierigkeiten. Er lächelte grimmig. Selbst Marcus Delaine.

Es klopfte an der Tür. »Herein!«, rief er und sah Stuart Washburn eintreten, den Vizepräsidenten von Reese Enterprises.

»Ich habe Neuigkeiten, von denen ich dachte, dass Ihr sie gern hören würdet.« Stuart war ein dünner Mann, hoch gewachsen, mit scharfen, spitzen Zügen und leicht gelblicher Haut.

Palmer hob eine Augenbraue. »Und was sind das für Neuigkeiten?«

»Die *Peregrine* ist gerade ganz langsam eingelaufen.« Er lächelte, wobei sich seine dünnen Lippen kaum hoben. »Sieht aus, als hätte sie Probleme mit dem Anker gehabt – irgendwie ist er an der falschen Stelle zu Wasser gegangen, was ich gehört habe. Das hat ihr wohl eine Menge Schwierigkeiten bereitet.«

Palmers Lippen hoben sich auch. »Wie bedauerlich.«

»Ja, nicht wahr? Offensichtlich ist sie mit der gesamten Ladung zurückgekommen.«

»Da werden die Unternehmen ja sehr unzufrieden sein.«

»Ich bin sicher, dass wir sie bis hierher schreien hören werden.«

»Vielleicht sollten wir ihnen anbieten, dass wir aushelfen können und einen Teil der Waren übernehmen, damit wenigstens einiges davon rechtzeitig ankommt.«

Stuart legte einen Stapel von Papieren, die er mitgebracht hatte, auf Palmers Schreibtisch. »Genau das hatte ich auch gedacht. Sie brauchen Hilfe, und wir sind genau die Richtigen, um ihnen auszuhelfen. Ich werde mich selbst um die Sache kümmern.«

Palmer sagte nichts weiter, Stuart auch nicht, aber sie beide hatten ein zufriedenes Lächeln im Gesicht.

Hamish Bass betrachtete seinen Freund, der an der Reling lehnte. Das Kinn des Kapitäns wirkte hart, sein Blick eindringlich. Eine steife Brise zerzauste sein Haar. Der Kapitän bemerkte es nicht. Er war mit den Gedanken weit weg, und Hamish nahm an, dass er ziemlich genau wusste, an was er dachte.

»Guten Morgen, Käpt'n.«

Er sah auf, denn erst jetzt hatte er bemerkt, dass der Erste Maat da war. »Guten Morgen, mein Freund.«

»Ihr seht so aus wie ein Mann, der mit den Gedanken ganz woanders ist. Ich nehme an, bei dem Mädel, stimmt's?«

»Ja, ganz richtig.«

»Ihr habt sie mit in Euer Bett genommen.« Marcus runzelte die Stirn, aber Hamish achtete nicht weiter darauf. »Ich kenne Euch schon zu lange und zu gut, Junge. Ich weiß, dass Ihr das eigentlich nicht vorhattet. Aber ich glaube auch, dass es schon so bestimmt war, bevor es je geschehen ist.«

Marcus antwortete nicht, sondern fuhr sich nur mit der Hand durch sein schwarzes, windzerzaustes Haar.

»Und jetzt ... wo Ihr sie bekommen habt, hat Euer Verlangen nach ihr nachgelassen? Könnt Ihr sie jetzt einfach beiseite tun und in Ruhe lassen?«

Ein Muskel zuckte in der Wange des Kapitäns. »Ich dachte, ich könnte es vielleicht. Aber in Wahrheit begehre ich sie jetzt mehr denn je.« Er seufzte, und das Geräusch verlor sich im Wind. »Ich war immer ein Mann des Maßes, Hamish, selbst was Frauen betrifft. Ich nahm dann eine mit in mein Bett, wenn mich danach verlangte. Aber ich kann mich nicht daran erinnern, je eine derart unkontrollierbare Lust verspürt zu haben.«

Hamish nickte weise. »Ich würde wetten, das kommt von dem Feuer in ihr. Sie hat eine große Leidenschaft fürs Leben – wie ein heißes Feuer, scheint es, das ganz tief in ihr brennt. Ein solches Feuer in einer Frau geht einem Mann ins Blut.«

Marcus' Finger gruben sich in die Reling. »Die Sache gefällt mir nicht, das sage ich dir. Sie gefällt mir ganz und gar nicht.«

»Ihr werdet sie ja schon bald wieder nach Hause bringen. Behaltet nur den Verstand bis dahin, dann wird alles gut gehen.«

Der Kapitän lächelte ihn flüchtig an. »Wie kommt es, dass du so viel von Frauen verstehst, Hamish?«

»Fünfzig Jahre versuche ich nun schon, ihnen nicht in die Fänge zu gehen. Da lernt ein Mann, wie man vorsichtig ist und wo die wirklichen Gefahren liegen. Bleibt dem Feuer fern, Junge. Sonst kann es gut sein, dass Ihr Euch am Ende verbrennt.«

Hamish klemmte sich das Mundstück seiner Pfeife zwischen die Zähne und ging davon, dachte dabei an seinen Freund und an das Mädchen, das der Kapitän mit in sein Bett genommen hatte. Ein solches Mädel – die war eine Gefahr für jeden Mann.

Hamish fragte sich, ob er selbst, wenn ihm im Alter des Kapitäns eine solche Frau begegnet wäre, weiterhin so viele Jahre davongelaufen wäre.

Brandy sah Marcus den ganzen nächsten Tag lang nicht. Am Abend war sie sicher, dass er kommen und sie in sein Bett mitnehmen würde, damit sie sich wild und leidenschaftlich lieben konnten, doch als er zurückkehrte, war es so spät, dass sie schon schlief.

In den folgenden Tagen ging es ähnlich weiter, nur ein paar

schlichte Worte, bevor er morgens hinauf auf Deck ging. Dann horchte sie nach seinen Schritten im Dunkeln, wenn er spät abends in seine Kajüte zurückkehrte und allein in seinem großen Bett einschlief.

Irgendetwas stimmte nicht, das wusste sie, aber sie war sich nicht sicher, was. Selbst als sie New Providence erreichten und er mit ihr wie versprochen an Land ging, blieb er ihr sorgsam fern. Brandy machte sich Sorgen, weil sie nicht sicher war, was sie getan haben könnte, um ihm zu missfallen. Sie wollte ihn eigentlich fragen, traute sich aber nicht.

Glücklicherweise war es einfach unmöglich, den Tag nicht zu genießen, mit einer strahlenden goldenen Sonne am unglaublich klaren blauen Himmel, und mit ebenso klarem blauem Wasser an wunderschönen weißen Sandstränden, gebadet in warme Frühlingslüfte. Schließlich begann sogar Marcus, sich zu entspannen, während er ihre Freude mit einem sanften, nachgiebigen Lächeln betrachtete, bei der Fahrt mit der kleinen schwarzen offenen Kutsche, die er für den Tag gemietet hatte, um sie auf der Insel spazieren zu fahren.

Die Stadt selbst war klein und altmodisch. Die meisten der Häuser waren in georgianischem Stil und mit Stein oder Holz gebaut. Viele hatten Satteldächer mit hübschen offenen Veranden davor und Fenstern mit Holzläden.

Außerhalb der kleinen Stadt waren einige der Häuser strohgedeckt, aber Marcus erklärte, dass wegen der Feuergefahr niemand mehr die Erlaubnis bekam, in der Stadt selbst solche Materialien zu verwenden. Früher am Tag hatten sie die Kutsche in der Stadtmitte abgestellt und waren über den Platz in der Nähe der Werft spaziert. Auf der Bay Street, der Hauptstraße der Stadt, wurden gerade eindrucksvolle öffentliche Gebäude errichtet, und Händler hatten entlang des Bürgersteigs gegenüber der Bootsanlegestelle ihre Stände aufgebaut.

»Es ist wirklich reizend hier, Marcus, und trotzdem gibt es dieses aufregende Summen von Geschäftigkeit.«

Sein Blick folgte den Arbeitern, die an einer der Baustellen hämmerten. »Ich habe Nassau immer gern gemocht. Seit sechs Jahren bringe ich immer wieder Waren hierher und bin der Stadt immer noch nicht überdrüssig.«

Sie gingen an einer Reihe von Händlern entlang. Im Innern der Stände verkaufte man Gemüse und Früchte, Muscheln und Fisch. Brandy rümpfte die Nase bei den eindringlichen Düften, während ihr Blick gleichzeitig mit unverhohlener Spannung von einem Stand zum nächsten wanderte.

Sie gingen zwischen den Reihen von Ständen entlang: Strohweber, Muschelhändler, Holzschnitzer. An einem der Stände blieb sie stehen, denn ihr Interesse wurde von den ausgelegten, leuchtend bunt bestickten Schultertüchern geweckt. Lächelnd legte ihr Marcus ein Tuch aus waldgrüner Seide um die Schultern, dessen zarte Fransen bis über ihre Taille hingen.

»Gefällt dir dieses hier?«

»Es ist wunderschön.«

Er lächelte. »Dann gehört es dir.«

»Meinst – meinst du wirklich?« Ihre Finger zitterten, als sie den reich bestickten Stoff glatt strich. »Das ist doch bestimmt sehr teuer.«

»Es ist nur ein kleines Geschenk, Brianne. Ich würde mich freuen, wenn du es annähmest.«

Das tat sie mit echter Freude. »Es ist wirklich schön, Marcus. Ich habe noch nie etwas besessen, das auch nur annähernd so schön war.«

Sein Lächeln verlosch und wurde durch ein Stirnrunzeln ersetzt. Er streckte die Hand aus und hob sanft ihr Kinn. »Du solltest viele schöne Dinge haben. Vielleicht wirst du das auch eines Tages.«

Brandy wandte den Blick ab. »Vor allem möchte ich neue Plätze sehen, etwas über das Leben erfahren, so wie heute.«

Sie wanderten weiter die Straße entlang, an einem Gebäude vorbei, das Vendue House hieß, einem offenen Haus mit Arkaden, wo eine Auktion veranstaltet wurde. Sie sah, dass es Sklaven waren, und unwillkürlich schauderte sie. Männer und Frauen mit schwarzer Haut wurden nach vorn geschoben, die dunklen Köpfe gesenkt, mit hängenden Schultern, als trügen sie das Gewicht der ganzen Welt.

»Ich hatte nicht gewusst, dass Engländer auch Sklaven haben«, sagte sie.

»Nur in einigen der Kolonien.«

»Ich glaube, ich dürfte dies eigentlich nicht sagen, da ich aus dem Süden komme, aber ich fand es nie gut, wenn ein Mensch einen anderen besitzt.« Dass ein Mensch den anderen seinem Willen unterwirft, dachte sie. Das kam dem Leben, das sie im Wirtshaus Weißes Pferd führte, viel zu nah.

»Ich bin auch nicht dieser Meinung, doch im Augenblick scheint das Leben einfach so zu sein.«

Brandy sagte nichts weiter. Es war ein viel zu schöner Tag, um sich länger mit den unangenehmen Seiten der menschlichen Natur auseinander zu setzen. Dafür würde sie noch mehr als genug Zeit haben, wenn sie erst wieder zu Hause war.

»Hast du Hunger?«

»Jetzt, wo du fragst, fällt mir auf, dass ich am Verhungern bin.« Sie machten ein Picknick am Strand, tranken Wein und Kokosmilch. Es war ein wunderschöner Tag, ein Tag voller Lachen und Aufregungen, ein Tag, der all die Mühen wert war, die sie auf der Reise hatte erdulden müssen. Als sie schließlich kurz vor Sonnenuntergang zur *Seehabicht* zurückkehrten, war sie erfüllt von angenehmen Erinnerungen und einem warmen Gefühl von Zufriedenheit. Sie blieb einen Augenblick an der Reling stehen und drehte sich um, damit sie noch einmal zur Insel hinüberschauen konnte.

»Es ist wunderschön hier«, sagte sie und betrachtete die weißen kleinen Häuser in der Ferne, die von Bäumen und Hecken umgeben waren. »Sieht es in England irgendwie ähnlich aus?«

»Es gibt Teile von Nassau, in denen Häuser stehen, die denen dort ähnlich sehen. Und auf dem Land haben wir Strohdächer, genau wie hier.«

Sie lächelte sehnsüchtig. »Wie gern ich das einmal sehen würde. Ich habe schon oft davon geträumt, einmal dort hinzufahren. Vielleicht werde ich es eines Tages auch tun.«

Marcus drehte sich um und sah sie an. Irgendetwas bewegte sich flüchtig in seinen Zügen, und sein Kinn schien härter zu werden. »Ich werde nicht dort sein, wenn du hinkommst. Ich bin fast immer auf hoher See.«

Ihr strahlendes Lächeln verblasste. Es war eigentlich nicht nötig, sie daran zu erinnern. »Das glaube ich gern. Was deine Lebensart betrifft, hast du dich ja ganz klar ausgedrückt.« Sie strich eine lange rote Locke zurück, die sich gelöst hatte. »Ich will jedoch am liebsten keine weiteren Einschränkungen. Wenn ich nach England gehen will, werde ich das tun. Wenn ich irgendwo anders hingehen will, werde ich einen Weg finden, das zu bewerkstelligen.«

Marcus machte ein finsteres Gesicht. »Du und deine närrischen Träume. Eine Frau soll heiraten und ihrem Ehemann Söhne gebären. Wenn es an der Zeit ist, wirst du das auch so machen.«

Brandy hob eine Augenbraue. »Das glaubst du also? Glaubst du, ich wäre mit dir ins Bett gegangen, wenn ich vorhätte, zu heiraten und ein friedliches Leben zu führen?«

Seine Augen schienen dunkler zu werden. »Du willst mir sagen, dass du nicht heiraten willst – dass du es zufrieden wärest, die Geliebte irgendeines Mannes zu sein?«

Sie warf den Kopf in den Nacken. »Ich weiß nicht. Vielleicht will ich weiter gar nichts. Wenn ich in London wäre –«

Er fasste nach ihrem Arm. »Wenn du in London wärest, wärest du weiter nichts als ein hübsches kleines Ding am Arm irgendeines Mannes. Du wärest der Gnade deines Beschützers ausgeliefert und seinen Anordnungen unterworfen. Da hättest du nur sehr wenig von deiner geschätzten Freiheit. In

Wahrheit wäre dein Leben dort nur unwesentlich besser als im Wirtshaus Weißes Pferd.«

Brandy riss sich von ihm los. »Wenn ich erst wieder in Charleston bin, wird das, was ich tue, nicht mehr deine Angelegenheit sein. Wenn ich gern als die Geliebte eines Mannes leben möchte …«

Ihre Worte verstummten angesichts des harten Ausdrucks auf seinem Gesicht. Brandy schnappte nach Luft, als er sie plötzlich in seine Arme hob.

»Was tust du da?«

Er antwortete nicht, sondern überquerte das Deck, stieg die Leiter hinunter, ging den Gang entlang, öffnete die Tür zu seiner Kajüte, trat ein und schloss sie mit dem Fuß hinter sich.

»Du willst die Geliebte eines Mannes sein?« Er ließ ihre Beine los, und sie glitt an seinem Körper entlang zu Boden. »Vielleicht hast du dabei vergessen, Süßes, dass du das schon bist.« Mit diesen Worten eroberte er ihre Lippen mit einem harten, strafenden Kuss. Sie konnte seinen Ärger spüren, seinen Zorn, den er kaum zurückhielt.

Sie spürte seine harte Männlichkeit, und so wütend sie auch sein mochte, die vertraute Hitze begann sie zu erfüllen. Sein harter Mund plünderte sie, wild und fest entschlossen, und ihr Inneres begann zu beben. Er verzehrte sie mit der Zunge, umfasste ihren Hinterkopf, um sie für seinen gierigen Ansturm festzuhalten.

Seine andere Hand hob sich zu ihren Brüsten, und er rieb sie rau durch das Kleid, während seine Finger entschlossen die Spitzen massierten, sodass sie fest wurden. Sie wimmerte, als er ihr Hinterteil umfasste, sie noch fester an sich zog und es dabei irgendwie schaffte, sie langsam zurückzudrängen, bis sie mit dem Rücken an der Wand lehnte.

Dann hob er ihre Röcke, seine Hände glitten über ihre Schenkel nach oben, streichelten ihre Haut, neckten sie mit unglaublicher Geschicklichkeit. Er hatte wohl ihr Zittern gespürt, denn er teilte die Falten ihrer Weiblichkeit und begann, sie zu streicheln, ihr wurde klar, wie feucht sie war, wie ihr Körper vor Hitze pulsierte. Der zornige Zusammenstoß mit ihm hatte ihr Verlangen nach ihm nicht verringert. Mein Gott, die Kraft seines Ärgers schien ihr Verlangen nur noch zu steigern.

Marcus küsste sie, und Brandy stöhnte bei dem Gefühl seines heißen, harten Mundes auf dem ihren. Den ganzen Tag hatte sie ihn angesehen, mit ihm gelacht. Ihn begehrt. Jede Nacht hatte sie sich nach ihm gesehnt. Sie hatte seine Berührungen vermisst, und seine Küsse ebenso. Jetzt brannte sie nach ihm.

Ihre Finger krallten sich in seine Rockaufschläge. Unter ihren Röcken bewegte sich seine Hand zwischen ihren Beinen, streichelte ihr feuchtes Fleisch, machte sie bereit, ihn in sich aufzunehmen, während er mit der anderen Hand die Knöpfe vorn an seinen Kniehosen öffnete. Dann tastete sich seine harte Männlichkeit vor, fand den Eingang und tauchte tief hinein.

Brandy stöhnte bei der pulsierenden Fülle, angesichts des scharfen Lustgefühls, das in Spiralen durch ihre Glieder fuhr. Sie konnte die Anspannung in seinem Körper spüren, das wilde, treibende Verlangen, doch sobald er ganz tief in sie eingedrungen war, hielt er inne.

Mit einem Seufzer kippte sein Kopf nach vorn und lehnte sich an ihren. »Mein Gott, verzeih mir. Ich weiß nicht, wie dies geschehen konnte. Ich schien einfach nicht anders zu können. Immer, wenn ich in deiner Nähe bin, scheine ich einfach –«

Brandy zog seine Lippen zu sich zu einem heißen, begehrlichen Kuss. »Hör nicht auf«, flehte sie. »Herr im Himmel, Marcus, bitte hör nicht auf.«

Marcus blinzelte und stöhnte dann. Er küsste sie hart, seine Hände schlossen sich fest um ihr Hinterteil, hoben sie empor, und dann begann er wild in sie hineinzustoßen. Er hob ihre Beine und legte sie sich um die Taille, schob ihr grünes Musseleinkleid hoch, stieß immer und immer wieder in sie. Während der ganzen Zeit küsste ihn Brandy, schlang ihre

Arme um seinen Hals, die Nadeln waren längst aus ihrem Haar verschwunden, und die schweren Locken hingen um ihre Schultern.

»Mein Gott, du machst mich wahnsinnig«, flüsterte er und nahm ihren Mund im nächsten gierigen Kuss, sodass kleine hitzige Flämmchen bis in ihren Bauch hinunterdrangen.

In wenigen Minuten erreichte sie einen wilden Höhepunkt, und Marcus folgte ihr. Dann hörte man eine ganze Weile lang nur ihren schweren Atem, und Brandy schien, als donnere ihr Herzschlag in ihren Ohren.

Ganz vorsichtig löste Marcus ihre Beine von seiner Taille und stellte sie sanft auf die Füße, dann trat er zurück, um seine Kleider in Ordnung zu bringen. Ihr Blick traf den seinen, doch er schaute zur Seite, und ihr kam der Gedanke, dass er sich schämte. Das konnte doch nicht sein, dachte sie. Ganz sicher täuschte sie sich da.

Marcus räusperte sich, und seine Schultern schienen seltsam steif. »Mir ist klar, dass dir dies alles neu ist. Ich hoffe ... ich hoffe, dass ich dir nicht wehgetan habe.« Er schaute zur Fensterreihe hinüber. »Ich kann dir versichern, dass ich sonst nicht so ... ich bin im Allgemeinen nicht so ...«

Brandy ging zu ihm hinüber und drückte ihre Finger auf seine Lippen. »Mir hat gefallen, was wir eben gemacht haben, Marcus. Entschuldige dich nicht dafür, dass du uns beiden so viel Genuss geschenkt hast.«

Sein eindringlicher Blick richtete sich auf ihr Gesicht. Etwas Hitziges flackerte in ihm und verschwand. Einer seiner Mundwinkel hob sich. »Wieder einmal überraschst du mich. Vielleicht wird diese Heimfahrt sogar noch interessanter, als ich sie mir vorgestellt hatte.«

Ihre Wangen röteten sich. »Das mag wohl sein, Kapitän Delaine.«

11

Schließlich erwiesen sich Marcus' Worte als richtig. In den folgenden Tagen hielt das Wetter, und die See war ruhig, sodass er eine Menge Zeit hatte, um sie in seiner Kajüte zu verbringen.

Brandy kam zu ihm in sein breites Bett, und sie liebten sich wild und leidenschaftlich. Es war eine wunderbare Zeit, schöner, als sie je erwartet hätte. Aber die Fahrt würde kurz sein. Sie stellte fest, dass zwei Wochen sehr wenig waren für eine verliebte Frau, wenn der Mann, den sie liebte, bald ohne sie davonsegeln würde.

Davon sprachen sie nie, überhaupt nicht von der Zukunft. Es würde keine Zukunft für sie beide geben, das wusste sie, und so tat sie einfach so, als gäbe es sie gar nicht.

Doch natürlich war es anders, und als es so weit war, stand sie mit finsterer Miene an der Reling der *Seehabicht* und starrte hinüber zum Horizont, wo die vertrauten Häuser vom Hafen von Charleston und die hohen Kirchtürme der Stadt immer klarer wurden.

Marcus trat neben sie und legte einen Arm lässig um ihre Taille. »Tja, jetzt sind wir beinah da.«

»Ja ... das sehe ich.«

»Bist du froh, wieder nach Hause zu kommen?«

Sie sah zu ihm auf. »Du müsstest eigentlich wissen, dass es nicht so ist.«

Er sagte eine Weile lang nichts, sondern folgte nur ihrem Blick hinüber zu den eleganten Häusern von Charleston mit ihren Plätzen und prächtigen Gärten, die immer noch nicht mehr als kleine Punkte an der fernen Küstenlinie waren.

»Ich fürchte, ich werde nicht lange in der Stadt bleiben. Die *Seehabicht* hat schon einen Vertrag für den Transport von Waren nach England.«

Ihre Hände begannen zu zittern. Sie streckte sie aus und fasste nach der Reling. »Wie … wie lange wirst du fort sein?«

»Ich fürchte, ziemlich lange. Von England fahren wir weiter in den Orient. Um die Wahrheit zu sagen: Es könnte vielleicht länger als ein Jahr dauern, bis ich wieder hierher komme.«

Sie hatte plötzlichen einen dicken Kloß im Hals. Sie hatte gedacht, sie würde auf ihn warten, ihn in den kommenden Monaten ab und zu sehen. Aber ein Jahr oder mehr – das klang wie eine Ewigkeit. Vielleicht hatte er das ja auch so geplant.

»Ich schätze, dann wird unser Abschied wohl ein wirkliches Adieu sein.«

»Du weißt, wie mein Leben ist. Wir wussten beide, dass dieser Tag kommen würde.«

»Ja …« Sie hatte es gewusst, aber so getan, als würde er niemals kommen.

Marcus knöpfte seine marinblaue Jacke auf und zog einen kleinen Lederbeutel aus seiner Weste. Brandy hörte das Klingeln von Münzen, und ihr Rücken wurde steif.

»Ich möchte, dass du das hier nimmst.« Er drückte den Beutel in ihre Hand, zusammen mit einem gefalteteten Blatt Papier. »Das kannst du verwenden, um irgendwo anders neu anzufangen, wenn du das wirklich möchtest. Meine Adresse in Cornwall steht auf dem Papier. Wenn du je irgendetwas brauchst – was auch immer es sein mag –, lass es mich durch meinen Bruder Rexland in Hawksmoor House wissen. Er weiß, wo ich zu finden sein werde.«

Brandy spürte das heiße Brennen von Tränen. Er ging fort. Es würde wirklich geschehen, und sie konnte nichts tun, um es zu verhindern. Das Papier zitterte zwischen ihren Fingern. Sie schob es in die Tasche ihres einfachen braunen Rockes, doch den Beutel mit den Münzen gab sie zurück.

»Ich werde dein Geld nicht annehmen, Marcus. Was zwischen uns geschehen ist … das habe ich nicht für Geld getan.

Ich werde es nicht dadurch entwerten, dass ich jetzt dein Geld nehme.«

Sein Mund wurde schmal. »Ich gebe es dir als ein Freund, der dir zu einer sicheren Zukunft verhelfen will. Und weil es vielleicht ... Folgen ... geben wird aus der Zeit, die wir zusammen verbracht haben. Nimm das Geld, Brianne. Es ist das Geringste, was ich tun kann.«

Er hielt ihr den Beutel hin, aber Brandy schüttelte den Kopf. »Nein, das nehme ich nicht, Marcus.«

»Verdammt, Frau – was wirst du tun, wenn du feststellst, dass du ein Kind erwartest? Ich will, dass du das Geld nimmst und mir versprichst, meinem Bruder zu schreiben, wenn du herausfindest, dass du ein Kind von mir bekommst.«

Brandy befeuchtete sich die Lippen, die plötzlich zu zittern begonnen hatten. Und wenn Marcus Recht hatte? Was, wenn sie schwanger war? Doch anstatt Angst brachte ihr der Gedanke ein Gefühl von Freude, das sie nicht erwartet hatte. Wenn es nur so wäre! Und doch, ganz tief im Herzen, war sie sicher, dass es nicht so war. Wenn sie von ihm schwanger wäre, würde sie nicht diese schreckliche Leere empfinden, die ihr Inneres in Blei verwandelte.

Seine Hände legten sich fest auf ihre Schultern. »Versprich mir das, Brianne. Ich könnte den Gedanken nicht ertragen, dass du mein Kind erwartest und niemand da ist, der dir hilft.«

Brandy wandte den Blick ab. »Wenn es ein Kind gibt, verspreche ich, an deinen Bruder zu schreiben, aber dein Geld nehme ich nicht. Meine Liebe war ein Geschenk. Alles, was ich zu geben hatte. Bitte, Marcus, nimm es so an, wie ich es gemeint habe.«

Eine ganze Weile stand er nur schweigend da. Dann seufzte er und schob den Beutel mit Münzen wieder in seine Rocktasche.

»Du gehst wieder zum Wirtshaus zurück. Du wirst deinem

Vater entgegentreten müssen, und er kann schrecklich sein. Ich komme mit dir.«

Brandy schüttelte den Kopf. »Ich weiß deine Besorgnis zu schätzen, aber deine Gegenwart würde es nur schlimmer machen. Ich hoffe, dass der Zorn meines Vaters inzwischen nachgelassen hat. Und wenn nicht: Ich bin nicht mehr derselbe Mensch, als der ich von hier fortgegangen bin, und ich werde nicht zulassen, dass er mich noch einmal bedroht.«

Sein Mundwinkel hob sich. »Ich bin froh, das zu hören, und nein, du bist zweifellos nicht mehr dieselbe. Du bist jetzt stärker, und ich glaube, dass du mit deinem Leben tun wirst, was du damit tun möchtest.«

Was sie im Augenblick tun wollte, war, die nächsten fünfzig Jahre mit Marcus Delaine zu verbringen. Dass sie nicht die richtigen Ehepartner waren, machte ihr nichts aus. Nichts bedeutete ihr etwas, außer bei ihm zu sein, doch das war nicht möglich.

Brandy starrte hinaus aufs Wasser. Sie würde nie wieder ein Schiff ansehen, ohne an ihn zu denken. Sie würde nie wieder das Meer betrachten, ohne sich daran zu erinnern, wie es gewesen war, als sie in seinen Armen lag. Sie liebte ihn, zutiefst und für alle Zeiten. Sie würde ihn immer lieben, ob er nun bei ihr war oder tausend Meilen entfernt.

Als das Schiff sich dem Hafen näherte, verließ er sie und kehrte zu seinen Pflichten zurück. Sie sah ihn nicht wieder, bis die *Seehabicht* angelegt hatte, sicher an ihrem Platz im Hafen lag und die Laufplanke heruntergelassen worden war.

Als Brandy so dastand, bereit zum Aufbruch, Löwenzahn noch auf den Armen, die ihren Kopf an Brandys Wange rieb, erschien Marcus wieder vor ihr.

»Beim Abschied von einer alten Freundin?«

»Eine liebe Freundin eher als eine alte. Ich werde sie vermissen.«

»Ich bin sicher, dass sie dich auch vermissen wird.« Sanft

hob er die Katze von ihren Armen und setzte sie wieder aufs Deck. Löwenzahn maunzte ein leises Adieu und rannte dann hinüber zur Leiter, die nach unten führte.

Ein weiterer Mann näherte sich. Brandy erkannte die kurze, rundliche Gestalt von Cyrus Lamb. Er streckte ihr die Hand entgegen und drückte ihre warm. »Passt gut auf Euch auf, Mädel. So wie es aussieht, wird wohl eine ganze Weile vergehen, bis unsere Wege sich wieder kreuzen. Und wir alle werden Euch ganz bestimmt vermissen.«

Brandy spürte das schnelle Brennen von Tränen. »Danke, Cyrus, ich Euch auch. Sagt den anderen Grüße von mir, bitte, ja?«

»Ja, Mädel, das mache ich.«

Marcus lächelte sie zärtlich an. »Ich glaube, es ist Zeit, an Land zu gehen.« Als Brandy nickte, legte er ihre Hand auf seinen Rockärmel und führte sie über die Laufplanke auf den Kai, wo er stehen blieb. »Bist du sicher, dass du nicht willst, dass ich mit dir zum Wirtshaus gehe?«

Brandy zwang sich zu lächeln. »Ich komme schon zurecht.«

»Wir sind schon noch ein paar Tage im Hafen, also sage ich dir jetzt noch nicht auf Wiedersehen.«

Tage, dachte sie. Nur noch ein paar Tage, und ihr Liebster wäre fort. Sie wischte diskret eine Träne aus dem Augenwinkel und zwang sich zu einem Lächeln.

»Also gut, dann verschieben wir den Abschied auf später. Wirst du ›Zu den Kiefern‹ wohnen?«

Er hob eine Augenbraue.

»Da wohnst du doch sonst immer, wenn du in der Stadt bist, oder?«

»Ja, schon, ich war nur überrascht, dass du das weißt.«

Sie sah ihm in die Augen. »Ich weiß eine ganze Menge über dich, Marcus. Ich weiß auch von der Witwe, zu der du gehst. Und ich hoffe, dass, wenn du Gesellschaft brauchst, wenn du hier bist, du dich nicht länger an sie wendest.«

Seine Mundwinkel zuckten, und schließlich hoben sich seine eleganten Lippen zu einem Lächeln. »Ich versichere dir, meine Liebe, dass ich für eine ganze Weile erst mal keine Gesellschaft brauchen werde.«

Brandy lächelte, was sie überraschte, denn ihr Herz tat ihr so weh, dass sie kaum geglaubt hätte, ein Lächeln zustande zu bringen. »Vielleicht kommst du ja später am Abend noch ins Wirtshaus.«

»Ich werde noch eine ganze Weile zu tun haben, aber vielleicht finde ich doch am Schluss noch die Zeit.«

Brandy nickte nur. Sie küssten sich nicht zum Abschied. Diese Tage waren vorbei. Nach seinem letzten kurzen, ermutigenden Nicken wandte sie sich ab und ging in Richtung auf das Wirtshaus. Ihre Brust war schwer wie Blei. Ihr Inneres schien zu Knoten verschlungen, und doch wirkte Marcus unbetroffen. Sie wusste, dass sie ihm nur wenig bedeutete, kaum mehr als eine angenehme Abwechslung. In ein paar Tagen würde er aufs Meer zurückkehren und sie schon allzu bald wieder vergessen.

Der Knoten in ihrer Kehle wurde hart, und tief unter ihrem Brustbein pochte es schmerzlich. *Du musst ihn vergessen*, sagte sie sich, obwohl sie wusste, dass ihr das nie gelingen würde. Und doch hatte sie gemeint, was sie gesagt hatte – sie war jetzt ein anderer Mensch, stärker als vorher, und früher oder später würde sie schon darüber hinwegkommen.

Sie sah hinunter auf den einfachen braunen Rock und die weiße Bluse, die sie trug. Schon bald würde sie wieder das Mieder tragen, das die Brüste hob, und einen Rock, der ihre Knöchel sehen ließ, die Tracht des Wirtshauses Weißes Pferd. Schon bald würde sie wieder ihr altes Leben vor sich sehen.

Ich werde schon einen Ausweg finden, sagte sie sich, *auch ohne Marcus' Geld. Ich werde ein neues Leben anfangen*. Doch jetzt noch nicht. Jetzt brauchte sie erst einmal Zeit, um ihr gebrochenes Herz heilen zu lassen und zu beschließen, was sie tun sollte. Sie hatte gehofft, dass sie die Antwort finden würde, bevor sie zurückkehrte, doch das hatte nicht geklappt.

Brandy starrte vor sich hin, an einem gefleckten Hund vorbei, der an einem Knochen nagte, und zwei kleinen, zerzausten Jungs, die am Rand einer Gasse Hinkelhäuschen spielten. Das Wirtshaus war nicht weit, hinter den Fenstern schimmerte schwaches Licht, die Türen standen offen, um Matrosen hineinzulocken. Sie konzentrierte sich auf die bevorstehende Konfrontation mit ihrem Vater, richtete sich auf und war nach wie vor entschlossen, auch wenn es ihr etwas flau im Magen war.

Der Bürgersteig knarrte unter ihren Füßen, als sie den Häuserblock entlangwanderte bis zu dem Haus mit dem großen roten Zeichen, das an der dicken Wand hing. Als sie die schwere Eichentür erreicht hatte, die hineinführte, sah sie sich noch einmal um.

Sie war überrascht, Marcus' große Gestalt am Ende der Laufplanke stehen zu sehen, von wo aus ihr sein dunkler Blick immer noch folgte, selbst jetzt, als sie ins Wirtshaus Weißes Pferd trat.

Marcus kehrte zum Deck der *Seehabicht* zurück, während seine Mannschaft die letzten Arbeiten erledigte, die nötig waren, das Schiff zu sichern und für die morgigen Ladearbeiten bereitzumachen. Wasserfässer mussten wieder gefüllt werden, die Speisekammer mit allem Nötigen versehen und neue Seile an Bord gebracht werden. Auch kleinere Reparaturen waren auszuführen.

Es war noch viel zu tun, doch er konnte an nichts anderes als an Brianne denken. Sie hatte das Geld abgelehnt, das er ihr angeboten hatte, und jetzt war sie auch zum Wirtshaus Weißes Pferd zurückgekehrt.

Was würde Big Jake sagen, wenn er sie sah? Was würde er annehmen, warum sie so unerwartet verschwunden war? Und vor allem: Was würde er tun?

Je länger Marcus darüber nachdachte, desto unbehaglicher wurde ihm. Verdammt, er hätte mit ihr mitgehen sollen, ob sie das wollte oder nicht.

Als Hamish Bass gewohnt breitbeinig auf dem Oberdeck erschien, trat ihm Marcus entgegen. »Mir ist etwas dazwischengekommen. Ich habe etwas zu erledigen. Ich bin bestimmt nicht lange weg. Sieh nach dem Schiff, bis ich wiederkomme.«

»Aye, Käpt'n.« Hamish zog die Pfeife zwischen seinen Zähnen hervor und lächelte in seiner wissenden Art. »Ich habe mir wegen des Mädels auch Sorgen gemacht. Jake Winters ist ein harter Mann und verzeiht nicht leicht.«

Marcus nickte nur. Hamish schien immer zu wissen, was er dachte. Und diesmal hatte er auch Recht. Marcus ging die Laufplanke hinunter und den Kai entlang bis zum Wirtshaus. Im Schankraum saß eine Hand voll Matrosen, doch es war noch nicht voll. Sein Blick überflog den rauchigen Raum, aber Brianne konnte er nirgends entdecken.

Stattdessen sah er die dunkelhaarige Bedienung, die auch im Wirtshaus arbeitete. Sie war über einen Tisch in der Ecke gebeugt und servierte einer Gruppe von halb betrunkenen Seeleuten eine Runde Drinks. Doch ihr Blick huschte immer wieder zu der Tür, die nach hinten aus dem Wirtshaus führte – und dabei wirkte sie entschieden besorgt.

Ein unbehagliches Schaudern durchlief Marcus, und er eilte auf die Frau zu.

»Entschuldigt, Miss ...« Er versuchte, sich an ihren Namen zu erinnern.

»Nur Flo, Kapitän Delaine, aber ich bin wirklich froh, Euch zu sehen. »Big Jake ist gerade reingekommen. Als er Brandy sah, ist er mehr oder weniger durchgedreht.«

Marcus wurde am ganzen Körper steif. »Wo sind sie?«

Flo nahm ihn beim Arm und zog ihn zur Hintertür des Wirtshauses. Bei jedem Schritt wurde der Knoten in seinem Magen härter.

»Er hat sie hinaus zum Stall gezogen. Dabei hat er sie mit schrecklichen Sachen verglichen, wollte wissen, wo sie wirklich war. Er hatte eine Wut, wie ich sie noch nie bei ihm erlebt habe. Ihr müsst ihr helfen, Käpt'n, bevor Big Jake ihr noch irgendetwas antut.«

Marcus wartete nicht auf weitere Erklärungen. Er rannte aus der Tür, als wäre er aus einer Kanone abgeschossen worden, und über den Hof zum Stall auf der Rückseite. In einem Sattelraum am anderen Ende konnte er Big Jake schreien hören, und sein Herz schlug ihm bis in die Kehle.

»Ich werd dir das schon ausprügeln, Mädel. Ich werde dich peitschen wie noch nie zuvor!«

»Lass mich in Ruhe!«, warnte ihn Brianne. »Ich lasse mich nicht mehr von dir schlagen. Ich bin kein Kind – ich bin eine Frau. Und ich habe keine Angst mehr vor dir.«

Big Jake knurrte. »Bei Gott, Mädchen, du solltest lieber Angst haben.« Marcus hörte das Geräusch von Leder, das auf Fleisch auftraf, und seine Wut machte ihn noch schneller. Als er die Sattelkammer erreicht hatte, riss er die grobe Holztür auf, wo ihm der Geruch von altem Leder und Heu entgegenschlug. Brianne starrte ihren Vater an, den einen Arm gehoben, um ihr Gesicht zu schützen. Ein langer roter Striemen lief von ihrem Ellenbogen zur Schulter.

»Aufhören, Jake!« Marcus packte den Lederriemen und riss ihn dem Mann aus den großen Händen. »Brianne hat Recht. Sie ist eine Frau, kein Kind. Was sie tut, ist ihre Sache, nicht Eure. Es wird Zeit, dass Ihr das akzeptiert.«

Sein Blick richtete sich auf Marcus, dann klatschte Big Jakes Hand hart in ihr Gesicht. »So, bei dem warst du also, wie? Ist es nicht so? Mit so einem wie Delaine einfach davonlaufen. Du bist genau wie deine Mutter – nichts als eine kleine, nutzlose Hure.«

Brandy gab einen seltsamen Schmerzenslaut von sich, und Marcus hätte Jake Winters am liebsten umgebracht. Er musste wirklich seine gesamte Beherrschung aufbringen, seine Hände nicht um den Stiernacken des Mannes zu legen und ihm das Leben aus dem massigen Körper zu schütteln.

»Ihr seid ein Narr, Jake Winters«, sagte er, und seine Worte klangen rau vor Zorn. »Ihr wisst ja gar nicht, was Ihr an ihr habt.«

Jack spuckte auf den Lehmboden der Sattelkammer. »Ach ja, hab ich was an ihr? Aber heiraten wollt Ihr sie nicht, oder? Den Bauch macht Ihr ihr dick, aber zur Frau nehmen tut Ihr sie nicht.«

Marcus' Hand ballte sich unbewusst zur Faust. »Was ich tue, geht Euch nichts an. Was geschehen ist, geht nur uns beide an. Aber ich versichere Euch das eine, Jake Winters. Wenn Ihr je wieder Hand an Eure Tochter legt, und das schwöre ich bei allem, was mir heilig ist, dann komme ich zurück und bringe Euch um.«

Big Jake richtete sich auf, und sein Blick wirkte hart vor Zorn, aber er hatte den Widerstand aufgegeben. Er atmete tief durch. »Los, rein da mit dir und an die Arbeit«, sagte er zu Brianne. »Solange du unter meinem Dach lebst, wirst du tun, was ich sage.«

Brianne zögerte nur einen Augenblick, dann ging sie an ihm vorüber, den Kopf hoch erhoben, die Schultern gestrafft. An der Tür blieb sie stehen und sah sich um. »Ich werde für dich arbeiten, Vater, aber ich werde mich nicht für dieses verdammte Wirtshaus zugrunde schaffen wie bisher. Ich werde meine Arbeit tun, aber ausnutzen lasse ich mich nicht von dir. Von jetzt an lebe ich mein Leben, wie ich es für richtig halte, und wenn dir das nicht gefällt, werde ich gern von hier verschwinden.«

Jake sagte nichts, biss hart die Zähne zusammen. Er brauchte Brianne, und das wussten sie beide. Sie hatte das Wirtshaus mehr oder weniger geleitet, seit sie zehn Jahre alt gewesen war. Er ging an ihr vorüber aus der Sattelkammer und machte sich auf den Weg zur Schänke. Dort marschierte er ins Haus und schlug die Tür hinter sich zu.

Marcus wandte sich Brianne zu. »Geht's dir gut?« Sie nickte, aber als er die Arme öffnete, rannte sie hinein, und er konnte spüren, dass sie zitterte.

»Du hast dich ihm widersetzt«, sagte er leise an ihrem Ohr. »Du hast dafür gesorgt, dass er dich anhört, und bist nicht einen Zentimeter zurückgewichen.«

Sie sah zu ihm auf und lächelte zum ersten Mal. »Ja, ich habe mich ihm widersetzt, nicht wahr?«

»Ich bin stolz auf dich.« Er drückte einen Kuss auf ihre Stirn und hielt sie fest an sich gedrückt. Er versuchte nicht, darüber nachzudenken, wie gut sie sich anfühlte und wie leer seine Arme ohne sie sein würden. »Du wirst es schon hinkriegen, glaube ich. Was immer du dir zu tun vornimmst, du wirst es schaffen.«

Ein weiches, trauriges Lächeln spielte um ihre Lippen. »Ja … ich denke, ich werde es schaffen. Aber die Wahrheit ist, dass ich dich vermissen werde, Marcus Delaine.«

Eine unerwartete Enge erfüllte seine Brust. Seine Kehle fühlte sich trocken an, und plötzlich fiel ihm das Sprechen so schwer, dass seine Worte sich schließlich rau und leise anhörten.

»Ich werde dich auch vermissen, Liebes.« Bis zu diesem Augenblick, wo er sie einfach nur in den Armen hielt und den Duft ihres Haars und die Wärme ihres Körpers genoss, war ihm gar nicht klar gewesen, wie sehr er sie vermissen würde.

Vier Tage später segelte die *Seehabicht* aus dem Hafen von Charleston, und Kapitän Marcus Delaine, der Graf von Hawksmoor, segelte aus Brandys Leben.

Sie stand an jenem Morgen am Kai, während die letzten Vorbereitungen zur Abfahrt getroffen wurden und die letzten Männer der Mannschaft aufs Schiff zurückkehrten – alle außer Marcus, der noch neben ihr stand. Ein eisiger Wind kam vom Norden heruntergefegt, zerzauste das lange kupferrote Haar, das sie lose um die Schultern trug, so wie Marcus es gern hatte, und drückte ihr die Röcke gegen die Beine. Sie trug das wunderschöne grüne Umschlagtuch, das er ihr auf den Inseln gekauft hatte, aber es war nicht annähernd warm genug. Die raue Brise schnitt durch den leichten Stoff, sodass sie eine Gänsehaut bekam und bis tief ins Herz fror.

Aber vielleicht war es auch einfach Marcus' Abreise und das Wissen, dass sie ihn nie wieder sehen würde, wenn er erst an Bord des Schiffes gegangen war.

»Zeit zu gehen«, sagte er leise, und seine Worte durchschnitten die Stille und rührten an eine Leere tief in ihrem Innern.

Sie sah in sein Gesicht. »Ich weiß.«

»Ich werde dich nicht so bald vergessen, Brianne.«

Brandy schluckte schwer. »Eines Tages wirst du zurückkommen. Du wirst wieder nach Charleston kommen, wie du es immer getan hast.«

Er schüttelte nur den Kopf. »Du darfst nicht auf mich warten, Brandy. Du musst an dich und deine Zukunft denken. Nimm dir vom Leben, was du gern möchtest. Tu das, was du tun willst – so wie ich es ebenfalls tun werde.«

Sie wandte den Blick ab. Er würde nicht auf sie warten. Das hatte er damit ganz klar zum Ausdruck gebracht. Und auf ihn zu warten würde nichts nützen, nicht, da ganz offensichtlich war, wie wenig sie ihm bedeutete und dass sie sicher sein konnte, in seiner Zukunft keine Rolle zu spielen.

»Ich weiß, dass du Recht hast. Genau das werde ich tun.« Doch dadurch wurde der Abschied nicht leichter. Und ihre Liebe für ihn wurde auch nicht weniger.

»Ich werde mich immer an unsere gemeinsamen Tage erinnern, Brianne«, sagte er. »Du hast mir etwas geschenkt, das ich immer schätzen werde.« Sein Gesicht wirkte ernst, beinah streng. »Ich möchte dir auch ein Geschenk geben.« Er griff in die Tasche seiner Weste, holte eine kleine Silberdose heraus und legte sie in ihre Hand. »Mach sie auf.«

Das tat Brandy mit zitternden Fingern. Auf einem Bett aus tiefdunkelrotem Samt lag ein kleiner, vorzüglich gearbeiteter silberner Anhänger.

»Den habe ich vor ein paar Jahren in Spanien gekauft, ohne je wirklich zu wissen, warum. Jetzt weiß ich, dass er für dich war.«

Brandy blinzelte, und eine heiße Träne begann, über ihre Wange zu rollen. Sie neigte den Kopf, damit Marcus ihr die Kette um den Hals befestigen konnte, und der Anhänger legte sich kühl auf die Haut an ihrem Halsansatz. Ihre Finger strichen über das wunderschön geschnittene Silber des Anhängers.

»Danke«, flüsterte sie. »Ich werde es immer in Ehren halten.« Sie fragte sich, ob er, wenn er erst fort war, überhaupt noch an sie denken würde. Ob er noch mit angenehmen Erinnerungen zurückdenken würde an die leidenschaftlichen Stunden, die sie sich geliebt hatten. Sie wäre sicher gewesen, dass es nicht so sein würde, wenn er sie nicht im letzten Moment noch einmal berührt hätte, seine Finger strichen ganz sacht über ihre Wange, und sie spürte, dass er zitterte.

»Ich hoffe, dass du findest, was immer du suchst«, sagte er leise. »Ich hoffe, dass du glücklich wirst.«

Brandy hielt die Tränen zurück. »Das wünsche ich dir auch, Marcus.«

Er nickte nur. Dann neigte er den Kopf und streifte ihre Lippen mit einem Kuss, doch noch während er sich verabschiedete, schienen seine Gedanken sich abzuwenden, als wäre er schon wieder auf See, auf seinem Schiff und auf dem Weg zum nächsten großen Abenteuer. Er machte kehrt und ging los, seine langen Beine bewegten sich entschlossen die Laufplanke hinauf. Oben blieb er stehen und sah noch ein letztes Mal zu ihr zurück, mit einem langen, durchdringenden Blick, der ein

Dutzend verschiedene Dinge hätte bedeuten können. Brandy wollte gern glauben, dass er sich bemühte, ein Bild von ihr in Erinnerung zu behalten.

So wie sie auch immer eines von ihm in ihrem Innern tragen würde.

Zwei Monate vergingen. Brandy hätte nie geglaubt, wie schwierig diese zwei Monate sein würden. Es verging kein Tag, an dem sie nicht an ihn dachte, an dem sie ihn nicht vermisste. Sie liebte ihn verzweifelt, und die Tatsache, dass er aus ihrem Leben verschwunden war, schien dabei nicht die geringste Rolle zu spielen.

Es gab Zeiten, zu denen sie wünschte, sie wäre nie als blinder Passagier auf sein Schiff gegangen, doch was das betraf, hatte sich wenigstens etwas Nützliches aus ihrem großen Abenteuer ergeben. Der unbehagliche Waffenstillstand, den sie mit ihrem Vater geschlossen hatte, blieb in Kraft. Wie sie gehofft hatte, war ihm erst während ihrer Abwesenheit aufgefallen, wie wertvoll ihre Hilfe für ihn war. Genau genommen brauchte er sie einfach, um das Wirtshaus zu leiten.

Und vielleicht hatte er auch ein klein wenig Angst vor Marcus Delaine.

Was immer auch der Grund gewesen sein mochte, vom Tag ihrer Rückkehr an behandelte er sie mit dem gleichen Respekt wie seine anderen Angestellten. Das war nicht viel, was das Verhalten eines Vaters gegenüber seiner Tochter betraf, aber immer noch besser als vorher. Sie arbeitete jetzt weniger, sodass sie Zeit für sich hatte. Doch diese Zeit verbrachte sie gewöhnlich damit, an Marcus Delaine zu denken.

»Mein Gott, Flo, ich vermisse ihn so sehr.« Sie saßen in Brandys kleinem Dachzimmerchen, Brianne in ihrem Nachthemd, Flo noch in ihrer Arbeitskleidung.

»Ich hatte versucht, dich zu warnen«, sagte ihre Freundin. »Ich wusste ja, dass du in Schwierigkeiten kommen würdest, als du mit deiner verrückten Idee von dem blinden Passagier dahergekommen bist.«

Brandy zupfte an ihrem langen kupferfarbenen Zopf herum. »Vielleicht war es ja verrückt. Aber ich musste es einfach tun.« Sie sah ihrer besten Freundin in die Augen. »Ich liebe ihn, Flo. Ich glaube, ich liebe ihn schon mein ganzes Leben lang.«

Die dunkelhaarige Frau seufzte und lehnte sich in ihrem Stuhl zurück. »Es ist wohl das Schicksal der Frauen, einen Mann auch dann zu lieben, wenn er ihre Liebe nicht erwidert.«

»Ist das bei dir und Willie auch so? Du liebst ihn, er dich aber nicht?«

»Am Anfang war es so. Ich war erst achtzehn, als ich ihm begegnet bin. Er war blond und gut aussehend. Ich dachte, er wäre der schönste Mann, den ich je gesehen hatte.« Flo starrte in die Ferne, als könnte sie ihn sehen, wie er damals gewesen war. »Er war der Sohn eines Predigers, und ich arbeitete schon im Wirtshaus. Er wollte mit mir ins Bett gehen, hat mir aber von Anfang an gesagt, dass er mich nicht heiraten könnte. Sein Vater würde dem nie zustimmen. Ich habe ihn trotzdem geliebt. Und ich habe ihm gegeben, was er wollte.«

»Und was ist danach passiert?«

»Sein Vater bestand darauf, dass er ein Mädchen aus der Gemeinde heiratete. Willie tat, was sein Vater wollte. Sechs Monate später kam er zurück zu mir. Er war unglücklich. Das Mädchen war eine falsche kleine Hexe, die sich nicht das Geringste aus ihm machte. Er sagte, er bräuchte mich. Und ich brauchte ihn auch. Seitdem treffen wir uns regelmäßig, schon seit fast acht Jahren. Nicht oft, natürlich, und niemals hier im Wirtshaus. Aber ich glaube, inzwischen liebt er mich. Und ich weiß, dass ich ihn immer lieben werde.«

Brandy sagte nichts mehr. Flos Geschichte war einfach zu traurig. Sie dachte an Marcus, und es fiel ihr nicht auf, als ihre Freundin hinausging, sie hörte nur das leise Klicken der Tür, die sich hinter ihr schloss. Wenn jemand ihr Elend verstand, dann war es Flo.

Vielleicht hatte ihre Freundin sie allein gelassen, damit sie in Ruhe trauern konnte.

12

Marcus stand an der Reling der *Seehabicht* und starrte hinaus aufs Wasser. Weiße Schaumkronen brachen sich auf den Wellenkämmen, und eine steife, kalte Brise blähte die Segel. Sie knallten und schnappten, als kämpften sie mit einer unsichtbaren Macht, und in gewissem Sinn war es ja auch so. Und schließlich blieben sie die Sieger, die den Wind jagten, und sei es auch nur für Augenblicke.

Sie hatten England vor zwei Wochen verlassen und waren am Beginn einer Reise, die das Schiff ins chinesische Meer führen würde. Marcus war noch nie im geheimnisvollen Fernen Osten gewesen, hatte aber schon seit Jahren dort hinfahren wollen. Eigentlich hätte er sich auf die Fahrt freuen müssen, er wollte immer schon einmal einen so weit entfernten Hafen erreichen. Und er freute sich auch darauf.

Das war eines der Dinge, die er an seinem Leben auf hoher See so liebte, die Orte, in die er kam, die exotischen Menschen, denen er auf jeder Reise begegnete. Und doch war es diesmal anders, ein feiner Unterschied, ein Gefühl, das er nicht recht bestimmen konnte. Er wusste nur, dass in den letzten paar Monaten die Verlockungen der Ferne irgendwie ihren einstigen Glanz verloren hatten.

»Ihr steht schon eine ganze Weile da und starrt aufs Wasser hinaus. Ist es wieder das Mädel, das Eure Gedanken so schwer macht?«

Marcus hätte beinah gelächelt. Hamish war ihm manchmal

unheimlich. »Es ist schon seltsam, wie sie manchmal bei den eigenartigsten Gelegenheiten in meinen Gedanken auftaucht. Ich frage mich immer wieder, ob es ihr wohl gut geht.«

Hamish strich sich über den schweren grauen Bart. »Wenn Ihr sie mit einem ... Problem zurückgelassen habt, wird Euer Bruder sich darum kümmern. Er ist ein guter Kerl, der seinen Pflichten nicht aus dem Wege geht.«

Marcus schüttelte den Kopf. »Rex ist so schon überlastet. Zu der Grafschaft, die er für mich verwaltet, hat er in letzter Zeit selbst geerbt. Manchmal frage ich mich wirklich, wie er das alles schafft.«

»Trotzdem wird er sich um sie kümmern, wie Ihr ihm aufgetragen habt.«

»Ja, ich schätze, es gibt keinen Grund zur Sorge. Wenn sie mit meinem Kind schwanger ist, wird für sie gesorgt werden.« Doch der Gedanke gefiel ihm irgendwie nicht, die Vorstellung, dass Brianne rund mit seinem Kind sein könnte und er nicht da war, um sich um sie zu kümmern. Es war schon ein seltsamer Gedanke, denn bisher hatte er sich über so etwas nie Sorgen gemacht.

»Die Jungs reden immer noch über sie, wisst Ihr. Ich glaube, sie waren alle ein wenig in sie verliebt.«

Jetzt lächelte Marcus wirklich. »Ja, sie hatte so etwas an sich, nicht wahr, Hamish? Eine besondere Güte, denke ich. Sie mochte die Leute, und die Leute mochten sie. Sie wäre schrecklich gern mit in den Fernen Osten gekommen.«

Hamish betrachtete ihn. »Vielleicht hättet Ihr sie mitnehmen sollen.«

Er schüttelte nur den Kopf. »Eine Frau hat an Bord eines Schiffes nichts verloren. Das weißt du ebenso gut wie ich. Abgesehen davon, falls es nicht jetzt schon so ist – früher oder später wäre sie schwanger geworden.«

Der Ältere kicherte pfeifend. »Aye, da gibt es wohl keinen Zweifel. Nicht bei ihrer feurigen Art. Und ein Wirtshaus-Mädel könntet Ihr ja wohl auch schlecht zur Gräfin von Hawksmoor machen, nicht wahr?«

Briannes Bild erschien vor seinem inneren Auge, wie sie in jener ersten Nacht gewesen war, als sie auf seinem Schiff auftauchte, in dem Hemd mit den weiten Ärmeln und den engen Kniehosen eines Mannes. »Nein, ich schätze, in diese Rolle würde sie wohl kaum passen. Abgesehen davon will ich keine Ehefrau. Ich will nicht in dasselbe langweilige Leben eingesperrt werden wie mein Bruder und der Rest der englischen Aristokratie.«

»Ja, das weiß ich. Das würde auch nie zu Euch passen, Käpt'n. Ihr seid für ein Leben auf hoher See bestimmt, und das werdet Ihr wohl immer bleiben.«

Das stimmte. Marcus hatte diese Tatsache schon lange akzeptiert und war zufrieden mit dem Leben, das er sich ausgesucht hatte. Doch es gab Tage wie diesen, an denen er den süßen Duft einer Frau vermisste, das weiche Gefühl ihrer Haut und die Berührung ihrer Hände auf seinem Körper. Es gab Zeiten, da vermisste er ihr sanftes Lachen, das faszinierende Glitzern in ihren hübschen goldenen Augen.

In Wahrheit gab es nur eine einzige Frau, die er je vermisst hatte. Er fragte sich, wie lange er brauchen würde, um Brianne Winters zu vergessen.

Brandy wanderte am Kai entlang und starrte aufs Wasser hinaus. Das blaue Meer leckte friedlich an den Bäuchen von einem Dutzend Schiffen. In der Ferne wanderte ein einzelnes Segel am Horizont entlang. Über ihrem Kopf schwebten ein paar Möwen in der Brise.

Brandy betrachtete sie voller Sehnsucht, dachte an die Tage, wo sie sie vom windigen Deck der *Seehabicht* aus beobachtet hatte, genoss die Erinnerung an den hoch gewachsenen, dunklen Mann, der neben ihr gestanden hatte. Sie hatte sich in letzter Zeit angewöhnt, jede Woche einmal hinunter ans Meer zu gehen, denn dort fühlte sie sich dem Mann, den sie geliebt und verloren hatte, irgendwie näher.

Sie wusste, dass die Seeleute darüber redeten, wie sie dastand und hinausschaute, als würde ihr Geliebter zurückkehren, als würde sein großes Schiff ihn wieder zu ihr bringen. Es war kein Geheimnis, was an Bord der *Seehabicht* geschehen war. Es konnte an Bord eines Schiffes mit einer Mannschaft von beinah fünfzig Mann keine Geheimnisse geben.

Seltsamerweise schienen die Leute sie allerdings nicht zu verdammen, sondern sie mit einer bestimmten Art von Respekt zu betrachten, voller Ehrfurcht, dass sie einen Mann so tief lieben konnte. Es war, als wünschten sie alle, auch ein solcher Mann sein zu können, auch eines Tages in einen Hafen zu kommen, in dem sie eine Frau finden würden, die sie so liebte wie Brandy Marcus Delaine.

Ihr Vater murrte und sagte ihr immer wieder, wie dumm sie wäre. Aber die Tatsache, dass sie nicht schwanger geworden war, schien ihn irgendwie zu beruhigen. Ihr unbehaglicher Waffenstillstand blieb bestehen. Sie hatte sich nicht abbringen lassen von ihrer Entschlossenheit, ihr eigenes Leben zu führen, und vielleicht verspürte er ihr gegenüber sogar eine gewisse Bewunderung.

Und deswegen war der Schreck auch umso größer, als ein Matrose durch die Tür der Schänke gerannt kam und schrie, Big Jake Winters wäre tot.

Die *Seehabicht* setzte ihre Reise nach Osten fort, und ein Tag verschwomm mit dem nächsten. Doch statt dass sie aus seinen Gedanken verschwunden wäre, stellte Marcus fest, dass er immer öfter an die Frau dachte, die seine Kajüte geteilt hatte. Manchmal war ihm, als wäre ihr Geist geblieben.

Verdammt! Im Laufe der Tage wichen seine Gedanken immer mehr von seinen Pflichten ab. Er konnte sie noch lächeln sehen, wie sie in der dampfenden Kombüse gearbeitet oder sich über einen der kranken Männer gebeugt hatte. Wenn die Männer ein fröhliches Matrosenlied sangen, konnte er noch ihr Lachen hören. Nachts träumte er davon, wie sie nackt und erregt unter ihm lag, sein Schaft warm in ihrem Inneren vergraben. Nacht um Nacht erwachte er hart und vor Begehren nach ihr drängend, sein Körper schweißgebadet.

Selbst der Ärger, der ihn in London erwartet hatte, nämlich noch mehr Schwierigkeiten mit der Hawksmoor Schifffahrtsgesellschaft – Verzögerungen, die Schäden an der *Peregrine*, die ihn einen wichtigen Vertrag gekostet hatten –, selbst das konnte sie nicht ganz aus seinen Gedanken vertreiben.

Genauso wenig wie der Sturm, der jetzt gerade sein Schiff beutelte. Er war plötzlich aus dem Nichts aufgetaucht, der Wind peitschte die Segel, und das Deck kippte in gefährliche Schräglagen. Als er wieder ein paar Befehle bellte und die Männer sich daranmachten, sie auszuführen, schien Brianne neben ihm zu stehen.

Manchmal hasste er sie für den Zauber, den sie über ihn geworfen zu haben schien.

Das Schiff sank in ein Wellental, Holz knirschte, und eine riesige Welle überschwemmte den Bug. »Toppsegel reffen!«, rief er. »Vorsegel reffen!« Die Männer rannten, um seinen Befehl zu befolgen. »Kümmert euch um das Hauptsegel!«, rief er. »Seht zu, dass es gut gesichert ist!« Doch der Sturm wuchs weiter, sodass er eine Stunde später anordnete, das Toppsegel einzuholen, und bald darauf auch das Vorsegel. Doch immer noch schlug das Wasser hoch bis zu den Wanten, und das Schiff fuhr mit großer Geschwindigkeit.

»Mir gefällt das nicht«, sagte Hamish, als er ins Steuerhaus kam. »Das ist 'n übler Sturm. Übel wie sonst nur Nordostwinde, die der Hades schickt.«

»Die *Seehabicht* wird schon durchhalten. Der Rumpf ist stark, und die Segel sind stabil. Sie wird ohne Schwierigkeiten den Sturm überstehen.«

Doch Hamish wirkte immer noch besorgt, die dichten grauen Augenbrauen über müden blauen Augen zusammengezogen, die gebogene Pfeife längst erloschen zwischen seinen schwieligen Fingern.

Es vergingen weitere vier Stunden, und der Sturm ließ nicht nach. Die *Seehabicht* tauchte von einem Wellental ins nächste, hob sich hoch auf eine riesige Welle und krachte in ein scheinbar bodenloses Loch auf der anderen Seite. Während der ganzen Zeit kämpfte die müde Besatzung unaufhörlich darum, sie auf Kurs zu halten.

Marcus, der am Fuß des riesigen Tannenmastes stand, sah hinaus in den gnadenlosen Orkan, und sein scharfer Blick folgte den wilden Wellen mit den weißen Kämmen. Vor Steuerbord erhob sich eine Wand von Wasser wie aus dem Nichts, und das große Schiff kippte zur Seite. Von irgendwo aus dem Sturm glaubte er das laute Knacken von Holz zu hören, und Schreck durchfuhr ihn.

»Achtung, über Euch, Kapitän!«, durchdrang Brig Butlers junge Stimme den kreischenden Wind, und Marcus sah mit einem Ruck nach oben, erkannte die Gefahr, doch es war schon zu spät.

Marcus spürte das erdrückende Gewicht des Quermastes wie den Schlag eines Schmiedehammers gegen seinen Körper.

»Kapitän!« Brig Butler raste auf ihn zu, während Marcus unter einem Haufen von Segeln und Seil und nassem, schwerem Holz begraben wurde.

Schmerz durchfuhr seinen Körper, der so durchdringend war, dass er dachte, er würde sich erbrechen. Sein Kopf fühlte sich an, als wäre er gespalten worden, und seine Knochen wie zermalmt. Das Letzte, was er sah, war Hamish Bass' bleiches, angstvolles Gesicht, als der ältere Mann sich über ihn beugte, wilde Befehle schreiend, ihm sanft über die Stirn strich und seinen Namen sagte.

Der Tod von Big Jake hing über dem Wirtshaus Weißes Pferd wie die Rauchwolke, die sonst über den Tischen waberte. Zwei Wochen waren vergangen seit dem tödlichen Unfall, der ihn unter den Rädern eines Wagens begraben hatte, ein großes, schweres Fahrzeug, voll beladen mit Fracht, das alles in seinem Weg niedergemacht und Big Jake fast auf der Stelle getötet hatte.

Zwei Wochen. So lange brauchte Brandy, um zu akzeptieren, dass ihr Vater wirklich nicht mehr da war. Bis dahin hatte sie in einem dumpfen Nebel vor sich hin gebrütet. Es war kein Kummer, sagte sie sich. Wie sollte sie wohl um einen Vater trauern, der sie nie geliebt hatte?

Und doch empfand sie etwas. Einen Schmerz, den sie nicht recht benennen konnte. Vielleicht trauerte sie um die Familie, die sie hätten sein können, oder die Liebe, die es zwischen ihnen nie gegeben hatte. Was immer es auch sein mochte, sie arbeitete vom Morgengrauen bis spät nach Mitternacht und folgte, in einem seltsamen Zustand von Halbbewusstsein, weiter dem Ablauf ihrer Pflichten.

Flo war ihr eine große Hilfe, half ihr, die Beerdigung hinter sich zu bringen und mit den täglichen Pflichten im Wirtshaus fertig zu werden. Ohne den Mann, dessen Gegenwart bis in jede Ecke und jeden Winkel gedrungen war.

»Zumindest werde ich nicht verhungern«, sagte Brandy zu Flo, als sie die Einnahmen eines Abends zählten. »Das Ding macht mehr Gewinn, als ich je geahnt hätte.«

Flos schwarze Augenbrauen zogen sich finster zusammen. »So sieht es wirklich aus.« Sie schüttelte den Kopf. »In all den Jahren hat dir dein elender Vater nie auch nur einen Pfennig gegeben. Er hätte wenigstens dafür sorgen können, dass du ein paar anständige Kleider bekommst – aber nein, er war zu knauserig, um sich richtig um seine Tochter zu kümmern.«

Brandy sah vom Tisch auf. »Weißt du, Flo, ich habe nachgedacht. Wenn Big Jake so viel Geld verdient hat – was hat er damit gemacht? Ausgegeben hat er es bestimmt nicht. Und wenn doch, ist mir nie aufgefallen, wo er damit hinging.«

Drei Tage später erfuhr Brandy schließlich die Wahrheit. An jenem Tag kam ein Anwalt mit einem dünnen Lederordner, der den letzten Willen ihres Vaters enthielt.

»Mein Vater hatte ein Testament gemacht?«, sagte Brandy entrüstet zu dem Mann.

»Allerdings. Erscheint Euch das wirklich so seltsam?« James Nolan war ein magerer Mann mit gelichtetem blondem Haar und einer winzigen Brille, die seine kleinen braunen Augen umrandete. »Ich werde mich bemühen, Euch den Inhalt mitzuteilen ... vielleicht gibt es einen Ort, wo wir ungestört sein könnten?«

»Natürlich.« Brandy sah hinüber zu Flo, die an der Tür stand, und wusste nicht recht, was sie denken sollte. »Aber ich hätte es gern, wenn meine Freundin mitkommt.«

Der kleine Mann nickte, und Brandy winkte Flo, sie sollte mitkommen. Zusammen gingen sie in einen kleinen Raum neben der Schänke, der für private Zwecke reserviert war. Er war spartanisch mit nur einem zerkratzten ovalen Tisch und zehn angeschlagenen Stühlen eingerichtet, aber die Wände waren frisch gestrichen und die Fenster erst kürzlich geputzt. Es roch nach der Schmierseife, mit der sie den Boden geschrubbt hatte.

In jenem kleinen, unscheinbaren Raum war es, wo Brandy erfuhr, dass sie nicht nur die Besitzerin des Wirtshauses Weißes Pferd war, sondern auch noch etwas wesentlich Wichtigeres zu erwarten hatte.

»Euer Vater hat sehr weise investiert«, erklärte ihr der Mann, als sie sich gesetzt hatten. »Er hat jeden Heller gespart, bis auf die Summen, die er verlieh. Und er war sehr vorsichtig dabei, wem er Geld lieh, sodass ihm seine Klugheit einen guten Batzen eingebracht hat. In einem Wort, Miss Winters, Eure Zukunft ist mehr als nur gesichert. Besser gesagt: Ihr seid eine sehr wohlhabende Frau.«

Brandy saß nur da und konnte nicht glauben, was sie eben gehört hatte. Ihr wirbelte der Kopf. Sie fürchtete, ihre Beine könnten womöglich nachgeben, wenn sie jetzt aufstand. »Mein Vater hatte ein Vermögen, und das alles hat er mir hinterlassen?«

»Er hatte keinen anderen Erben, meine Liebe. Und er hat sich auch ganz klar ausgedrückt. Ich glaube, Miss Winters, auf seine eigene Art hielt Euer Vater sehr viel von Euch.«

Das glaubte Brandy nicht so recht. Aber vielleicht war es ja doch so gewesen. Big Jake war kein Mann, der gewusst hatte, wie er seine Zuneigung hätte zeigen können – falls es bei ihm so etwas gegeben hatte. Und wie auch immer die Wahrheit gewesen sein mochte, Brandy interessierte sich nicht mehr dafür. Dank Big Jakes frühem Tod bekam sie an jenem Tag das erste und einzige Geschenk, das sie je von ihm bekommen hatte, ein Geschenk, das sie sich den größten Teil ihres Lebens gewünscht hatte – Freiheit vom Wirtshaus Weißes Pferd.

»Was werdet Ihr tun, Miss Winters?« James Nolan faltete das Dokument wieder zusammen, das er eben vorgelesen hatte, und legte es zurück in den ledernen Ordner.

Brandy setzte sich etwas aufrechter hin, und obwohl ihr noch ganz schwindlig war von ihrem unerwarteten Glück, spürte sie eine neue Entschlossenheit. Schließlich konnte sie aufstehen. »Das verdammte Ding verkaufen. Ich will es nie wieder sehen.« Sie konnte es kaum glauben, aber sie war eine reiche Frau. Sie brauchte nicht noch einen einzigen Tag im Wirtshaus Weißes Pferd zuzubringen. Sie brauchte nicht länger die brutalen und hässlichen Erinnerungen an eine schmerzliche Kindheit zu ertragen.

Sie schaute hinüber zu Flo, der Frau, die immer an ihrer Seite gewesen war. »Oder noch besser: Ich werde es meiner Freundin geben.« Brandy grinste. »Von jetzt an, Flo, kannst du dich als die Eigentümerin des Wirtshauses Weißes Pferd betrachten.«

Flos Hand zitterte, als sie sie unwillkürlich zur Kehle hob. »Aber das kann ich doch nicht annehmen –«

»Es gehört dir, Flo. Jahrelang warst du mir wie eine Schwester. Nimm es, mach damit, was immer du willst.«

»Aber was willst du tun?«

»Fortgehen von hier. Herausfinden, was es mit der Welt so alles auf sich hat.«

»Aber wohin? Wo willst du hingehen?«

Brandy dachte darüber nach. Es war sicher keine leichte Entscheidung. Sie würde sorgfältig darüber nachdenken müssen. Sie hatte es nicht eilig. Sie hatte ihre Freiheit gewonnen und konnte jetzt tun, was sie wollte. Ungefragt tauchte Marcus' Bild vor ihrem inneren Auge auf. Brandy schob es zur Seite. Er hatte ganz klar zu verstehen gegeben, dass sie in seinem Leben keinen Platz hatte, und das hatte sie akzeptiert, so schwer es auch sein mochte. Marcus war fort, und sie wusste nicht, wo er war. Und selbst wenn sie es gewusst hätte – es war der eine einzige Platz auf der Welt, wohin sie nicht gehen konnte.

Hamish Bass stand in der offenen Tür des Schlafzimmers seines Kapitäns in seinem schicken Londoner Stadthaus, den braunen Filzhut in den rauen, wettergegerbten Händen. Hamish starrte auf sie hinunter, als wenn sie einem anderen gehörten, und bemerkte, dass sie zitterten.

Auf der anderen Seite des Zimmers lag Marcus Delaine, Kapitän der *Seehabicht*, in einem großen Himmelbett, sein Körper wie zerschlagen, das Gesicht zur Wand gedreht. Hamish schloss die Augen, als eine Welle von Traurigkeit sich in seiner Brust ausbreitete. Seit das Schiff gezwungen gewesen war, nach London zurückzukehren, war er jeden Tag hergekommen, um den Kapitän zu sehen, seit eine Armee von Ärzten gerufen worden war, um ihn zu untersuchen, die festgestellt hatte, dass seine Beine mehrfach gebrochen und sein Rücken ebenfalls verletzt war.

Marcus Delaine würde nie wieder gehen können.

»Er schläft jetzt, Hamish.« Der Bruder des Kapitäns, Rexland, war in die Stadt gekommen, als er gehört hatte, was geschehen war. Er war ein guter Mann, treu und zuverlässig. Der Junge war an der Seite seines Bruders geblieben, seit dieser hier angekommen war, doch das hatte nicht das Geringste genützt.

»Aye«, sagte Hamish. »Er schläft. Vielleicht wird ihm die Ruhe gut tun.« Aber Hamish glaubte es nicht. Der Kapitän schlief nicht wirklich, das wusste er, er versteckte sich vor der Wahrheit dessen, was sich ereignet hatte, konnte die Tatsache einfach nicht akzeptieren, dass er ein Krüppel war.

»Ich werde ihm sagen, dass Ihr hier wart«, sagte sein Bruder leise.

»Aye. Sagt ihm, dass ich morgen wieder vorbeikomme.«

Rex nickte, er sah aus wie eine jüngere, weichere Version seines Bruders. »Was ist mit dem Schiff, Hamish? Er wird wissen wollen, was Ihr über den Unfall herausgefunden habt und ob irgendjemand seine Hände im Spiel hatte.«

Hamish war schon einmal dieser Frage begegnet, hatte sich dieselbe Frage gestellt, jeden Tag, seit der verdammte Querbalken heruntergekommen war. »Bisher nichts, aber wir haben eben erst mit den Reparaturen angefangen. Der Sturm hat eine Menge Schäden angerichtet. Wir mussten den Hauptmast auf der Höhe des Decks absägen, nachdem er sich gespalten hatte, wobei der Querarm herunterkam. Der Rumpf ist auch beschädigt worden, und wir haben einiges an Wasser auspumpen müssen. Es wird noch eine Weile dauern, bis wir sicher sein können, doch bis jetzt gab es keine Anzeichen für Sabotage. Aber wir werden weiter suchen – ganz gründlich –, ich verspreche es.«

Rex nickte. »Danke.« Die beiden Männer schwiegen. Es gab nichts mehr zu sagen.

Hamish verließ das Stadthaus und machte sich auf den Weg zum Kai, klappte seinen wollenen Kragen hoch, da plötzlich ein rauer Wind von der Themse herwehte. Mit unsicheren Schritten ging er zum Schiff, dem einzigen Ort, an dem er sich wirklich zu Hause fühlte. Die *Seehabicht* lag auf dem Trockendock, wer weiß, für wie lange, doch irgendwann würden die Schäden wieder repariert sein. Das Schiff würde wieder segeln können und sich auf den Weg in weite Fernen machen.

Doch dann würde der Kapitän nicht mit an Bord sein.

Hamish kämpfte die Traurigkeit nieder, die sich bei diesem Gedanken in seiner Brust breit machte.

Marcus lehnte sich zurück an den gepolsterten Sitz der Reisekutsche der Hawksmoors, auf den letzten Meilen ihres Wegs durch die Ländereien von Cornwall zu seinem Heim auf den Klippen.

Sie fuhren der Küste entlang, über den felsigen Grund in der Gegend des kleinen Seehafens Tintagel. Marcus saß allein in der Kutsche, seine Bediensteten, die ihn versorgten, saßen oben neben dem Kutscher, sicher dankbar für eine Weile Ruhe von der unangenehmen Aufgabe, sich ständig um die Bedürfnisse ihres Herrn kümmern zu müssen.

Seine Augen schlossen sich angesichts der Welle von Schmerz, die ihn jedes Mal überkam, wenn er an das Leben dachte, das er jetzt lebte. Er wusste, dass der Kummer, der ihn beinah zerriss, nichts zu tun hatte mit den Schmerzen in seinen gebrochenen, nutzlosen Gliedern. Er biss die Zähne zusammen in dem Bemühen, ihn zu verdrängen, machte sein Herz härter gegenüber der Qual zu wissen, dass er kaum noch ein Mann war, sondern eher nichts als ein nutzloser Krüppel.

Etwas brannte hinter seinen Augen. Er blinzelte und ballte die Fäuste, und das Brennen verschwand. Von der Mitte abwärts spürte er nichts. Wenn nur der Rest auch taub sein könnte. Doch stattdessen fühlte er sich wie erdrückt, seine Brust war so voll von Schmerz und Bedauern, dass er kaum atmen konnte. Er war tief erschüttert, und sein Herz war ihm so schwer, dass er den Willen verloren hatte, weiter als bis zur nächsten Stunde oder gar bis zum nächsten Tag zu denken.

Und immer war da auch der Ärger. Er schlug deswegen um sich, tat den Menschen weh, die ihn umgaben, wusste, dass er hätte akzeptieren sollen, was geschehen war, war aber völlig unfähig dazu.

Am schlimmsten von allem war der Zweifel. Der nagende Verdacht, dass jemand etwas mit dem Schiff getan hatte, dass jemand den Mast beschädigt und so den Unfall verursacht hatte, dessentwegen er jetzt ein Krüppel war.

Wieder und wieder, auf der ganzen langen Reise von London hierher, hatte er den letzten schicksalhaften Tag an Bord seines Schiffes Revue passieren lassen. Wenn ihm nur der Schaden am Mast aufgefallen wäre. Wenn nur der Querarm zehn Sekunden später zersplittert wäre. Wenn er nur etwas konzentrierter gewesen wäre, dann hätte er vielleicht rechtzeitig zur Seite springen können.

Doch nichts von alledem war geschehen, und jetzt saß er da in der Kutsche, kaum mehr als die Hülle des Mannes, der er einst gewesen war. Er dachte mit Abscheu an die Zukunft und wünschte, er hätte sie ganz vermeiden können. Vielleicht, wenn er erst den Mut aufbrachte, würde er einen Weg finden, diesem Albtraum ein Ende zu setzen.

Die Kutsche rumpelte weiter und hielt schließlich vor dem riesigen Steinhaus auf den Klippen, Hawksmoor House. Fünfzig Schlafzimmer, zehn Salons, ein stattlicher Dinnersaal, viele Arbeitszimmer und Bibliotheken, endlose Flure und Gänge. Das Haus war mehr als dreihundert Jahre alt. Dank seiner Ahnen war es eine prächtige Mischung verschiedener Stilepochen, voller angenehmer Wärme, die ihn eigentlich hätte verlocken müssen. Doch das tat sie nicht.

Als Junge hatte er den Ort geliebt, doch als er älter geworden war und die Tatsache akzeptiert hatte, dass ihm das Haus nie gehören würde, hatte er seine Liebe auf etwas anderes gerichtet: auf die See, die es umgab. Und so hatte er ein Leben gefunden, das jeden seiner Träume erfüllte. Und nun war dieser Traum für immer verloren, ebenso wie der Gebrauch seiner Beine.

Die Tür der Kutsche öffnete sich, und sein Diener Frederick Peterbrook, ein großer, massiger Mann, der seit Jahren für die Familie arbeitete, begann, ihm herauszuhelfen. Große Hände nahmen seine nutzlosen Beine, drehten sie zur Tür, griffen nach ihm, um ihn herauszuheben, als wenn er ein Baby wäre.

Die Hitze überströmte wieder Marcus' Gesicht, und er musste den Blick abwenden. Scham und Demütigung kämpften gegen Schmerz und Zorn in ihm an. Er hätte den Mann am liebsten angeschrien, ihm befohlen, er solle ihn in Ruhe lassen, doch er musste zum Haus kommen, und dazu gab es keine andere Möglichkeit.

Stattdessen kämpfte er seinen Ärger nieder, als ihn der große Mann in einen wartenden Stuhl setzte und zusammen mit einem Lakaien ins Haus trug. Er erstickte die Wut, die auszubrechen drohte, um alles und jeden in seinem Weg zu verbrühen. Stattdessen zog er sich einfach nach innen zurück und begrub seinen Schmerz und seinen Zorn in seinem Innern.

Er wurde ein anderer, ein Mann, der mit der schrecklichen Schande würde leben müssen.

Wochen vergingen, eine nach der anderen, und immer noch hatte Brandy zu keiner Entscheidung gefunden. Jetzt, wo sie ihre Freiheit hatte, stellte sie fest, dass sie wartete, als suche sie nach einem Zeichen, das ihr sagen würde, was sie tun solle.

Dieses Zeichen kam ein paar Tage später. An jenem Tag, als Brig Butler von der Mannschaft der *Seehabicht* durch die Tür der Schänke kam, hoch gewachsen, blond, gut aussehend. Er entdeckte sie in dem Augenblick, als er hereinkam, schritt entschlossen auf sie zu, und als Brandy ihn sah, erstarrte sie förmlich. Brig hatte Charleston an Bord der *Seehabicht* verlassen.

Einen einzigen wilden, schockierenden Augenblick lang dachte sie, dass Marcus zurückgekommen war. Dann fiel ihr der angespannte, besorgte Ausdruck auf Brigs Gesicht auf, und sie wusste sofort, in einem schmerzlichen Augenblick, dass es nicht so war.

»Mr. Butler.« Sie versuchte zu lächeln, aber der Ausdruck in seinen Augen hielt sie davon ab. »Ich ... ich bin überrascht, Euch hier zu sehen. Ich dachte, die *Seehabicht* –«

Er schüttelte nur den Kopf. »Ich bin an Bord der *Schneegans*, einem anderen Hawksmoor-Schiff, hierher gekommen. Die *Seehabicht* liegt zurzeit in England.«

»England? Ich dachte, sie wollten in den Fernen Osten.«

Brig räusperte sich, das Gesicht angespannt und düster, eindeutig voller Unbehagen. Ihr eigenes Unbehagen wuchs. »Es hat einen Sturm gegeben«, sagte er. »Einen sehr schlimmen Sturm. Die *Seehabicht* ist schwer beschädigt worden. Wir waren gezwungen, zum Reparieren nach London zurückzukehren.« Seine sonst so klaren, glitzernden blauen Augen schienen auf unerklärliche Weise getrübt. »Es hat einen Unfall gegeben, Miss Winters, einen sehr schlimmen Unfall.«

Brandy schluckte. Ihre Beine hatten zu zittern begonnen. »Einen Unfall?«, wiederholte sie gepresst. »Was ... was für einen Unfall?«

Brig nahm ihre Hand. »Warum setzen wir uns nicht? Es ist schon lange her, seit wir uns das letzte Mal unterhalten haben. Vielleicht könnten wir einen ruhigen Platz finden, um zu reden.«

Sie begann zu zittern. Der Ausdruck auf Brigs Gesicht machte klar, dass etwas absolut nicht in Ordnung war. »Sagt es mir, Brig. Sagt mir, was geschehen ist.«

Der blonde Mann wandte den Blick ab, holte tief Luft, um die Fassung zu bewahren. »Wir waren zwei Wochen von London entfernt, da kam ein Sturm auf, sozusagen aus dem Nichts. Wie ich schon sagte, es war ein schlimmer Sturm. Die *Seeha-*

bicht hielt ihm stand. Wir hatten Vertrauen in Kapitän Delaine, und keiner von uns machte sich besonders viele Sorgen. Dann traf eine große Welle das Schiff, sodass es plötzlich heftig zur Seite kippte. Der Mast splitterte. Der Kapitän wurde verletzt, als der Querarm herunterkam. Und das ist der Grund, warum ich hier bin. Ich dachte, Ihr würdet das vielleicht wissen wollen.«

»Marcus ... Marcus wurde verletzt?« Ihr wirbelte der Kopf, es wurde ihr eng in der Brust. Sicher hatte sie ihn missverstanden. Brig half ihr in einen Stuhl, und diesmal widersetzte sie sich nicht. Er nahm auf einem Stuhl neben ihr Platz und ergriff noch einmal ihre Hand.

»Es tut mir Leid, Brandy. Er ist sehr schlimm verletzt worden, fürchte ich. Seine beiden Beine wurden gebrochen. Sein Rückgrat ist ... verletzt worden.«

Die letzte Farbe schwand aus ihren Wangen. »Sein Rückgrat?«

»Ja.«

»Und er ... er hat Euch hierher geschickt, um mir das zu sagen?«

Brig schüttelte den Kopf. »Nein. Er hat keine Ahnung davon, dass ich hier bin. Ich kam, weil ich weiß, was Ihr für ihn empfindet – wir alle wussten es. Wir konnten es in Euren Augen sehen, wann immer ihr ihn angeschaut habt. Und obwohl er es sich nie hat anmerken lassen, wussten wir, wie gern er Euch hatte. Kapitän Delaine ist in Schwierigkeiten, Brandy. Ich bin gekommen, weil ich dachte, Ihr würdet ihm vielleicht helfen können.«

Brandy konnte nicht sprechen. Ihre Kehle war zugeschnürt, und Tränen brannten in ihren Augen, stiegen auf und rollten über ihre Wangen. Sie schluckte schwer, bemühte sich, die Worte hervorzubringen, obwohl ihre Lippen sich steif und taub anfühlten. »Da ist ... da ist noch etwas, oder?«

Brig atmete langsam aus. »Er kann nicht gehen, Brandy.

Nach dem Unfall kehrten wir nach England zurück, und er wurde in seine Heimat nach Cornwall gebracht. Seit dem Tag, an dem er herausfand, dass er das Schiff würde verlassen müssen, dass er nie wieder als Kapitän würde mitsegeln können, war er nur noch wie ein lebender Toter. Ich habe ihn besucht – mit einer ganzen Gruppe von Leuten aus der Mannschaft der *Seehabicht* und Mr. Bass. Er lebt in einem feinen Haus auf den Klippen über dem Ozean, aber er verlässt es nie. Er sitzt nur den ganzen Tag da und starrt aufs Wasser hinaus.«

»O Gott.« Sie schloss die Augen und konnte Marcus ganz allein dasitzen sehen.

»Sein Bruder hat versucht, ihm zu helfen. Eine ganze Reihe von Ärzten hat er in London konsultiert, noch mehr sind hinaus zu seinem Haus gefahren.«

»Und keiner konnte irgendetwas für ihn tun?«

»Das weiß ich nicht sicher. Ich weiß nur, dass ich nicht ertragen konnte, ihn so zu sehen. Marcus war ein Freund meines Vaters – das hat er Euch nie gesagt, oder?«

»Nein ... hat er nicht.«

»Mein Vater ist Händler und sehr erfolgreich. Ich bin sein einziger Sohn. Das Letzte, was er wollte, war, dass ich davonlaufe und auf See gehe. Kapitän Delaine hat mit ihm gesprochen und ihm irgendwie klargemacht, wie wichtig dies für mich wäre. Ich habe immer zu ihm aufgesehen – wie wir alle. Wir konnten nicht einfach dastehen und nichts tun.«

Brandy blinzelte, und noch mehr Tränen rollten über ihre Wangen. »Ich muss zu ihm. Ich muss so schnell wie möglich zu ihm.«

Brig Butler drückte ihre Hand. »Ich habe gehofft ... gebetet, dass Ihr das sagen würdet. Ich habe ein wenig Geld gespart. Der Rest der Mannschaft hat auch beigesteuert. Zusammen reicht es für Eure Überfahrt.« Er griff tief in seine Tasche, aber Brandy hielt seine Hand fest.

»Ich brauche kein Geld, Brig, nicht mehr. Mein Vater ist vor ein paar Wochen gestorben. So, wie es aussieht, hat er mir ein recht ordentliches Vermögen hinterlassen. Ich habe genug Geld, um alles zu tun, was ich möchte. Ich hatte sowieso vor, von hier wegzugehen. Ich wusste nur noch nicht, wohin.« Sie wischte über ihre feuchten Wangen. »Jetzt weiß ich es.«

»Es wird nicht leicht sein«, warnte sie Brig. »Er hat uns nur ein einziges Mal empfangen. Jetzt heißt es, dass er keinen mehr hereinlässt. Nur seinen Bruder und die Bediensteten, die ihn versorgen.«

Brandy setzte sich gerade auf. »Ich versichere Euch, Mr. Butler, wenn ich erst einmal dort bin, wird er mich hereinlassen – auf die eine oder andere Art.«

Brig Butler lächelte zum ersten Mal. Er schob seinen Stuhl zurück und stand auf. »Es tut mir Leid, dass ich Euch eine so schlechte Nachricht überbringen musste, aber früher oder später hättet Ihr es sowieso erfahren, und ... na ja ... wir dachten ... ich meine, wir von der Mannschaft ... dass einer von uns hier sein sollte, wenn Ihr es erfahrt.«

Brandy stand auch auf. Ihr schmerzte die Brust fast unerträglich, und sie konnte kaum sprechen. Sie stellte sich auf die Zehenspitzen und drückte einen zitternden Kuss auf seine Wange. »Danke, dass Ihr gekommen seid, Brig. Ihr könnt Euch nicht vorstellen, wie wichtig das für mich ist.«

Er lächelte sanft auf sie herab. »Vielleicht doch. Ich hoffe nur, dass ich eines Tages das Glück haben werde, eine Frau zu finden, die mich so gern hat wie Ihr Kapitän Delaine.«

13

Rexland Delaine schloss die Tür zum Meerblick-Salon und ließ seinen Bruder allein. Das Zimmer war Marcus' erwähltes Domizil, eine Kammer mit viel Gold und Spiegeln und vielen

Fenstern hinaus aufs Meer, das sich in endlose Ferne fortzusetzen schien. Es war schon in Kinderzeiten Marcus' Lieblingszimmer gewesen.

Rex fragte sich inzwischen, ob Marcus, an seinen Stuhl gefesselt, die lockende Schönheit draußen vor den Fenstern überhaupt noch wahrnahm.

Rex dachte an seinen Bruder und die schwierigen Stunden, die er in letzter Zeit mit ihm verbracht hatte, und die Muskeln in seinem Unterkiefer spannten sich. Er fuhr sich mit einer Hand durch sein welliges schwarzes Haar.

Mein Gott, was für ein Morgen.

Obwohl Rex und Marcus Söhne von zwei verschiedenen Müttern waren, sahen sie sich ziemlich ähnlich. Rex war ein wenig kleiner, seine Züge weniger kantig, seine Augen von einem helleren Blau. Aber sein Haar hatte dasselbe leicht gelockte Schwarz, und seine Haut wäre ebenso dunkel gewesen, wenn er gleich viel Zeit in der Sonne verbracht hätte.

Rex war als jüngster der drei Delaine-Brüder der mit dem unproblematischsten Charakter und dem meisten Charme, obwohl ihm der in letzter Zeit wegen Marcus abhanden gekommen zu sein schien, der immer der schwierige Bruder gewesen war, arrogant und ehrgeizig, entschlossen, allein zurechtzukommen, unwillig, sich in irgendeiner Form den Forderungen ihres Vaters zu beugen. Das schwarze Schaf der Familie.

Rex hätte beinah gelächelt. Jetzt, wo ihr älterer Bruder Geoffrey tot war, hatte Marcus den Titel des Grafen von Hawksmoor geerbt. Er hatte den Titel nie haben wollen, und das, obwohl ironischerweise Marcus von allen drei Delaine-Söhnen am ehesten den autoritären Charakter des Vaters geerbt hatte.

Rex' Lächeln verschwand. Sein Bruder war immer eine machtvolle, beherrschende Gestalt gewesen. Jetzt war er auch fordernd, grüblerisch, unaufmerksam und unmöglich im Umgang. Rex wusste, wie schwer er es hatte und dass er glaubte, sein Leben wäre vorüber.

In Wahrheit glaubte Rex, dass sein Bruder wünschte, der Unfall hätte ihn umgebracht, anstatt ihn als das zurückzulassen, was Marcus einen »hoffnungslosen Krüppel« nannte.

Rex lehnte sich nach hinten an die geschlossene Tür des Salons und versuchte, seine Kräfte zu sammeln. Er war müde. So verdammt erschöpft. Wenn er nicht damit beschäftigt war, die Hawksmoor-Ländereien zu leiten, arbeitete er auf seinen eigenen Ländereien, Teil einer kürzlich auf ihn gefallenen beträchtlichen Erbschaft von seinem Großvater mütterlicherseits. Jetzt war auch noch die Hawksmoor Schifffahrtsgesellschaft in seine Verantwortung übergegangen. Er hatte das Gefühl, als hätte er vom Morgengrauen bis zum Abend gearbeitet und immer noch nicht alles geschafft.

Und dann war da noch die ständige Sorge um Marcus. Sein Bruder ertrank in der Verzweiflung, wurde von Hoffnungslosigkeit und Niedergeschlagenheit verzehrt. Stunde um Stunde saß er einfach vor dem Fenster, starrte hinaus aufs Wasser und sehnte sich nach dem Leben, das er einst gehabt hatte. Mein Gott, wenn es nur eine Möglichkeit gäbe, ihm irgendwie zu helfen.

Rex holte tief Luft, um sich Mut zu machen, und stieß sich von der Tür ab. Sich Sorgen zu machen würde nicht helfen. Genau genommen hatte er keine Zeit für Sorgen. Er hatte einfach zu viel zu tun.

Er nahm sich vor, einiges sofort in Angriff zu nehmen, als er den Gang hinunter zu seinem Arbeitszimmer eilte, wo ein Stapel Papiere auf ihn wartete. Er hörte Geräusche am Eingang, als er sich dem Foyer näherte. Es war irgendeine Art von Auseinandersetzung mit demjenigen, der das Unglück hatte, auf der anderen Seite der Tür zu stehen.

Der Butler, Milton Giles, stand fest wie ein Felsen an der Tür und war offensichtlich alles andere als erfreut.

Rex ging hin. »Was ist los, Giles, gibt es irgendein Problem?«

»Ich fürchte ja, Sir.«

»Und worin besteht das, wenn ich fragen darf?«

Als Antwort darauf öffnete der hoch gewachsene, schlanke Butler einfach die Tür. Rex hob eine Augenbraue angesichts der kleinen rothaarigen Frau, die auf den breiten Steinstufen draußen stand.

»Die Dame ist gekommen, um seine Lordschaft zu sehen. Ich habe ihr mitgeteilt, dass er keine Besucher empfängt, aber sie weigert sich zu gehen.«

Rex' Blick glitt über die Gestalt der Frau. Sie trug ein teures Reisekleid, dessen Farbe ein wenig zu leuchtend grün war. Obwohl der Seidenstoff gut geschnitten und offensichtlich teuer war, schienen am Oberteil zu viele Rüschen und ein übertriebener Volant am Saum angenäht zu sein. Die Haube, die sie auf ihrem leuchtend kupferroten Haar trug, saß leicht schief, und irgendwie waren zu viele Blumen auf ihrer Krempe angebracht.

»Kann ich Euch helfen?«, fragte Rex und bemerkte das hübsche Gesicht und die gute Figur der Frau an der Schwelle. »Miss …?«

»Mein Name ist Brianne Winters. Ich bin gekommen, um Kapitän Delaine zu sehen. Er ist auch der Graf von Hawksmoor. Ich glaube, dass er hier wohnt.«

Bei dem Namen wurde er sofort aufmerksam. Rex spürte, wie ein Lächeln auf seinen Lippen erschien. Er wusste, wer diese Dame war. Sein Bruder hatte ihm eine ganze Menge von ihr erzählt, bevor er zu seiner unglücklichen Reise aufgebrochen war. »Das ist allerdings richtig. Kommt doch herein, Miss Winters. Ich bin Rex Delaine, Marcus' Bruder.«

Sie versteckte ihre Erleichterung nicht. Offensichtlich wusste auch sie, wer er war. »Es ist mir wirklich ein großes Vergnügen, Euch kennen zu lernen, Mr. … Oder sollte ich sagen, Mylord?«

»Ich fürchte, einfach nur Mister.«

Sie lächelte bei diesen Worten. »Es ist mir ein Vergnügen, Mr. Delaine. Euer Bruder hat immer sehr wohlwollend von Euch gesprochen.«

»Von Euch ebenfalls, Miss Winters.«

Das schien sie zu überraschen. »Ach, wirklich?«

»Das war schon vor einiger Zeit … aber ja, er hat es wirklich getan.«

Sie schien erfreut und sogar noch mehr erleichtert als zuvor. »Ich bin ziemlich weit gereist, um ihn zu besuchen. Und ich werde nicht wieder fortgehen, ohne ihn gesehen zu haben.«

Er hob eine Augenbraue. Sein Bruder hatte gesagt, dass sie eine ziemlich entschlossene Frau war. Offensichtlich stimmte das. »Gehe ich recht in der Annahme, dass Ihr von dem Unfall gehört habt?«

»Ja. Einer der Männer von der *Seehabicht* hat mir davon berichtet. Deswegen bin ich hier.«

Er sah sie noch einmal genau an. Sie betrachtete ihn ebenfalls prüfend und wandte dann den Blick ab, um die Umgebung zu betrachten. Er bemerkte, dass ihre Hände zitterten, während sie die hohe, gewölbte Decke mit dem schweren Kristallleuchter betrachtete, danach den schwarzweißen Marmorboden unter ihren grünen Wildlederschuhen. Es gab keinen Zweifel daran, dass sie nervös war, doch sie wirkte auch sehr entschlossen.

»Also gut, da ihr es Euch derart fest vorgenommen habt, sollten wir vielleicht in den Salon gehen, um uns in Ruhe unterhalten zu können.«

Große, leicht geschwungene goldbraune Augen blickten ihn an. »Wie Ihr wünscht, Sir.«

Er sah jetzt erst wirklich, wie unglaublich hübsch sie war, sie hätte die Rüschen und Volants und Verzierungen nicht gebraucht, die ihre Schönheit höchstens verschleierten, wenn auch nur sehr oberflächlich. Ihre Brüste waren hoch und voll, der Ansatz sittsam verdeckt, aber trotzdem verlockend über dem Ausschnitt ihres erbsengrünen Kleides mit der hohen Taille zu erkennen. Ihre Knöchel waren schmal, ihr Hals schlank und vollendet, ihre Haut so glatt wie Sahne. Marcus hatte gesagt, dass er sie sehr heftig begehrt hatte. Rex konnte verstehen, warum.

Er führte sie den Flur entlang in den weißen Salon, einen Raum, der in Elfenbeinfarben und Gold gehalten war und hohe Stuckdecken und verzierte goldene Spiegel an den Wänden hatte. Ein Kamin aus rosa Marmor füllte die beiden Schmalseiten, und frische Blumen standen in silbernen Vasen.

Miss Winters stand neben ihm und betrachtete ihre Umgebung, sie konnte ihr Erstaunen und ihr Wohlgefallen nicht verbergen.

Und das schien sie auch nicht vorzuhaben.

»Ein wunderschöner Raum.« Sie sah sich noch einmal in dem Zimmer um, das einer von Rex' Lieblingssalons war. »Von außen sieht das Haus, weil es aus so vielen großen grauen Blöcken gebaut ist, eher kalt und unfreundlich aus, aber im Innern … im Innern ist es wunderschön und überhaupt nicht kalt.« Sie lächelte, mit einem weichen, ernsthaften und unaffektierten Lächeln, und er begriff in diesem Augenblick, dass sein Bruder mehr für sie empfunden haben musste als nur die Lust, von der er gesprochen hatte.

»Ich bin froh«, sagte sie, »dass Marcus einen solchen Ort hatte, um nach Hause zu kommen.«

Er bemerkte die Art, wie sie den Namen seines Bruders aussprach: mit einem eigenartigen Sehnen in der Stimme, und eine seltsame Hoffnung stieg in ihm auf.

»Ihr wisst ja wohl, dass mein Bruder sehr schwer verletzt worden ist. Wenn Ihr hergekommen seid, um denselben Mann vorzufinden, den Ihr an Bord der *Seehabicht* kanntet, werdet Ihr schwer enttäuscht werden.«

Ihr Blick richtete sich auf ihn, und ihr Gesicht wurde plötzlich bleich. »Wollt Ihr damit sagen, dass … dass nicht nur seinem Körper, sondern auch seinem Verstand etwas geschehen ist?«

Rex schüttelte den Kopf. »Nein, nein, natürlich nicht. Seine Beine sind gelähmt, das ist alles. Sein Verstand ist so scharf wie immer.«

Sie atmete erleichtert auf, und ihre Augen schlossen sich für einen Moment. Als sie ihn wieder ansah, wirkten ihre Schultern etwas straffer. »Dann ist er derselbe Mann, der er war.«

Rex musste ihr unwillkürlich Recht geben. Doch ganz richtig war es auch wieder nicht. »Innerlich, möglicherweise. Nach außen hin ist er anders. Er glaubt, dass sein Leben vorüber ist. Es gibt Zeiten, da glaube ich, er wünschte, er wäre tot.«

Das Mädchen wandte den Blick ab, aber er hatte den leichten Schimmer der Tränen schon gesehen. Sie blinzelte heftig, dann wischte sie eine Träne weg, die über ihre Wange rann. Sie richtete ihre kleine Gestalt auf und sah ihn wieder an. »Das ist eine lächerliche Art, sich zu fühlen, und das werde ich ihm auch sagen. Bitte … Ihr müsst mir erlauben, ihn zu sehen.«

Sein einer Mundwinkel hob sich. »Irgendwie glaube ich nicht, dass ich Euch aufhalten könnte, selbst wenn ich das wollen würde.«

Sie versuchte zu lächeln, aber er konnte sehen, wie besorgt sie war.

»Normalerweise würde ich ihm ankündigen, dass er Besuch hat, aber wenn ich das mache …«

»Wenn Ihr das macht, weigert er sich vielleicht, mich zu sehen.«

»Ganz genau.«

»Dann werden wir ihn überraschen. Wir werden ihm einfach keine Wahl lassen.«

Rex grinste. »Ungefähr so, wie Ihr es schon einmal gemacht habt, Miss Winters, als Ihr Euch als blinder Passagier an Bord seines Schiffes verstecktet?«

Ihre Wangen röteten sich ein wenig. Ihre Lippen waren voll

und schön geformt und hoben sich jetzt an den Mundwinkeln. »Ziemlich genau so, Sir. Ja, wirklich, ziemlich genau so.«

Brandy folgte Rex Delaine zurück in den Flur und mit hallenden Schritten über den schimmernden Marmor. Ihre Knie zitterten. Sie war einfach nicht in ihrem Element in diesem prächtigen Haus, das eindrucksvoller war als alles andere, was sie je gesehen hatte. Sie hatte ihren ganzen Mut aufbringen müssen, um über die Allee der Einfahrt und die einschüchternd breiten Stufen zum Haus hinaufzugehen. Aber sie war wegen Marcus gekommen, und kein Haufen Steine, egal, wie kunstvoll zusammengesetzt, würde sie von ihm fern halten.

Sie gingen weiter den Flur entlang, und Brandy blieb neben einem schmalen Tisch mit einer Marmorplatte stehen, um Hut und Handschuhe abzulegen. Obwohl sie wenig Ahnung von Benimmregeln hatte, war sie sicher, dass das nicht die feine Art war für eine Dame, die zu Besuch war, aber die Haube gefiel ihr nicht wirklich gut, die Flo mit ihr ausgesucht hatte, und sie wollte, dass Marcus nicht ihre neuen Kleider, sondern die Frau, die sie vorher gewesen war, sah – das Wirtshaus-Mädel, das er auf dem Kai von Charleston zurückgelassen hatte.

»Bereit?«, fragte sein Bruder, ohne ihr seltsames Verhalten zu hinterfragen, so als könnte er sie vielleicht verstehen. Sie mochte den jüngsten Delaine. Er war gut aussehend und bewegte sich mit Grazie, eine weichere, weniger kraftvolle Version von Marcus, und instinktiv glaubte sie, dass er seinen Bruder sehr liebte.

Und er machte sich Sorgen um ihn. Große Sorgen.

»So bereit, wie ich je sein werde.« Was natürlich bedeutete, dass sie überhaupt nicht bereit war. Sie zitterte innerlich, und ihre Angst und Unsicherheit nahmen mit jedem Augenblick zu. Sie wollte Marcus verzweifelt gern wieder sehen, und es schmerzte sie, daran zu denken, wie sehr er hatte leiden müssen.

Als Rex vor der Tür eines weiteren der vielen Salons des Herrenhauses stehen blieb, holte Brandy ganz tief Luft, um sich Mut zu machen. Was würde Marcus sagen, wenn er sie sah? Würde er sich freuen, dass sie gekommen war? Oder verärgert sein, dass sie sich einfach wieder in sein Leben einmischte?

»Sollen wir hineingehen, Miss Winters?«, fragte Rex.

Sie richtete sich auf und nickte, bereit, Marcus entgegenzutreten. In dem Augenblick, als sich die Tür öffnete, wurde ihr allerdings klar, dass sie absolut nicht bereit war, nicht, als sie ins Zimmer trat und der Mann in dem Sessel mit der hohen Lehne seinen Kopf drehte und in ihre Richtung schaute.

Einen Moment lang schwankte sie, und nur der sanfte Druck von Rex Delaines Hand an ihrem Arm hielt sie davon ab, umzufallen. Statt des hoch gewachsenen, unerträglich attraktiven Mannes, den sie geliebt hatte, starrte sie ein dünner, hohläugiger Mann mit hagerem Gesicht an, seine Züge verzerrt zu der Parodie des arroganten, dynamischen Menschen, der er früher gewesen war.

Seine Wangenknochen wirkten scharf wie Rasiermesser, seine Wangen waren bleich und eingesunken, sein schwarzes Haar zu lang und ungekämmt. Er trug keinen Rock, und sein Rüschenhemd war in einer Weise zerknittert, die er früher nie geduldet hätte.

Und doch sah sie sofort über seinen trostlosen Zustand hinweg. Er war Marcus, und er litt.

Sie musste sich die größte Mühe geben, nicht zu ihm zu laufen und ihn fest an sich zu drücken. Sie wollte ihn trösten, seinen verletzten Körper heilen – und seine gequälte Seele dazu.

»Marcus …«, flüsterte sie. Ohne sich weiter um das donnernde Pochen ihres Herzens und ihre zitternden Glieder zu kümmern, ging sie auf ihn zu, sicher, dass ihm immer noch nicht klar war, wer ihm gegenüberstand. Als seine dunkelblauen Augen plötzlich schmal wurden und ein Muskel in seiner

Wange zuckte, begriff sie, dass er ganz genau wusste, wer sie war, und dass er voller wilden, wütenden Zorns sein musste.

»Verdammt noch mal, Rex, was hast du getan!« Seine rauen Worte überbrückten hart den Abstand zwischen ihnen, sodass Brandy auf der Stelle stehen blieb. »Wenn du dafür verantwortlich bist, dass diese Frau hierher gekommen ist, schwöre ich, dass ich dir das niemals vergeben werde.«

Brandy schluckte. Sie schloss einen Moment die Augen, damit sie sich nicht umdrehte und davonrannte. Brig hatte sie gewarnt. Rexland hatte sie gewarnt. Sie hatte gewusst, dass es nicht leicht sein würde.

Sie zwang sich zur Ruhe. »Dein Bruder hat nichts damit zu tun, dass ich hier bin. Ich bin eben erst angekommen, und wir sind uns vor ein paar Minuten zum ersten Mal begegnet.«

Eine ärgerliche Röte sickerte unter seine bleiche Haut, sodass er ein wenig mehr dem Mann glich, der er früher gewesen war. »Ich weiß nicht, warum du hier bist, und es ist mir auch egal. Ich will, dass du von hier verschwindest.«

Ein scharfer Schmerz durchfuhr sie. Kummer und Verletzung gleichzeitig. Rücksichtslos unterdrückte sie die Empfindungen. »Ich hörte, was geschehen ist, und bin gekommen, weil mir etwas an dir liegt. Weil ich mir Sorgen um dich gemacht habe.«

Er schnaubte nur. »Es gibt kaum einen Grund zur Sorge. Meine gebrochenen Beine sind wieder geheilt. Ich kann nur nicht gehen. Deine Gegenwart wird das nicht ändern. Und jetzt, wo du deine Neugierde befriedigt hast, kannst du wieder aufbrechen.«

Trotz des Mitleids empfand Brandy auch ein wenig Ärger. »Das glaubst du also? Dass ich aus lauter Neugierde Tausende von Meilen zurückgelegt habe? Und dass ich jetzt einfach weggehen werde, nachdem ich dich kurz gesehen habe?«

»Du wirst genau das tun, was ich dir sage.«

Sie hob das Kinn. »Es tut mir Leid, Mylord Kapitän. Ich

stehe nicht mehr unter Eurem Befehl. Und es sieht so aus, dass ich ein kleines Haus hier in Tintagel gemietet habe, nur ein Stück die Straße hinunter von hier. Und ich habe die Absicht, dort für die nächsten paar Monate zu bleiben.«

Marcus' Gesicht wurde fleckig rot. »Bist du verrückt? Kannst du denn nicht sehen, dass du hier nicht willkommen bist? Du wirst dieses Haus sofort verlassen, und ich erlaube nicht, dass du noch einmal hereinkommst.«

Mit einer lässigen Bewegung, die sie nicht wirklich empfand, wandte sie sich an seinen jüngeren Bruder, in der Hoffnung, dass sie ihn richtig verstanden hatte und darauf zählen konnte, dass er ihr helfen würde. »Marcus scheint ein wenig überanstrengt, fürchte ich. Ich werde jetzt gehen, damit er sich wieder erholen kann. Morgen früh komme ich dann wieder, wenn Ihr einverstanden seid.«

Rex Delaine lächelte nur. »Ich werde mich freuen, Euch wieder zu sehen, Miss Winters.«

»Verdammt noch mal!«, tönte Marcus' Stimme durch den Raum. Das Teeservice neben ihm fiel krachend zu Boden.

Brandy lächelte süß. »Ich hoffe, dass Ihr Euch bis dahin ein wenig weniger übellaunig fühlt, Lord Hawksmoor. Denn das passt wirklich überhaupt nicht zu Euch.«

Marcus fluchte, schlug mit der Faust gegen die Armlehne seines Sessels und wandte sich heftig ab, um wieder aus dem Fenster zu starren. Sie musste wirklich ihren ganzen Mut aufbringen, um sich einfach umzudrehen und seinem Bruder aus dem Zimmer zu folgen.

Sie zitterte am ganzen Körper, Übelkeit stieg in ihrem Magen auf, und sie schwankte. Am liebsten hätte sie sich einfach hingesetzt und geweint, aber sie wusste, dass sie das nicht tun konnte. Also zwang sie ihre Beine, aufrecht zu bleiben, und ihre Lippen, sich zu einem Lächeln zu heben.

»Tja, wenn man die Umstände bedenkt, ist das ja gar nicht schlecht gelaufen.«

Rex Delaines Gesichtsausdruck verwandelte sich von finsterer Resignation in Erstaunen. Seine Lippen zuckten, dann brach er plötzlich in Lachen aus. Als er sich schließlich wieder unter Kontrolle hatte, wischte er sich Lachtränen vom Gesicht. »Ich glaube, Miss Winters, wir werden prima miteinander auskommen.«

Brandy lächelte jetzt wirklich. In diesem Augenblick war ihr ohne jeden Zweifel klar, dass sie einen Mitstreiter hatte. Und wenn sie Glück hatte, vielleicht sogar einen Freund.

Marcus saß in seinem Sessel und biss die Zähne zusammen. Seine Hand ballte sich zur Faust und schlug auf seine tauben, gefühllosen Beine. Wie konnte sie es wagen, sich einfach noch einmal so dreist in sein Leben zu drängen? Wie konnte sie es nur wagen? Wenn es möglich gewesen wäre, wäre er im Zimmer auf und ab gelaufen. Stattdessen saß er in seinem Sessel, seine Eingeweide schienen sich zusammenzuballen, und er gab ihr alle möglichen Schimpfnamen, die ihm einfielen.

Der letzte Mensch auf der Welt, den er sehen wollte, war Brianne Winters. Der letzte Mensch auf der Welt, von dem er wollte, dass er ihn so sah, wie er jetzt war, die gebrochene, nutzlose Hülle eines Mannes, war Brianne Winters. Gott, wie hatte sein Bruder sie nur hereinlassen können?

Er dachte noch einmal an die vergangenen Momente zurück, wünschte, er hätte Rex Delaine erwürgen können, hätte den Ausdruck des Mitleids auf Briannes hübschem Gesicht auslöschen können. Er hatte nur einen Moment gehalten, aber er war doch da gewesen, und er würde ihn nie mehr vergessen.

»Eure Lordschaft?« Ein Lakai streckte nervös den Kopf zur Tür des Salons herein.

»Was willst du?«, fuhr ihn Marcus an. »Ich habe doch gesagt, dass ich nicht gestört werden will.«

»Ihr habt den ganzen Tag noch nichts gegessen, Mylord. Euer Bruder dachte, vielleicht –«

»Wenn ich etwas zu essen will, klingele ich, dass man mir ein Tablett bringt. Jetzt verschwinde und lass mich in Ruhe.«

»J-ja, Mylord, natürlich.«

Die Tür schloss sich eilig, und Marcus war wieder allein. Er wandte sich um und starrte wieder aus dem Fenster. Da das Haus ganz oben auf der Klippe der Küste von Cornwall gebaut war, hatte es einen unübertrefflichen Blick aufs Meer. Heute war es von einem dunklen Mitternachtsblau, das sich ungebrochen bis zum Horizont ausdehnte. Der Himmel war immer noch klar, aber ein paar Wolken fingen an herüberzutreiben. Die Sonne verblasste und verschwand hinter einer Wand von heraufziehendem Nebel. Das Meer blieb ruhig – ganz anders als Marcus, der immer noch wütend war.

An den meisten Tagen betrachtete er das Meer mit Sehnsucht, die Gedanken bei seinem Schiff und den Tagen, die er an Deck verbracht hatte, Tage, die nie wiederkommen würden. Es zerriss ihn, daran zu denken, und doch konnte er nicht damit aufhören. Tag um Tag saß er in diesem Salon, verzehrt von dem Verlust, den er spürte, verzehrt von der Sehnsucht nach dem Leben, das er geliebt hatte, nach den Reisen, die er nie mehr machen würde, dem Schiff, das nie wieder unter seinem Befehl segeln würde.

Wie an diesem Tag und dem Tag davor und dem Tag davor starrte Marcus hinaus auf die Wellen, hörte das durchdringende Kreischen einer grauweißen Möwe, die über dem Wasser kreiste. Dann glitt ein fernes Segel über den Horizont, ein Anblick, der ihm früher am Tag den Magen vor Kummer zusammengeknotet hätte.

Jetzt war er so verärgert, dass er die Szene kaum zur Kenntnis nahm, die ihn sonst den Rest des Tages noch hätte verfolgen können.

Stattdessen war das Einzige, was er in der riesigen Glasscheibe sah, das Gesicht der Frau, die wie ein Gespenst aus seiner Vergangenheit aufgetaucht war. Das Einzige, was er noch vor sich hatte, waren plötzlich die goldbraunen Augen und das feurig rote Haar der Brianne Winters.

Brandy konnte nicht schlafen. Jedes Mal, wenn sie die Augen zumachte, sah sie Marcus' hageres, müdes Gesicht, den matten Schimmer von Schmerz in seinem Blick, den schrecklichen Ausdruck der Niederlage.

Er ertrank in Sorgen und Kummer. Er konnte das, was er verloren hatte, nicht mehr verdrängen. Das Leben war so wertvoll, konnte so süß sein. Mein Gott, sie musste ihm helfen.

Am Morgen war sie völlig erschöpft. Ihre Muskeln schienen zu ächzen vor Müdigkeit, und ein dumpfer Schmerz pochte in ihren Schläfen. Trotzdem zwang sie ihre Beine, sich aus dem Bett zu bewegen, hob einen Arm, um nach ihrer Zofe Sally Dunston zu klingeln, und begann, sich für den Tag bereitzumachen.

»Ich habe Euch ein paar Pralinen und Gebäck gebracht«, sagte Sally und stellte das Tablett auf einen kleinen, geschnitzten Tisch neben dem Toilettentisch. Sie hatte dunkelbraunes Haar, war schlank gebaut, schüchtern und ein wenig wortkarg, aber sie war nett und aufmerksam, und Brandy hatte eine Begleiterin gebraucht, die mit ihr nach England fuhr, da es kaum annehmbar für eine junge Dame war, allein zu reisen.

Am Anfang hatte sie gehofft, dass Flo mit ihr kommen würde, doch die wollte nicht.

»Ich bin nicht wie du, Brandy. Charleston ist meine Heimat, und ich habe nicht den geringsten Wunsch, hier wegzugehen. Abgesehen davon ist Will hier und braucht mich.«

»*Ich* brauche dich«, hatte Brandy eingeworfen. »Aus der Sache mit Will wird doch nie etwas. Wenn du weggehen würdest, könntest du vielleicht jemand anderen finden.«

Flo lächelte traurig. »Ich habe dir doch gesagt – für mich gibt es keinen anderen.«

Brandy widersprach ihr nicht, sondern nahm sie in den

Arm, wünschte Florence alles Gute mit dem Wirtshaus, ließ ihre Freundin versprechen, dass sie ihr schreiben würde oder wenigstens jemanden finden, der das für sie machte, da sie selbst es nie gelernt hatte, und dann stellte sie Sally an, mit ihr nach England zu kommen.

Es war nicht leicht gewesen, nur zwei Frauen allein, aber wenigstens war sie nicht wie beim ersten Mal seekrank geworden, und das Schiff hatte London schließlich erreicht. Marcus hatte ihr die Adresse seines Bruders gegeben, bevor er Charleston verließ. Also fuhr sie von der Hauptstadt aus dorthin, hatte das Glück, ein kleines Haus in gutem Zustand zu finden, auf einem Stück Land, das direkt an die riesigen Ländereien des Grafen grenzte, und war eingezogen.

Als sie jetzt das Band ihrer schmalen Haube unter dem Kinn verknotete und die langen lila Federn glatt strich, erinnerte sie sich an den niedergeschlagenen Mann, den sie in jenem Salon gesehen hatte, und dachte, dass, sollte es je eine Möglichkeit geben, ihm zu helfen, jede Mühe, die sie hatte durchstehen müssen, die Sache wert gewesen war.

«Werdet Ihr zum Abendessen nach Hause kommen, Miss Brandy?«

»Ich denk schon. Der Kapitän wird sich sicher nicht freuen, mich zu sehen, und ich bin mir nicht klar, wie viel von seiner schlechten Laune ich mir antun mag.«

Sally lächelte freundlich. »Ihr werdet es schon schaffen. Ich bin ganz sicher.«

Brandy erwiderte das Lächeln. »Das wollen wir hoffen, Sally.« Sie wünschte innig, das Mädchen möge Recht haben, aber in ihrem Herzen war sie sich nicht so sicher.

Marcus rutschte in seinem Sessel vor dem Kamin in seinem großen Schlafzimmer hin und her. Er hatte nie gedacht, dass er in dem Staatszimmer übernachten würde, und hätte es vorgezogen, weiterhin sein altes, weniger prächtiges Schlafzimmer zu benutzen. Aber jetzt war er der Graf von Hawksmoor, und die Bediensteten würden entsetzt sein, wenn er nicht die Herrensuite bewohnte.

Die Möbel waren ihm kaum aufgefallen, als sein Vater und seine Mutter noch in diesem Teil des Hauses gewohnt hatten. Jetzt erkannte er jede Falte in der Bettdecke aus Goldbrokat und den burgunderroten Bettvorhängen, aber auch in den Vorhängen am Fenster.

Das Zimmer war extrem elegant, und doch empfand es Marcus als samtbespanntes Gefängnis. Er saß da und wartete darauf, dass sein Kammerdiener ihm beim Anziehen half, denn er brauchte die Hilfe des Mannes selbst bei den einfachsten Verrichtungen. Glücklicherweise war Frederick ein kräftiger Mann, fähig und treu. Und er hatte klar darauf bestanden, dass er für die Bedürfnisse des Herrn des Hauses sorgen würde.

Marcus' Inneres zog sich zusammen. Wie ein Kind, dachte er. Abhängig von den Menschen um ihn her, nicht mehr in der Lage, für sich selbst zu sorgen. Unwillkürlich streckte er die Hände aus und rieb sich die nutzlosen Beine. In seinen finstersten Fantasien hätte er sich nie vorstellen können, dass sein Leben einmal eine solche Wendung nehmen könnte.

Sein Leben. Im Stillen spuckte er die Worte förmlich aus. Er hatte kein Leben, gar keines. Und er würde auch nie wieder eines haben. Er rutschte in dem Sessel hin und her und wartete, dass Frederick mit frischen Kleidern zurückkam. Die letzten hatte er zwei Tage lang getragen, nur um sich aufzulehnen, um irgendwie dem Gefühl zuwiderzuhandeln, dass er der Gnade Fredericks und der anderen Bediensteten ausgeliefert war. Heute konnte er den Gedanken nicht ertragen, noch einmal dieselben schmutzigen Kleider anzuziehen.

Marcus schaute zu der Ormulu-Uhr auf dem Kaminsims. Es war schon zehn Uhr morgens. Wie viel Zeit er im Augenblick immer brauchte, nur um sich anzuziehen und für den Tag fertig zu machen. Er hasste jeden neuen Tag, konnte es nicht ertragen, die Sonne aufgehen zu sehen und zu wissen, dass ihn wieder ein nutzloser Tag erwartete.

Er wünschte sich, er könnte einfach eines Abends in sein Bett gehen und in einen so tiefen Schlaf fallen, dass er nie wieder erwachte. Er sah noch einmal auf die Uhr.

Vielleicht kam sie nicht, wenn er Glück hatte.

Er wünschte es sich. Mein Gott, wie sehr er es sich wünschte. Und doch … und doch … Gott, sie war so schön gewesen. Selbst in ihrem übertriebenen Kleid war sie die hübscheste Frau, die er je gesehen hatte. Er hasste sie dafür, hasste sie, weil sie ihm die Erinnerung zurückbrachte, wie schön sie ausgesehen hatte, als sie nackt in seinem Bett lag und ihre hübschen goldenen Augen bewundernd über seinen Körper gewandert waren.

Selbst jetzt konnte er sich noch erinnern, wie es sich angefühlt hatte, sie zu küssen, in ihr zu sein, sie zu lieben in einer Weise, wie er es nie wieder können würde. Er hätte am liebsten geweint, als er an noch einen Teil von sich erinnert wurde, den er verloren hatte. Natürlich würde er es nicht wirklich tun. Er würde sich eisern dem Bedürfnis widersetzen, so wie es ihm gelungen war, seit dem Augenblick, als er in seiner Kajüte an Bord des Schiffes aufgewacht war und festgestellt hatte, dass er seine Beine nicht bewegen konnte.

Damals hatte er zumindest noch einen Funken Hoffnung gehabt, dass er sich vielleicht erholen würde. Jetzt hatte er keine mehr. Denn seine Beine waren nicht mehr als tote Gewichte, die an seinem Körper hingen und die er selbst mit den größten Bemühungen nicht bewegen konnte.

Es war vorbei, und er wusste es, hatte es akzeptiert.

Jetzt war *sie* hier, und dass er das wusste, quälte ihn, ließ ihn mehr denn je wünschen, er wäre noch ein Mann. Seine Hand ballte sich zur Faust. Vielleicht würde sie ja nicht kommen nach dem gestrigen Empfang, den er ihr bereitet hatte.

Der Gedanke drang tiefer vor und stellte sich als noch schwereres Gewicht heraus als seine nutzlosen Beine.

Er wandte sich um, bellte einen Befehl, und Frederick kam ins Zimmer gehastet. »Ich will, dass du mir das Haar schneidest. Es ist extrem lang und lästig. Bitte mach das sofort.«

Frederick starrte ihn erstaunt an und fasste sich dann eilig wieder. »Jawohl, Mylord. Natürlich. Ich hätte das schon früher sehen sollen.«

Sein Kammerdiener erinnerte ihn nicht daran, dass er sich bei zahlreichen Gelegenheiten bemüht hatte, dafür zu sorgen, dass der Graf etwas präsentabler aussah, Marcus aber abgelehnt hatte.

Zum Teufel mit ihm, dachte Marcus, *das geht ihn überhaupt nichts an.* Doch in Wahrheit erstaunte es ihn selbst ein wenig. Er hatte keinen Grund, sich Gedanken über seine Erscheinung zu machen, also warum, zum Teufel? Er ließ den Gedanken verklingen, versuchte, nicht weiter darüber nachzudenken, warum er es sich anders überlegt hatte, lehnte sich nur in seinem Sessel zurück und wartete darauf, dass Frederick mit der Schere kam.

Brandy verließ ihr Häuschen kurz vor Mittag, um sich auf den kurzen Weg zum Hawksmoor House zu machen. Als sie ankam, stellte sie erstaunt fest, dass Rexland Delaine im Eingang stand, als hätte er auf sie gewartet.

Er begrüßte sie mit einem Lächeln, das ein wenig Erleichterung zu enthalten schien. »Ich war mir nicht sicher … nach dem, wie sich mein Bruder verhalten hat … ich dachte, Ihr würdet vielleicht nicht zurückkommen.«

»Ich habe eine weite Reise hierher gemacht. Da reichen ein paar raue Worte kaum aus, um mich zu vertreiben.«

Rex nickte, und seine Erleichterung wurde noch deutlicher. »Ihr sagtet, dass Ihr in der Nähe wohnt.«

»Das ist richtig. Ich habe mich im Hammond Cottage eingemietet, das westlich von Euren Ländereien liegt.«

»Ja, ich kenne das Haus. Ich hoffe, dass Ihr dort bequem untergebracht seid.«

»Ich wohne dort mit meiner Zofe, einer Köchin und einem Zimmermädchen. Der Blick ist sehr hübsch, und das Haus ist charmant. Wir haben es alle recht bequem dort.«

Rexland räusperte sich und wirkte ein wenig nervös. Er sah sich um, um sicherzugehen, dass sie wirklich allein waren. »Mir ist klar, dass es mich nichts angeht, aber wenn mein Bruder von Euch sprach, hatte ich immer den Eindruck, Ihr wäret … Er hat mir zu verstehen gegeben, dass Ihr vielleicht irgendwann finanzielle Unterstützung brauchen würdet. Wenn Geld in irgendeiner Form ein Problem sein sollte –«

»Vielen Dank für Eure Rücksicht, Mr. Delaine, aber ich befinde mich nicht mehr in derselben Lage. Mein Vater verstarb vor ein paar Monaten, und ich habe keinerlei finanzielle Schwierigkeiten, denn er hat mir eine recht große Summe hinterlassen.«

Er lächelte breit. »Dann werde ich mir weiter keine Gedanken machen, und sollte mein Bruder irgendwelche Sorgen diesbezüglich haben, werde ich ihn auch beruhigen.«

Sie nickte, obwohl sie angesichts von Marcus' gestrigem Verhalten bezweifelte, dass er sich je irgendwelche Sorgen um sie machen würde. Sie schaute den Flur hinunter in Richtung zu dem Salon, wo er sich gestern aufgehalten hatte. »Wie geht es ihm?«

Rex Delaine schüttelte den Kopf. »Ziemlich unverändert. Grüblerisch und schwierig. Aber wenigstens hat er heute Morgen etwas gegessen. Normalerweise isst er kaum genug, um am Leben zu bleiben.« Er lächelte. »Ich glaube, er hat sich Euretwegen so geärgert, dass er Appetit bekommen hat.«

Brandy seufzte. »Er war nicht sehr erfreut, mich zu sehen.«

»Ich denke, oberflächlich mag es so aussehen. Nachdem Ihr fort wart, hat er mich noch fast eine Stunde lang beschimpft und gefordert, ich solle Euch nicht hereinlassen.«

Brandy stöhnte.

»Ob Ihr es glaubt oder nicht, aber ich denke, das ist ein sehr gutes Zeichen.«

Sie hob eine Augenbraue. »Wie könnt Ihr nur glauben, dass die Tatsache, dass Euer Bruder es hasst, mich zu sehen, ein gutes Zeichen sein könnte?«

Rex grinste. »Weil es, meine liebe Miss Winters, die Gelegenheit war, bei der er am meisten Gefühle gezeigt hat, seit er erfuhr, dass er nicht mehr gehen kann.«

Brandy war sich nicht sicher, ob sie diese Einschätzung teilen sollte, aber das war unwichtig. Sie war hierher gekommen, um ihm zu helfen, und sie hatte vor, das irgendwie zu bewerkstelligen. Sie hoffte nur, dass er es auch zulassen würde.

»Sollen wir uns in die Höhle des Löwen wagen, Miss Winters?«

Sie lächelte. »Durch Warten wird es nicht leichter.« Rex bot ihr seinen Arm, und sie machten sich auf den Weg den Flur hinunter. Und obwohl sie wusste, was sie erwartete, stellte sie fest, dass sie sich danach sehnte, ihn zu sehen.

14

Marcus wollte am liebsten im Zimmer auf und ab gehen. Das war eine Angewohnheit, über die er früher nie nachgedacht hatte. Jetzt, wo er an diesen verdammten Sessel gefesselt war, vermisste er selbst die kleinsten Dinge, die er hatte tun können.

Er schaute zum vielleicht hundertsten Mal, seit er hier war, zur Tür des Salons.

Er wurde sich immer sicherer, dass sie nicht kommen würde.

Und warum, zum Teufel, sollte sie das auch tun? Er hatte

ihr auf so eindeutige Weise zu verstehen gegeben, dass sie hier nicht willkommen war, und das hatte er auch ganz genau so gemeint.

Ein Klopfen an der Tür unterbrach seine Überlegungen. Rex öffnete die Tür, ohne auf seine Erlaubnis zu warten. Marcus versteifte sich angesichts der kleinen kupferhaarigen Gestalt, die hereinmarschiert kam, diesmal in einem aufwendigen lavendelfarbenen Kleid. Er hasste das hässliche Ding schon auf den ersten Blick, ebenso wie die dummen kleinen lila Federn, die auf ihrem Hut tanzten. Er hätte sie mit einfacher Bluse und Rock vorgezogen, oder sogar in jenen verdammten Kniehosen.

»Ich sagte doch, dass du nicht kommen sollst.«

Sie hob das Kinn mit jener kurzen Entschlossenheit, die er schon so oft gesehen hatte. »Ja, allerdings. Und ich habe dir geantwortet, dass du mich nicht mehr herumkommandieren kannst.« Als wenn er das je gekonnt hätte, dachte er finster.

»Ich habe einiges in meinem Arbeitszimmer zu erledigen«, sagte Rex. »Ich glaube, ich werde euch beide für eine Weile allein lassen.«

Marcus richtete seine bemerkenswerte Wut auf seinen Bruder. »Ich bin der Graf von Hawksmoor und Herr dieses Hauses. Ich befehle dir, diese Frau sofort zu entfernen.«

Rex grinste nur. »Entschuldige, hast du was gesagt, Bruder? Ich glaube, ich habe dich nicht gehört.« Flink eilte er aus dem Zimmer und schloss die Tür, sodass die beiden allein waren.

Ärgerlich biss Marcus die Zähne zusammen. Sein Blick richtete sich auf Brandy und durchbohrte sie mit demselben finsteren Starren, das er auch bei seinen Männern eingesetzt hatte. Eine andere Frau wäre unter diesem eindringlichen Blick in die Knie gegangen. Aber nicht Brianne Winters.

Ihr Blick begegnete dem seinen und wanderte langsam über sein Gesicht. Er fühlte sich an wie eine weiche Zärtlichkeit, warm und seltsam beunruhigend. »Freust du dich denn wirklich überhaupt nicht, mich zu sehen, Marcus? Wir waren einmal Freunde. Hat dein Unfall das irgendwie geändert?«

Er ließ seinen Blick über ihren Körper wandern und bemerkte noch einmal ihre teuren Kleider. Wo hatte sie die her?, fragte er sich plötzlich, und ein Funken von etwas, das sich gefährlich nach Eifersucht anfühlte, glitt über sein gelähmtes Rückgrat.

»Es ist offensichtlich, dass sich zumindest einige Dinge geändert haben. Deine Kleidung, zum Beispiel. Da du nicht mehr meine Geliebte bist, nehme ich an, dass irgendein anderer Mann für dein Auskommen sorgt.«

Ihre Wangen röteten sich. Sie hob ihr Kinn noch ein wenig höher. »Ich habe diese Kleider selbst gekauft. Mein Vater verstarb, und ob du es glaubst oder nicht, er hat mir eine ganze Menge Geld hinterlassen. Ich bin eine wohlhabende Frau und von keines Mannes Wohlwollen mehr abhängig, Marcus, nicht einmal von deinem.«

Darüber schnaubte er nur. »Du warst wohl kaum je von meinem Wohlwollen abhängig. Ich glaube, es hat keine Gelegenheit gegeben, wo du auch nur einer meiner Anordnungen gefolgt wärest.«

Bei diesen Worten lächelte sie. Mein Gott, wie schön sie war.

»Ich habe immer Euren Befehlen gehorcht, Kapitän, solange ich mit ihnen einverstanden war.«

Sein Mund schien ein winziges Lächeln zu zeigen. Es fühlte sich seltsam an auf seinem Gesicht, und er wischte es fort. »Was glaubst du, was du erreichen kannst, indem du mir deine unwillkommene Anwesenheit aufdrängst?«

Darüber dachte sie einen Augenblick mit einer steilen Falte auf der Stirn nach. Er fragte sich, ob ihr auffiel, dass er sein Haar geschnitten hatte, und wünschte plötzlich, er hätte es nicht getan.

»Ich bin mir noch nicht sicher. Vielleicht möchte ich dir nur zu verstehen geben, dass ich immer noch deine Freundin bin.«

Etwas Bitteres stieg in ihm auf. Etwas Dunkles, Perverses. »Wenn ich nicht an diesen Sessel gefesselt wäre, meine Liebe, würde ich dir beweisen, dass wir viel mehr als Freunde waren. Ich würde dich nehmen so wie früher, ich würde dich reiten, lange und hart, und du würdest bald erfahren, was ich wirklich von dir brauche – und Freundschaft ist dabei das Geringste.«

Sie wurde dunkelrot, hielt ihm aber stand. »Wenn das alles wäre, was du brauchst, Marcus, dann würde ich es dir gern geben. Aber im Augenblick glaube ich, dass du andere Dinge sehr viel nötiger hast. Vielleicht werde ich einen Weg finden, dir jene zu geben.«

Marcus sagte nichts. Er hatte ihre Antwort kaum gehört. Stattdessen waren seine Gedanken plötzlich erfüllt von Bildern der nackten Brianne. Er konnte sie noch vor sich sehen, wie sie gewesen war, als sie sich das letzte Mal geliebt hatten, ihr Haar wie ein feuriger Vorhang auf dem Kissen, ihre Brüste hoch und melonenrund, ihre Brustwarzen hart und in seine Handflächen gedrückt.

Lust, ein Gefühl, von dem er geglaubt hatte, dass er es nie wieder empfinden würde, überrollte ihn in einer mächtigen Welle. »Ich möchte, dass du fortgehst«, sagte er rau und verzweifelt. »Wenn du wirklich meine Freundin bist, wirst du fortgehen und nie wieder hierher kommen.«

Brianne sagte eine ganze Weile lang nichts. Dann ging sie langsam zu ihm. Er versteifte sich, als sie sich vorbeugte und einen weichen Kuss auf seine Lippen drückte.

»Diesmal, Mylord, werde ich tun, was du sagst. Aber morgen komme ich wieder. Und übermorgen und die folgenden Tage. Bis du wirklich wieder geheilt bist.«

»Ich werde nie geheilt sein, Brianne. Und dass du herkommst, wird das nicht ändern.«

Brianne antwortete nicht, aber in ihrem Blick schimmerten so zärtliche Gefühle, dass er wegsehen musste. Schweigend durchquerte sie das Zimmer und ließ ihn allein, wie er es gewollt hatte. Selbst als sich die Tür hinter ihr schloss, sah er noch ihr Gesicht, als sie sich über ihn gebeugt hatte, schmeckte ihren weichen Kuss auf seinen Lippen.

Seine Augen schlossen sich, als heftiger Schmerz ihn erfüllte. In den letzten paar Monaten hatte er gelernt, den Schmerz zu kontrollieren. Jetzt kam er mit mächtiger Kraft hoch, quälte ihn, drohte ihn zu zerstören.

Bitte, betete er, *bitte lass sie fortgehen.*

Doch noch während er diese Worte dachte, erhob sich ein neues, noch heftigeres Flehen in ihm.

Bitte, Gott, mach, dass sie bleibt.

Brandy ging den Flur hinunter und wischte sich die Tränen von der Wange. Sie spürte seinen Schmerz. Mein Gott, wie sehr sie ihn spürte. Statt zur Haustür zu gehen, die nach draußen führte, wandte sie sich in die entgegengesetzte Richtung, entschlossen, seinen Bruder ausfindig zu machen, wo immer er auch sein mochte. Überraschenderweise widersprach ihr der Butler – der Giles hieß – nicht, sondern begleitete sie einfach einen langen, marmorbelegten Flur entlang zu Rex' Arbeitszimmer.

Der jüngere Delaine winkte sie herein, indem er von seinem großen, polierten Rosenholzschreibtisch aufstand, durchs Zimmer ging und genau vor ihr stehen blieb.

»Also ... seid Ihr noch hier. Ich dachte, inzwischen hätte er Euch vielleicht wirklich davongejagt.«

»Er hat sich die größte Mühe gegeben.«

Er lächelte. »Ihr habt ihm schon viel länger standgehalten, als ich je erwartet hätte, obwohl Ihr doch ein wenig blass ausseht. Warum setzen wir uns nicht?«

Brandy nickte. »Danke.«

Rex ließ sie sich auf ein weiches braunes Ledersofa setzen und klingelte dann nach Tee. Schon kurz darauf erschien ein Lakai mit einer wunderschönen goldverzierten Teekanne und zwei passenden Tassen auf einem edlen Silbertablett. Sie nahm an, dass bei einer solchen Gelegenheit vielleicht die Frau den Tee ausschenken müsste, aber sicher war sie sich nicht. Rex übernahm die Aufgabe selbst und ersparte ihr so die Peinlichkeit, ihn fragen zu müssen.

Er gab ihr eine Teetasse, fügte auf die typisch englische Art noch ein wenig Sahne und Zucker hinzu, und sie stellte bald fest, dass ihr das sehr gut schmeckte.

»Wie ist es gegangen?«, fragte er. »Wenn ich aus der Art, wie Eure Hände zittern, schließen sollte, würde ich vermuten, dass mein Bruder heute ebenso stur war wie bei Eurem letzten Besuch.«

»Marcus ist ein sehr stolzer Mann. Es fällt ihm nicht leicht, Hilfe anzunehmen, weder von mir noch von sonst jemandem.« Sie trank ein Schlückchen von ihrem Tee und stellte die Tasse mit einem kleinen nervösen Scheppern wieder auf die goldgerandete Untertasse. »Er sah ein wenig besser aus. Aber vielleicht haben wir ihn gestern einfach nur in einem schlechten Moment überrascht.«

Rex schüttelte den Kopf. »Das glaube ich nicht. Er gibt es vielleicht nicht zu, aber ich glaube, die Verbesserung in seiner Erscheinung hat mit Eurer Anwesenheit hier zu tun.«

Brandy lächelte ein wenig. »Ich habe bemerkt, dass er sich die Haare schneiden ließ.«

Seine Lippen hoben sich auch ein wenig. »Ja, Gott sei Dank. Der arme Peterbrook hat ihn schon seit Wochen deswegen gelöchert.« Ihr fiel auf, dass seine Lippen große Ähnlichkeit mit denen von Marcus hatten, sie waren fest und schön geformt.

»Seine Augen schienen auch ein wenig mehr zu leuchten«, sagte sie. »Und in den Wangen hatte er mehr Farbe.«

Rex lachte leise. »Das kommt daher, dass er sich so über Euch ärgert. Ich glaube, das ist gut für ihn.«

Brandy trank noch einen Schluck Tee, und ihr fiel der eindringliche Geschmack auf. Sie hatte noch nie Tee getrunken, der wie Blütenblätter schmeckte. »Ich habe bisher nicht danach gefragt, aber ich würde sehr gern wissen, was die Ärzte zu seiner Situation zu sagen haben.«

Rex' breite Schultern schienen herabzusinken. Müde schüttelte er den Kopf. *Er ist beinah so müde wie sein Bruder*, dachte Brandy, und ihr fielen die dunklen Schatten unter seinen hellblauen Augen auf. Ihr wurde klar, dass Marcus' Unfall auch diesen Delaine ziemlich mitgenommen hatte.

»Er hat zahlreiche Ärzte befragt«, sagte Rex. »Als ich in London ankam, hatte ihn schon eine ganze Reihe untersucht. Seit unserer Rückkehr nach Hawksmoor House sind ein paar der angesehensten Ärzte Englands hier gewesen, um ihn zu untersuchen.«

»Und was haben sie gesagt?«

Rex trank einen Schluck von seinem Tee und stellte die Tasse langsam wieder ab. »Die meisten waren derselben Meinung – ein Schaden an der Wirbelsäule, der nicht mehr wieder gutzumachen ist. Die Sicherheit, dass er nie wieder wird gehen können.«

Bei diesen Worten bildete sich ein harter Knoten in ihrem Bauch. »Die meisten, sagtet Ihr. Gab es welche, die anderer Meinung waren?«

»Nur einen Einzigen, ein Mann aus London. Er war jünger und weniger erfahren, aber auch weniger engstirnig. Er hat ihn als Letzter untersucht. Dr. Merriweather meinte, dass es vielleicht eine geringe Chance gäbe, dass Marcus' Verletzung nicht von dauerhafter Natur ist. Ihr müsst wissen, dass die Verletzung meines Bruders nicht auch eine Lähmung seiner … Er hat weiterhin Kontrolle über seine Körperfunktionen.«

Brandy errötete, wandte aber den Blick nicht ab. »Dann gibt es also vielleicht doch noch Hoffnung.«

»Dr. Merriweather meinte, dass, wenn Marcus bereit wäre, sich die Mühe zu machen, er es vielleicht doch schaffen könnte, die Muskeln seiner Beine wieder zu stimulieren. Der Doktor glaubt, dass es vielleicht eine Chance gibt, wenn auch eine kleine, dass Marcus wieder gehen könnte. Mein Bruder hat ihm natürlich nicht geglaubt.«

»Warum nicht?«

»Weil ihm fünf andere gute Ärzte gesagt haben, der Mann wäre ein Dummkopf. Sie meinten, es wäre besser, wenn er die Wahrheit dessen, was geschehen ist, akzeptiert und damit zu leben lernt, als wenn er sich an eine falsche Hoffnung klammert und sein Leben damit verbringt, etwas zu versuchen, das nicht möglich ist.«

Brandy dachte darüber nach. Sie versuchte, die Sache so zu sehen, wie Marcus es tun würde, sich vorzustellen, wie es sich anfühlen könnte, wenn man sich Hoffnungen machte und glaubte, man könnte vielleicht wieder zu dem Leben zurückkehren, das man einst gehabt und geliebt hatte, um dann elendiglich zu versagen. Trotzdem konnte sie das kleine bisschen Ermutigung nicht einfach übergehen.

»Mir ist klar, dass Ihr mich kaum kennt. Ihr habt nicht den geringsten Grund, Euch meine Meinung anzuhören oder ihr irgendeine Bedeutung beizumessen, und trotzdem hoffe ich, dass Ihr es tun werdet.«

»Marcus hatte eine hohe Meinung von Euch. Ihr seid Tausende von Meilen gereist, weil Euch viel an ihm liegt. Das ist Grund genug für mich, allem, was Ihr zu sagen habt, zuzuhören.«

»Dann bitte ich Euch, jenen jungen Arzt noch einmal nach Hawksmoor House zu holen, damit er Marcus noch einmal untersuchen kann.«

Rex schüttelte den Kopf. »Ich wünschte, ich könnte das, wirklich. Wenn ich in irgendeiner Weise glauben könnte, dass seine Theorie auch nur die geringste Basis hat, würde ich keinen Moment zögern, ihn herzuholen. Wenn mein Bruder sich überzeugen ließe, dass er den Gebrauch seiner Beine zurückgewinnen könnte, nur um dann einen Misserfolg zu erleben, glaube ich, dass es ihn wirklich vernichten würde.«

Brandy stellte Tasse und Untertasse ab, stand auf und ging über den orientalischen Teppich hinüber zu dem hohen Fenster. Das in reichem, dunklem Holz getäfelte Arbeitszimmer lag an der Frontseite des Hauses und blickte über die gewundene, kiesbestreute Auffahrt zur Straße, die zum Dorf führte. Heute schien die Sonne heiß auf die Bäume der Allee und glitzerte in dem Springbrunnen vor dem Eingang.

»Vielleicht habt Ihr Recht«, sagte sie, den Blick auf einen kleinen, gefleckten Vogel gerichtet, der auf einem Ast saß. »Vielleicht ist es das Risiko nicht wert.« Auf jeden Fall noch nicht. Nicht, solange Marcus' Zustand noch so schlecht und instabil war. Zuerst würde er heilen müssen, nicht nur körperlich, sondern auch seelisch. Er würde lernen müssen, die Schönheit des Lebens wieder zu sehen und dass es nicht wirklich wichtig war, ob er gehen konnte oder nicht.

»Werdet Ihr morgen wiederkommen?«, fragte Rex und trat neben sie ans Fenster.

Brandy wandte sich zu ihm um. »So lange er mich braucht, werde ich kommen.«

Rex lächelte. »Mein Bruder mag das vielleicht nicht glauben, aber in manchen Beziehungen ist er ein Mensch, der sehr viel Glück hat.«

Brandy lächelte und stellte fest, dass sie Rex Delaine zusehends lieber mochte.

Sie verließ das große steinerne Herrenhaus und ging zurück in ihr Häuschen, und wie sie versprochen hatte, kehrte sie jeden Tag zurück. Zuerst war Marcus immer zornig, fuhr sie an und sagte grausame Dinge, nur um sie zu verletzen.

Wie an jenem Tag, als sie in ihrem pinkfarbenen Satinkleid mit dem leuchtend grünen Unterrock kam. Es hatte kurze Puffärmel, einen hohen Rüschenkragen und war am Oberteil gerafft. Marcus hasste es auf den ersten Blick.

»Wie ich sehe, kommst du mal wieder in einem von deinen schrecklich hässlichen Kleidern.«

Erschrocken sah sie ihn an. »Dir … dir gefällt es nicht, wie ich angezogen bin?«

Er grunzte. »Knallrosa und Giftgrün? Wohl kaum. Mit deinen leuchtend roten Haaren dazu siehst du aus wie eine Pfauenhenne, die sich die Federn ihres Hahns geliehen hat.«

Ein kleines Stöhnen entrang sich ihrer Kehle. Als sie schließlich ihre Stimme wiedergefunden hatte, klang sie nur schwach und undeutlich. »A-aber ich habe ein Vermögen für diese Kleider bezahlt. Sie stammen von einer sehr teuren Schneiderin in Charleston. Sie hat mir versichert … s-sie sagte, sie wären die neueste Mode.«

Ihm musste aufgefallen sein, wie blass sie geworden war, denn ein wenig von der Bitterkeit schien aus seiner Stimme zu schwinden. »Das sind sie ganz bestimmt. Vielleicht würden sie an einer anderen Frau auch ganz brauchbar aussehen. Aber an dir stimmen sie einfach ganz und gar nicht.«

Sie drohte in Tränen auszubrechen. Mit keiner seiner anderen Spitzen war es ihm gelungen, sie zum Weinen zu bringen. Und jetzt stand sie da wie eine Närrin, nur weil ihm ihre Kleider nicht gefielen. »Ich dachte, du würdest dich freuen«, sagte sie leise. »Du wärest froh zu sehen, dass ich mich ebenso gut kleiden kann wie eine andere Frau. Ich dachte, dass –« Sie verstummte, konnte einfach nicht mehr weitersprechen.

»Was dachtest du?«

Sie zwang sich, sich gerade zu halten. »Dass du mich vielleicht so nicht mehr als ein Mädchen aus dem Wirtshaus, sondern als Dame sehen würdest.«

Auf seinem Gesicht erschien ein flüchtiger Ausdruck, vielleicht Bedauern wegen seiner Worte, vielleicht etwas anderes. »Es gab mal eine Zeit, da habe ich dich als Kind gesehen«, sagte er leise. »Auf dem Schiff habe ich dich als Frau erlebt. Aber immer habe ich dich als Dame betrachtet.«

Das mochte vielleicht schon so sein, war aber nicht das, was sie meinte. Brandy wandte sich ab, immer noch voller Kummer. »Bitte entschuldigt mich, Mylord. Ich glaube, ich fühle mich nicht besonders gut.« Sie ging auf die Tür zu, wünschte, sie könnte laufen, zwang ihre Füße, langsamer zu gehen.

»Sie sind alle Dummköpfe«, sagte er rau, als sie ging. »Du brauchst keine Spitze und keine Wälder aus Schleifen. Du bist viel zu hübsch, um dich hinter einem Meer von Rüschen zu verstecken. In deinen einfachen Wirtshaus-Mädchen-Kleidern warst du die schönste Frau, die ich je gesehen hatte.«

Brandy blieb auf dem Weg zur Tür stehen. Ihr Herz hämmerte, als wolle es durch ihre Rippen dringen. Langsam drehte sie sich um. »Glaubst du wirklich, dass ich ... schön bin?«

Eindringliche blaue Augen richteten sich auf ihr Gesicht. »Meine Beine sind tot. Ich bin es nicht. Ich kann immer noch die Schönheit einer Frau einschätzen.«

Sie dachte nicht darüber nach, was sie tat, sondern rannte einfach quer durchs Zimmer in seine Arme und hätte ihn beinah aus seinem Sessel geworfen. Marcus richtete sich auf, seine Hände hoben sich, als wollte er sie abwehren, doch da drückte sich ihr Mund schon in einem Kuss auf den seinen.

Marcus ächzte.

»Ich habe dich vermisst«, flüsterte sie, hauchte weiche, federleichte Küsse auf seine Mundwinkel. »Marcus, ich habe dich so vermisst.«

Einen Augenblick lang schien die Zeit stillzustehen. Sie waren wieder zurück an Bord der *Seehabicht*, standen zusammen an der Reling, und eine leichte Brise ließ ihre Röcke flattern. Marcus' Hände legten sich um ihr Gesicht. Sie konnte sein Lorbeer-Cologne riechen, spürte die raue Wolle seiner Jacke unter den Fingern. Langsam legten sich seine Lippen auf die ihren, und Brandys Augen schlossen sich. Ihre Lippen öffneten sich, nahmen seine Zunge auf, als er den Kuss vertiefte. Er war süß und doch wild, weich und doch untrüglich besitzergreifend. Brandy genoss jeden Augenblick. Es war ihr egal, ob er gehen konnte. Sie liebte ihn. Sie wollte nur bei ihm sein.

Sie stöhnte, kostete das Innere seines Mundes mit ihrer Zunge und schob ihre Finger in das weich gelockte schwarze Haar seines Nackens. Irgendetwas schien anders zu werden zwischen ihnen. Anspannung machte sich in Marcus' Körper breit, und plötzlich wandte er sich mit einem Ruck ab.

Er fluchte, befreite sich aus ihrer Umarmung, fasste sie um die Taille und schob sie von sich. »Herrgott noch mal, Brianne –, was glaubst du eigentlich, was du da machst? Hast du denn gar kein Mitleid mit mir?«

Sein Gesicht war gerötet, seine Augen funkelten vor Ärger. Angesichts seines wilden Ausdrucks wurde es Brandy bang. »Worüber redest du?«

Marcus schüttelte den Kopf, ob aus Entrüstung über sich selbst oder über sie, war ihr nicht klar. »Mein Gott – warum verstehst du denn nicht? Ich bin ein gebrochener, nutzloser Krüppel. Mein Leben ist vorüber, aber wenn du mich küsst, wenn du mich so berührst ...« Er holte schaudernd tief Luft und atmete dann langsam wieder aus. »Wenn du mich so berührst, dann fällt mir auf, dass ein Teil von mir noch am Leben ist. Und dann begehre ich dich, Brianne. Kannst du dir nicht vorstellen, wie es sich anfühlt zu wissen, dass ich dich nicht besitzen kann? Zu wissen, dass ich kein ganzer Mann mehr bin?«

»Das ist nicht wahr! Nur weil sich deine Beine nicht bewegen –«

»Es sind nicht nur meine Beine!« Er riss seinen Blick los und biss hart die Zähne zusammen. »Ich bin impotent, Herrgott noch mal! Weißt du, was das bedeutet? Es bedeutet, dass ich hier sitze und aus Begehren nach dir zittere, aber es gibt keine Möglichkeit für mich, dich zu besitzen. Ich kann dich nie wieder lieben. Weder dich noch irgendeine andere Frau.«

Brandy biss sich auf die zitternden Lippen.

»Ich sagte dir doch, du solltest fortgehen. Ich flehte dich an, mich in Frieden zu lassen, aber du wolltest nicht hören. Jetzt, wo du die Wahrheit kennst, wirst du vielleicht tun, was ich gesagt habe.«

Brandy schüttelte den Kopf und spürte dabei seine Qual, als wenn es die ihre wäre. Der Schmerz durchströmte sie in Wellen, die ihr Übelkeit bereiteten, und der Druck in ihrer Kehle war beinah unerträglich. »Das wusste ich nicht. Ich habe nie daran gedacht, dass ich … dass du …« Sie wandte sich ab, ging hinüber zum Fenster, versuchte nachzudenken, zwang sich, einfach nur zu atmen. Sie schloss die Augen, aber Tränen sickerten durch ihre Wimpern. Er litt, er litt so schrecklich. Mein Gott, sie musste ihm einfach helfen.

Die Uhr tickte. Sie holte Atem und gewann langsam die Fassung zurück. Brandy ging wieder zu ihm. »Ich werde mich dir nicht mehr nähern. Ich werde dir fern bleiben, wenn du das wünschst. Aber ich gehe nicht fort. Es gibt Dinge, die wichtiger sind, als miteinander zu schlafen. Wir werden sie nur einfach finden müssen.«

Auf der Lehne des Sessels ballte sich Marcus' Hand unwillkürlich zur Faust. Mit einem harten, düsteren Starren wandte er sich ab und schaute an ihr vorbei aus dem Fenster.

Brandy schien das Herz zu brechen. Sie fühlte sich, als wären tausend scharfe Glassplitter auf sie herabgefallen. Er wollte, dass sie fortging, doch sie konnte den Gedanken nicht ertragen. Sie wollte zu ihm gehen, wollte ihm sagen, wie sehr sie ihn liebte, wollte ihn in ihre Arme ziehen und ihn trösten. Die Anspannung in seiner hohen Gestalt machte ihr klar, dass sie das nicht wagen durfte.

Sie beherrschte das Verlangen zu weinen, durchquerte das Zimmer und blieb an der Tür stehen. »Mir haben die Kleider nie gefallen«, sagte sie leise. »Ich habe sie nur gekauft, weil ich nicht wusste, was ich anziehen sollte, und weil ich dachte, sie würden dir gefallen.« Sie drehte den Türknauf und öffnete die Tür. »Guten Tag, Mylord. Wir sehen uns dann morgen wieder.«

Brandy verließ das Haus mit einem Gefühl von erdrückendem Schmerz – und einem seltsamen Gefühl von Freude. Marcus konnte nicht mit ihr schlafen, aber er hatte sie mit unerträglichem Verlangen geküsst, und er sagte, dass sie schön war. *Schön.* Sie hing an dem Wort, als wäre es das schönste Geschenk, das sie je bekommen hatte.

Vielleicht war es das auch, dachte sie, als sie sich ihrem Häuschen näherte. Es fühlte sich so an.

Als sie ihr Haus betrat, ein kleines einstöckiges Gebäude mit Blick aufs Meer, stellte sie fest, dass sie lächelte. Schon am Eingang rief sie: »Sally!«, ging hinüber in den Salon mit dem Kamin und wiederholte: »Sally, bist du hier?!«

Der Sommer würde bald anfangen, aber dennoch gab es Tage, wo ein Feuer in den dicken Wänden des Häuschens angenehm war.

Das schlanke Mädchen kam von oben heruntergelaufen. »Ja, Miss? Ich habe Euch nicht kommen hören. Ich war gerade dabei zu flicken.«

Brandy löste die rosa Rüschenpelerine, die zu ihrem Kleid gehörte, und warf sie aufs Sofa. »Ich brauche deine Hilfe, Sally. Wir werden ein paar Änderungen vornehmen.«

»Am Haus?«

»Nein, an meinen Kleidern. Wir werden sie uns vornehmen und alle Rüschen und Schleifen abtrennen.«

»Aber warum denn, Miss?«

»Willst du etwa sagen, dass sie dir gefallen?«

Sally errötete. »Na ja, wenn Ihr die Wahrheit hören wollt: nicht wirklich. Aber ich bin nicht in einer Position, das zu äußern.«

»Nun, mir gefallen sie auch nicht. Wir wollen mal sehen, was wir tun können, damit die Kleider besser aussehen.«

Sally grinste. »Also gut, Miss, ich glaube, das kriege ich hin.«

Brandy lächelte, und sie stellte sich vor, was Marcus sagen würde, wenn er sie sah, und hoffte, dass er sich freuen würde.

Und ganz tief im Inneren fragte sie sich, obwohl sie wusste, dass sie das nicht tun sollte, ob er vielleicht Unrecht hatte, was seine Fähigkeit betraf, mit ihr zu schlafen.

15

Marcus hörte die Schritte seines Bruders, der über die Marmorfliesen des Flurs zum Ozeanblick-Salon kam. Außer ihm waren noch andere, leichtere Schritte zu hören, und er fragte sich, wer das sein mochte.

Leichter Ärger stieg in ihm auf. Er wollte keine Besuche. Und doch war es offensichtlich, dass jemand zu Besuch gekommen war und er ihn auch empfangen musste. Marcus setzte sich in dem Sessel gerade hin und richtete seine Aufmerksamkeit auf die Tür, seine Augenbrauen zusammengezogen.

Die Überraschung bewirkte, dass er diese ein wenig hochzog. Er kannte den Mann, der das Zimmer betrat, es war Richard Lockhart, der jüngste Sohn des Marquis von Halliday. Richard hatte eine ganze Zeit seiner Jugend in Seacliff, dem Landsitz seines Vaters auf der anderen Seite von Tintagel, verbracht, und obwohl Richard zwei Jahre jünger war als er und sie fast überhaupt keine Ähnlichkeiten hatten, waren sie einst enge Freunde gewesen.

Rex folgte ihm und schloss die Tür. »Eben ist ein Freund von dir gekommen. Er ist erst seit kurzem wieder in England und hat von deinem Unfall erfahren. Er kam sofort her, um dich zu besuchen.«

Dies war der Moment, den Marcus am meisten hasste, die Überraschung in den Gesichtern der Leute, wenn sie sahen, wie dünn er geworden war, und dann das Mitleid in ihrem Blick, das sie sich zu verbergen bemühten.

Er bemühte sich zu lächeln, doch seine Lippen waren an die

Bewegung nicht mehr gewöhnt, und sie hoben sich nur schwach. »Ich hoffe, dir ist es in letzter Zeit ein wenig besser ergangen, mein Freund, als mir.« Er versuchte lässig zu klingen, doch der Versuch missglückte, und er wusste das auch. Er zwang sich, den Blick nicht abzuwenden.

Richard kam auf ihn zu. »Ich werde meine Worte nicht beschönigen, Marcus, ich weiß, dass du es hassen würdest, wenn ich es täte. Ich bin durch und durch entsetzt von dem, was geschehen ist. Du hast mein ganzes Mitgefühl, obwohl ich dich gut genug kenne, um zu wissen, dass du es nicht haben willst. Im Wesentlichen bin ich gekommen, um dich zu sehen, ich habe mir nämlich große Sorgen gemacht, seit ich von deinem Unfall gehört habe.«

Ehrlichkeit. Das war eine Seltenheit in solchen Situationen. Er stellte fest, dass er sich wieder erinnerte, warum sie beide Freunde gewesen waren. Marcus schaute in Richards grüne Augen, erkannte darin Besorgnis anstatt Mitleid und fühlte sich ungewöhnlich erleichtert.

»Seltsam ... Ich glaube, ich freue mich tatsächlich, dich zu sehen.«

Richard entspannte sich bei diesen Worten, und seine Mundwinkel hoben sich. Er war ein schlanker Mann mittlerer Größe, mit sandbraunem Haar und feinen Zügen, sein Lächeln war sanft. Er war immer ein sanfter Mann gewesen, daran konnte sich Marcus gut erinnern.

»Ich werde ein paar Monate in Seacliff wohnen«, sagte Richard. »Ich habe mich seit einiger Zeit mit den Vorarbeiten für ein Buch über England im Mittelalter beschäftigt. Ich dachte, ein ruhiger Platz in Cornwall wäre eine gute Idee, um den letzten Teil des Buches abzuschließen.«

Richard war der Belesene, wie immer. Er hatte ursprünglich Professor werden wollen, erinnerte sich Marcus, doch das gefiel seiner Familie nicht, die entschlossen war, ihn Theologie studieren zu lassen. Schließlich hatten sie sich eher unwillig entschlossen, sein Interesse an Geschichte zu akzeptieren, zusammen mit seiner Absicht, darüber zu forschen und Bücher zu schreiben.

»Cornwall hat sich nicht verändert«, sagte Marcus. »Der Ort ist absolut zeitlos.«

»Dir hat es doch früher immer gut gefallen hier.«

Marcus spürte, wie es enger wurde in seiner Brust. Ja, es hatte eine Zeit gegeben, wo es so gewesen war – doch das war schon sehr lange her. Lange, bevor er erkannte hatte, dass seine wahre Berufung der Ozean war. Er antwortete nicht, und es wurde still im Zimmer. Rex räusperte sich und wollte gerade etwas sagen, um die Stille zu unterbrechen, da ertönten weibliche Schritte und hinderten ihn daran. Die drei Männer wandten sich der Tür zu, in dem Augenblick, als der Butler Brianne Winters hereinließ.

»Ich habe sie hergebracht, wie Ihr wünschtet, Sir, sobald sie hereinkam.«

»Danke, Giles.« Rex wandte sich der Frau zu, die jetzt an der Tür stand. Sie trug ein einfaches gelbes Musselinkleid, ohne Rüschen, Schleifen, Volants oder Ähnliches. Ihr feuerrotes Haar war auf ihrem Kopf in weichen Locken hochgesteckt. Sie trug weiße Baumwollhandschuhe, aber keinen Hut, und sie sah so wunderschön aus, dass es Marcus den Atem verschlug.

»Guten Morgen, Miss Winters«, sagte Rex, sodass sie den Blick von Marcus' Gesicht abwandte. »Ich hatte gehofft, Ihr würdet rechtzeitig kommen, um einen alten Freund der Familie kennen zu lernen. Lord Richard Lockhart, darf ich Euch Miss Brianne Winters vorstellen.«

Einen Augenblick lang starrte Richard sie nur an. Als er bemerkte, was er da machte, errötete er leicht. Dann lächelte er mit solcher Wärme, dass Marcus sich darüber zu ärgern begann.

»Miss Winters, es ist mir ein Vergnügen, Euch kennen zu lernen.« Er verbeugte sich ausgiebig, und Brandy reagierte mit einem leicht schwankenden Knicks.

»Mir ebenfalls, Mylord.«

Er sah, dass sie nervös war. Sie war es nicht gewöhnt, sich in der adligen Gesellschaft zu bewegen, und entsprechend nicht ganz sicher, was sie tun sollte. Als er die Röte in ihren Wangen sah, verspürte er plötzlich den lächerlichen Drang, sie vor Peinlichkeiten zu bewahren. Woher dieser absurde Gedanke kam, war ihm vollständig unklar.

Doch hätte er sich keine Sorgen zu machen brauchen. Wie alle anderen Männer, die ihr begegneten, warf sein Freund nur einen Blick in die katzengleichen bernsteinfarbenen Augen, und alle Benimmregeln flogen davon. Es war nur allzu offensichtlich, dass Richard hingerissen war.

Marcus' Ärger blühte auf zu einem eindeutigen Zustand von Eifersucht.

»Wir drei sind sozusagen zusammen aufgewachsen«, sagte Rex jetzt zu Brianne. »Richard ist der Autor mehrerer Texte über die englische Geschichte. Er wird noch ein paar Monate hier in Cornwall arbeiten.«

Brandy lächelte. »Das ist ja schön. Ich bin sicher, dass Lord Hawksmoor froh sein wird, einen Freund in seiner Nähe zu wissen.«

Richard sah sie an, und sein Lächeln wurde noch strahlender. Er schaute zu Marcus, entdeckte seinen finsteren Blick, und das Lächeln verebbte. »Ich bin wirklich froh, wieder hier zu sein«, sagte er. »Und ich freue mich auf die Gesellschaft von alten Freunden.« Richard schien sich zu sammeln, zu verstehen, was vor sich ging, und zu akzeptieren, dass das Mädchen schon vergeben war.

War sie natürlich nicht. Das war ein lächerlicher Gedanke. Marcus hatte in seinem Leben keinen Platz für eine Frau, und selbst wenn es so gewesen wäre, war es jetzt zu spät. Er schaute Brandy an, entdeckte kein besonderes Interesse in ihrem Blick auf Richard und spürte eine unwillkommene, aber deutliche Erleichterung. Er wusste, dass das Wahnsinn war. Er sollte Richards Interesse unterstützen. Sein Freund war vielleicht nicht besonders reich, aber auch kein armer Mann. In Wahrheit konnte man ihn wohl als sehr gute Partie betrachten.

Richard lächelte Brianne wieder an, doch das schien jetzt ein anderes Lächeln zu sein, und Marcus spürte, wie seine Erleichterung noch wuchs.

»Meine Eltern schicken ihre Grüße«, sagte Richard zu ihm. »Mutter kommt vielleicht in ein paar Wochen zu mir. Vielleicht, wenn Lord Hawksmoor danach ist, können wir uns einmal alle treffen. Ich könnte ein kleines Abendessen organisieren. Dann erneuern wir unsere Bekanntschaft und unterhalten uns über die alten Zeiten.«

Ein Abendessen. *Ja, klar*, dachte Marcus grummelnd. Genau das, wonach ihm der Sinn stand, zum Haus irgendeines anderen zu gehen, damit alle sehen konnten, dass er ein Invalide geworden war.

»Was meinst du dazu, Marcus?«, fragte Richard.

»Ich glaube, ich bin ein wenig müde geworden«, log er. »Wenn ihr mich bitte entschuldigen wollt …« Ohne auf eine Antwort zu warten, wandte er sich in seinem Sessel ab und begann, aufs Wasser hinauszustarren. Als es still wurde im Zimmer, hätte er beinah gelächelt. Es hatte gewisse Vorteile, wenn man ein Krüppel war. Unhöflich und herablassend sein zu können gehörte offensichtlich dazu.

Er hörte die Schritte, als seine Freunde sich entfernten. Die Tür schloss sich hinter ihnen, und er lehnte sich in seinem Sessel zurück. Der Klang einer vor Ärger angespannten Frauenstimme wischte das zufriedene Lächeln von seinem Gesicht.

»Das war unglaublich unfreundlich und ekelhaft. Ich kann nicht glauben, dass du so einen Freund behandelst.«

Sein Kopf fuhr herum. Brandy stand da, die kleinen Füße breitbeinig aufgestellt und die Hände in die Hüften gestemmt. Verdammt noch mal – würde die Frau ihn denn nie in Ruhe lassen? »Ich dachte, ich hätte gesagt, dass ich müde bin.«

»Du bist nicht im Geringsten müde. Nur einfach bockig.«

Er biss die Zähne zusammen. »Was hast du erwartet, was ich tun würde – dasitzen und ihn ermutigen? Ich bin wohl kaum mehr der Typ für gesellschaftliche Begegnungen. Man muss mich herumtragen wie ein Kind.«

»Vielleicht ist das auch der Grund, warum du dich wie eines benimmst. Wenn ich deine Mutter wäre, würde ich dich dafür übers Knie legen.«

Das Bild war eine so absurde Vorstellung, dass Marcus wirklich lachte. »Aber du bist nicht meine Mutter, nicht wahr, meine Liebe?«

Ihr hübscher Mund wurde weich. »Nein, bin ich nicht. Ich bin eine Freundin – genau wie Richard Lockhart ein Freund ist.«

Marcus hob eine Augenbraue. »Nicht genau wie Richard. Denn du bist eine Frau. Eine sehr hübsche, sehr anziehende Frau. Wenn ich noch ein Mann wäre, würde ich dir genau zeigen, wie anders du bist als Richard Lockhart.«

Eine warme Röte stieg in ihre Wangen. »Du *bist* ein Mann, und du bist auch absolut unmöglich.«

»Und du, meine Süße, bist absolut unwiderstehlich. Mein Gott, was würde ich darum geben, wenn ich dir dieses Kleid ausziehen und meine Hände mit deinen schönen Brüsten füllen könnte.«

Ihre Wangen wurden noch ein wenig röter. »Ich bin mir wirklich nicht ganz sicher, ob ich den Menschen mag, der aus dir geworden ist, Marcus Delaine. Du neckst mich mit deinen Worten, verführst mich. Glaubst du denn, ich empfinde nichts, wenn du so mit mir sprichst? Es führt dazu, dass ich dich begehre, Marcus – und wir beide wissen, dass es mir verboten ist, dich zu berühren.«

Zuerst traf ihn die Überraschung: Sie begehrte ihn. An diese Möglichkeit hatte er nicht einmal gedacht. Er war nicht mehr der Mann, der er gewesen war – wie konnte sie da nur immer noch Begehren für ihn empfinden? Sein Blick wanderte über ihren Körper, ihre weiblichen Rundungen, das weiche Heben und Senken ihrer Brüste. Marcus erinnerte sich daran, wie es sich angefühlt hatte, sie zu umfassen, und empfand eine mächtige Lust zusammen mit einem unerwarteten Ziehen in den Lenden. Das war unmöglich. Er wusste es ganz sicher. Er wartete, betete, dass es noch einmal geschehen möge, doch das tat es nicht, und ihm wurde klar, dass er sich getäuscht hatte.

An Stelle der Lust trat Ärger. »Ich weiß nicht, warum du immer wieder herkommst. Das kann keinem von uns beiden irgendwie nutzen. Was immer wir auch einst zusammen gehabt haben mögen, ist vorüber. Ich bin nicht mehr der Mann, der ich war, und du bist nicht mehr dasselbe junge Mädchen.«

»Nein, bin ich nicht. Du hast mich zur Frau gemacht, Marcus, und dafür werde ich dir immer dankbar sein.«

»Du hast gesagt, du wärest jetzt wohlhabend. Wenn das so ist, kannst du doch endlich all die Dinge tun, die du immer tun wolltest. Du kannst reisen, die Welt sehen. Es gibt keinen Grund, warum du hier bleiben solltest.«

»Doch, es gibt jeden Grund. Ich bin deinetwegen hier.«

Er schüttelte nur den Kopf. »Warum kann ich dich nicht überzeugen?«

Brianne bewegte sich auf ihn zu. »Du bist es, der überzeugt werden muss. Du musst lernen, dass das Leben mehr ist, als auf dem Deck eines Schiffes auf und ab zu gehen, dass es immer noch eine Menge andere Dinge gibt, für die sich zu leben lohnt.«

»Die See ist mein Leben – und wird es immer sein. Da ich nie mehr zu ihr zurückkehren kann, habe ich nichts mehr, für das ich lebe.«

Brianne trat zu ihm, so nah, dass ihr Rock seine Beine berührte, aber wie sie versprochen hatte, berührte sie ihn nicht. Einen Moment lang wünschte er, er hätte seine Worte zurücknehmen können.

»Du bist der Graf von Hawksmoor. Es gibt Menschen, die dich brauchen, Menschen, denen du helfen könntest, wenn du wolltest.«

»Ich sagte schon – mein Leben ist die See. Dort gehöre ich hin. Ein Schiff und seine Mannschaft – das sind die Menschen, die mich brauchen.«

»Dein Bruder braucht dich. Wenn du nicht so selbstsüchtig wärest – wenn du nicht jeden Augenblick damit verbringen würdest, dich im Selbstmitleid zu suhlen –, dann würdest du das auch verstehen.«

»Worüber redest du? Mein Bruder ist ein starker, selbstbewusster junger Mann.«

»Ja, das ist er allerdings. Aber sieh ihn dir doch einmal an, Marcus, gründlich. Siehst du nicht die Erschöpfung in seinem Gesicht? Jedes Mal wenn ich herkomme, sitzt dein Bruder an irgendwelchen Arbeiten. Er verlässt kaum das Haus. Du könntest ihm ohne weiteres helfen und einen Teil der Aufgaben erledigen, wenn du nur wolltest.«

Marcus schüttelte den Kopf. »Ich bin nicht für solche Aufgaben geschaffen. Ich wollte nie ein Graf werden.«

»Wir bekommen nun mal nicht immer das, was wir wollen. Manchmal nimmt uns Gott die Entscheidungen ab.«

Er wandte den Blick ab, konnte jenen bernsteinfarbenen Augen nicht mehr begegnen, die ihn völlig zu durchschauen schienen. War er wirklich selbstsüchtig? Suhlte er sich im Selbstmitleid? Marcus hatte das unbehagliche Gefühl, dass etwas Wahres an ihren Worten sein könnte. »Was willst du von mir? Was meinst du, was ich tun soll?«

Sie lächelte ihn an. Mein Gott, sie war so hübsch. »Nicht viel. Für den Anfang könnten wir vielleicht hinaus in den Garten gehen.«

»Das ist es? Das willst du also?«

»Für den Anfang, ja. Danach müssen wir weitersehen.«

Es war Irrsinn, sich von der Sanftheit ihrer Stimme umstimmen zu lassen. Sein Blick wanderte über die Rundung ihrer Brüste, und wieder stieg die Lust in ihm auf und verspottete ihn, zog ihn zu ihr, wie immer, wenn sie ihm nah war. Wenn sie an Bord seines Schiffes gewesen wären, hätte er sie jetzt hinunter in seine Kajüte gezogen und ihr die teuren Kleider vom Leib gerissen. Er hätte sie schnell genommen, sich in ihr begraben, bis sein turmhoher Hunger gestillt war.

Stattdessen sah er auf in ihre geschwungenen Bernsteinaugen und dachte, wie schwachsinnig es war zu tun, was die Frau wollte.

Und doch schien es eine so kleine Bitte. »Also gut«, stimmte er brummig zu. »Wenn es dich glücklich macht, werden wir morgen eine Weile im Garten verbringen.«

Ihr Lächeln war so strahlend, ihre Augen so voller Freude, dass ihm das Herz in der Brust weit wurde.

»Vielen Dank, Mylord.« Die so weich und so voller Dankbarkeit gesprochenen Worte klangen, als wäre sie eben mit den englischen Kronjuwelen beschenkt worden.

Marcus wandte plötzlich den Blick ab und wünschte, er hätte die Macht, sie ihr zu geben.

Brandy kehrte mit mehr Hoffnung denn je zu ihrem Haus zurück. Und jeden Tag, wenn sie wieder nach Hawksmoor House ging, blieb sie ein wenig länger, trank mit Marcus im Garten Tee, und eine Woche später blieb sie auch, als Rex sie einlud, mit ihnen zu Abend zu essen. Marcus knurrte jedes Mal, wenn sie erschien, doch jedes Mal etwas weniger.

Bis zur vierten Woche ihres Aufenthalts in Tintagel hatte Marcus sein verlorenes Gewicht wieder zurückgewonnen, und seine Wangen waren nicht mehr hohl und bleich. Seine Haut war golden gebräunt von den Stunden, die er in der Sonne im Garten verbrachte, sein Haar war etwas gewachsen und lockte sich weich an seinem Kragen. Jedes Mal, wenn sie ihn ansah, dachte sie, wie gut er doch aussah, ganz der männliche, eindrucksvolle Mann, den sie gekannt hatte, und ganz genauso anziehend.

»Kommst du heute mit mir in den Garten?«, fragte sie ihn, als sie ihn wie üblich vor dem Fenster sitzend antraf. »Es ist so ein schöner Tag. Die Sonne scheint, und die Vögel singen.«

»Es ist bewölkt, nicht sonnig, und wenn ich nach draußen gehen wollte, wäre ich schon dort.« Es war ein Spiel, das sie öfter spielten, Marcus brummend und schwer zu überzeugen, Brandy, die ihn zu überreden versuchte.

Sie lächelte ihn süß an. »Vielleicht kannst du es für mich tun.«

Marcus sah sie finster an und seufzte dann übertrieben. »Du bist wirklich ein manipulierendes Weibsstück, einen Mann in die Enge zu treiben, der sich nicht wehren kann.«

Sie sah sich um, als suchte sie etwas. »Wo? Wo ist ein solcher Mann? Du meinst dich doch wohl nicht selbst?«

Marcus lachte leise. »Vielleicht hast du Recht. Vielleicht bist du wirklich die einzige Person, gegen die ich mich verteidigen muss.«

Und so ging es weiter, jeden Tag ein wenig besser, jeden Tag wurde Marcus ein wenig kräftiger und arrangierte sich mit seiner Lage. Er hatte sogar angefangen, sich mit der Verwaltung der Ländereien zu befassen, und seinem Bruder ein paar Aufgaben abgenommen, sodass Rex' beträchtliche Belastung etwas geringer wurde. Brandy war dankbar für jede kleine Verbesserung, ihr Herz war voller Hoffnung, und ihre Liebe zu ihm wuchs mit jedem Tag.

Es war gefährlich, das wusste sie. Sie würde nicht für immer bei ihm bleiben können, und Marcus war nicht am Heiraten interessiert, besonders nicht jetzt, wo er die Bewegungsfähigkeit seiner Beine verloren hatte. Und selbst wenn, schließlich war er ein Graf. Er würde sich wohl kaum je mit einem Wirtshaus-Mädchen verheiraten.

Und dann war da noch die Dunkelheit, die innere Aufgewühltheit, die er in sich trug, durch die sie ihn nicht erreichen konnte. Sie stand immer zwischen ihnen, und Brandy fürchtete, dass das auch immer so bleiben würde. Nachts träumte sie von ihm, doch selbst im Traum hielt er sie nie in den Armen oder küsste sie. Und Nacht um Nacht endete der Traum immer wieder gleich: Brandy stand allein auf dem Kai, ihr Körper tat ihr weh vor Sehnsucht, und Marcus kehrte zurück zur See.

Hamish Bass stieg vor dem Wirtshaus in Tintagel aus der Postkutsche. Er streckte seine schmerzenden Glieder und war müde nach der langen, unbequemen Fahrt von London hierher.

Verdammt, er wurde langsam alt.

Er blieb gerade lange genug im Wirtshaus, um etwas Warmes zu essen und einen Krug Bier zu trinken, dann bezahlte er ein paar Schillinge fürs Mitfahren auf einem Heuwagen. Irgendwann bedankte er sich herzlich, sprang von dem Wagen, schwang sich den Seesack über die Schulter und ging los, die lange Auffahrt hinauf zum Hawksmoor House.

Hamish gefiel es nicht besonders in dem großen, einschüchternden Herrenhaus, und die Aufgabe, die er sich vorgenommen hatte, war ihm auch unheimlich.

»Muss aber sein«, sagte er laut. »Bangemachen gilt nicht. Der Kapitän würde mir das nie verzeihen.«

Entschlossen schritt er die breite Steintreppe hinauf, sein Seemannsgang wirkte etwas schwankend. Er schob den Seesack von einer Schulter zur anderen, hob den Messingklopfer, der wie ein Habicht mit ausgebreiteten Flügeln aussah, und klopfte laut an die schwere Mahagonitür.

Obwohl er erst einmal hier gewesen war, schien der Butler zu wissen, wer er war, und bat ihn sofort herein.

»Ich bin gekommen, um Käpt'n Delaine zu sehen. Es ist wichtig, sonst wäre ich nicht hier.«

»Natürlich, Mr. Bass. Lord Hawksmoor hat schon vor ein

paar Jahren angeordnet, dass, wann immer jemand aus seiner Mannschaft hierher kommen sollte, er sofort zu ihm zu bringen wäre. Ich nehme an, das gilt nach wie vor. Bitte kommt herein.«

»Danke sehr.«

»Ich werde seiner Lordschaft sagen, dass Ihr hier seid. Er hat draußen im Garten Besuch.«

Hamish dachte darüber nach. Er hatte Besuch? Als er den Käpt'n zum letzten Mal gesehen hatte, war er kaum mehr als ein Toter gewesen, in seinem Loch versteckt wie ein Maulwurf und nur damit beschäftigt, aufs Meer hinauszustarren.

Der Butler, ein dünner, hoch gewachsener Mann mit kurzem braunem, glatt zurückgekämmtem Haar, war schon wenige Augenblicke später wieder da. »Wenn Ihr mir bitte folgen wollt, ich bringe Euch zu ihm. Ihr könnt Eure Tasche hier lassen, sie wird dann in Euer Zimmer gebracht.«

»Das ist nicht nötig. Ich kann im Wirtshaus im Dorf wohnen.«

»Unsinn. Seine Lordschaft wäre sehr unzufrieden, wenn er feststellen müsste, dass Ihr so weit gereist seid und dann keine anständige Bleibe bekommen habt.«

Hamish sagte nichts, obwohl er sich wirklich wohler gefühlt hätte, wenn er woanders hätte wohnen können. Die edlen Möbel und Marmorböden, das Gold an den Spiegeln, sogar die Wände machten ihn nervös. Was, zum Teufel, würde er tun, wenn er etwas kaputtmachte?

»Mr. Bass?«

»Komme schon.«

Unsicher ließ er seine Tasche zurück und folgte dem Butler durch einen langen, mit goldener Tapete geschmückten Flur und hinaus in einen großen, kunstvollen Garten, der über dem Meer lag.

Kapitän Delaine war dort und saß auf einem Stapel von Kissen, die auf einer gusseisernen Bank lagen. Er lächelte, Gott sei Dank, und neben ihm stand, was wahrscheinlich der Grund dafür war, Brianne Winters.

Zuerst hatte er sie in dem hübschen lavendelfarbenen Kleid kaum erkannt, doch das glänzende kupferfarbene Haar war eindeutig. Hamish lächelte Brandy Winters zu, und das junge Mädchen erwiderte das Lächeln.

»Gut, dich zu sehen, Hamish«, sagte der Kapitän.

»Aye, Käpt'n ... und Euch ebenso, Miss Brandy.«

»Danke, Hamish. Ich hoffe, es geht Euch gut.«

»Unbedingt, Miss, das tut es sicher.«

»Brandy ist hier in Cornwall zu Besuch. Sie wohnt in einem kleinen Haus in der Nähe.«

Hamish nickte und freute sich über diese Neuigkeit. »Ihr seht wirklich hübsch aus, Miss Brandy. Ich bin sicher, dass sich Kapitän Delaine über Eure Gesellschaft freut.« Aber als er ihn ansah, war er sich nicht mehr ganz sicher. Es lag eine tiefe Dunkelheit in seinem Blick –, Schmerz und Hunger zugleich. Er begehrte das Mädchen, das sah Hamish, und jetzt, genau wie damals, konnte er sie nicht bekommen.

»Ich habe Neuigkeiten von der *Seehabicht*, Sir. Und ich fürchte, sie sind nicht gut.«

Die breiten Schultern des Kapitäns spannten sich an. »Dann mal los, Hamish, sag mir, was passiert ist.«

»Es ist wegen dem Unfall, Sir. Es war wohl doch keiner. Es war schlicht und ergreifend Sabotage.« Das Gesicht des Kapitäns wurde bleich, und das schien bemerkenswert, denn er war inzwischen wieder so braun wie zur Zeit, als er zur See fuhr. »Wir haben Monate gebraucht, um es herauszufinden. Beinah hätten wir es nicht geschafft – doch dann haben wir Arbeiten unten im Rumpf gehabt. Es war erst noch vom Sickerwasser bedeckt, aber dann entdeckte es einer der Arbeiter, als die Mannschaft alles auspumpte.«

»Was hat er gesehen, Hamish?«, drängte der Kapitän, und sein Gesicht war angespannt.

»Ein paar der Bolzen fehlten an der Stelle, wo der Mast am Rumpf befestigt ist. Darum ist er gebrochen. Er hat sich ganz langsam unten gelöst und musste bei Sturm einfach nachgeben. Jemand hatte geplant, dass er brechen sollte, Käpt'n. Das ganze verdammte Schiff hätte dabei untergehen können.«

Die Hand des Kapitäns ballte sich zur Faust. Er schlug auf seine nutzlosen Beine. »Ich wusste es. Ich habe versucht, mir einzureden, dass ich mich irre, aber eigentlich habe ich es die ganze Zeit gewusst. Ich werde ihn finden, das schwöre ich bei Gott. Und wenn es das Letzte ist, was ich auf dieser Erde tue – ich werde den Schuft finden. Und dann werde ich den Hundesohn umbringen.«

Miss Brandy kniete sich vor ihn und nahm seine Hand. »Es tut mir Leid, Marcus, so Leid.«

Der Kapitän riss die Hand zurück. »Lasst mich allein!«, rief er. »Alle beide. Verschwindet von hier und lasst mich allein.«

Hamish widersprach nicht. Er hatte wirklich nicht kommen wollen. Er hatte gewusst, welchen Schmerz seine Nachricht bedeuten würde, aber das war wohl nicht zu ändern.

»Ist schon gut, Hamish«, sagte Brandy weich, als sie wieder im Haus waren. »Ihr könnt nichts dafür. Er musste es erfahren. Das wird er auch noch verdauen.«

Hamish schüttelte nur den Kopf. »Nein, Mädel, das nicht. Der Käpt'n wird sich rächen wollen und sich nicht mit weniger zufrieden geben. Ich fürchte, das wird ihn bei lebendigem Leib verzehren.«

Das Mädchen biss die Zähne zusammen, dann hob sie das Kinn. »Nein, wird es nicht. Ich werde es nicht zulassen. Ich werde ein Ventil für all den Ärger und den Hass finden. Ich werde einen Weg finden, etwas anderes daraus zu machen.«

Hamish streckte die Hand aus und strich ihr mit einem Anflug von Bewunderung übers Haar. »Dann viel Glück, Mädel. Wenn es jemanden gibt, der das schafft, dann Ihr.« Doch er hatte keine große Hoffnung, dass es ihr gelingen könnte. Er hielt es nicht für möglich, dass irgendjemand den Kapitän von dem Hass heilen könnte, den er empfand.

Nicht einmal Brandy Winters.

Brandy trat in den Flur hinaus, schloss die Tür des Seeblick-Salons hinter sich und lehnte sich daran. Hinter sich hörte sie Glas splittern, dann krachte etwas Hartes gegen die Wand.

Sie spürte einen rauen Schmerz in der Brust, als sie an den verbitterten Mann hinter der Tür dachte. Marcus war so weit gekommen, hatte so viele Fortschritte gemacht. Jetzt hatte er wieder Kummer, und sie war entschlossen, etwas dagegen zu unternehmen. Sie holte tief Luft, wanderte durch den Irrgarten von Fluren und Galerien und öffnete schließlich, ohne vorher angekündigt zu sein, die Tür zu Rex' Arbeitszimmer.

»Ich muss mit dir reden, Rex. Es ist wichtig.« Sie hatten schon seit längerer Zeit auf die Formalitäten der Anrede verzichtet. Sie waren Kameraden, die ein gemeinsames Ziel verfolgten, das wussten sie beide und akzeptierten es. Jeder wusste die Sorgen des anderen um Marcus zu schätzen und war dankbar für die Hilfe.

Rex hob eine schmale schwarze Augenbraue und stand hinter dem Schreibtisch auf. »An der Röte in deinen Wangen und dem Glitzern in deinen Augen kann man das deutlich erkennen. Vielleicht machst du besser die Tür zu.«

Sie zögerte nicht, sondern tat, was er vorgeschlagen hatte, ging dann zu seinem Schreibtisch und blieb davor stehen. Als Rex ihr bedeutete, sie solle sich setzen, schüttelte sie den Kopf.

»Ich kann es nicht ertragen, Rex. Es sind jetzt drei Tage vergangen, seit Hamish Bass hier war, und dein Bruder benimmt sich wie ein Wahnsinniger. Alles, woran wir solange gearbeitet haben, wird dahin sein, wenn wir ihn nicht irgendwie erreichen können.«

Rex seufzte und fuhr sich mit den Fingern durch sein dichtes schwarzes Haar. »Das hatte ich befürchtet. Seit dem Unfall habe ich immer gebetet, dass es sich wirklich als genau das herausstellen würde. Ich hatte Angst, mir vorzustellen, wie Marcus reagieren könnte, wenn er herausfand, dass jemand tatsächlich bei dem, was ihm geschehen ist, die Hand im Spiel gehabt hat.«

»Er benimmt sich wie ein Irrer. Wenn er nicht Pläne schmiedet, wie er den Mann finden kann, der das gemacht hat, schimpft und droht er, was er mit ihm tun wird, wenn er ihn erst gefunden hat. Er ist verzehrt von Hass und voll von Rachegelüsten.«

»Das wird schon wieder nachlassen.«

»Oberflächlich vielleicht, aber nicht tief im Innern. Er denkt an nichts als Rache. Es ist ein schreckliches Übel, Rex. Und das wird ihn womöglich eher vernichten als alles andere, was er bisher erlitten hat.«

»Das will ich nicht bestreiten. Unglücklicherweise habe ich nicht die geringste Ahnung, was wir da machen könnten. Vor dem Unfall war mein Bruder ein starker, mächtiger Mann. Eine ganze Menge von dieser Kraft hat er zurückgewonnen, zum großen Teil deinetwegen. Sein Trieb nach Rache macht ihn sogar noch stärker. Jetzt hat er die Absicht, die Macht, die er als Graf von Hawksmoor hat, in jeder möglichen Art einzusetzen, um den Mann zu finden, der sein Leben zerstört hat. Unter den gleichen Umständen würde ich wahrscheinlich dasselbe tun.«

Brandy begann, auf und ab zu gehen, und ihr blassblauer Rock wirbelte bei jeder Drehung herum. »Wenn du es so ausdrückst, kann ich es beinah verstehen. Doch selbst wenn, ändert das nichts an der Tatsache, dass es falsch ist, so zu handeln.« Sie blieb stehen und kehrte dann zum Schreibtisch zurück, an den Rex sich wieder gesetzt hatte.

»Ich habe nachgedacht, Rex. Wie du eben schon sagtest, Marcus ist viel stärker, als er war, nicht nur körperlich, sondern auch seelisch. Ich glaube, du solltest jetzt noch einmal diesen Arzt holen, den aus London, der glaubte, dass es noch eine Chance für Marcus geben könnte, wieder gehen zu lernen.«

Rex lehnte sich in seinem Sessel vor. »Dr. Merriweather?«

»Ja.«

»Ich habe dir doch schon gesagt, dass ich das nicht tun würde. Ich habe es mir noch nicht anders überlegt.«

Brandy beugte sich vor und griff nach seinen Händen. »Aber das musst du tun, Rex. Wir müssen diese Möglichkeit zumindest einmal ins Auge fassen. Du hast mir erklärt, dass Dr. Merriweather sagte, wenn Marcus nur bereit wäre, sich Mühe zu geben, könnte es ihm vielleicht gelingen, die Muskeln in seinen Beinen zu stimulieren. Ist es richtig, dass das einen großen Einsatz erfordert?«

»So habe ich den Arzt verstanden.«

»Also, was für einen besseren Weg könnte es geben, seine schreckliche Wut zu lenken, die ihn im Moment verzehrt? Was für eine bessere Möglichkeit, als ihn mit der Herausforderung zu konfrontieren, dass er vielleicht wieder gehen können wird?«

Rex sagte eine ganze Weile lang nichts. Brandy hielt den Atem an, betete im Stillen, wünschte so sehr, dass Marcus diese Chance bekam, und das, ohne zugeben zu wollen, dass sie sie für sich selbst wollte.

Rex schloss die Augen und lehnte sich in seinem Sessel zurück. Eine Weile, während Marcus ihm bei den Verwaltungsarbeiten der Ländereien geholfen hatte, hatte er jünger und weniger erschöpft gewirkt. Seit Hamish mit seiner schrecklichen Neuigkeit gekommen war, hatte er dunkle Schatten unter den Augen, und sein Gesicht war blass.

»Also gut«, sagte er schließlich. »Ich schicke nach Merriweather.«

Brandy gab einen kleinen erfreuten Aufschrei von sich, beugte sich über den Schreibtisch und warf die Arme um Rex' Hals. »Danke, Rex. Vielen Dank.«

Rex löste sich sanft von ihr und schob sie von sich. In seinen Augen lag ein Ausdruck, der ihr bisher noch nie aufgefallen war, doch sie wusste nicht, was er bedeutete.

»Gern geschehen«, sagte er. »Aber vielleicht solltest du mir besser noch nicht danken. Vielleicht kommt Merriweather zu einer ganz anderen Entscheidung, wenn er ihn noch mal untersucht. Oder aber, selbst wenn seine Meinung dieselbe bleibt, könnte Marcus ablehnen.«

Brandy biss die Zähne zusammen. »Wenn der Doktor sagt, dass es auch nur die leiseste Chance gibt, werde ich nicht zulassen, dass er ablehnt.«

»Und wenn er es versucht und scheitert? Was wirst du dann tun?«

Brandy wurde es eng in der Brust. Sie konnte den Gedanken daran nicht ertragen, konnte nicht ertragen, sich vorzustellen, welchen Kummer das bedeuten würde. Sie blinzelte, da Tränen in ihren Augen standen. »Ich werde ihn lieben, Rex, genau wie ich ihn immer geliebt habe. Und irgendwie werde ich ihm helfen, es zu überstehen.«

Rex Delaine sagte nichts weiter, aber die Beunruhigung war in seinem Blick zu erkennen. »Mein Bruder ist ein Dummkopf«, sagte er leise. »Das habe ich bisher noch nie so direkt gedacht, wie ich es jetzt tue.«

Brandy wusste nicht, was er meinte, und sie drängte ihn nicht, um es herauszufinden. Die Dunkelheit in seinem Gesichtsausdruck schien sie zu warnen, lieber nicht zu fragen.

16

Marcus saß hinter dem Walnuss-Schreibtisch in der kleinen, mit Büchern gefüllten Bibliothek, die er jetzt als Arbeitszimmer benutzte, und sah das oberste Blatt eines Stapels von Papieren durch, die man ihm überreicht hatte.

Zwei Männer saßen ihm gegenüber, Mickey Reynolds und Colin Kelly. Sie waren beide Londoner Detektive. Reynolds war hoch gewachsen und massig mit dünnem braunem Haar und dicken Koteletten. Er war engagiert worden, als die ersten »Unfälle« die Hawksmoor Schifffahrtsgesellschaft heimgesucht hatten. Colin Kelly, Reynolds' Partner, war dünner und sorgfältiger gekleidet, und man hatte ihn engagiert, nachdem der Unfall auf der *Seehabicht* geschehen war.

»Ihr habt eine Menge Arbeit geleistet«, sagte Marcus. »Eure Informationen zu Atlantic Ltd. sind extrem gründlich. Angesichts dessen, was ich hier lese, habt Ihr sie weitgehend aus der Liste der Verdächtigen ausgeschlossen.«

»Ja, das haben wir auch angenommen, Eure Lordschaft«, sagte Reynolds, der auf der äußersten Kante seines Stuhls saß. »Die Gesellschaft scheint problemlos zu laufen, und in ihrer Führung scheint niemand zu sein, der so weit gehen würde, Eure Schiffe zu sabotieren.«

»Und die China Seas Company?«

Kelly, der Ire, antwortete darauf: »Tut mir Leid, das sagen zu müssen, Mylord, aber bei ihnen sind wir noch nicht ganz sicher. Der Mann an ihrer Spitze soll ein rücksichtsloser Typ sein und bereit, alles Erdenkliche zu tun, um der Gesellschaft Profit einzubringen. Ob das bedeutet, dass er auch bereit wäre, ein ganzes Schiff zu gefährden, wissen wir noch nicht.«

»Ihr sprecht von Oliver St. Simon«, sagte Marcus, der dem Mann schon bei verschiedenen Gelegenheiten begegnet war.

»Ja, genau, Sir. St. Simon ist der Typ Mann, der seine eigene Mutter verkaufen würde, wenn er einen Profit sähe.«

Ärger machte sich in Marcus' Brust breit, sodass sie ihm unangenehm eng erschien. »Ich kenne St. Simon. Und ich stimme Eurer Einschätzung zu. Was ich wissen muss, ist, ob St. Simon der Mann ist, der die Verantwortung hat für das, was mit meinem Schiff passiert ist.«

»Wir arbeiten daran, Mylord«, sagte Reynolds. »Wir haben versucht, jemanden in die Firma einzuschleusen. Vor kurzem ist es uns gelungen, einen Mann dort als Angestellten unterzubringen. Da der Mann eine Stellung von einiger Autorität innehat, hoffen wir, dass er in der Lage sein wird, irgendwelche für uns interessanten Informationen aufzutreiben – wenn es sie gibt –, damit wir die Sache endgültig klären können.«

Marcus nickte, beherrschte seinen Ärger, den Hass, der in ihm brodelte wie ein Kessel voller Säure. Das war nicht die Antwort, die er haben wollte, aber er hatte von Anfang an gewusst, dass es einige Zeit dauern würde, um mehr zu erfahren.

Zeit, dachte er bitter, war etwas, von dem er mehr als genug hatte.

»Wir haben noch nicht über Reese Enterprises gesprochen. Ihr habt in Eurem Bericht erwähnt, dass Ihr außer der China Seas Company auch Palmer Reese – oder jemanden, der von ihm angeheuert wurde – als sehr wahrscheinlichen Kandidaten seht.«

»Ja, Sir«, sagte Kelly. »Mr. Reese ist in finanziellen Schwierigkeiten. Er hat sich bemüht, das geheim zu halten, aber wir Detektive wissen seit einiger Zeit, dass der Mann in Schwierigkeiten steckt, und zwar schon länger.«

Palmer Reese. War er zu einer Tat in der Lage, die eventuell eine Firma zerstören konnte, ohne dabei darüber nachzudenken, wie viele Menschen durch seine Machenschaften gefährdet wurden? Er hatte Palmer jahrelang gekannt. Marcus hatte ihn immer für einen Schwächling gehalten, einen Jammerlappen, der keinen Mumm besaß, und ganz sicher nicht für einen Mann, der eine solche Kampagne organisieren konnte.

»Seid Ihr sicher, dass die Gerüchte der Wahrheit entsprechen?«

»Noch nicht, Sir, aber wir werden es bald wissen.«

Marcus dachte darüber nach und fand, dass Palmer, falls er in finanziellen Schwierigkeiten war, das sicher nicht zeigte. »Kann es nicht sein, dass dies auf einen einzelnen Menschen zurückgeht, der vielleicht irgendetwas gegen mich hat, ein Matrose oder womöglich ein verärgerter Angestellter?«

Die beiden Männer schüttelten den Kopf. »Dazu waren die Schäden zu weit verteilt«, sagte Reynolds. »Es war ja nicht nur an der *Seehabicht*, sondern auch an der *Peregrine* und an der *Raven*. Ein Einzelner würde eine ganze Menge Kapital brauchen, um den richtigen Mann ausfindig zu machen und anzuheuern, der die Sache jeweils übernimmt.«

Das hatte er natürlich auch gewusst, wollte aber lieber doch noch einmal nachfragen. »Wie ich schon sagte, Ihr habt bisher eine interessante Sammlung von Informationen zusammengestellt. Jetzt ist es an der Zeit voranzugehen. Ich möchte, dass Ihr herausfindet, wer am meisten von den Verlusten der Hawksmoor Schifffahrtsgesellschaft profitiert hat, besonders seit die *Seehabicht* im Hafen liegt. Es ist wahrscheinlich, dass alle irgendwie davon profitiert haben, aber es ist doch bestimmt interessant herauszufinden, wessen Gewinn am größten war. Welche Gesellschaft auch immer für die Sabotage verantwortlich ist – immer angenommen, dass es so ist –, wäre bestimmt sofort in die Bresche gesprungen, sobald wir einen Transport absagen mussten. Also hätte sie auch die beste Gelegenheit gehabt, die Verträge zu übernehmen.«

Reynolds lehnte sich in den Sessel zurück. »Das ist eine sehr scharfsinnige Bemerkung, Mylord. Wir werden uns an die Arbeit machen, sobald wir zurück in London sind.«

»Ja, genau das«, stimmte Kelly zu. »Es besteht eine große Chance, Kapitän, dass Ihr erfahrt, wer Eure Nemesis ist, wenn Ihr uns das nächste Mal seht.«

Marcus sagte nichts. Er kümmerte sich nicht um das Ziehen in seinem Rücken und rieb sich stattdessen seine nutzlosen Beine, wünschte, er könnte das Ziehen dort auch spüren anstatt der immer gleichen Taubheit. Ein Bild von Palmer Reese stand plötzlich vor seinem inneren Auge. Palmer, so höflich und redegewandt, so glatt und poliert, dass es beinah schmierig wirkte, hatte Marcus früher immer gedacht.

Er hatte Palmer Reese nie besonders leiden können, obwohl

sein Vater ein Freund von Palmers Vater gewesen war und ihn und seinen Sohn oft nach Hawksmoor House eingeladen hatte.

Damals war Palmer nichts als selbstsüchtig und ärgerlich gewesen. Jetzt fragte sich Marcus, ob Palmer der Mann hinter seinen Schwierigkeiten war – und er ihn eines Tages töten würde.

Brandy stand im Flur vor Marcus' Arbeitszimmer und sah zwei Männer, der eine groß und breit, der andere schlank und gut gekleidet, zur Tür gehen. Rex hatte ihr erklärt, dass die beiden Detektive von der Bow Street waren, Männer, die Marcus bezahlte, um herauszufinden, wer seine Schiffe sabotierte.

Sie schauderte, wenn sie daran dachte, sich an den Hass in seinem Blick erinnerte, wann immer er davon sprach, an sein Verlangen nach Rache, das alles andere unter sich begrub.

»Bist du bereit?« Rex Delaine stand neben ihr, beinah so attraktiv wie sein Bruder. Sie hatten beschlossen, das Problem zusammen anzugehen, eine Art Armee aus zwei Personen, die gegen ein gut trainiertes Bataillon anstürmte.

»Ich bin bereit, Marcus und einer seiner Tiraden entgegenzutreten – und eine solche wird es sicher geben. Unglücklicherweise habe ich kaum eine andere Wahl, vor allem angesichts der Tatsache, dass Dr. Merriweather hinten im anderen Salon sitzt.«

Rex lächelte auf dieselbe warme, maskuline Art, wie Marcus es immer getan hatte. Mein Gott, wie sie dieses Lächeln vermisste.

Sie schoben die Tür auf und fanden Marcus über seinen Schreibtisch gebeugt. Sie wünschte, es wären die Bücher der Hawksmoor Schifffahrtsgesellschaft, über die er sich mit solch fanatischem Interesse beugte, doch es war ein Stapel von Papieren, die die Detektive für ihn mitgebracht hatten, Notizen über mögliche Verdächtige.

»Es tut mir Leid, wenn wir dich unterbrechen«, sagte Rex, und der dunkle Kopf seines Bruders kam mit einem Ruck hoch. »Wir hätten da etwas zu besprechen.«

Marcus hob eine dichte schwarze Augenbraue, in seinen langen Fingern einen mit Silber eingelegten Federhalter mit einer weißen Feder. Sein Blick wanderte von Rex zu Brandy und wieder zurück. »Und um was genau geht es dabei?«

Rex ließ Brandy eintreten und schloss die Tür hinter ihnen beiden. Angesichts des Misstrauens in Marcus' Gesicht pochte ihr Herz noch heftiger als zuvor, und ihre Beine fühlten sich irgendwie schwach an. Sie wusste, wie stur er sein konnte. Sie betete von ganzem Herzen, dass er sich diese Chance geben würde.

»Wir sind hier, um über das Thema deiner Genesung zu sprechen«, sagte Rex.

»Meine Genesung?« Das war das Letzte, was er von Rex zu hören erwartet hatte, und er richtete sich auf und wandte ihnen seine ganze Aufmerksamkeit zu. »Worüber, zum Teufel, redet ihr?«

Brandy ging auf ihn zu und blieb auf halbem Weg vor seinem Schreibtisch stehen. »Dein Bruder und ich sind hier wegen eines Besuchers, der auf unsere Bitte hin aus London gekommen ist, um dich zu sehen, Dr. Winifred Merriweather. Du wirst dich vielleicht daran erinnern, dass du ihn in London kennen gelernt hast.«

Marcus stellte den Federhalter sehr vorsichtig wieder zurück in den silbernen Ständer. »Ich erinnere mich ziemlich klar an ihn. Korrigiert mich, wenn ich mich täusche, aber war er nicht derjenige, den fünf der bekanntesten Ärzte Englands einen Narren genannt haben?«

Vor Ärger schlug ihr Herz schneller und schien in ihrer Brust herumzuhüpfen. »Vielleicht sind *sie* die Narren.«

»Also heraus damit. Was wollt ihr beide eigentlich sagen?«

Rex trat näher zum Schreibtisch. »Wir möchten, dass du

dich noch einmal von ihm untersuchen lässt. Wenn Merriweather immer noch glaubt, dass es eine Chance gibt, dich zu heilen, möchten wir, dass du es versuchst.«

Marcus' Gesicht wurde dunkel. »Ihr wollt, dass ich es versuche?« Seine Faust krachte auf seinen Schreibtisch. »Herrgott noch mal, glaubt ihr wirklich, dass ich es noch nicht versucht habe? Es vergeht nicht ein einziger Tag, an dem ich nicht mit aller Kraft versuche, meine nutzlosen Beine zu einer einzigen winzigen, kleinen Bewegung zu überreden. Aber es passiert nichts. Es wird niemals etwas passieren! Ich dachte, wenigstens ihr hättet das verstanden.« Er warf einen harten Blick auf Brandy. »Oder hat Miss Winters und ihr infernalischer Optimismus dich irgendwie davon überzeugt, dass wir beide Unrecht haben?«

Brandy ging bis zum Schreibtisch und stützte beide Hände darauf. »Mag sein, dass ich eine Optimistin bin, Marcus, aber wenn es so ist, bin ich dankbar dafür. Mir ist klar, dass du glaubst, du wirst nie wieder gehen können, und vielleicht ist es auch so. Aber wenn es auch nur eine winzige Chance gibt, dann bist du es dir schuldig, diese Chance zu nutzen. Natürlich bedeutet das, dass du ein Risiko eingehen musst. Du würdest dich Hoffnungen aussetzen, die sich vielleicht nie erfüllen werden, aber der Mann, den ich an Bord der *Seehabicht* kannte, hatte keine Angst, Risiken einzugehen.«

»Ich bin nicht mehr dieser Mann.«

»Nein? Ich glaube doch. Und abgesehen davon: Was für ein Risiko liegt schon darin, wenn du den Mann empfängst und dir anhörst, was er zu sagen hat?«

Marcus antwortete nicht. Brandy spürte, wie aufgewühlt er war, welch verzweifelte Angst gegen welch schreckliches Verlangen ankämpfte.

»Sprich mit ihm, Marcus«, flehte sie. »Gib dir wenigstens diese Chance. Rex und ich werden auch dabei sein. Wenn der Doktor seine Meinung ändert, wenn er diesmal glaubt, dass es hoffnungslos ist, kannst du uns verspotten, wie Recht du hattest und wie sehr wir uns zum Narren gemacht haben.«

Marcus sagte nichts, aber der Kampf in seinem Innern war klar auf seinem Gesicht zu erkennen. Er rieb sich mit einer Hand über die Augen. »Ich kann nicht ... ich weiß nicht, ob ...«

Brandy spielte ihr letzte Karte aus. »Diese Akten, in denen du gelesen hast – die die Detektive gebracht haben. Du liest sie, weil du entschlossen bist, den Mann zu finden, der für den Unfall verantwortlich ist.«

»Was hat das damit zu tun, dass –«

»Stell dir vor, was du erreichen könntest, wenn du wieder gehen lernen würdest.«

Marcus' Körper spannte sich an. Ein Muskel zuckte in seiner Wange. Der Hass, den sie schon so oft gesehen hatte, erschien auf seinen Zügen, sodass sein Gesicht herb wirkte. Trotzdem sagte sie nichts.

Schließlich nickte er. »Also gut, ich werde ihn empfangen.« Er warf ihr ein bitteres Lächeln zu. »Wie könnte ich anders handeln, da du die Sache so gut auf den Punkt gebracht hast?«

Brandy schauderte bei der Bitterkeit in seinem Ton. Sie hätte so gern die Hand ausgestreckt und ihn berührt, ihn in die Arme genommen und seinen Schmerz besänftigt.

Stattdessen erschienen zwei Lakaien aus einer Seitentür, hoben seinen Sessel hoch und trugen ihn in einen kleinen Salon weiter hinten im Flur. Ein schlanker, sehr eigenwillig aussehender Mann mit Brille, hellbraunem Haar und milden Gesichtszügen, der im Zimmer auf und ab gegangen war, wandte sich um und lächelte.

»Lord Hawksmoor. Ich freue mich, Euch wieder zu sehen.« Der Blick des jungen Mannes wanderte über Marcus' Gestalt und hellte sich wohlwollend auf. »Ihr seht sehr gut aus. Die Seeluft hat Euch gut getan.«

Marcus warf einen Blick auf Brandy und sah dann den Arzt

wieder an. »Die See hat mir immer schon gut getan.« Er gab den Lakaien ein Zeichen, seinen Sessel in die Nähe des Sofas zu stellen. »Mein Bruder und Miss Winters haben mich überredet, mich noch einmal Eurem teuflischen Ziehen und Stechen auszusetzen. Wenn Ihr deswegen hergekommen seid, gehen wir an die Arbeit. Ich habe Wichtigeres zu tun, als der Fantasie meiner Freunde einen Gefallen zu tun.«

Der Doktor sagte dazu nichts, nickte nur und ging hinüber zu seiner Ledertasche. Er öffnete sie und begann, seine Instrumente hervorzuholen.

»Ich schicke Frederick herunter, damit er dir beim Ausziehen helfen kann«, sagte Rex zu Marcus. »Miss Winters und ich werden im grünen Salon warten, bis du nach uns schickst.«

Als sie hinaus in den Flur gingen, murmelte Marcus etwas, das Brandy nicht hören konnte, und Rex schloss die Tür. Ihre Handflächen waren feucht von Schweiß, und ihr Herz pochte immer noch wild. Sie betraten den grünen Salon, und sie setzte sich auf ein dunkelgrünes Brokatsofa und wartete, während Rex befahl, ihnen Tee zu bringen. Dann kam er zu ihr und setzte sich neben sie, lächelnd und bemüht, sie so gut wie möglich zu unterhalten, aber ihre Gedanken schweiften immer wieder ab, und sie konnte sich einfach nicht auf das Gespräch konzentrieren. Schließlich gab er es auf, und sie beide verstummten.

Sie versuchte, nicht an Marcus zu denken und daran, was er jetzt empfinden mochte, doch das war unmöglich. Mein Gott, tat sie das Richtige? Sie hatte ihn gedrängt, sich untersuchen zu lassen, hatte beide Brüder dazu gedrängt, diese Chance wahrzunehmen. Und wenn der Doktor seine Meinung änderte? Würde Marcus seine letzte Hoffnung verlieren? Vielleicht hatte er das schon, aber Brandy glaubte es eigentlich nicht.

Jeden Tag versuchte er, seine Beine zu bewegen, hatte er gesagt. Brandy glaubte, dass die Hoffnung immer noch wie eine kleine Flamme in ihm brannte. Wenn Merriweather nicht mehr an Marcus' Genesung glaubte, würde das vielleicht das letzte bisschen Glut unter diesem Flämmchen ersticken.

Sie rückte auf dem Sofa hin und her. Vor Aufregung war ihr Mund ganz trocken. »Das scheint ja ewig zu dauern.«

Rex sah auf von dem Papier, das er zu lesen vorgab. »Mir ist es lieber, wenn der Arzt etwas länger braucht, als wenn er die falsche Prognose stellt.«

Ihr Magen zog sich zusammen, als würde er einen Knoten bilden. »Ja, ja, natürlich. Das finde ich natürlich auch.« Aber dadurch wurde das Warten nicht leichter. Sie verfielen wieder in Schweigen. Brandy begann, das Ticken der Uhr wahrzunehmen – nein, es gab sogar mehrere, stellte sie fest, eine vergoldete auf dem Kaminsims, eine aus schwarzem Teakholz auf einem geschnitzten Tisch an der Wand und eine kleinere mit einem Zifferblatt aus Porzellan, mit kleinen blauen Blumen darauf, die alle drei zusammen tickten und ihr auf die Nerven gingen.

Die Minuten vergingen, eine Stunde. Rex hatte jeden Versuch zu lesen aufgegeben und lief vor dem Fenster auf und ab. Brandy zappelte auf dem Sofa herum, trank einen Schluck von ihrem Tee, der inzwischen kalt war, und dann ertönte ein lautes Klopfen an der Salontür.

»Gott sei Dank.« Rex ging hin. »Egal, was der Doktor sagt, es kann nicht schlimmer sein als die schrecklichen Gedanken in meinem Kopf.«

Das stimmte. Und so machten sie sich zusammen auf den Weg den Flur entlang zu dem Raum, in dem der Arzt wartete, hielten einen Augenblick vor der Tür inne, um sich zu sammeln, dann öffnete Rex die hohen, geschnitzten Türflügel.

Marcus saß auf einem Sofa auf der anderen Seite des Zimmers, wie zuvor in taubengraue Kniehosen, ein weißes Baumwollhemd und einen marineblauen Rock gekleidet. Sein Ausdruck war so verschlossen und hart, dass sie sicher war, die Prognose war schlecht ausgefallen.

Ihr Herz zog sich zusammen. Mein Gott, was hatte sie getan? Sie wollte ihm helfen, und das Einzige, was sie schaffte, war, ihm noch mehr Schmerz zu bereiten. Sie schluckte so schwer, dass sie sicher war, alle würden es hören können. Ihre Beine zitterten, als sie über den Orientteppich ging. Obwohl sie wusste, dass sie das nicht tun sollte, konnte sie einfach nicht widerstehen und setzte sich auf das Sofa neben Marcus. Er schaute finster, bat sie aber nicht, woanders hinzugehen. Spontan griff sie nach seiner Hand, hob sie zu ihren Lippen und drückte einen weichen Kuss in seine Handfläche.

Ich liebe dich, wollte sie sagen. *Dies alles ist nicht wichtig. Ich liebe dich so sehr.*

Stattdessen wandte sie den Blick von seinem Gesicht ab, sah den besorgten Ausdruck im Gesicht seines Bruders wie eine Spiegelung ihrer eigenen Ängste und zwang sich, sich dem Arzt zuzuwenden. Sie war überrascht, als sie sein Lächeln sah.

»Ich habe es mir nicht anders überlegt, falls das der Grund Eurer finsteren Mienen sein sollte. Ich bin, wie früher schon, davon überzeugt, dass, wenn Lord Hawksmoor die richtigen Maßnahmen ergreift, eine gute Chance besteht, dass er die Bewegungsfähigkeit seiner Beine zurückgewinnen könnte.«

»Wie kann es sein«, knurrte Marcus, »dass kein anderer aus einem halben Dutzend prominenter Ärzte derselben Meinung ist wie Ihr?«

Der Doktor legte ein seltsames Instrument, das aussah wie ein Hammer, zurück in seine Tasche. »Vielleicht haben sie Angst. Ihr seid ein sehr mächtiger Mann, Mylord. Sollte sich ihr Rat als falsch erweisen, würdet Ihr sehr wahrscheinlich keine gute Meinung mehr von ihnen haben. Im Gegenteil, Euer Zorn könnte sich als heftig erweisen.«

Marcus sah ihn finster an. »Aber Ihr habt keine Angst. Warum, Dr. Merriweather?«

Der Doktor legte das letzte Instrument in seine Ledertasche zurück. »Das ist einfach zu erklären, Mylord. Ich bin noch jung und nicht gut eingeführt. Ich bin bereit, Risiken einzugehen, die andere nicht eingehen wollen. Und ich glaube an mich. Ich bin davon überzeugt, dass es die Chance für Euch gibt, die Fähigkeit zum Gehen zurückzugewinnen, und wenn ich Recht habe, denke ich, dass Ihr extrem dankbar wäret. Ganz einfach ausgedrückt: Für mich ist es das Risiko wert, angesichts des Gewinns, den ich davon haben kann.«

»Und was ist mit dem Risiko, das ich eingehe?«, sagte Marcus.

»Ihr habt nichts zu verlieren und alles zu gewinnen. Unglücklicherweise habt Ihr beinah schon zu lange gewartet. Meiner Erfahrung nach ist es so, dass, wenn der Patient nicht innerhalb der ersten sechs Monate zu üben beginnt, er es wahrscheinlich nie tun wird.«

Da sagte Rex: »Ihr wollt damit sagen, dass es noch nicht zu spät ist, dass es noch an der Zeit wäre für die Muskeln, ihre Arbeit wieder aufzunehmen, wenn mein Bruder sofort mit den Übungen beginnen würde?«

»Das ist meine Meinung.«

»Und was genau sind das für Übungen, um die es hier geht?«, fragte Marcus. Er verhielt sich genau wie immer seit seinem Unfall, versteckte seine Verletzlichkeit hinter einer Wand aus Säure. Doch so sehr er sich bemühte, es zu verbergen, konnte Brandy doch die Hoffnung in ihm spüren. Und sie wollte ihn in jedem Fall dazu bewegen, das Risiko einzugehen.

»Ihr würdet jemanden brauchen, der tagtäglich mit Euch arbeitet«, sagte der Doktor. »Jemanden, der Euch die Beine massiert und hilft, die Muskeln zu stärken. Ich empfehle heiße Bäder der Beine als Hilfsmittel zur Entspannung. Wir würden natürlich auch einiges an Ausstattung brauchen, Geräte, die Euch helfen würden, Euch zu bewegen, Stützen, die Ihr verwenden könntet, während Ihr Eure Beine zwingt, sich zu bewegen.«

»Frederick ist stark genug«, sagte Rex. »Er ist es gewöhnt, dich zu bewegen. Und alle möglichen Geräte zu bauen, die du brauchst, wäre auch kein Problem.«

Marcus schien darüber nachzudenken. »Ja, wenn ich so dumm wäre zuzustimmen, könnte Frederick helfen – teilweise. Aber ich würde mich nicht wohl fühlen, wenn ein Mann mich auf eine derart intime Art bearbeitet, wie Ihr es beschrieben habt.« Er sah Brandy an. »Dafür würde ich die Hilfe von jemand anderem benötigen.«

»Und zwar von wem?«, fragte Rex.

Marcus' Lippen verzogen sich zu einem Lächeln, das man nur als animalisch bezeichnen konnte. »Natürlich Miss Winters. Wenn sie einverstanden wäre, bei meinem Training mitzuarbeiten, würde ich zustimmen. Ansonsten bin ich nicht interessiert.«

Der Doktor machte vor Überraschung eine so heftige Bewegung, dass seine Brille bis zu seiner Nasenspitze rutschte. »Miss Winters? Ihr würdet Wert auf die Hilfe einer Frau legen?«

»Das ist doch absurd«, sagte Rex. »Du kannst einer Dame nicht die Art von Intimität zumuten, die deine Behandlung erfordet. Ihr Ruf wäre damit dahin.«

Sein mitternachtsblauer Blick blieb auf ihr Gesicht gerichtet. »Die Dame hat mich schon bei verschiedenen Gelegenheiten darauf aufmerksam gemacht, dass sie absolut kein Interesse hat an ihrem Ruf.«

Rex stand von seinem Sessel auf. »Aber du kannst doch wohl nicht erwarten –«

»Ich wäre natürlich bereit, sie zu bezahlen. So viel auch immer sie wünscht. Wenn ich wirklich versuchen will, mich *vollständig* zu erholen, dann glaube ich, dass Miss Winters' Gegenwart unerlässlich ist.«

Rex schien die wenig diskrete Andeutung nicht zu verstehen, von der sich Brandys Wangen rosa tönten. Er wollte wieder ein Mann sein – ein funktionstüchtiger, geheilter Mann.

Und er wollte sie dafür bestrafen, dass sie ihm Hoffnungen machte, obwohl er tief im Inneren fürchtete zu versagen.

Brandy hob das Kinn. Sie war so weit gekommen, jetzt würde sie nicht zulassen, dass er ihre Ablehnung benutzte, um seine Chance zu versäumen. »Ich brauche kein Geld. Aber es gibt etwas, das ich von Lord Hawksmoor als Gegenleistung für meine Hilfe annehmen würde.«

Seine Brauen hoben sich ein wenig, als wäre er sicher gewesen, dass sie ablehnen würde. »Und zwar ...?«

Brandy sah den Arzt an, der die ganze Sache fasziniert beobachtete. »Ich habe eine solide, aber nur einfache Bildung. Ich kann mich korrekt ausdrücken, lesen, schreiben und rechnen. Aber ich weiß nur wenig von den feineren Dingen. Ich würde gern lernen, wie man sich in der besseren Gesellschaft verhält, wie man sich richtig kleidet, benimmt, vielleicht sogar wie man tanzt. Kurz gesagt, ich möchte gern eine Dame werden. Wenn du mir hilfst, das zu bewerkstelligen, dann werde ich dir helfen.«

Es wurde absolut still im Raum. Rex runzelte die Stirn, aber Marcus' Augen schienen zu glitzern. »Für solche Dinge gibt es Lehrer. Ich werde in aller Eile einen herkommen lassen. Wenn du nicht mit mir arbeitest, kannst du ja deine Zeit mit ihm verbringen.«

»Euch ist wohl klar, Miss Winters«, warf der Doktor ein, »dass Eure Pflichten einen recht intimen Umgang mit dem Körper seiner Lordschaft bedeuten würden.«

Brandys Wangen wurden noch röter. Rex machte den Mund auf, um etwas zu sagen, aber Brandys Blick stoppte ihn. Sie hob ihr Kinn ein wenig. »Wie die beiden anderen Herren sehr genau wissen, kenne ich den Körper seiner Lordschaft bereits genauer. Was Ihr andeutet, wird kein Problem für mich sein.«

Der Doktor hob die Augenbrauen.

»Und ich bin sicher, dass Ihr, Dr. Merriweather«, fügte Marcus warnend hinzu, »ein äußerst diskreter Mensch seid.«

Der Doktor gab ein leises Geräusch von sich und nickte kurz. »Natürlich, Mylord.«

Brandy musste wirklich ihre ganze Willenkraft aufbringen, um zu lächeln, denn sie war sich absolut nicht sicher, auf was sie sich da eingelassen hatte. »Dann sind wir uns ja handelseinig, Mylord. Die Rückkehr deines alten Lebens gegen meine Chance auf ein neues.«

Marcus sagte nichts. Rex machte eine finstere Miene und schüttelte den Kopf. Der Doktor betrachtete seinen Patienten und lächelte zufrieden.

17

Der Wind heulte in den Bäumen und fegte über die felsige, herbe Landschaft. Ein Fensterladen im oberen Stockwerk, der sich gelöst hatte, krachte ruhelos gegen die Steinwand. Regen fiel in dichten grauen Schleiern, klatschte gegen die Scheiben und prasselte auf das Dach.

Marcus lag in seinem großen Himmelbett und hörte die Wellen tief unten gegen den Fuß der Klippe krachen und dann wieder rauschend ins Meer zurückgleiten. Die wohlbekannten Geräusche quälten ihn, belebten schmerzliche Erinnerungen, drängten ihn zurück in die Vergangenheit zu dem Leben, das er früher gelebt hatte, das Leben, das er viel mehr als alles andere auf der Welt wieder zurückgewinnen wollte.

Wenn er die Augen schloss, war er wieder dort, trotzte auf dem Deck der *Seehabicht* Wind und Wellen, rief Befehle, sah zu, wie seine Männer die Kräfte des Sturmes umsetzten, atmete tief seinen Duft ein, spürte die Feuchtigkeit des Regens auf dem Gesicht.

Ein rauer Schmerz erfüllte ihn, der Schmerz des Verlustes und der Sehnsucht lag wie ein erdrückendes Gewicht auf seiner Brust. Sorgen wegen der Zukunft, die ihm gestohlen worden war, stiegen ihm bitter in die Kehle. Mein Gott, wie sehr er doch das Meer vermisste, die Gischt im Gesicht und das Schwanken des Decks unter den Füßen. Er brauchte es wie ein Verhungernder die Nahrung, wie ein Ertrinkender die frische Luft.

Und jetzt war ihm wieder einmal die Hoffnung, zu seinem alten Leben zurückkehren zu können, gegeben worden, eine Verlockung, der er nicht widerstehen konnte.

Marcus starrte hinauf zu den schweren samtenen Bettvorhängen, und sein Verstand kehrte noch einmal zu der schmerzlichen Entscheidung zurück, die er getroffen hatte. Merriweather hatte gesagt, er hätte nichts zu verlieren, doch das stimmte nicht. Er riskierte sein innerstes Sein, vielleicht sogar seinen klaren Verstand. Marcus war sich zweifellos darüber im Klaren, dass, damit der Plan des Doktors funktionierte, er wirklich die Möglichkeit ins Auge fassen musste, eines Tages wieder gehen zu können. Genau genommen würde er das wirklich *glauben* müssen. Und wenn er das tat, würde seine Hoffnung endgültig geweckt.

Er würde jedes bisschen Energie, den ganzen Willen, den er je besessen hatte, einsetzen. Und wenn er das tat – und dann versagte –, war er sich nicht sicher, ob er es schaffen würde, sich damit abzufinden, dass er den Rest seines Lebens als Invalide verbringen musste.

Schon beim ersten Mal war sein ganzer Wille nötig gewesen.

Und Briannes stetige Bemühungen, ihn wieder heilen zu lassen.

Er fühlte sich natürlich nicht heil, nicht wirklich. Aber er hatte doch einen großen Schritt getan und angenommen, was Gottes Wille zu sein schien, und gelernt, damit zu leben. Jetzt stand die Verlockung vor ihm, und sein Leben war wieder in Aufruhr.

Wieder gehen zu können, wieder gesund zu sein. Wenn er seine Beine wieder gebrauchen konnte, konnte er alles zurückgewinnen, was er verloren hatte, alles, was er je gewesen war.

Und dann war da noch Brianne.

Auch sie hatte er verloren, obwohl er nicht gern dachte, dass er sie in derselben Weise verloren hatte wie sein geliebtes Leben auf See und sein Schiff. Es war nicht dasselbe, sagte er sich. Sie war eine Frau. Es konnte einfach nicht dasselbe sein. Aber es tat ihm weh, sie jeden Tag zu sehen. Es tat so weh, dass es seinen ganzen Körper erfasste und er sogar Angst hatte, sie zu berühren.

Aber der Schmerz wäre noch größer, wenn sie fortginge.

Der Gedanke traf ihn hart, wie aus dem Nichts. Er wollte es nicht glauben, wollte nicht daran denken, dass er so abhängig von einer Frau geworden war, dass er sie so sehr brauchte. Er sah sie vor seinem inneren Auge vor sich, die weiche Rundung ihrer Lippen, die Art, wie ihr Mund zitterte, wenn er sie küsste, ihre feinen Züge und ihr feuriges Haar. Er stellte sich vor, wie er sie damals auf der *Seehabicht* geliebt hatte, und spürte plötzlich Schuldbewusstsein. Er hatte sie an Bord seines Schiffes nur benutzt. Er hatte sie begehrt, und er hatte sie genommen.

Wenn er die Herausforderung des Doktors annahm, würde er sie wieder benutzen.

Ein greller Blitz erleuchtete die herbe Landschaft von Cornwall vor dem Fenster. Ein ferner, grollender Donner folgte, der hallend über den felsigen Boden rollte.

Marcus hörte dem Donner zu und dachte an Brianne. Mein Gott, er hatte nie vorgehabt, sie zu berühren, hatte sein Bestes getan, um ihr zu widerstehen. Doch er konnte es damals nicht, und er konnte es jetzt nicht. So sehr er auch hasste, es zuzugeben, aber er brauchte sie. Sie gab ihm Kraft, wenn er glaubte, seine letzte Energie verbraucht zu haben. Sie gab ihm Mut, wenn er glaubte, ihn verloren zu haben. Sie wirkte in einer Weise nährend auf ihn, die er sich nie hätte träumen lassen. Und er war sicher, dass er ohne ihre Hilfe versagen würde.

Wirklich, wenn er es genau bedachte, war er in diesen letzten Wochen, seit Brandy nach Hawksmoor House gekommen war, fast zufrieden gewesen. Dann war Hamish Bass erschienen und hatte seine Welt noch mehr auf den Kopf gestellt, als sie je gewesen war.

Marcus' Hand, die auf dem Bett lag, ballte sich unwillkürlich zur Faust, und die Muskeln seiner Brust spannten sich zu eisernen Bändern. Die Bitterkeit stieg ihm wie Galle in der Kehle auf, und ein so starkes Verlangen nach Rache, dass ihm beinah schwindelig wurde. Er würde alles tun – absolut alles –, um den Mann zu finden und zu vernichten, der seine Welt so völlig zerstört hatte.

Marcus dachte an jenen namenlosen, gesichtslosen Mann, und das Schuldgefühl, Brianne zu benutzen, verschwand. Er brauchte sie, um wieder gesund zu werden. Sie war seine beste Chance zum Erfolg. Er würde tun, was er tun musste.

Der Doktor begann sein Programm am folgenden Tag, nachdem er zugestimmt hatte, bis zum Ende der Woche zu bleiben. Er würde sich darum kümmern, Brandy anzuleiten und die nötige Ausrüstung zu entwerfen, dann würde er monatlich wiederkommen, um zu sehen, wie sich Marcus entwickelte, vielleicht auch öfter, wenn nötig.

Da im Stall ein Schmied und ein Küfer arbeiteten, war es kein Problem, die nötigen Geräte zu bauen: ein stabiles Paar paralleler Balken, die Marcus benutzen konnte, um sich daran hochzuziehen, eine große hölzerne Wanne, um seine Beine zu baden, einen speziellen Tisch, um darauf zu liegen, und einen Stuhl, den der Küfer auf Räder setzte, damit er sich bewegen konnte.

»Wir fangen jetzt an, die Muskeln zu bearbeiten«, verkündete der Doktor, als die Ausrüstung fertig gestellt war. »Zuerst baden wir die Beine, und dann werde ich Miss Winters zeigen, wie sie sie richtig massiert.«

Brandy schluckte schwer und versuchte, nicht auf die Wärme zu achten, die ihre Wangen rötete. Marcus ertrug die Sache stoisch. Wenn sie nicht die leichte Röte unter seiner gebräunten Haut gesehen hätte, hätte sie vielleicht nie erfahren, welchen Willen er aufbringen musste, um seine Männlichkeit einer solchen Behandlung unterziehen zu lassen.

Während Bedienstete die Holzwanne in dem Raum füllten, den sie für ihre Arbeit vorgesehen hatten – ein angenehmes Zimmer auf der Rückseite des Hauses mit Blick übers Meer –, beschäftigte sich Brandy damit, die Handtücher zu glätten und Marcus' burgunderfarbenen Morgenmantel zu holen. Hinter einem bemalten Wandschirm in einer Ecke half ihm Frederick beim Ausziehen, trug ihn dann herüber und setzte ihn in die Wanne. Als Brandy sich umdrehte, sah sie, wie Marcus die Zähne zusammenbiss und ihm die Schweißperlen aufs Gesicht traten.

»Ich weiß, dass das Wasser heiß ist«, sagte der Doktor, »aber das ist notwendig, damit sich die Muskeln völlig entspannen. In ein, zwei Minuten habt Ihr Euch daran gewöhnt.«

Marcus nickte. Das Wasser war offensichtlich unerträglich heiß, aber er beschwerte sich nicht, und Brandy spürte einen Stich im Herzen.

Der Doktor hatte sie gewarnt, dass seine Rekonvaleszenz nicht einfach werden würde, aber es fiel ihr schwer, ihn leiden zu sehen.

»Versucht, Euch zu entspannen«, sagte der Doktor. »Wenn es kühler zu werden beginnt, kann Euch Frederick herausheben, und wir beginnen, an Euren Beinen zu arbeiten.« Mit diesen Worten ging er hinaus, Frederick dicht hinter ihm, aber als Brandy ihnen folgen wollte, rief Marcus sie zu sich zurück und wies sie an, die Tür zu schließen.

»Wenn ich schon in dieser höllischen Wanne sitzen muss, kannst du mir wenigstens Gesellschaft leisten.«

Sie versuchte zu lächeln, doch es kam ein wenig unsicher heraus. »Das tue ich gern, Mylord.« Doch in Wahrheit war es mehr als nur beunruhigend, mit Marcus zu reden, während er in flachem Wasser saß, das seine Männlichkeit nur knapp bedeckte. Nur einen Blick auf seine glatte dunkle Haut und die langen, starken Sehnen in seinen Armen und seinem Oberkörper, und die Röte stieg langsam von ihrem Hals aus aufwärts. Wie hatte sie vergessen können, wie unglaublich anziehend er war?

Er hatte sein normales Gewicht zurück, und selbst die Monate der Untätigkeit hatten die breiten Muskelstränge auf seinen Schultern nicht reduziert. Feste Bänder zogen sich über seinen Bauch abwärts, und seine Brust war mit schwarzen Locken bedeckt. Sie hätte am liebsten mit den Fingern hindurchgestrichen, um die Löckchen an ihrer Haut zu spüren.

»Du starrst mich an, Liebes.«

Sie wandte den Blick abrupt ab, und die Röte erhitzte ihre Wangen. »Ich, äh … es tut mir Leid. Aber ich hatte einfach vergessen, wie …«

Er hob eine schwarze Augenbraue. »Was hattest du vergessen?«

»Wie … schön du bist.«

Seine Augen verdunkelten sich von Mitternachtsblau zu fast Schwarz. Er betrachtete Brandy von Kopf bis Fuß mit einem sichtbaren Ausdruck von Hunger, dann wandte er den Blick ab. »Vielleicht hattest du Recht«, knurrte er. »Vielleicht wäre es doch besser, wenn du draußen wartest.«

Während der restlichen Woche blieb Brandy distanziert. Sie hörte genau zu, was ihr der Doktor sagte, nahm aber nicht selbst teil daran. Die Tage waren lang und hart. Jeden Morgen badete Marcus seine Beine in heißem Wasser, dann bearbeitete sie der Doktor ziehend und schiebend und massierte die

Muskeln. Dann wurde Marcus hochgehoben und zwischen die beiden parallelen Balken gehängt, wo er versuchen sollte, die Muskeln zu bewegen.

Es gelang ihm nie.

»Ich habe es Euch doch schon so oft gesagt«, meinte er zu dem Doktor, als Frederick ihn wieder zurück in seinen Sessel setzte. »Diese ganze Arbeit ist sinnlos. Wie viel Mühe ich mir auch geben mag, ich kann meine Beine nicht bewegen.« Der Schweiß stand ihm auf der Stirn, und die Muskeln seiner Arme zitterten von der Anstrengung, die es gekostet hatte, sich aufrecht zu halten. »Was ich nicht verstehen kann, ist, warum Ihr so sicher seid, dass ich es doch kann.«

Dr. Merriweather hob Marcus' Hemd und strich mit einer bleichen, dünnen Hand über die Narbe unten an seinem Rücken. »Keiner von uns Medizinern weiß allzu viel über Verletzungen der Wirbelsäule. Ich hatte jedoch das Glück, an verschiedenen Fällen mitzuarbeiten. Der erste war der meines Bruders.«

»Euer Bruder?«

»Ja. Er wurde vom Pferd geworfen, als er einundzwanzig war. Die Verletzung, die er davontrug, sah der Euren recht ähnlich.« Er drückte sanft auf die Narbe, und Marcus richtete sich auf. »Was ich sagen will, ist, dass die Verletzung etwa an derselben Stelle der Wirbelsäule lag. Das ist wichtig, denn die Stelle scheint eine bedeutende Beziehung zur Schwere des Schadens zu haben. Im Falle meines Bruders brauchte es sehr viel Zeit und Mühe, aber schließlich schaffte er es, wieder zu gehen.«

»Und so seid Ihr auf die Behandlung gekommen, die Ihr auch für Seine Lordschaft vorschlagt?«, fragte Brandy.

Der Doktor schob seine Brille auf der Nase nach oben. »Genau genommen geht diese Art der Behandlung zurück bis in die Antike. Die frühen Griechen schrieben schon von den Vorzügen von Sonne und Wasser. Auch die alten Chinesen gebrauchten Training und Massage, sogar die Ägypter.«

Marcus schwieg dazu, schaute hinüber zu den beiden parallelen Balken und biss die Zähne zusammen.

Der Doktor folgte der Richtung seines Blickes. »Es wird Zeit brauchen, Mylord. Ihr dürft den Mut nicht verlieren.«

Aber Brandy konnte sehen, dass er fast überhaupt keinen Glauben an den Plan des Doktors hatte. Vielleicht, dachte sie, war das ein Teil des Problems.

Marcus schüttelte den Kopf. »Ich weiß nicht. Wenn ich irgendeine Art von Reaktion spüren könnte, auch nur das kleinste Zeichen, dann hätte ich vielleicht mehr Hoffnung, dass dieses Programm funktionieren kann.«

Darüber dachte der Doktor nach. Er durchquerte das Zimmer, öffnete seine Ledertasche und zog eine lange, gerade, ziemlich brutal aussehende Nadel heraus. »Als ich Euch letzte Woche untersuchte, konntet Ihr nur ganz wenig spüren, nichts Genaues. Wir haben kräftig an Euren Muskeln gearbeitet. Sollen wir es noch einmal versuchen?«

Er zog sich einen Stuhl herbei, bückte sich und zog Marcus einen Schuh und die Socke aus. Seine Füße waren schlank, die Zehen gut geformt, die Nägel kurz geschnitten. Brandy hätte nie gedacht, dass sie die Füße eines Mannes attraktiv finden könnte, aber die von Marcus waren es irgendwie.

Dann stieß der Doktor die Nadel in die Fußsohle, und ein langer Muskel in seiner Wade spannte sich unwillkürlich an.

»Mein Gott!« Marcus wirkte verblüfft. »Ich habe es gespürt! Ich habe die Nadel wirklich gespürt!«

»Und dein Bein hat sich bewegt!« Brandy stand vor Aufregung auf den Zehenspitzen. »Ich hab's gesehen, Marcus, es hat sich wirklich bewegt!«

»Ja … das habe ich natürlich nicht absichtlich gemacht, aber es hat sich dennoch bewegt.«

Der Doktor lächelte. »Ich dachte, dass es das vielleicht tun würde. Da habt Ihr also Euer Zeichen, Lord Hawksmoor. Das Gefühl fängt langsam an zurückzukehren. Das hätte es vielleicht früher schon getan, wenn Ihr die richtige Stimulation bekommen hättet. Eure Muskeln beginnen zu reagieren. Der Rest ist jetzt Eure Sache.«

Brandy sah Marcus an. Sie würde niemals den Ausdruck auf seinem Gesicht vergessen. Es war die reine Entschlossenheit.

Marcus saß an der Kante des Holztisches, den sie für ihn konstruiert hatten, und seine schlaffen Beine hingen an der Seite herunter. Zum zehnten Mal an diesem Morgen holte er tief Atem, konzentrierte sich mit aller Kraft und bemühte sich, seine gelähmten Beine dazu zu bringen, dass sie sich bewegten.

Schweiß brach auf seiner Stirn aus. Die Muskeln seiner Arme und seiner Brust spannten sich vor Anstrengung, die Sehnen an seinem Hals schienen vorzuspringen, und er biss so fest die Zähne zusammen, dass ihm der Unterkiefer wehtat.

Aber es war keine Spur von Bewegung zu sehen.

Er atmete langsam aus, denn der angehaltene Atem brannte in seiner Brust. »Verdammt noch mal! Wenn ich dieses elende Stechen mit der Nadel nicht gespürt hätte, würde ich euch jetzt alle miteinander zum Teufel schicken.«

Aber er hatte es gespürt, ebenso sicher, wie er jetzt hier saß und versuchte, seine Beine zu bewegen. Und die Hoffnung, dass es ihm irgendwann vielleicht doch gelingen könnte, ließ es ihn immer wieder versuchen, auch wenn er jedes Mal zu versagen schien.

Brianne, die auf einem Stuhl gesessen hatte, stand auf. Auf ihrem Gesicht verband sich ein Ausdruck von Mitgefühl mit klarer Entschlossenheit. »Ich weiß, wie schwer du daran gearbeitet hast, aber es ist entschieden zu früh, um schon aufzuhören.«

Er knurrte eine Antwort. Nein, er würde nicht aufhören. Noch nicht. Obwohl er wusste, dass er wahrscheinlich ein Narr war, blieb die Hoffnung bestehen, und er musste diese Sache zu Ende bringen.

Und selbst wenn er hätte aufhören wollen, war es offensichtlich, dass Brandy es nicht zulassen würde.

»Du bist fast fertig«, sagte sie. »Das Wasser in der Wanne ist bereit. Versuche es noch einmal, dann baden wir deine Beine.«

Marcus lächelte. Immer nur noch einmal. Egal, wie viel Mühe er sich gab – oder zu geben versuchte –, sie wollte immer ein wenig mehr. Es gab Zeiten, da hasste er sie dafür, aber meistens bewunderte er sie. Sie war eine unglaubliche Frau, nicht nur schön, sondern auch treu und entschlossen. Er hatte noch nie eine Frau wie sie getroffen und würde es wohl auch in Zukunft nicht mehr tun. Er wusste, welches Glück es für ihn bedeutete, sie zur Freundin zu haben.

»Ah, mein Bad«, sagte er. »Ich glaube, Dr. Merriweather hat beschlossen, dass es mir gut tun würde, die Muskeln zu massieren, solange sie im Wasser sind. Ist es nicht so?«

Ihre Wangen färbten sich dunkelrosa. »Ja, das stimmt.«

Der Doktor war gestern am späten Nachmittag nach London abgereist. Heute war es Brandys Aufgabe, seine Arbeit zu übernehmen, und er stellte fest, dass er sich darauf freute. Sie würde ihn berühren, seine Beine massieren, sich um sein Bad kümmern – das würde die schlimmste Folter werden, und doch sehnte sich ein Teil von ihm nach ihrer Berührung, mehr als alles andere.

Bis heute, solange der Doktor noch im Haus gewesen war, hatte sie sich distanziert gegeben, und er war froh darüber gewesen. Das erlaubte ihm, seine Lust zu kontrollieren, die sie immer in ihm erweckte, und sich ganz auf seine Aufgabe zu konzentrieren. Obwohl das natürlich nicht viel genutzt hatte.

Doch jetzt war der Doktor fort, und wenn er schon unter den Anwendungen leiden sollte, die der Mann für ihn vorgesehen hatte, dann konnte er wenigstens die Intimität genießen, die diese Anwendungen erforderten. Er wusste, dass das dumm war, denn er würde nicht mehr damit erreichen, als dass er sich wieder nach ihr verzehrte wie bisher. Aber da er sie jeden Tag sah und sie begehrte wie in jeder Minute seit ihrer Ankunft, würde er sich nicht einen einzigen Augenblick mehr von ihr fern zu halten versuchen – selbst wenn er nicht mit ihr schlafen konnte, wie er es sich so sehnlich wünschte.

»Also gut«, sagte er. »Ich werde es noch einmal versuchen. Und wir werden sehen, ob mein Wille stärker ist als das leblose Gewicht, das an meinem Körper hängt.«

Er war es natürlich nicht. Wie sehr er sich auch bemühen mochte, welch innere Sprache er auch verwenden mochte in seinem Versuch, den Muskeln zu befehlen, sie weigerten sich zu gehorchen, und mit jedem seiner unerfüllten Versuche verschwand wieder ein wenig seiner Hoffnung.

Er atmete noch einmal tief aus, strich sich das schweißnasse Haar aus dem Gesicht, das in seine Stirn gefallen war, und wandte sich um, aber Brianne stand schon neben ihm. Sie tupfte ihm die Stirn mit einem kühlen, feuchten Tuch ab, und ihre Finger glitten über den seidenen Morgenmantel. Unter dem Stoff spannten sich seine Muskeln an, und Begehren erfüllte seinen Bauch. Er dachte, er hätte vielleicht ein leichtes Ziehen weiter unten empfunden.

»Beim nächsten Mal wird es besser gehen«, sagte sie. »Das weiß ich.« Sie drückte ihre Wange an seinen Rücken, und er schob sie nicht weg. Er hatte sie dazu gezwungen, diese Aufgabe zu übernehmen, als eine Art von Vergeltung. Und auch weil er im Herzen wusste, dass er es ohne sie nicht schaffen konnte.

Und irgendwo im Hinterkopf hatte er auch geglaubt, dass, wenn der Doktor Recht hatte und eine Wiederherstellung wirklich möglich war, ihre Anwesenheit vielleicht jenen Teil von ihm stimulieren könnte, der seit dem Unfall ebenso tot war wie seine nutzlosen Beine.

Er spürte das feuchte Tuch auf dem Gesicht und im Nacken, und bei ihrer sanften Berührung begann sein Puls zu hämmern. Als sie sich entfernen wollte, griff er nach ihrem Handgelenk und zog sie näher zu sich. Sein Blick fand den ihren, so golden und ein wenig katzengleich. Er umfasste ihr Kinn mit einer Hand, hob ihren Kopf und drückte einen Kuss auf ihren weichen Mund.

Einen Moment lang wurde sie ganz still. Er spürte die Wärme ihrer Lippen unter den seinen, fühlte den leichten Schauder, der ihren Körper durchlief. Dann schloss sie die Augen und lehnte sich an ihn, gab sich ihm hin, wie sie es immer getan hatte. Sie schmeckte nach Kamillentee, und ihr Haar duftete nach Rosen. Er hatte vergessen, wie unglaublich süß sie war, wie vollendet sich ihre Lippen den seinen anpassten. Er lockte sie, sich ihm zu öffnen, mit sanftem Druck und neckenden Küssen, dann nahm er sie tief mit seiner Zunge. Mein Gott, es fühlte sich so gut an, sie zu küssen.

So wie er jetzt auf dem Tisch saß, war er beinah einen Kopf größer als sie. Brianne hob die Arme, um sie ihm um den Hals zu legen, und ein weiches kleines Stöhnen ertönte in ihrer Kehle. Die alten Feuer flammten auf, die Hitze, die sie immer in ihm entzündete. Diesmal kämpfte er nicht dagegen an, sondern ließ es zu, dass das heiße Verlangen in ihm wuchs. Er konnte ihren Busen spüren, der sich an seine Brust drückte, weich und voll und unglaublich erregend. Seine Hand legte sich darauf, und er umfasste die eine Rundung, spürte ihre köstliche Schwere, neckte die Spitze, bis sie eine harte, fordernde Knospe wurde.

Die Hitze durchströmte ihn, machte sich tief unten in seinem Bauch breit. Die ganze Zeit, während er sie küsste und seine Zunge vordrang, sie kostete, erinnerte er sich an andere Küsse und daran, wie es sich angefühlt hatte, sie nackt bei sich zu haben, tief in ihr begraben zu sein. Ein Schauder durchlief ihn, dann noch einer. Er hätte ihr am liebsten die Kleider vom Leib gerissen, sie auf den Tisch gezogen und sie wild und leidenschaftlich geliebt. Doch wie es schien, hatte sein Körper keine derartigen Absichten.

Er war schlaff, völlig leblos, und nur sein Verstand war so erregt, dass er beinah außer Kontrolle geriet. Mit schmerzendem Bedauern, die Muskeln angespannt vor unerfülltem Begehren, beendete er sanft den Kuss.

Er atmete ebenso schwer wie sie.

Brianne trat einen Schritt zurück, und ihre Augen glitzerten wie Edelsteine. »Es tut mir Leid, ich wollte nicht, dass das passiert, das schwöre ich. Aber ich – ich konnte einfach nicht mehr an mich halten.«

Er spürte ein Lächeln in sich, das die brennende Vergeblichkeit seines Bemühens besänftigte. Er umfasste ihre Wange mit einer Hand, strich mit einem Finger sanft über ihr Kinn. »Ich auch nicht«, sagte er leise. Er sagte nicht dazu, dass die Schuld ganz auf seiner Seite lag, und auch nicht, dass dies nicht sein letzter Versuch sein würde, sie zu verführen. Sie war zu ihm nach Hawksmoor House gekommen, und er brauchte sie. Er würde sich nehmen, wonach ihm so sehr verlangte.

Brandy lächelte, und ihre Augen funkelten immer noch. »Ich hatte ganz vergessen, wie herrlich es ist, dich zu küssen. Ich glaube, ich könnte von nichts als deinen Küssen leben.«

Er hob eine Augenbraue, und ein Lächeln spielte um seine Lippen. »Kein Essen, kein Wasser?«

Da lachte sie, ein leichtes, perlendes Geräusch, das eine seltsame Wirkung auf ihn hatte. »Na ja, vielleicht gerade genug, um die Pausen dazwischen zu überbrücken.«

So schnell es erschienen war, so schnell verschwand sein Vergnügen auch wieder, wurde ersetzt durch eine Mattheit, die er nicht erwartet hatte. Es gefiel ihm nicht, was sie für eine Wirkung auf ihn hatte, er wollte die Wärme nicht, die sie in ihm bewirkte. Und er wollte nicht, dass sie ihn so ansah wie jetzt.

»Ich warne dich, Brianne«, sagte er mit einer Stimme, die er selbst zu streng fand, »du solltest besser auf dein Herz aufpassen. Du weißt, was für ein Mann ich bin und immer sein werde. Meine Schiffe und die See sind mein Leben. Aus dieser Anziehung zwischen uns kann nichts werden. Und selbst wenn ein Wunder geschieht und ich wieder gehen lerne, würde ich dich am Ende verlassen.«

Ihr Mund zitterte leicht. Traurigkeit stahl sich in ihre Züge und dämpfte das Gold ihrer Augen zu einem Ton von mattem Messing. »Ich kenne dich gut, Mylord. Von Anfang an habe ich gewusst, dass die See deine Welt ist, deine einzige wahre Liebe. Und sollte ich es doch je einmal für einen Augenblick vergessen, versäumst du es nie, mich wieder daran zu erinnern.«

Es stimmte, was sie sagte, doch hatte er eine andere Wahl? Er hatte immer versucht, ehrlich zu sein, und doch ... »Und obwohl du das weißt, willst du immer noch bleiben?«

Sie blickte zum Fenster, auf das Blau des Ozeans dahinter. Schaumige weiße Wellenkämme schmückten die Oberfläche, und ferne Möwen glitten auf dem Wind dahin und zogen ihre Kreise. Marcus sah, wie sie breitbeinig dastand, die Hände fest aneinander gedrückt, und stellte fest, dass er den Atem anhielt, während er auf ihre Antwort wartete, in der Hoffnung, dass es die richtige sein würde.

Langsam wandte sie sich wieder zu ihm um. »Wir sind schon sehr lange Freunde, Marcus. In Wahrheit sogar mehr als Freunde.« Ihr Blick wanderte wieder hinaus aufs Wasser, als bestimme die Macht der See ihr Leben ebenso sehr wie das seine. Dann richteten sich ihre Augen wieder auf ihn. »Wenn es dein Wunsch ist, wieder zur See zurückzukehren, dann habe ich ... als deine Freundin ... keine andere Wahl, als dir dabei zu helfen. Ich werde alles tun, was in meiner Macht steht, um dafür zu sorgen, dass dein Wunsch erfüllt wird.«

Marcus sagte nichts. Das Schuldbewusstsein kämpfte in seinem Inneren gegen sein Verlangen an. Er benutzte sie wieder, wie schon einmal, doch diesmal bekam sie wenigstens etwas zurück. Der Lehrer, den er angestellt hatte, Professor Isaac Felton, ein hagerer Mann mit einer spitzen Nase und ergrauendem mausbraunem Haar, war gestern am späten Nachmittag angekommen. Brianne hatte schon mit ihrem Unterricht begonnen.

»Wenn das so ist, werde ich mit deiner Erlaubnis jetzt nach Frederick klingeln. Ich glaube, es ist Zeit, dass er die Wanne vorbereitet.«

»Ja«, sagte sie leise. »Aber wenn du es erlaubst, werde ich heute warten, bis du fertig bist, bevor ich beginne, deine Beine zu massieren.«

Marcus nickte nur. Eigentlich hatte er es nicht so geplant, aber plötzlich war es ihm so lieber. Bei dem resignierten, ernsten Ausdruck auf ihrem Gesicht war es ihm eng in der Brust geworden. Er wollte ihr nicht wehtun. Das hatte er nie gewollt. Unglücklicherweise war die Wahrheit schlicht so, wie sie war, und es schien ihm seine Pflicht, sie zu warnen.

Das Seltsamste war, dass er feststellte, dass es ihm ebenfalls wehtat.

Brandy wanderte die Klippe oberhalb des Strands entlang und trat dabei mit der Spitze ihrer weichen Wildlederschuhe kleine Steine aus dem Weg. Es wurde langsam spät, die Sonne hing in Schleiern von wässrigem Gelb und Rosa über einem fernen Horizont.

Wind war aufgekommen, der ihre Röcke flattern ließ und ihr das Gehen auf dem felsigen Untergrund schwer machte, aber das war ihr egal. Sie brauchte diese Zeit allein, diese Zeit, um um ihre Träume zu trauern.

Selbst wenn sich ein Wunder ereignen würde, würde ich dich verlassen.

Das hatte sie natürlich ganz tief im Innern gewusst, dort, wo es nicht so wehtat. Er liebte sie nicht. Und er würde sie auch nie lieben.

Wenigstens hatte er nicht gelogen.

Ein leises Ziehen pochte unter ihrem Herzen. Er liebte sie nicht, aber er brauchte sie.

Und er begehrte sie. Egal, dass sein Körper nicht dementsprechend funktionierte, er begehrte sie doch. Das war nicht genug, würde nie genug sein, doch es war alles, was sie bekam, was sie je bekommen würde, und das würde sie annehmen.

Brandy blieb auf der Klippe stehen und sah zu, wie der feuergelbe Sonnenball langsam hinter den Hügeln verschwand. Das Herz war ihr schwer. Flo hatte sie vor den Gefahren gewarnt, die es bedeutete, einen Mann so endgültig zu lieben. Brandy hatte das Risiko gekannt, und doch hatte sie sich, mit dem Kopf voraus, in den Abgrund gestürzt.

Sollte sie sich jetzt zurückziehen? Hawksmoor House verlassen, bevor der Schmerz ihrer Liebe zu ihm noch heftiger wurde? Sie wusste, dass sie das nicht tun konnte. Sie hatte ihr Wort gegeben, und solange Marcus noch an seinen Sessel gefesselt war, würde sie bleiben. Und sie würde mit ihrem ganzen Herzen darum beten, ihren ganzen Willen dafür einsetzen, ihn zu befreien.

Obwohl sie wusste, dass er zurück zur See gehen würde.

Brandy seufzte und schlenderte weiter den gewundenen Pfad entlang. Wenigstens gewann sie auch etwas dabei, etwas Nützliches, das sie immer hatte haben wollen. Nach den nachmittäglichen Arbeitsstunden mit Marcus hatte sie den Rest des Tages mit ihrem neuen Lehrer, dem seltsam aussehenden Isaac Felton, verbracht, der früher Professor für feines Benehmen an der Lady Longmantle's Schule für junge Damen gewesen war.

»Es ist nicht sinnvoll, Zeit zu vergeuden«, hatte der hoch gewachsene, dünne Mann gesagt, als sie einander vorgestellt wurden. »Ich sehe an Eurem leicht schiefen Knicks, dass wir eine Menge Arbeit vor uns haben.«

Brandy war errötet, hatte aber das Kinn gehoben. Obwohl sie die Grundlagen des guten Benehmens kannte und ein von Natur aus höflicher Mensch war, verstand sie wenig von den Feinheiten der Etikette, besonders was die britische Oberklasse betraf.

»Wir werden mit förmlichen Begrüßungen anfangen«, sagte der Professor und begann, die Regeln der förmlichen Anrede zu erklären, und dass die Person mit dem niedrigeren Rang immer derjenigen mit dem höheren vorgestellt wurde. Dem folgte ein Vortrag über Titel insgesamt.

»Alle männlichen Adligen außer Herzögen werden Lord genannt«, erklärte er, bei den Grundlagen beginnend. »Herzöge spricht man mit ›Euer Gnaden‹ an. Jüngere Söhne eines Herzogs oder Marquis werden mit Lord und ihrem Vornamen angesprochen. Der Freund des Grafen, Richard Lockhart zum Beispiel, heißt Lord Richard, da sein Vater der Marquis von Halliday ist. Man würde ihn jedoch unter *keinen* Umständen je als Lord Lockhart bezeichnen.«

Um Himmels willen, dachte sie.

»Ehefrauen eines jüngeren Sohnes werden mit dem Namen ihres Ehemanns angesprochen. Wenn Lord Richard heiraten würde, wäre seine Frau also Lady Richard Lockhart, oder einfach Lady Richard.«

Lady Richard?

»Die einzige Gelegenheit, bei der man eine Lady mit ihrem Vornamen anspricht, ist, falls sie die Tochter eines Herzogs, Marquis oder Grafen sein sollte. Wäret Ihr eine solche junge Dame, würde man Euch Lady Brianne nennen. Der älteste Sohn eines Herzogs oder Marquis bekommt eventuell einen Titel, einen der niedereren Titel seines Vaters. Zum Beispiel könnte er ein Baron oder Viscount sein. Diese Titel dürfen jedoch nicht, wie beim Graf von Hawksmoor, ein *von* in der Mitte haben. Man ist einfach der Baron oder Viscount Soundso. Ist das alles völlig klar?«

Klar? Es war so unklar wie die schlammigen Wasser des Ashley River in ihrer Heimat. »Ich glaube schon.« Doch bis zum Ende der Stunde schwirrte ihr der Kopf. »Herr im Himmel, ich hatte keine Ahnung, dass ich mir so viel würde merken müssen.«

»Verzweifelt nicht, meine Liebe. Es wird Euch irgendwann ganz natürlich erscheinen. Professor Felton ist hier, damit es so kommt.«

Brandy zwang sich zu lächeln und wusste nicht recht, was sie von ihrem seltsamen Professor halten sollte, aber sie war entschlossen, alles zu lernen, was er sie lehren würde.

Sie dachte jetzt an ihn, als sich die Geräusche des Abends verstärkten, das Zirpen der Grillen, der Ruf einer Eule in der Ferne. Sie ging weiter den Pfad entlang und trat noch einmal gegen einen Stein, dann zuckte sie zusammen, als seine scharfe Spitze sich in ihren Fuß bohrte. Sie musste zurück zu ihrem Haus, bevor es zu dunkel wurde, und doch wollte sie noch nicht zurück in ihr leeres Zimmer, und sie war einfach zu deprimiert für eine Unterhaltung mit ihrer kleinen braunhaarigen Zofe.

Entschlossen, Marcus und den Schmerz zu vergessen, der immer noch in ihrem Herzen pochte, kehrte Brandy um und ging die Klippen entlang zu ihrem Haus zurück. In der Ferne konnte sie die Türme und Dächer von Hawksmoor House erkennen. Aus den hohen Butzenfenstern drang der gelbe Schimmer des Lichts von Lampen, die im Haus entzündet wurden.

Sie fragte sich, in welchem Zimmer Marcus jetzt wohl sein mochte, überlegte sich, wo er schlief und ob er sich in den langen, leeren Stunden vor dem Morgengrauen so wie sie an die Nächte voller heißer Leidenschaft erinnerte, die sie in seiner Kajüte an Bord der *Seehabicht* geteilt hatten.

18

Eine schwache Spätsommersonne schimmerte durch die Bäume an der kiesbestreuten Auffahrt zu Hawksmoor House. Brandy wanderte den Weg entlang und lief mit entschlossenen, festen Schritten die Treppe hinauf, von neuer Entschiedenheit erfüllt.

Die schmerzlichen Worte, die Marcus zu ihr gesagt hatte, waren sicher versteckt in einem hinteren Winkel ihrer Erinnerung, wo sie ihr nicht weiter wehtaten. Was immer auch Marcus mit seinem Leben anfing, was immer zwischen ihnen geschehen mochte, sie war seine Freundin, und sie war hier, um ihm zu helfen.

Rex hatte sie kommen sehen und wartete an der Tür, um sie zu begrüßen, neben ihm Richard Lockhart. Die beiden Männer trugen Reitkleidung, Richard lederne Kniehosen und ein weißes Baumwollhemd, Rex enge schwarze Kniehosen und hohe schwarze Stiefel. Ein einfacher grauer Reitrock hing über seiner einen Schulter, elegant von einer Hand gehalten.

»Na, du fängst ja heute mal wieder früh an«, sagte Rex.

Brandy lächelte. »So wie ihr, scheint mir.«

Rex erwiderte das Lächeln ebenso wie Richard Lockhart. »Miss Winters – ich freue mich wirklich, Euch zu sehen.« Übermäßig höflich, wie er immer war, verbeugte er sich tief über ihre Hand. »Und ich muss sagen, Ihr seht heute wirklich strahlend aus.«

»Vielen Dank, Mylord.« Sie erwiderte seine Verbeugung mit einem perfekten Knicks, den sie bis zum späten Abend geübt hatte, womit sie ihre erste Lehrstunde mit Bravour geschafft hatte.

Lord Richard bemerkte ganz offensichtlich diese Verbesserung, denn seine sandfarbenen Augenbrauen hoben sich, und er lächelte. Brandy spürte, wie ihr die Röte in die Wangen stieg, und wünschte beinah, sie wäre gestolpert.

»Richard hat mich überredet, mir einen Tag zum Jagen freizunehmen«, erklärte ihr Rex. »Ich sollte das eigentlich nicht tun – ich habe Tausende von Sachen zu erledigen.«

Brandy griff nach seinem Arm. »Du musst gehen, Rex. Du tust von morgens bis abends nichts anderes als arbeiten. Lord

Richard hat völlig Recht. Du solltest jagen gehen, es wird dir bestimmt gut tun.«

Er lächelte sie warm an. »Ich gehe davon aus, dass du dich um meinen eigensinnigen Bruder kümmern wirst.«

»Natürlich.« Sie lächelte. »Wer sonst wäre schon mutig – oder dumm – genug, das zu wagen?«

Seine schlanken Finger strichen über ihre Wange. »Nur du, Liebes, nur du.«

Sie fühlte warme Zuneigung zu ihm. Rex Delaine war ein freundlicher, lieber Mann. Er war anders als Marcus, aber in vielen Beziehungen ebenso stark. »Amüsier dich gut. Du hast es wirklich verdient.«

Rex nickte nur. Brandy sah ihnen nach und ging dann den Flur hinunter. Falls Lord Richard es unziemlich fand, wenn eine Dame allein einen Herrn besuchte, ließ er sich das nicht anmerken. Er wusste natürlich nicht, was wirklich innerhalb der Wände von Hawksmoor House vor sich ging und dass sie auf skandalös intime Art mit dem Grafen zu tun hatte. Und sie war sicher, dass Rex es ihm nicht sagen würde.

Als sie den Ozeanblick-Salon erreicht hatte, stellte sie erstaunt fest, dass er leer war.

Giles erschien im Flur vor der Tür. »Guten Morgen, Miss Winters. Wenn Ihr bitte mit mir kommen wollt. Seine Lordschaft erwartet Euch im Behandlungszimmer.«

Sie folgte dem Butler, und als sie die Tür zum Behandlungsraum öffnete, stellte sie fest, dass Marcus bereits auf dem für ihn konstruierten Tisch saß, den burgunderfarbenen Morgenmantel fast bis zur Taille geöffnet. Schweißtropfen standen auf seiner Stirn, und seine Brust glänzte ebenfalls feucht. Er hatte offensichtlich schon mit der harten Arbeit begonnen.

Brandy holte tief Luft, denn ihr Magen schien einen seltsamen kleinen Sprung zu machen. »Du bist ja heute früh dran. Ich dachte, ich würde dich im Ozeanblick-Zimmer vorfinden, aber du bist ja schon hier und an der Arbeit.«

Er murmelte etwas, das sie nicht verstand. »Hat auch nichts genützt.« Sein Blick traf auf den ihren. »Du bist auch früh dran, und, wie ich noch hinzufügen möchte, siehst sehr hübsch aus in dem schönen gelben Kleid.«

Ihre Wangen röteten sich. Er hatte bisher noch nichts Derartiges gesagt, aber offensichtlich hatte sie gut daran getan, das Kleid zu ändern.

»Danke. Genau genommen hatte ich es eilig herzukommen. Ich möchte ein paar Veränderungen im Programm vornehmen.«

Er hob eine Braue. »Veränderungen? Was für Veränderungen?«

Brandy kam auf ihn zu und blieb stehen, bevor sie zu nah war, entschlossen, nicht all seine Muskeln und die glatte, schweißfeuchte Haut anzustarren. »Ich habe nachgedacht, Marcus. Im Großen und Ganzen glaube ich, dass Dr. Merriweathers Plan gut ist – mit den Muskeln zu arbeiten und sie zu zwingen, dass sie sich wie früher bewegen. Aber was deine Bemühungen betrifft, sie selbst zu bewegen, glaube ich, dass er mit einem zu großen Anspruch anfängt.«

Marcus runzelte die Stirn. »Ich fürchte, ich verstehe nicht, was du meinst.«

»Du sitzt jetzt seit Tagen hier und bemühst dich, deine Beine zu bewegen. Wie wäre es, wenn du einfach erst einmal versuchen würdest, einen Fuß oder gar nur einen einzigen Zeh zu bewegen?«

»Ich glaube nicht, dass das –«

»Aber sicher bist du nicht, und da es so ist, könnten wir es doch einfach mal versuchen.« Ohne auf seine Antwort zu warten, ging Brandy um den Tisch herum, stellte sich vor ihn und nahm einen seiner langen, schlanken Füße in die Hand. Sie spürte jeden Knochen und jede Sehne und begann, den Fuß zu massieren, dehnte die Muskeln in den Waden und den Zehen, streckte sie, rieb den Knöchel, drehte den Fuß in die eine und andere Richtung. Sie machte angestrengt weiter und war so beschäftigt, dass sie gar nicht bemerkte, wie still Marcus plötzlich geworden war.

»Was ist denn? Was ist los?«

»Ich kann deine Hände auf meiner Haut spüren. Ich kann es kaum glauben.«

»Du – du kannst es fühlen, wenn ich dich berühre?«

»Ja. Nicht ganz genau, nur eine ganz schwache Empfindung, aber ich weiß genau, an welcher Stelle du meinen Körper berührst.«

Sie strich mit der Hand über sein Bein. »Fühlst du das?«

»Ja.«

Über sein Knie und aufwärts, an der Außenseite seines Oberschenkels unter dem Morgenmantel entlang. »Und jetzt?«

»Ja. Es ist nur wie ein leises Huschen über meine Haut, aber ein ganz eindeutiges Gefühl.«

Brandy grinste. »Marcus, das ist fantastisch!«

Er lächelte, grinste zurück. »Ja, nicht wahr? Es ist unglaublich.«

»Also gut, da du meine Hand spüren kannst, konzentriere dich und versuche, ob du fühlst, was ich für ein Muster zeichne. Schließ die Augen und folg im Geiste dem Weg, den meine Hand zurücklegt.« Sie ließ ihre Finger seinen Schenkel abwärts wandern, hielt am Knie inne, strich weiter. »Fühlst du das?«

»Ja.«

Wieder strich sie weiter abwärts, über seine Wade, drückte auf die langen Sehnen daneben, abwärts bis zu dem runden Fußknöchel. Sie umrundete ihn mit den Fingern, strich dann weiter abwärts, schließlich mit den Fingerknöcheln über seine Zehen. »Folgst du mir weiter?

Also gut, jetzt bewege deine Zehen. Genau jetzt. Denk nicht drüber nach, sondern tu es einfach.«

Sie bewegten sich fast sofort. Alle Zehen seines rechten Fußes.

Marcus öffnete mit einem Ruck die Augen. Ein Ausdruck völligen Unglaubens lag darin, weit geöffnet und dunkel. »Sie haben sich bewegt! Mein Gott, ich habe es wirklich geschafft, sie zu bewegen!«

Brandy stieß einen Schrei der puren Freude aus. Schon beim nächsten Herzschlag lag sie in seinen Armen, lachte, drückte ihn an sich und kämpfte gegen die Tränen an. »Du hast es geschafft, Marcus, du hast es geschafft!« Sie sah zu ihm auf, ihre Augen leuchteten vor Aufregung. »Wir können es schaffen, Marcus, wirklich. Wir schaffen es zusammen.«

Seine Umarmung wurde beinah schmerzhaft fest. Ein Schauder ging durch seine große Gestalt, und an seinem Herzschlag, den sie unter ihrer Hand spürte, erkannte sie, was er empfand. Etwas bewegte sich in seinen Zügen, etwas, das so stark war, dass es ihr den Atem nahm. Und dann küsste er sie, verrückt, wild, grub seine Finger in ihr Haar, zog die Haarnadeln heraus, bog ihren Kopf nach hinten und eroberte ihren Mund.

Alle Gefühle, die er hatte, lagen in diesem machtvollen Kuss, in der rauen Eindringlichkeit seiner Berührung. Seine Hände waren entschlossen, hielten sie fest an sich gedrückt, aber doch zärtlich. Und sie spürte seine Hitze, sein Verlangen, und vielleicht auch ein wenig Verzweiflung.

»Manchmal fühle ich mich so allein«, sagte er an ihrer Wange, »als gäbe es nicht eine einzige andere Seele auf der Welt. Und dann bist du da. Wann immer mir die Dunkelheit droht, bist du da.«

»Marcus …«

Er küsste sie noch einmal, weich, eindringlich. »Ich brauche dich«, flüsterte er. »Mein Gott, ich brauche dich so sehr.«

Sie zögerte nicht einen Augenblick, sondern öffnete seinen Morgenmantel und küsste einen Pfad abwärts über seinen Hals, die harten Muskeln an seinen Schultern, knabberte hier, kostete dort, drückte kleine, feuchte Küsse auf sein Schlüsselbein und abwärts über seine Brust. Sie saugte an einer flachen kupferbraunen Brustwarze, umkreiste sie mit der Zunge und hörte ihn stöhnen. Seine Haut war feucht und salzig, und bei seinem Geschmack spürte sie, wie ihre Brüste anschwollen. Sie spürte, wie seine Finger ihre Bluse aufknöpften, dann waren seine Hände da, kneteten ihre Rundungen, zupften an den Spitzen, überschwemmten ihren Bauch mit Hitze.

Das heiße Feuer drang tief bis in ihre Mitte vor. Ihr Mund bewegte sich weiter abwärts über seine Haut, an den Vertiefungen seiner Rippen entlang, knabberte an der Haut über seinem flachen Bauch. Sie leckte an seinem Nabel, zog seinen Morgenmantel noch weiter auseinander und hockte sich zwischen seine Beine. Sie umfasste seinen Penis sanft mit einer Hand und beugte den Kopf, um ihn in den Mund zu nehmen.

Marcus' Hand legte sich weich auf ihren Arm und zog sie sanft zurück. Bedauern schimmerte düster in seinen Augen. Eine Spur von Scham färbte die dunkle Haut unter seinen Wangenknochen. »Ich bin nicht ... Ich kann nicht ... so sehr ich dich auch begehren mag, mein Körper weigert sich zu reagieren. Es tut mir Leid, Liebes.«

Sie drückte einen Finger auf seine Lippen. »Es soll dir nicht Leid tun. Du hast keinen Grund zum Bedauern.« Sie lächelte ihn sanft an, ihr Gesicht war immer noch gerötet, ihr Herz hämmerte vor Begehren. »Wir haben heute schon ein Wunder erlebt, und das ist mehr als genug.«

Er überraschte sie mit einem Kopfschütteln. »Nein, genug ist es nicht.« Marcus küsste sie noch einmal, tiefe, lange, wundervoll eindringliche Küsse.

Mit großer Kunstfertigkeit neckte er ihren Mund, knabberte, lockte sie, bis ihr Körper für ihn brannte. Sie bemerkte kaum die Hand, die er unter ihren Rock schob, bis sie spürte, wie sie über die Innenseite ihres Schenkels strich. Mit sanften Berührungen und weichen Zärtlichkeiten schob er ihre Beine auseinander und begann, sie zu streicheln, erst ganz leicht, dann mit sanfter Entschiedenheit.

Sie wusste, dass sie ihn eigentlich davon hätte abhalten sollen, aber die Lust war zu durchdringend, zu stark. Ein Zittern durchlief sie, dann noch eines und noch eines. Er ließ einen Finger tief in sie hineingleiten, dann einen zweiten, füllte sie aus, sodass ihr Körper sich anspannte und ihr Herz wie verrückt unter den Rippen pochte. Er streichelte sie tief und rhythmisch, und das Gefühl war so stark, dass sie zu zittern begann. Ihre Beine wurden schwach, während ihr Körper heiß und eng war und zu explodieren drohte.

»Marcus …«, flüsterte sie und klammerte sich an seine Schultern, da sie kaum noch aufrecht stehen konnte.

»Ja, mein Liebes, lass es einfach kommen.«

Diese Worte, die so tief und rau nach Begehren klangen, waren der letzte Anstoß für ihre Lust zu explodieren. Sie durchfuhr sie süß und wild und wunderbar. Brandy rief seinen Namen, spürte, wie sich seine Arme fester um sie schlangen. Begehren und Sehnsucht und Liebe kamen zusammen zu einem riesigen Gefühl, verbunden mit dem Genuss, der sie in überwältigenden Wellen durchströmte.

Marcus hielt sie in den Armen, bis sie wieder Boden unter den Füßen gefunden hatte, und flüsterte sanfte, beruhigende Liebesworte, die sie nicht mehr gehört hatte, seit sie die Nächte in seiner Kajüte verbracht hatte.

»Keine Angst«, sagte er leise. »Ich halte dich fest, ich lasse dich nicht fallen.« Sie öffnete die Augen und schaute in sein Gesicht.

Jetzt erst begriff sie, dass sie sich an seine Schultern klammerte, als ginge es um ihr Leben. Marcus' Arme lagen wie Stahlbänder um sie. Undeutlich spürte sie, wie er die Knöpfe vorn an ihrem Kleid wieder schloss und ihren Rock wieder zurechtrückte. Brandy errötete vor Scham und begann, sich von ihm zu entfernen.

»Ich wollte eigentlich nicht … Wir hätten nicht …«

»Wahrscheinlich nicht. Aber es tut mir nicht Leid, dass wir es doch getan haben.« Seine Lippen hoben sich leicht, und in seinen Augen lag ein Blick fast wie männlicher Triumph. Diesen Ausdruck hatte sie schon sehr lange nicht mehr in seinem Gesicht gesehen.

Während Brandy tief durchatmete und darum kämpfte, ihre Fassung zurückzugewinnen, zog Marcus an der Klingelschnur neben seinem Tisch.

»Ich lasse Frederick meine Wanne füllen. Inzwischen kannst du dich ja ausruhen, und dann versuchen wir's noch einmal.«

Brandy spürte, wie sie heiß errötete. Wenn sie *das* noch einmal machten, würde Frederick sie nachher vom Fußboden aufheben müssen.

»Das … das hört sich wie eine gute Idee an. Vielleicht mache ich inzwischen einen kleinen Spaziergang im Garten.«

Marcus nickte nur, aber sie hatte das Gefühl, als hätte sie noch einmal flüchtig sein triumphierendes Lächeln gesehen.

Palmer Reese ging über den bevölkerten Kai von London, ohne weiter auf schwankende Matrosen und angemalte Huren oder die Fischer, die ihren heutigen Fang anpriesen, zu achten. Seine Aufmerksamkeit war ganz auf das große dreimastige Schiff mit der vielfältigen Takelung gerichtet, das am Kai lag, sein Flaggschiff *Fairwind*.

Das Schiff war das größte und schnellste seiner Handelsflotte und Anfang der Woche in den Hafen eingelaufen. Palmer war auf dem Weg zu einer Besprechung mit seinem Kapitän, Cain Dalton. Er ging den Laufsteg hinauf und über das Deck, eine ganze Reihe von Matrosen ging vor und hinter ihm her. Sie hatten die Köpfe gebeugt, und ihre Schultern verschwanden unter der Last der Ladung und Vorräte, die sie an Bord trugen, Kohle und Bauholz, Fässer mit Salzhering und Weinbrand, die auf dem Weg nach Indien waren.

Palmer lächelte, als er auf der Suche nach dem Kapitän hinüber zum Steuerhaus ging. Dalton arbeitete schon seit zehn Jahren für ihn, seit er damals, im jugendlichen Alter von vierundzwanzig, sein erstes Schiff gekauft hatte. Das war kein Schiff wie dieses gewesen. Nein, die *Windrider* war ein schwerer alter Kahn, der wie eine übergewichtige alte Matrone durch die Meere schipperte und keine Ähnlichkeit mit der windschnittigen, eleganten *Fairwind* hatte.

Palmer sah auf zu dem hohen Mast inmitten des Decks. Ein steifer Wind schüttelte die Takelage, die über seinem Kopf ratterte und schnappte, und Möwen saßen auf den Querbalken, an denen die eng zusammengezurrten Segel hingen. Das Schiff roch nach Pech und feuchter Leinwand, keine Gerüche, an die er gewöhnt war – er mochte sie auch nicht besonders.

Für Palmer rochen ein Schiff und seine Ladung einfach nach Geld.

»Mr. Reese!« Cole Proctor, der Erste Maat an Bord des Schiffes, ein großer, massiger Mann, hielt ihn vor dem Steuerhaus an. »Sir, Käpt'n Dalton wartet in seiner Kajüte auf Euch. Er hat mich angewiesen, Euch hinunterzubringen, sobald Ihr ankommt.«

»Danke, Mr. Proctor.« Der massige Mann machte kehrt und ging voraus, wobei seine breite Gestalt fast den ganzen Gang füllte. Proctor klopfte an die Tür des Kapitäns, öffnete nach dem »Herein« die Tür und ließ Reese eintreten. Der Erste Maat zögerte einen Augenblick, als hoffe er, einer der beiden würde ihn einladen, hier zu bleiben. Als das nicht geschah, schloss er die Tür und ließ die beiden Männer allein.

»Gut, Euch zu sehen, Cain.« Reese schüttelte dem anderen Mann die schwielige Hand, die ihn mit festem Griff begrüßte. Einst blondes Haar, an den Schläfen silbrig geworden, glänzte leicht im Schimmer der Lampe auf dem lederbezogenen Schreibtisch. Dalton war ein Mann mittlerer Größe, schlank und kräftig, ein harter Mann, genau die Art, die Palmer mochte und oft nützlich fand. »Ich nehme an, die Fahrt war erfolgreich.«

Dalton nickte. Die beiden setzten sich an den eingebauten Teakholzschreibtisch des Kapitäns. »Und auch einträglich. Die beste Tour, die wir in den letzten fünf Jahren gemacht haben.«

»So sah es auch aus. Und es freut mich, sagen zu können, dass das Schiff auch wieder mit vollem Laderaum fahren wird.«

Dalton lehnte sich in seinem Sessel zurück. »Gut zu hören.«

Palmer griff nach der Brandykaraffe auf der anderen Seite des Schreibtisches und goss sich einen Drink in ein Kristallglas. Für den anderen Mann goss er auch einen ein und stellte das Glas vor Dalton. »Zusammen mit den Waren, die wir schon geladen haben, ist uns auch noch ein weiterer Vertrag zugefallen. Waren für die Lieferung nach Amerika.«

Dalton hob eine Augenbraue. »Noch einer von denen, die Delaine früher hatte?«

Palmer lächelte. Er konnte einfach nicht anders. »Ja, um die Wahrheit zu sagen. Da die *Seehabicht* immer noch nicht wieder im Verkehr ist, hatte die Firma das Gefühl, dass sie nicht den gewünschten Service bekam. Die *Peregrine* wäre auch noch in Frage gekommen, aber da sie viel kleiner und langsamer ist als die *Fairwind,* taten die Firmenbesitzer schließlich das Klügste und gaben den Transportvertrag an uns weiter.«

Dalton knurrte. »Tut mir ja Leid für die Hawksmoor Schifffahrtsgesellschaft.«

»Ja, mir auch.« Palmer trank einen Schluck Brandy und genoss das Brennen in seiner Kehle bis in den Magen. »In sechs Monaten wird der Zuckertransportvertrag mit der Barbados Consolidated erneuert werden müssen. Bis dahin wird die *Seehabicht* wieder flott sein, aber ohne Delaine am Steuer sind die Chancen recht groß, dass wir auch dort übernehmen können.«

»Ihr habt wirklich was gegen ihn, so wie es aussieht.«

Palmer spürte, wie der alte Ärger wieder in ihm aufstieg und durch die Schichten seiner Beherrschung sickerte. Wie viele Jahre schon hasste er die Delaines? Nicht nur Marcus, sondern auch seinen Bruder Geoffrey, und vor allem den verstorbenen Grafen selbst. Aber davon wusste Dalton nichts, niemand wusste es. Und das sollte auch so bleiben.

Palmer zuckte die Schultern und trank einen Schluck Brandy. »Nein, warum sollte ich etwas gegen ihn haben? Ich bin nichts weiter als Geschäftsmann. Jetzt, wo Delaine aus dem Weg ist, hat Reese Enterprises ihre goldene Gelegenheit. Ich tue nichts weiter, als diese Gelegenheit zu nutzen.«

Dalton schnaubte. »Eine Gelegenheit, die Ihr erzeugt habt. Eine Gelegenheit, die Euch eine Menge Geld einbringen wird. Genau genommen macht sie Euch stinkreich. Und wenn ein Mann mit der Hilfe von Freunden reich wird, scheint es nicht mehr als gerecht, dass diese Freunde auch an dem Gewinn beteiligt werden.«

Palmer sah ihn über den Rand seines Glases an, und ein Muskel in seinem Unterkiefer spannte sich. »Ihr habt eine *Anstellung* hier, Dalton, und für die solltet Ihr dankbar sein. Besonders da diese Anstellung ja recht ertragreich geworden ist, seit die Hawksmoor Schifffahrtsgesellschaft in Schwierigkeiten ist.«

Dalton trank einen Schluck Brandy und stellte das Glas ab. »Tja, ich meine ja nur, dass das nicht genug ist. Ich habe Euch geholfen, die Unfälle zu arrangieren. Jetzt will ich eine Beteiligung an den Gewinnen, die Ihr dadurch macht. Und wenn ich die nicht bekomme, werdet Ihr vielleicht eines Tages in dieselben Schwierigkeiten kommen wie Delaine.«

Palmer stellte sein Glas sehr vorsichtig auf den Schreibtisch. »Wollt Ihr mir drohen, Dalton?«

»Mag sein.«

Ärger stieg in ihm auf. »Das würde ich nicht tun, wenn ich Ihr wäre. Ihr habt nicht die Macht, dazu zu stehen.« Aber Palmer hatte sie. Und er hatte eben eine Entscheidung getroffen.

Möglich, dass Cain Dalton ein guter Kapitän war, aber Cole Proctor bekam das fast genauso gut hin. Proctor würde dankbar sein für die Gelegenheit, und er wusste nichts von dem, was mit der Hawksmoor Schifffahrtsgesellschaft geschehen war.

Palmer zwang sich zu lächeln. »Andererseits habt Ihr Recht. Ein Mann wie Ihr ist für einen Mann wie mich unschätzbar wertvoll. Warum kommt Ihr nicht morgen Abend in mein Büro … sagen wir etwa um zehn? Da können wir die Lage besprechen und entscheiden, welcher Betrag angemessen wäre, und dann lasse ich die Papiere aufsetzen.«

Dalton lehnte sich in seinem Sessel zurück, und sein verwittertes Gesicht zeigte klare Zufriedenheit. »Ich hatte gehofft, dass Ihr es so sehen würdet.«

Palmer zuckte die Schultern, obwohl sich die Muskeln verkrampft anfühlten. »Wo ein Mann Recht hat, hat er Recht.« Er schob seinen Sessel zurück, stand auf und ging zur Tür. »Also dann, morgen um zehn?«

»Ich werde kommen.«

Aber ich nicht, dachte Palmer. *Die einzige Begegnung, die du haben wirst, ist eine der eher unangenehmen Art in der Gasse neben meinem Büro. Kurz und süß wird sie sein, und du wirst nicht mehr gehen.*

Palmer verließ die Kajüte des Kapitäns, überquerte das Deck und ging mit entschiedenen Schritten den Laufsteg hinunter. Er musste zurück in sein Büro. Er hatte etwas Wichtiges zu arrangieren.

Brandy arbeitete die folgenden drei Wochen jeden Tag mit Marcus. Es war gut, dass er seine Zehen bewegen konnte, aber etwas anderes, das ganze Bein folgen zu lassen. Doch er machte Fortschritte.

»Ich weiß, wie schwer es ist«, erklärte ihm Brandy, die neben ihm stand, während er zwischen den beiden langen Holzbalken hing und seine Füße wie ein totes Gewicht den polierten Eichenboden streiften. »Aber du kommst sehr gut voran, alles in allem. Wir wussten ja, dass es nicht leicht sein würde.«

»Diese verdammten Beine fühlen sich an, als würden sie tausend Pfund wiegen«, knurrte Marcus.

»Immerhin kannst du sie fühlen.« Sie trat zwischen die Balken, griff nach einem Fuß und massierte die Muskeln um den Knöchel herum. »Bewege ihn noch einmal.«

Er strengte sich an, bemühte sich, Schweißtropfen traten auf seine Stirn. Langsam, ganz langsam bewegte sich der Knöchel, und der Fuß schob sich nach vorn.

»Sehr gut, jetzt der andere.«

Marcus holte tief Luft, um sich zu stärken, nahm seine ganze Kraft zusammen, bewegte den anderen Knöchel, und der Fuß glitt nach vorn. »Bei diesem Tempo«, knurrte er, »wird es Jahre dauern und ich werde ein alter Tattergreis sein, bis ich wieder gehen kann.«

Brandy lachte. »Ich glaube kaum, dass du alt sein wirst, Mylord. Du kommst jeden Tag schneller voran. Dr. Merriweather wird begeistert sein.«

Der Doktor war am selben Morgen angekommen, obwohl sie ihn noch nicht gesehen hatten. Ein leises Klopfen an der Tür verkündete sein Eintreten. Marcus rief ihn herein und Giles öffnete dem schlanken braunhaarigen Mann die Tür.

»Es tut mir Leid, aber ich habe unfreiwillig mitgehört, und ich muss sagen, dass Dr. Merriweather tatsächlich begeistert ist.« Der junge Arzt kam auf sie zu, und sein Gesicht öffnete sich zu einem breiten Lächeln. »Ich habe mich auf den Weg gemacht, sobald ich Eure Nachricht bekommen hatte.« Er betrachtete Marcus von Kopf bis Fuß, bemerkte den Schweiß auf seiner Stirn und die Art, wie die Muskeln seiner Unterarme immer noch von der Anstrengung seiner letzten Bemühungen gespannt waren. »In dem Brief, den ich bekommen habe, stand, dass Ihr langsam anfangt, die Beherrschung über Eure Beine zurückzugewinnen.«

»Langsam, aber tatsächlich. Mit Miss Winters' Hilfe habe ich eine Menge Fortschritte gemacht.«

»Hervorragend!« Der Doktor blieb neben Marcus stehen. »Warum zeigt Ihr es mir nicht?«

Der Versuch würde ihm schwer fallen, das wusste Brandy. Marcus hatte sich den ganzen Morgen angestrengt, und er war jetzt müde. Trotzdem griff er noch einmal nach den Balken und konzentrierte sich darauf, seine Knöchel zu bewegen, zog erst den linken und dann den rechten Fuß ein Stück vor.

»Ich muss sagen: Das ist außergewöhnlich. Ich könnte nicht zufriedener sein. Jetzt macht noch einmal dasselbe wie eben, aber kräftiger.«

Marcus schüttelte den Kopf. »Ich setze meine ganze Kraft ein. Und ich glaube nicht, dass ich auch nur noch einen einzigen Zentimeter weiter vorschieben kann.«

Der Doktor kniete sich vor ihn, untersuchte die Beine und beugte und streckte die Muskeln. »Vielleicht ist das genau das Problem. Ihr schiebt, anstatt zu ziehen. Könnt Ihr meine Hand spüren?«

»Ja. Fast das ganze Gefühl ist wieder zurückgekehrt.«

»Gut. Versucht diesmal nicht, Euren Knöchel zu heben. Versucht es mit Ziehen vom Knie aus. Bewegt Euer Schienbein auf mich zu.«

Marcus biss die Zähne zusammen. Sein Gesicht glänzte vor Schweiß, und sein ganzer Körper zitterte vor Erschöpfung. Das Knie hob sich, und sein Unterschenkel bewegte sich deutlich nach vorn. Es war das erste Mal, dass er eine solche Bewegung hatte machen können. Es war ein unglaublicher Fortschritt, und das wusste Marcus. Er grinste, und sein Blick richtete sich auf Brandy, teilte einen süßen Augenblick des Erfolgs mit ihr.

Die Muskeln in seinen Beinen zitterten heftig, bis er beide Füße wieder unter sich hatte, und einen Moment lang hatte sie Sorge, er würde sich vielleicht nicht länger halten können.

Glücklicherweise bemerkte Dr. Merriweather, wie müde er war, und rief seinen Diener. Frederick brachte ihn zum Tisch, sodass der Doktor seine Untersuchung fortführen konnte, und Brandy ließ sie allein. Eine halbe Sunde später lud man sie ein, wieder hereinzukommen.

»Seine Lordschaft hat heute Morgen sehr hart gearbeitet«, sagte Merriweather und ließ ein paar Instrumente in seine Tasche fallen. »Er ist in sehr guter körperlicher Verfassung, und wie ich schon sagte, ist sein Fortschritt bemerkenswert. Dennoch muss seine Behandlung fortgesetzt werden. Er sollte auch weiter die Massagen bekommen, und wie Ihr wisst, würde ich es vorziehen, wenn seine Beine dabei im warmen Wasser sind.«

»Wie Ihr wünscht«, sagte Brandy, ohne Marcus dabei anzusehen. Es war eine Sache, eine derart intime Aufgabe auszuführen, wenn sie allein waren, und eine ganz andere, wenn der Doktor anwesend war. Zu ihrer Erleichterung verschwand auch Merriweather, nachdem Frederick die Wanne gefüllt hatte und Marcus darin saß, um sich nach seiner Reise selbst ein wenig zu erfrischen.

Brandy kniete sich auf den Boden neben die Wanne. »Ich freue mich so für dich, Marcus. Es wird bestimmt nicht mehr lange dauern, dann bist du wieder auf den Beinen.«

Anstatt zu lächeln, runzelte Marcus die Stirn. »Ich hoffe sehr, dass du damit Recht hast.«

»Natürlich habe ich Recht.«

»Du weißt, dass Merriweather das nicht garantieren kann. Er sagt, das Ausmaß der Wiederherstellung ist in jedem Fall anders als zuvor.«

»Du wirst es schaffen«, sagte Brandy fest. »Da bin ich ganz sicher.«

Marcus umfasste ihr Gesicht mit einer Hand. »Und wenn nicht?«

Ein Gefühl durchfuhr sie, das große Ähnlichkeit mit Angst hatte. Sie konnte den Gedanken nicht ertragen, dass er es vielleicht nicht schaffen würde – das wäre einfach zu schmerzlich. »Wenn nicht, dann werden wir es zusammen durchstehen. Doch im Moment gibt es noch keine solche Möglichkeit. Denn jetzt werden wir erst einmal alles Denkbare unternehmen, damit du wieder auf die Beine kommst.«

Aber Marcus konnte nicht aufhören, sich Sorgen zu machen. Er riskierte so viel, hatte so viel zu verlieren. Er lehnte seinen Kopf zurück an den Rand der Wanne und ließ seine Erschöpfung in der Hitze schmelzen. Er hatte sich an die hohen Wassertemperaturen gewöhnt, die der Doktor verschrieb. Seltsamerweise hatte er sogar begonnen, diese Augenblicke in der Wanne zu genießen. Denn es gefiel ihm, wenn Briannes kleine Hand seine Beinmuskeln massierte.

Sie strich darüber, streckte sie, knetete sie. Sie drehte die Beine zur Seite, wieder zurück, dehnte sie und massierte kräftig. Jede zärtliche Berührung durchdrang ihn bis ins Innerste, jedes Streicheln entzündete eine kleine Flamme in seinen Lenden. Er verlangte nach ihr, begehrte sie mehr, als er es je erwartet hätte. Und doch weigerte sich sein Körper zu reagieren.

Dafür hasste er sich. Hasste die Art, wie er sich deswegen fühlte. Als ihre Hand zufällig zwischen seine Beine geriet und seine Männlichkeit streifte, spürte er leises Ziehen tief im Bauch, doch nicht mehr. Verärgert über sich selbst und beschämt griff er nach ihrem Handgelenk.

»Das ist genug«, fuhr er sie an. »Ich bin deine Massage müde. Lass mich eine Weile allein.«

»Habe ich dir wehgetan?«

Ja, mein Gott, es tat ihm weh, aber nicht so, wie sie meinte. Es tat ihm weh, sie zu begehren und sie nicht besitzen zu können. Es tat ihm weh, kein richtiger Mann zu sein. »Nein … du hast mir nicht wehgetan. Ich möchte nur einfach ein wenig allein sein.«

Sie runzelte die Stirn, weil er so rau war, gab aber nach und verließ still den Raum. Marcus sah sie hinausgehen, und ein müdes, enttäuschtes Seufzen entrang sich seiner Brust, als sie die Tür geschlossen hatte. Wenn sie nicht bei ihm war, schien es im Zimmer plötzlich düsterer zu sein, als wäre die Sonne hinter einer Wolke verschwunden, und ein Teil seiner Energie verpuffte, und noch bevor das Wasser abgekühlt war, wünschte er, sie würde zurückkommen.

Stattdessen klingelte er nach seinem Diener. Er hatte ihr Zeit mit dem Lehrer versprochen. Und selbst wenn er nicht mehr der Mann sein konnte, der er einst gewesen war, war er doch noch ein Mann, der sein Wort hielt.

19

Die zerbrechlichen, süßen Klänge eines Spinetts erfüllten den reich verzierten grünen Salon.

»Also gut«, sagte der Professor und lächelte auf Brandy herunter, und durch seine dünnen Beine in den eng sitzenden gestreiften Kniehosen, die er trug, wirkte er noch größer. »Wir fangen mit einem traditionellen Tanz an.«

Die Haushälterin, Mrs. Finlay, eine rundliche, gut gekleidete Dame in den Fünfzigern, eine frühere Gouvernante, die mehr Bildung hatte als die meisten Frauen in ihrer Position, lächelte ihnen vom Sitz vor dem Spinett her zu.

Noch einmal lächelte Professor Felton Brandy an. »Bereit?«

Brandy, die in dem dünnen Schatten des Professors stand, stellte fest, dass sie plötzlich nervös war. Sie schluckte und nickte.

»Entspannt Euch«, sagte er, als ihm auffiel, wie sich ihre Finger in die Taille ihres Kleides gruben. »Versucht, Freude am Tanzen zu haben. Beim ganzen Unterricht wart Ihr eine so gute Schülerin, dass Ihr hierbei auch keine Probleme haben werdet.«

Sie lächelte und fühlte sich etwas weniger verkrampft. Sie übte die Schritte ein paarmal mit dem Professor, dann sah sie bei einer Drehung Rex Delaine in der Tür stehen.

»Habt Ihr etwas dagegen, wenn ich mitmache?«

»Nein, gar nicht«, sagte der Professor. »Je mehr Leute, desto besser, besonders beim Tanzen.«

Rex trat ins Zimmer, sein Blick leuchtete wohlwollend. »Miss Winters scheint ja eine sehr fleißige Schülerin zu sein.«

»Ja, das ist sie allerdings.«

»Vielleicht sollte sie es mal mit einem anderen Partner versuchen.«

»Hervorragende Idee. Ja, ja, unbedingt.«

Als Rex auf sie zuging, lächelte der Professor, trat zur Seite, und ihre Nervosität kehrte zurück.

»Sollen wir es mit einer Quadrille versuchen?«, schlug der Professor vor und ging auf die Frau am Spinett zu.

»Ich würde lieber einen Walzer tanzen«, sagte Rex. »Mir ist klar, dass der immer noch als skandalös gilt, aber ich glaube, früher oder später wird er zum Renner werden.«

Die buschigen Augenbrauen des Professors zogen sich einen Augenblick zusammen, dann nickte er, offensichtlich nicht sehr begeistert von der Idee mit dem Walzer, von dem sogar Brandy gehört hatte, dass er noch erhebliches Stirnrunzeln auslöste.

»Aus der Entfernung werde ich besser beurteilen können, wie sie tanzt.« Der Professor stellte sich neben das Spinett, und Brandy fiel auf, dass Mrs. Finlay im Gegensatz zu ihrem hageren Lehrer lächelte.

»Es ist so ein schöner Tanz«, sagte sie und begann, eine Walzermelodie zu spielen, eine leise, klangvolle Melodie, die auf dem Spinett ein wenig blechern klang.

Rex nahm Brandys Hand und legte sie auf seine Schulter, dann legte er seine Hand an ihre Taille. »Lass mich führen, und du folgst mir. Es ist überhaupt nicht schwer.«

Sie nickte, in der Hoffnung, sich nicht gleich zum Narren zu machen. Er begann mit seinem linken Fuß, und sie stolperte, doch ein paar zögernde Schritte später begann sie, den Rhythmus zu verstehen, und lächelte. »Das ist wunderbar! Als würde man in der Luft schweben. Und ich finde es überhaupt nicht skandalös.«

Rex lachte. »Ich auch nicht.« Er war ein sehr guter Tänzer, sein schlanker Körper bewegte sich mit Sicherheit und Grazie. Brandy stellte fest, dass sie grinste, die Musik genoss und mehr Spaß am Tanzen hatte, als sie geglaubt hätte. Ihr Blick war auf Rex gerichtet, aber ihre Gedanken waren zu Marcus gewandert, dem er so ähnlich sah, und plötzlich stellte sie sich vor, wie es wohl wäre, mit ihm zu tanzen.

Eine Bewegung an der Tür weckte ihre Aufmerksamkeit. Sie sah Marcus dort, mit einem Lakaien hinter dem Rollstuhl. Und Marcus starrte mit bemüht ausdruckslosem Blick ins Zimmer. Brandy stolperte, und Rex fing sie auf, sodass ihr jede Peinlichkeit erspart blieb. Genau in diesem Augenblick hielt Mrs. Finlay mit Spielen inne.

»Lasst euch nicht von mir stören«, sagte Marcus. In seiner Stimme lag ein seltsam kühler, distanzierter Klang, doch in seinem Blick erschien für einen Moment ein eindeutiger Ausdruck von Schmerz. »Mein Bruder war immer schon ein sehr guter Tänzer. Und du bist auch recht gut, Brianne.«

»Ich – ich lerne gerade erst.«

Sein dunkler Blick wurde weicher. »Ich nehme an, du hattest nie eine Gelegenheit zum Tanzen.«

Sie achtete nicht auf den leisen Stich von Bedauern. »Im Wirtshaus Weißes Pferd gab es nichts Derartiges.«

»Dann bitte, lasst Euch nicht stören, wie ich schon sagte.«

Aber Brandy schüttelte den Kopf. »Ich werde langsam müde, wenn ich mir so viele Schritte merken muss. Ich glaube, ich würde lieber einen Spaziergang im Garten machen. Kann ich dich vielleicht dazu bewegen, mich zu begleiten?«

Etwas flackerte in den kühlen dunkelblauen Augen.

»Ich fürchte, ich muss mich auch entschuldigen«, warf Rex geschickt ein. »Ich habe noch eine Menge Arbeit zu erledigen.« Mit einem Lächeln und einem Augenzwinkern zu seinem Bruder verließ er das Zimmer.

»Mylord?«, drängte Brandy.

Schließlich nickte Marcus. Sie dachte, dass es vielleicht Erleichterung gewesen war, was sie in seinem Blick sah. »Wie du möchtest.«

Der Speiseraum von Hawksmoor House – goldgeflockte Tapete, gebohnertes Eichenparkett, ein Tisch für vierzig Personen – glitzerte von dem weichen Licht der silbernen Kandelaber. Rex hatte Brianne eingeladen, ihnen beim Abendessen Gesellschaft zu leisten, zusammen mit dem Doktor und Richard Lockhart, und der Tisch war besonders schön gedeckt worden.

Marcus saß am Kopfende des Tisches und sah Brianne über seinen goldgerandeten Weinkelch an, amüsiert von ihrem entzückten Seufzer, als sie das köstliche gebratene Rebhuhn kostete, das ihnen die Köchin heute vorsetzte, zusammen mit Lachs in Hummersauce, Austern, kandierten Karotten und einer Mélange von anderen Gaumenfreuden. Sie schien alles zu genießen, ihre Manieren waren makellos, sie zögerte keine Sekunde angesichts der unglaublichen Vielfalt von silbernem Besteck, das vor ihr ausgebreitet war.

Es schien ganz so, als würden sich die Unterrichtsstunden auszahlen, dachte Marcus mit einem unerwarteten Gefühl von Missstimmung. Wenn Felton sie noch ein paar Wochen beaufsichtigte, würde sie sich formvollendet verhalten können, selbst in der Gegenwart von Königen.

Warum er diesen Gedanken ärgerlich fand, war ihm nicht ganz klar.

Sie trank einen Schluck von ihrem Wein und stellte den

schweren Kristallkelch wieder auf den Tisch. »Bitte erzählt uns doch, wie Eure Schreibarbeit vorangeht, Lord Richard.«

Richard warf ihr eines seiner jungenhaften, entwaffnenden Lächeln zu, und Marcus achtete nicht auf den kleinen Stich von Eifersucht in der Brust. »Mein Projekt entwickelt sich ziemlich gut. Ich arbeite im Augenblick an dem Kapitel, das die Stellung der Frau in der mittelalterlichen Gesellschaft beschreibt. Die Forschungen haben sich als ziemlich interessant erwiesen.«

»In welcher Beziehung?«, fragte Dr. Merriweather und sah ihn durch seine drahtumrandete Brille eindringlich an. »Ich habe immer gehört, dass die Frauen damals kaum anders als Sklavinnen behandelt wurden.«

Richard wischte sich sehr sorgfältig den Mund an seiner weißen Leinenserviette ab. »Ich denke, in einigen Beziehungen ist das sicher richtig. Dem Gesetz nach waren sie von ihrer Geburt an den Männern in ihrer Familie unterworfen, zuerst ihren Vätern, dann ihren Ehemännern. Sie konnten auf eigenen Namen Land besitzen, aber ihre Ehemänner konnten darüber verfügen, ohne dass sie sie daran hätten hindern können. Wenn ein Ehemann seine Frau schlug, mischten sich weder die Kirche noch das Gesetz ein. Sie gingen einfach davon aus, dass sie irgendetwas getan haben musste, um das zu verdienen.«

Brandy wandte den Blick ab und sah für einen Moment ins Leere. Marcus nahm an, dass sie an die Grausamkeiten dachte, die sie von ihrem Vater hatte erleiden müssen, und es wurde ihm eng in der Brust.

»Dann hat sich wohl kaum etwas geändert«, sagte sie mit vorgetäuschter Lässigkeit.

Richards Blick richtete sich auf ihr Gesicht, und er las darin zumindest einen Teil ihrer Gedanken. Ein Ausdruck von Mitgefühl trat in seine nussbraunen Augen.

Er räusperte sich. »Genau genommen ist es so, dass die

Frauen damals doch erstaunlich viel Macht besaßen. Sie verwalteten die Ländereien, wann immer ihr Mann nicht zu Hause war, ob er nun in den Krieg zog oder nur Geschäfte abschloss. Sie hielten Gericht, und manchmal gelang es ihnen sogar, die Burg zu verteidigen, wenn das in Abwesenheit der Männer notwendig werden sollte.«

Rex grinste. »Das ist nicht schwer vorstellbar. Wenn Miss Winters damals gelebt hätte, würde ich den armen Mann bedauern, der dumm genug gewesen wäre, auf ihr Gelände vorzudringen.«

Richard lachte, und seine Augen leuchteten auf. »Ja, ich glaube auch, dass Miss Winters ein ziemlich schauriger Widersacher sein könnte, wenn etwas oder jemand in Gefahr wäre, das sie schätzt.«

Brandy errötete und spielte mit dem Stiel ihres Weinkelches. Sie hatte sich passend zur Gelegenheit in ein elegantes Kleid in Schwarz und Silber gekleidet, das bis auf die Silberfäden im Stoff ohne jeden Schmuck war. Diese dramatische Schlichtheit des Kleides vor ihrer hellen Haut und dem glänzenden Kupferrot ihres Haars zeigte sie in ihrer ganzen atemberaubenden Schönheit, und ein Gefühl von Besitzerstolz machte sich in Marcus' Brust breit.

Es war lächerlich, das wusste er. Sie gehörte ihm nicht, und selbst wenn er es jetzt so empfand, war das doch ein Gefühl, das aufhören musste. Wenn er erst wieder auf den Beinen war, würde er fortgehen und zu seinem Leben auf hoher See zurückkehren.

Als er Brianne ansah, ihr Lächeln bemerkte, ihrem Lachen lauschte, wünschte er, dieser Tag möge möglichst bald kommen. Je eher, desto besser.

Der Abend endete früh, und Marcus befahl, dass Brandy in einer Kutsche der Hawksmoors nach Hause gebracht wurde. Merriweather blieb noch drei weitere Tage. Bis der Doktor wieder in die Stadt zurückfuhr, konnte Marcus seine Knie heben – langsam, sicher, sogar unter Schmerzen, doch jedes Mal, wenn es ihm gelang, spürte er wieder mehr Hoffnung für die Zukunft.

Die Beweglichkeit seiner Beine entwickelte sich stetig weiter, doch seine Männlichkeit blieb so tot, als läge er weiterhin flach auf dem Rücken an sein Bett gefesselt. Das minderte sein Gefühl von Erfolg und schränkte seine Vision von der Zukunft deutlich ein. Soweit es ihn betraf, und selbst wenn er wieder gehen können sollte, war das Leben in der Art eines Eunuchen eigentlich überhaupt kein richtiges Leben.

Ganz sicher, dass es ihm nicht gelingen konnte, hatte er jeden Gedanken daran, Brianne zu lieben, aufgegeben, und doch schien er sie nicht ganz aus seinen Träumen vertreiben zu können. Jedes Mal, wenn sie sich über ihn beugte, sodass er einen Blick auf jene hübschen milchweißen Brüste werfen konnte, jedes Mal wenn sie mit erotischer Sanftheit über seine Schenkel strich, wurde er ärgerlich. Er stellte fest, dass er sie anfuhr, wieder begonnen hatte, vor sich hin zu brüten, und kurz angebunden und reizbar war. Die Frustration saß ihm wie ein Dämon im Nacken. Er begehrte sie. Mein Gott, wie sehr er sie begehrte.

Nachts träumte er von ihr, erwachte in kalten Schweiß gebadet, sein Körper nach ihr brennend. Und doch konnte all die Hitze in seinen Lenden keine Erregung hervorrufen. Immer und immer wieder schwor er sich, sie fortzuschicken, sie so weit wie möglich von Hawksmoor House zu entfernen und diesem schrecklichen Ziehen ein Ende zu bereiten, das ständig in ihm pulsierte.

Zweimal hatte er sie schon in sein Arbeitszimmer gerufen, finster entschlossen, genau das zu tun, aber jenes weiche Lächeln, das sie ausschließlich für ihn hatte, drang wie ein Speer bis in sein Herz, und jeder Gedanke daran, sie fortzuschicken, löste sich in Luft auf.

Schließlich nahm er sich vor, sie einfach nicht weiter zu

beachten. Außer wenn sie miteinander arbeiteten, würde er seine Gedanken auf etwas anderes richten, vergessen, wie verlockend ihre schönen Brüste waren und wie anziehend ihre schmalen, schlanken Fesseln. Er würde einfach nicht mehr zulassen, dass er sich an die Nächte erinnerte, in denen sie sich geliebt hatten. Unglücklicherweise funktionierten diese Bestrebungen nur sehr selten.

Sechs Tage später lag Marcus in der Mitte seines Himmelbettes, sein Körper angespannt von Begehren, seine undisziplinierten Gedanken wieder auf Abwegen zu Brianne. Obwohl er versuchte, ihr Bild zu verdrängen, spürte er dennoch die weiche Kraft ihrer Hände auf seiner Haut, während sie die Muskeln seiner Beine massierte, litt immer noch unter dem brennenden Verlangen nach ihr, bei dem sich sein Magen verkrampfte und er die Zähne zusammenbeißen musste.

Seine Hand bewegte sich über seinen Körper abwärts zu jenem Teil von ihm, der schlaff und sogar noch sinnloser als seine Beine dalag. Wenn er wirklich geglaubt hatte, sich Entspannung verschaffen zu können, dann würde er es tun, aber der Gedanke an einen weiteren Anfall von Lust ohne Erfüllung ließ ihn vor Verzweiflung laut aufstöhnen.

Schließlich schlief er ein. Lange, heiße, unbequeme Stunden vergingen, eine Nacht voller erotischer Bilder von wunderschön gerundeten Brüsten und lächelnden goldenen Augen. Zweimal erwachte er, sein Körper schweißgebadet, verfluchte sich selbst und sie dazu.

Begehrte sie.

Seine Träume kamen wieder, Brianne nackt unter ihm, ihre kleinen Hände fest um seine Schultern gelegt. Er stieß tief in sie, nahm sie, spürte die drängende Flut der Hitze, die in den Augenblicken vor dem Höhepunkt noch weiter anwuchs. Aber er blieb knapp außer Reichweite, genauso unerreichbar wie immer, sodass sein Körper verspannt und schmerzend zurückblieb.

Die Morgenröte drang durch die hohen Butzenscheiben herein. Streifen von Sonnenlicht trafen hart auf seine Augenlider und zwangen ihn, sie zu öffnen. Der Traum war noch nicht ganz verflogen, ein heißer Dunst, der in die vagen Fernen der Gedanken verschwand. Marcus fluchte laut, schlug mit der Faust auf die Bettdecke, die so schmerzhaft hart auf seine Erektion drückte, die mit lang vergessenem Drängen pulsierte.

Sein Blick glitt zu der Stelle, wo die Decke wie ein Zelt über seiner Männlichkeit spannte. Einen Augenblick lang glaubte er, er würde noch schlafen und seine unfreiwilligen Träume träumen. Er schlug die Decke zurück, konnte es nicht glauben, sah, dass er vor Begehren pulsierte, hart war und wieder ein Mann. Etwas brannte hinter seinen Augen. Marcus blinzelte, und das scharfe Stechen verschwand.

Er ließ den Kopf zurück aufs Kopfkissen fallen, und ein Lächeln spielte um seine Mundwinkel. Draußen vor dem Fenster brach der Morgen an: Vögel zwitscherten im Garten, huschten über die Hecken, hockten auf den blattlosen Zweigen einer Buche. Das Klatschen des Meeres an den felsigen Strand unterhalb der Klippen brachte ihn noch einmal zum Lächeln. Wie lange war es her, seit er das letzte Mal nur dagelegen und dem Singen der Vögel gelauscht oder mit Genuss zugesehen hatte, wie die Sonne über dem Wasser aufging?

Marcus erlaubte sich noch ein paar ruhige Augenblicke, genoss das frühe Morgenlicht und klingelte dann nach Frederick, damit er ihm beim Baden und Anziehen half. Sein Herz fühlte sich leicht an, seine Stimmung war die beste, die er je gehabt hatte seit dem Tag seines Unfalls. Zum ersten Mal seit Wochen freute er sich auf den vor ihm liegenden Tag.

Brandy fand Marcus auf dem Sessel hinter seinem Schreibtisch sitzend, in der kleinen, holzgetäfelten Bibliothek, die er als Arbeitszimmer benutzte. Er war seit Tagen nicht mehr hier gewesen, doch jetzt saß er dort, sein dunkler Kopf über einen Aktenordner gebeugt, und war so konzentriert, dass er sie nicht kommen hörte.

Als sie ihn so arbeiten sah, spürte sie ein zärtliches Gefühl von Liebe. Er wirkte so unglaublich anziehend, eine freche Locke von glänzendem schwarzem Haar hatte sich über seine Stirn gelegt, und die klaren Linien seines Gesichts lagen halb im Licht, halb im Schatten. Er hatte sich die Ärmel hochgekrempelt, sodass die Muskeln seiner Unterarme zu sehen waren, die in letzter Zeit durch die harte Arbeit dicker geworden waren.

Sie ging um den Schreibtisch herum, hinter ihn, legte ihre Hände leicht auf seine Schultern und spürte, wie er sich sofort anspannte.

»Ich habe dich gar nicht hereinkommen hören«, sagte er, entspannte sich wieder und drehte den Kopf gerade so weit, dass er sie ansehen konnte.

»Giles sagte, du wärest bei der Arbeit. Ich wollte dich eigentlich nicht stören, aber ich konnte nicht widerstehen.«

Sie ließ ihre Hände liegen und begann leicht, die Muskeln zu massieren, die sich wieder ein wenig angespannt hatten.

Marcus seufzte. »Du hattest Recht mit dem, was du gesagt hast. Mein Bruder hat genug gelitten unter meiner selbstsüchtigen Weigerung, meinen Teil zur Arbeit beizutragen. Ich habe die Absicht, das jetzt und in der Zukunft wieder gutzumachen.«

Brandy lächelte. »Das freut mich zu hören. Um die Wahrheit zu sagen, ich glaube gar nicht, dass du es als so schreckliche Bürde empfinden wirst.« Ihre Hände bewegten sich über seinen Nacken, streichelten ihn und glitten in sein Haar. »Du bist wohl schon eine ganze Weile an der Arbeit, deine Muskeln fühlen sich verspannt an. Soll ich dir helfen, sie zu entspannen?« Sie dachte, er würde ihr widersprechen oder sie fortschicken, stattdessen griff er nach ihrem Handgelenk und hob es an seine Lippen.

»Das würde mir gefallen. Sehr sogar.«

Ihr Herz begann zu hämmern. An der feuchten Stelle an ihrem Handgelenk, wo sein Mund sie berührt hatte, bekam sie eine Gänsehaut. Sie half ihm, seinen Sessel zurückzuschieben, sodass sie etwas mehr Platz hatte, dann begann sie, seine Schultern zu kneten, seinen Hals, die Muskelstränge an seinem Rücken. Sie liebte das Gefühl, wenn sein Haar sich um ihre Finger schlang und wenn die harten Muskeln unter ihrer Massage weicher zu werden begannen.

Heute gelang ihr das nicht, stellte sie mit einer Spur von Interesse fest. Genau genommen war es sogar so, dass er sich immer mehr anzuspannen schien, je mehr sie ihn berührte. Sie dachte an die sinnliche Art, wie sein Mund auf ihrer Haut gelegen hatte, trat neben seinen Sessel und lehnte sich an ihn. Marcus hatte ja vielleicht aufgegeben, was die Reaktion seines Körpers betraf, aber Brandy noch nicht, und sie hatte es auch in Zukunft nicht vor.

Ihr blassblaues Musselinkleid war diskret geschnitten, doch ein wenig von dem Tal zwischen ihren Brüsten war über dem Oberteil zu sehen. Marcus' Blick richtete sich darauf. Brandy entdeckte das hungrige Weiten seiner Pupillen, und ihr Puls wurde schneller.

»Ich glaube, ich könnte das besser hinbekommen, wenn ich dein Hemd aufknöpfen könnte.« Davon würde er sie bestimmt abhalten, bemerken, was sie vorhatte, und sie hinausschicken. Aber Marcus nickte nur.

Sie versuchte, ihre unsicheren Finger zu kontrollieren, und summte bei der Massage leise vor sich hin, und wie beiläufig drückte sie ihre Brüste gegen seinen Arm. Sie löste die Knöpfe von seinem Hemd, zog es aus der Hose und ließ ihre Hände hineingleiten. Ganze Muskelbänder spannten sich sofort an. Krauses schwarzes Haar berührte ihre Fingerspitzen.

Sie arbeitete an den Muskeln, versuchte, sich zu konzentrieren, versuchte, nicht auf das Begehren zu achten, das Marcus spüren sollte, und auch nicht auf die Feuchtigkeit, die zwischen ihren Beinen entstanden war.

»Schließ die Tür ab.«

»W-was?« Sie war so sehr auf ihre Beschäftigung konzentriert, so hingerissen von dem Gefühl seiner warmen, glatten Haut, dass sie ihn beinah nicht gehört hätte.

»Ich habe dich gebeten, die Tür abzuschließen.«

Sie hinterfragte seine Bitte nicht. Diese Art von Massage ging über ihre sonstigen Pflichten hinaus, und es wäre extrem peinlich, wenn einer der Bediensteten hereinkäme.

Brandy ging hinüber zur Tür und schob den schweren Messingriegel vor, dankbar, dass sie einen Augenblick Zeit hatte, um sich zu sammeln. Sie drehte sich um und sah Marcus' Blick auf ihr Gesicht gerichtet, spürte, wie er langsam über ihren Körper abwärts wanderte, und Hitze machte sich in ihrem Magen breit. Dort, wo sein Hemd offen stand, war das Weiß des Stoffes ein herber Kontrast vor seiner dunklen Haut und dem feinen schwarzen Haar auf seiner Brust.

»Komm her, Brianne.« Das war die Stimme, an die sie sich von der Fahrt mit seinem Schiff erinnerte.

Sie ging auf ihn zu mit Beinen, die sich plötzlich hölzern anfühlten, und ihre Kehle war trocken, als sie neben seinem Sessel angekommen war. Seine Augen wirkten wie mitternachtsblaue Seen, aber auch eindringlich und beherrschend. Sie hatten sie im Griff, und Brandy konnte den Blick nicht abwenden.

Er griff nach ihrer Hand, küsste die Handfläche und zog sie dann hinunter in seinen Schoß. Bei der harten Männlichkeit, die sich gegen den Stoff seiner Hose drückte, weiteten sich Brandys Augen vor Erstaunen.

»Du bist … du bist …«

»Hart? Oder würdest du lieber erregt sagen? Egal, was dir lieber ist, es stimmt sicher beides.« Ein Glitzern erschien in seinen dunklen Augen. »Offensichtlich habe ich mich getäuscht. Meine Beine bleiben zum größten Teil nutzlos, aber der Rest von mir scheint in Ordnung zu sein.«

Brandy schluckte und befeuchtete ihre trockenen Lippen. »Marcus, das ist … das ist wunderbar. Und da es so ist, sollten wir –«

»Da das so ist, brauche ich genau das, was du mir in den letzten paar Wochen angeboten hast.« Seine Hand legte sich an ihre Wange, bewegte sich zu ihrem Nacken, und noch bevor sie recht bemerkte, was er vorhatte, zog er ihren Kopf herunter zu einem Kuss. Er war heiß und wild, unglaublich sinnlich. Seine Zunge drang vor, kostete sie tief, und ein kleines Wimmern entrang sich ihr.

Ihre Hände zitterten. Sie stützte sie auf seine Schultern und beugte sich vor, spürte, wie seine langen dunklen Finger sich um eine Brust legten. Während der ganzen Zeit küsste er sie, neckte das Innere ihres Mundes, knabberte an ihren Lippen, und seine Zunge glitt tief in sie hinein, um Besitz von ihr zu ergreifen. Seit sie an Bord seines Schiffes gewesen waren, hatte er sie nicht mehr so geküsst. Mein Gott, wie hatte sie vergessen können, wie unglaublich gut sich das anfühlte?

Brandy erwiderte den Kuss mit eifriger Erwartung, ihre Zunge wagte erotische kleine Ausflüge. Sie bemerkte es nicht, als er ihr Kleid hinten aufknöpfte, spürte nur die Hitze seiner Hände, seine rauen Handflächen auf ihrer Haut. Das Begehren pulsierte tief in ihrem Bauch, die Hitze rauschte durch ihre Glieder.

Ein leises Stöhnen drang aus ihrer Kehle, als er seine Hände mit ihren Brüsten füllte, ihr Gewicht genoss, das weiche Fleisch knetete. Seine Finger streichelten ihre Brustwarzen, sodass sie hart wurden.

Brandy zitterte am ganzen Körper und drückte ihre Zähne vorsichtig in seinen Hals, sodass Marcus tief einatmete. Sie spürte seine Hände unter ihren Röcken, auf der bloßen Haut über ihren Strumpfbändern aus Spitze, und sie wäre beinah in die Knie gegangen. Er streichelte ihre Schenkel, öffnete die Falten ihrer Weiblichkeit und streichelte sie dort.

»Mein Gott, du fühlst dich so gut an«, flüsterte er an ihrem Ohr. »Du kannst dir nicht vorstellen, wie sehr ich dich begehre.« Mit diesen Worten begann er die Knöpfe an seinem Hosenlatz zu öffnen, dann drehte er sie mit dem Rücken zu sich, hob sie auf seinen Schoß und ließ sie langsam über seine aufgerichtete Männlichkeit gleiten.

Brandy schnappte nach Luft, als seine Härte sie tief füllte. In dem Augenblick, als er sich völlig in sie versenkt hatte, schien ein Teil der Anspannung aus seinem Körper zu weichen, und er stützte sein Kinn auf ihren Kopf.

»Du machst mich verrückt«, sagte er leise. »Ich kenne den Mann nicht, zu dem ich werde, wenn ich dich liebe.«

Mit dem Rücken an seine Brust gelehnt, spürte sie jeden seiner rauen Atemzüge und das wilde Schlagen seines Herzens. »Du bist derselbe, der du immer warst, Marcus. Ein Mann voller Kraft und Leidenschaft.« Sie rückte auf seinem Schoß ein wenig nach hinten, sodass er noch tiefer eindrang. »Und ich begehre dich auch.«

Marcus gab ganz tief in der Kehle einen Laut von sich, und seine Arme schlossen sich fester um sie. Er war erstaunlich stark und hob sie mühelos hoch, begann, es in einem Rhythmus zu tun, durch den ihr Körper schon bald vor Lust zu vibrieren schien, sich fester um ihn schloss, ihn rhythmisch massierte, kurz vor dem Flug in die höchsten Höhen.

»Ich kann nicht mehr lange warten«, warnte er sie kurz vor dem Höhepunkt. »Ich bin schon solange ohne dich und habe dich so sehr begehrt.«

Diese Worte, die er mit rauem Drängen sprach, gaben die angespannte Feder in ihr frei, und nach wenigen Sekunden wirbelte sie schwungvoll hinauf, ihr Körper von der Lust mitgerissen, von süßen Flammen verzehrt. Sie zitterte, bebte, rief seinen Namen, und ihr Kopf sank zurück an seine Schulter.

Marcus' Höhepunkt folgte direkt, und in wildem Strom ergoss er sich in sie, mit einem derart leidenschaftlichen Schwall von Hitze, dass sie zum zweiten Mal zu einem wilden Höhepunkt kam. Selbst nachdem seine rhythmischen Stöße verklungen waren, hielt er sie weiter in den Armen, seine Wange an die ihre gelegt, den Kopf leicht auf ihre Schulter gestützt.

»Geht's dir gut?«, fragte er zärtlich.

Sie lächelte. »Kann man wohl sagen.« Vorsichtig stieg sie von seinem Schoß und strich ihre Röcke glatt, während Marcus die Knöpfe an ihrem Rücken schloss. »Und dir wohl auch, wie eben deutlich zu spüren war!«

Seine Mundwinkel hoben sich genussvoll. »Ja, sieht ganz so aus.«

Sie drehte sich zu ihm um, umfasste seine glatt rasierte Wange mit einer Hand. »Das beweist, dass du weiter auf dem Weg der Besserung bist. Du hast es schon beinah geschafft, Marcus. Bald wirst du wieder ganz der Alte sein.«

Marcus antwortete nicht, und Brandy sagte auch nichts. Bald würde er wieder ein funktionstüchtiger Mann sein, der Mann, der er früher gewesen war – Kapitän Marcus Delaine.

Bald würde er sie verlassen, das wusste Brandy.

Ein leises Ziehen entstand in ihrer Brust und zerstörte die entspannte Zufriedenheit. Was immer sie auch tat, wie sehr sie ihn auch lieben mochte, er würde doch fortgehen. Und Brandy würde ihn verlieren, egal, was geschehen war.

20

Rex Delaine betrat die kleine, holzgetäfelte Bibliothek, die seinem Bruder als Arbeitszimmer diente. Marcus saß an seinem Schreibtisch und bearbeitete einen Stapel von Papieren, Seefrachtbriefe der Hawksmoor Schifffahrtsgesellschaft. In den vergangenen paar Tagen hatte sein Bruder zusehends mehr von der Arbeit übernommen, die Grafschaft zu leiten: Hawksmoor House, die Ländereien und die dazugehörigen Menschen, weitere Ländereien der Familie in anderen Gegenden des Landes.

Rex war mehr als nur dankbar. Es war gut für Marcus, dass er etwas Nützliches zu tun hatte, etwas, das ihn herausforderte, wie es einst die Leitung eines Schiffes getan hatte. Und er war gut darin. Marcus hatte ein natürliches Gefühl dafür, was getan werden musste, war gründlich in Kleinigkeiten, und da er so viele Jahre Erfahrung als Befehlshaber hatte, machte es ihm auch keine Schwierigkeiten, Aufgaben erledigen zu lassen.

Rex lächelte, als er durchs Zimmer ging. Zum ersten Mal seit Jahren hatte er Zeit, sich nur um seine eigenen Angelegenheiten zu kümmern – und sogar ein wenig Zeit ganz für sich allein.

Marcus sah auf von den Papieren der Hawksmoor Schifffahrtsgesellschaft, die schwarzen Augenbrauen zusammengezogen.

»Wie sieht es aus?«, fragte Rex und setzte sich in einen bequemen Sessel dem Schreibtisch gegenüber.

Marcus schüttelte den Kopf. »Nicht gut, fürchte ich. Wer auch immer es war, der die *Seehabicht* und die anderen Schiffe beschädigt hat, tat es ganz offensichtlich mit einer bestimmten Absicht. Wir verlieren seit einiger Zeit konstant Frachtaufträge, einen nach dem anderen, seit das erste Schiff mit Schaden in einen Hafen eingelaufen ist.«

»Hast du schon herausgefunden, wer dahinter steckt?« Angesichts des kalten, harten Ausdrucks auf dem Gesicht seines Bruders wünschte Rex beinah, er hätte diese Frage nicht gestellt.

»Nichts, was ich beweisen könnte. Erst heute Morgen habe ich wieder einen Bericht von den beiden Detektiven aus der Bow Street bekommen. Verschiedene Gesellschaften haben von unseren Verlusten profitiert, unter anderem Atlantic Limited und die China Seas Company.« In Marcus' Wange zuckte es. »Aber derjenige mit dem meisten Profit ist Palmer Reese.«

Rex atmete tief aus. »Ich hatte schon so ein Gefühl, dass es vielleicht Reese sein könnte.«

»Ich auch.«

»Das bedeutet nicht unbedingt, dass der Mann Schuld hat oder auch nur mit der Sache zu tun hat.«

»Nein, unglücklicherweise beweist das nicht das Geringste.« Marcus' Hand ballte sich unbewusst zur Faust. »Aber je länger ich darüber nachdenke, desto sicherer bin ich, dass er der Mann ist, der die so genannten Unfälle arrangiert hat, die uns seit über einem Jahr behindern.«

»Das mag vielleicht sein, aber ich kann immer noch nicht verstehen, aus welchem Grund er das tun sollte. Palmers Vater war sein Leben lang ein Freund der Familie. Avery Reese und sein Sohn waren mehrmals im Jahr hier zu Besuch. Mein Gott, als Kinder haben wir alle zusammen gespielt.«

»Ja, das stimmt. Und wenn du dich genau erinnerst, war Palmer selbst damals schon ein hinterlistiger kleiner Wurm, der immer zu den Großen rannte, ihnen etwas vorjammerte und hinter unserem Rücken über uns petzte. Weißt du noch, wie Geoffrey, du und ich einmal seinetwegen eine Tracht Prügel bekommen haben? Er rannte zu Vater und erzählte ihm, wir drei wären vor den Höhlen unten an der Klippe schwimmen gegangen, und das hatte Vater verboten –«

»Ja, und zu Recht, denn da war es verdammt gefährlich, wenn die Flut kam.«

»Das stimmt, aber was ich sagen will, ist, dass der Junge schon als Kind immer Unruhe gestiftet hat. Und es sieht danach aus, dass der Mann derjenige ist, der hinter den Sabotageakten auf die Hawksmoor Schifffahrtsgesellschaft steckt.«

»Du meinst, das Motiv könnte einfach das Geld sein.«

»Genau. Wenn seine Finanzlage nicht so rosig wäre, wie sie scheint und er in Geldnöten wäre, könnte man sich gut vorstellen, dass er sich einen Plan ausdenkt, um seinen größten Konkurrenten zu sabotieren. Reynolds und Kelly tun ihr Bestes, das herauszufinden.«

Rex sagte nichts. Er kannte die Wahrheit nicht, und Marcus auch nicht, aber er wünschte, sein Bruder möge Unrecht haben. Palmer war doch, in gewissem Sinne, ein Freund der Familie, aber was immer die Wahrheit sein mochte, früher oder später würde es sein Bruder herausfinden. Rex schauderte, als er sich vorstellte, was passieren würde, wenn er so weit war.

Er starrte hinaus aufs Meer, sobald er vor dem Fenster im Salon saß oder im Garten über den Klippen, den dunklen Blick unverwandt auf den Horizont gerichtet.

Brandy wusste, was Marcus dachte, wusste, dass ihm die fortschreitende Genesung seiner Beine erlaubte, wieder zu träumen und über seine Rückkehr auf die See nachzudenken.

Seit jenem Tag, an dem er festgestellt hatte, dass er wieder ein Mann war, hatte er unglaubliche Fortschritte gemacht. Er hatte sie seither nicht mehr angerührt, und Brandy wusste, warum. Er machte sich Sorgen, dass sie schwanger werden könnte, eine Verantwortung, die er nicht zurücklassen wollte, wenn er wieder lossegelte.

Ein leises Ziehen schmerzte in ihrer Brust. Mit jedem neuen Tag ging Marcus das Problem seiner Wiederherstellung mit fast übermenschlichen Kräften an. Inzwischen konnte er beide Beine so gut bewegen, das es beinah wie Gehen aussah, obwohl er sich dabei noch auf die beiden Balken stützen musste und seine Schritte noch ungeschickt und schwach wirkten. Mit jeder neuen Verbesserung wurde Brandys Verzweiflung größer, denn sie wusste: Je eher er allein gehen konnte, desto eher würde er sie verlassen.

Zum ersten Mal seit ihrer Ankunft versuchte sie wirklich,

ihn zu bremsen, schlug vor, dass sie sich eine Weile zusammen in den Garten setzen sollten, wobei sie so tat, als stünde der Winter noch nicht bevor und als wäre es gar nicht kalt. Oder sie wollte einen Spaziergang mit ihm machen, bei dem einer der Bediensteten seinen Rollstuhl über den Pfad auf der Klippe schieben konnte.

Jedes Mal lehnte er ab.

»Ich habe keine Zeit für solchen Firlefanz, und du auch nicht. Ich muss meine Beine üben, und du solltest mit Professor Felton arbeiten.«

Er drängte sie, so viel wie möglich zu lernen, drängte sie ebenso sehr wie sich selbst. Sie wusste, dass er das tat, weil er das Beste für sie wollte, und sichergehen, dass sie eine Chance für die Zukunft hatte, wenn er nicht mehr da war.

Brandy saß im Wohnzimmer ihres kleinen Hauses und spürte eine Enge in der Brust. Zu wissen, dass er sich Gedanken um sie machte und sie liebte, verringerte ihren Schmerz nicht. Sie wusste, dass er gehen würde – er hatte kein Geheimnis daraus gemacht. Das zu wissen, tat ihr weh, aber sie konnte es nicht ändern.

Die Zeit verging. Bis Ende November war die *Seehabicht* schon seit einem Monat wieder flott – und Marcus Delaine konnte gehen. Seine Schritte waren immer noch ein wenig ungeschickt, und er musste einen Stock benutzen, aber dennoch konnte er gehen, und es drängte ihn mehr und mehr danach aufzubrechen.

Rex musste das bemerkt haben, denn es lag in Marcus' Blick, wann immer er hinaus aufs Wasser sah. Und weil es so deutlich sichtbar war, lag in Rex' Blick jedes Mal eine Spur von Mitleid, wenn er Brandy sah.

»Du weißt, dass er bald gehen wird«, sagte er eines Morgens, als er mit ihr im Garten spazieren ging. Die Seeluft war feucht und salzig und kühl auf der Haut. Das Geräusch der Wellen, die unten an die Klippen donnerten, klang aus der Tiefe herauf. »Er wird nicht zufrieden sein, bis er nicht wieder draußen auf See ist.«

Der Schmerz kam wieder, schnell und scharf. »Ich weiß.«

»Wirst du zurück nach Charleston gehen?«

Brandy schüttelte den Kopf. »Dorthin will ich nie wieder zurück.«

»Wenn du nicht zurückgehst, was willst du dann tun?«

Sie schaute hinüber zu dem kleinen hübschen Häuschen in der Ferne, dessen Dach zwischen den Bäumen gerade noch zu erkennen war. »Mir gefällt es hier in Cornwall. Es ist der erste Ort, an dem ich je war, wo ich mich wirklich zu Hause gefühlt habe.«

Rex hob eine Augenbraue. »Du willst hier in Tintagel bleiben? Mir persönlich würde das gefallen, aber bist du sicher, dass das klug ist? Ich denke, dass, wenn du so nah bei Hawksmoor House bist, wo du und Marcus so viel Zeit zusammen verbracht habt, das die Sache vielleicht noch schwerer macht.«

Ihr Lächeln wirkte ein wenig verloren. »Vielleicht, aber ich glaube das eigentlich nicht. Ich fühle mich ihm gern nah. Und da ich das nicht sein kann, wird es ausreichen müssen, nur hier zu leben – wenigstens in nächster Zeit. Ich bin noch nicht sicher, was ich später machen werde.«

Rex' Hand, die der seines Bruders so ähnlich war, hob sich zu ihrer Wange. »Mein Bruder macht einen schrecklichen Fehler. Unglücklicherweise glaube ich nicht, dass er das erkennen wird, bevor es zu spät ist.«

Brandy wandte sich ab, und sie gingen durch den Garten zum Haus zurück. Auf dem Weg über die kiesbestreuten Wege streifte ihr dunkelgrüner Rock die kleine Gartenstatue eines Bären. Die Efeubeete waren frisch geschnitten, und der winterliche Garten war für die kalten Monate vorbereitet. In der Ferne ballten sich am Horizont Regenwolken zusammen. Der Winter stand vor der Tür. Ein Blitz zuckte, doch immer noch so weit entfernt, dass kein Donner zu hören war.

»Die Köchin macht heute Abend Lebkuchen«, sagte Rex, »und mein Lieblingsdessert, Stachelbeertörtchen. Warum bleibst du nicht zum Abendessen?«

Sie sah zu ihm auf. Er hatte sie in letzter Zeit immer öfter eingeladen. Sie dachte, dass er vielleicht versuchte, ihr mehr Zeit mit Marcus zu geben, da er wusste, dass es nur noch wenige Gelegenheiten geben würde. Vielleicht hoffte er auch, sein Bruder würde es sich anders überlegen und bleiben.

Das war ein vergeblicher Wunsch, und tief im Innern wussten sie das beide.

»Vielleicht hat Marcus etwas anderes vor.«

»Marcus wird es nicht zugeben, aber er hat es gern, wenn du bleibst.«

Sie sah zu ihm auf. »Glaubst du das wirklich?«

»Ich weiß es. Er isst dann immer mehr, und manchmal lächelt er sogar. Das tut er selten, wenn du nicht in der Nähe bist.«

»Er macht sich Sorgen um seine Schiffe. Er fürchtet, dass es noch mehr Unfälle geben könnte und vielleicht noch andere Männer zu Schaden kommen.«

»Es ist nichts mehr passiert, seit Marcus verletzt worden ist. Ich glaube, wer immer das gemacht hat, ist zufrieden, dass er erfolgreich war. Er muss wohl glauben, dass er meinen Bruder aus dem Weg geschafft hat.«

Sie blieb stehen und sah ihn an. »Aber wenn er wieder mit der *Seehabicht* fährt –«

»Wenn er das tut, besteht eine große Wahrscheinlichkeit, dass die Probleme wieder anfangen. Marcus weiß das. Und er hat die Absicht, bis dahin den Schuldigen ausfindig zu machen.«

»Und wenn er das nicht schafft?«

»Dann wird er wohl ganz einfach vorsichtiger sein müssen.«

Sie spürte die Sorge um ihn wie einen Stich, und unwillkürlich biss sie sich auf die Unterlippe.

»Du darfst keine Angst haben«, sagte Rex, nahm ihre Hand und legte sie auf seinen Arm, als sie weitergingen. »Mein Bruder ist klüger, als sein Widersacher glaubt. Und er kann zäh wie Stiefelleder sein. Sie werden ihn nicht noch einmal kriegen.«

Vielleicht nicht, dachte Brandy, machte sich aber trotzdem Sorgen. Er war schon einmal beinah umgekommen. Sie konnte den Gedanken nicht ertragen, dass ihm vielleicht noch mal etwas zustoßen könnte.

»Ich denke, ich gehe besser wieder hinein. Professor Felton wartet sicher schon. Heute werden wir über die neuere Unterhaltungsliteratur reden. Er meint, dass das Thema für eine höfliche Unterhaltung beinah genauso gut ist wie das Wetter.«

Rex schnaubte. »Und zweifellos genauso langweilig. Warum hält man nur immer die uninteressantesten Themen am ehesten für sittsam?«

Brandy lachte. »Ich habe keine Ahnung. Vielleicht ist Marcus deswegen so entschlossen, auf sein Schiff zurückzukehren – ich kann dir versichern, dass das Leben an Bord der *Seehabicht* selten langweilig ist.«

Rex lächelte weich. »Hier würde sein Leben auch nicht langweilig werden – wenn er mit dir leben würde. Es ist eine Schande, dass er zu geblendet ist von der Vergangenheit und seinem Drang nach Rache, um das zu verstehen.«

Brandy antwortete nicht, aber ein leiser Schmerz pochte unter ihrem Brustbein. Geblendet von der Vergangenheit und seinem Drang nach Rache. Und von einer Liebe für die See, die größer war als jede Liebe, die er je für eine Frau empfinden konnte. Sie wusste das, akzeptierte das. Aber der Schmerz wurde dadurch nicht geringer.

Dunkle Wolken rollten übers Meer herüber, dichte, brodelnde Schichten, die tief am Abendhimmel hingen. Ein rauer Wind blies über die Wellen und klatschte regennasse Äste gegen die Steinwände des Hauses, drückte sie an die Butzenscheiben.

Brandy hatte bis spät mit Professor Felton gearbeitet und war dann – Rex und sogar Marcus bestanden darauf – zum Abendessen geblieben. Der Professor war auch eingeladen und erwies sich als ein überraschend angenehmer Gesellschafter.

Inzwischen wurde der Sturm draußen immer heftiger.

»Es wird langsam spät«, sagte Marcus, als sie ihren Kaffee getrunken und die versprochenen Lebkuchen und Stachelbeertörtchen gegessen hatten. Wie jedes Mal, wenn sie zusammen gegessen hatten, lehnten die Herren höflich den traditionell folgenden Gang von Cognac und Zigarren ab, sodass sie im Esszimmer bleiben konnte, da sie die einzige anwesende Frau war. »Ich hatte gehofft, der Sturm würde nachlassen, aber es scheint anders gekommen zu sein. Die Straße ist schlammig, und Miss Winters kann bei diesem Wetter unmöglich nach Hause gehen. Ich lasse Mrs. Finlay eines der Gästezimmer herrichten.«

Brandy setzte klirrend ihre Kaffeetasse ab. »Aber ich kann unmöglich hier bleiben. Ich –«

»Unsinn.« Marcus schob seinen Stuhl zurück und stand auf, wobei er sich schwer auf seinen Stock stützte, der ein Geschenk seines Bruders war, mit einem silbernen Griff in der Form eines Habichts. »Du bist fast den ganzen Tag bei der Arbeit hier, da machen ein paar Stunden mehr wohl kaum etwas aus. Morgen früh lasse ich dann anspannen, damit dich die Kutsche nach Hause bringen kann.«

Rex und der Professor standen ebenfalls auf, Rex lächelte angesichts der beschützenden Haltung seines Bruders. »Marcus hat Recht. Du musst heute Nacht bleiben. Ich lasse einen Lakaien eine Nachricht zu deinem Haus bringen, damit deine Zofe sich keine Sorgen macht.«

Brandy nickte. »Vielen Dank.« Ein Blick auf Marcus und sie wusste, dass sie das Herrenhaus heute Nacht nicht verlassen würde, dass er sie notfalls persönlich nach oben tragen und an ihr Bett binden würde. Bei dem Gedanken wurde die Vorstellung plötzlich so erotisch, dass ihre Wangen sich röteten und sie den Blick abwenden musste.

»Bevor du dich zurückziehst«, sagte er, »würde ich mich gern noch kurz unter vier Augen mit dir unterhalten, wenn du nichts dagegen hast.«

Sie betrachtete ihn einen Augenblick unter halb gesenkten Wimpern hervor und fragte sich, worüber er wohl mit ihr reden wollte. »Natürlich.«

Professor Felton machte eine extravagante Verbeugung, wobei seine hagere, hohe Gestalt beinah komisch wirkte. »Vielen Dank für den angenehmen Abend. Miss Winters, wir sehen uns dann morgen. Vielleicht könnten wir ein paar neue Techniken für Eure Malkunst mit Wasserfarben besprechen. Und am Nachmittag werden wir dann an der Verbesserung Eures Französisch arbeiten.«

Marcus hob eine Augenbraue. »Du lernst Französisch?«

Brandy warf ihm ein freches Lächeln zu. *»Oui, m'sieur le comte. Je parler Francais un petit. Y vous?«*

»Herr im Himmel!« Marcus sah den Professor mit offensichtlicher Abscheu an. »Wenn ich geahnt hätte, dass Ihr sie verwandeln würdet in eine von jenen künstlichen, oberflächlichen –«

»Das bin ich ja wohl kaum, Mylord«, schnappte Brandy, das Kinn hoch in der Luft. »Und die Tatsache, dass ich eine Fremdsprache lerne, hat nichts damit zu tun, dass ich künstlich werde. Ich erweitere lediglich meinen Horizont – auf Eure Kosten, möchte ich hinzufügen. Und ich schäme mich nicht im Geringsten, Euer Angebot auch anzunehmen.«

Marcus lachte. Und es tat gut, das tiefe, entspannte Grollen in seiner Brust zu hören. »Verzeih. Es ist offensichtlich, dass aus dir wohl niemals eine solche Frau werden wird. Ich war nur für einen Augenblick irritiert.«

Brandy sagte nichts dazu, aber ein Lächeln umspielte ihre Lippen. Rex verabschiedete sich, und der Professor zog sich in seine Zimmer in einem anderen Teil des Hauses zurück. Brandy folgte Marcus' zögernden Schritten in einen kleinen, von Kerzen beleuchteten Salon im hinteren Flügel des Hauses.

»Setzen wir uns doch.«

In seiner Stimme lag etwas seltsam Beunruhigendes, Entschiedenes. Es war ihr schon am früheren Abend aufgefallen, aber sie hatte sich gesagt, dass sie sich das nur einbildete. Jetzt war es wieder da, und sie war sicher, dass sie sich nicht täuschte.

»Also gut.« Angesichts seiner ernsten Miene begann ihr Herz unbehaglich zu pochen. Marcus ließ sie sich auf ein kleine Brokatsofa vor dem Kamin setzen, in dem ein kleines Feuer brannte. Er lehnte seinen Stock an die Seite der Couch und setzte sich neben sie.

»Ich habe dieses Gespräch vor mir hergeschoben. Ich weiß eigentlich nicht so recht, warum. Ich denke, es war wohl, weil ich nicht recht wusste, was ich sagen sollte.«

Ihr wurde eng ums Herz. »Was immer es ist, es wird wohl besser sein, es offen auszusprechen, dann ist es gesagt.«

»Ich denke, da hast du Recht.« Er schaute sie an, und sie hatte noch nie eine solche Eindringlichkeit in seinem Blick gesehen. »Ich habe dich hierher gebeten, weil ich dir danken möchte. Und es ist wirklich kaum genug, nur diese Worte auszusprechen. Wie kann ein Mann sich bedanken dafür, dass er wieder geheilt worden ist? Dass ihm sein Leben zurückgegeben wurde?« Er griff nach ihrer Hand und hob sie an die Lippen. »Es gibt nicht genug Worte auf der Welt, Brianne, um dir zu danken für etwas, das du mir so selbstlos gegeben hast.«

»Marcus ...« Ihre Augen füllten sich mit Tränen. Sie wusste, was es für einen Mann wie Marcus Delaine bedeutete, so etwas zum Ausdruck zu bringen. »Du brauchst mir nicht zu danken. Jeder Tag, an dem ich bei dir sein kann, ist mir Dank genug. Wir sind Freunde ... sogar mehr. Ich bin froh, dass ich dir etwas geben konnte für all das, was du mir geschenkt hast.«

»Geschenkt? Was habe ich dir geschenkt? Vor dem Unfall war ich arrogant und fordernd. Seitdem bin ich mürrisch und tyrannisch und erfüllt von Selbstmitleid. Du hast in deiner Treue immer zu mir gehalten. Ein Königreich wäre nicht genug als Gegenleistung für all deine Bemühungen, ein Vermögen in Juwelen könnte meine Schuld dir gegenüber nicht im Geringsten ausgleichen.«

Sie schüttelte den Kopf. »Du hast mir mehr als ein Königreich gegeben, mehr als ein Vermögen in Juwelen. Du hast mich als Dame behandelt, als ich nur ein Wirtshaus-Mädel war. Du hast mich verteidigt gegen Männer wie Cole Proctor und Jilly Sharpe, sodass ich mich fühlen konnte wie eine Person, die es wert ist. Du hast mir das erste Gefühl von Freiheit gegeben in jenen Tagen an Bord deines Schiffes, einen Ausblick auf das Leben außerhalb meiner bisherigen kleinen Welt. Du hast mich als Freundin geschätzt, und weil du das getan hast, hatte ich genug Mut, meinem Vater entgegenzutreten. Du hast mich zur Frau gemacht, Marcus. Du hast mich gelehrt, wie schön es ist, Lust zu teilen. Du hast mir von deiner Kraft gegeben, als ich sie am meisten brauchte, zusammen mit Hoffnung für die Zukunft. Das waren deine Geschenke, Marcus, Geschenke, die ich niemals wieder gutmachen könnte.«

Marcus saß da und starrte sie an. Etwas flackerte in seinem Blick, der dunkel und durchdringend wirkte. Er hob eine Hand an ihre Wange. »Ich werde dich niemals vergessen, Brianne Winters, niemals.«

Tränen brannten in ihren Augen, ein rauer Schmerz machte sich in ihrer Brust breit. »Du wirst fortgehen, stimmt's?«

Er ließ die Hand sinken und nickte. »Die erste Fahrt der *Seehabicht* war kurz. Ich reise Ende der Woche ab, um bei der zweiten Fahrt dabei zu sein.«

Der Schmerz in ihrer Brust wuchs, wurde stechend wie ein Messer, das Fleisch und Knochen durchschnitt. Die Tränen in ihren Augen begannen ihre Wangen hinabzurinnen. »Ich wusste, dass du fortgehen würdest. Ich hatte nur gehofft ... gebetet, dass es noch nicht so bald sein möge.«

»Brianne ... Liebes ...« Er griff nach ihr und zog sie in seine Arme. Ein schwaches Zittern durchlief seine lange, schlanke Gestalt. »Wenn ich bleiben könnte, würde ich es tun. Aber dies ist eine Sache, die ich tun muss. Die See ist mein Leben, Brianne. War es immer schon. Das kann ich nicht ändern.«

Tränen hingen an ihren Wimpern. Marcus wischte sie mit seinen Fingerspitzen weg. »Ich wusste, dass du gehen würdest«, sagte sie. »Ich habe es immer gewusst. Es ist nicht deine Schuld. Nur –« Ihre Stimme brach, und sie weinte an Marcus' Schulter.

»Nicht, Liebes. Wein bitte nicht. Ich kann es nicht ertragen, wenn du weinst.«

Sie schauderte und versuchte, sich zusammenzunehmen. Ein Brennen war in ihrer Brust. Selbst die Luft, die sie mühsam einatmete, schien ihr zu heiß.

»Ich wollte dich niemals verletzen«, flüsterte er an ihrem Haar. »Bitte ... vergib mir.«

Brandys Augen schlossen sich, als eine neue Welle von Schmerz über ihr zusammenbrach. Sie hatte das Gefühl, als würde sie zerbrechen. »Es gibt nichts zu vergeben. Du hast mich nie angelogen. Ich wusste, dass du eines Tages fortgehen würdest.«

»Es gibt Zeiten, da wünschte ich, ich könnte bleiben ... oft. Doch im Herzen weiß ich, dass das nie funktionieren würde. Ich würde immer den Verlust spüren, die Sehnsucht nach dem Leben, das mir wirklich bestimmt ist.«

»Ich wusste von Anfang an, wie du bist. Vielleicht hat mich immer schon das Gefühl für Freiheit an dir so angezogen.«

»Du hast mich immer verstanden. Das konnte ich in deinen Augen sehen, wann immer ich dich anschaute. Es gibt Zeiten, da verstehe ich nicht einmal selbst, warum ich so bin, wie ich bin.«

Sie sah in seine blauen, blauen Augen, und ihr Herz zog sich zusammen. »Manchmal scheint es, als wenn unsere Wege von jemand anderem bestimmt werden. Vielleicht entscheidet Gott solche Dinge.«

»Ja. Vielleicht tut Er das.«

»Ich werde dich vermissen, Marcus.«

Er drückte sie wieder an sich. »Ich schulde dir mein Leben, Brianne. Ich schulde dir so viel mehr.«

Brandy schüttelte den Kopf. »Du schuldest mir nichts. Ein Mann schuldet seiner Geliebten nichts.«

Marcus fasste sie an den Schultern und starrte ihr ins Gesicht. »Ich schulde dir alles! Alles! Sag nie wieder so etwas zu mir!« Er zog sie erneut in seine Arme, und sie klammerte sich an ihn, versuchte, nicht zu weinen, konnte es aber nicht verhindern. Sie liebte ihn so sehr.

Sie hielt ihn für lange, schmerzliche Minuten in den Armen, dann holte sie tief und schluchzend Luft und löste sich von ihm. »Ich muss hinaufgehen in mein Zimmer. Ich bin müde, und ich – ich muss … ich muss … Bitte, verlang nicht von mir, dass ich noch länger hier bleibe.«

Er küsste sie auf die Stirn, die Augen, die Nase. »Ich wünschte, es könnte alles anders sein. Ich wünschte, *ich* könnte anders sein.«

Brandy berührte seine Wange, spürte die Stoppeln seines Bartes, die im Laufe des Tages nachgewachsen waren. »Ich würde gar nicht wollen, dass du anders bist. Ich würde nicht das Geringste an dir ändern wollen.«

Sie zwang sich aufzustehen und entfernte sich mit bleiernen Beinen von ihm. Das Herz in ihrer Brust schien tot. Als sie die Tür erreichte und öffnete, hörte sie Marcus' Stimme leise fragen: »Du wusstest, dass ich zurückgehen würde zur See. Du hast es immer gewusst. Warum bist du hergekommen? Warum hast du mir geholfen, obwohl du wusstest, dass ich fortgehen würde, wenn ich mich erholt habe?«

Brandy drehte sich um und sah sein Gesicht, dunkel und

ratlos im Kerzenlicht. Ihr Gesicht war feucht von Tränen. »Weil ich dich liebe, Marcus. Das weißt du doch. Ich habe dich immer geliebt. Und ich denke, ich werde dich immer lieben.«

Marcus sagte nichts, aber es wurde ihm eng in der Kehle, und er biss die Zähne zusammen. Das Bedauern in seinem Blick schien sich noch um das Zehnfache zu verstärken. Brandy wandte sich von ihm ab und trat hinaus in den Flur. Leise schloss sie die Tür hinter sich.

Marcus lag in seinem großen Himmelbett und starrte hinauf zur Decke, unruhig und ohne einschlafen zu können. Er würde fortgehen und Brianne verlassen, genau wie beim letzten Mal. Es hatte ihm schon beim ersten Mal wehgetan. Diesmal schien er vom Schmerz verzehrt zu werden, dabei hatte er noch nicht einmal das Haus verlassen.

Weil ich dich liebe, Marcus. Ich habe dich immer geliebt. Noch niemals hatte jemand diese Worte zu ihm gesagt, nicht einmal seine Eltern. Er wusste, dass sie ihn geliebt hatten, das war an dem zu erkennen gewesen, was sie für ihn getan, wie sie sich um ihn gesorgt hatten. Doch das war nicht dasselbe, wie es von einer Frau zu hören, die ihm so viel bedeutete.

Eine Frau, die er bewunderte und zutiefst achtete. Er hatte gemeint, was er gesagt hatte. Er konnte ihr nie vergelten, dass sie ihn wieder zu einem gesunden Mann gemacht hatte. Es machte ihm Angst, darüber nachzudenken, was wohl aus ihm geworden wäre, wenn sie nicht nach Cornwall gekommen wäre, um ihm zu helfen. Selbst wenn er nicht wieder zu gehen gelernt hätte, hätte er es schaffen können, hätte er überleben können – ihretwegen. Denn sie hatte ihn gezwungen, noch eine andere Seite seines Lebens zu sehen. Sie hatte ihn gezwungen, wieder zu leben.

Und als Gegenleistung hatte er ihr wehgetan, was sie vorausgesehen hatte.

Ich liebe dich, Marcus. Ich habe dich immer geliebt. Die

Worte stießen eine scharfe Lanze in sein Herz. Er schuldete ihr so viel – und doch konnte er nicht bleiben.

Das Zimmer erschien ihm plötzlich zu warm, das Feuer im Kamin zu heiß. Er zog sich die Nachtkleidung über den Kopf und warf sie ans Fußende des Bettes. Dann lag er nackt unter den Laken und seufzte im Dunkeln, denn er wusste, dass es nichts gab, was er hätte tun können, um die Dinge zu ändern. Weil er es nicht wirklich wollte. Er war ein Mann des Meeres. War es immer gewesen. Würde es immer sein. Seine Schiffe waren bedroht worden, man hatte ihm einen Teil seines Lebens gestohlen. Jetzt hatte er die Absicht, zu diesem Leben zurückzukehren und das Unrecht zu rächen, das man ihm getan hatte, und den Mann, der dafür verantwortlich war, bezahlen zu lassen. .

Aber mein Gott, wie würde er sie vermissen.

Ein Geräusch ertönte im Dunkeln. Die Türklinke wurde heruntergedrückt. Leise und vorsichtig schlich Brianne ins Zimmer. Seine Brust schwoll vor Schmerz.

»Ich musste einfach kommen, Marcus. Ich wollte bei dir sein – nur noch dies eine letzte Mal.«

Seine Kehle wurde eng. Mein Gott, er brauchte sie auch. Er hatte gar nicht gewusst, wie sehr, bis sie das Zimmer betreten hatte. Er sah sie auf sich zukommen und zog die Decke zurück, hatte Angst zu sprechen, Angst, ihr zu zeigen, wie sehr ihn nach ihr verlangte.

Vielleicht erkannte sie das am Ausdruck seines Gesichts, das vom Mondlicht beleuchtet war. Draußen wütete immer noch das Gewitter. Blitze zuckten und Donner grollte sodass die Fensterscheiben klirrten. Der Wind heulte in den Bäumen und die blattlosen Zweige bebten.

»Ich bin froh, dass du gekommen bist«, sagte er schließlich leise. »Ich wäre zu dir gekommen, wenn du es nicht getan hättest.« Das stimmte, und es wurde ihm erst jetzt klar. »Ich hätte nicht fortgehen können, ohne dir zu sagen … ohne dir zu zeigen, wie gern ich dich habe.« Er griff nach der Schleife an dem weichen Morgenrock, den Mrs. Finlay ihr geliehen hatte, und knöpfte ihr einfaches weißes Nachthemd auf. Das Haar hing ihr lose über den Rücken, lang und leuchtend wie Feuer. So hatte er es nicht mehr gesehen, seit sie an Bord des Schiffes eine Kajüte geteilt hatten.

Ein ziehender Schmerz meldete sich in ihm und pochte tief in seiner Brust. Mein Gott, wie schön sie war, voll süßer Weiblichkeit und unglaublich verführerisch. Er war nie einer Frau begegnet, bei der er sich so fühlte wie mit ihr. Verlangen, Lust und einfache Freude darüber, dass sie da war. Ein Drängen, sie zu besitzen, sie in einer Weise an sich zu binden, die für immer währen würde.

Und dann war da noch ein tieferes Gefühl, das zu benennen er Angst hatte.

Er schob das Hemd von ihren Schultern, mit einer Hand, die sich plötzlich unsicher anfühlte, sah, wie es zu Boden fiel. Sie stand neben dem Bett, nackt, verletzlich, gab sich ihm wieder so hin wie bei jenem ersten Mal, als sie sich geliebt hatten.

Er griff nach ihr, zog sie zu sich, küsste sie tief und zärtlich. Sanft. Wild.

»Marcus …«

Beim Klang seines Namens brannten ihm die Augen. Was würde er ohne sie anfangen?

Er hob sie aufs Bett und setzte sie rittlings auf sich, sah zu, wie ihr Haar nach vorn fiel über ihre Schultern und ihre Brüste in Strähnen von kupferroter Seide badeten. Die Brustwarzen, rosa Knospen, die mit jedem ihrer Atemzüge bebten.

Er streckte die Hand aus und umfasste die eine Brust, streichelte die Spitze mit seinem Daumen, sah zu, wie sie anschwoll und hart wurde. Sein Mund fühlte sich trocken an. Sein Herz pochte schwer. Er schaute ihr in die Augen, sah das Verlangen darin, sah ihre Liebe, und das bewegte ihn mehr als alles andere, was er je gesehen hatte.

»Brianne ...« Er umfasste ihr Gesicht mit den Händen, zog sie zu sich herunter für einen Kuss. Er genoss ihren Geschmack, ihren Atem, das Gefühl ihrer Haut unter seinen Fingern. Er atmete sie ein, inhalierte ihren Duft, nahm ihre Essenz tief in sich auf, als könnte er dadurch einen Teil von ihr mit sich nehmen.

Er streichelte ihr Brüste, bewunderte ihre Schönheit, hielt sie umfasst. Er kostete sie genauso, füllte seinen Mund mit ihrer Schwere, streichelte sie zärtlich mit der Zunge, wollte ihr Genuss bereiten, brauchte es einfach.

Er küsste sie noch einmal, tief und besitzergreifend, legte seine Hände um ihre Taille und hob sie hoch, dann ließ er sie vorsichtig wieder herunter, sodass sie ihn in sich aufnahm. Ein leises, kleines Wimmern ertönte aus ihrer Kehle, und dieser Klang und das Gefühl, wie sie ihn so fest umfing, ließen ihn aufseufzen.

Ihr Haar sank nach vorn, als sie sich zu bewegen begann, zuerst langsam, den Blick unter den dichten dunklen Wimpern auf ihn gerichtet, dann steigerte sie den Rhythmus, bewegte sich schneller, genoss ihn, gab ihm mehr, als sie ahnte. Ihre Haut war weich wie Rosenblätter, hell und makellos im schwachen Licht, das durchs Fenster hereindrang. Sie bewegte sich anmutig, glitt vor und zurück, ganz gefangen von ihrer Bewegung. Ihr Atem wurde schneller und riss ihn mit sich. Seine Hände umfassten ihre Hüften, drängten sie, ihn ganz aufzunehmen, halfen ihr, alles zu bekommen, was sie von ihm wollte.

Ihre Muskeln spannten sich an, ihre Bewegungen wurden noch schneller. Er begegnete dem Rhythmus ihres Körpers mit tiefen Stößen, gab ihr, was sie brauchte, entschlossen, sie bis zum Genuss zu begleiten. Ihr Kopf fiel zurück, ihre Brüste schoben sich vor. Sein eigener Genuss wurde intensiver, doch er hielt sich zurück, stieß in sie, sah zu, wie die Lust in ihr wuchs, spürte jede ihrer Bewegungen, gab ihr mehr und mehr, bis sich ihr Körper in süßen, schier unerträglichen Wellen der Lust um ihn spannte.

Ihr Höhepunkt kam schnell, riss ihn in seiner Intensität mit sich, trieb ihn auch zum Erguss. Sie kam zu einem zweiten Höhepunkt, sodass sie beide zusammen dahintrieben, bis Brianne nach vorn auf seine Brust kippte.

Er streichelte ihr Haar und hielt sie in den Armen, seine Härte immer noch tief in ihr. Als sie sich aufrichtete und zu entfernen versuchte, schüttelte er den Kopf. Er legte sie neben sich, zog sie an sich in seine sichere Umarmung, hielt sie fest und wusste, dass er sie bald noch einmal lieben würde.

Am Morgen würde sie ihn verlassen und er es ihr erlauben.

Zum ersten Mal wurde ihm klar, dass es ihn selbst wohl am meisten schmerzen würde, wenn er fortging.

21

Während der nächsten drei Tage sah Brandy Marcus nicht. Obwohl sie ihren Unterricht mit Professor Felton fortsetzte, erschien Marcus nicht ein Mal. Er war beschäftigt mit Packen, sich für die Abfahrt vorzubereiten, das wusste sie. Jedes Mal, wenn sie daran dachte, brach ihr von neuem das Herz.

Am vierten Tag erklärte ihr der Professor, dass sie seinen Unterricht mit den besten Noten absolviert hätte und er wieder nach London zurückkehren würde.

»Ihr wart eine hervorragende Schülerin, Miss Winters. Ich kann mich nicht erinnern, je jemanden unterrichtet zu haben, der sich größere Mühe gegeben hätte.« Seine Mundwinkel hoben sich unter der langen, spitzen Nase zu einem zufriedenen Lächeln. »Ihr benehmt Euch mit Würde und Anstand. Ich bin davon überzeugt, dass Ihr Euch selbst im Salon der Königin fehlerlos verhalten könntet.«

Sie errötete bei diesen Komplimenten. »Danke sehr, Professor. Ihr wart wirklich hervorragend. Ich werde nie vergessen, was Ihr alles für mich getan habt.« Sie hob sich auf die Zehenspitzen, um ihn auf die Wange zu küssen, und fühlte sich lächerlicherweise den Tränen nahe. Er sammelte seine Sachen zusammen und verließ das Haus ein paar Stunden später, und Brandy ging zurück zu ihrem kleinen Haus.

Das Ende der Woche kam. Marcus würde bald aufbrechen – sie weigerte sich zu glauben, dass er es schon getan hatte –, und immer noch hatte sie ihn nicht gesehen. Er würde Tintagel sicher nicht verlassen, ohne sich verabschiedet zu haben? Und doch war das denkbar. Sie hatten sich schließlich in der Nacht verabschiedet, die sie in seinem Zimmer verbracht hatte, eine Nacht, die sie nie vergessen würde.

Marcus war unglaublich zärtlich gewesen. Er hatte ihr immer und immer wieder Genuss bereitet und dabei eine Seite von sich enthüllt, die sie noch nie zuvor erlebt hatte. Sie hatte in seinen Armen geweint, und er hatte sie festgehalten, sie getröstet und sie dann noch einmal geliebt. Am Morgen war sie in ihr Zimmer zurückgekehrt, bevor er erwacht war, und seitdem hatte sie ihn nicht mehr gesehen.

Jetzt ging sie mit ihrer Stickerei zu einem dick gepolsterten Sessel im Salon ihres Hauses und setzte sich ans Feuer. Sie versuchte sich einzureden, dass es besser wäre, besser, wenn er ohne jedes weitere Wort fortging, dass es einfacher sein würde, wenn sie nicht zusehen musste, wie er ging.

Sie versuchte, sich auf ihre Näherei zu konzentrieren, versuchte den dunkelgrünen Faden dazu zu zwingen, dass er den Linien des Musters folgte, aber ihr Blick wanderte immer wieder zum Fenster, hinüber zu den fernen Türmen von Hawksmoor House.

Mit einem frustrierten Seufzen legte sie die Stickerei weg und stand auf, da klopfte es leise an der Tür. Ihr Herz begann heftig zu schlagen. Als sie aus dem kleineren Fenster vorn am Haus schaute, entdeckte sie die Hawksmoor-Kutsche. Der gefürchtete Moment war gekommen.

Brandy holte tief Luft und machte sich innerlich bereit für den Schmerz, von dem sie wusste, dass er sie erwartete. Sie durchquerte das Zimmer, öffnete die Tür, und da stand Marcus auf der Schwelle, in eng sitzenden schwarzen Kniehosen und einem taubengrauen Rock, eine Hand auf seinen Stock mit dem silbernen Knauf gelegt. Eine leichte Brise zerwühlte sein lockiges schwarzes Haar, und seine Augen wirkten blauer, als sie sie je gesehen hatte.

»Marcus …«

»Ich konnte nicht einfach fortgehen. Ich dachte, ich könnte es oder es wäre vielleicht die bessere Lösung, aber …«

Ein leises Schluchzen ertönte aus ihrer Kehle, und schon beim nächsten Herzschlag lag sie in seinen Armen, hing an seinem Hals, das Gesicht zu ihm gehoben. »Ich hatte mir gewünscht, dass du kommst. Und genauso sehr hatte ich gehofft, dass du nicht kommen würdest.«

»Ich weiß. Mir ist es auch so gegangen.« Seine Arme schlossen sich fest um sie, und er vergrub sein Gesicht in ihrem Haar. »Ich wünschte, es könnte anders sein. Ich wünschte, ich hätte den Mut zu bleiben.«

Brandy schaute zu ihm auf, sah die dunklen Ringe unter seinen Augen und den müden Ausdruck auf seinem Gesicht.

Seine Hand streichelte ihre Wange. »Ich möchte, dass du weißt, dass ich noch nie so für eine Frau gefühlt habe wie für dich. Es tut mir höllisch weh, von dir fortzugehen. Ich kann von Glück sagen, dich kennen gelernt zu haben, Brianne.«

Tränen brannten in ihren Augen. Sie schaute in sein attraktives, geliebtes Gesicht. »Ich würde mit dir gehen«, sagte sie, obwohl sie wusste, dass sie das nicht tun sollte, dass das nicht sein Wunsch war. »Ich würde hingehen, wohin auch immer du willst.«

Er schüttelte nur den Kopf. »Ich weiß. Aber das wäre einfach nicht richtig, Brianne, weder für dich noch für mich.«

Es wäre *richtig*, dachte sie. *Wir könnten glücklich sein. Es wäre ganz unwichtig, wo wir sind, wenn wir nur zusammen sein könnten.* Aber sie sprach es nicht aus. Das würde seine Meinung nicht ändern. »Wirst du ... wirst du mir schreiben?«

Marcus wandte den Blick ab und betrachtete die Wand über ihrem Kopf. Er schluckte schwer und nickte. »Briefe sind schwierig zu schicken. Aber ich werde es versuchen, wenn du möchtest.«

»Natürlich möchte ich das. Ich möchte unbedingt wissen, ob du in Sicherheit bist.«

Sein Blick richtete sich auf sie, ein beunruhigter Blick, in dem ein Schmerz lag, den sie nicht zu sehen erwartet hatte. »Und du, Brianne? Was wird aus dir werden? Ich habe dir schon einmal gesagt, du musst das tun, was am besten für dich ist.«

Tränen stiegen ihr in die Augen und verzerrten ihr Blickfeld. Brandy blinzelte, und die Tränen rannen über ihre Wangen. »Ich brauche nur ein wenig Zeit. Jetzt werde ich erst einmal noch eine Weile hier bleiben.« *Nah an dem Ort, wo du warst.*

Seine Augen schlossen sich für einen Moment. Er beugte sich zu ihr vor, und seine Lippen strichen über ihre Stirn. »Ich muss gehen. Höchste Zeit, mich auf den Weg zu machen.« Aber er machte keine Anstalten fortzugehen, und Brandy klammerte sich noch fester an ihn. Ihre Kehle schmerzte. Ihr Herz schien zu brechen.

»Wie lange ... wie lange wirst du fort sein?«

»Ich bin nicht sicher. Ein Dreivierteljahr, vielleicht länger.«

Ein Jahr. Mein Gott, dies war wirklich der Abschied.

Sein Blick hielt den ihren fest, beunruhigt und sorgenvoll. »Es gibt immer noch die Möglichkeit, dass du von mir schwanger bist. Wenn du feststellst, dass es so ist, wenn du irgendetwas brauchen solltest –«

Sie schüttelte nur den Kopf. Außer ihm brauchte sie nichts. Und er war das Einzige, was sie nicht haben konnte. »Ich werde schon zurechtkommen. Ich kann gut auf mich selbst aufpassen.«

Seine Züge veränderten sich ein wenig. »Ich denke schon. Ich möchte nur …« Er schüttelte den Kopf. »Nichts. Mein Leben ist die See. War es immer. Es wird höchste Zeit, dass ich zu ihr zurückkehre.«

Sie hob den Kopf, um seinen Abschiedskuss entgegenzunehmen, aber sie hätte nie erwartet, dass er von einem so schrecklichen Schmerz begleitet sein würde. Sie hatte nicht geahnt, dass es ihr so wehtun würde, dass sie nicht mehr sicher war, ob sie auf den Beinen bleiben konnte.

Er drückte einen letzten weichen Kuss auf ihre Stirn. »Pass gut auf dich auf, mein Liebes.«

»Du auch«, flüsterte sie und lehnte sich an den Türrahmen, um nicht umzufallen. Sein Gesicht wirkte hart, als er sich abwandte und auf seinen Stock gestützt zurück zur Kutsche ging. Ihre Hand zitterte, als sie sie zu dem kleinen silbernen Anhänger hob, den sie um den Hals trug, das Geschenk, das er ihr bei seinem letzten Abschied gegeben hatte. Ihre Finger schlossen sich darum, die Kanten drückten sich in ihre Haut.

Marcus stieg in die Kutsche und schloss die Tür, gab dem Kutscher ein Zeichen, und die Pferde trabten los. Während der ganzen Zeit sah er sie an, seinen Blick auf ihr Gesicht gerichtet, seine Züge starr wie eine Maske. Sie sah zu, bis das Fahrzeug außer Sicht war, und länger, bis das Getrappel der Pferde verklang, und noch lange danach stand sie da und schaute in dieselbe Richtung, in die er verschwunden war.

Sie fühlte sich wie eine zerbrochene Puppe, zerschlagen und fortgeworfen. Schmerz und ein Gefühl von Verlust drohten sie zu verschlingen, sickerten durch ihre Haut, nagten an ihr, bis nichts mehr übrig war außer einem endlosen Strom von Schmerz.

Sie stolperte ins Haus und schloss die Tür, dankbar, dass niemand anderes da war, der sie hätte sehen können. Sie sank aufs

Sofa und gab dem heftigen Schluchzen nach, das sie erfüllte, weinte, bis ihre Augen geschwollen und ihre Nase rot waren, bis sie glaubte, einfach keine Tränen mehr zu haben.

In der Nacht weinte sie wieder, und in der folgenden Woche jeden Tag und jede Nacht. Rex kam sie besuchen, aber sie gab vor, Kopfschmerzen zu haben, und entschuldigte sich schon nach wenigen Minuten. Bereits sein Anblick und die Ähnlichkeit mit seinem Bruder machten den Schmerz unerträglich. Richard Lockhart kam sie in der folgenden Woche besuchen, und sie unterhielt sich eine Weile mit ihm. Er kam am Tag darauf wieder, und am nächsten noch einmal, und der Schmerz begann ein wenig nachzulassen.

Marcus war fort. Sie liebte ihn über jede Vernunft. Sie würde nie wieder jemanden so lieben. Aber sie würde überleben, das lag einfach in ihrer Natur.

Oberflächlich betrachtet machte sie mit ihrem Leben einfach weiter, erfüllte ihre Tage mit den einfachsten Beschäftigungen, ging einkaufen, nähte, las, gärtnerte, wenn es das Wetter erlaubte, aber innerlich fühlte sie sich, als wäre ein Teil von ihr an jenem Tag gestorben, als Marcus sie verließ. Der Funke des Lebens, die Flamme, die in ihrem Inneren gebrannt hatte, war einfach an jenem Tag erloschen, als er fortging.

Rex saß Richard Lockhart in seiner glänzenden schwarzen Kutsche gegenüber. Sein Freund war letzte Woche zurückgekommen, nachdem er den Winter mit seiner Familie in der Stadt verbracht hatte. Als Erstes nach seiner Ankunft hatte er Brianne besucht, und direkt danach war er nach Hawksmoor House gekommen. Richard machte sich Sorgen um sie. Und Rex auch.

»Es sind Monate vergangen, seit Marcus fort ist«, sagte Richard. »Und sie trauert ihm noch immer nach.«

Rex nickte und lehnte sich an den gepolsterten roten Ledersitz. »Sie ist nicht mehr sie selbst. Sie lächelt und nickt und antwortet immer richtig, aber eigentlich wirkt sie mehr wie eine

Puppe als wie die Frau, die sie früher war, so als würde sie sich bewegen, aber jemand anderes würde an den Fäden ziehen.«

»Dein Bruder war ein Narr, dass er sie verlassen hat«, sagte Richard düster.

»Sein Leben ist die See. Das war immer so.«

»Er hätte sie ja mitnehmen können.«

Rex schüttelte den Kopf. »Nein, das passt einfach nicht zu ihm. Brianne wusste das. Und hat es von Anfang an akzeptiert.«

»Sie leidet, Rex. Ich glaube, sie sollte fortgehen von hier.« Richard sah aus dem Fenster zu der kahlen Winterlandschaft hinaus, die an der Kutsche vorüberzog. »Ich habe mit meiner Mutter gesprochen. Sie hat Brianne zu einem Besuch eingeladen.«

Rex hob eine Augenbraue. »Nach Seacliff?«

»Nein, in unser Haus nach London.«

Halliday Hall, ein palastähnliches Gebäude am Rand der Stadt. Selbst Rex war beeindruckt gewesen von der Prächtigkeit des Wohnsitzes der Marquise. »Und was hast du Lady Halliday erzählt? Sie weiß doch wohl nicht, dass Brianne ... äh ... dass sie ...«

»Marcus' Geliebte war?«

Rex nickte grimmig. In dieser Funktion hatte er Brianne nie gesehen. Was sie für seinen Bruder empfand, schien ihm irgendwie eine andere Bezeichnung zu verdienen.

»Meine Mutter weiß nur, was ich ihr gesagt habe. Dass Brianne aus Amerika hergekommen ist. Das sie ein liebes junges Mädchen von natürlichem Wesen und eine gute Freundin geworden ist.« Richard errötete ein wenig. »Und sie weiß, dass ich sie sehr gern habe.«

Rex richtete sich überrascht auf und sah seinen Freund scharf an. »Mein Gott, Mann, du denkst doch wohl nicht an eine Ehe?«

Richard beugte sich auf dem Sitz der Kutsche vor. »Ist das so schwer zu glauben? Mir ist klar, dass sie nicht mehr unschuldig ist. Das war ja ziemlich offensichtlich, wie sie mit deinem Bruder umgegangen ist. Das ist mir aber egal. Sie ist schön und begehrenswert. Sie ist lieb und sorgsam. Sie ist vielleicht die anständigste Frau, die ich je getroffen habe.«

»Sie liebt aber meinen Bruder«, sagte Rex sanft.

Richards Griff an seinem Hut, den er auf dem Schoß hielt, wurde fester. »Marcus will sie nicht. Das weiß Brianne. Sie braucht einen Mann, der sich um sie kümmert und sie so behandelt, wie sie es verdient. Wir sind bereits Freunde. Es hat eine Menge Ehen auf geringerer Basis gegeben. Ich bin nicht der Erbe meines Vaters, also spielt ihr Hintergrund keine besondere Rolle. Ich kann sehr gut für sie sorgen, ihre Zukunft sichern, und ... mit der Zeit ... glaube ich, dass vielleicht sogar die Möglichkeit besteht, dass sie mich eines Tages liebt.«

Rex sagte nichts dazu. Die Kutschenräder ratterten, das Geschirr der Pferde klirrte. »Es ist noch zu früh, Richard. Sie ist noch nicht zu einer solchen Beziehung bereit.«

»Das ist mir klar. Im Augenblick möchte ich auch nicht mehr, als dass sie mein Angebot annimmt und mit mir nach London kommt. In einem Monat etwa wird die Saison anfangen. Ich glaube, meine Mutter wird sie sehr gern haben. Ich hoffe, dass sie bereit sein wird, Brianne in die Gesellschaft einzuführen.« Richards Blick richtete sich scharf auf Rex. »Wirst du mir helfen?«

Das wollte er gern, aber er fühlte sich dennoch schuldig. Tief in seinem Inneren wusste Rex, dass sein Bruder Brianne in einer Weise gern hatte, die er noch nie für eine andere Frau empfunden hatte. Vielleicht liebte er sie sogar. Aber Marcus hatte seine Wahl getroffen. Er war zu seinem Leben auf See zurückgekehrt, und jenes Leben schloss Brianne nicht mit ein.

»Ich werde dir helfen. Und ich denke, dass du vielleicht Recht haben könntest. Hier in Tintagel zu bleiben war vielleicht keine besonders gute Idee. Marcus hat einen Verwalter eingestellt, der sich um Hawksmoor House und den Rest seiner Ländereien kümmert. Ich kann meine eigenen Angelegenheiten ebenso gut von unserem Haus in der Stadt aus erledigen.« Er grinste, denn der Gedanke gefiel ihm zusehends besser. »Ich glaube, ich werde mit Euch kommen.«

»Hervorragend!« Richard lächelte, offensichtlich hoch erfreut. »Wir werden eine Ablehnung eben einfach nicht akzeptieren. Zusammen werden wir ihr als derart unschlagbare Macht entgegentreten, dass die Dame den Vorschlag einfach annehmen muss.«

Rex lächelte. »Und wenn sie ablehnt, werden wir sie einfach entführen. Wie auch immer, Miss Brianne Winters wird nach London gehen.«

22

Brandy stand neben Richard Lockhart in der Eingangshalle des prächtigen Herrenhauses des Marquis von Halliday am Stadtrand von London. Sie konnte kaum glauben, dass sie wirklich dort war, dass sie wirklich mit Rex und Lord Richard und der sehr fülligen Anstandsdame, Mrs. Greenwald, auf deren Begleitung Rex bestanden hatte, hierher gekommen war.

Sie konnte kaum glauben, dass sie sie überredet hatte mitzukommen – eigentlich hatten sie ihr eher gedroht, eine Ablehnung nicht zu wagen –, aber nachdem ihre Einwände nachgelassen hatten (und das mit der Hilfe ihrer beiden sehr überzeugenden Gastgeber), war sie doch froh, hier zu sein.

Sie sah sich um, unglaublich beeindruckt von der hier herrschenden Eleganz, die sie sich nie hätte vorstellen können. Sie hatte Hawksmoor House eindrucksvoll gefunden, aber Halliday Hall war absolut prächtig. Über ihrem Kopf wölbten sich bemalte Rokokodecken zu einem majestätischen Rundbau, der von vergoldeten Engeln geschmückt war. Büsten von römischen Kaisern standen an den Wänden aufgereiht, und ein riesiger Kristallleuchter schimmerte im Licht von hundert Kerzen.

Brandy gab sich innerlich einen Schubs, denn sie konnte immer noch nicht recht glauben, dass sie gerade die Ankunft der Marquise von Halliday erwartete und dass sie inzwischen schon einen ganzen Monat mit Richards Familie verbracht hatte. Ja, sie liebte sie wirklich wie die Familie, die sie selbst nie besessen hatte.

»Da seid Ihr ja, meine Liebe.« Lady Halliday kam in einer Flut von safranfarbener Seide in den Raum gerauscht. Sie war schlank, blond und schön und sah eher aus wie eine ältere Schwester Richards als wie seine Mutter. »Ich muss mich entschuldigen, dass ich Euch habe warten lassen. Mein Mann hatte noch ein paar letzte Anweisungen zu geben« – sie errötete leicht –, »die er noch kurz mit mir besprechen wollte.«

Brandy lächelte. Sie wusste genau, was für eine Art von Besprechung es gewesen war, die sie mit ihrem gut aussehenden Mann gehabt hatte. Der Marquis und seine Frau liebten einander offensichtlich sehr, obwohl sie schon so viele Jahre zusammen waren. »Das macht wirklich nichts. Richard hat mir Gesellschaft geleistet.«

Lady Halliday sah wohlwollend ihren jüngsten Sohn an. »Nun, in diesem Fall brauche ich mir ja keine Sorgen zu machen, denn dann wart Ihr in sehr guten Händen.« Sie streckte die Hand aus und tätschelte seine frisch rasierte Wange. »Vielen Dank für die Hilfe, Ritchie. Die Saison fängt in den nächsten Tagen an, und Brianne und ich brauchen dringend die richtigen Kleider.«

Dringend? So hätte es Brandy wohl kaum genannt. Schließlich hatten sie schon zwei große Vorstöße auf die Londoner Modewelt hinter sich, und sie war ihrem Vater dankbar, dass er ihr so viel Geld hinterlassen hatte. Kleider, die geeignet waren für die modischen Ausflüge und Empfänge, Hauspartys und Bälle, auf denen sie mit dem Marquis und der Marquise gewesen war, waren unglaublich teuer. Doch da sie es sich leisten konnte, würde sie nicht riskieren, sie zu beschämen, indem sie etwas Unangemessenes trug.

Sie verließen das Haus, und die Kutsche fuhr durch die belebten Straßen Londons. Schließlich erreichten sie den Stadtteil, den sie besuchen wollten, fuhren an den eleganten Läden von St. James entlang und blieben immer wieder vor verschiedenen Geschäften stehen. Als sie das Damenausstattungsgeschäft von Madame Rousseau erreichten, hielt die Kutsche noch einmal, und Richard stieg aus, um den Damen zu helfen.

»Ich würde sagen, ihr beide macht mich wirklich müde«, sagte er. »Ich glaube, diesmal warte ich lieber hier in der Kutsche auf euch.«

Die feinen blonden Brauen seiner Mutter zogen sich zusammen. »Unsinn. Wir können dies auf keinen Fall ohne dich schaffen. Wir brauchen deinen männlichen Sachverstand.« Sie wandte sich dem Eingang des Geschäfts zu und sagte noch über die Schulter zu ihm: »Du hast immer einen so guten Geschmack.«

Richard seufzte und hob die Hände gen Himmel, aber er lächelte, und Brandy glaubte, dass es ihm eigentlich sehr gut gefiel, dazu gedrängt zu werden, sie zu begleiten. Während der nächsten paar Stunden suchten die Frauen Stoffe für noch ein Dutzend weitere Kleider aus, und Brandy ertrug die letzten Anproben der Kleider, die sie beim letzten Mal bestellt hatte.

Unglaublicherweise war die Marquise zuerst fertig, vielleicht vor allem deswegen, weil sich Brandy noch nicht so ganz sicher war. Lady Halliday setzte sich auf ein Brokatsofa neben Richard, öffnete ihren bemalten Fächer und fächelte sich in dem warmen Laden Luft zu. Er war vom Boden bis zur Decke mit dicken Stoffballen gefüllt, und mehrere Frauen arbeiteten an Tischen hinter einem Vorhang in der Ecke.

Der Geruch von Stärke füllte die Luft und brannte leicht in Brandys Augen. Sie stand auf einem Podest vor einem eleganten Brokatsofa und ertrug die letzte Anprobe. Ihr Blick wanderte zu Lady Halliday, die das beinah fertige Kleid in Gold und Bernsteinfarben, das Brandy trug, begutachtete.

»Was meinst du, Richard? Ein wenig Spitze am Ausschnitt? Oder könnten wir vielleicht nur noch –«

»Nein«, unterbrach sie Brandy leise. »Keine Spitze. Ich mag es lieber so, wie es ist.«

»Das sagt Ihr immer«, brummelte Lady Halliday, betrachtete sie von Kopf bis Fuß und seufzte. »Aber vielleicht habt Ihr in diesem Falle wirklich Recht. Die schlichten Linien stehen Euch irgendwie gut. Seltsamerweise betonen sie die Schönheit Eures Gesichts und Eurer Gestalt.«

»Stimmt genau«, sagte Richard leise und sah sie auf jene beunruhigende Weise an, die ihr in letzter Zeit öfter aufgefallen war. Er war ein freundlicher, großzügiger Mann und ein wunderbarer Freund. Sie würde ihm immer dankbar sein dafür, dass er ihr dabei geholfen hatte, den Schmerz über den Verlust von Marcus zu überwinden.

Unerwünschterweise stand ihr plötzlich Marcus' Bild vor Augen, wie er breitbeinig auf dem schwankenden Deck seines Schiffes stand, das attraktive Gesicht von der Sonne gebräunt, das lockige Haar vom Wind zerwühlt und schwarz wie Tinte gegen das Weiß seines Kragens. Sie richtete ihren Blick auf Richard und verdrängte das Bild, vergrub es wieder in den Tiefen ihres Herzens.

»Das smaragdgrüne Seidene ist ebenfalls sehr hübsch«, sagte Richard. »Wirklich reines Grün mit einer Spur von Gold. Für den Ball der Herzogin am Ende der Woche ist es genau das Richtige.«

»Ja, wirklich, eine sehr gute Wahl«, sagte Lady Halliday. Sie wandte sich an Madame Rousseau. »Wir werden noch ein paar andere Dinge brauchen. Habt Ihr irgendetwas in Silbergrau oder Zimtfarben? Zu Miss Winters' Teint und Haar würde das auch sehr gut passen.«

»*Oui*, Mylady.« Die kleine französische Ladenbesitzerin räumte die restlichen Stoffballen weg, die nicht gebraucht wurden. »Wir 'aben eine ganze Reihe solcher Stoffe. Isch werde sie 'erbei'olen, *tout de suite*.«

Richard und Brianne sahen einander an und stöhnten gleichzeitig. Dann brachen sie beide in Gelächter aus. Es fühlte sich gut an, wieder zu lachen, die Leichtigkeit eines Lachens in der Kehle aufsteigen zu fühlen. Wenn Richard und seine Familie nicht gewesen wäre, hätte sie vielleicht nie wieder gelacht, wenigstens nicht von Herzen.

Sie sah ihn unter den Wimpern hervor an. Mit seinen feinen Zügen, dem sandfarbenen Haar und der schlanken Gestalt war er wirklich sehr attraktiv. Und sein Verstand war ebenfalls anziehend, seine Klugheit, sein ständiges Verlangen, Neues zu lernen. Sie hatte dasselbe Verlangen in sich entdeckt und angenehme Stunden mit der Lektüre der Bücher verbracht, die er für sie aussuchte, und danach auch bei den Gesprächen über das, was sie dabei erfahren hatte.

Er hatte ihrem Leben eine neue Richtung gegeben, sie aus der Dunkelheit geholt. Sie war ihm viel schuldig. Mein Gott, wirklich sehr viel. Und sie hatte ihn gern, wirklich sehr gern.

Bis Lady Halliday schließlich ihren Einkaufsausflug abgeschlossen hatte, war Brandy erschöpft. Aber es war eine angenehme Erschöpfung, und sie freute sich auf den kommenden Abend. Richard ging mit ihr in die Oper. Sie war bisher noch nie in der Oper gewesen. Und der Gedanke daran machte sie wieder munter.

Und Rex würde auch mit ihnen kommen. Es schmerzte sie inzwischen nur noch ein wenig, wenn sie ihn anschaute und in seinem Gesicht Marcus entdeckte.

Marcus stand hinter dem großen Teakholzsteuer der *Seehabicht*, die glatten, polierten Griffe fühlten sich unter seinen Fingern feucht an. Ein Sturm war von Westen aufgekommen, der das Schiff ein wenig vom Kurs abgebracht hatte, und der kalte Wind wehte die Feuchtigkeit durch die offene Tür des Steuerhauses herein. Das Schiff kippte nach vorn, und er stützte sich am Steuer ab, als es in ein Wellental sank.

Marcus lächelte vor sich hin bei dem vertrauten Ächzen der schweren Hölzer unter seinen Füßen. Sein Rücken war geheilt, seine Beine beinah so stark wie vor dem Unfall. Obwohl er einen Stock benutzte und das wohl auch in Zukunft immer tun würde, sah man seinem Gang nur ein leichtes Hinken an. Er konnte seine Beine wieder gebrauchen und sein geliebtes Schiff wieder kommandieren. Den Schuldigen, der hinter den Angriffen auf die Hawksmoor Schifffahrtsgesellschaft steckte, hatte er allerdings noch nicht gefunden, aber es waren keine neuen Probleme mehr aufgetaucht, wenigstens nicht, so weit er es bisher beurteilen konnte.

Alles in allem war sein Leben wieder im Normalzustand. Bis auf die Transportverträge, die er verloren hatte, war alles wieder so wie vorher. Wie bei Hiob, dachte er. Der Schmerz, den er erlitten hatte, war vorüber, und alles, was ihm lieb war, hatte er zurückgewonnen. Sein Leben, seine Zukunft standen wieder unter seinem Kommando –

Warum also fühlte er sich so leer?

»n'Abend, Käpt'n.«

Marcus schob seine unangenehmen Gedanken beiseite und lächelte. »Guten Abend, Hamish.« Der Ältere trat durch die Tür ins Steuerhaus, Wasser troff vom Rand des Südwesters, den er sich über die Ohren heruntergezogen hatte. Strähnen von langem grauem Haar klebten feucht an seinem Hals.

»Der Sturm sieht nicht besonders schlimm aus, aber sicher können wir noch nicht sein. In diesem Teil der Welt kann man nie genau wissen, wann wieder mal ein Orkan zu erwarten ist.«

Marcus betrachtete die flachen grauen Wolken über ihnen, den dichten Regen, und bemerkte das hellere Grau an den Wolkenrändern. »Ich glaube nicht, dass das besonders wahrscheinlich ist, aber ich will kein Risiko eingehen. Mr. Hopkins hat den Befehl bekommen, die Segel etwas zu reffen. Wenn es schlimmer wird, holen wir das Hauptsegel ein.«

Hamish zog sich den Hut vom Kopf und strich sich mit der Hand durchs graue Haar. »Der Koch hat Euer Abendessen aufgehoben. Er sagte, Ihr hättet den ganzen Tag noch nichts gegessen.«

»Ich hatte viel zu tun. Außerdem habe ich keinen Hunger. Aber eine Tasse Kaffee fände ich jetzt nicht schlecht.«

Hamish nickte. »Ich kümmere mich darum.« Er druckste ein wenig herum. »Ihr solltet besser für Euch sorgen, Käpt'n. Seit Ihr an Bord gekommen seid, habt Ihr abgenommen. Irgendetwas macht Euch Sorgen. Ihr habt nicht darüber geredet, aber ich habe so ein Gefühl, dass wir beide wissen, was das ist.«

Marcus hob eine Augenbraue. »Ach ja?«

»Wollt Ihr etwa sagen, dass es nicht das Mädchen ist?«

Marcus zuckte die Schultern. »Sie war etwas ganz Besonderes. Ich hatte sie sehr gern. Da ist es doch nur natürlich, wenn ich sie von Zeit zu Zeit vermisse.«

»Ja, das wird wohl so sein.« Hamish schaute zur Tür, ging aber immer noch nicht. »Fühlt sich doch gut an, wieder an Bord zu sein, oder?«

Marcus nickte, obwohl er nicht andeutungsweise so viel Euphorie empfunden hatte, wie er erwartet hatte. »Ja, sehr gut.«

»Und die Fahrt nach China. Seit Jahren schon wollt Ihr dorthin fahren. Sieht ganz so aus, als wäre es endlich so weit.«

»Ja.« Aber in letzter Zeit erschien ihm das gar nicht mehr so verlockend. »Es dürfte eine Gewinn bringende Fahrt werden.«

»Gewinn bringend … Aye.« Aber Hamish hatte die Stirn gerunzelt. Vielleicht erinnerte er sich daran, dass es früher immer der Reiz der Ferne gewesen war und nicht das Geld, das Marcus verlockt hatte.

Marcus starrte aus den regennassen Fenstern des Steuerhauses hinaus. »Der Sturm nimmt zu.«

»Aye, sieht so aus.«

Hamish zögerte, so als wollte er noch etwas sagen. »Sieht aus, als würde er doch wilder werden, als wir dachten, und der verdammte Wind ist teuflisch kalt. Ich hol jetzt wohl besser den Kaffee.«

Marcus' Blick folgte dem schwankenden Gang des älteren Mannes. Es war offensichtlich, dass sich sein langjähriger Freund Sorgen um ihn machte. Es war dumm von Hamish, sich um ihn zu sorgen. Er war nur ein wenig angespannt. Es war einfach eine Frage der Anpassung, bis er sich wieder an das Leben auf See gewöhnt hatte. Es würde alles so werden, wie er es geplant hatte. Er würde mit seinem Leben wieder glücklich werden und zufrieden wie zuvor.

Bei dem Gedanken legte sich eine gewisse Schwere auf seine Brust, und dieses Gefühl war ihm schon ein paarmal aufgefallen. Marcus zwang sich, nicht weiter darauf zu achten. Er fasste das Steuer fester, richtete seinen Blick auf die graue Linie des Horizonts und dachte an die Reise, die er vor sich hatte. Doch statt Vorfreude zu empfinden, stellte er fest, dass er die endlose Folge von Tagen zählte, die er vor sich hatte, bevor er wieder nach Hause segeln würde.

Brandy spazierte über einen der Dutzende von mondhellen Pfaden der Vauxhall Gardens, die eine Hand leicht auf Richards Arm gelegt. »Deine Eltern scheinen sich heute Abend ja gut zu amüsieren.«

»Mutter geht es in Vauxhall immer besonders gut. Sie findet es herrlich hier, unendlich romantisch.«

Brandy lächelte. Sie konnte das Orchester in der Ferne eine Romanze spielen hören. »Ja, ich glaube, da hat sie Recht.« Der Garten war dicht mit hohen Bäumen und grünen Blattpflanzen bewachsen und kreuz und quer von Kieswegen durchzogen. Es gab kleine Häuser mit Statuen und Gemälden und Tempel und Bögen und Pavillons. »Das Feuerwerk war wunderschön.«

»Freut mich, dass es dir gefallen hat.«

»Und die Musik – es ist wirklich fantastisch.«

Richard blieb stehen und drehte sie zu sich um. »Ja, es ist schön hier, aber du, Brianne, bist noch viel schöner.«

Brandy errötete ein wenig, denn sie hatte sich noch nicht an diesen neuen Richard gewöhnt, der ihr den Hof zu machen schien. Sie war sich immer noch nicht sicher, ob sie das wirklich zulassen sollte. Schließlich waren sie alles andere als vom selben gesellschaftlichen Stand. Und sie war auch keine Jungfrau mehr. Doch keine der beiden Tatsachen schien von besonderer Bedeutung für Richard, der irgendwie in sie verliebt zu sein schien.

Heute Abend schien er entschlossen, seine Sache voranzutreiben, und sie hatte beschlossen, es ihm zu erlauben. Sie hatte Richard Lockhart gern, und sie war ihm viel schuldig. Er war an ihrer Tür erschienen wie ein Ritter aus alten Zeiten, um sie davor zu bewahren, dass sie langsam in der Verzweiflung versank. Sie genoss seine Gegenwart und seine Freundschaft. Sie würde sich sehr glücklich schätzen, falls Richard sie bat, ihn zu heiraten.

Sie spürte die Wärme seiner Hand auf der ihren und bemerkte das leise Zittern in seiner Berührung. Er trug einen dunkelgrauen Frack mit breitem weißem Halstuch. Im Licht der flackernden Fackeln wirkte er so, als wäre ihm unbehaglich.

»Ich wollte schon länger mal mit dir reden«, sagte er. »Ganz privat, meine ich. Ich dachte, heute Abend gäbe es vielleicht eine Gelegenheit dazu ... das heißt, bevor ich so weit gehe, dich ganz förmlich um deine Hand zu bitten.« Richard schluckte und räusperte sich, und ihre Nerven spannten sich an.

»Ja, Richard?«

Er schaute hinab auf die Spitzen seiner glänzend schwarzen Schuhe, seine Wangen waren leicht gerötet, dann sah er wieder in ihr Gesicht. »Was ich zu fragen versuche, obwohl es mir bisher nur schlecht gelingt, ist, ob du es wohl ins Auge fassen würdest, mir zu erlauben, dass ich versuche, eine Heirat zwischen uns beiden anzustreben.«

Da war es – genau wie sie es sich vorgestellt hatte. Richard bot ihr die Ehe an, die Art von Zukunft, von der jede Frau träumte. Sie sagte sich, dass sie auf so etwas vorbereitet war, doch jetzt, wo der Augenblick gekommen war, fühlte sie sich absolut zu nichts bereit.

Sie holte tief Luft, um sich zu beruhigen. »Ich – ich fühle mich natürlich geehrt. Selbst durch die Tatsache, dass du auch nur ins Auge fasst, dass wir zusammenpassen könnten, ehrst du mich ungemein, Richard.«

»Ich bin derjenige, der sich geehrt fühlen würde. Ich möchte dich gern bitten, meine Frau zu werden. Das werde ich heute Abend nicht tun. Ich möchte nur wissen, ob du, wenn ich das täte, darüber nachdenken würdest.«

Brandy unterdrückte die Unsicherheit, die sie plötzlich erfüllte. Richard war ein netter und großzügiger Mann und ein wirklich lieber Freund. Er hatte ihr beigestanden, als sie einen Freund gebraucht hatte. In den vergangenen Monaten war er zu einer der Konstanten ihres Lebens geworden. Sie erinnerte sich daran, wie schrecklich verloren und allein sie sich gefühlt hatte, bevor er bei ihrem Haus erschienen war. Sie wollte nie wieder einer solchen Einsamkeit ausgesetzt sein.

Sie befeuchtete ihre Lippen, die sich plötzlich trocken anfühlten. »Wenn … wenn du wirklich daran denkst, dass wir heiraten könnten, würde mir das sehr gefallen, Richard.«

Sein Gesicht öffnete sich zu einem breiten Grinsen. »Willst du damit sagen, dass du mit Ja antworten würdest?«

Sie lächelte ihn weich an. »Du hast gesagt, dass du mich nicht heute Abend fragen würdest.«

Sein Grinsen wurde noch breiter. »Ich glaube, ich habe es mir anders überlegt.«

»Was ist mit deinen Eltern? Bist du sicher, dass sie einer solchen Verbindung zustimmen würden?«

»Sie möchten, dass ich glücklich werde. Sie lieben dich, Brianne. Mehr als alles andere auf der Welt möchte ich dich heiraten. Sag ja, Brianne. Sag, dass du meine Frau werden möchtest.«

Das Atmen fiel ihr plötzlich schwer. War eine Heirat wirklich das, was sie wollte? Ein Leben lang an einen Mann gebunden? Ihm ein Heim schaffen? Morgens neben ihm zu erwachen? Seine Kinder aufzuziehen? Die Antwort kam mit überraschender Kraft: *Ja*. Sie wollte ein Heim und eine Familie. Sie wollte die Art von Stabilität, wie sie Lord und Lady Halliday vermittelten.

»Wenn du mich wirklich fragst –«

Er ließ sich vor ihr auf ein Knie sinken und griff nach einer ihrer Hände. »Ja, das tue ich.«

Die Enge in ihrer Brust breitete sich auf ihre Glieder aus. »Dann … Ja, ich würde mich geehrt fühlen, deine Frau zu werden.«

Richard drückte den Rücken ihrer behandschuhten Hand an seine Lippen und stand dann langsam auf. »Danke, Brianne. Du hast mich zu einem glücklichen Mann gemacht.« Er beugte sich vor und hauchte einen kurzen Kuss auf ihre Lippen.

Es lag keine Hitze darin, kein Feuer, nur eine schwache, sanfte Wärme. Es war ihr peinlich festzustellen, dass sie enttäuscht war.

»Wir werden glücklich sein, Brianne, das verspreche ich dir.«

Sie zwang sich zu einem Lächeln. Erinnerungen an Marcus erschienen flüchtig vor ihrem inneren Auge, aber sie verdrängte sie gnadenlos. »Das glaube ich auch.«

»Ich möchte keine lange Verlobungszeit.« Er drückte ihre Hand. »Es sei denn, du wünschst es, natürlich.«

Ihre Mundwinkel hoben sich nur leicht. »Ich möchte, was immer du möchtest, Richard.«

Er beugte sich vor und küsste sie auf die Wange. »Braves Mädchen. Morgen werden wir es meinen Eltern sagen. Und sobald es anständigerweise arrangiert werden kann, werden wir heiraten.« Richard legte ihre Hand wieder auf seinen Arm und begann, sie den Weg zurückzugeleiten, den sie gekommen waren.

Brandy sagte nichts auf dem Rückweg zum Pavillon. Sie konnte nur daran denken, dass sie bald verheiratet sein würde. So beunruhigt, wie sie war, begann der Gedanke mit jedem Schritt angenehmer zu werden. Mit Richard würde sie Kinder haben. Und einen Freund, der die Freude, sie beim Wachsen zu beobachten, mit ihr teilen würde.

Sie würde sich keine Gedanken zu machen brauchen, ob er sie womöglich eines Tages verlassen würde. Und sie würde den kommenden Jahren nicht allein entgegensehen müssen.

Marcus stand an der Reling der *Seehabicht* und starrte hinaus aufs windgepeitschte Meer. Die Segel über seinem Kopf waren straff gespannt, um dem Wind zu trotzen, und das Schiff lag leicht schräg im Wasser.

Marcus fühlte die Kälte durch seine Kleider dringen, aber er war mit den Gedanken nicht beim Wetter. Auch nicht beim Meer – nicht einmal bei seinem Schiff. Stattdessen klammerten sich seine Gedanken an die Vergangenheit, an Tage, in denen sein Herz voll gewesen war, gewärmt von der Gegenwart einer Frau.

Jetzt waren diese Tage vorüber, und ihn verzehrte die Einsamkeit, ließ ihm keine Ruhe. Er war noch nie zuvor einsam gewesen in all den Jahren, die er zur See fuhr. Noch in keinem Hafen oder sonst wo – bis er Brianne begegnet war.

In den Monaten, seit er sie verlassen hatte, hatte er sich tausendmal eingeredet, dass es dumm war, auch nur an sie zu denken. Sie war fort aus seinem Leben, genau so, wie er es gewollt hatte. Er hatte ihr ganz klar zu verstehen gegeben, dass es in seiner Welt keinen Platz für sie gab und dass sie ihr eigenes Leben ohne ihn gestalten sollte. Er war sicher gewesen, dass seine Sehnsucht nach ihr mit der Zeit aus seinen Gedanken und seinem Herzen verschwinden würde.

Stattdessen verzehrte er sich nach ihr, Woche um Woche, Monat um Monat. Egal, wie viel Mühe er sich gab, egal, wie hart er arbeitete, er konnte sie nicht vergessen.

Ein Geräusch oben in den Wanten zog seine Aufmerksamkeit auf die Matrosen, die über ihm arbeiteten. Hamish Bass kam von der anderen Seite des Decks her auf ihn zu und zog seine geschwungene Pfeife aus dem Mund. »In ein oder zwei Tagen kommen wir nach Port of Spain, wenn das Wetter so bleibt.«

Marcus nickte. Sie waren auf dem Weg nach Trinidad, in den südlichen Westindischen Inseln. Port of Spain war der größte Hafen dort. »Wir löschen Ladung und nehmen neue Vorräte an Bord, was eigentlich nicht länger als eine Woche dauern dürfte.«

»Soweit ich mich erinnern kann, habt Ihr dort auch eine Freundin.«

Er hob eine Augenbraue. »Du meinst die Lehrerin?«

»War es nicht Mrs. Reynolds, die Witwe? Goldenes Haar und ein hübsches Gesicht. Sie freut sich immer auf Euch, wenn Ihr im Hafen seid.«

»Ich habe die Frau seit mehr als einem Jahr nicht gesehen. Wahrscheinlich ist sie inzwischen verheiratet.«

Hamish stützte sich an die Reling. »Dann wollt Ihr sie nicht besuchen?«

Marcus zuckte die Schultern. Er hatte nicht den geringsten Wunsch, die Frau zu sehen, und konnte sich auch nicht vorstellen, wie er ein Bett mit ihr teilen sollte, so wie er es früher getan hatte. Er konnte sich kaum an ihr Gesicht erinnern.

Hamish klemmte die Pfeife zwischen die Zähne, paffte einmal, zweimal. »Es sind Monate vergangen, seit ihr von zu Hause abgefahren seid. Ich dachte, Ihr hättet es überwunden. Ich hatte wirklich geglaubt, dass Ihr es mit der Zeit schaffen würdet.«

Marcus runzelte die Stirn. »Worüber redest du, zum Teufel?«

»Das Mädel, mein Freund. Ihr sehnt Euch nach ihr, wie es nur ein Verliebter tut. Ihr vermisst sie Tag und Nacht. Es gibt keine Gelegenheit, wo sie nicht in Euren Gedanken ist – oder irgendwo in der Nähe davon.«

Er wollte widersprechen, aber Hamish schüttelte den Kopf. »Es hat keinen Sinn, es abzustreiten. Es steht Euch ins Gesicht geschrieben.«

Marcus starrte wieder hinaus aufs Wasser. Es war die Wahrheit. Er liebte sie. Er hatte sich einzureden versucht, dass es nicht so war, aber die Lüge überzeugte ihn nicht mehr. »Ich werde es überwinden. Mit der Zeit werden die Dinge wieder so sein wie früher.« Aber er glaubte das nicht wirklich. Nicht mehr.

Hamish legte eine Hand auf seine Schulter. »Ich denke, dass Ihr diesmal vielleicht Unrecht habt. Ich glaube, wir beide haben einen Fehler gemacht.«

Marcus' Blick richtete sich auf seinen Freund. »Was für einen Fehler?«

»Ich, als ich dachte, Ihr würdet sie vergessen, Ihr wäret nicht der Mann, der heiratet und sesshaft wird. Und Ihr, als Ihr dachtet, die See wäre Euch wichtiger als das, was Euch mit der Frau verband.«

Marcus schüttelte den Kopf. »Du hattest nicht Unrecht, und ich auch nicht. Die See ist mein Heim, war es immer schon.«

»Ich denke, dass Euer Heim dort ist, wo auch das Mädel ist. Seit Ihr wieder an Bord gekommen seid, finde ich, dass Ihr anders geworden seid. Ihr habt keine Freude mehr an der Seefahrt. Seid ehrlich zu Euch selbst, und Ihr werdet feststellen, dass ich die Wahrheit sage. Zeiten ändern sich. Menschen ändern sich. Das ist doch keine Schande.«

»Ich bin kein Mann, der sich ändert.«

»Nein? Ich glaube, Ihr hättet schon als Junge in dem großen Haus in Cornwall glücklich sein können, wenn Ihr eine Zukunft dort für möglich gehalten hättet. Jetzt gehört das Haus Euch, Junge. Und es ist ein Haus, auf das ein Mann stolz sein und das er ein Heim nennen kann.«

Heim. Ja, es hatte sich wirklich so angefühlt. Während der Zeit, die er in Tintagel gewesen war, hatte er sich in einer Weise dem Haus und dem Land nahe gefühlt wie noch nie zuvor, und seltsamerweise fehlte es ihm auch. Das hatte er nicht erwartet.

»Und wenn Ihr zurückgehen und eines Tages wieder Sehnsucht nach der See bekommen würdet, dann könntet Ihr sie immer noch mitnehmen.«

Einen Augenblick lang flackerte etwas Helles in ihm auf. Es war eine so einfache Antwort, und doch würde es nie funktionieren. »Das wäre nicht fair, Hamish. Eine Frau braucht Wurzeln, ein Heim für ihre Kinder.«

»Und solche Dinge braucht Ihr nicht?«

Mag sein, dass es so war. Vielleicht hatte er sie immer gebraucht. Vielleicht war die See nur ein Mittel gewesen, Dingen auszuweichen, von denen er glaubte, dass er sie nie bekommen könnte. Wochenlang hatte er das Leben vermisst, das er begonnen hatte, sich in Hawksmoor House aufzubauen, es hatte ihm die Herausforderung gefehlt, seine Ländereien selbst zu verwalten und etwas aufzubauen, das er einst an seine Söhne weitergeben könnte.

Kinder, von denen er nie geglaubt hätte, dass er sie wollen würde.

Und er hatte Brianne vermisst, mit einer Sehnsucht, die ihn zu verzehren drohte.

»Die *Maiden* müsste uns eigentlich entgegenkommen. Sie ist auf dem Weg nach London, sobald sie ihre Waren in Port of Spain gelöscht hat. Ihr könntet mit ihr zurückfahren. Ich bekomme es schon hin, diesen alten Kahn seine Fahrt erfolgreich abschließen zu lassen und nach England zurückzubringen.«

Marcus spürte eine seltsame Enge in der Brust. Er erkannte sie als Hoffnung, und die Intensität des Gefühls überwältigte ihn beinah. Er hätte nie geglaubt, dass er die See aufgeben könnte, doch seit Wochen schon hatte er genau das tun wollen. Der Unfall hatte ihn irgendwie verändert, wurde ihm klar. Er sah das Leben jetzt ganz anders.

»Wir sind auf dem Weg nach China. Es wäre einfach nicht richtig, wenn ich –«

»Ihr werdet sie verlieren, wenn Ihr zu lange wartet.«

Ein scharfer Schmerz durchdrang seine Brust. Sie gehörte ihm, aber er würde sie verlieren. Vielleicht war es schon geschehen.

Hamish paffte an seiner Pfeife und betrachtete ihn durch eine dichte Rauchwolke. »Macht es so viel aus, dass sie keine verdammte englische Dame ist?«

Marcus' harter Blick richtete sich auf das verwitterte Gesicht seines Freundes. »Gott im Himmel, nein! Es ist mir völlig egal, wer ihr Vater war. Immer schon.«

Briannes hübsches Gesicht erschien in seiner Erinnerung, mit strahlenden Augen und lachenden, weichen Lippen. Marcus griff nach der Reling, und sein Griff schloss sich fast schmerzhaft hart um das glatte, feuchte Holz. Er war ein Mann, der sich verschaffte, was er wollte. Wochenlang – nein, monatelang – hatte er sich etwas vorgelogen, indem er sich davon zu überzeugen versuchte, dass er sein altes Leben zurückhaben wollte.

Vielleicht war es wegen der Schwierigkeiten, die die Hawksmoor Schifffahrtsgesellschaft durchgemacht hatte. Vielleicht hatte er auf irgendeine Art von Rache gehofft. Vielleicht hatte er auch nur Angst gehabt, die einzige Art von Leben zu verlassen, die er je gekannt hatte.

Was immer es gewesen sein mochte, jetzt lag die Wahrheit qualvoll klar vor ihm. Das einzelgängerische Leben, das er einst geliebt hatte, erschien ihm voller Einsamkeit und Leere. Er wollte ein neues Leben. Er wollte ein Heim und eine Familie.

Er wollte ein Leben mit Brianne.

Er sah Hamish an, dessen langes graues Haar vom Wind gezaust wurde. »Die *Maiden*, sagst du?«

Hamish grinste. »Aye, Käpt'n, ganz genau.«

Marcus lächelte und fühlte sich plötzlich erleichtert. Er konnte sich nicht erinnern, wann er sich zum letzten Mal so gefühlt hatte. Dann verblasste sein Lächeln langsam. Er hatte England schon vor Monaten verlassen und nie auch nur einen Brief geschickt. Brianne war eine schöne, begehrenswerte Frau. Sie war intelligent, und dank der Unterrichtsstunden, die sie bekommen hatte, konnte sie sich auch in den höchsten Gesellschaftskreisen tadellos benehmen. Selbst sein Bruder hatte sie anziehend gefunden.

Was, wenn er sie bereits verloren hatte?

Er hatte sich benommen wie ein verdammter Narr. Was, wenn es schon zu spät war?

23

Brandy, die unter einem glitzernden kristallenen Leuchter stand, nahm Rex Delaines Arm und ließ sich von ihm auf die Tanzfläche geleiten. Sie waren auf einer Soiree im eleganten Stadthaus des Grafen von Richmond. Die Saison war in vollem Gange, und eine endlose Reihe von Partys und Bällen hielt sie jeden Abend bis in die frühen Morgenstunden wach.

»Du scheinst dich diesem Leben ja angepasst zu haben wie

eine Ente dem Wasser«, sagte Rex und deutete mit einer Kopfbewegung auf die elegant gekleideten Damen und Herren der Gesellschaft. Die Musik begann, und er nahm ihre Hand und führte sie durch die Schritte einer Quadrille. »Gehe ich recht in der Annahme, dass du dich gut amüsierst?«

Brandy lächelte. »Natürlich tue ich das.« Das war doch so – oder? Sie hatte fast immer so viel zu tun, dass ihr kaum Zeit blieb, darüber nachzudenken. »Ich werde dir und Richard immer dankbar sein.«

Sie bewegten sich vor, kamen wieder zusammen. Rex ließ sie eine anmutige Wendung machen. »Du scheinst Richard ja sehr gern zu haben.«

Da war sie – die Möglichkeit, auf die sie seit Tagen gewartet hatte. Dies war wahrscheinlich nicht der richtige Augenblick, aber wenn sie nicht bald etwas sagte, würde es sich langsam herumsprechen, und sie wollte diejenige sein, die es Rex sagte. »Richard hat mich gebeten, ihn zu heiraten.«

Eine schmale schwarze Augenbraue hob sich, aber es lag nur wenig Überraschung in seinem Gesichtsausdruck. »Gehe ich recht in der Annahme, dass du angenommen hast?«

»Ja. Ich hoffe, du bist damit einverstanden.«

Sein Blick richtete sich warm auf ihr Gesicht. »Du brauchst mein Einverständnis nicht, aber ja, ich bin einverstanden. Euch beiden meine allerbesten Wünsche.«

»Vielen Dank.«

»Richard ist ein guter Mann – einer der Besten. Und ich weiß, dass er dich sehr gern hat.«

Sie trennten sich, kamen dann wieder zusammen. »Du meinst nicht … du meinst nicht, dass ich zu weit gehe? Ich bin ihm wohl kaum gesellschaftlich ebenbürtig.«

»Vielleicht nicht von der Abstammung her. Aber sieh dich doch an – es ist niemand in diesem Raum, der bezweifelt, dass du hierher gehörst.«

Da lächelte sie, diesmal etwas ernsthafter. »Dafür muss ich

Professor Felton danken ... und natürlich werde ich auch deinem Bruder immer dankbar sein.«

Rex wandte den Blick ab, und auch sie schaute weg. Sie sprachen nicht weiter, und schließlich endete der Tanz. Rex begleitete sie zu der Stelle, wo Richard neben seinem Vater stand, einem gut aussehenden, charmanten Herrn mit intelligenten haselnussbraunen Augen, der seinem Sohn sehr ähnlich sah, nur dass sein blondes Haar an den Schläfen zu ergrauen begann.

»Ihr seid sehr hübsch heute Abend, Brianne.« Der Marquis beugte sich vor und sagte leise in ihr Ohr: »Ich muss immer wieder daran denken, welch schöne Ergänzung für die Familie Ihr sein werdet. Mein Sohn hat großes Glück. Ich kann es kaum erwarten, es offiziell zu verkünden.«

Brandy errötete. »Danke sehr, Mylord.«

Richard warf ihr einen zärtlichen Blick zu und lächelte. Er hätte sie zum Tanzen auffordern können, aber das hatte er schon mehrmals getan, und sie wusste dank Professor Felton, dass es Tratsch hervorrufen würde, solange sie noch nicht offiziell verlobt waren.

Außerdem stand noch ein anderer Name auf ihrer Tanzkarte, ein Mann, dem sie eben erst vorgestellt worden war, ein Freund des Marquis namens Palmer Reese, der ein reicher Reeder war und angedeutet hatte, dass er mit den Delaines befreundet war.

Vielleicht wollte sie deshalb gern mit ihm tanzen. Vielleicht wusste er etwas von Marcus, womöglich sogar, wo er war und wie es ihm ging. Sie wusste, dass ihr das eigentlich egal sein müsste. Sie hatte kein Wort mehr von ihm gehört, seit er fortgegangen war. Aber sein Bruder auch nicht. Brandy wünschte nur, dass er in Sicherheit war und sich nicht noch mehr »Unfälle« auf seinen Schiffen ereignet hatten.

Mr. Reese erschien pünktlich zu Beginn des nächsten Tanzes. Er war ziemlich gewagt in einen leuchtend grünen Frack mit perlenbesetztem grünem Samtkragen gekleidet und betrat die Tanzfläche mit ihr zu einem lebhaften Ländler. Sie entdeckte Rex, als sie ging, und wunderte sich über den überraschten Ausdruck auf seinem Gesicht. Er runzelte die Stirn, als sie zu tanzen begannen, dann verschluckte ihn die Menge, und sie dachte nicht weiter an ihn.

Sie sah ihren Partner Palmer Reese an. Er war ein gut aussehender Mann mit welligem kaffeebraunem Haar. Seine Züge waren fein, fast sogar ein wenig weiblich. Seine Manieren waren gut, vielleicht sogar ein wenig übertrieben. Warum sie ihn von Anfang an nicht leiden konnte, war ihr nicht klar.

Sie sah mit einem bemühten Lächeln zu ihm auf. »Ich glaube, als wir uns das letzte Mal begegnet sind, habt Ihr erwähnt, ein Freund von Lord Hawksmoor gewesen zu sein.«

»Ja ... unsere Familien sind seit vielen Jahren bekannt. Wir sind als Kinder zusammen aufgewachsen.« Bildete sie sich das Zucken nur ein, das unter einem seiner Augen sichtbar war? »Lord Halliday sagte mir, Ihr wäret auch eine Freundin der Delaines.«

Sie errötete flüchtig. Sie hatte gewusst, dass dies Gespräch etwas brenzlig werden könnte. »Mein Vater hatte Besitz in Charleston. Kapitän Delaine – Lord Hawksmoor, meine ich – ist dort oft mit seinem Schiff gewesen. Ich kenne ihn, seit ich ein kleines Mädchen war.«

»Aha.«

»Ihr müsst wissen, dass er letztes Jahr verletzt worden ist. Sogar sehr ernst.«

»Davon habe ich gehört.«

»Es geht ihm jetzt wieder besser, er ist wieder an Bord seines Schiffes.«

Das Zucken wurde ausgeprägter. »Soweit ich erfahren habe, wird er diesmal wohl sehr lange unterwegs sein. Als Letztes hörte ich, die *Seehabicht* wäre mit einer Ladung auf dem Weg nach Indien und von da aus weiter nach China, glaube ich.«

Wie konnten so wenige Worte einen solchen Schmerz in ihrem Herzen hervorrufen? »Er wollte immer schon einmal den Fernen Osten sehen«, sagte sie.

Palmer betrachtete sie mit erneutem Interesse, und sie fragte sich, ob sie wohl zu weit gegangen war. »Und was ist mit Euch, Mr. Reese?«, fragte sie ein wenig zu fröhlich, auf der Suche nach einem Themawechsel. »Man sagte mir, Ihr hättet ebenfalls eine recht bemerkenswerte Armada von Schiffen. Segelt Ihr auch gern zu fernen Häfen?«

Einer seiner Mundwinkel hob sich. »Gelegentlich, wenn es notwendig ist, aber glücklicherweise nicht allzu oft. Die See ist mein Geschäft, nicht meine Leidenschaft. Ich bin recht zufrieden damit, hier in London zu bleiben, wenn ich kann.«

Sie lachte und ließ sich von ihm durch den Tanz führen. »Da muss ich Euch Recht geben«, sagte sie, um ihn abzulenken. Dabei hatte es doch in Wahrheit eine Zeit gegeben, als sie gern Abenteuer erleben und nichts lieber hätte tun wollen, als zu reisen und die Welt zu sehen. Seit Marcus fort war, schienen ihr diese Dinge nicht mehr wichtig.

Sie verbannte die Gedanken an ihn. Bald würde sie die Frau eines anderen sein, hatte schon Lord Richards Antrag angenommen. Er verdiente ihre Treue. Sie sagte sich wie schon öfter, dass sie ihm eine gute Frau und seinen Kindern eine gute Mutter sein würde.

Zumindest dachte sie das, bis sie zum Eingang des Ballsaals hinüberschaute. Brandy schnappte nach Luft angesichts des hoch gewachsenen, eindrucksvollen Mannes, der in ihre Richtung starrte. Marcus Delaine, der Graf von Hawksmoor, stand dort an der Tür.

Brandy stolperte und wäre beinah gefallen, ihr Herz pochte wie wild. Palmer Reese hielt sie am Arm fest, da sie schwankte. Marcus starrte weiter von der anderen Seite des Saals herüber. Er war einen ganzen Kopf größer als die Umstehenden, trug einen schwarzen Frack, der perfekt auf seine schlanke, breitschultrige Gestalt passte. Sein Haar glänzte blauschwarz im Licht der vergoldeten Leuchter. Seine Haut war dunkel, seine Augen noch dunkler. Sie blieben unverwandt auf ihr Gesicht gerichtet, doch es lag ein seltsamer Ausdruck in seiner Haltung. Überrascht stellte sie fest, dass es Ärger war.

»Ich fürchte, ich ... ich fühle mich nicht besonders gut. Wenn Ihr nichts dagegen habt, würde ich mich gern für den Rest des Tanzes hinsetzen.«

Palmer lächelte nachgiebig. »Vielleicht sollten wir nach draußen gehen, damit ihr ein wenig frische Luft bekommt.«

»Nein, ich –« Sie schüttelte den Kopf ein wenig zu eindringlich, dann holte sie tief Luft und lächelte. »Etwas Kaltes zu trinken wäre mir lieber, wenn es Euch nichts ausmacht.«

Er verbeugte sich höflich, machte kehrt und ging hinüber zur Punschtheke. Sobald er außer Sicht war, machte sich Brandy auf den Weg in Richtung Rex Delaine, der neben Lord Halliday stand. Er war ins Gespräch mit einer jungen blonden Frau vertieft, die Brandy schon einmal mit ihm gesehen hatte. Sie erinnerte sich, dass das Lady Margaret Herring war.

Sie zupfte an seinem Ärmel. »Es tut mir Leid, wenn ich dich störe, Rex, aber könnte ich dich vielleicht kurz unter vier Augen sprechen?«

Ein Blick auf ihr bleiches Gesicht, und er wandte sich der Blonden zu: »Ihr entschuldigt, Lady Margaret ...?«

»Natürlich.« Aber sie wirkte nicht allzu glücklich darüber.

Rex nahm Brandys Arm. »Was ist los? Du siehst aus, als hättest du eben einen Geist gesehen.«

»Ich glaube, das habe ich auch. Dein Bruder ist hier, Rex. Marcus ist gerade hereingekommen.«

Er hob mit einem Ruck den Kopf. »Aber das ist unmöglich. Wir erwarten ihn frühestens in einem Jahr zurück.« Sie nahm seinen Arm und drehte Rex in Richtung Tür, gerade als Marcus, auf einen Stock mit silbernem Knauf gestützt, durch den Raum auf sie zukam.

Rex' Schultern spannten sich an. »Verdammt. Hoffentlich ist seinem Schiff nichts passiert.«

Auf den Gedanken war sie nicht gekommen. Das Einzige, woran sie dachte, war, dass Marcus zurückgekehrt war, während sie sich vor kurzem mit einem anderen Mann verlobt hatte.

Lady Halliday trat auf ihn zu, als er die Gruppe ihrer Freunde erreichte. »Herr im Himmel – ich dachte, Ihr wäret hinter den Rand der Erde gesegelt, irgendwo in Richtung China oder so etwas Ähnliches.«

Marcus lächelte und beugte sich über die Hand der Frau, doch sein Blick suchte Brianne. »Das hatte ich ursprünglich vor. Aber ich habe es mir anders überlegt.« Sie spürte die Eindringlichkeit seines Blicks und erschauderte.

»Hattest du Schwierigkeiten?«, fragte Rex. »Ich hoffe, der *Seehabicht* ist nichts passiert?«

»Keine Schwierigkeiten«, sagte Marcus. »Wenigstens nicht jener Art.«

Brandy fragte sich, welcher Art seine Schwierigkeiten wohl sein mochten, doch das ging sie nicht länger etwas an. Obwohl er noch nicht mit ihr gesprochen hatte, blieb sein Blick auf ihr Gesicht gerichtet. Der Ärger war verschwunden, ersetzt durch einen Ausdruck von Wärme, bei dem sie kleine Schauder empfand.

»Miss Winters. Ihr seht wirklich hübsch aus. Offensichtlich bekommt Euch London gut.«

»Danke sehr, Mylord. Und ja … ja, das tut es wirklich.« Brandy spürte Richards Gegenwart hinter sich, der schweigend seinen Besitz zu sichern versuchte. Sie war sich nicht sicher, ob sie froh sein sollte, dass er da war, oder verärgert, dass er sich so bedroht fühlte.

In diesem Augenblick trat der Marquis herbei. »Gut, Euch zu sehen, Hawksmoor.« Er griff nach Marcus' Hand. Seine Züge wirkten hart, in einer Art warnend, wie Brandy ihn noch nie erlebt hatte. »Ihr seid zu einem bedeutenden Zeitpunkt gekommen«, sagte er nachdrücklich. »Mein Sohn hat erst kürzlich beschlossen zu heiraten. Ende nächster Woche werden wir bei einem Ball in Halliday Hall die Verlobung bekannt geben. Wir würden uns freuen, wenn Ihr auch kommen könntet.«

Marcus' Blick richtete sich auf Richard, dann auf Brianne. Seine Augen wirkten so brennend, dass sie die Hitze beinah auf der Haut spüren konnte. Er lächelte Richard zu, doch mit wenig Wärme im Blick. »Gratuliere, Lockhart. Gehe ich recht in der Annahme, dass die betreffende Dame Miss Winters ist?«

Richards Blick traf auf den seinen. »Ja, Brianne hat zugestimmt, meine Frau zu werden. Ich bin ein sehr glücklicher Mann.«

Seine durchdringenden blauen Augen wandten sich wieder Brianne zu, sein Blick hielt den ihren, als würde er sie streicheln. »Ja …«, sagte er leise, »ein sehr glücklicher Mann.«

Brandy fühlte sich plötzlich unsicher. Sie sehnte sich danach, die Hand auszustrecken und ihn zu berühren, in seinen Armen zu liegen und sie um sich zu spüren. Sie hasste sich dafür, aber das Gefühl wollte einfach nicht verschwinden.

Gott im Himmel, wie hatte sie je glauben können, ihn vergessen zu haben?

Sie starrte Marcus an und hätte ihn am liebsten verflucht. Hätte ihn am liebsten geschlagen. Hätte am liebsten geweint. Mein Gott, wie sollte sie Richard eine gute Frau sein, wenn die Gedanken an Marcus immer noch ihr Gehirn und ihr Herz quälten?

Sie spürte, wie er sie ansah, mit einer Eindringlichkeit im Blick, die viel intensiver war als je zuvor. Warum war er zurück nach England gekommen? Was machte er in London?

Warum konnte er sie nicht in Frieden lassen?

Marcus sprach mit seinem Bruder, doch sein Blick wanderte immer wieder zu Brianne hinüber. Sie trug ein bernsteinfarbenes Seidenkleid mit hoher Taille, das mit Bändern in derselben Farbe wie ihre Augen abgesetzt war, und sah schöner aus, als er sie je gesehen hatte.

Sie lachte über etwas, das Richard gesagt hatte, aber ihr Gesicht war bleich, und Schatten lagen in ihren Augen. Er wollte diese Schatten verjagen, wollte sie in den Armen halten und ihr sagen, wie Leid es ihm tat, dass er ihr wehgetan hatte.

Marcus fluchte innerlich, denn er wusste, dass er dazu kein Recht hatte. Das Recht hatte er verloren, als er sie verließ.

Eigentlich hatte er sie eher zufällig hier in London gefunden. Die *Maiden* hatte erst vor ein paar Stunden im Hafen angelegt. Er war vom Schiff zu seinem Haus gegangen, um dort die Nacht zu verbringen und sich zu erfrischen, bevor er seine Reise nach Cornwall fortsetzte.

Er hatte überrascht festgestellt, dass sein Bruder zurzeit in dem Haus wohnte, der allerdings nicht zu Hause, sondern auf der Soiree des Grafen von Richmond war. Und er hatte auch erfahren, dass Brianne Winters Gast im Hause von Lord und Lady Halliday war.

Mehr als nur ein Gast, dachte Marcus grimmig. Brianne war die zukünftige Schwiegertochter des Marquis. Lord Richards zukünftige Ehefrau. Nicht schlecht für ein Wirtshaus-Mädel, das erst vor kurzem aus Charleston angekommen war, dachte er bitter, und das, obwohl es eine Zeit gegeben hatte, wo er es gut gefunden hatte, eine Beziehung zwischen den beiden zu fördern. Jetzt, wo es wirklich dazu gekommen war, wurde ihm bei dem Gedanken ganz elend.

Zu spät, sagte ein Stimme in seinem Innern. Genau wie Hamish befürchtet hatte. Aber es war noch nicht zu spät. Nicht, wenn es um so viel ging. Nicht, wenn es ihm schon beim ersten Blick in jene wunderschönen goldenen Augen einen schmerzlichen Stich ins Herz versetzte, sodass ihm völlig klar wurde, wie sehr er sie liebte. Nicht, wenn er in ihrem Blick anstatt Freude Schatten entdeckte.

Einst hat sie dich auch geliebt, sagte die Stimme.

Er betete, dass es immer noch so sein möge.

Eines war sicher. Was immer auch geschah, was immer sie auch vorhatte, Brianne Winters gehörte ihm. Marcus Delaine hatte vor, sie zu besitzen.

Brandy machte eine nervöse Bewegung. Sie war bei einem Gesellschaftsabend beim Viscount Wembley, zusammen mit ihren üblichen Begleitern, Lord Richard und seinen Eltern. Sie hatte schon den ganzen Abend getanzt und so getan, als amüsiere sie sich, aber es fiel ihr doch ziemlich schwer, da sie immer wieder unwillkürlich zur Tür schaute.

In den vergangenen drei Tagen war Marcus aufgetaucht, wo immer sie auch hinging. Sie wusste nicht, warum oder ob es sich nur um Zufall handelte, aber sein Erscheinen machte sie nervös, ihr Herz schlug zu schnell, und ihre Gedanken waren in Aufruhr. Heute Abend war es noch früh, und er war noch nicht erschienen, doch sie stellte fest, dass sie sozusagen beständig nach ihm Ausschau hielt, wobei ein Teil von ihr wünschte, er möge nicht kommen, während ein geheimer, versteckter Teil von ihr wünschte, er möge es doch tun.

Er hatte jeden Abend mit ihr gesprochen, doch jedes Mal nur kurz. Er war immer der perfekte Gentleman, doch seine Augen betrachteten sie dunkel und brennend, wenn er sie beobachtete.

Er hatte sie wegen Palmer Reese gefragt, und sie hatte geantwortet, dass sie ihn kaum kenne, wonach die Anspannung in seinem Unterkiefer nachzulassen schien. Sie fragte sich, was es mit ihrer Freundschaft wohl auf sich gehabt haben mochte, dachte, dass es vielleicht zu irgendeinem Konflikt zwischen ihnen gekommen war, sagte aber nichts dazu. Sie gab sich die größte Mühe, Marcus Delaine zu vergessen. Aber es gelang ihr nicht.

Brandy ging zwischen den mit grünem Filz bezogenen Tischen hindurch und sah den Männern zu, die Whist spielten. Richard und sein Vater saßen an einem Tisch in der Ecke, lachten, spielten mit kleinen Einsätzen und vergnügten sich hauptsächlich am Spiel. Eine Weile lang hatte sie neben Richard gestanden, und er hatte den Eindruck gemacht, dass er sich über ihre Anwesenheit freute.

In ein paar Tagen hatte er vor, ihre Verlobung öffentlich bekannt zu machen. Er wollte, dass sie so bald wie möglich heirateten, und Brandy hatte dem zugestimmt. Er war wirklich ein sehr netter Mann.

Sie verließ den Spielraum und wanderte hinaus auf die Terrasse. Es entsprach kaum dem Anstand, ohne Begleitung hier draußen zu sein, aber das Verlangen nach frischer Luft und einem Augenblick Alleinsein trieb sie zu verzweifelten Maßnahmen. Sie seufzte und trat zu einer Balustrade im Schatten, von der aus man auf einen kleinen Garten hinabsehen konnte. Fackeln erleuchteten schmale Kieswege, und Stiefmütterchen, Osterglocken und Tulpen waren aufgeblüht.

»Wie ich sehe, machst du dir immer noch nicht besonders viele Gedanken um deinen guten Ruf.« Beim Klang von Marcus' tiefer Stimme drehte sie sich mit einem Ruck um. »Ich bezweifle, dass es deinem Verlobten gefallen würde, zu wissen, dass du ganz allein hier draußen bist.«

Sie hob ihr Kinn ein wenig. »Ich wusste nicht, dass du hier draußen bist, sonst wäre ich sicher nicht gekommen.«

Er lachte leise mit einem verführerisch tiefen Grollen in der Brust. Sie schauderte flüchtig.

»Das kann ich mir denken«, sagte er. »Schade, übrigens.« Er trat näher, seine schlanke, hoch gewachsene Gestalt war jetzt dicht neben ihr. Sie spürte die Wärme seines Körpers und roch den würzigen Duft seines Rasierwassers.

»Warum folgst du mir? Was willst du?«

»Weißt du das denn wirklich nicht? Oder tust du vielleicht nur so?«

Sie befeuchtete ihre Lippen, die plötzlich schrecklich trocken waren. »Warum bist du zurückgekommen? Dein Bruder sagte, du hättest dein Schiff auf den Westindischen Inseln zurückgelassen und wärest allein nach London gekommen.«

Er streckte die Hand nach ihr aus und strich mit einem langen dunklen Finger über ihr Kinn. »Vielleicht bin ich deinetwegen zurückgekommen. Vielleicht habe ich bemerkt, dass du mir fehlst.«

Sie schüttelte nur den Kopf und machte einen Schritt rückwärts. »Es muss doch noch einen anderen Grund geben, etwas Wichtiges, das du tun wolltest. Wegen einer Frau würdest du dein Schiff nie verlassen.«

Seine Stirn legte sich in Falten. Sein unruhiger Blick zeigte eine Sehnsucht, die sie nicht verstand. »Du bist nicht nur einfach eine Frau, Brianne.« Er trat noch näher, sein Bein streifte den Saum ihres Kleides, und die Luft um sie herum schien dichter zu werden. Sein Blick wanderte über ihr Gesicht und bis zu ihrem Mund. »Du bist anders, Brianne. Du bist wirklich einzigartig. Das hätte ich dir schon vor langer Zeit sagen sollen.«

Sie starrte in sein gut aussehendes dunkles Gesicht, und bevor sie seine Absicht ahnen konnte, beugte er sich herab und drückte seine Lippen auf die ihren. Brandy schnappte nach Luft, und ihre Lippen öffneten sich überrascht, sodass Marcus' Zunge eindringen konnte. Seine Hände zogen sie hart und kräftig in seine Umarmung und drückten sie an sich.

Einen Augenblick lang gehörte sie wieder ihm, und die Welt fühlte sich nicht mehr schief an, wie so lange schon, sondern richtete sich scheinbar wieder auf, und alles kam wieder genau an seinen richtigen Platz. Sie küsste ihn mit all der Liebe, die sie einst für ihn empfunden hatte, mit der Kraft all dessen, was sie verloren hatte, als er sie verließ. Einen Augenblick lang erglühte in ihr wieder der Traum von einem Leben mit ihm, so frisch und schön wie eh und je.

Dann dachte sie an Richard, an seine freundliche Art, seine Treue. Marcus zu lieben würde nur noch mehr Schmerz bedeuten, noch mehr Kummer und Verlustgefühle. Sie drückte ihre Hände an seine Brust und stieß ihn von sich, trat ein paar Schritte zurück und atmete tief und heftig ein.

»Das … das hätte nicht geschehen dürfen. Und es wird nie wieder geschehen. Wenn du willst, dass wir Freunde bleiben, Marcus, dann würde ich dir raten, von nun an deine Hände bei dir zu behalten.«

Sein Blick bohrte sich heiß und eindringlich in den ihren. »Ich will mehr von dir als Freundschaft, Brianne. Immer schon.«

Brandy schüttelte den Kopf und fühlte sich den Tränen nah. »Es ist zu spät, Marcus. Du wolltest mich nicht. Eigentlich wolltest du mich nie wirklich. Ein freundlicher und braver Mann hat mich gebeten, ihn zu heiraten. Bitte … wenn dir auch nur ein wenig an mir liegt, lässt du mich von jetzt an in Ruhe.«

Er wirkte, als wollte er widersprechen, sah dann aber weg. Seine Knöchel, die um den Knauf seines Stockes lagen, waren weiß.

Brandy wandte sich ab und gab sich große Mühe, nicht zu weinen. Sie wusste nicht, warum er hier war, aber das war nicht wirklich von Bedeutung. Was sie ihm gesagt hatte, war die Wahrheit – es war zu spät. Sie wollte ihn nicht sehen. Sie wollte nicht in seiner Nähe sein. Sie hatte endlich gelernt, ohne ihn zu leben, und war entschlossen, dass es auch dabei bleiben sollte. Wortlos ging sie zur Tür und ließ ihn auf der Terrasse zurück, hasste sich dafür, was sie hatte geschehen lassen. Schuldgefühle nagten an ihr. Wie hatte sie Richard nur so betrügen können, während er immer so nett zu ihr gewesen war?

Sie achtete nicht weiter auf ihre zitternden Glieder und das plötzliche Verlangen davonzulaufen und ging wieder zurück ins Haus, in der Hoffnung, dass sie nicht so erschüttert aussah, wie sie sich fühlte. Lady Halliday saß im Salon. Sie schaute auf, als Brandy sich näherte, und ihr kluger Blick entdeckte die Röte auf Brandys Wangen.

»Mein Liebe, was ist los? Ihr seht wirklich mitgenommen aus.«

»Ich – ich fühle mich leider nicht besonders. Ich weiß, dass das nicht sehr höflich ist, aber glaubt Ihr, es würde Richard etwas ausmachen, wenn ich ihn bitte, mich nach Hause zu bringen?«

Die Marquise schaute zu der Tür, durch die Brandy eben hereingekommen war.

Eine hoch gewachsene Gestalt stand im Schatten auf der Terrasse. »Ich bin selbst ein wenig müde«, sagte die Marquise. »Kommt, wir sagen Simon und Richard, dass wir nach Hause möchten.«

»Meint Ihr wirklich?«

Ihr Blick wanderte wieder zu den Terrassentüren. »Ja, bestimmt«, sagte sie sanft. »Wir haben noch eine Menge zu tun, um Eure Verlobungsfeier vorzubereiten. Ein wenig Ruhe würde uns allen gut tun.«

Brandy nickte nur. Sie war schuldbewusst und verwirrt, und ein leises Ziehen pochte in ihrem Herzen. Richard verdiente eine Frau, die ihn ganz und gar liebte, so wie seine Mutter seinen Vater liebte. Und so gern Brandy ihn auch haben mochte, nach dem, was mit Marcus geschehen war, schien sie sich nicht mehr so sicher, ob sie ihn je so würde lieben können.

Mein Gott, wenn sie nur gewusst hätte, was sie tun sollte.

In der privaten Loge der Hawksmoors im Theatre Royale an der Catherine Street in Covent Garden saß Marcus neben Rex und Lady Margaret Herring, der hübschen blonden Frau, mit der Rex sich seit einigen Wochen öfter traf. Links neben Margaret saß ihre Mutter, die Gräfin von Trenton. In einer Loge gegenüber konnte er Brianne Winters sehen, die in einem roten Samtsitz neben ihrem zukünftigen Ehemann saß.

Jedes Mal, wenn Richard sie berührte oder nach ihrer Hand griff, wurde es Marcus eng in der Brust.

Der vergoldete Sitz neben ihm knarrte, als sein Bruder sich zu ihm vorbeugte. »Du liebst sie, weißt du das?«, sagte Rex leise, und seine hellblauen Augen schimmerten im Kerzenlicht. »Warum gibst du das nicht einfach zu?«

Marcus sah hinüber zu Brianne und konnte kaum glauben, dass die hübsche, unglaublich selbstbewusste junge Frau in dem gelb gestreiften Kleid einst ein Wirtshaus-Mädel aus Charleston gewesen war. »Sie ist einem anderen Mann versprochen, einem, den ich für meinen Freund halte.«

»Richard ist auch mein Freund. Das bedeutet nicht, dass du ruhig zusehen und erlauben solltest, dass er euer aller Leben ruiniert.«

Marcus' Mundwinkel verzogen sich leicht. »Das habe ich auch nicht vor.«

»Ach ja?«

»Ich bin nicht zurück nach England gekommen, um dazustehen und mit anzusehen, wie Brianne Richard Lockhart heiratet.«

Rex runzelte die Stirn. »Falls du die Absicht hast, sie wieder zu deiner Geliebten zu machen –«

»Habe ich nicht.«

»Wenn du die Absicht hast, sie zu heiraten und monatelang allein zu lassen, während du wieder zur See fährst –«

»Ich habe nicht die leiseste Absicht, sie zu verlassen und wieder zur See zu gehen. Den Fehler habe ich schon einmal gemacht.«

Rex grinste. »Ich hätte nicht gedacht, dass du noch darauf kommen würdest, bevor es zu spät ist.«

»Vielen Dank für den Ausdruck von Vertrauen.«

»Keine Ursache. Ich hoffe nur, dass du dir auch überlegt hast, wie du Brianne davon überzeugst.«

Dazu sagte Marcus nichts. Er war sich noch nicht ganz sicher, was er eigentlich tun sollte, nur Versagen war nicht vorgesehen. Er war vollständig, endgültig und verzweifelt in Brianne Winters verliebt. Auf die eine oder andere Art würde sie seine Frau werden.

Marcus saß während des ganzen Stückes ruhig da und machte sich dann auf den Weg nach draußen. Richard war gegangen, um seine Kutsche zu holen. Lord und Lady Halliday standen am Straßenrand, ins Gespräch vertieft. Er entdeckte Brianne, die auf sie zuging, und trat ihr in den Weg.

»Ich muss dich sehen, Brianne. Wir müssen einiges besprechen. Mir ist klar, dass du mir lieber weiter aus dem Weg gehst, aber das kann ich nicht zulassen. Wann können wir uns treffen?«

Sie hob den Kopf ein wenig höher. Er bemerkte, dass ihre Hände zitterten. »Was ... was meinst du damit?«

»Ich meine damit, dass ich unter vier Augen mit dir sprechen möchte. Ob du es glaubst oder nicht, ich bin wirklich nur deinetwegen nach London zurückgekehrt. Ich muss mit dir reden. Und wenn es auch nur wegen der Freundschaft ist, die uns einst verbunden hat, diesen einen Gefallen wirst du mir doch wohl tun.«

Sie schüttelte den Kopf. »Wir haben uns nichts zu sagen. Du hast dein Leben, ich habe meines. Was immer uns einst verband, ist vorüber.«

Er hob eine Hand zu ihrer Wange. Im Schimmer der Straßenlaterne war ihre Haut blass, fast völlig farblos. »Bist du da so sicher?«

Brandy schluckte und wandte den Blick ab, schaute hinüber zu den Theaterbesuchern, die vor dem Gebäude versammelt waren. »Und selbst wenn ich noch irgendwelche Gefühle für dich hätte, würde das auch nichts bedeuten. Ich habe einiges über mich herausgefunden während der Monate, die du fort warst, Marcus. Ich will Kinder. Daran wärest du nicht interessiert. Du könntest dich niemals so binden.«

»Du hast Unrecht«, sagte er sanft. »Das war vielleicht früher so, aber jetzt ist es nicht mehr wahr.«

Bernsteinfarbene Augen hoben sich zu Marcus' Gesicht. Brianne erkannte den Schmerz darin. Er wollte sie in die Arme nehmen, um den Schmerz zu vertreiben.

»Geh fort, Marcus, ich flehe dich an. Geh fort und lass mich in Ruhe.« Sie drängte sich an ihm vorüber und durch die Menge in Richtung auf die Kutsche der Hallidays. Ein Lakai öffnete die Tür, und Richard half ihr beim Einsteigen, gefolgt von Lady Halliday und dem Rest ihrer Gruppe. Er konnte noch einmal den Schimmer ihres feurigen Haars durchs Fenster erkennen. Marcus sah das Fahrzeug um eine Ecke und im grauen Dunst dahinter verschwinden. Es war ihm eng in der Brust, und sein Herz pochte schmerzhaft. Er wünschte, er hätte die richtigen Worte gefunden und gewusst, wie er Brianne dazu hätte bewegen können, dass sie auf ihn hörte.

»Deine Miss Winters ist ja wirklich reizend.« Palmer Reese stand nur einige Schritte entfernt und schlug lässig ein Paar schwarze Lederhandschuhe gegen seine Handfläche.

Bei seinem Anblick erstarrte Marcus. »Was hast du mit Miss Winters zu schaffen?«

»Gar nichts, muss ich leider sagen, denn ich finde sie wirklich reizend. Sie ist eine geheimnisvolle Frau. Niemand scheint viel über sie zu wissen … obwohl es ein paar kleine Gerüchte gibt, sie wäre einmal deine Mätresse gewesen.«

Ärger machte sich in ihm breit. Mit jedem Herzschlag schien seine Abneigung gegen Palmer Reese zu wachsen. In Marcus' Wange zuckte ein Muskel. »Ist das auf deinem Mist gewachsen, Palmer, oder hast du das von einem deiner Henker erfahren, vielleicht demselben, den du bezahlt hast, um meine Schiffe zu sabotieren?«

Palmer hob eine Augenbraue. »Du willst mich doch wohl nicht irgendwelcher Missetaten beschuldigen? Wir sind seit unserer Kinderzeit Freunde.«

»Freunde? Glaube ich nicht. Genau genommen hatte ich heute ein Treffen mit den Männern, die ich engagiert habe, um die Anschläge zu erforschen, die unsere Schiffe getroffen haben. Vor ein paar Monaten haben sie eine Liste von Leuten angelegt, die von meinen Verlusten profitierten. Du, Palmer, standest am Kopf dieser Liste.«

Palrner Reese lächelte nur. »Nichts Persönliches. Du hast die Verträge verloren, Marcus. Irgendwer musste sie ja bekommen. Es war einfach nur geschäftliches Geschick meinerseits.«

Marcus widerstand einem Drang, ihn zu schlagen. »Heute wurde bestätigt, dass bis zu dem Zeitpunkt, als die Hawksmoor Schifffahrtsgesellschaft ihre Verträge einbüßte, deine Gesellschaft in extrem schlechten Verhältnissen war.«

»Das beweist nicht, dass ich irgendetwas mit deinen Schwierigkeiten zu tun hatte.«

»Nein, unglücklicherweise nicht. Aber ich sage dir eines ganz klar: Wenn noch einmal irgendwelche ›Unfälle‹ auf meinen Schiffen vorkommen, werde ich nicht auf Beweise warten. Dann werde ich dir auf die Pelle rücken – und zwar höchstpersönlich. Ich werde dich fordern, Reese. Als wir noch Jungs waren, war ich immer ein besserer Schütze als du. Jetzt bin ich auch noch besser.«

Reese' Kinn spannte sich an, sein Gesicht wurde bleich.

»Und ich will kein einziges Wort mehr gegen Brianne Winters hören. Du verletzt sie und mich damit – verstanden? Und wenn doch, werden die Folgen dieselben sein. Du wirst sterben und meine Schwierigkeiten damit beenden.«

»Du bist wahnsinnig«, erwiderte Reese, aber Marcus hatte die Angst in seinem Gesicht deutlich erkannt. Marcus war sicherer denn je, dass Palmer hinter den Unfällen steckte, die ihn beinah seine Beine gekostet hatten.

Mit einem letzten harten Blick ging er davon und ließ Palmer Reese stehen, der hinter ihm herstarrte. Der Mann war zweifellos schuldig, aber es gab keine Möglichkeit, das zu beweisen. Er dachte an sein Treffen mit den Detektiven aus der Bow Street, die er vor nun beinah einem Jahr engagiert hatte. Reynolds und Kelly waren sicher, dass Reese der Mann hinter Marcus' Schwierigkeiten sein musste. Sie hatten sogar den Verdacht, dass er den Mann beseitigt hatte, der ihm dabei geholfen hatte, nämlich Cain Dalton, den ehemaligen Kapitän der *Fairwind*.

Man hatte Dalton in einer Gasse nicht weit von Reese' Büro gefunden, die Kehle aufgeschlitzt von einem Ohr zum anderen. Das Gerücht ging um, dass ein Mann ziemlich gut dafür bezahlt worden war, die Sache zu erledigen, und Reese' Name war dabei häufiger gefallen. Doch es gab keine Beweise, besonders nicht von der Art, die irgendein Gerichtshof akzeptieren würde.

Es hatte eine Zeit gegeben, da war Marcus beinah besessen gewesen von dem Gedanken, den Mann zu finden, der verantwortlich war für die Ereignisse damals an Bord der *Seehabicht*. Jetzt wollte er seltsamerweise nur noch sichergehen, dass seine Schiffe und seine Männer in Sicherheit waren. Doch die Drohung, die er Palmer gegenüber ausgesprochen hatte, war wirklich so gemeint gewesen. Wenn Reese versuchen würde, ihm oder seinen Schiffen irgendetwas zu tun, dann würde Marcus ihn töten.

Und genauso würde es sein, wenn Reese weiterhin versuchte, Brianne Winters schlecht zu machen.

24

Brandy musste fort. Sie konnte nicht einen Tag länger in London bleiben. Sie hatte am Morgen mit Richard darüber gesprochen, ihn angefleht, sie zu verstehen, und ihn gebeten, die öffentliche Bekanntmachung ihrer Verlobung zu verschieben.

»Dies geht mir einfach alles zu schnell«, hatte sie gesagt. »Du weißt, wie gern ich dich habe, Richard, aber ich brauche Zeit zum Nachdenken, damit ich klarer sehe.«

»Es ist wegen Hawksmoor, stimmt's? Bis zu seiner Rückkehr warst du zufrieden. Du hast dich sogar auf unsere Ehe gefreut.«

Brandy nahm seine Hand und hauchte einen Kuss auf seine glatten, wohlgeformten Knöchel. »Du hast die Freude zurück in mein Leben gebracht, Richard. Du hast mich aus der Dunkelheit geführt, die mich beinah zerstört hätte. Dafür werde ich dir immer dankbar sein. Aber ich brauche Zeit. Ich möchte, dass es stimmt zwischen uns. Ich möchte, dass alle Schatten verschwinden.«

»Ich will dich heiraten, Brianne. Ich würde alles für dich tun – was auch immer es sein möge.«

Sie lächelte ihn weich an. »Das weiß ich. Ich bitte dich nicht, für immer zu warten. Nur so lange, bis ich meine Gedanken geordnet habe.«

Richards Augen schlossen sich für einen Moment, dann seufzte er. »Wohin wirst du gehen?«

Brandy schaute zum Fenster zu einem Himmel, der eher grau als blau und von einer dünnen Rußwolke verfärbt war. »Zurück zu meinem Häuschen, dorthin, wo die Luft klar und süß ist und ich mir überlegen kann, was das Beste für uns beide ist.«

»Ich weiß, was das Beste ist«, sagte Richard fest. »Ich kann dich glücklich machen, Brianne, wenn du es nur zulässt.«

Sie drückte seinen Handrücken an ihre Wange. »Du und deine Familie sind die nettesten und großzügigsten Menschen, die ich je gekannt habe. Ich möchte weder dich noch sie verletzen. Gib mir Zeit, Richard. Ich verspreche dir, es wird sich alles klären.«

Mit einem Ausdruck von Resignation im Gesicht nickte Richard. »Ich werde eine Nachricht vorausschicken. Wann möchtest du abreisen?«

»Morgen, wenn du nichts dagegen hast.«

»Also gut, ich werde mich um die Vorbereitungen für deine Reise kümmern. Ich gebe dir ein paar Wochen, Brianne. Dann komme ich dich holen, und wir werden heiraten.«

Sie zögerte nur einen Augenblick, dann drückte sie ihre Lippen zu einem weichen, zärtlichen Kuss auf die seinen. Er hatte keine Ähnlichkeit mit den hitzigen, wilden Küssen, die sie mit Marcus geteilt hatte, aber Richard Lockhart war eben nicht wie Marcus Delaine. Vielleicht war das auch der Grund, weshalb sie sich zu ihm hingezogen fühlte und ihn heiraten wollte.

Ganz sicher würde sie, wenn sie erst einmal Zeit hatte, ihre Gefühle wieder unter Kontrolle zu bekommen, ihn und das Leben akzeptieren, das er ihr versprochen hatte. Bestimmt würde es ihr gelingen, ihre Erinnerungen an Marcus zu begraben.

Der Gedanke an ihre Rückkehr nach Cornwall erschien ihr wie ein heller Sonnenstrahl, der durch einen Gewitterhimmel dringt. Wenn sie erst einmal zu Hause war, würde sie Frieden finden. Sie musste nur dort hinkommen.

Rex Delaine hörte die Haustür des Stadthauses mit einem Krachen aufgehen, als sein Bruder hereinstürmte. Das Tacken seines Stockes auf dem Marmorboden am Eingang ging seiner Ankunft im Salon voraus.

»Also gut, wo ist sie? Die Zofe, die ich bezahlt habe, um mir zu sagen, was sie so macht, sagte, sie hätte gepackt und wäre in der Reisekutsche der Hallidays aufgebrochen.«

Rex, der neben dem Kamin stand, lehnte sich lässig an das Sims. »Deine Spionin wusste nicht, wohin sie wollte?«

»Offensichtlich nicht. Du jedoch scheinst sehr gut über die Bewegungen der Dame informiert zu sein.«

»Und du meinst, ich sollte Mitleid mit meinem älteren Bruder haben und ihm in seiner Not helfen.«

Marcus' Stirnrunzeln verschwand, und seine Mundwinkel hoben sich langsam. »Ganz genau.«

»Das wird dich teuer zu stehen kommen.«

Marcus brummelte etwas vor sich hin. »Wie viel?«

»Da gibt es so einen Hengst, den ich schon länger bewundere. Ich habe ihn gestern Nachmittag bei Tattersalls gesehen.«

»Dir ist klar, dass das Erpressung ist.«

»Ja, und die hast du wahrlich verdient.«

Marcus zögerte keinen Augenblick. »Also gut. Einverstanden.«

Rex grinste. »Sie ist zurück nach Cornwall gefahren. Du hättest dir eine Menge Geld sparen können, wenn du dir etwas Zeit zum Nachdenken genommen hättest. Wo, zum Teufel, sollte sie sonst schon hingehen?«

Marcus grunzte nur. »Ich hatte gehofft, dass sie dorthin gefahren ist, aber ich musste sichergehen.« Er wandte sich wieder zur Tür, überquerte entschlossen und mit nur leichtem Hinken den Teppich. »Sie hat keine Verstecke mehr. Wenn sie erst wieder dort ist, betritt sie mein Territorium, und diesmal wird die Frau sich anhören, was ich ihr zu sagen habe.«

»Sage ihr einfach nur, dass du sie liebst, Marcus. Mehr brauchst du gar nicht zu tun.«

Marcus drehte sich um. »Mag dir vielleicht leicht erscheinen. Doch selbst wenn ich das tun würde, bin ich nicht sicher, ob das irgendetwas änderte.«

Es würde bestimmt helfen, dachte Rex. Aber vielleicht hatte sein Bruder Recht. Brianne vertraute ihm nicht mehr. Sie wollte sich nicht auf das Risiko einlassen, ihn noch einmal zu lieben. Sie wollte den Schmerz nicht riskieren, der ihr drohte, wenn Marcus sie verließ, wie er es schon zweimal getan hatte.

»Viel Glück, großer Bruder.«

»Danke«, rief er über eine breite Schulter zurück. »Ich fürchte, das werde ich brauchen.« Das ungleichmäßige Geräusch seiner Schritte verklang, als er hinaufging, um zu packen und sich für die Abreise vorzubereiten.

In gewisser Weise beneidete ihn Rex. Er hatte nie eine Frau geliebt, nicht wirklich. Lady Margaret war schön und intelligent, und er fühlte sich sehr von ihr angezogen. Sie würde eine gute Frau für ihn sein, und er dachte, dass es vielleicht an der Zeit war, über die Ehe nachzudenken.

Aber er liebte sie nicht. Er war sich nicht sicher, ob er das überhaupt wollte. Liebe war schmerzlich. Ein Blick auf Marcus machte ihm klar, dass es so war. Er hatte es nicht eilig zu heiraten. Er musste wohl noch darüber nachdenken. Im Augenblick war er einfach nur froh, dass es sein Bruder war, der Brianne Winters gegenüberstehen würde.

Und Marcus hatte Recht – er würde jede Hilfe brauchen, die er nur bekommen konnte.

Brandy wanderte über den Pfad auf dem Kamm der vom Wind gepeitschten Klippen Cornwalls entlang. Die Luft war warm und feucht, sodass ihr die Kleider am Körper klebten. Unter ihr glitt das Meer auf den Sand. In der Ferne konnte sie das Schieferdach des Häuschens sehen und am Ende des Pfades die Spitzen und Türme von Hawksmoor House.

Sie betrachtete die majestätische Schönheit, die in den dunstigen Schatten des Nachmittags ätherisch wirkte. Sie kannte jede der klaren Konturen, konnte die Augen schließen und sich genau vorstellen, wo jedes der Butzenscheibenfenster war, kannte die verschiedenen Grautöne auf dem Dach. Es war ein

Ort voller Erinnerungen, doch Stück für Stück akzeptierte sie diese Erinnerungen als ein Stück der Vergangenheit und schob sie fort.

Jeden Tag seit ihrer Ankunft war sie über diese Klippen gewandert, hatte ihre Gedanken und ihr Herz erforscht, entschlossen, dort einen Platz für Richard zu finden und eine Zukunft für sich selbst. Sie war zu ihrem Häuschen gekommen, um Frieden zu finden, um sich von der Liebe zu verabschieden, die sie für Marcus fühlte, und den Schmerz zu lindern, der wieder in ihr Herz gekrochen war, seit er in London aufgetaucht war. Jeden Tag wanderte sie über die Klippen, und jeden Tag wurde der Aufruhr in ihrem Herzen weniger.

Und jetzt war *er* gekommen.

Zu ihrem Ärger und Kummer war Marcus an diesem Morgen in Cornwall angekommen, und obwohl sie ihn noch nicht gesehen hatte, hatte sie eine Nachricht bekommen, die sie zum Abendessen bei ihm einlud. Die Nachricht war kurz und förmlich, verriet nichts von seinen Gedanken – bis auf die letzte Zeile, die schlicht lautete: *Bitte, Brianne, kannst du kommen?*

Sie konnte einer solchen Bitte nicht widerstehen, und sie war ihm ja auch wirklich schon solange wie irgend möglich aus dem Weg gegangen. Es war an der Zeit, dass sie die Verhältnisse zwischen sich regelten. In den Tagen, seit sie London verlassen hatte, war sie zu denselben Schlüssen gekommen wie schon vorher.

Richard Lockhart war ein netter und anständiger Mann, der sie heiraten und glücklich machen wollte. Sie hatte ihn sehr gern, vielleicht liebte sie ihn sogar in manchen Beziehungen, und sie bewunderte seine Familie. Richard hatte ihr einen Platz auf der Welt angeboten, wo sie geliebt und akzeptiert werden würde. Er bot ihr Kinder und ein Heim mit einer Familie an.

Selbst Marcus' Gegenwart konnte sie davon nicht abbringen, nicht jetzt, wo sie wusste, wie schmerzlich es war, ihn zu lieben und welches Leben sie in der Zukunft erwartete, nicht, wo sie wusste, dass sein Heim die See war und immer sein würde, egal, was er sagte.

Ein Seufzer entrang sich ihren Lippen und wurde vom Wind davongetragen. Ein frühsommerliches Gewitter braute sich am Horizont zusammen, graue Wolken ballten sich und brachten die Luft in Unruhe, während sie sich dem Land näherten. Brandy hoffte, dass es Regen geben würde. Der Frühling war trockener gewesen als sonst, und das Land brauchte Wasser. Sie zog die Bänder an ihrer Haube auf und löste sie, ließ die warme Sonne in ihr Gesicht scheinen und wanderte zu ihrem Haus zurück.

Es blieben ihr noch ein paar Stunden, bis Marcus' Kutsche kommen würde, um sie abzuholen und die kurze Strecke zum Hawksmoor House zu bringen. Inzwischen wollte sie einen Brief an Flo schreiben, wie sie es manchmal tat. Sie hatte in letzter Zeit öfter an ihre Freundin gedacht und gehofft, dass es ihr gut ging. Sie würde ihr von Richard und ihren Heiratsplänen erzählen. Sie fragte sich, ob Flo glücklich war, und hoffte, dass sie durch den Besitz des Wirtshauses wenigstens ein wenig Sicherheit bekommen hatte, denn es sah ja ganz so aus, als würde sie ihr Leben ohne die Hilfe eines Mannes verbringen.

In ihrem Haus angekommen, setzte sie sich in den Salon und schrieb den Brief. Dann stieg sie mit ihrer Zofe Sally die Treppe zu ihrem Schlafzimmer hinauf, um ein Kleid auszusuchen, das sie anziehen würde.

Sie betrachteten ein Kleid nach dem anderen, doch keines schien so recht zu passen.

»Nicht das blassblaue – in dem sehe ich zu schüchtern aus.«

Sally hielt ein anderes hoch. »Wie ist es mit diesem hübschen goldenen Satin?«

Brandy schüttelte den Kopf. »Zu verführerisch. Es ist so tief ausgeschnitten, dass es eine regelrechte Einladung bedeutet.« Noch eine halbe Stunde verging ohne Entscheidung, und plötzlich kam Brianne die Idee, dass sie sich viel zu viele Gedanken machte, was Marcus denken könnte oder nicht, und sie wurde ein wenig ärgerlich.

»Was, zum Teufel, tue ich hier eigentlich? Zur Hölle mit Marcus Delaine. Gib mir das smaragdgrüne Seidene.«

»Ich dachte, Ihr wolltet keines, das tief ausgeschnitten ist.«

»So tief ist es gar nicht ausgeschnitten, und ich werde nicht einen einzigen Augenblick länger hier stehen und mir Sorgen darüber machen, was Marcus denken könnte oder nicht, wenn er mich darin sieht. Es ist mir inzwischen völlig egal, was er denkt.«

Aber Sally lächelte nur. Brandy hatte das seltsame Gefühl, dass das schlanke Mädchen sich vorstellte, wie der Graf von Hawksmoor vom Deck seines Schiffes herunterstürmte wie ein schwarzhaariger, hinreißender Pirat, um sie zu entführen.

Das war es wohl kaum, was Marcus tun würde, und außerdem war es Brandy sowieso egal. Sie hatte Marcus Delaine jahrelang geliebt und nichts als Kummer gehabt. Sie war nicht mehr so dumm, seinen mitternachtsblauen Augen und brennenden Blicken zu erliegen. Sie war nicht an dem interessiert, was er ihr zu sagen hatte.

Trotzdem, bis sie schließlich gebadet und sich umgezogen hatte, schien ihr Magen einen Knoten zu bilden, und ihre Hände zitterten. War er wirklich ihretwegen nach London zurückgekommen? Was konnte er wollen? Warum war er ihr nach Cornwall gefolgt?

Mein Gott, sie wünschte, sie wüsste es.

Marcus wartete an der Tür, als sie das Herrenhaus erreichte.

»Guten Abend, Brianne. Ich freue mich wirklich, dass du kommen konntest.« Obwohl seine Worte von förmlicher Höflichkeit waren, brachten seine Augen zum Ausdruck, dass er nicht vorgehabt hatte, ihr die Wahl zu lassen. Er trug nichts als Schwarz außer der silbernen Brokatweste unter dem Rock mit dem Samtkragen. Mit seinem schwarzen Haar und den dunkelblauen Augen sah er unerträglich attraktiv aus. Ihr flatterte jedes Mal der Magen, wenn er in ihre Richtung schaute, und ihre Kehle war trocken.

Sie zwang sich zu einem Lächeln. »Guten Abend, Mylord. Ich hoffe, du hattest eine angenehme Reise.« Das beiläufige Thema war allerdings kaum das, worüber sie reden wollte. Sie wollte nichts lieber, als zu erfahren, warum er nach Cornwall gekommen war.

»Genau genommen war die Fahrt lang und lästig, denn ich wollte möglichst bald hierher kommen.«

Natürlich wollte er das, sagte sie sich. Er hatte sein Heim vor Monaten verlassen. Da war es ganz natürlich, dass er möglichst bald zurück sein wollte. Das hatte nichts damit zu tun, dass sie hier war.

Doch der Ausdruck in seinem heißen, dunklen Blick machte klar, dass es allerdings mit ihr zu tun hatte.

»Ich glaube, die Köchin hat das Essen bald fertig. Ich hoffe, du hast Hunger.« Lange, elegante Finger legten sich um ihren Ellenbogen, als er sie durch den marmorgepflasterten Flur führte, der Ärmel seines Rockes streifte ihre Brust, und ein Kribbeln lief über ihre Wirbelsäule.

»Ich bin sogar sehr hungrig«, sagte sie betont lässig. »Ich kann mich daran erinnern, wie gut deine Köchin ist. Seit deine Nachricht kam, habe ich mich auf das Abendessen gefreut.« Das war eine dreiste Lüge. Sie hatte überhaupt keinen Hunger. Sie konnte den Gedanken an Essen kaum ertragen, aber ganz sicher würde sie ihm nicht sagen, wie sehr sie seine Gegenwart verwirrte.

»Ach ja, wirklich?« Einer seiner Mundwinkel hob sich ein wenig. »Und dabei habe ich geglaubt, dir wäre es vielleicht lieber gewesen, ich wäre in London geblieben und hätte dich in Ruhe gelassen.«

Verdammter Kerl! Wie konnte er nur immer so klar ihre Gedanken lesen? »Du hast wirklich ein Recht, hier zu sein, bestimmt mehr als ich. Hawksmoor House ist dein Heim.«

Marcus widersprach ihr nicht, sondern führte sie in einen kleinen, eleganten blauen Salon an der Rückseite des Hauses, der einen Blick aufs Meer bot. Nachdem er sie an einen leinengedeckten Tisch mit großzügig vergoldetem Geschirr und silbernem Besteck geleitet hatte, der von flackernden Bienenwachskerzen erleuchtet war, unterhielten sie sich höflich. Sie sprachen vom Wetter, von seiner Reise zu den verschiedenen Westindischen Inseln, alles folgenlose Bemerkungen, die nichts daran änderten, dass ihr Magen revoltierte und es ihr nur schwerer machte, das exquisite Mahl zu genießen.

Zwei Lakaien in schwarzsilberner Livree servierten Steinbutt in Hummersauce, Kalbsmedaillon, Austern, kandierte Karotten und Spargel. Kandierte Früchte und Cremespeise war das Dessert. Während des ganzen Essens sah Marcus ihr zu, und seine unglaublich blauen Augen strahlten mit solcher Eindringlichkeit, dass ihr zeitweise das Atmen schwer fiel. Ihr Magen zog sich vor Nervosität zusammen, und sie klammerte sich an ihre Serviette auf dem Schoß, damit ihre Hände nicht zitterten. Mein Gott, sie hätte nicht kommen sollen. Sie hatte vergessen, wie es sich anfühlte, mit ihm allein zu sein.

Marcus machte eine Handbewegung, und die Lakaien traten vor, um ihre Teller abzuräumen. Sie hatte ihr Essen kaum angerührt, obwohl sie so laut von ihrem Hunger gesprochen hatte. Schließlich verschwanden die Lakaien und ließen sie allein.

Marcus gab ihr die Hand beim Aufstehen, und sie gingen zum Fenster. Sie spürte seine Hand in ihrem Rücken, spürte die Hitze seines Blickes, der sich in sie zu bohren schien. In der Ferne zuckten die Blitze, denn das Sommergewitter hatte sie jetzt beinah erreicht. Donner grollten. Fackeln flackerten im Garten über der Klippe und warfen ein schimmerndes Licht im starken, warmen Wind, der vom Meer hereinwehte.

Brandy kämpfte das unsichere Gefühl nieder, das so sehr dem Zittern der Blätter an den Bäumen ähnelte, und zwang sich, in sein Gesicht zu sehen. »Es war ein schöner Abend, Marcus, aber es ist Zeit, dass ich zurück nach Hause gehe. Es fängt an zu regnen. Bald werden die Straßen zu schlammig sein, um sie zu befahren.«

Seine Mundwinkel hoben sich leicht. »Du könntest ja einfach hier bleiben.«

Bilder erschienen vor ihrem inneren Auge, wie es gewesen war, als sie letztes Mal in Hawksmoor House übernachtet hatte, jene Nacht, die sie in seinem Bett verbracht hatte. Ihr Gesicht errötete, und die Röte ergoss sich abwärts über ihren Hals und die Brüste. Marcus musste sich auch daran erinnert haben, denn ein hungriger Ausdruck erschien in seinem Blick.

Die Spannung, die sie spürte, nahm noch ein wenig zu. »Ich habe … ich habe nicht die Absicht, hier zu bleiben.« Sie wollte sich nicht an jene Nacht erinnern.

Und sie wollte sie auch nie vergessen.

Marcus kam ihr noch näher. Sie spürte die Hitze seines Körpers, den rauen Stoff seines Rockes, der sie berührte. Sie roch sein würziges Rasierwasser und jenen männlichen Duft, der nur zu ihm gehörte.

Er strich mit einem Finger über ihre Wange, und sie schauderte bei der Berührung. »Liebst du Richard?«

Brandy befeuchtete ihre Lippen, und das Sprechen fiel ihr schwer. Zum ersten Mal schien er ihre Verlobung zu bedenken. Sie stellte fest, dass ihm solche Worte nicht gefielen.

»Richard ist ein guter, anständiger Mann. Er wird ein sehr guter Ehemann sein.«

»Ich habe dich gefragt, ob du ihn liebst.«

Sie schluckte und hob das Kinn ein wenig. »Mit der Zeit werde ich ihn lieben.«

»Doch im Augenblick liebst du immer noch mich.«

Sie stolperte einen Schritt rückwärts, und etwas Schmerzliches stach sie in die Brust. »Nein! Ich habe nicht ... ich habe nichts davon gesagt. Ich liebe dich nicht. Ich gebe zu, dass es eine Zeit gab, wo das ... wo das so gewesen sein mag, aber jetzt nicht mehr.«

Er zuckte mit einer nonchalanten Geste die Schultern, doch die Anspannung in seinem Körper machte klar, dass er alles andere als lässig war. »Vielleicht nicht. Aber ich stelle mir lieber vor, dass es so ist, zumindest ein wenig, denn ich habe vor, dass wir heiraten werden.«

»Was?«

»Wenn du Lockhart nicht liebst, kannst du genauso gut meinen Antrag annehmen. Ich bin reicher, und ich bin ein Graf. Und schließlich bin ich auch der Mann, der dir die Unschuld genommen hat. Es ist meine Pflicht, dich zu meiner Frau zu machen.«

Sie sah ihn entsetzt an. Ärger erfüllte sie, sie war verletzt und doch verblüfft, konnte kaum glauben, dass sie ihn richtig verstanden hatte. »Dein Geld ist mir egal – ich habe selbst genug Geld. Und was deine Pflicht betrifft: Die hat dich bisher auch nicht wesentlich interessiert. Abgesehen davon habe ich Richards Antrag schon angenommen. Unsere Verlobung wird bald öffentlich bekannt gegeben und –«

»Kennt Lockhart die ... intime Art unserer früheren Beziehung?«

Sie richtete sich abrupt auf, ihr Herz schlug zu schnell. »Richard kennt die Wahrheit. Sie ist ihm egal.«

»Dann ist er klüger, als ich erwartet hatte.« Er trat näher, sein Blick immer noch auf sie gerichtet. »Ich bezweifle allerdings, dass er es billigen würde, dass du heute Abend bei mir bist.«

Da hatte er wohl Recht, dachte sie und wünschte noch einmal, sie wäre nicht gekommen. Sie wünschte, sie könnte gehen, wollte es aber noch nicht wirklich. Sein Mund war nur Zentimeter von dem ihren entfernt. Sie wusste, dass er sie küssen würde, wusste, dass sie kehrtmachen und davonlaufen müsste, aber ihre Beine fühlten sich wie festgefroren an, sie konnte sich einfach nicht bewegen.

Er nahm ihr Gesicht zwischen seine Handflächen, beugte den Kopf und streifte ihre Lippen mit einem federleichten Kuss. Dann legte er seinen Mund mit einer Sicherheit auf den ihren, dass ihr Herz wie wild zu schlagen begann und die Welt langsam verblasste. Hitze durchströmte sie und ein tiefer, erfüllender Genuss. Sie spürte den warmen Druck seiner Zunge, die wie Seide über ihre Unterlippe strich, und öffnete sich, um ihm Einlass zu gewähren.

Langsame, lange Küsse, die ihren Verstand und ihren Körper betäubten. Weich und sinnlich, wurden sie bald heiß und hungrig, sein Mund ergriff Besitz von ihr, seine starken Hände drückten sie fester an sich. Sie spürte seine Schwere an ihren Schenkeln und Brüsten, und ihr Körper sank an seinen. Seine Zunge glitt in ihren Mund, streichelte sie, beanspruchte sie in einer Weise für sich, wie er es noch nie zuvor getan hatte.

Einen Anspruch, zu dem er einfach kein Recht mehr hatte.

Sie spürte seine Hände auf ihren Brüsten, die sie sanft umfassten, durch den Stoff ihre Brustwarzen neckten, sodass sie sich ausdehnten. Seine Finger glitten über ihren Körper zur Rückseite ihres Kleides und begannen, die kleinen Goldknöpfe zu öffnen.

Mein Gott, er versuchte, sie zu verführen! Die schützende Wand zu zerstören, die sie so vorsichtig um sich errichtet hatte, und ihr Herz noch einmal mit Beschlag zu belegen. Durch den dichten Nebel der Leidenschaft schrie ihr Verstand eine Warnung. *Bremse ihn – bevor du Richard verlierst! Jetzt – bevor es zu spät ist!*

Marcus vertiefte den Kuss, und ihr Körper begann zu zittern. Wärme breitete sich in ihr aus, das Begehren drang bis in ihre Knochen vor. Dann erschien ein schmerzliches Bild vor ihrem inneren Auge. Sie stand auf dem Kai, und Marcus war dabei, an Bord seines Schiffes zu gehen. Er verließ sie, ging fort, genau wie immer. Der Kummer durchfuhr sie scharf, eine harte Erinnerung daran, was sie früher für einen Schmerz erlebt hatte.

Mit zitternden Händen und eisernem Willen löste sie sich von ihm, schwer atmend. »Nein – dies wird nicht geschehen. Weg von mir, Marcus – fass mich nicht an! Wage es nicht!«

»Brianne ... Liebste.«

Ihre Stimme zitterte. »Darum hast du mich eingeladen, stimmt's? Damit du mich vefühiren kannst, Richard zu betrügen.«

»Ich musste herausfinden, wie deine Gefühle sind, ob du dir immer noch etwas aus mir machst. Ich musste die Wahrheit erfahren.« Er trat einen Schritt auf sie zu, seine Hand in einer Geste der Beruhigung ausgestreckt, aber Brandy wich zurück.

»Ich lasse nicht zu, dass du dies alles mit mir machst, Marcus. Nicht noch einmal.« Tränen brannten in ihren Augen. »Ich lasse mich nicht noch einmal von dir verletzen.«

»Brianne, bitte, du musst mir zuhören. Wenn du nur –«

»Nein! Ich will dir nicht zuhören! Kein einziges Wort mehr.« Sie schluckte und lief auf die Balkontüren zu, die hinaus in den Garten führten. Ohne sich um das Gewitter zu kümmern, riss sie sie auf und rannte hinaus in die Nacht.

»Brianne, nein! Um Himmels willen, komm zurück!«

Aber Brandy rannte weiter durch den Garten auf den Pfad zu, der an der Klippe entlangführte, der Sicherheit ihres Hauses entgegen. Tränen strömten über ihre Wangen, sodass sie die vorüberfliegende Welt kaum sehen konnte. Ihre Beine zitterten, und ihre Brust schmerzte bei jedem tiefen Atemzug. Der warme Regen hatte den Boden in Schlamm verwandelt, und nach wenigen Minuten schon waren ihre Schuhe aufgeweicht und der Saum ihres Kleides zerrissen und schmutzig. Sie hob ihre Röcke und rannte weiter.

Sie konnte Marcus hinter sich rufen hören, er versuchte, sie einzuholen, doch sie rannte weiter. Sie musste entkommen, weg von hier. Marcus zu lieben bedeutete nur noch mehr Kummer. Selbst wenn er sie heiratete, würde er sie wieder verlassen. Die See war seine Heimat – sie war sein Leben und würde es auch immer bleiben.

»Brianne! Warte! Mein Gott, bitte komm zurück, bevor du dich verletzt!«

Doch sie rannte weiter, bis sich ihr Haar gelöst hatte und ihr in nassen Locken um die Schultern hing, bis das smaragdgrüne Kleid durchweicht an ihrem Körper klebte. Ein Blitz zuckte heftig über ihrem Kopf. Der Donner folgte nur Sekunden später. Brandy rannte weiter. Die Lichter ihres Hauses blinkten von fern. Wenn sie es nur erreichen konnte, dann würde sie in Sicherheit sein.

Ihr Fuß stieß gegen einen Felsbrocken, und sie stolperte. Sie bekam heftiges Seitenstechen, sodass sie langsamer laufen musste. Der Pfad war schmal und schlammig. Ein paar Meter vor ihr hatte der Regen ein Stück davon weggeschwemmt. Sie lief weiter, stolperte noch einmal und fiel hin, dann raffte sie sich wieder auf und setzte ihren Weg fort. Inzwischen rannte sie nicht mehr, sondern trottete unverdrossen weiter, wusste kaum noch, wo sie war oder wohin sie wollte. Sie wusste nur, dass sie entkommen und Marcus und den Schmerz hinter sich lassen musste.

Ihr Häuschen war nicht mehr weit. Sie blieb an einem Felsüberhang stehen und holte tief Luft, um sich zu beruhigen, den Blick fest auf den gelben Schimmer vor sich gerichtet. Sie hörte das ungleichmäßige Stapfen von Marcus' Schritten auf dem Pfad hinter sich, wollte wieder weiterrennen und schrie plötzlich auf, als er ihr Handgelenk packte und sie an sich riss.

»Mein Gott, bist du wahnsinnig geworden?« Er hatte irgendwo unterwegs seinen Stock verloren. Er zitterte so heftig wie sie, aber sein Griff war unnachgiebig. Brandy wehrte sich gegen ihn, schluchzte heftig, wollte sich befreien.

»Lass mich los! Du hast kein Recht, mich festzuhalten. Geh

weg und lass mich in Ruhe!« Sie schlug um sich, trat und wehrte sich, schluchzte wild, trommelte mit den Fäusten gegen seine Brust.

»Hör auf!«, befahl ihr Marcus und hielt sie noch fester. »Hör auf damit, hörst du? Der halbe Pfad weiter vorn ist abgerutscht – du hättest ums Leben kommen können!«

Brandy hörte auf, sich zu wehren, aber ihr Blick blieb auf sein Gesicht gerichtet. Der warme Regen klatschte auf ihre Stirn und rann in Rinnsalen über ihre Wangen. »Ich werde dich nicht heiraten! Du kannst mich nicht dazu bringen. Du machst dir gar nichts aus mir. Das Einzige, woraus du dir etwas machst, sind deine Schiffe und der Ozean. Ich will nicht den Rest meines Lebens hinter ihnen zurückstehen – nein, auf keinen Fall!«

Er strich Strähnen feuchten Haars von ihren tränenüberströmten Wangen. »Du stehst nicht hinter ihnen zurück, Brianne, du warst immer schon das Wichtigste. Ich war nur zu blind, um es zu sehen.« Er hob ihr Kinn mit den Fingern. »Ich liebe dich, Brandy, mehr als meine Schiffe, mehr als die See. Ich liebe dich mehr als alles, was ich mir je erträumt hätte, und mehr als das Leben wünsche ich mir, dass du mich heiratest.«

Ein Gewicht schien ihre Brust zusammenzudrücken. Marcus liebte sie! Jahrelang hatte sie sich das gewünscht. Und jetzt, obwohl es ihr Herz erfreute, sagte ihr Verstand, dass es nicht mehr von Bedeutung war.

Sie wischte die Tränen weg, ihre Augen voller Traurigkeit. »Du liebst die See, Marcus. Ich könnte nie genug für dich sein. Selbst wenn wir heiraten würden, würdest du mich früher oder später wieder verlassen.«

Er schüttelte den Kopf. Lockiges schwarzes Haar klebte in glänzenden, nassen Strähnen an seiner Stirn. Seine Kleider waren völlig aufgeweicht und schlammig. »Du hast Unrecht, Brianne. Ich liebe dich, und ich werde dich nicht verlassen. Jetzt nicht und in Zukunft nicht – das schwöre ich. Ich brauche dich, Brandy. Ich will nicht ohne dich leben.«

Gefühle übermannten sie. Er liebte sie – das sah sie in den Tiefen seiner Augen. Und es gab keinen Zweifel daran, dass sie ihn liebte. Wild, leidenschaftlich und für immer. So sehr sie sich bemüht hatte, dagegen anzukämpfen, sie liebte ihn immer noch.

»Marcus …«

»Bitte … sag, dass du mich heiraten wirst.«

Sie holte schaudernd tief Luft. Es war Wahnsinn. Es würde ihr nichts als Schmerz bringen, doch ein Teil von ihr wollte es sogar mehr als er. »Wie könnten wir beide heiraten? Du bist der Graf von Hawksmoor. Ich bin nichts als ein Wirtshaus-Mädel.«

Er lächelte sie mit solcher Zärtlichkeit an, dass etwas Süßes in ihr aufbrach. »Du bist die tapferste, leidenschaftlichste Frau, die ich je getroffen habe. Du bist das Sonnenlicht in den tiefsten Schatten für mich. Du bist die Freude in der Traurigkeit. Du bist mein Leben und meine Liebe, und ich will für immer bei dir sein.«

Brandy lehnte sich an ihn, ihre Brust schmerzte bei seinen schönen Worten. Sie wusste, dass er sie ernst meinte, und dachte, dass sie die Wahrheit waren. Sie wünschte nur, sie würde sie auch glauben können.

»Ich liebe dich, Marcus. Ich habe dich immer geliebt.«

Da küsste er sie mit einem wilden, leidenschaftlichen, brennenden Kuss, der sie atemlos und sehnsüchtig machte.

»Ich brauche dich so sehr, Brianne. Mehr, als du dir je vorstellen kannst. Willst du mich heiraten?«

Sie legte ihre Hand an die harte, starke Linie seines Kinns. Regentropfen rannen über seine Wangen und ihre Hand. Marcus brauchte sie, und sie liebte ihn. Egal, was geschehen würde, sie konnte sich ihm nicht verweigern. »Wenn du sicher bist … wenn du wirklich glaubst, dass es dies ist, was du willst, dann werde ich dich heiraten.«

Seine Augen schlossen sich langsam, und er zog sie in seine

Arme, drückte seine Wange auf ihren Scheitel. »Gott sei Dank.« Dann küsste er sie wieder, sank nieder auf die Knie und zog sie neben sich. Das Feuer, das sie vorher gespürt hatte, flackerte sofort zu neuem Leben auf. Mein Gott, es war so lange her, und sie hatte ihn so vermisst.

Marcus schob sie nach hinten, ohne auf den schlammigen Boden zu achten, hob sich über sie und begann, ihre Röcke hochzuschieben. »Ich muss dich haben«, flüsterte er, küsste ihren Hals und ihre Schultern und drückte kleine, weiche Küsse auf die Ansätze ihrer Brüste. »Ich muss wissen, dass du mir gehörst. Ich habe seit Monaten an nichts anderes gedacht.«

»Marcus ...« Verlangen erfüllte sie. Ihre Haut kribbelte unter seinem Mund und verwandelte ihr Blut in flüssige Flammen. Sie spürte seine Finger an ihrem Kleid, fühlte, wie der Stoff riss, dann seine Finger auf ihren Brüsten, seine Daumen, die die Spitzen streichelten, bis sie hart waren.

Sie war feucht und bereit, brannte nach ihm. Eine seiner Hände öffnete die Knöpfe vorn an seiner Kniehose. Brandy stöhnte, als er sich aus ihrer Enge befreite, ihre Mitte fand und tief in sie eindrang, sodass er sie mit einem einzigen harten Stoß ganz ausfüllte. Einen Augenblick lang hielt er inne, seine Gestalt bewegungslos über ihr, während er den Augenblick genoss, dann küsste er sie wieder, liebkoste ihren Mund, seine Hände kneteten ihre Brüste.

Feste, tiefe Stöße trugen sie höher und höher hinauf. Brandy klammerte sich an seinen Hals, ihr Körper hob sich ihm entgegen, nahm ihn noch tiefer in sich auf. Der süße Moment des Höhepunktes brach beinah gleichzeitig über sie beide herein. Sie hörte ihn ihren Namen rufen, und die Liebe für ihn schwoll in ihrer Brust.

Der Regen hatte sich in Dunst verwandelt, das Gewitter war weitergewandert. Das Grollen des Donners klang nur noch aus der Ferne, sodass sie das heftige Pochen seines Herzens hören konnte.

»Ich liebe dich«, sagte Marcus und strich das nasse Haar von ihrer Wange. »Ich war ein Narr, dich zu verlassen.«

»Ich liebe dich auch, Marcus. Ich liebe dich so sehr.« Es fühlte sich gut an, die Worte auszusprechen, die Wahrheit anzuerkennen, die sie so lange verleugnet hatte. Es blieb nur ein einziger Zweifel, nur eine kleine Spur von Angst, dass sie vielleicht doch einen Fehler machte. Brandy schaute in sein attraktives, geliebtes Gesicht und sagte sich, dass sie das Richtige tat.

Aber der Zweifel wollte nicht ganz verschwinden.

25

Sie schlossen die Ehe mit einer Sondergenehmigung in der kleinen Pfarrkirche in Tintagel. Brandy erinnerte sich später kaum an die Worte des Vikars, sondern nur an Marcus' starke, klare Stimme, mit der er gelobte, sie zu lieben, zu ehren in guten wie in schlechten Zeiten bis ans Ende ihres Lebens.

Zwei Tage später schickten sie Richard eine Nachricht, eine kurze Notiz von Marcus und einen langen Brief von ihr, in dem sie ihn um Verzeihung bat und darum, dass sie Freunde bleiben konnten:

Ich liebe ihn, Richard, lautete ihr Brief. *Es wäre dir gegenüber ungerecht gewesen, wenn wir geheiratet hätten. Du verdienst eine Frau, die dich von ganzem Herzen liebt, nicht nur mit den gebrochenen Teilen, die ihr verblieben sind.*

Brandy wünschte, er möge verstehen und ihr dann eines Tages auch vergeben.

Inzwischen waren die Tage und Nächte mit Marcus alles, was sie sich immer erträumt hatte. Sie verbrachten endlose Stunden damit, durch den Garten zu wandern oder die Klippen entlang, redeten von der Zukunft und liebten sich leidenschaftlich. Er sprach mit Faszination von seinen Plänen für die Zukunft, sprach von Thomas Cooke und seinen landwirtschaftlichen Erfolgen, aber auch von Lord Townsends Ideen zum Thema der Fruchtfolge, die Marcus hier in Cornwall einzuführen gedachte.

»Deine Pläne klingen wunderbar, Marcus.«

»Die Ideen sind nicht meine, aber ich habe vor, sie dazu zu machen. Ich habe noch mehrere andere Besitzungen mit deutlich mehr Fläche und viel besserem Boden. Dort dürften die neuen Techniken sich noch besser verwirklichen lassen.«

Es machte ihr Freude, den Eifer in seiner Stimme zu hören, mit dem er von der Zukunft sprach. Dadurch wurde ihr kleines Restchen Zweifel in Schach gehalten, und sie fand mehr Mut, ihm so zu vertrauen wie einst.

Doch immer, wenn sie ihn hinaus aufs Wasser starren sah, fragte sie sich unwillkürlich, woran er wohl dachte.

Palmer Reese trat lässig vom Steg auf das Deck der *Fairwind*. Das Schiff lag für ein paar Tage im Hafen, dann würde es einige kurze Fahrten an der Küste auf und ab machen und für ungefähr einen Monat in der Nähe bleiben. Palmer hatte den Fahrtenplan so arrangiert. Er hatte Pläne, die ihm sogar noch mehr Geld einbringen würden, und die *Fairwind* war ein wesentlicher Teil des Plans.

»Mr. Reese, Sir, es is' gut, Euch an Bord zu ham.« Der Erste Maat, ein krummbeiniger Seemann namens Jigs Marlin, der strähniges blondes Haar und Augen hatte, die keinen Ernst zum Ausdruck bringen konnten, trat auf ihn zu. »Käpt'n Proctor erwartet Euch unter Deck. Ich bringe Euch hinunter in seine Kajüte.«

Palmer hob eine Hand. »Nicht nötig. Ich kenne den Weg. Ich bin sicher, dass Ihr irgendetwas zu tun habt.«

Marlin machte ein finsteres Gesicht bei der Erinnerung daran und der leichten Missbilligung in Palmers Stimme. »Wie Ihr wünscht, Sir.« Er ging, um seine Arbeit wieder aufzunehmen, und Palmer machte sich auf den Weg zu der Leiter, die unter Deck und zur Kajüte des Kapitäns führte, ohne sich um die neugierigen Blicke der Männer der Mannschaft zu kümmern.

Cole Proctor erwartete ihn und machte ihm schnell die Tür auf, kaum dass er geklopft hatte. Er grinste ihn breit mit seiner Zahnlücke an und bedeutete ihm einzutreten.

»Ich habe Eure Nachricht bekommen. Ich wär auch gern zu Eurem Büro gekomm'.« Er war ein großer, massiger Mann und lange nicht so intelligent wie Cain Dalton, doch fähig genug, das Schiff als Kapitän zu lenken. Und wesentlich weniger Schwierigkeiten machte er sicher auch.

»Das glaube ich gern«, sagte Palmer und achtete nicht auf den Sitz, den Proctor ihm anbot. Stattdessen ging er hinüber zu der geschnitzten hölzernen Anrichte und goss sich einen Brandy ein. »Ich wollte einen Blick auf das Schiff werfen und sehen, wie gut es in Schuss ist.«

Proctor strahlte. »Sie ist so klar Schiff, wie sie nur sein kann, Mr. Reese. Absolut top. Ich lass die Kerle Tag und Nacht arbeiten. Hier faulenzt keiner rum.«

»Das ist gut zu hören«, sagte Reese, füllte sein Glas und trank einen Schluck. »Ich habe Pläne für die *Fairwind*, und dazu brauche ich sie in bestem Zustand. Inzwischen werdet Ihr kurze Fahrten zu nahe gelegenen Häfen machen, hier und auf dem Festland. Und zwischendurch sollt Ihr mit der Mannschaft daran arbeiten, die Geschwindigkeit zu verbessern, die das Schiff erreichen kann.«

Interesse flackerte in Cole Proctors Augen auf. »Ihr habt da wohl was vor, wie, Mr. Reese? Vielleicht etwas, wovon Ihr mir erzählen wollt?«

»Ich erzähle Euch davon, wenn es an der Zeit ist. Inzwischen soll es genug sein, wenn ich Euch sage, dass ich möchte, dass die *Fairwind* das schnellste große Segelschiff der Meere ist. Sorgt dafür, dass sie es wirklich wird, und für Euch steckt eine Menge Geld drin – und ein Bonus für die Mannschaft.«

Proctor grinste. »Überlasst das nur mir, Sir. Ich werde mich um alles kümmern.«

»Das wäre auch besser so – wenn Ihr weiterhin Kapitän dieses Schiffes bleiben wollt.«

Proctors Grinsen verlosch. Palmer kippte den Rest seines Brandys hinunter und stellte das Glas wieder auf die Anrichte. »Wie ich schon sagte, ich bin gekommen, um mir das Schiff anzusehen. Gehen wir?«

»Aye, Sir, was immer Ihr wünscht.«

Palmer kümmerte sich nicht weiter um den feindseligen Ton, der aus Proctors Stimme zu hören war. Jetzt, wo der Mann wusste, um was es ging, würde er seine Arbeit viel korrekter erledigen.

Und es war absolut unerlässlich, dass er das machte. Reese' Kinn wurde hart vor Entschlossenheit, als er den Kopf einzog und hinaus in den Gang trat.

Marcus saß in einem großen, von Büchern gesäumten Büro, das früher einmal das Arbeitszimmer seines Bruders gewesen war. Jetzt, wo er es mutig übernommen hatte, die Hawksmoor-Ländereien zu verwalten, brauchte er den Platz, und Rex, der froh war, die Last los zu sein, hatte ihm gern nachgegeben.

Die warmen Monate des Sommers waren vergangen, Tage der Zufriedenheit, anders als alles, was er sich je hätte vorstellen können. Er hatte nie erwartet, dass er so viel Freude daran haben würde, verheiratet zu sein. Oder jene Art von Liebe zu entdecken, bei der es ihm schon eng in der Brust wurde, wenn er seine Frau nur durchs Zimmer gehen sah. Wenn sie ihm ihr ganz besonderes Lächeln zuwarf, das sie nur für ihn reserviert hatte, fühlte er sich wie der glücklichste Mann auf der Welt. Der Klang ihres Lachens brachte sein Blut in Wallung und erregte ihn, sodass er sie begehrte, selbst wenn sie sich eben erst geliebt hatten. Gedanken an sie waren immer in ihm wach, bis er sogar vergaß, was er tat oder was er gerade hatte sagen wollen.

Manchmal war es wirklich peinlich.

So wie am Morgen dieses Tages, als Rex in sein Büro gekommen war, wo er wie ein liebeskranker Narr am Fenster stand und hinaussah zu Brianne, die im Garten arbeitete.

»Immer noch Hals über Kopf verliebt, ich sehe schon.« Rex kam grinsend zu ihm herüber. »Manchmal beneide ich dich, Marcus. Und bei anderen Gelegenheiten denke ich, dass es pures Glück ist, dass du es bist, der so ist, und nicht ich.«

Marcus räusperte sich und bedeutete seinem Bruder, sich aufs Sofa ihm gegenüber zu setzen. Rex war am selben Morgen aus London angekommen. Bis auf eine kurze Begrüßung war dies die erste Gelegenheit zum Gespräch.

Rex setzte sich, und Marcus nahm in dem gepolsterten Ledersessel hinter seinem Schreibtisch Platz. »Freut mich, dich zu sehen, kleiner Bruder. Wie geht es so in London in letzter Zeit?«

»Ziemlich ähnlich wie damals, als du abgereist bist. Richard fängt an, sich zu erholen. In letzter Zeit hat er sich öfter mit einer jungen Frau namens Marybeth Winston getroffen. Er scheint schon ziemlich verliebt, und sie ist ganz bestimmt an ihm interessiert. Ich glaube, dass er dir bald verzeihen wird, dass du ihm Brianne vor der Nase weggeschnappt hast.«

Marcus gab ein tiefes Knurren von sich. »Ich habe ihm einen Gefallen getan«, sagte er. »Diese Frau hätte er doch niemals in den Griff bekommen.«

»Vielleicht nicht die Frau, die sie seit deiner Rückkehr wieder ist. Sie war nicht dieselbe ohne dich, Marcus. Sie war nur ein Schatten der Frau, die du da draußen siehst. Ich bin froh, dass du zurückgekommen bist. Froh für euch beide.«

Marcus starrte hinaus in den Garten. Brianne spielte mit einer gelb getigerten Katze, die ein wenig wie Löwenzahn aussah, lachte über das Tier, als es ein trockenes Blatt über den Pfad zu ihren Füßen jagte. Sie hatte die Katze verletzt im Stall gefunden und unter ihre Fittiche genommen. Jetzt schlief die Katze im Haus und viel zu oft am Fußende seines Bettes. »Ich bin ein Mann, der viel Glück hat, Rex. Und glaube mir, ich weiß das.«

Rex zog einen Umschlag aus seiner Rocktasche und beugte sich vor. »Das hier kam Ende letzter Woche zum Büro der Hawksmoor Schifffahrtsgesellschaft in London. Papiere von Reynolds und Kelly. Ich habe sie gelesen – ich dachte, es könnte wichtig sein. Als ich gesehen habe, was darin steht, hielt ich es für das Beste, sie persönlich herzubringen.«

Marcus hielt beim Öffnen des Umschlags inne, und sein Blick huschte zum Gesicht seines Bruders. Ihm entging der ernste Ausdruck nicht. Dann machte er sich wieder daran, den Umschlag zu öffnen, zog einen dicken Stapel Papiere heraus und begann zu lesen.

Zuerst ein Brief von Mickey Reynolds, der den Inhalt des Umschlags genauer beschrieb, denn er enthielt verschiedene Pergamente, unter anderem auch Auszüge aus dem Kirchenbuch einer kleinen Gemeinde in Hounslow, nur ein paar Meilen außerhalb von London. Er kannte die Stadt. Als er sich daran erinnerte, dass es die Stadt war, in der Palmer Reese geboren worden war, begann er den Brief mit neuem Eifer zu lesen.

Seine Finger fühlten sich taub an, als er fertig war. Er lehnte sich in seinem Sessel zurück und ließ den angehaltenen Atem langsam aus seinen Lungen strömen.

»Mein Gott, das kann ich kaum glauben.«

»Konnte ich auch nicht, aber offensichtlich ist es die Wahrheit. Abgesehen von den Geburtsurkunden gibt es auch Berichte über eindeutige Überweisungen von der Bank von London. Vater hat fast dreißig Jahre lang Avery Reese Geld überwiesen.«

Bis zu dem Tag, an dem er gestorben war. Danach hatte der Geldfluss aufgehört, vielleicht einfach aus Versehen. Da er Palmer kannte, wie sein Vater ihn gekannt haben musste, war es wohl Absicht gewesen. »Ausdruck seines Schuldgefühls, vermute ich«, sagte Marcus. »Vater war nicht bereit, das Kind als seinen Sohn anzuerkennen, aber ganz aufgeben wollte er ihn auch nicht.«

»Das klingt so, wie es zum alten Grafen gepasst hätte, aber es fällt mir schwer anzunehmen, dass Palmer Reese unser Bruder ist.«

»Halbbruder«, korrigierte Marcus bitter.

»Bin ich auch«, erinnerte ihn Rex leise.

»Mein Vater hat deine Mutter geliebt. Das ist ja wohl kaum dasselbe. Nach diesen Papieren zu urteilen, war Avery Reese' Schwester, Rachael Stowe, eine hübsche junge Witwe mit einem schlechten Ruf. Als sie bei der Geburt starb, nahm Avery Palmer an Sohnes statt auf.«

»Und das nicht aus reiner Gutherzigkeit, wenn ich richtig zwischen den Zeilen lese.« Rex rutschte auf dem Sofa herum. »Vater hat für Palmers Ausbildung bezahlt, selbst für das Haus, in dem er aufgewachsen ist.«

»Der Graf war schon verheiratet, als Palmer geboren wurde, aber der Junge war trotzdem sein ältester Sohn. Wenn Vater ihn anerkannt hätte, wäre er der Erbe des Hawksmoor-Vermögens gewesen.«

Rex' Züge wurden hart. »Die Rache ist mein, spricht der Herr. Ich würde sagen, dass das ein verdammt gutes Motiv für die Angriffe auf die Hawksmoor Schifffahrtsgesellschaft ist!«

»Palmer hatte immer eine Abneigung gegen uns. Jetzt verstehe ich, warum.«

»Er dachte, er hätte derjenige sein müssen, der den Titel und das Vermögen erbt.«

»Ganz offensichtlich. Zusammen mit den finanziellen Problemen, denen er gegenüberstand – ganz abgesehen von dem vielen Geld, das er seit den ›Unfällen‹ verdient hat –, würde ich sagen, dass er jedes nur erdenkliche Motiv hat. Unglücklicherweise sind diese Dokumente immer noch nicht genug Beweis für die Gerichte.«

»Also, was sollen wir in der Sache unternehmen?«, fragte Rex.

Marcus rieb sich das Kinn. »Ich bin nicht sicher. Aber ich werde nicht ruhig dastehen und ihn damit davonkommen lassen.«

Rex lächelte nur. »Das hatte ich auch nie erwartet, großer Bruder.«

Brandy stand am Fenster des Salons. Durch den Garten hinter dem Haus konnte sie Marcus sehen, der an den Klippen entlangwanderte, den Blick auf die Segel eines Schiffs in der Ferne gerichtet, das vor dem Horizont erkennbar war.

Ein kleiner Anflug von Sorge berührte sie. War das Sehnsucht, die sie auf seinem Gesicht sah, wenn er hinaus aufs Meer starrte? Was dachte er? Was fühlte er?

Brandy wusste, was *sie* fühlte. Sie liebte ihn mehr denn je, doch in den Wochen, seit sie geheiratet hatten, wollte ihre Sorge einfach nicht ganz verschwinden, jene kleine, nagende Furcht, dass er sie früher oder später verlassen würde.

Sie sah ihn umkehren und zurück zum Haus kommen. Vielleicht dachte er an Palmer Reese und die Neuigkeiten, die Rex vor drei Tagen aus London gebracht hatte. Reese war Marcus' unehelicher Halbbruder und offensichtlich der Mann hinter den Angriffen auf die Hawksmoor Schifffahrtsgesellschaft, der Mann, der ihn beinah seine Beine gekostet hatte.

Was würde Marcus unternehmen? Diese Frage war ihr x-mal durch den Kopf gegangen, seit er ihr von dieser Entdeckung berichtet hatte. Mit einem Seufzer verließ sie den Salon und machte sich auf die Suche nach ihm. Als sie zum Eingang kam, sah sie ihn im Gespräch mit dem Butler, der offensichtlich eine Nachricht entgegengenommen hatte. Rex kam auch gerade vorüber.

»Sie ist von Tom Darton, meinem Verwalter der Hawksmoor Schifffahrtsgesellschaft«, sagte Marcus und ging voraus in sein Arbeitszimmer. Brandy trat hinter den beiden Männern ein.

»Was steht darin?«, fragte Rex.

»Es geht um die demnächst fällig werdende Erneuerung des Transportvertrages für Consolidated Sugar. Sie sind der wichtigste Kunde der Hawksmoor Schifffahrtsgesellschaft. Tom macht sich Sorgen, dass wir den Vertrag vielleicht verlieren könnten.«

»Das würde sicher ein Problem werden«, sagte Rex. »Vor allem nach so vielen anderen Schwierigkeiten im vergangenen Jahr.«

Marcus nickte, den Blick immer noch auf den Brief gerichtet. »Tom sagt, die Consolidated hätte sich entschlossen, die Sache dieses Jahr ein wenig anders anzugehen.«

»Inwiefern anders?«, fragte Brandy.

»Sie werden einen Wettbewerb abhalten für die Bewerber um den Transportvertrag. Das ist nicht ungewöhnlich, obwohl sie es bisher noch nie so gemacht haben. Sie werden den Vertrag an die Gesellschaft geben, deren Schiff als schnellstes den Weg von London zu ihren Zuckermühlen in Barbados zurücklegt.«

Brandy wurde es flau im Magen. Unwillkürlich ballten sich ihre Hände im Schoß zu Fäusten. »Bedeutet das, dass die *Seehabicht* am Wettbewerb teilnehmen muss?«

»Natürlich.« Beide Männer antworteten gleichzeitig, und zwei Paar blaue Augen sahen sie an.

»Ich nehme an, Palmer Reese wird auch teilnehmen.«

»Palmer will diesen Vertrag seit Jahren für sich gewinnen«, antwortete Marcus. »Er wird alles tun, um ihn zu bekommen.«

»Unglücklicherweise sind seine Chancen wirklich gut, so wie die Bedingungen gestellt sind«, fügte Rex hinzu. »Die *Fairwind* ist eines der schnellsten Schiffe überhaupt.«

Ihr Magen ballte sich in eisiger Furcht zusammen. Ihr Blick

blieb auf Marcus gerichtet. »Ich nehme an, die Consolidated Sugar erwartet, dass du Kapitän der *Seehabicht* sein wirst.«

Zum ersten Mal schien er zu spüren, woran sie dachte. Es war ihm aufgefallen, wie bleich sie plötzlich war, denn er warf den Brief auf den Schreibtisch, machte kehrt und kam auf sie zu.

Er streckte den Arm aus und nahm ihre Hand. »Tom hat vorgeschlagen, dass ich gehen sollte, ja. Dank Palmer Reese verdient die Hawksmoor Schifffahrtsgesellschaft nicht mehr so viel Geld wie früher. Wir können es uns nicht leisten, diesen Vertrag zu verlieren.«

Brandy schluckte, konnte aber nichts sagen.

Marcus griff nach ihren Schultern und drehte sie zu sich herum. »Du glaubst doch nicht, dass das bedeutet, dass ich wieder zurück zur See gehe?«

»Tust du das nicht? Für mich klingt das aber so.«

»Dies ist nur eine einzige Fahrt. Mir ist klar, dass ich ein paar Monate fort sein werde, aber ich habe keine andere Wahl. Hamish kann das nicht allein – zumindest nicht so gut wie ich. Ich muss gehen, Brianne, das kannst du doch sicher verstehen.«

Das konnte sie allerdings verstehen. Nur allzu gut. Er ging wieder fort, kehrte zu seinem Leben auf See zurück – genau, wie sie immer befürchtet hatte. Und das Schlimmste war, dass er absolut Recht hatte mit dem, was er tat.

»Ich verstehe, warum du das tun musst, Marcus. Ich weiß, wie schwer du daran gearbeitet hast, die Hawksmoor Schifffahrtsgesellschaft aufzubauen. Ich weiß, wie du für die Gesellschaft empfindest und für die Menschen, die für dich arbeiten. Ich möchte nur einfach mit dir gehen.«

Marcus' Augen weiteten sich überrascht. Er biss die Zähne zusammen und schüttelte den Kopf, was sie schon erwartet hatte. »Du weißt, dass ich das nicht tun kann.«

»Warum nicht? Ich würde schrecklich gern Barbados sehen und –«

»Kommt überhaupt nicht in Frage. Es besteht eine große

Wahrscheinlichkeit, dass Reese wieder versucht, irgendeinen Schaden anzurichten. Ich will dich nicht in eine solche Gefahr bringen.«

Sie war nicht überrascht, doch ein leises Ziehen erfüllte ihre Brust. Sie wollte Einwände erheben, ihn dazu überreden, dass er sie mitnehmen sollte. Aber tief im Innern hatte sie gewusst, dass dies geschehen würde. Ihr Herz hatte es gewusst, aber ihr Verstand hatte einfach nicht darauf hören wollen.

Tränen brannten hinter ihren Augen. Sie wandte sich ab, damit Marcus es nicht sah.

»Ich wünsche dir viel Glück«, sagte sie leise. »Ich habe keinen Zweifel, dass du gewinnen wirst.« Sie zwang ihre Beine, sich zu bewegen, und ging hinaus.

Marcus starrte hinter ihrer kleinen, verschwindenden Gestalt her, und ein Knoten bildete sich in seinem Bauch. »Ich dachte, sie würde mich verstehen.«

Rex' Blick blieb auf die Tür gerichtet, selbst nachdem sie hinausgegangen war. »Ich glaube, das tut sie. Sie weiß, dass du gehen musst. Sie weiß auch, dass du ihr versprochen hast, sie nicht zu verlassen und zur See zurückzukehren, und jetzt brichst du dein Wort.«

Er spürte leisen Ärger in sich aufkommen. »Ich kann es nicht glauben – du also auch. Was erwartest du, dass ich tun sollte? Wenn ich Hamish als Kapitän der *Seehabicht* fahren lasse, sind die Chancen groß, dass wir den Transportvertrag der Consolidated Sugar an Palmer Reese verlieren. Wenn das geschieht, kann die Hawksmoor Schifffahrtsgesellschaft gleich zumachen. Eine Menge Leute werden ihre Arbeit verlieren, ganz zu schweigen davon, dass es Palmer Reese gelingen wird, genau das zu erreichen, was er vorhatte: die Hawksmoor Schifffahrtsgesellschaft zu ruinieren und so eine Art verrückte Rache an unserem Vater zu üben.«

Rex fuhr sich mit einer Hand durchs Haar. »Ich kann dir nicht sagen, was du tun sollst. Vielleicht wird sie irgendwann akzeptieren können, dass du gehst, wenn du ihr etwas Zeit gibst.«

Marcus schlug mit der flachen Hand auf den Schreibtisch. »Ich gehe nicht weg, verdammt! Ich erledige eine Aufgabe, die ich erledigen muss. Sobald ich damit fertig bin, werde ich wieder zurückkommen, und das ist alles.«

Eine ganze Weile lang sagte Rex nichts, aber es war offensichtlich, dass er seine Zweifel hatte. Und die hatte Brianne wohl auch. Die Uhr auf dem Kaminsims tickte laut in der Stille. »Wann brichst du auf?«

Marcus seufzte. »Sobald ich es arrangieren kann. Glücklicherweise wird die *Seehabicht* irgendwann im Laufe der nächsten Woche wieder einlaufen. Danach werde ich mindestens noch eine Woche brauchen, um sie zu überholen.«

»Ich nehme an, dass das Ganze Palmers Idee ist. Er hat immer damit angegeben, die *Fairwind* sei das schnellste Schiff seiner Größe, das es gibt. Ich frage mich, wie er das hinbekommen hat.«

Marcus schaute zur Tür, dachte an Brianne und hasste Palmer Reese mehr denn je. »Das weiß der Himmel. Nur eines ist sicher – er hat Vaters Redegewandtheit geerbt.«

Rex lachte. »Vater hätte eine Nonne dazu überreden können, ihr Habit auszuziehen. Vielleicht ist er auf diese Art auch in die Schwierigkeiten mit der jungen Witwe Stowe geraten.«

Marcus lächelte schwach. »Mag sein. Was immer auch die Wahrheit gewesen sein mag, ich beklage ganz sicher den Tag, an dem er in das Bett der hübschen Witwe gerutscht ist.«

Für Brandy vergingen die nächsten Tage in einem Nebel von beunruhigenden Gefühlen. Ein Teil von ihr verstand völlig, warum Marcus fortgehen musste.

Er hat keine andere Wahl, sagte ihre innere Stimme. *Seine Gesellschaft hängt von ihm ab. Die Leute, die für ihn arbeiten, hängen von ihm ab. Er kann nichts anderes machen.*

Unglücklicherweise erinnerte sie eine zweite Stimme daran, dass er sich weigerte, sie mitzunehmen. Es war dieselbe Stimme, die flüsterte, wie sehr er die See liebte, wie er sie sich als seine Geliebte vorstellte. Wie er sie mehr liebte, als er je irgendeine Frau lieben konnte.

Die Tage vergingen langsam. Seit Marcus sich entschlossen hatte zu fahren, gab er sich die größte Mühe, erklärte ihr immer und immer wieder, wie sehr er sie liebte. Gleichzeitig war er auch seltsam abwesend, dachte ständig an Palmer Reese und an die vor ihm liegende Konfrontation. In der vergangenen Nacht hatte er sie mit unvorstellbarer Zärtlichkeit geliebt. Sie dachte, dass er vielleicht spürte, wie schwer es für sie war und welche Sorgen sie sich um die Zukunft machte.

Samstag, der Tag seiner Abreise, kam viel zu schnell. Marcus hatte gepackt, die Kutsche war bereit für seine Fahrt nach London. Rex war schon vor zwei Tagen abgereist, zurück in die Stadt, um mit den nötigen Vorarbeiten zu beginnen.

Jetzt war es Zeit, dass Marcus zu ihm fuhr, und Brandys Magen zog sich vor Furcht zusammen. Sie redete sich ein, dass sie akzeptieren musste, was sie von Anfang an gewusst hatte, was sie nicht ändern konnte. Sie hatte gewusst, dass sie eines Tages dieser Situation gegenüberstehen würde, als sie zugestimmt hatte, ihn zu heiraten. Aber es fiel ihr nicht leicht.

Er kam mit entschiedenen Schritten in ihr Schlafzimmer. Der Stock war inzwischen so sehr ein Teil von ihm geworden, dass er nicht mehr von seinen geschmeidigen Bewegungen ablenkte, sondern sie eher zu betonen schien, was seine Attraktivität noch erhöhte. Einen Augenblick lang zog sich ihr Herz in der Brust zusammen. Sie holte tief Luft, um sich zu beruhigen, und zwang sich, sich zu beherrschen. Er musste gehen. Er hatte keine andere Wahl, und ganz tief im Innern hatte sie immer gewusst, dass er wieder zur See fahren würde.

»Bist du so weit?«, fragte sie und brachte ein unsicheres Lächeln zustande.

Marcus nickte. »Mein Gepäck ist fertig. Die Kutsche wartet draußen.« Er seufzte und fuhr sich mit einer Hand durchs Haar. »Ich wünschte, ich müsste dich nicht verlassen.«

Ihr Lächeln verblasste und verschwand ganz. »Ich auch«, sagte sie leise.

»Wenn die Gefahr nicht wäre, würde ich dich mitnehmen.«

Sie wandte den Blick ab und blinzelte heftig. »Du hast doch noch nie sehr viel Wert darauf gelegt, eine Frau an Bord deines Schiffes zu haben. Ich bin sicher, dass sich das nicht geändert hat.«

Marcus streckte die Hand aus und griff nach ihrem Kinn, zwang sie, ihn anzusehen. »Das ist nicht wahr – nicht mehr. Es ist nur, dass ich dich in Sicherheit wissen will.«

Brandy entzog sich ihm und ging hinüber zum Fenster. »Manchmal ist Sicherheit nicht das Wichtigste.«

Marcus trat von hinten an sie heran. Sie konnte hören, wie er sich näherte. »Du glaubst doch nicht etwa, dass ich gerne gehen *möchte*?«

»Du hast die See immer geliebt, Marcus. Natürlich möchtest du gehen.«

Er drehte sie um, sodass sie ihn ansah, zog sie in seine Arme und hielt sie an seine Brust gedrückt. »Es ist einfach unerlässlich, dass wir diesen Transportvertrag wieder bekommen. Ich gehe, weil ich gehen muss. Ich liebe dich, Brianne. Ich werde so schnell wie möglich zurückkommen.«

Brandy nickte nur. Er musste gehen, und doch fühlte sich ihr Herz bleischwer an. Sie spürte sein gestärktes Hemd an ihrer Wange, roch den sauberen männlichen Duft seiner Haut, und einen Augenblick lang drohte ihre sorgsam gehütete Beherrschung verloren zu gehen.

Er ließ sie los, und ein Gefühl der Leere überkam sie. »Ich werde dich vermissen, Marcus«, sagte sie leise und schaute in sein geliebtes Gesicht. »Bitte sei vorsichtig.«

Er beugte sich vor und küsste sie, und Brandy erwiderte den

Kuss, liebte ihn in diesem Augenblick mehr als je zuvor, voller Angst, ihn zu verlieren, da die Anziehungskraft der See groß sein würde.

»Ich komme zurück, sobald ich kann.« Ein letzter harter Kuss, und er war fort, seine Schritte hallten unheimlich, als er den Flur hinunterging und wieder aus ihrem Leben verschwand.

Marcus hatte schon beinah die Kutsche erreicht, bevor das Kribbeln in seinem Hinterkopf ein klingender Hammerschlag der Warnung wurde. Er dachte an die Fahrt, die er vor sich hatte, stellte sich die langen, einsamen Wochen vor, die er auf hoher See verbringen würde. Er dachte an Brianne und daran, wie sehr er sie beim letzten Mal vermisst hatte, wie nah er daran gewesen war, sie zu verlieren.

Er hatte ihr die Wahrheit gesagt, er wollte sie nicht verlassen. Aber das Risiko, sie mitzunehmen, war einfach zu groß.

Manchmal ist Sicherheit nicht das Wichtigste.

Marcus blieb unten vor den Stufen zu seiner Haustür stehen. Sie glaubte doch wohl nicht etwa, dass er endgültig wieder zurückkehrte zur Seefahrt? Dass dies einfach nur der Anfang eines Lebens war, an dem sie nicht mehr teilnahm? Und doch hatte so ein Ausdruck in ihren Augen gelegen, der nach Sehnsucht und Verlust aussah. Er hatte sie gebeten, ihn zu heiraten, hatte ihr versprochen, dass er sie nicht mehr verlassen würde, dass sein Leben auf See vorüber war. Und das war auch so.

Aber in Wahrheit wollte ein Teil von ihm wirklich wieder gehen, wollte das Deck der *Seehabicht* unter den Füßen spüren – wenigstens für eine Weile.

Marcus holte tief Luft. In gewissem Sinne hatte Brianne Recht. Er liebte die See und würde sie immer lieben, aber seine Frau liebte er wesentlich mehr. Er wollte sie nicht verlieren – egal, aus welchem Grund. Er erinnerte sich nur zu gut daran, wie sein Leben ohne sie gewesen war.

Marcus fühlte ein kaltes Schaudern. Diese Reise konnte gefährlich werden, ganz sicher, aber Brandy war die stärkste, mutigste Frau, die er je gekannt hatte, und wenn er vorsichtig war, würde er einen Weg finden, sie zu beschützen. Wenn er sie jetzt zurückließ, das sah er plötzlich, dann durchtrennte er damit das Band des Vertrauens, das sie erst langsam wieder neu aufzubauen begonnen hatten. Und das war ein noch größeres Risiko – eines, das sie beide zerstören konnte.

Marcus machte auf der untersten Stufe kehrt und ging wieder zurück ins Haus, wobei das Herz in seiner Brust beinah schmerzlich heftig pochte. Er schritt den Flur entlang zu den Zimmern, die er mit Brianne teilte, öffnete die Tür und trat ein.

Sie saß in einem Sessel vor dem Fenster, den Rücken der Tür zugewandt, und starrte hinaus aufs Wasser. Obwohl sie keinerlei Geräusch von sich gab, zuckten ihre Schultern in lautlosem Weinen. Sie drehte sich um, als er hereinkam, sprang von ihrem Sessel auf und wischte sich hastig die Tränen von den Wangen. Marcus' Herz zog sich heftig zusammen, und er blieb gleich an der Tür stehen.

»Marcus …?« Ihre Wangen waren noch feucht, ihre goldenen Augen verzweifelt und von Schmerz erfüllt. Ein Schwall von Gefühlen durchströmte ihn, und seine Finger auf dem Knauf seines Stockes zitterten.

»Brianne … Liebste. Es tut mir Leid.«

»Marcus … was ist los? Was ist geschehen? Hast du etwas vergessen?«

Es wurde ihm eng in der Kehle. Er wollte sie halten, die Dunkelheit aus ihrem Blick vertreiben. Mein Gott, wie hatte er ein solcher Narr sein können? Er schluckte und lächelte sie sanft an.

»Nein, Liebes, mir ist etwas eingefallen. Mir ist eingefallen, dass du mir wichtiger bist als jeder Vertrag, jeder Wettbewerb, jeder Gedanke an Rache. Mir ist wieder eingefallen, wie ich mich gefühlt habe, als ich dich verloren hatte, wie verzweifelt ich war, als ich glaubte, du könntest vielleicht einen anderen heiraten. Plötzlich wurde mir klar, was für ein Narr ich gewesen bin.«

Brianne sagte nichts, doch sie hielt sich mit der einen Hand an der Lehne des Sessels fest. Ihr Blick hing an seinem Gesicht. »Ich … ich verstehe dich nicht.«

»Ich habe dir ein Versprechen gegeben, bevor wir geheiratet haben. Ich habe dich gebeten, mir zu vertrauen. Wenn ich ohne dich von hier fortgehe, dann breche ich mein Versprechen und zerstöre dein Vertrauen.«

Ihre Unterlippe zitterte. »Willst du damit sagen, dass du mich mitnehmen wirst?«

»Jetzt und wann immer du mit mir kommen willst. Ich werde dich nie wieder verlassen, Brianne. Das habe ich dir versprochen, und das meine ich auch so. Ich hoffe, du kannst mir verzeihen, dass ich vergessen hatte, was wirklich wichtig ist.«

»Marcus …« Sie machte nur einen Schritt auf ihn zu, und Marcus eilte zu ihr und nahm sie in die Arme.

»Mein Gott, Brianne.« Sie klammerte sich an seinen Hals, und er dachte, dass er noch nie etwas gespürt hatte, das sich so unglaublich, unübertrefflich gut anfühlte. Er küsste sie, verzweifelt, gierig, und Brandy erwiderte den Kuss. »Pack deine Sachen«, sagte er leise. »Du wirst Barbados sehen. Wir haben ein Wettrennen zu gewinnen.«

Der süße Klang von Lachen ertönte aus der Tiefe ihrer Kehle. Es war ein so schöner Klang, dachte er und war sich noch sicherer, dass er die richtige Entscheidung getroffen hatte.

»Wir *werden* gewinnen, Marcus.« Sie warf ihr kupferfarbenes Haar zurück. »Gegen uns beide hat Palmer Reese keine Chance.«

Marcus lächelte. Reese hatte keine Chance, und er genauso wenig. Brandy Winters hatte den Wettbewerb um sein Herz schon vor langer Zeit gewonnen, in den Tagen, als sie im Wirtshaus Weißes Pferd vom Mädchen zur Frau geworden war.

26

Die Kais von London brodelten vor Geschäftigkeit. In der Straße neben den Docks drängten sich Lastkarren, Kutschen und Pferde, es ertönten das Klirren von Pferdegeschirr und die Rufe der Arbeiter. Betrunkene Matrosen, Huren, Händler und Hafenarbeiter drängten sich über das Kopfsteinpflaster.

Hamish Bass, der an der Reling der *Seehabicht* lehnte, betrachtete das Getümmel. Wie Ratten in einem Irrgarten, dachte er mit einem Kopfschütteln und freute sich schon darauf, wieder zu seinem Leben auf See zurückzukehren. Dann wandte er sich wieder den Aktivitäten an Bord der *Seehabicht* zu. Das Schiff lag jetzt schon seit fast einer Woche im Hafen. Am Tag nach ihrer Ankunft war der Kapitän an Deck erschienen, um ihnen die Neuigkeiten von Consolidated Sugar und der Wettfahrt zu überbringen, die sie gewinnen mussten, damit die mächtige Zuckergesellschaft ihren Transportvertrag erneuerte.

Hamish lächelte und war froh, den Käpt'n wieder an Bord zu haben. Wenn irgendjemand es schaffen konnte, gegen die *Fairwind* zu gewinnen – und das würde nicht leicht sein –, dann war das Marcus Delaine.

Aus Hamishs Lächeln wurde ein breites Grinsen. Die Ankunft des Kapitäns hatte ihn nicht überrascht, obwohl das Erscheinen seiner neuen Ehefrau etwas unerwartet kam. Brandy Winters Delaine, Lady Hawksmoor, war an Bord gekommen, mit einem Ausdruck von Erregung und einem Lächeln für die Mannschaft. Sie hatte sich sofort nützlich gemacht und in der Kombüse mit Cyrus Lamb das Essen für die kleine Gruppe von Männern vorbereitet, die an Bord geblieben waren, obwohl der Käpt'n gebrummt hatte, das sei keine Arbeit, die einer Lady gezieme.

Das Mädel hatte nur gelächelt. Dann hatte sie ihn einfach

geküsst, direkt vor den Männern. Sie hatte gesagt, sie würde verrückt werden, wenn er sie all die Wochen der Reise unter Deck in seiner Kajüte lassen würde, wo sie außer Lesen nichts zu tun hatte.

Natürlich hatte der Kapitän nachgegeben. Er war ein anderer, glücklicherer Mann geworden, seit Hamish ihn das letzte Mal gesehen hatte. Er lachte leise bei dem Gedanken, dass der Kapitän sicher richtig gehandelt hatte, indem er das Mädel heiratete und mitbrachte.

Hamish drehte sich um, als er Schritte hörte und den jungen Brig Butler auf sich zukommen sah.

»Mr. Bass – habt Ihr Kapitän Delaine gesehen?« Brig war vor ein paar Monaten nach England zurückgekehrt und arbeitete jetzt für seinen Vater in dem Versuch, ein Händler zu werden. Aber der junge Mann hatte von der Wettfahrt gehört und war entschlossen, dabei zu sein.

»Wir haben ein Problem, Sir. Wir müssen sofort den Kapitän finden.« Blond und gut aussehend wanderte Butler über das Deck, als wäre er der Eigentümer und nicht nur ein einfacher Matrose. Das Seltsame war, dass Hamish das an ihm gefiel. Er war ein fähiger Kerl, und er wusste es. Langsam wurde wirklich was aus dem Mann.

»Sucht ihr mich?« Marcus trat hinter dem Steuerhaus hervor, mit Brandy an der Seite. »Was ist los, Mr. Butler?«

Unruhe auf dem hinteren Deck unterbrach seine Antwort. »Haltet ihn! Haltet den Mann, bevor er entkommen kann!« Drei Matrosen kamen die Leiter herauf und jagten einen großen, massigen Matrosen, der über das Deck rannte. »Lasst ihn nicht entkommen!«

Als der Mann vorüberrannte, streckte Marcus seinen Fuß vor, und der schwere Mann flog der Länge nach aufs Deck. In wenigen Sekunden hatte Brig Butler ihn unschädlich gemacht, indem er ihm seinen muskulösen Unterarm um den Hals legte.

»Stellt ihn hin«, befahl Marcus, und Brig zog ihn hoch, den Unterarm immer noch vor seiner Kehle.

»Sag's ihm, Deeks«, forderte ihn Brig auf. »Sag dem Kapitän, was du gerade unten im Laderaum gemacht hast.«

Deeks schüttelte heftig den Kopf. »Nix! Ich hab gar nix gemacht – nur an den Hölzern gearbeitet, wofür man mich auch angestellt hat.«

»Er war mit einem Meißel an den Übersetzungsrädern der Steuerung beschäftigt, Käpt'n Delaine«, sagte einer der Matrosen. »Er war dabei, das Holz dünner zu machen, sodass es irgendwann brechen würde.«

Marcus sah ihn mit einem harten Blick an, nahm den Meißel und drehte ihn herum. »Erstaunlich, nicht wahr? Was man mit einem so kleinen Werkzeug alles machen kann. Wenn man die Übersetzungsräder schwächt, verliert das Schiff irgendwann die Steuerung. Sollte das bei einem Sturm geschehen, könnte das Schiff kentern. Habt Ihr versucht, uns zu versenken, Mr. Deeks, oder wolltet Ihr uns nur langsamer machen?«

»Ich weiß nicht, wovon Ihr re –«

Brig drückte den Arm hinter Deeks' Rücken hoch. »Wie ist deine Erinnerung jetzt, Deeks?«

»Ich wollt Euch nicht versenken«, schnaufte er. »Euch nur langsamer machen, damit Ihr nicht als Erste in Barbados seid.« Er atmete schwer und versuchte, sich von dem Arm an seiner Kehle zu befreien.

»Soweit ich mich erinnere, habt Ihr schon einmal auf der *Seehabicht* gearbeitet.« Marcus klopfte mit dem Meißel gegen seine Handfläche. »Und dabei, vermute ich, habt Ihr auch andere derartige Aufgaben erledigt. Ihr habt einige der Unfälle verursacht, die es gegeben hat, stimmt's?«

Deeks' Augen wanderten wild hin und her, auf der Suche nach einer Fluchtmöglichkeit. Brig zog den Arm des Mannes noch ein Stück höher.

»Stimmt's?«

Langsam nickte er.

»Wer hat Euch angeheuert?«

Als Deeks schwieg, drückte Brig ihm die Kehle fester zu. »Palmer Reese«, krächzte er. »Vor einiger Zeit kam er in meinen Laden und bot mir mehr Geld an, als ein Mann in einem ganzen Jahr verdienen kann. Er wusste, dass ich für Euch gearbeitet hatte. Er wollte, dass ich das Ruder schwäche.«

»Sprecht weiter«, drängte ihn Marcus.

»Gestern Abend kam er wieder. Er wusste, dass ich wie früher auf der *Seehabicht* arbeitete. Er erzählte mir von der Wettfahrt und fragte mich, ob ich einen Weg finden könnte, Euch langsamer zu machen, damit er sicher sein könnte, dass er gewinnt.«

»Hamish, hol mir einen Strick, um ihn zu fesseln. Mr. Deeks und ich werden meinem alten Freund Palmer Reese einen Besuch abstatten.«

Brianne griff nach seinem Arm. »Meinst du nicht, wir sollten die Behörden sich um die Sache kümmern lassen? Warum holen wir nicht einen Polizisten?«

Marcus biss die Zähne zusammen. »Wenn es an der Zeit ist, Liebes. Zuerst will ich mit Reese reden.«

»Aber wäre es nicht besser, wenn –«

»Nein.«

Brianne hob das Kinn ein wenig. »Also gut – wenn du schon nicht vernünftig sein willst, denn werde ich eben mitkommen.«

»Du gehst nirgendwo hin. Du bleibst ganz genau hier.«

»Aber –«

»Brianne, tu nur einmal in deinem Leben das, was ich dir sage.« Ihr Gesicht wurde rot und ihre Lippen schmal, aber sie widersprach nicht, sondern wandte sich nur ab und ging davon.

Marcus' Blick folgte ihr, und er unterdrückte einen Anflug von Amüsement. »Hamish, du wirfst ein Auge auf die Verhältnisse hier, solange ich weg bin. Mr. Butler, gebt mir eine halbe Stunde Vorsprung, dann geht ihr zum Büro des Friedensrichters. Bringt die Beamten zu Reese' Geschäftshaus am Themse-Ufer.« Marcus packte die Arme des gefesselten Mannes mit hartem Griff. »Und was Euch betrifft, Deeks, ich fürchte, Ihr werdet mitkommen müssen.«

Brandy zupfte am Stoff ihres Kleides und schaute besorgt aus dem Fenster der Kutsche, die sie auf dem Kai vor der Anlegestelle der *Seehabicht* gemietet hatte. Sie brauchte nicht lange, um an ihr Ziel zu kommen. Sobald das Fahrzeug angehalten hatte, stieg sie aus, reichte dem Kutscher mehrere Schillinge, überquerte die kopfsteingepflasterte Straße und stand vor der Tür zum Büro von Reese Enterprises.

Es war leichter gewesen, als sie erwartet hatte, hierher zu kommen. Hamish war damit beschäftigt gewesen, Befehle auszuteilen, Brig arbeitete unter Deck. Sie war einfach um die Männer herumgegangen, den Laufsteg zum Kai hinunter, und hatte eine vorüberfahrende Kutsche gemietet.

Marcus war erst ein paar Minuten fort gewesen, als sie abgefahren war, doch ihre Sorge wuchs. Sie hätte ihn dazu überreden sollen, gleich zu den Behörden zu gehen. Sie konnte sich nur ansatzweise vorstellen, was Palmer Reese tun würde, wenn Marcus ihm mit dem massigen Mr. Deeks entgegentrat. Aber auch was Deeks tun könnte, war ihr eher unheimlich.

Brandy richtete sich auf und öffnete die schwere Tür. Sie hatte gewusst, wo Reese Enterprises lag. Sie waren an dem zweistöckigen Ziegelhaus vorbeigekommen, wann immer sie vom oder zum Schiff fuhren. Im Innern des Gebäudes war es kühl. In einer Ecke war ein abgeteilter Raum für Schreibarbeiten, in dem sich aber niemand aufhielt. Durch die dicken Eichenbalken über ihrem Kopf hörte sie Männerstimmen aus dem oberen Stockwerk, Marcus' tiefen Bariton und Palmers glatte, höhere Stimme. Deeks jammerte, und Reese begann, ihm zu drohen, wobei seine Stimme lauter klang.

Brandys Herz begann heftig zu pochen. Monatelang hatte

sie die gehorsame Frau gespielt, die immer den Wünschen ihres Mannes gehorchte. Diesmal war ihr seine Sicherheit wichtiger als seine Anordnung. So konnte sie wenigstens Hilfe holen, wenn es sich so anhörte, als würde sie gebraucht.

Leise stieg sie die Treppe hinauf und hoffte, dass die Stufen nicht knarrten und sie verrieten, dann schlich sie den Flur entlang. Die Stimmen wurden lauter. Etwas zersplitterte an einer Wand, und Brandys Herz machte einen heftigen Satz. Sie drückte sich an den kühlen weißen Putz der Wand und näherte sich langsam den Stimmen der Männer. Sie wünschte, sie hätte einen Polizisten mitgebracht, so wie sie eigentlich vorgehabt hatte.

Dafür war es jetzt zu spät. Sie schlich näher, drehte den Türknauf und öffnete die Tür einen Spalt. Durch den schmalen Schlitz konnte sie Marcus neben Deeks stehen sehen, dessen grobe Züge von zornigem Rot erfüllt waren. Ein paar Schritte entfernt stand Palmer Reese, seine Augen brannten in einem wilden Leuchten und waren unbeirrt auf Marcus' Gesicht gerichtet. Anstatt der Angst, die sie zu sehen erwartet hatte, lag ein seltsames Lächeln auf seinem Gesicht.

»Aha ... also abgesehen von dem, was dir Mr. Deeks erzählt hat ...«, sagte Reese, »scheint es ganz so, als hättest du endlich von unserer Blutsverwandtschaft erfahren.«

»Wenn man es so nennen will. Ich persönlich ziehe es vor, es zu ignorieren.«

Palmer zuckte die Schultern, dabei wirkte sein Gesichtsausdruck alles andere als lässig. »Das hat dein Bruder Geoffrey auch so gemacht.«

Marcus' Augen weiteten sich. »Geoffrey wusste, dass du Vaters Bastard warst?«

Reese erstarrte. »Er hat erst kurz vor seinem Tod entdeckt, dass wir Brüder waren. Am Tag seines Unfalls.«

Die Farbe wich aus Marcus' Wangen. »Willst du damit sagen, dass du etwas mit seinem Tod zu tun hattest?«

Noch einmal das schwache Schulterzucken. »Ich hätte der Erbe sein sollen. Wenn Geoffrey sterben musste, dann war das die Schuld des Grafen von Hawksmoor.«

»Mein Gott – du hast den Unfall auf der Brücke arrangiert! Du hast jemanden bezahlt, um die Balken der Brücke zu schwächen, genau wie du jemanden bezahlt hast, um meine Schiffe zu sabotieren!«

»Und das habe ich auch wirklich bemerkenswert gut hinbekommen. Ich muss zugeben, dass ich festgestellt habe, dass mir solche Dinge liegen. Sie sind nicht so leicht, wie es den Anschein hat.«

Unwillkürlich trat Marcus auf ihn zu, seine Hände zitterten, als sie sich zu Fäusten ballten. »Du hast meinen Bruder ermordet. Du hättest auch mich beinah getötet. Und jetzt, bei Gott, werde ich dich umbringen!«

In dem Zimmer brach Chaos aus. Marcus stürzte sich auf Reese, und Deeks hastete in Richtung Tür. In dem Augenblick, als der massige Deeks gerade zwischen den beiden hindurchwollte, riss Reese eine Pistole aus seiner Rocktasche und drehte sich zu Marcus um, den Lauf genau auf sein Herz gerichtet. Brandy kreischte, als Marcus gegen Palmer Reese rammte, sodass die Waffe davonflog, weiter rutschte und gegen die Tür stieß, nur ein kleines Stück neben der Stelle, an der Brandy stand.

Sie griff durch die Öffnung und riss sie an sich, dann richtete sie die Pistole mit etwas unsicherer Hand auf den massigen Mann, der zur Tür rannte.

»Ihr solltet besser wieder hineingehen, Mr. Deeks. Ich glaube, mein Mann war noch nicht mit Euch fertig.« Deeks trat zurück, die Hände immer noch hinter dem Rücken gefesselt, und Brandy folgte ihm ins Zimmer. Dies war das erste Mal, dass sie wirklich froh war, im Wirtshaus Weißes Pferd aufgewachsen zu sein.

Auf der anderen Seite des Zimmers verprügelte Marcus Palmer Reese. Aus Palmers Nase tropfte das Blut. Sein weißes Hemd war rot verfärbt. Schweißnasses braunes Haar hing ihm in Strähnen über die Stirn. Marcus schlug ihn noch einmal, sodass sein Hinterkopf auf dem Boden auftraf, und Palmers Augen schlossen sich.

Marcus hob eine Faust, um ihn noch einmal zu schlagen.

»Tu es nicht, Marcus. Er ist es nicht wert. Abgesehen davon: Würdest du ihn nicht lieber hängen sehen?«

Marcus' Faust zitterte in der Anstrengung, den Schlag nicht auszuführen. Sein Brust erbebte unter den schweren Atemzügen. »Der verdammte Hurensohn hat meinen Bruder ermordet.«

»Ich weiß«, sagte Brandy sanft.

Zum ersten Mal seit langen Minuten schien Marcus wieder wahrzunehmen, wo er war und was im Zimmer um ihn herum geschah. Der Nebel des Zorns schien sich zu heben, und er schaute zu der Stelle, wo Brandy vor Deeks stand, die Pistole fest im Griff und auf dessen Brust gerichtet.

Mit einem erschöpften Seufzer erhob sich Marcus von Reese und stand auf. Er bückte sich und hob seinen Stock auf und wollte gerade auf sie zugehen, da entdeckte Brandy ein silbernes Blitzen in Reese' Hand.

»Marcus!« Sie wandte die Pistole von Deeks ab, zielte auf Reese und schoss. Das schmerzlich laute Krachen hallte ihr in den Ohren, der heftige Rückstoß riss ihr die Pistole aus den Fingern. Einen Augenblick lang schien die Zeit stehen zu bleiben, Deeks und Marcus starrten mit erschreckt aufgerissenen Augen hinüber zu Reese, auf dessen Brust, gleich rechts neben den silbernen Westenknöpfen, sich ein roter Blutfleck ausbreitete.

Reese richtete sich auf einen Ellenbogen auf und schaute hinunter auf den Blutstrom, als könne er nicht glauben, was er da sah, dann fiel er zurück auf den Teppich, und seine Augen schlossen sich.

»Er – er hatte eine Waffe, Marcus. Sie – sie ist da, in seiner Hand.« Marcus riss seinen Blick von Brandy los und kniete sich neben den Toten. Er zog eine kleine Taschenpistole aus seinen bleichen, schlaffen Fingern.

»Palmer war immer schon ein Mann der Überraschungen.« Marcus' Aufmerksamkeit richtete sich auf Deeks, dessen Blick sehnsüchtig zur Tür wanderte. »Das würde ich nicht tun. Brig Butler ist in diesem Augenblick mit der Polizei auf dem Weg hierher. Bis Ihr die Treppe hinuntergelaufen seid, wird die ganze Straße voller Wachmänner sein.«

Die Schultern des massigen Mannes sanken herunter. Er ließ den Kopf hängen und setzte sich auf einen Stuhl. Marcus kam durchs Zimmer zu Brandy und zog sie in seine Arme.

»Es ist gut, Liebes. Alles ist vorüber.«

Sie begann zu zittern, lehnte sich an ihn und kämpfte gegen die Tränen an. »Er hätte dich umgebracht, Marcus.«

Marcus küsste ihren Scheitel. »Ich denke, das war die ganze Zeit das, was er wollte. Wenn er Erfolg gehabt hätte, wäre möglicherweise Rex sein nächstes Opfer gewesen.«

Sie atmete bebend aus. »Ich habe noch nie einen Menschen getötet.«

Marcus nahm sie fester in die Arme. »Du hast mir das Leben gerettet, Brianne. Ich hatte mir Sorgen gemacht um deine Sicherheit auf dieser Reise, und wie es aussieht, wäre ich höchstwahrscheinlich umgekommen, wenn du nicht gewesen wärest.«

Brandy schlang ihre Arme um seinen Hals, und er hielt sie fest. Unten wurde eine Tür aufgerissen, und sie hörte donnernde Schritte die Treppe hinaufhasten.

»Ich glaube, Brig ist mit der Verstärkung angekommen.«

Sie war erleichtert. »Gott sei Dank.«

Ein paar Sekunden später öffnete sich die Tür, und Brig trat ein. Polizisten kümmerten sich um Deeks und den Toten, und Marcus führte Brandy die Treppe hinunter.

»Sie werden von uns beiden irgendeine Aussage erwarten. Ich denke, das machst du wohl lieber hier unten.«

Brandy nickte, dankbar, der schrecklichen Szene oben entkommen zu sein. Sie stand neben Marcus, lehnte sich an ihn und sah in sein Gesicht.

»Nach allem, was geschehen ist, kann man wohl annehmen, dass Consolidated Sugar deinen Transportvertrag ohne weiteres erneuern wird.«

Er nickte. »Ich denke schon.«

»Ich schätze, das bedeutet, dass die Wettfahrt unnötig ist und du die *Fairwind* nicht mehr zu überholen brauchst.«

Er lächelte mit eindeutig erkennbarer Enttäuschung. »Es wird wohl nicht mehr nötig sein. Wenn erst einmal herauskommt, was geschehen ist, wird Reese Enterprises wohl aus dem Geschäft fliegen.«

»Ich kann nicht sagen, dass mir das Leid tut, aber ich dachte ... ich habe mich gefragt ... meinst du, es gäbe eine Möglichkeit, dass wir dennoch nach Barbados fahren?«

Marcus' dunkle Augen schienen zu lächeln, und ein tiefes Lachen rollte in seiner Brust. »Ah, Lady Hawksmoor, du bist ein wahrer Schatz.« Er grinste. »Wenn es dein Wunsch ist, nach Barbados zu fahren, wie könnte ich ihn dir abschlagen?«

Brandy lachte. »Ich liebe dich, Marcus.«

»Ich liebe dich auch, Brianne – mehr als die See, solange es eine See gibt, und darüber hinaus.«

Brandy hob sich auf die Zehenspitzen und küsste ihn. Sie hatte keinen Zweifel mehr und keine Angst. Marcus liebte sie und würde sie niemals verlassen. Sie hatten jeder in dem anderen eine Heimat gefunden, und wohin auch immer sie fuhren, solange sie zusammen waren, würden ihre Herzen Frieden haben.